KB057625

동아시아의 전통문화와 스토리텔링

동아시아의
전통문화와
스토리텔링

초판인쇄일   2017년 10월 24일
초판발행일   2017년 10월 28일
지 은 이   동아시아고대학회 편
발 행 인   김선경
책 임 편 집   김소라 · 이순하
발 행 처   도서출판 서경문화사
            주소 : 서울시 종로구 이화장길 70-14 105호
            전화 : 743-8203, 8205 / 팩스 : 743-8210
            메일 : sk8203@chol.com
등 록 번 호   제 300-1994-41호
ISBN   978-89-6062-199-2   93800
ⓒ 동아시아고대학회, 2017

* 파본은 구입처에서 교환하여 드립니다.

  정가 38,000

이 책은 한국연구재단 2017년 학술대회지원사업에 의해 출간되었다.

동아시아의 전통문화와 스토리텔링

storytelling

동아시아고대학회 편

서경문화사

머리말

동아시아고대학회에서 간행한 본서의 제목은 '동아시아의 전통문화와 스토리텔링'이다. 스토리텔링에 대해서는 "스토리(Story)와 텔링(telling)의 합성어이다. 스토리텔링은 이야기를 표현하고 전달하는 방법이다. 스토리텔링은 단순한 이야기 창작이 아니라, 이야기를 매체라는 전달(표현) 수단에 담는 것이다. 매체란 어떠한 현상을 일으키거나, 어떠한 작용을 한 쪽에서 다른 쪽으로 전달하여 영향을 미치는 수단을 뜻한다. 그렇다면 하나의 이야기가 매체에 담겨 대중에게 전달될 때, 매체의 종류에 따라 이야기의 의미와 메시지는 달라질 수 있다. 결국 스토리텔링의 순서와 방식에 따라 이야기의 의미와 메시지가 달라지는 것이다(유동호, 『히스텔링 역사, 문화콘텐츠를 입다』 서경문화사, 2017, 51쪽)"고 정의하기도 한다.

최근의 스토리텔링에 대한 관심 증대와 관련해 숭실대학의 스토리텔링경영학과, 가톨릭대학의 스토리텔링융복합전공, 강원대학의 스토리텔링학과 등이 속속 개설되었다. 이러한 실용학문을 배양하는 스토리텔링학과에 대해 "어렸을 때 할머니께서 들려주시던 구전 동화, 드라마의 플롯, 다큐멘터리의 내레이션. 달라 보이는 이들의 공통점은 바로 '스토리텔링'이라는 것입니다. 스토리텔링학과에서는, 상대방에게 알리고자 하는 것을 생생하고 설득력 있게 전달하는 방법을 배웁니다. 이 학과에서는, 현재 많은 매체에서 사용하고 있는 스토리텔링 기법을 각 문화·매체에 잘 적용할 수 있는 스토리텔러 군단을 키우고자 합니다"라고 소개하고 있다.

본 동아시아고대학회 회원들은 여러 학문 분야로 구성되었다. 따라서 본 학회는 보기 드문 융복합 학회인 것이다. 이러한 본 학회의 특장을 구현하기 위한 방안을 모색하던 중 스토리텔링이라는 공통의 관심사를 포착하였다. 구상은 실행에 옮겨져 '동아시아의 전통문화와 스토리텔링'이라는 주제로 회원들이 힘을 모아 논고를 제출했다. 그 결과 19편의 글이 본서에 수록되게 되었다. 나머지 11편은 발표자료집에 게재될 예정이다. 10월 28일에 가천대학교에서 개최하는 국제학술대회에서 모두 30편의 논고가 발표된다.

본서의 간행 및 국제학술대회 개최와 관련해 중국 양주대학의 진영 교수님, 연변대학의 조우연 교수님, 북경외국어대학의 구자원 교수님, 일본 텐리대학의 오카야마젠이치로 교수님, 아이치대학의 편무영 교수님께 감사의 말씀을 드린다. 그리고 본 학회의 고문이신 조영록 교수님께서는 마감 기일에 맞춰서 본 학술 주제에 정확히 부합하는 비중 있는 옥고를 보내주셨다. 그 밖에 유수민 교수님과 지현주 교수님을 비롯한 여러 회원들이 모두 주옥같은 논고를 보내주었다. 이 자리를 빌어 감사를 올린다. 끝으로 본 학회의 국제학술대회 장소를 마련해준 가천대학 세키네히데유키 교수의 노고에도 심심한 감사를 드린다.

본서의 간행은 전적으로 한국연구재단의 학술대회 지원에 힘 입었다. 10월 28일에 학술대회를 마친 후 2개월 이내에 재단에 보고하도록 규정되었다. 연내에 모든 정산이 완료되어야만 한다. 그러나 겪어 본 바에 따르면 발표 후 원고를 다시 수압하는 일은 너무나 어려웠다. 숱한 발표문들이 다른 지면에 올라가 있거나, 필자 사정에 따라 유고 처리되는 일들이 많았다. 그랬기에 부득이 국제학술대회 직전까지 본서를 간행하기로 하였다. 따라서 본서에 수록된 논고들은 완결성과 완성도를 전제한 것이다. 그 밖에 개인 사유와 일정을 지닌 논고들은 발표자료집에 수록하기로 하였다.

끝으로 본서의 간행과 관련해 노고를 아끼지 않은 서경문화사의 김선경 사장께 감사의 말씀을 올린다.

2017년 10월 3일
동네 투썸까페에서
동아시아고대학회 회장 이도학

차 례

제1부

01
강남 妙音公主와 해동 바리공주 설화
두 설화의 同一系列 탐색 시론

조영록 동국대

I. 머리말

필자가 '바리공주 설화'를 처음 알게 된 것은 대학을 졸업하던 1960년, 『황의돈교수고희기념논총』에 실린 김동욱의 「巫歌 '바리공주'」[1]라는 제목을 접하면서부터였다. 그 글은 4·6배판의 한글 초서로 된 6장반 분량의 사진판 원본과 그 앞에 발표자의 3장반으로 된 자료소개이다. 가사는 한 줄도 읽기 어려웠으나 자료소개를 통하여 '바리공주 무가'는 죽은 자를 천도하는 무당의 노래라는 정도로 이해할 수 있었다.

이후 3~40여년이 지나는 동안 중국의 개혁 개방 정책으로 韓中 국교가 열림에 따라 학술분야에서도 동아시아 해양실크로드 관련 연구가 활발하게 진행되었다. 2004년 登州 현지에서 '登州港과 中韓交流'라는 주제로 개최된 국제학술발표회에서 필자는 「善妙와 洛山 二大聖 − 9세기 해양불교전설의 세계−」라는 논문을 발표하였다.[2] 등주의 현재 이름은 蓬萊市이며, 봉래각은 중국의 4대 누각 중 하나로서 이 지역은 古來로 허다한 민속설화들을 간직하고 있다. 그러나 저 유명한 『송고승전』 義湘傳의 '善妙化龍' 설화는 중세 일본에 유행될 정도로 널리 전파되었지만 정작 그 발상지에서는 비슷한 이름조차도 찾아볼 수 없다.

이러한 궁금증은 그 뒤 필자가 宋 朱弁의 「香山大悲菩薩傳」[3]을 읽고, 이 야기의 구성이 '義湘大師와 선묘설화'와 유사하다는 생각을 가지면서 점차 풀리게 되었다. 이 '향산보살전'의 주인공 妙善公主가 『송고승전』 「의상전」[4]에 '登州 善妙娘子'라는 이름으로 바뀌어 등장한 것이라는 추정과 동시에 오래 전에 읽은 '바리공주 무가(설화)'도 그 동일 계열일 가능성을 엿볼 수 있었

---

1 『黃義敦先生古稀記念私學論叢』, 東國史學會, 1960, 所收.

2 曹永祿, 「善妙與洛山二大聖−9世紀海洋佛教傳說的世界−」, 陳尙勝 主編, 『登州港與中韓交流』, 山東大學出版社, 2004.

3 宋 朱弁, 『曲洧舊聞』; 韓秉方, 「觀音信仰與吳越佛教」 『吳越佛教學術硏討會論文集』, 杭州佛學員 編, 2004, 29쪽. '향산대비보살전'은 이후 '향산보살전'이라 한다.

4 贊寧 撰, 『宋高僧傳』 4, 義解篇, 「唐新羅國義湘傳」.

16 제1부

기 때문이다. 이 논문은 이러한 설화들 사이의 내적 연관성을 구명해보려는 의도에서 작성된 것이다.

민속학분야의 초기 연구에 속하는 김동욱의 「무가 '바리공주'」 이후 1970~80년대를 거치면서 여러 지역에 산재한 자료들의 채록과 함께 많은 연구가 이루어졌으며, 90년대 이후부터는 소설을 비롯하여 여러 가지 형태의 예술작품으로까지 재창작되기에 이르렀다.[5] 오랜 세월 여러 지역에서 조금씩 다른 내용과 형태로 변화를 보이면서도 이야기 줄거리는 공통적이다.

중국의 '향산보살전' 설화 역시 시대적 추이와 지역에 따라 내용상으로는 다소간의 변화를 보이면서도 이야기 줄거리는 공통적이다. 이 논고에서는 먼저 『바리공주』 무가(설화)'와 '향산보살전'의 내적 관련성을 대비고찰하고, 다음으로 그들 상호간의 시대적 선후 문제도 아울러 살피려고 한다. 이 연구가 동아시아 고대문화교류의 양상을 이해하는데 일조가 되었으면 한다.

II. 「巫歌 '바리공주'」와 杭州 妙音公主

1. 「巫歌 '바리공주'」 설화

「巫歌 '바리공주'」의 주인공 바리공주는 옛적 우리나라 어느 임금님의 7번째 딸로서 어려운 난관들을 딛고 명약을 구하여 중병에 걸려 죽은 부모의 목숨을 살려냄으로서 신격화하여 저승신이 되었다는 내용이다. 그래서 무당은 죽은 사람의 영혼을 좋은 곳으로 천도하기 위하여 진오기굿(오구굿 혹은 씻김굿)에서 바리공주 신을 불러내는 형식을 취하게 된 것이다.

앞에서도 언급한 바와 같이 바리공주 무가의 내용이 본래 설화로서 무당의 입을 통해 노래로 불러지는 것이기 때문에 여기에 등장하는 나라이름,

---

5 이경하, 「여성성의 신화적 상상 '바리공주'」 『한국의 고전을 읽는다. I-고전문학』 상, 신화, 휴머니스트, 2006, 42~43쪽.

神 또는 사람 이름, 山 또는 지명이나 시기 및 개인의 역할 등이 각기 다양한 형태로 나타나고 있는 것이 사실이다. 그러나 비록 설화의 세부적 내용이 다양한 형태로 꾸며져 있어도 거기에 공통적인 줄거리가 존재해야 한다. 기왕의 전문 연구자들의 논고에서 이러한 목적으로 작성된 문장 가운데 요약 정리된 두 편의 정리된 설화의 요약문을 골라 다시 수록하여 독자의 이해에 편의를 돕고자 한다. 첫 번째는 고전 문학의 이해를 위해 기획 편집된 문집 가운데 다음에 인용한 이경하의 「여성성의 신화적 상상 '바리공주'」에서 간략하게 정리한 바리공주 전기이다.

옛날 옛적 불라국이란 나라에 오구대왕과 길대부인이 살고 있었다. 이들은 결혼해서 딸만 내리 일곱을 낳았다. 오구대왕은 너무 화가 나서 막내딸 바리를 내다버리게 했다. 길대 부인은 울면서 바리를 내다버렸고, 바리공덕 할멈 내외가 버려진 바리를 데려다 길렀다.

바리가 열다섯 살이 되었을 때, 오구대왕은 병이 들었다. 그 병은 오직 西天西域의 생명수를 먹어야만 나을 수 있다고 했다. 여섯 명의 딸들은 모두 이런저런 핑계를 대며 생명수 구해오기를 거절하는데, 소식을 듣고 찾아온 바리가 그 임무를 자청한다. 서천으로 가는 길은 모르지만 오직 생명수를 구해 오겠다는 일념으로, 바리는 외롭고 고된 여행을 계속한다. 서천에 도착해서는 생명수 관리자의 요구에 따라 아들 형제를 낳아 준다.

드디어 생명수를 얻어 불라국으로 돌아온 바리는 이미 죽어버린 오구대왕의 뼈와 살에 숨을 불어 넣는다. 그 공으로 바리는 저승신이 된다.[6]

위 바리공주 무가의 본격적 이야기(A)는 과거 서천서역에 있었던 한 나라 불라국[7]의 오구대왕이 길대부인과 결혼하여 여섯 딸을 낳고, 다시 일곱 번째

---

6 이경하, 위의 글.
7 김진영·홍태한 편저, 「바리공주 강릉 송명희본 바리데기」 『바리공주전집』 2, 한국무가총서, 민속원, 1997.

딸을 낳자 왕이 화가 나서 내다 버리게 했다는 데서부터 시작한다. 버려진 공주는 공덕할멈 내외가 데려다 길렀다. 그 뒤 부친 오구대왕은 중병이 들어 죽게 되어 서천서역국의 약수를 먹어야 살수 있다고 하였으나 여섯 딸들은 약수 구하러 가기를 거절하였다. 그러나 성장한 버려진 바리가 오히려 자청하여 천신만고 끝에 약수를 구해 와서 이미 죽은 부친을 살려냈다. 서천서역에서 강제결혼으로 아들형제까지 낳아주며 부친을 살린 공으로 저승신이 되었다는 것이다.

그러나 현존하는 바리공주 무가는 그 내용들이 비슷한 이야기 줄거리를 지니고 있지만 異本에 따라 敍事의 각 장면마다 장황한 묘사와 반복되는 설명으로 인하여 그 분량이 많고 적은 차이가 나게 마련이었다. 그래서 이야기 줄거리가 동일하다고 하지만 우선 바리가 출생한 나라를 비롯하여 등장하는 인물이나 지역의 이름들이 서로 다르고 때와 장소 등도 들쑥날쑥하여 그야말로 천차만별이다.

이러한 잡다하고 산만한 내용들로 하여 무가 설화의 대체적 흐름을 파악하는데 헷갈리는 바가 적지 않으므로 나름대로 요약 정리된 바리공주 약전이 중요하다는 점을 강조하게 된다. 이러한 관점에서 이경하의 문장(A)에 이어 조희웅에 의해 정리된 약전 하나를 더 인용하고자 한다. 이 글은 분량 면에서 전자에 비해 10배 가량 많은 내용을 담고 있다. 그러므로 양자를 비교해 읽으면 서로 같고 다른 차이가 더욱 뚜렷이 드러나면서도 이야기의 전체적 흐름을 파악하는데 도움을 줄 것으로 믿기 때문이다. 다음의 인용은 조희웅의 문장(B)이다.

옛날 조선의 국왕이 왕비의 간택을 하려고 점을 쳤더니 명년에 결혼을 하면 3형제를 얻지만 금년에 하면 7공주를 둘 것이라고 하였으나 급한 마음에 금년에 대례를 치렀다. 처음 공주를 낳았을 때는 설마 하였으나 일곱 번째 공주가 태어나자 임금은 크게 노하여 내다버리라고 명령하였다. 왕비는 차마 버릴 수 없었으나 명령이 워낙 지엄하여 뒷동산에 갖다놓게 하였더니 청학(靑鶴)과 백학(白鶴)이 날아와 날개로 덮어주고 오색실과를 물어다 주면서 아이를 보호해

주었다.

　하루는 임금이 뒷동산에 거동 하였다가 아기의 울음소리를 듣고 공주가 살아있음을 알고 옥함을 만들어 아기를 넣고 바다에 띄웠다. 그랬더니 순간 물속에서 거북이 나타나 옥함을 받아서 타향산 서촌에 있는 바위 위에 올려놓았다. 이때 서천(西天) 서역국(西域國)의 석가여래가 제자들을 데리고 산천 구경을 나왔다가 타향산 서천에 서기가 뻗어오는 것을 보았다. 제자들에게 그 이유를 물었으나 아무도 아는 이가 없었다. 마침 그 산을 지키는 바리공덕 할아버지가 나타났으므로 석가여래는 그들에게 그 아이를 데려다 잘 기르라고 하니, 그들 부부는 옥함에서 아기를 꺼내 깨끗이 씻어 집으로 데려갔다.

　바리데기가 바리공덕 부부의 집에서 자라나 어느덧 열 살이 되어 그들 내외에게 자기를 낳은 부모를 알려달라고 조르기 시작했다. 자신들이 부모라 해도 믿지 않고, 참부모를 찾아주면 길러준 은공을 반드시 갚겠다고 하며 졸랐다. 그 때에 국왕부부가 중병이 들어 위태롭게 되었다. 하루는 임금의 꿈속에 동자 둘이 나타나, 상제의 명으로 국왕을 잡으러왔다고 하기에 무슨 죄냐고 묻자, 상제께서 점지해준 따님을 버린 죄라고 하였다. 신하들이 점을 치러갔더니 점쟁이는 타향산 서천에 살아있는 바리공주가 서천 서역산에 가서 무장승의 약수를 구해오면 살 수 있다고 일러주었다. 임금은 문무백관들에게 누가 바리공주를 데려오겠느냐고 물었으나 모두 타향산 서천은 선경(仙境)이라 인간으로서는 갈 수가 없다고 했지만 오직 한 늙은 신하만이 가다가 죽는 한이 있어도 가보겠노라면서 필마단기로 길을 떠났다.

　늙은 신하는 서천으로 가서 바리공주에게 찾아온 이유를 말하자 그녀는 가지고 온 신표를 내놓으라고 하였다. 늙은 신하가 가지고 갔던 공주의 이레 안 저고리와 백일 두렝이를 내놓았으나 믿지 않고 다른 증거를 내놓으라고 했다. 그래서 단지(斷指)한 피를 내놓자 공주도 단지하여 핏방울을 그 위에 떨어뜨리니, 세 피가 한데로 합쳐져 비로소 참말임을 알고 대궐로 돌아와 부모님과 상봉하였다. 임금이 여섯 공주를 차례로 불러들여 누가 서역국에 다녀올 수 있느냐고 물었으나 모두 하나같이 거절하였다. 오직 마지막 바리공주만이 응낙 을 하고 남자의 복장에 무쇠 신을 신고 출발하였다. 한 곳에 이르니 선관 세 분이 바

둑 장기를 두고 있었다. 이들은 실은 석가모니불, 아미타여래불, 지장보살인데, 부모를 살릴 약을 가지러 서천 서역까지 간다는 바리공주의 효성에 감동하여 낙화 세 송이를 내어주고 사라졌다.

바리공주는 부처님이 주신 낙화를 던져 가시 철성(鐵城)을 무사히 통과하고 다시 만경창파를 건너고 여러 지옥을 거쳐 험상궂은 무장승의 거주지에 이르렀다. 그 곳에서 무장승의 요구로 천역을 하며 3년을 살았고 다시 그의 요구로 부부의 연을 맺어 아들 일곱 형제를 낳았다. 그러던 어느 날 대왕의 풍잠과 중전의 용잠이 깨어지는 꿈을 꾸고 무장승에게 이승의 부모님에게 드릴 약을 가져가야겠다고 하여 허락을 받았다. 바리공주 내외는 아들 칠형제를 데리고 황천강을 건너고 다시 강림들에 도착하여 부모님의 상여를 만나게 되었다. 그녀는 상여를 멈추게 하여 시신을 꺼낸 뒤에 가져온 약수를 뿌려 부모님을 살려냈다.

양전마마는 잠에서 깨어난 듯 일어나 눈물로 바리공주와 재회의 기쁨을 나눈 다음 백성들의 환호 속에 궁궐로 돌아왔다. 그 후에 무장승은 죽은 사람의 웃돈을 받아먹는 신이 되었고, 아들 일곱 형제는 칠성당 등에 좌정하여 재를 받아먹는 신들이 되었으며, 양부모인 바리공덕 할머니 내외는 산신제나 평토제, 노제 등을 받아먹게 되었고, 바리공주는 만신의 몸주가 되어 갈길 몰라 헤매는 망자들의 앞길을 인도하게 되었다.[8]

위의 인용문(B)에서는 주인공 바리공주가 출생한 나라를 조선이라 하고, 부친을 국왕, 모친을 중전이라 하여 가사가 시작된다. 이어 딸 여섯에 이어 출생한 일곱째 딸이 출산하자 옥함에 담아 바다에 띄워 보내 타향산 서촌에 이르러 바리공덕 할멈내외에 의하여 양육되었다. 한편 부친은 그 후 중병에 걸렸는데, 어느 날 꿈에 상제가 나타나 자식 버린 죄로 잡으러 왔다기에 점을 쳐보니, 타향산의 바리가 서천 서역에 가서 무장승의 약수를 구해오면 살릴 수 있다고 한다. 한 노신이 충성심을 발하여 타향산의 바리를 데려온 다

8 조희웅, 『이야기문학 모꼬지』, 박이정출판사, 1995, 517쪽.; 조희웅의 이 약전의 구전자는 '장성만, 1995. 홍태한, 『서사무가 바리공주 연구』, 민속원, 1998. 〈표1〉 〈바리공주〉 채록 현황 참조.

음 왕은 일곱 공주들에게 누가 서천 서역국으로 가서 약수를 구하겠느냐고 묻자 모두 거절한다. 그러나 바리만이 응낙하여 천신만고 끝에 서천 서역국에 가서 무장승을 만나니, 부부되기를 원하여 칠형제를 낳고서야 함께 귀국하였다. 그 때 이미 부모님이 작고하여 그 시신에다 약수를 뿌려 소생하게 되어, 그 공으로 바리는 망자들을 천도하는 만신의 몸주가 되고, 무장승과 여러 아들들도 그에 부수한 역할을 맡는 신들이 되었다.

위 두 편의 무가를 중심으로 하여 바리공주신화에 나타난 공통적 줄거리를 정리해 보면 다음과 같다.

1. 어느 나라의 국왕이 결혼을 한다.
2. 연이어 딸을 낳아 여섯 공주가 된다.
3. 일곱째도 딸을 낳자 화가 나서 내다버린다.
4. 버려진 바리공주는 바리공덕할멈 내외의 손에 양육된다.
5. 국왕은 중병에 걸려 서역의 약수를 써야 치료가 됨을 안다.
6. 여섯 딸들은 모두 약수 구하러 가기를 거절한다.
7. 소식을 듣고 온 바리공주가 응낙하고 험난한 약수터로 간다.
8. 서역 약수 관리자의 요구로 결혼하여 아들들을 낳는다.
9. 귀국하여 약수로서 부친을 살려 그 공을 인정받는다.[9]

이 밖에도 저들 무가에서 다소 특이하게 보여 관심을 끄는 것은 바리공주가 출생한 나라 이름이다. 위 두 편의 바리공주 무가에서는 바리공주의 나라를 (A)와 같이 불라국이라 하거나 또는 (B)와 같이 조선이라고 부르고 있으나, 대부분의 경우 전자 보다는 후자 즉, 우리나라로 한 예를 많이 따르고 있다.

---

9 홍태한은 여러 이본들에 나타난 무가 이야기, 즉 바리공주 일대기 줄거리를 13단락으로 구분하고 있다. 홍태한, 『서사무가 바리공주 연구』, 민속원, 1998, 63쪽.; 홍태한, 「한국 신모 신화의 흐름과 바리공주」『바리공주전집』, 한국무가총서 3, 민속원, 2001, 37～38쪽. 이를 참고하여 필자는 9단락으로 축약해 보았다.

불라국은 일부 이본에 따라 더러는 서천 서역의 어느 나라라고 하고 있는데,[10] 대하여 나머지 대부분은 우리나라 조선을 가르치고 있다. 예컨대 '강남은 대한국이고, 해동은 조선국'[11]이라 던지 혹은 '강남은 대한국이요, 강동은 조선국'[12] 또는 '강남은 대한국이고, 우리나라 소한국'[13] 등으로 모두 한글로 표현하고 있어 선뜻 이해가 가지 않는다. 그런데 임석재가 채록한 '버리덕이' 설화는 국한문 혼용으로 되어 "江南을 大漢國"이라고 한 데서[14]의 강남은 중국의 양자강 이남지역이라는 사실을 알 수가 있다. 이렇게 읽을 수 있다면 해동, 강동, 소한국 등은 조선국을 지칭하는 것으로 보아 무리가 없을 것이며, 따라서 바리공주 무가는 중국 강남지역과의 어떠한 관련성을 암시해주는 바가 있을 것으로 생각해 볼 수 있다. 이 문제에 대해서는 뒤에서 다시 논급하게 될 것이다.

그리고 바리공주가 버려져 자란 지역과 또한 바리공주가 부친의 병을 고칠 약수터가 있는 지역의 비정이다. 바리공주가 버려져 자란 지역을 (A)에서는 장소를 명기하지 않았다. 그러나 (B)에서는 처음에는 가까운 산골짜기였는데, 학과 같은 瑞獸들의 도움으로 죽지 아니하여 다시 바다에 띄웠더니 타향산 西天에 도달하여 석가여래의 지시로 바리공덕 할멈내외의 손에서 자랐다고 한다. 이밖에도 적지 않은 자료에서는 시양산[15] 혹은 시황산[16] 혹은 태양산[17] 혹은 수양산[18] 등으로 불러 발음상 타향산 계열로 분류되어질 수 있을 것 같다. 이 문제 역시 다음 절에서 다시 중국의 특정지역과의 관련 가능성 여부를 두고 검토해보려고 한다.

---

10 김진영·홍태한 편저, 「바리공주 강릉 송명희본, 바리데기」 『바리공주전집』 2, 민속원, 2001.
11 김진영·홍태한 편저, 「바리공주 서울 배경재본, 바리공쥬」 『바리공주전집』 1, 민속원, 1997.
12 김진영·홍태한 편저, 「바리공주 성남 장성남본, 바리공주」 上同.
13 김진영·홍태한 편저, 「바리공주 인천 정영숙본, 말미」 上同.
14 임석재, 「버리덕이」 『한국구전설화』 5, 평민사, 1988. 구연자는 서울 최명덕.
15 김진영·홍태한 편저, 「바리공주 보성 김막례본, 오구굿」 上同.
16 김진영·홍태한 편저, 「바리공주 보성 김행연본, 오구풀」 上同.
17 김진영·홍태한 편저, 「바리공주 고흥 한이엽본, 오구물림」 上同.
18 김진영·홍태한 편저, 「바리공주 고흥 박순자본, 오구풀이」 上同.

2. '香山 妙善公主'에서 '杭州 妙音菩薩'로

바리공주 무가가 무당의 노래로서 구송으로 전해온 설화인데 반하여 중국의 향산 대비보살 설화는 천신으로부터 고승에게 기록으로 전하여 민간에 유행하였다는 점에서 아주 대조적이라 할만하다. 이 설화는 불교경전 가운데서도 관음보살에 관한 경전으로 『悲華經』 또는 『妙法蓮華經』 「보문품」 등을 들 수 있는데, 이들은 중국의 南北朝시대부터 번역되어 일반에 유행되었다. 그 신앙의 궤적은 관음보살상의 造像으로 인도 서역에서 시작하여 돈황석굴 – 맥적산석굴 – 낙양 용문석굴을 거쳐 다시 남하하여 杭州 靈隱寺 비래봉의 석상으로 이동하여 온 것이다.[19] 이들 중국의 관음상은 경전 상으로는 처음에는 남자의 몸이었으나 불교에 입문 수도하여 불보살이 되고 난 다음에는 남녀 구분이 없게 되었다. 그러나 당대에 들어오면서 관음의 대자대비한 모성애에 어울리는 여성의 모습으로 점차 변모하면서 유행에 박차를 가하게 되었던 것이다.

관음신앙이 당 대를 거쳐 송 대에 유행하는 동안 菩薩像도 점차 아름답고 자비로운 백의의 여성으로 바뀌어 전파되다가 송 후기에 이르러 전국으로 보급되는 하나의 획기적 계기를 마지하게 되기에 이르렀다. 북송 元符 2년 (1099)에 한림학사 蔣之奇[20]가 河南 汝州의 太守로서 관내를 出巡하는 동안 '향산보살전'을 보고 이를 윤색하여 비문을 지어 비석을 세우게 된 것이다. 이에 대해서는 남송의 학자인 朱弁[21]이 그 연유를 다음과 같이 설명하고 있다.

蔣穎叔이 汝州의 守令으로 있을 때 香山寺의 승려 懷晝의 요청으로 향산을 방문하여, 唐나라 律師의 제자 義常이 天神에게서 들은 대비보살에 관한 일을 기록한 것을 보았다. 그리고 이를 기특하게 여겨 윤색하여 傳記를 지었다. 그

19 한병방, 앞의 글, 22, 23쪽.
20 『宋史』 권343, 列傳 第102, 「蔣之奇」.
21 『宋史』 권373, 列傳 第132, 「朱弁」.

내용에는 '옛날 옛적 이름을 알수 없는 나라의 庄王이 세 딸을 두었다. 그 중 막내의 이름은 妙善으로 手眼을 떼 주어 부친의 병을 고쳤다.'고 하니, 매우 훌륭한 일이다. …… 天神이 말하기를 "묘선의 化身은 千手千眼으로서 부모에게 布施하고는 곧 옛날과 같이 회복되었다. 지금 香山은 곧 大悲가 成道한 곳이니, 그녀는 王宮에 여자의 몸으로 現化한 것이다." 하였다.[22]

이에 따르면 蔣之奇(潁叔은 그의 號)가 하남 여주 수령으로서 순행하다가 용산 향산사에 들러 唐代의 전본 '향산보살전'을 보고 이를 윤색하여 傳記를 찬술하였다. 그리고 그 다음 해(1100)에 명필 蔡京이 글씨를 써서 사찰 경내에 비석을 세우게 되었다. 청 말의 國學大師 俞樾이 宋代 '향산보살전'의 내력을 추적하여 「庄王女」를 지어 설명해주고 있다.[23]

이제 이 향산 대비(관음)보살 설화의 형성과 입비과정을 다시 세 단계로 나누어 살펴보기로 하겠다.

첫째 단락, 설화의 주인공 妙善公主가 등장하는 이야기다. 본래 관음보살의 화신인 묘선은 옛날 옛적에 이름을 알 수 없는 어느 나라의 庄王의 딸로 태어났다. 장왕은 슬하에 세 공주를 두었는데, 3형제 중 막내인 妙善공주는 뒤에 汝州 香山寺로 출가 修行하여 正果를 얻어 成佛하였다. 여신관음으로 성불하여 부친의 병을 고칠 뿐 아니라 유구 필응의 대비보살로 임한 것이다. 그녀가 출가 수행하여 성불한 향산사는 중국 河南省의 東都 洛陽의 인근 汝州 龍山에 위치하여 특히 羅·唐 교류의 요충지이었다.

둘째 단락, 天神이 관음보살의 출현을 세상에 알리기 위하여 남산 율사 道宣에게 들려주었는데, 도선의 제자 義常이 그 내용을 기록하였고 한다.[24] 『송고승전』 '도선전'에 의하면 唐 초기의 율사 道宣은 천신과 자유자재로 소

---

22 宋 朱弁 撰, 「曲洧舊聞」『四庫全書』子部, 권6.

23 俞樾, 『茶香室叢鈔』권13, 「庄王女」.

24 '향산보살비문'에서는 道宣이 천신으로부터 얻어들은 '향산보살전'의 기록자를 義常이라고 했으나 '曲洧舊聞'에서는 그 기록자 의상을 "도선의 제자"라고 했다고 한다. Glen Dudgebridge, The Legend of Miao-shan(London: Ithaca Press, 1978), 12~13쪽 인용문 참조.

통하는 고승으로 기록되어 있다. '향산보살전'의 출현에 대한 자체 설명에 따르면, 終南山 靈感寺에 살던 승려 懷晝가 불교의 고문헌 꾸러미를 뒤적이다가 우연하게도 그 속에서 전기의 원본을 발견하였다고 한다. 그래서 그는 도선과 천신 사이에 관음보살에 관한 대화 내용, 즉 대비(관음)보살이 香山에서 수행하여 成佛하였다는 사실을 확인하기 위하여 여주 향산사로 와서 머물고 있었던 것이다.

셋째 단락, 북송 元符 2년(1099)에 한림학사 蔣之奇가 河南 汝州知府로서 관내를 순행할 때 龍山 향산사 승려 회주의 청에 따라 방문하게 되었다. 그가 당대의 傳本 '향산보살전'을 열람하는 가운데 여신관음에 관한 이야기는 매우 진기한 것이었다. 이에 그는 香山寺 千手千眼觀音의 本緣譚을 내용으로 하는 설화를 민간에 전파하여 묘선공주의 孝心을 널리 선양할 뿐만 아니라 일개 여성이 도를 닦아 보살의 지위에 오르게 된 여성영웅담은 나약한 여성들을 한층 분발하게 할 것이라고 믿었다. 이리하여 원부 3년(1100) 자료에 근거하여 비문을 찬술하고, 당시 명필로 소문을 얻고 있던 蔡京이 글씨를 써서 사찰 경내에 비석을 세웠다. 立碑는 북송 말기의 일이고, 이 사실을 기록하여 다시 후세에 전하게 된 것은 남송 대의 名臣 朱弁이었다.

이와 같이 사람들의 재난과 위급함을 구제하는 관음보살은 盛唐 시기를 지나면서 善男善女의 신앙심에 부응하여 점차 백의의 여성관음으로 변하여 宋代에 들어와서부터 그 설화는 江南지방을 비롯한 전국으로 전파되어 갔다. 북방의 향산사 대비보살 본연담의 이 같은 급속한 파급에는 송 崇寧 원년(1102)에 장지기가 觀文殿學士로서 杭州知府에 부임한 것이 또 하나의 중요한 계기를 마련해 주었다. 숭령 3년(1104)에 그를 따라 여주 향산사에 세운 '향산보살전'비문이 다시 항주로 전해지게 된 것이다. 당시 항주 天竺寺 승려 道育이 수년전에 장지기가 찬한 '향산사의 대비보살비문'을 항주 천축사 경내에 重刻하여 세웠다고 한 사실[25]이 이를 말해주기 때문이다. 항주야말로 당 말에서 吳越國을 거치면서 '東南佛國'이라 할 정도로 불교가 흥성하였

---

25 韓秉方, 앞의 책, 28쪽.

던 까닭에 '대비보살설화'의 전파력도 매우 빨랐다. 『香山寶卷』의 '대비보살설화'도 그 무렵에 간행하였는데, 그 권수의 題記에는 의상대사 이야기는 슬그머니 빠졌다. 그리고 普明선사가 숭녕 2년 8월 15일에 항주 상천축사에서 神의 啓示를 받고 이 보권을 지었다고 한다.[26] 의상대사는 생존한 시대도 멀고, 강남과는 연고도 없었던 때문이었다.

이와 같이 '향산보살전'은 이후 세상에 널리 유포되어 唐에서 宋으로, 汝州 향산사에서 杭州 천축사로 옮겨지면서 널리 그리고 빠르게 전국으로 전파되어 갔다. 이러한 과정에서 사람의 이름이나 그 내용도 약간씩 달리하는 경우도 있었다. 예컨대 妙善의 아버지 庄王은 앞에 '妙'자를 붙여 '妙庄王'이라 던지 혹은 '楚'자를 붙여 '楚庄王'으로 불리기도 했다.[27] 宋이후 元에 이르기까지 관음신앙이 유행함에 따라 전기들도 중복 간행하면서 명칭도 약간씩 달리하였다. 이러한 가운데 원대 여류작가 管道升이 지은 「觀音菩薩傳略」은 특히 주목할 만하다. 그녀는 시 화 문에 능하여 부군 趙孟頫와 어깨를 나란히 하여 항주를 비롯한 절강지방에서 활동하면서 '관음전기비석'을 세워 일반에 널리 전파한 것으로도 이름이 있다. 그 내용은 다음과 같다.

> 관음은 西土에서 났는데 이름은 妙音으로 妙庄王의 季女이다. 세 딸이 모두 장성하여 왕이 시집보내어 사위들을 맞으려하였다. 장녀 妙因과 차녀 妙緣은 부친의 뜻에 따랐으나 막내딸 妙音은 그 뜻을 어겨 쫓겨났다.
>
> 뒤에 왕이 瘡病으로 죽게 되자 幻夢 중에 한 노승이 나타나 상주하기를 "至親의 手眼이 아니면 치료될 수 없습니다." 하였다. 왕은 두 딸을 지친으로 여겨 불러서 수안을 달라고 요구하였으나 모두 명을 따르지 않았다. 다시 노승이 나타나 말하기를 "香山의 仙長(妙音)이 生靈을 제도하고 있으니 말만하면 반드시

---

26 중국의 學界 일부에서는 『香山寶卷』이 신의 계시를 받아 시작되었으므로 신화임에는 틀림없지만 그것이 보권의 효시가 된다는 점에서 그 宋代 出現說을 긍정적으로 보는 시각이 있다. 예컨대 鄭振鐸, 『中國俗文學史』, 商務印書館, 2005 再印, 479쪽.

27 韓秉方, 앞의 책, 289쪽.

들어줄 것입니다." 하였다. 왕은 신하로 하여금 선장에게 보내 구하니, 곧 두 수
안을 스스로 잘라 사신에게 붙여 보내주었으므로 왕이 이것을 먹고 씻은 듯 쾌
유하였다.

　　왕이 가서 선장을 보니 과연 수안이 없었으므로 천지신명에 탄식하며 기구
하니, 언제 그랬느냐는 듯이 완전하게 나았다. 이에 부녀지간의 정을 나누어 즐
거움이 충만 하였다. 아버지에게 선정을 베풀기를 권하니, 왕은 이에 따랐다.[28]

　　관도승의 이 문장은 약 200년 전의 '향산보살전'과 비교해 볼 때 전체적 줄
거리에는 큰 차이는 없지만 사소한 부분들이 첨가 보완되어 짜임새가 있게
된 것도 사실이다. 주인공 妙善의 이름을 경전에 나오는 관음보살 妙音으로
바꾸고[29] 그녀의 두 언니의 이름도 妙因과 妙緣이라 하는가 하면 아버지 庄
王을 妙庄王이라 하여[30] 앞에 묘자를 붙여 그 가족의 성씨처럼 고쳐놓았다.
뿐만 아니라 그녀가 출생한 '이름을 알 수 없는 어느 나라'를 西土 즉 印度
내지 西域으로 바꾸어 놓았다. 그들 세 공주가 모두 성장하여 혼기를 맞았으
나 막내 묘음은 두 언니와는 달리 시집가라는 부왕의 명을 어겨 궁궐에서 쫓
겨났다는 부분도 첨가되었다. 그녀는 종내는 향산사에서 수행하여 천수천안
관음으로 成道하여 아버지가 뒤에 중병에 걸렸을 때 꿈에 노승이 나타나 그
녀의 도움을 받으라고 계시해주었다는 이야기도 새롭게 꾸며진 것으로 전체
적으로 보아 설화의 내용이 짜임새 있게 정리된 것이 사실이다. 여기에 나타
난 줄거리를 정리해 보면 다음과 같다.

　1. 옛날 서쪽 나라 묘장왕은 세 딸, 묘인 묘연 묘음을 두었다.
　2. 위 두 딸은 장성하여 결혼했으나 막내 묘음은 거역하여 쫓겨났다.

28　韓秉方, 앞의 책, 32~33쪽에서 재인용.
29　『法華經』 제24장, 「妙音菩薩品」.
30　『法華經』 제27장, 「妙莊嚴王本事品」에 붓다가 대중을 상대로 설법하는 가운데 "옛날 옛적에
　　한 부처님에 계셨는데, 그의 法 가운데 등장하는 왕의 이름이 妙莊嚴이었다"고 한 구절의 王
　　名에서 따온 것으로 보인다.

3. 뒤에 왕은 중병이 들어 죽게 되었다.
4. 한 노승이 아뢰기를 지친의 수안이 아니면 죽는다고 한다.
5. 왕은 위 두 딸에게 수안을 달라고 했으나 거절당한다.
6. 노승이 아뢰기를 향산의 仙長(관음)에게 구하면 들어줄 것이라 한다.
7. 왕이 사람을 보내어 구하니, 선장이 수안을 잘라 보내주어 먹고 살았다.

이와 같이 우리나라에서 유행한 바리공주 무가와 중국의 당 송 이래로 전해온 '향산보살전' 설화의 내용을 대비해 보면, 무가의 내용과 관음설화 사이에 상당한 유사성이 있음을 알 수가 있다. 두 주인공 바리와 묘선(음)는 모두 어느 나라 국왕의 막내 공주로서 부친의 병을 고친 공을 세웠다. 그 공으로 바리는 死者를 천도하는 만신의 몸주가 되고, 묘선(음)은 관음보살의 지위를 얻어 신격화하게 되었다는 설화 줄거리는 매우 유사하다.

III. 義湘과 善妙, '강남' 妙音과 '해동'의 바리

1. 義湘대사와 善妙龍神 설화

이상과 같이 우리나라 바리공주와 중국의 묘선공주 설화가 서로 닮았다는 점이 인정된다면 두 설화의 뿌리가 같을 것이라는 생각을 할 수 있게 된다. 저들 두 설화의 선후문제 역시 남산율종의 창시자 道宣이 천신으로부터 들은 이야기를 그의 제자 義常이 기록하여 전하게 되었다는 향산 묘선관음 설화가 당연히 앞자리를 점하게 된다.

道宣(597~667)은 南山律宗을 창시한 고승이다. 절강 吳興의 錢氏로서 16세에 출가하여 20세에 구족계를 받은 다음 장안 終南山에 오래 살았다. 계행이 투철하고 학문이 깊어 인도구법을 마치고 돌아온 玄奬법사와 함께 譯經에 힘쓰는가 하면 『속고승전』 등 수많은 저술을 남겼다. 72세를 일기로 입적하여 종남산 壇谷石室에 장사지내고 후면에 三級塔을 세웠으며, 高宗이

조서를 내려 채색소상을 세우게 하여 그 道風을 기렸다. 그가 세운 南山宗
은 절강지역에 특히 흥성하여 수제자 文綱을 위시하여 千人을 상회하는 수
많은 제자들이 배출되어 그 유훈이 대를 이어 전승되었다.[31] 오대시기 吳越
의 贊寧(919~1002) 역시 律虎라고 불릴 정도로 뛰어난 학승으로 도선을 사
숙하여 두 사람의 학문경향은 닮은 점이 많다. 특히 찬령이 찬술한『송고승
전』도선전에서 道宣이 天神과 거리낌 없이 소통하는 일화들을 반복적으로
기술하고 있는데, 다음 인용문은 그 중의 하나다.

> 대사가 貞觀 연간에 沁部 雲室山에 은거해 있을 때의 일이다. 사람들이 보
> 니까 天童이 좌우에서 모시고 있었다. 한번은 西明寺에서 밤길을 걷다가 계단
> 에서 실종했는데 허공에서 구해주는 사람이 있어 宣이 어떤 사람이냐고 묻자,
> 한 소년이 "저는 보통 사람이 아니라 毗沙門天王의 아들 那矺인데, 법을 보호
> 하기 위하여 스님을 옹호한지 오래입니다." 하였다. 선이 "貧道는 수행자라 태
> 자를 번거롭게 할 일이 없소. 태자의 威神이 自在하시니, 西域에 佛事를 일으
> 키고 있는데 그리로 가시지요." 하였다. 태자는 "제가 佛牙를 보배로 간직한 지
> 가 오래인데, 頭와 目부분이 파손되어 감히 奉獻하지 못했습니다." 하고는 얼
> 마 후에 선에게 주었다. 선이 이를 保錄했다가 공양하였다.[32]

여기서는 앞에서 본바와 같이 도선이 천신으로부터 묘선설화를 전해들을
때 기록하는 제자를 따로 설정한다거나 혹은 신라 의상에 관한 언급이 일체
보이지 않는다. 그런데 고려 일연의『삼국유사』에는 의상대사가 종남산 지상
사에서 공부하고 있을 때 천신이 道宣을 호위한다는 기사와 관련하여 신라
義湘대사의 이름이 등장하고 있다. 의상 자신이 모르는 사이 천신의 보호를
받으며, 천신과의 소통에도 참여하고 있었다는 흥미로운 내용이다. 다음 인
용문을 보자.

---

31 陳榮富,『浙江佛教史』, 華夏出版社, 2001, 209~212쪽.
32 『宋高僧傳』권14,「唐京兆西明寺道宣傳」.

서로 전해 내려오는 이야기는 이러하다. 옛날 義湘法師가 당나라에 들어가 종남산 至相寺 智儼尊者의 문하에 있었는데, 이웃에 宣律師가 있어서 항상 하늘의 공양을 받고 齋를 올릴 때마다 하늘 주방에서 먹을 것을 보내왔다. 어느 날 선율사는 의상법사를 청하여 재를 올리는데, 의상이 자리 잡고 앉아 때가 한참 지났는데도 하늘음식은 오지 않았다. 의상이 빈 바리때만 가지고 돌아간 뒤에야 天使가 내려왔다. 선율사가 '오늘은 어째서 늦어셨오' 하니 천사가 '그때는 온 동네에 가득히 神兵이 막고 있어 들어올 수가 없었습니다.' 했다.

이에 율사는 의상법사에게 神兵의 호위가 있는 것을 알고는 그 道力이 자기보다 높은 것에 탄복하였다. … 의상이 조용히 말하기를 '율사께서는 이미 天帝의 존경을 받고 계시니, 들건대 帝釋宮에는 佛牙 40개 가운데 어금니 하나가 있다고 하니, 우리가 천제께 청하여 그것을 인간에 내려 주어 복되게 하는 것이 어떻겠습니까?' 하였다. 이리하여 율사가 天使와 함께 그 뜻을 천제에게 고하니, 천제는 7일을 기한하여 이를 보내주었다. 의상은 경례를 다한 뒤에 맞이하여 대궐에 안치하였다.[33]

앞의 『송고승전』「도선전」에서는 비사문천왕의 태자 나탁이 소장하고 있던 불아를 도선율사가 요청하여, 그것을 천제로부터 직접전해 받아 西域의 佛事에 공양했다고 한다. 그러나 『삼국유사』에서는 제석궁의 佛牙를 먼저 도선이 천제로부터 받아 이를 7일 만에 다시 신라 義湘에게 보내어 인간세상의 왕궁에 안치시켰다고 한다. 왜냐하면 도선은 이미 천제의 존경을 받아 서로 소통하는 관계였으므로 천제와 직접 교섭하여 불아를 하늘로부터 내려 지상에서 받았다는 것이다. 젊은 의상은 실제로는 도력이 선율사보다 더 높았지만 자신도 모르는 가운데 더 많은 천신의 호위를 받고 있었으며, 老丈 도선율사 역시 이를 이미 인정하는 처지였으므로 하늘과 인간세상을 직접 연결해주는데 있어 그 실무는 의상이 담당하였다는 것이다.

---

33 『三國遺事』 권3, 塔像 제4 「前後所將舍利」.

여기서 우리는 중요한 사실 하나를 기억해야 한다. 즉 앞에서 본 '향산보살전'에서 天神이 '향산대비관음보살'에 관한 密旨를 道宣율사에게 전할 때 그의 제자 '義常'이 옆에서 필사하여 세상에 전하였다는 이야기가 그것이다. 천신이 먼저 도선에게 전한 것을 다음에 의상이 기록하여 세상에 전해진다는 설화 전승의 구도는 여기에서도 재연되고 있는 것이다.

그러나 여기서 한 가지 풀어야 할 문제에 당면하게 된다. 그것은 '향산보살전' 설화의 기록자 義常을 신라 義湘大師로 볼 수 있을 것인가? 하는 문제이다. 사실 해동 화엄종의 초조 의상대사의 속성과 법명은 일정하지 않아 학계에 혼돈을 주고 있다. 대사의 속성에 대하여 『삼국유사』에는 金氏라고 했으나 『송고승전』에는 朴氏라고 잘못 기록하였으며, 義湘이라는 이름에 대해서도 崔致遠이나 義天 같은 분들은 義相이라고 있다.[34] 이러한 예에 비추어 본다면 '향산보살전' 설화의 기록자 義相을 義常이라고 기록했을 개연성이 있다. 앞에서 보았듯이 관도승이 찬술한 '妙音公主傳'은 송대에는 '妙善公主傳'이던 것을 그렇게 바꾸어놓은 것이니, 설화의 세계에서는 흔히 볼 수 있는 사례에 속한다.

그리고 『삼국유사』 '전후소장사리' 조의 기록과 같이 道宣과 義湘 두 대사가 종남산에 살면서 서로 만나 교류하였을 가능성은 충분하다. 도선은 667년까지 오랜 기간 이 지역에서 살았으며, 의상 역시 재당 구법기간(661~671) 동안 주로 종남산 지상사 지엄문하에서 화엄학을 공부하면서 적어도 수년 동안 지상사에 살기 때문이다. 연령상으로는 도선이 의상보다 28세 연장이었으니, 저들은 비록 종파적 차이는 있을지라도 때로는 道伴으로서 때로는 스승과 제자처럼 친근한 사이로 지냈을 것이 분명하다.

의상대사에 관한 전기적 기술은 『삼국유사』 '義湘傳'[35]과 『송고승전』 '義湘傳'[36]을 으뜸으로 꼽지만 내용상으로 보면 전자의 편이 보다 정확한 것이 사

---

34 閔泳珪,「義相과 善妙」『四川講壇』, 又半, 1994, 135~140쪽.
35 『三國遺事』 권4, 義解,「義湘傳教」.
36 贊寧,「唐新羅國義湘傳」『宋高僧傳』 권4, 義解篇.

실이다. 그럼에도 불구하고 海東 華嚴宗祖師 의상대사의 교화로 출현한 선묘화룡 설화는 동아시아 3국에 걸쳐 美談佳話로서 광범하게 유행한 우수한 작품이다. 이제 이 설화의 내용을 약술하여 살펴보기로 하겠다.

대사가 상선을 타고 登州 해안에 도착하여 어느 신자의 집에 들어갔다. 그 집에는 善妙라고 하는 미모의 딸이 있어 義湘의 용모가 매우 준수함을 보고 애교를 떨어 관심을 끌려 했다. 그러나 의상의 마음은 바위처럼 굳건하여 움직일 수 없으므로 소녀는 마침내 들뜬 마음을 가라앉히고 道心을 일으켜 의상 앞에서 빌기를 "태어나는 세상마다 스님께 귀의하겠습니다. 대승을 배워 익혀서 大事를 이루겠습니다. 제자는 반드시 施主가 되어 스님께 공양하겠습니다"고 했다.

의상은 곧장 장안 종남산으로 가서 智儼 문하에서 華嚴學을 두루 배운 뒤 귀국길에 올랐다. 登州 文登縣의 그 신도 집으로 가서 그 동안 베풀어준데 감사하고 배편을 얻어 떠났다. 길에서 이 소식을 들은 선묘가 그 동안 의상을 위해 준비한 法服과 여러 가지 용품들을 함속에 가득 넣어 부두에 도착하니, 배는 이미 항구를 떠나고 있었다. 그녀는 주문을 외우기를 "저는 참된 마음으로 스님을 공양하겠습니다. 원하옵건대 이 옷함이 저 배에 실리도록 하소서." 하고 바닷물에 던지니, 때마침 질풍이 불어 옷함이 새털 날리듯 배에 닿게 하였다. 그녀는 또 맹세하기를 "이 몸이 큰 龍으로 변하여 저 배가 무사히 신라 땅에 닿아 스님이 佛法을 전하는데 도움 되기를 비나이다."하고 몸을 던졌다. 그랬더니 과연 몸이 길게 늘어나서 꿈틀거리며 뛰어올랐다가는 용으로 화하여 배를 떠받혀 무사히 신라국에 도달하였다.

대사가 귀국하여 화엄도량 부석사 자리를 물색할 때도 선묘용신이 항상 따라다니며 보호하였다. 드디어 의상이 절터로 정해야겠다는 생각을 하자 선묘신은 허공중에 큰 바위로 大神變을 일으켜 방해하던 群僧들을 내쫓고 사원의 건립을 완성시켰다는 개산설화를 남기게 되었다. 이리하여 부석사에는 선묘를 기리는 善妙閣과 善妙井이 있으며, 무량수전 밑으로는 화석화한

선묘 石龍이 묻혀있다고 전한다.[37]

이 선묘설화는 그 후 일본에까지 전파되어 신앙되었다. 특히 13세기 京都
高山寺의 華嚴敎僧 明惠는 해동화엄조사 의상대사를 매우 존숭하여 선묘
설화를 '華嚴宗祖師繪傳' 일명 '화엄연기'라고 하는 채색 두루마리를 만들어
교육용으로 활용하였다.[38] 당시 일본은 잦은 전란으로 미망인들이 많이 발생
하였으므로 명혜는 이들을 비구니로 받아들여 선묘처럼 공양할 것을 가르치
고, 비구들에게는 의상과 원효 같은 고승이 되게 하려는 교재로 삼았다.

『송고승전』 '의상전'에는 대사가 登州 文登縣의 한 항구로 입 출항하면서
유숙한 檀越家에 딸 선묘낭자가 있었다. 이 지역은 9세기 전반기에는 신라
청년 張保皐가 도해하여 무령군 소장으로 활동하다가 퇴역 후에는 해상무
역에 종사하면서 부를 축적하여 강력한 制海權을 장악하여 동아시아 3국을
무대로 활동하였다. 문등현 적산에는 장대사의 원찰 赤山 法華院을 비롯하
여 재당신라인들이 여기저기 촌락을 이루어 살았다.[39] 일본 구법승 圓仁은
적산 법화원에서 신라인들이 자주 모여 여러 가지 불교행사에 참여하는 장
면들을 생생하게 소개하고 있다.[40] 그들 재당신라들 가운데는 들고나는 손님
들에게 손을 흔들며 반겨주는 남녀노소의 모습도 볼 수 있었다고 한다.[41]

『송고승전』 '의상전'에는 준수하고 근엄한 의상대사 앞에 선묘낭자가 무릎
을 꿇고 '세세생생 귀의하겠다'고 맹세하는 장면은 아름답고 숭고하다. 이러
한 종교설화는 그냥 꾸며진 것이 아니다. 문등현 어느 해항에 신라인촌의 남
녀가 만나는 한 장면을 '향산 묘선공주 설화'와 결부시켜 종교작품으로 승화
시킨 것으로 보아야 한다. 이름도 妙善을 뒤집어 善妙라 하고, 부녀 관계를

---

37 한국불교연구원전 저, 「부석사의 창건설화」 『浮石寺』, 일지사, 1974.

38 金知見, 「義相大師」 『한국불교인물사상사』, 민족사, 1990, 53~54쪽.

39 圓仁, 『入唐求法巡禮行記』 권2, 각조 참조.

40 圓仁, 『入唐求法巡禮行記』 권2, 각조; 조영록, 「장보고 선단과 9세기 동아시아의 불교교류」
    『동아시아불교교류사 연구』, 동국대학교 출판부, 2011, 210~224쪽.

41 상동 권2. 4월 26일조에는 30명의 신라인들이 말과 노새를 타고 日本人이 탄 선박을 조사할
    押衙를 마중 나왔는데, 뭍에도 많은 낭자들이 있었다고 한다.

師弟관계로 바뀌어 놓았다. 찬령은『송고승전』서문에서 "行狀과 碑文을 참고하고, 지방지와 서첩들을 널리 찾았으며, 혹은 使臣에게 묻고 혹은 지방 古老들에게 물어" 전기의 자료들을 수집했다고 한다. 더구나 그의 조상이 발해인으로 수나라 말에 산동지방에서 절강 德淸縣으로 이거하였다고 하니, 그 자신 산동성 발해지역에 대한 동향인[42]으로서의 관심이 남달랐을 것이리라.

그런데 여기서 다시 한 가지 문제는『송고승전』'의상전'의 선묘설화가 10세기 말에 출현한 뒤 11세기 말에 '향산보살전' 비석이 세워졌다면 설화가 비문 보다 약 1세기가 앞서게 되는 것이다. 종남산 영감사의 불교서적 꾸러미에서 발견되었다는 '향산보살전'은 오랜 세월 승려들 사이에 전해오다가 북송 말기에 이르러 여주수 장지기에 의해 비문으로 찬술되었던 것이다. 또 한편으로 의상대사가 7세기 중엽에 입당하여 화엄의 심오한 뜻을 공부하러 낙양을 거쳐 종남산으로 왕래하는 사이 대사의 품격이 후인들에 풍겨졌을 것이다. 문헌 정보에 정통한 찬령이 '의상전'을 찬술할 때 여러 부류의 자료들 가운데 아직도 들어나지 않았던 '묘선공주 설화'를 '선묘낭자 이야기'로 바꾸어 '의상과 선묘' 전설로 재생산되었던 것이다.

2. '江南' 妙音觀音에서 해동 바리공주로

현장법사가 인도순례를 마치고 귀국하여 집필한『대당서역기』에서 인도 남부 해역의 포달낙가산을 소개하였다. 이를 읽고 귀국한 의상법사가 양양에 절터를 물색하여 동아시아 초유의 인도에 현존하는 포달낙가사를 재현한 것이다.[43]『화엄경』「입계품」에 등장하는 관음도량은 그 이전에도 존재하였

---

42 찬령에 관한 여러 전기에는, 그의 先祖가 渤海郡人 高氏로서 隋末 唐初에 浙江지역으로 옮겨 살았다고 한다. 따라서 그의 선조가 渤海國人이 될 수는 없다. 조영록,『동아시아불교교류사 연구』, 동국대학교 출판부, 전게서, 356쪽 참조.

43 조영록,「라·당 동해관음도량, 낙산과 보타산 – 동아시아 해양불교교류의 역사 현장–」『정토연구』17, 한국정토학회, 2012, 229~230쪽.

지만 인도 현지의 관음도량을 재현한 도량과 그 창건설화에 의상대사의 至高至純한 사문상을 보여주고 있다. 聖窟에서 기도하는 대사 앞에 東海龍王이 나타나 여의보주를 바치는가하면 관음보살을 친견하는 마지막 장면 또한 지극히 엄숙하다.

중국 산동반도와 한반도 서해안은 직항로로 서로 가까운 거리에 있어서 일찍부터 고구려 유민이나 신라인들이 집단적으로 거주하여 新羅坊 혹은 新羅村으로 불리었다. 장보고대사도 한반도의 청해진과 산동반도에 근거지를 두고 그리고 일본의 하카다항까지 세력범위를 확대하여 강력한 제해권을 구사하였다. 그러나 841년 국내 정치 분쟁에 휘말려 죽자 그의 선단은 해체되고 뒤이어 불어 닥친 唐 會昌法難으로 그의 종교적 의지처인 赤山 法華院도 훼철되었다. 이후 한·중 관계 역시 明州를 중심으로 활발하였으며, 이에 따라 보타산 관음도량이 우뚝 서게 되었다.

당 후기에 등장한 보타산(포달낙가)은 신라의 낙산사보다 170년이 늦은 대중 12년(858)에 창건되었다. 일본승 慧萼이 오대산으로부터 관음보살상을 운반하여 본국으로 이송하다가 보타도에 이르러 배가 움직이지 아니하여 신라 상인과 현지 주민들이 합심하여 관음전을 세운 것이다. 여기에 사람들이 기도하면 감응하는 바가 많아 불긍거관음전이라 하여 숭앙하니, 동아시아 3국 사이의 불교 교류의 금자탑이었다.[44] 섬 가까이에 신라바위(新羅礁)가 所在한 것[45] 역시 신라 상인들, 아마도 장보고선단에 속하던 상인들의 참여 현장을 보여주는 증거일 것이다.

중국의 강남, 그 핵심 중의 하나는 강·절 연해지역으로 일찍부터 한·중 해양 불교교류가 진행되는 가운데 법화·관음신앙이 활발하였다. 梁 天監연간(500~519)에 백제승 發正이 월주 界山의 觀音堵室에서 견문한 법화·관

---

44 『佛祖通紀』권42, 大中12年條.; 宋 徐兢, 『宣和奉使高麗圖經』권34, 「海島」1, 「梅岑」조; 필자는 일찍부터 五臺山 관음상을 옮겨 觀音殿을 세운 사람들은 일본승려, 신라상인 그리고 중국 현지인들의 공동작품이라고 주장한 바 있는데, 일본학자 일부도 이에 동조하고 있다. 田中史生, 「慧萼の入唐求法と東アジアの佛教交流」 『동국사학』 52. 동국사학회, 2012, 221쪽.
45 『佛祖通紀』권42, 大中12年 條.

음신앙을 비롯하여 백제 玄光과 신라 緣光 등이 경험한 바다의 龍宮說話들 또는 天台宗의 所依經傳 역시 『법화경』이라는 사실이 이 지역 관음신앙이 면면히 계승되어왔음을 알려준다. 보타산은 이러한 전통의 계승이요 결과물로서 그 창건 시기와 관련하여 한 가지 주목할 것은 신라 梵日祖師가 杭州와 明州를 중심으로 구법 순례한 뒤 귀국하여 바로 같은 858년에 양양 낙산사를 중건하였다는 사실이다.[46]

9세기 중기이후 江·浙 해역은 동아시아 무역의 중심지로서만이 아니라 이제까지 남해 중심으로 활동하던 이슬람상인들이 북상하여 남동해까지 활동영역을 넓혀왔다. 아랍의 지리서 『제도로 및 제왕국지』(864년 간)에는 아랍무슬림 상인들이 출입하는 중국의 4대 항구를 들고 있는데, 交州와 廣州 (kanfu) 그리고 明州 혹은 杭州와 揚州 혹은 江都(남경) 등을 들고 있다.[47] 이들 가운데서도 남경과 명주는 특히 강남의 중심 항구로서 황해를 건너면 바로 신라에 도달한다. "중국의 동쪽 칸수(kansu)[48]의 맞은편에 신라라는 나라가 있다. … 신라로 진출한 무슬림들은 자연환경의 쾌적함 때문에 영구 정착하여 떠날 줄을 모른다."고 한다.[49] 그 대표적인 예로 처용설화를 들 수 있다. 처용은 '눈이 깊고 코가 높은 이방인'으로서 880년경에 울산 개운포에 나타났다고 하니, 그가 만일 실존 인물이라고 하면 필시 해양실크로드 광주로 들어왔다가 북상하여 명주를 거쳐 신라로 건너온 아랍·페르샤 계통의 상인일 것이다.[50]

여기서 말하는 江南은 '江·浙지방의 남경, 항주, 명주'를 지칭하는 것으로

---

46 『三國遺事』 권3, 塔像 제4, 「洛山二大聖 觀音 正趣, 調信」 조.

47 정수일 편저, 「당대 4대무역항」 『해양실크로드사전』, 창작과비평사, 2014.

48 Kansu에 대하여 학자에 따라 杭州 혹은 揚州(江都 즉 Kantou) 등으로 견해를 달리하고 있다. 무함마드 깐수, 『신라·서역교류사』, 단국대학교출판부, 1994, 177~179쪽. 그러나 여기가 강·절 지역으로서 동쪽 바다 맞은편에 신라가 있다는 점에서는 차이가 없다.

49 이희수, 「걸프해에서 경주까지, 천년의 만남」 『바다의 실크로드』, 청아출판사, 2003, 278~279쪽에서 재인용.

50 이용범, 「처용설화의 일고찰 - 당대 이슬람 상인과 신라 -」 『한국과 동부 유라시아 교류사』, 학연문화사, 2015.

우리가 앞에서 본 '바리공주 무가'에서 말하는 '강남은 大漢國'이요, '해동, 강동, 小韓國은 조선국'을 뜻한다는 사실을 알 수가 있다. 사실 고대 한·중 교류의 주요 통로의 한 축은 중국의 강남지방에서 한반도 서남해안으로 왕래하는 항로였으며, 이 길로 대장경의 운반도 이루어졌다. 羅末에 普耀선사가 閩越과 吳越지방으로 가서 대장경을 구해오다가 풍파가 심하여 呪文을 외어서 용을 데리고 무사히 귀국하여 海龍王寺를 세웠다.[51] 그의 제자 洪慶은 고려 초(928)에 閩府로 가서 대장경 일부를 배에 싣고 예성강으로 들어와 태조의 영접을 받았다.[52] 그들 스승과 제자는 포천(?)에 해룡왕사를 세우고 蓮社를 조직하여 신앙생활에 열중하였다. 그 무렵, 閩·吳越지역에는 雪峰禪이 크게 유행하여 라말 여초의 젊은 선사들이 모여들었으며, 泉州 招慶寺에서 간행된 『조당집』(952)에는 신라 九山門에 관한 주요 정보를 아려주고 있다. 그 후 무슨 이유에서인지 이 중국에서는 그 제목만 남긴 채 자취를 감추고, 『고려대장경』에만 실려 유일본으로 전해지고 있다. 고려와는 무언가 밀접한 관계가 있었기 때문일 것이다.

송대에는 대각국사 義天이 입송하여(1085년) 항주 慧因寺(이후 高麗寺) 淨源법사에게 화엄학을 공부하였다. 또한 상천축사 辨才元淨에게 天台敎義를 물었는데, 관음원에 참배할 때 放光했다고 한다.[53] 조맹부가 천축사 '觀音院記'를 써서 "高麗王弟 義天僧統의 도해구법을 칭송하면서 고려에 관음신앙이 더욱 깊어 나라가 안락하기를 바란다"고 축원하고 있다. 두루마리로 된 이 작품(1304년)이 고려에 유행하였던 것은 아마도 그가 고려의 지인에게 써준 기념선물로 보인다.[54] 당시 충선왕은 元京 大都에서 萬卷堂을 세우고 내외고금의 도서를 수집하면서 이재현이나 원 趙孟頫(1254~1322) 같은 문인학자들과 함께 강남지방으로 유람하며 광범하게 교유하였다.[55] 조맹부는 宋

---

51 『三國遺事』 권3, 塔像 제4 「前後所將舍利」 條, 普耀 관련 기사.
52 『三國遺事』 권3, 塔像 제4 「前後所將舍利」.
53 상천축사 靈感觀音院의 방광 사실은 「靈通寺碑文」에 기록되어있다.
54 韓致奫, 「趙孟頫觀音院記」 『海東繹史』 57, 예문지 16, 중국문 4.
55 조영록, 「향산 묘선공주와 등주 선묘낭자 −한·중 관음·용신설화의 근원과 연변−」 『동아시

황실의 후예로 元朝 치하에서 동아시아 서예사상 松雪體로서 이름을 얻었다. 부인 관도승이 찬술한 상천축사 '관음보살전략'에 대하여 앞에서 논의한 바 있거니와 그들 부부가 고향 항주지역을 무대로 문학과 예술 활동을 왕성하게 하여 그 이름이 고려에도 상당히 알려지게 되었다.

IV. 맺음말

우리나라에서 무당의 노래로 불리어져 온 '바리공주 무가'와 중국에서 기록으로 전해온 '향산보살전' 특히 관도승에 의하여 완결된 항주 '관음보살전략'의 이야기 줄거리가 대동소이하다는 사실과 그리고 저들 양국의 설화가 전승되어온 경위를 역사적 맥락에서 살펴보았다. 이제 두 설화의 공통적 줄거리를 약술하고, 그 원형이 되는 '香山 妙善觀音'에서 '杭州 妙音觀音'에 이르는 변화 및 그 영향아래 해동의 '바리공주 무가'로 재탄생하게 되는 과정을 요약 정리하는 것으로서 결론에 대신하고자 한다.

먼저 두 설화의 공통적인 줄거리를 요약하면, 1) 옛날 어느 나라의 왕이 여러 딸들을 두었는데, 2) 그 중 막내딸이 부왕에게 밉보여 쫓겨난다. 3) 뒤에 왕이 중병에 걸려 죽게 되자 4) 왕은 딸들이 구해오는 약을 먹으면 낫는다는 사실을 알게 된다. 5) 결혼한 딸들에게 구약을 요청했으나 모두 거절한다. 6) 오직 쫓겨난 막내딸이 약을 구해주어 왕이 살아난다. 7) 이리하여 海東의 바리공주는 巫神이 되고, 중국 江南의 묘음공주는 관음보살이 되어 신격화한다.

이 공통성에 반하여 저들 설화의 서로 다른 점도 없지 않다. 巫歌에서 공주(딸)의 수는 7명인데, 관음설화에서는 공주의 형제들이 3명으로 차이가 있다. 그리고 등장하는 인물이나 지역의 명칭 등이 약간씩 다르다는 정도의 미

아 불교교류사 연구』, 동국대학교출판부, 2011 및 忠宣王과 趙孟頫 등의 浙江지방 순행 등 활동에 대해서는 장동익, 『元代麗史資料集錄』, 서울대학교출판부, 1997, 관련 조항 참조.

세한 차이가 있을 뿐이다.

중국의 '향산보살전'은 義湘大師가 종남산에 유학할 때 唐 道宣律師와 함께 天神으로부터 전해들은 秘傳을 기록하여 전하는 일로부터 시작한다. 찬령은 『송고승전』 '의상전'을 찬술할 때 주인공 妙善公主를 善妙娘子로 바꾸어 신라 의상대사의 信徒로 꾸며놓았다. 의상대사가 입당하여 종남산으로 왕복하는 路程 중간에 龍山 香山寺가 있고, 또한 산동반도 登州 文登海域 역시 신라 장보고대사의 중심 활동무대로서 '의상전'에 선묘설화를 등장시켜 그들 지역과의 인연의 끈을 되살려놓고 있다. '향산보살전'의 기록자로 등장하는 義常과 義湘은 동일인으로 보아야 하며, 찬령은 선조가 중국 渤海郡人이어서 산동지역에 대한 관심이 남다른 처지여서 의상전을 남녀 간의 미담으로 꾸며 돋보이게 한 것이다.

그 후 北宋 말기에 종남산 靈感寺의 승려 懷晝가 '향산보살전'의 원본을 발견하고, 사실 확인을 위해 하남성 汝州 香山으로 갔다. 때마침 汝州守 蔣之奇가 방문하여 이 '향산보살전'을 진기하게 여겨 이를 윤색하여 사찰 경내에 비석을 세웠다. 얼마 후 이 비문을 杭州 上天竺寺 승려 道育이 重刻하여 세웠으며, 같은 무렵 같은 지역에 『香山寶卷』이 간행되었다. 그 '題記'에는 의상대사 관련기사는 빠지고 대신 편찬자 普明禪師가 神의 啓示를 받고 찬술한 것으로 바뀌었다. 의상은 시대가 멀고 강남지방과는 연고가 없었기 때문이다.

唐末五代 중국의 江南지방에는 보타산 관음도량이 세워져 관음신앙이 더욱 성행하였다. 이러한 가운데 중국의 지방정권인 吳越과 閩越은 해양경제의 발달과 더불어 소위 東南佛國이라 칭할 정도로 불교가 성행한 가운데 후삼국과의 교류가 잦았다. 여기 明州와 杭州 등 강·절 연해지역은 江南의 중심지로서 '바리공주 무가'에서 자주 언급하고 있다. 여기서 한반도 서남해안에 이르는 해양실크로드의 중심항로를 통하여 고래로 大藏經과 求法僧들의 내왕이 이루어지고 있었음은 물론이다.

북송 말에서 元朝에 이르러서는 항주 上天竺寺 觀音院의 '향산보살전' 계열의 관음신앙이 널리 전파되었다. 이와 보조를 같이하여 趙孟頫의 '上天竺

寺 觀音院記'는 그의 지인을 통하여 고려로 전파되었으며, 그의 부인 管道 升이 찬술한 「觀音菩薩傳略」설화 역시 강남지방을 중심으로 널리 인구에 회자되었다. 강남 관음설화의 유행은 해동의 '바리공주 무가'의 출현에도 영향을 끼쳤을 것이 분명하다. '향산보살전'과 '선묘낭자'설화는 天神과 道宣 · 신라 義湘과 같은 고승들에서 비롯하여 북송시기 義天大覺國師의 항주 상천축사 관음원의 참배로 이어져갔다. 이러한 관음신앙의 유행은 시기적으로는 唐에서 宋 · 元으로 이어지고, 지역적으로는 북에서 남으로 그리고 해외로 전파되어갔다. 그것은 다시 14세기 이래 大都에서 開京으로 전하고, 明州에서 한반도 서남해안으로 전해져 드디어 해동의 '바리공주' 설화를 탄생시키게 된 것이다.[56]

---

56 관도승의 '관음보살전략'이 고려에 전해진 시기는 그들 부부가 활동하던 대개 1300년 이후가 된다. 여기서 한 가지 참고할 것은 新安遺物船의 시기와 행로가 동일하다는 사실이다. 신안 유물선이 출항한 항구는 明州(宋 이후는 寧波)이며, 한반도 서남해안을 거쳐 일본 博多로 가는 길이었다. 배의 침몰 연대는 1330년대 이후로서 흡사 관도승의 작품이 고려로 전해지기 시작할 무렵과 같은 시기이다. 문화재청, 『新安船』, 2006, 본문, 제3장 「유물의 종합적 고찰」 제5절 항로 및 신안선의 침몰 연대 참조.

: 참고문헌 :

1. 원전자료

『法華經』『三國遺事』

金富軾 撰, 「靈通寺碑文」

『海東繹史』

宋 朱弁 撰, 「曲洧舊聞」

『宋史』

『宋高僧傳』

『宣和奉使高麗圖經』

宋 普明禪師 撰, 『香山寶卷』

『佛祖通紀』

俞樾, 『茶香室叢鈔』

2. 자료집

김진영·홍태한 편저, 『바리공주전집』1. 한국무가총서, 민속원, 1997.

김진영·홍태한 편저, 『바리공주전집』2, 한국무가총서, 민속원, 1997.

김진영·홍태한 편저, 『바리공주전집』3, 한국무가총서, 민속원, 2001.

김진영·홍태한 편저, 『바리공주전집』4, 한국무가총서, 민속원, 2004.

임석재 편, 임석재, 「버리덕이」『한국구전설화』5, 평민사, 1988.

3. 연구서 및 논문

조희웅, 『이야기문학 모꼬지』, 박이정출판사, 1995.

홍태한, 『서사무가 바리공주연구』, 민속원, 1998.

김동욱, 「무가'바리공주'」『黃義敦先生古稀記念私學論叢』, 東國史學會, 1960.

홍태한, 「한국 신모 신화의 흐름과 바리공주」『바리공주전집』, 한국무가총서 3, 민속원, 2001.

이경하, 「여성성의 신화적 상상 '바리공주'」『한국의 고전을 읽는다. Ⅰ-고전문학』 상, 신화, 휴머니스트, 2006.

민영규, 「義相과 善妙」『四川講壇』, 우반, 1994.

김지견, 「의상대사」『한국불교인물사상사』, 민족사, 1990.

조영록, 「善妙與洛山二大聖－9世紀海洋佛敎傳說的世界－」『동아시아불교교류사
연구』, 동국대학출판부, 2011.

조영록, 「香山 妙善公主와 登州善妙娘子 － 韓·中 觀音·龍神說話의 근원과 연
변」『동양사학사연구』115집, 2011; 조영록, 『동아시아 불교교류사연구』,
동국대학출판부, 2011, 재수록.

鄭振鐸, 『中國俗文學史』, 商務印書館, 2005, 再印.

韓秉方, 「觀音信仰與吳越佛敎」『吳越佛敎學術硏討會論文集』, 杭州佛學員 編,
2004.

秋葉隆·赤松智城, 『朝鮮巫俗の硏究』上·下, 大版屋號書店, 1937~1938.

Glen Dudgebridge, The Legend of Miao—shan(London: Ithaca Press, 1978).

〈華城陵行圖屏〉 문화콘텐츠 개발을 위한 스토리텔링의 실제와 그 활용 방안

이하나 고려대학

I. 머리말

이 글은 〈華城陵行圖屏〉 문화콘텐츠 스토리텔링의 양상을 살펴, 문화콘
텐츠 개발을 위한 스토리텔링의 실제를 제시하고 그 활용 방안에 대해 제언
하는 것을 목적으로 한다.

〈화성능행도병〉[1]은 정조(正祖)가 1795년(正祖19, 乙卯) 윤2월 9일부터 16일
까지 8일 동안 화성(華城)에 있는 사도세자(思悼世子)의 묘소를 방문하며 진
행했던 행사의 중요한 장면을 선택하여 그린 여덟 폭의 병풍을 의미한다.[2]
정조는 재위 기간(1777~1800) 중 아버지 사도세자의 묘소를 수원으로 옮겼
고, 이후 12번에 걸쳐 顯隆園展拜를 거행했다. 그중에서도 乙卯年인 1795년
의 원행은 정조의 아버지인 사도세자와 동갑이었던 그의 부인 혜경궁 홍씨
가 회갑을 맞이하는 해라는 점에서 더욱 특별한 의미가 있었다. 당시 정조는
어머니인 혜경궁 홍씨를 모시고 현륭원 전배를 진행한 뒤, 華城行宮에서 혜
경궁 홍씨의 회갑을 기념하는 진찬례(進饌禮)를 베풀어 어머니를 기쁘게 하
고자 하였다. 이처럼 혜경궁 홍씨의 회갑을 기념하는 진찬례(進饌禮)를 핵심
적인 행사로 삼았던 을묘년의 원행(園幸)은 정조의 철저한 기획 하에 8일 동
안 진행되었고, 〈화성능행도병〉은 이와 같은 원행의 주요 장면을 상세히 보
여주고 있다.

여덟 폭으로 이루어진 〈화성능행도병〉은 "제작 배경의 역사성에서 주목
을 받아왔을 뿐만 아니라 회화성에서도 가장 우수한 궁중기록화 중의 하나
로 평가되는 작품"이다.[3] 화려한 색채와 다양한 구도 및 우수한 필치 등이 돋

1　〈화성능행도병(華城陵行圖屏)〉은 〈수원능행도병(水原陵行圖屏)〉 혹은 〈화성행행도(華城幸行
圖)〉, 〈관화도정리소계병(觀華圖整理所稧屏)〉 등의 다양한 명칭으로 불렸다. 그러나 '정조의
능행은 華城이라고 명명된 고을로의 행차였다는 점에서 그림 본래의 의미 전달을 위해 '화성
능행도'로 명명하는 것이 적합하다'는 박정혜의 주장에 따라 본고에서도 '화성능행도'로 통일
하여 표기하기로 한다(박정혜, 『조선시대궁중기록화연구』, 일지사, 2000, 295쪽 참조.).
2　박정혜, 「〈水原陵行圖屏〉研究」『미술사학연구』 189, 한국미술사학회, 1991, 27쪽.
3　을묘년 정조의 원행 배경과 행사의 내용에 대해서는 한영우의 『정조의 화성행차 그 8일』을 참
조할 수 있다(한영우, 『정조의 화성행차 그 8일』, 효형출판, 1998, 8~318쪽.).

보인다는 점[4]에서 조선시대의 많은 궁중행사도 중 가장 우수한 작품으로 평가받았으며, 19세기 궁중미술사에 미친 영향이 적지 않은 것으로 확인된다.[5] 즉 〈화성능행도병〉이 예술사적으로나 역사적으로 중요한 가치를 지닌 문화유산임에는 의심의 여지가 없는 것이다.

문화유산이란 사전적으로 "장래의 문화적 발전을 위하여 다음 세대 또는 젊은 세대에게 계승·상속할 만한 가치를 지닌 과학, 기술, 관습, 규범 따위의 민족 사회 또는 인류 사회의 문화적 소산. 정신적·물질적 각종 문화재나 문화 양식 따위를 모두 포함"하는 것이다.[6] 유네스코에서는 문화유산을 기념물, 건조물군, 유적지로 분류하고 있는데, 이중에서 〈화성능행도병〉은 기념물에 해당한다. 문화유산 중 기념물이란, "건축물, 기념적 의의를 가지고 있는 조각 및 회화 작품, 고고학적 성격을 띠고 있는 유물 및 구조물, 금석문, 혈거유적지 및 혼합유적지 중 역사·예술 및 학문적으로 현저한 세계적 가치를 갖고 있는 유산"으로 정의하고 있다.[7] 문화유산이나 문화재는 '보존의 대상' 혹은 '발굴의 대상' 이라는 의미를 내포하는 것이다.

현대 문화유산의 계승과 수용은 '보존'에서 한 발 나아가 '향유'를 필요로 한다. 이때 문화유산의 향유를 위한 문화콘텐츠로의 개발은 바람직한 방법으로 도입되고 있다. 문화유산을 원천소재로 문화콘텐츠를 개발했을 때 문화유산은 '보존의 대상'에서 '향유의 대상'으로 전환된다. 〈화성능행도병〉을 문화콘텐츠로 개발하고자 하는 시도 역시 여기에 초점을 두고 있다. 문화유산을 문화콘텐츠로 생산하며 기대할 수 있는 효과는 박제화 된 문화유산을 살아 숨 쉬게 만든다는 점과 문화유산을 통해 경제적 가치를 창출할 수 있다는 점이라 할 수 있다.

이처럼 문화유산이 문화콘텐츠로 생산되는 과정에서 문화콘텐츠의 창작

---

4 박정혜, 앞의 논문, 28쪽.
5 박정혜, 『조선시대 궁중기록화연구』, 일지사, 2000, 305쪽.
6 국립국어원, 표준국어대사전(http://stdweb2.korean.go.kr/search/List_dic.jsp).
7 김흥식·류웅재·김진형, 「경기도 문화유산의 스토리텔링화 방안에 관한 연구」『정책연구』, 경기연구원, 2010, 26쪽.

을 위한 전략으로 스토리텔링이 활용된다. 스토리텔링이 문화콘텐츠의 창작에 지대한 역할을 하기 때문이다. 문화콘텐츠 "스토리텔링은 1) 향유과정에서 텍스트와의 소통을 실현하는 기본적인 회로라는 점, 2) 문화콘텐츠를 통한 경제적 수익 실현 과정에서 One Source Multi Use를 활성화시킬 수 있는 중심 매개라는 점, 3) 무엇보다도 텍스트의 완성도와 향유자의 소구를 결정짓는 결정적인 역할을 한다는 점"에서 그 중요성이 논의되어왔다.[8]

스토리텔링의 개념에 대해서는 이인화[9], 최혜실[10], 박기수[11], 정창권[12]의 논의가 대표적이다. 스토리텔링의 개념에 대한 논의는 활발하게 진행되었지만 여전히 그 개념은 명확하게 정의되지 않은 상황이다. 다만 스토리텔링의 개념에 대해서는 계속해서 논의가 진행되고 있으며 그 정의가 "문화콘텐츠와 상관한 전략적 차원에서 논의될 문제"[13]라는 점에서 과도기적인 상황이라는 것을 염두에 두어야 한다.

〈화성능행도병〉의 스토리텔링에 대한 연구는 대체로 문화콘텐츠의 개발에 중심을 두고 논의되었다. '〈화성능행도병〉의 스토리텔링'에만 초점을 맞춘 단독 연구는 확인할 수 없는데 이는 앞서 언급한 바와 같이 스토리텔링이 문화콘텐츠 개발의 전략으로 활용되기 때문이라고 할 수 있다. 그러므로 본 연구에서는 '〈화성능행도병〉의 내용 관련 연구'와 〈화성능행도병〉 혹은 화성(華城)의 문화콘텐츠 개발과 관련된 연구'를 선행연구로 살피고자 한다.

---

8 박기수, 『문화콘텐츠 스토리텔링 구조와 전략』, 논형, 2015, 11쪽.

9 이인화는 스토리텔링을 "사건에 대한 진술이 지배적인 담화양식으로 스토리, 담화, 이야기가 담화로 변하는 과정의 세 가지 의미를 포괄하는 개념"이라 정의했다(이인화, 『한국형 디지털 스토리텔링』, 살림, 2005, 8~9쪽.).

10 최혜실은 스토리텔링을 "어떤 사물이나 사실, 현상에 대하여 일정한 줄거리를 가지고 하는 말 또는 글'이라 정의하고 있다(최혜실, 『문화콘텐츠, 스토리텔링을 만나다』, 삼성경제연구소, 2006, 16쪽.).

11 박기수는 스토리텔링을 "'가치 있는 즐거운 체험을 창출하기 위한 전략'이라 전제하고, 'story'와 'tell'과 'ing'이 탄력적이고 유연한 통합적 상관관계를 지향한다고 주장"한다(박기수, 『문화콘텐츠 스토리텔링 구조와 전략』, 논형, 2015, 37쪽.).

12 정창권은 스토리텔링을 "이야기를 매체의 특성에 맞게 표현하는 것으로 내용을 물론 기술적 측면까지 포함하는 용어"라고 정의하고 있다(정창권, 『문화콘텐츠, 스토리텔링』, 북코리아, 2009, 37쪽.).

13 박기수, 앞의 책 53쪽.

〈화성능행도병〉 자체에 대한 연구는 주로 미술사학 분야에서 진행되었다. 이와 관련해서는 박정혜[14]와 한영우[15]의 연구를 주목할 만하다. 박정혜는 〈화성능행도병〉의 탄생 배경과 그 과정 및 그림의 내용과 위상 등을 파악하는 데 구체적인 정보를 제공했다. 무엇보다도 '수원능행도병', '화성행행도', '원행을묘팔곡병' 등 다양한 명칭으로 불리던 '화성능행도병'의 명칭을 '화성능행도병'으로 통일하자는 주장을 했고, 그 성과가 유의미하다. 한영우는 『원행을묘정리의궤』의 반차도에 대한 설명을 토대로 '정조의 화성행차' 과정과 을묘년 원행의 의미와 취지를 규명하였다. 그 과정에서 『원행을묘정리의궤』에 입각한 〈화성능행도〉의 내용을 구체적으로 설명하고 있기에 본연구를 진행하는데 중요한 정보를 제공했다. 이와 같은 기초학문 분야의 연구는 〈화성능행도병〉의 내용을 면밀히 파악하고 분석할 수 있다는 점에서 본 연구의 중심 소재가 되는 〈화성능행도병〉의 내용을 고찰하는 데 중요한 연구 결과들이라 할 수 있다.

'화성의 문화콘텐츠 개발'과 관련된 연구 중 스토리텔링과의 관련성에 대한 논의는 김준혁과 안영화의 연구를 주목할 만하다. 김준혁[16]은 조선의 왕실기록을 기반으로 하는 수원 화성의 문화콘텐츠 활성화 방안을 연구하며 『원행을묘정리의궤』의 콘테츠화 방향을 제시했고, 그 과정에서 스토리텔링을 제언했다. 안영화[17]는 華城을 공연콘텐츠로 개발하는 연구를 진행하며 을묘년에 진행된 '8일간의 원행', '봉수당 진찬연'의 공연콘텐츠 개발에 대해 제언했다. 이와 같은 연구는 〈화성능행도병〉을 위시한 문화콘텐츠 개발이라는 목적을 토대로 하는 과정에서 스토리텔링의 필요성에 대해 언급하고 있다는 점에서 공통된다. 그러나 〈화성능행도병〉과 관련한 문화콘텐츠 개발과

---

14 박정혜, 앞의 논문, 27~68쪽.
15 한영우, 『정조의 화성행차 그 8일』, 효형출판, 1998, 8~318쪽; 한영우, 『〈반차도〉로 따라가는 정조의 화성행차』, 효형출판, 2007, 4~150쪽.
16 김준혁, 「조선왕실기록을 기반으로 하는 수원 화성의 문화콘텐츠 활성화」 『인문콘텐츠』 34, 인문콘텐츠학회, 2014, 213~237쪽.
17 안영화, 「수원 화성(華城) 문화원형 공연콘텐츠 개발을 위한 연구」, 숙명여자대학교 대학원, 2015, 1~118쪽.

스토리텔링의 필요성에 대해 언급하면서도 스토리텔링을 구체적으로 제시하지 못했다는 점, 스토리텔링의 활용 방안을 제언하지 못하고 있다는 점에서 아쉬움이 남는다. 〈화성능행도병〉과 관련한 내용의 문화콘텐츠 스토리텔링을 위해서는 화성 관련 문화콘텐츠 개발을 위한 시론적 연구에서 나아가 실제 개발과 관련한 연구가 이루어져야 하기 때문이다.

그러므로 본고에서는 〈화성능행도병〉의 문화콘텐츠 스토리텔링의 양상을 살피고 분석한 후, 이를 토대로 〈화성능행도병〉을 이용한 문화콘텐츠 개발에서 활용이 가능한 스토리텔링을 실제로 제시하고자 한다. 더하여 이러한 스토리텔링의 활용 방안에 대해서도 제언할 것이다.

이를 위해 『원행을묘정리의궤』와 『화성성역의궤』 등의 1차적인 자료와 기초학문 분야에서 그동안 진행된 연구 결과물을 연구인 2차 자료를 활용할 것이다. 이로써 〈화성능행도병〉 및 '화성(華城)'이라는 문화유산에 대한 기초학문 분야의 연구와 문화유산 스토리텔링 및 문화콘텐츠 개발이라는 응용학문 분야의 연구가 상호적으로 진행되는 학제간 연구의 모범적 사례를 보이고자 한다. 더하여 우리의 문화유산이 세계적인 콘텐츠로 거듭날 수 있게 하는 유의미한 제언이 되기를 기대한다.

II. 문화콘텐츠로서 〈華城陵行圖屛〉에 대한 고찰

〈화성능행도병〉의 스토리텔링을 진행하기에 앞서 기초학문 분야의 연구를 토대로 '화성능행도'에 대해 이해하는 작업이 선행되어야 한다. 〈화성능행도병〉은 소장본마다 각 장면의 배열순서가 다른 것으로 확인된다.[18] 그러

---

18 화성능행도병의 소장본은 삼성미술관Leeum, 국립중앙박물관, 국립고궁박물관, 우학문화재단에 한 좌씩 소장되어 있다. 그밖에도 동국대학교박물관에 〈봉수당 진찬도〉가, 삼성미술관 Leeum에 〈환어 행렬도〉가, 도쿄 예술대학교 박물관에 〈득중정 어사도〉가 낱폭으로 소장되어 있으며 교토대학교 박물관에는 〈봉수당 진찬도〉, 〈낙남헌 방방도〉, 〈득중정 어사도〉, 〈환어 행렬도〉, 〈한강 주교도〉의 5폭이 소장되어 있다(용인대학교박물관, 『2011 용인대학교박물관 학술

므로 〈화성능행도〉를 상세하게 설명할 수 있는 『원행을묘정리의궤』와의 관련성을 고려하여 그 순서의 타당성을 살피고자 한다. 〈화성능행도〉의 순서는 의궤의 「도식」과 같은 〈봉수당 진찬도(奉壽堂進饌圖)〉, 〈낙남헌 양로연도(洛南軒養老宴圖)〉, 〈화성성묘 전배도(華城聖廟展拜圖)〉, 〈낙남헌 방방도(洛南軒放榜圖)〉, 〈서장대 야조도(西將臺夜操圖)〉, 〈득중정 어사도(得中亭御射圖)〉, 〈환어 행렬도(還御行列圖)〉, 〈한강주교 환어도(漢江舟橋還御圖)〉의 순서가 가장 타당[19]한 것으로 논의되고 있다.[20] 우선적으로 '화성능행도' 여덟 개의 그림을 소개하도록 하겠다.

1. 스토리텔링을 위한 '華城陵行圖'의 내용 고찰[21]

① 봉수당 진찬도(奉壽堂 進饌圖)

봉수당 진찬도는 원행의 5일차인 윤2월 13일에 정조가 봉수당에서 혜경궁 홍씨의 회갑을 기념하는 진찬례를 올리는 장면을 그린 그림이다. 그림의 맨 위쪽은 봉수당이며 그 아래로 중양문이 보인다. 맨 아래에 지붕이 보이는 문은 좌익문이다. 봉수당 앞 오른쪽에 방석이 놓여있는 자기가 정조의 자리이고, 혜경궁 홍씨의 자리에는 연꽃 방석이 놓여있다. 그 앞뜰에는 혜경궁 홍씨의 친척들인 의빈과 척신들이 보인다. 중양문 밖에는 문무백관들이 앉아 있다. 화면의 가운데에 보이는 여령들은 무고(舞鼓)와 선유락(船遊樂)을 추고 있는데 이것은 서로 다른 장면이 함께 그려진 것이다. 헌선도를 비롯해 앞뜰에 놓인 화려한 소품들이 궁중연회의 호화로움과 품격을 보여준다.

대회 우학문화재단 소장 화성능행도병」, 용인대학교박물관, 2011, 65쪽.).

19 위의 책, 306쪽.

20 〈화성능행도병〉의 그림 여덟 폭에 대해서는 2011년 용인대학교박물관에서 발행한 『2011 용인대학교박물관 학술대회 우학문화재단 소장 화성능행도병』의 설명을 참조하였다(위의 책, 14~59쪽.).

21 스토리텔링을 위한 '화성능행도'의 내용은 『원행을묘정리의궤』를 토대로 그 내용을 확인한 후 정리하였다(수원시, 서울대학교 규장각본 『원행을묘정리의궤 원전』, 수원시, 1996, 3~345쪽; 수원시, 『원행을묘정리의궤 역주』, 수원시, 1996, 1~791쪽.).

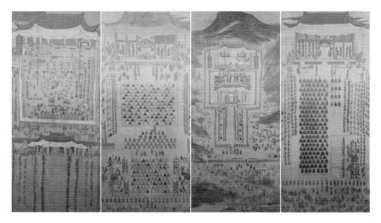

〈그림 1〉 봉수당 진찬도, 낙남헌 양로연도, 화성성묘 전배도, 낙남헌 방방도(좌측부터)[22]

② 낙남헌 양로연도(落南軒 養老宴圖)

낙남헌 양로연도는 원행의 6일차인 윤2월 14일 오전에 정조가 낙남헌에서 영의정 홍낙성을 비롯한 노인관료와 현지의 노인들에게 양로연을 베푸는 장면을 그린 것이다. 어좌 앞 마루에는 융복차림의 노대신과 관원들이 앉아 있으며 섬돌 앞뜰에는 왕이 내린 노란 비단 손수건을 지팡이에 매고 앉아서 비단 한 단씩을 받는 사서노인(士庶老人)들의 모습이 보인다. 담장 사이에는 여령과 악사들이 늘어서 있는 것을 볼 수 있다.

③ 화성성묘 전배도(華城聖廟 展拜圖)

화성성묘 전배도는 원행 3일차인 윤2월 11일 아침, 정조가 공자를 모신 향교 대성전[聖廟]에서 참배하는 모습을 그린 것이다. 맨 위쪽에는 대성전(大成殿)이 있고, 그 앞에는 청금복을 입은 유생들이 보인다. 그 아래에는 명륜당(明倫堂)이 있고, 뒤로는 수행하는 문무백관들이 각각 시좌하고 있다. 명륜당 앞뜰, 향교의 주위와 앞쪽에는 많은 병사들이 호위하고 있으며 주변에는

22　그림(사진)은 우학문화재단 소장 〈華城陵行圖屛〉을 필자가 직접 촬영한 것임.

구경을 나온 사람들의 모습도 보인다.

④ 낙남헌 방방도(落南軒 放榜圖)

낙남헌 방방도는 원행의 3일차인 윤2월 11일 정조가 낙남헌에서 오전에 실시한 과거시험의 급제자에게 합격증을 주는 의례를 진행하는 모습을 그린 것이다. 낙남헌 안에는 정조의 어좌와 배석한 입시관원들의 모습이 보인다. 섬돌 아래에는 합격증인 홍패와 어사화(御賜花)가 놓여있는 탁자의 모습도 볼 수 있다. 이날의 급제자는 문과 5명, 무과 56명으로 총 61명이라 기록되어 있으나 실제 그림에서는 61명보다 훨씬 많은 사람들의 모습이 보인다. 그림의 아래쪽에는 가족이나 주민으로 보이는 사람들이 자유롭게 늘어서 있는 모습을 볼 수 있다.

⑤ 서장대 야조도(西將臺 夜操圖)

서장대 야조도는 원행의 4일차인 윤2월 12일 밤, 정조가 화성의 서장대에서 야간 군사훈련을 참관하는 모습을 그린 것이다. 이때 정조는 서장대에 올라서 다음날 새벽까지 군사훈련인 성조(城操)와 야간훈련인 야조(夜操)를 참관한 것으로 확인된다. 서장대는 가장 높고 가파르며 사방을 조망할 수 있는 팔봉산(八峯山) 정상에 위치한다. 주위의 많은 군사들은 오와 열을 맞춰서 있다. 그림은 긴 타원형의 모양으로 성곽 전체의 모습을 나타내고 있으며 서장대의 아래에는 행궁과 민가가 위치하고 있다. 가운데로부터 왼쪽과 오른쪽에 각각 화성의 남쪽 문인 팔달문과 북쪽 문인 장안문이 보인다. 장안문의 좌측 하단에는 화홍문과 방화수류정이 위치하고 있으며, 맨 아래쪽에는 동쪽문인 창룡문이 있다.

⑥ 득중정 어사도(得中亭 御射圖)

득중정 어사도는 원행의 6일차인 윤2월 14일 오후, 정조가 득중정에서 신하들과 활쏘기를 한 후 혜경궁 홍씨를 모시고 매화포(埋火砲) 터뜨리는 것을 구경하는 장면을 그린 그림이다. 그림의 위쪽에는 득중정이 있고, 혜경궁 홍씨의 가마도 보인다. 그 아래의 왼쪽에 있는 건물은 낙남헌으로 정조가 친림(親臨)해 있는 모습이 상징적으로 그려진 것을 확인할 수 있다. 가장 아래의

〈그림 2〉 서장대 야조도, 득중정 어사도, 환어 행렬도, 한강주교 환어도(좌측부터)[23]

왼쪽에 보이는 것은 화성의 북쪽 문인 장안문으로, 실제의 위치와는 부합하지 않으나 현장의 공간감을 확대하는 효과를 보인다.

⑦ 환어 행렬도(還御 行列圖)

환어 행렬도는 원행의 7일차인 윤2월 15일, 화성행궁을 출발한 행렬이 시흥행궁에 도착한 모습을 그린 것이다. 왼쪽 아래에는 병사들의 호위에 둘러싸인 시흥행궁이 위치하고 있다. 가운데 윗부분에서는 푸른 휘장에 가려진 혜경궁의 가마를 볼 수 있다. 행렬이 멈추고 정조가 혜경궁 홍씨에게 친히 미음과 다반을 올리는 장면으로 행렬의 바깥쪽에 수라를 실은 수레와 음식을 준비하는 모습도 볼 수 있다. 기수대의 앞에는 거대한 용기(龍旗)와 비어 있는 정조의 가마가 있고, 민인(民人)들 사이에는 엿장수의 모습도 보인다.

⑧ 한강주교 환어도(漢江舟橋 還御圖)

한강주교 환어도는 원행의 마지막 날인 윤2월 16일 서울로 돌아오는 행렬

---

23 그림은 우학문화재단 소장 〈華城陵行圖屛〉을 필자가 직접 촬영한 것임.

이 노량진에 설치된 배다리를 건너며 서울로 행궁하는 장면을 그린 것이다. 이 그림은 장면을 용산 방면에서 보고 그렸다. 주교의 가운데에 있는 홍살문을 혜경궁 홍씨의 가마가 지나고 있으며 그 뒤를 정조의 좌마(坐馬)가 따르고 있다. 강 건너편에 보이는 용양봉저정 행궁 앞에는 두 군주의 가마를 볼 수 있다. 행렬의 모습도 인상적이나 행렬을 구경하려고 나온 사람들의 다양한 모습들도 생생하게 그려져 현장감을 더한다는 특징이 있다.

2. 스토리텔링의 주제 다양화를 위한 정조의 원행과 그 의미 고찰

조선 제 22대 왕인 정조는 할아버지인 영조의 무한한 관심을 받으며 어린 시절부터 군왕으로서의 교육을 받았다. 정조의 아버지 사도세자는 1762년 뒤주에 갇혀 8일 만에 비참하게 삶을 마감해야 했다. 이런 사실을 지켜봐야 했던 정조에게 아버지는 연민의 대상이었다. 그러나 이 사건으로 정조는 죄인의 아들이라는 불명예에서 벗어나기 위해 다각도로 노력을 기울일 수밖에 없었다. 이런 상황에서 정조는 붕당의 폐단을 극복하여 강력한 왕권을 세우고, 지방사회의 동요를 막기 위해 사회의 통합을 중시했다. 더하여 농업과 상공업이 함께 발전하는 국가 경제의 질서를 구축하기 위해 노력했던 부분도 확인할 수 있다.

정조는 중앙 5군영의 기간부대를 축소시키고, '장용영(壯勇營) 설치'를 핵심 사업으로 군권장악에도 신경을 쏟았다. 특히 화성(華城)에 설치한 장용영 외영의 존재는 매우 중요했는데 장용영은 정조의 친위부대였다고 할 수 있다.[24] 이처럼 정조는 강력한 왕권을 구축하는 것은 물론, 군권을 장악하는 데까지 노력을 기울인 것이다.

정조는 제위 기간(1777~1800) 중 아버지 사도세자의 묘소를 수원으로 옮기고, 해마다 1, 2월이 되면 현륭원(顯隆園)을 방문하곤 했다. 정조는 24년의 재위기간 동안 66회의 행행을 했는데, 정조의 행행 횟수는 다른 왕들과 비교했을 때 매우 빈번한 일이었다고 할 수 있기에 그가 지닌 '효심(孝心)'을 확인

---

24 한영우, 『정조의 화성행차 그 8일』, 효형출판, 1998, 84쪽.

할 수 있는 증거가 되었다.

그러나 정조의 원행이 단순히 '효심'을 위한 것만으로 볼 수는 없다. 정조는 단순히 행행을 했던 것이 아니라 행행 중에 3,355건의 상언(上言)[25]과 격쟁(擊錚)[26]을 처리했다는 기록을 찾을 수 있다. 그는 이처럼 백성들의 이야기를 직접 듣는 상언과 격쟁을 처리하는 데 매우 적극적이었다. 총 12회에 걸쳐 진행된 현륭원 참배의 과정에서 처리한 상언이 약 1천여 건에 달한다는 기록은 백성들의 이야기를 듣고자 귀를 기울였던 정조의 태도를 뒷받침한다. 선행 연구자들은 이런 정조의 행행이 다양한 민원 해결의 기회였다는 관점을 내놓기도 했다.

원행은 단순히 정조가 많은 인원을 이끌고 길을 떠난 사건이라는 점에만 의미를 둘 수 없다. 원행을 준비하는 과정에서 길을 닦고 다리를 보수하는 등의 효과도 정조가 주도한 원행의 성격을 헤아릴 수 있는 핵심적인 부분이 된다. 또 많은 군사를 대동하며 수도권 전반의 방위체제를 점검하고 훈련하는 기회가 되었던 것도 사실이다. 정조는 원행을 진행하며 현지에서 꾸준히 별시를 시행했고, 지방의 인재를 발탁하여 등용하는 등의 행사도 진행했다. 이는 지방에 사는 인재들이 본인의 역량을 국가 발전을 위해 제공하는 기회가 되었고, 인재를 배출한 집안에는 영광이 되었다. 이런 점에서 정조의 원행은 백성들의 사기를 진작시키는 효과도 있다고 할 수 있다.

모든 원행이 각각의 의미를 가졌지만 그중에서도 1795년에 시행된 을묘년의 원행은 정조의 아버지 사도세자와 어머니 혜경궁 홍씨의 회갑을 축하하기 위한 행사라는 점에서 더 큰 의미가 있었다. 그러나 이면적으로는 원행을 준비하는 과정에서 살필 수 있는 것처럼 부모님에 대한 효성을 넘어 본인이 그동안 축적한 "위업을 과시하고 내외 신민의 충성을 결집시켜 정치개혁에 박차를 가하려는 정치적 시위"라는 측면이라는 원행의 성격을 확인할 수 있다.[27]

---

25 상언(上言)이란 백성이 임금을 직접 만나 억울한 일을 호소하는 것을 말한다.
26 격쟁(擊錚)이란 행차 중에 징을 치고 나와서 왕에게 억울한 일을 호소하는 것을 말한다.
27 한영우, 앞의 책, 107쪽.

더불어 아버지 사도세자를 죽음에 이르게 한 서울에서의 묵은 정치적 질서를 화성에서 극복하고자 마음먹었던 새로운 도전의 기회였다고 할 수 있다.

III. 〈華城陵行圖屛〉 문화콘텐츠 스토리텔링의 양상과 특징

1. 〈華城陵行圖屛〉의 문화콘텐츠 스토리텔링 자료의 개관

〈화성능행도병〉은 문화콘텐츠로 창작되기에 충분한 가치를 인정받아 현재까지 매우 다양한 유형의 문화콘텐츠로 생산되었다. 그럼에도 불구하고 〈화성능행도병〉은 여전히 새로운 문화콘텐츠로 생산될 가능성이 있다. 이런 상황을 감안하여 새로운 문화콘텐츠의 생산을 위한 〈화성능행도병〉의 스토리텔링이 다각도로 진행되어야 할 것이다.

이 장에서는 〈화성능행도병〉의 스토리텔링을 위한 선행 작업으로 이미 생산된 〈화성능행도병〉의 문화콘텐츠 중 스토리텔링의 양상 고찰을 위해 세 가지 유형의 콘텐츠를 분석하고자 한다. 스토리텔링은 플랫폼의 변화와 가장 중요한 관련성을 가지기 때문에 스토리텔링의 양상을 살피기 위해 콘텐츠를 구현하는 매체의 다양화를 염두에 두고 분석할 콘텐츠를 선정했다. 여기서 살필 스토리텔링 자료는 각각 출판, 방송, 축제의 문화콘텐츠이며 각각에 대한 개관과 특징은 다음과 같다.

1) 출판: 윤문자 글 · 그림, 『임금님의 효행길』, 가교출판, 2005.

〈화성능행도병〉의 문화콘텐츠 중에서 가장 활발하게 생산된 것은 출판콘텐츠라고 할 수 있다. 정조의 을묘년 원행에 대해 자세한 사항을 살피기 위해서는 『원행을묘정리의궤』를 확인하는 방법이 있지만 의궤의 분량이 매우 방대하여 대중이 살피기에는 무리가 있다. 더구나 『원행을묘정리의궤』는 한문으로 서술되어 있다는 점에서도 일반적인 대중이 독서를 목적으로 하기에는 어려운 것이 사실이다.

윤문자의 『임금님의 효행길』은 〈화성능행도병〉을 원천소재로 한 문화콘텐츠 중의 한 가지로 2005년에 가교출판사에서 제작한 출판물이다.[28] 저자는 민화 복원 전문가로 활동하며 〈정조대왕능행도〉, 〈세종조 회례연 헌가등가〉, 〈박연 부부 초상화〉 등의 그림 및 궁중기록화를 복원한 경험이 있다. 『임금님의 효행길』에 수록된 그림 역시 저자가 직접 모사하여 복원했다는 점에서 그림에 대한 설명이 보다 전문성을 띠고 있다.

이 책은 〈화성능행도병〉이라는 제목을 직접적으로 사용하지 않고, 정조가 〈화성능행도병〉을 통해 표현하고자 했던 주제 중 하나인 '효(孝)'를 전면에 내세운 『임금님의 효행길』이라는 제목을 사용했다. 즉 이 책의 내용적 주제는 '효(孝)'라고 할 수 있으며, 이를 드러낼 수 있는 스토리로 구성되었다. 또 이 책은 소제목으로 '우리 민화 이야기'라는 용어를 제시하고 있다는 점에서 스토리를 진행하는 형식의 측면에서는 그림을 구체적으로 살피는 방식으로 진행될 것이라는 예측이 가능하다.[29]

저자는 이 책을 구성하는 과정에서 〈화성능행도병〉의 그림을 중심으로 설명하며 곳곳에 『원행을묘정리의궤』와 『화성성역의궤』 등의 내용을 수록하는 방식으로 〈화성능행도병〉에 대한 깊은 이해를 돕고자 했다. 전체의 스토리는 『원행을묘정리의궤』의 반차도와 〈화성능행도병〉의 그림 8폭을 활용하여 제시된 그림을 토대로 중심 서사를 만들고, 그림의 세부내용을 설명하기 위해 다양한 참고자료를 덧붙이는 방법을 활용했다. 이때 전체 스토리는 『원행을묘정리의궤』를 통해 확인할 수 있는 정조의 을묘년 원행 일정을 토대로 시간의 순서를 중심으로 한 서사적 구성을 활용한다.

『임금님의 효행길』의 특기할 만한 사실은 이 콘텐츠의 향유대상이 '어린

---

28 윤문자 글·그림, 『임금님의 효행길』, 가교출판, 2005, 1~125쪽.

29 실제로 저자는 책을 시작할 때 "민화는 생활화이며 기록화이며, 장식화이다. 궁중의 생활을 그림으로 기록한 것이 궁중민화요, 서민대중의 생활을 담은 것이 민화이다. 민화에는 우리 조상들의 행복에 대한 소망, 일상생활의 도덕과 윤리, 삶의 어려움을 꿈과 기원으로 이겨나가는 지혜가 담겨있다."는 언급을 함으로써 그림을 중심으로 탐구하는 방식으로 스토리를 진행해 나갈 것이라는 확신을 주고 있다(위의 책, 2쪽.).

〈그림 3〉 임금님의 효행길

이'라는 점이다. 그러므로 스토리의 문체가 어린이에게 궁중기록화를 설명함으로써 궁중기록화에 대한 개념을 설명하고, 〈화성능행도〉의 내용을 설명하고 있다. 또 이런 새로운 내용을 설명하면서 대주제인 정조의 효행에 대해서도 알리고자 한 것이 독특하다. 실제로 내용적인 면에서 어린이가 혼자 읽어내기에는 어려운 부분이 있다고 판단되며, 궁중기록화나 〈화성능행도〉에 대해 알고 싶은 어른이 읽기에도 손색이 없을 것으로 사료된다.

2) 방송: EBS 지식채널e 문화유산 시리즈, 〈기념비적 기록화 화성능행도〉

EBS 지식채널e 문화유산 시리즈의 〈기념비적기록화 화성능행도(華城陵行圖)〉는 2012년 11월 28일에 방송되었다.[30] EBS교육방송의 김한중이 연출하고, 전 문화재청장인 유홍준이 글을 쓴 4분 35초의 짧은 방송으로 〈화성능행도〉를 소개하고 있다. 방송이라는 매체의 가장 대표적인 특징인 시청각 효과를 잘 활용하여 〈화성능행도병〉의 그림 각각의 생동감 있게 소개했다. 무엇보다도 〈화성능행도병〉에 대해 잘 알고 있는 유홍준 전 문화재청장이 글을 씀으로써 콘텐츠를 내용의 전문성을 높였다.

〈기념비적 기록화 화성능행도〉의 제목에서 볼 수 있듯이 이 콘텐츠는 〈화

---

30 EBS지식채널e 홈페이지 참조(home.ebs.co.kr/jisike).

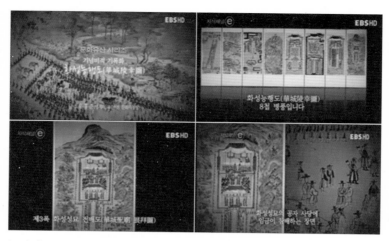

〈그림 4〉 EBS 지식채널e 문화유산 시리즈, 〈기념비적 기록화 화성능행도〉

성능행도병〉을 콘텐츠의 소재로 활용하는 가운데 '기념비적 기록화'라는 제
목을 병기함으로써 〈화성능행도〉가 가지는 기록화적 특징에 주목하여 스토
리를 구성하였다. 내용이 시작되고 맨 처음에 등장하는 "그림의 중요한 기능
중 하나는 카메라를 대신한 기록입니다."라는 자막은 콘텐츠의 내용이 기록
화의 가치를 나타내고자 하는 것이다.

　콘텐츠의 내용이라고 할 수 있는 장면이 〈화성능행도병〉 전체의 그림과
각각의 주요 부분들을 조명하는 방식으로 이루어졌으며 각 장면을 설명하는
핵심적인 설명을 자막으로 제시하고 있다. 여기서는 1폭 봉수당 진찬도, 2폭
낙남헌 양로연도, 3폭 화성성묘 전배도, 4폭 낙남헌 방방도, 5폭 서장대 야조
도, 6폭 득중정 어사도, 7폭 환어 행렬도, 8폭 한강 주교도의 순서로 설명하
고 있다. 여기서 확인할 수 있는 중요한 사실은 그림을 소개하는 순서가 정
조의 을묘년 원행의 일정 순서가 아닌 국립고궁박물관과 삼성미술관 리움에
소장하고 있는 〈화성능행도병〉의 순서를 따르고 있다는 것이다. 이런 점에
입각해 보면 이와 같은 콘텐츠는 스토리의 방식이 서사적 흐름을 따르는 방
식이 아닌 그림의 내용 각각을 중심으로 한 분절된 서사를 따르고 있는 것이
라 할 수 있다. 내용이 시작될 때 궁중기록화의 특징에 주목하여 주제를 보

여주었다면 마지막의 "현장을 생생하게 담아낸 이 기록화들은 조선시대 회화의 최고 수준을 보여줍니다."라는 자막은 〈화성능행도병〉의 회화사적 의미를 강조하고 있다.

〈기념비적 기록화 화성능행도〉의 스토리텔링은 문화유산으로서 〈화성능행도병〉의 가치와 그 내용을 주제로 했다고 할 수 있다. 그림을 설명하는 과정에서 정조의 '효심'에 대한 내용이 가미되어 있기는 하지만 이와 같은 측면이 본 콘텐츠의 중심적인 주제라고 할 수는 없다. 그러므로 이 콘텐츠의 목적은 문화유산의 가치와 설명 및 회화사적 의미 등을 알리는 데 있다고 하겠다.

3) 축제콘텐츠: 수원화성문화제

수원화성문화제는 화성행궁에서 정조의 을묘년 원행을 재현하고 정조의 효심과 부국강병의 꿈을 기리기 위한 목적으로 기획·진행되는 축제이다. 이 축제는 정조가 을묘년의 원행을 진행했던 9월에 개최되고 있으며 2017년 9월에는 54번째 화성문화제가 개최되었다.[31] 문화체육관광부에서는 화성문화제를 2017 문화관광 유망축제로 선정하고, 축제의 성공적인 진행을 위해 지자체를 통한 인적, 물적 지원을 한 것으로 확인된다.[32]

이 축제의 주요 프로그램으로는 정조 대왕 능행차, 혜경궁 홍씨 진찬연 등이 있고 이 두 가지의 행사를 중심으로 프로그램이 진행되는 가운데 매우 다양한 하위 프로그램이 진행된다. 더욱 완성도 높은 원행의 재현을 위해 2016년부터 서울시와 수원시가 협력해서 준비했으며 2017년에는 서울시, 수원시, 화성시가 협력하여 행사를 진행했다. 총 4,390 여명이라는 많은 인원이 참여하여 이 원행을 재현하는데 『원행을묘정리의궤』를 토대로 한다는 점에서 〈화성능행도병〉의 장면들이 연출된다.[33]

31　이 축제는 개최 당시에 '화홍문화제'라는 명칭으로 진행되다가 2000년 이후 '화성문화제'로 명칭을 변경하여 계속 진행되고 있다.

32　수원화성문화제 홈페이지 참조(http://shcf.swcf.or.kr/).

33　정조대왕능행차 홈페이지 참조(http://www.kingjeongjo-parade.kr/).

축제는 총 4일 동안 진행되는데 실제로 서울에서 출발한 정조대왕 능행차 행렬이 정조 때의 루트를 통과하여 안양, 의왕을 지나 수원으로 들어오는 행사로 행렬의 루트를 기획하였다. 수원의 화성행궁에 도착한 행렬은 축제의 기간 동안 실제로 〈화성능행도병〉에서 전하는 바와 같은 행사를 진행한다. 친림과거시험 무과재현, 정조대왕 능행차, 혜경궁 홍씨 진찬연, 무예브랜드공연 '야조' 등의 행사를 기획하고 있는데 이는 낙남헌 방방도, 환어 행렬도, 한강 주교도, 봉수당 진찬도, 서장대 야조도 등의 다섯 그림의 재현이라는 점에서 『원행을묘정리의궤』를 충실히 복원하기 위한 기획이라는 점에서 흥미롭다. 다만 이처럼 야심차게 기획한 행사임에도 불구하고 화성성묘전배도와 낙남헌 양로연도의 내용의 충분히 재현이 가능함에도 불구하고 이를 시행하지 않는다는 점에서 아쉬움이 남는다.

이와 같은 축제의 스토리는 화성문화제가 목적하고 있는 바와 같이 정조의 효심을 세상에 알리고, 조선의 제 22대 왕으로서 부국강병의 뜻을 기리기 위한 것에서 주제를 찾을 수 있다. 즉 화성문화제의 스토리는 '효(孝)'와 '부국강병(富國强兵)'에 대한 염원이라 할 수 있는 것이다. 축제를 통해 이와 같은 스토리를 실현하기 위해 최대한 정조의 을묘년 원행을 복원하고자 한 것은 물

〈그림 5〉 수원화성문화제와 정조대왕능행차 프로그램의 홈페이지 장면

론, 대중이 스토리를 직접 경험하게 하기 위해서 4,000명이 넘는 원행의 구성원을 일반인 참가자 중에서 선발하고 있다. 그러므로 서울, 안양, 의왕, 수원, 화성 등에서 많은 대중이 관심을 가지고 참여할 수 있도록 각각의 지자체에서 많은 홍보를 하는 것은 물론, 굉장히 큰 행사로 오랜 시간 동안 준비한다.

2. 〈華城陵行圖屛〉의 문화콘텐츠 스토리텔링의 양상과 특징

문화콘텐츠의 스토리텔링은 "복합적이고 다층적인 담화 전략"이라는 점에서 특정한 방법론을 중심으로 한 단일한 관점을 통해 효과적인 분석에 이를 수 없다.[34] 문화콘텐츠 스토리텔링의 분석을 위해서는 단순한 서사의 분석이나 매체 분석이 아닌 서사부터 매체를 아우르는 분석과 개발 이후의 활용 방안까지 고려한 분석이 이루어져야 한다.

다음의 표는 앞에서 살핀 〈화성능행도병〉의 문화콘텐츠 스토리텔링 양상을 분석한 표이다. 이 표는 이하나의 스토리텔링 분석표를 참고하여 구성했고, 전체 항목을 형식, 내용, 기타의 세 가지 측면으로 나누어 살폈다.[35] 형식의 경우에는 창작의 유형, 관련문헌, 스토리의 서사성, 서사의 길이, 에피소드를 중심으로 분류했다. 여기서 가장 중요한 부분은 창작의 유형과 스토리의 서사성이라 할 수 있다. 창작의 유형은 〈화성능행도병〉의 스토리를 어떤 매체에 담을 것인지를 결정하는 것이고, 스토리의 서사성은 서사의 유무 및 장단을 확인함으로써 스토리의 내용 구성을 위한 기본적인 틀을 확인할 수 있게 해준다.

내용의 경우에는 콘텐츠의 스토리에 보다 집중한 분류로 주제, 구성, 매체로 나누어 스토리의 전체를 살폈다. 내용의 측면은 스토리텔링의 핵심이라는 점에서 구체적으로 파악해야 할 필요가 있다. 구성의 경우에는 등장인물, 주요사건, 시간적 및 공간적 배경으로 다시 나누어 세부적인 스토리텔링의 틀을

---

34 박기수, 앞의 책, 59쪽.
35 이하나, 「『論語』의 문화콘텐츠 스토리텔링의 양상과 가능성」, 『민족문화』 제46집, 한국고전번역원, 2015, 336쪽.

살폈다. 매체의 경우에는 종류와 매체에 담길 콘텐츠의 특성으로 나누었다.

기타의 경우에는 앞서 형식과 내용에서 다루지 못한 부분이지만 간과할 수 없는 부분을 감안하여 살폈다. 콘텐츠의 특이점, 전체의 시점, 제작자와 콘텐츠의 기본 정보 등에 대해서도 확인하고자 했다. 다음은 이와 같은 〈화성능행도병〉의 스토리텔링의 양상을 확인할 수 있는 표이다.

〈표 1〉〈화성능행도병〉의 문화콘텐츠 스토리텔링 양상 분석표

일련	구분	세부사항			『임금님의 효행길』	〈기념비적 기록화 화성능행도〉	화성문화제
1	형식	창작유형			출판콘텐츠	방송콘텐츠	축제콘텐츠
		관련문헌			『원행을묘정리의궤』 『화성성역의궤』	『원행을묘정리의궤』	『원행을묘정리의궤』 『화성성역의궤』
		서사성			서사성	분절형	서사성+분절형
		서사길이			원행 전부터 원행 끝난 후 의궤 제작 까지	'화성능행도' 8폭의 소개	원행과 봉수당 진찬연을 핵심서사로 다양한 행사배치
2	내용	주제			정조의 효성(孝誠)	〈화성능행도병〉의 가치와 기록화적 및 회화적 특성	정조의 효성, 강력한 왕권, 국민 화합과 통합
		구성	등장인물		정조, 혜경궁 홍씨, 원행 참여자들	없음	정조, 혜경궁 홍씨, 행사진행자 및 봉사자
			주요사건		원행 준비, 봉수당 진찬연, 서장대 야조, 화성성묘 전배, 낙남헌 방방, 낙남헌 양로연, 환어 행렬, 한강 주교, 원행을묘정리의궤 발간	봉수당 진찬연, 서장대 야조, 화성성묘 전배, 낙남헌 방방, 낙남헌 양로연, 환어 행렬, 한강 주교,	봉수당 진찬연, 서장대 야조, 낙남헌 방방, 환어 행렬, 한강 주교, 격쟁 및 상언, 그 외 주요 행사
			배경	공간	화성(華城) 능행길	화성(華城) 능행길	화성능행길과 화성 일대
				시간	시간 순행적 구성 (을묘년 원행 일정)	현대	현대
		매체	종류		출판물	방송물	축제(행사)
			특성		텍스트	영상	향유자 참여형 행사

일련	구분	세부사항		『임금님의 효행길』	〈기념비적 기록화 화성능행도〉	화성문화제
3	기타	특이점		〈화성능행도병〉의 소개	〈화성능행도병〉의 가치	향유자의 참여 가능
		시점		전지적 작가 시점	1인칭 관찰자 시점	시점
		제작자		작가	구성자/감독	축제기획자
		작자	실생산자	윤문자 글·그림	유홍준 글/김한중 연출	서울시/수원시
		제작	생산국	한국	한국	한국
		대상	향유자	어린이	모든 연령	모든 연령

　이와 같이 〈화성능행도병〉의 문화콘텐츠 스토리텔링의 양상을 살펴 그 특징을 고찰한 결과는 다음과 같다.

　첫째, 〈화성능행도병〉의 스토리텔링은 정조의 을묘년 원행의 일정을 중심으로 하는 경우, 즉 시간의 흐름을 중심으로 하는 경우와 〈화성능행도병〉의 8폭의 장면을 분절형으로 스토리텔링하는 경우에 따라 전체 스토리텔링의 양상이 달라질 수 있다. 〈화성능행도병〉의 장면 중 중요한 장면을 선별하고, 한두 장면을 부각하여 스토리텔링 할 수도 있다. 여기서는 앞서 살핀 〈화성능행도병〉에 대한 이론적 고찰의 부분 중 〈화성능행도병〉의 탄생과 존재 양상에 대한 기초적인 연구 결과의 수용이 개입할 수밖에 없음을 확인할 수 있다.

　둘째, 〈화성능행도병〉과 『원행을묘정리의궤』, 『화성성역의궤』, 『조선왕조실록』 등은 각각의 관련성으로 인해 스토리텔링의 과정에서 내용의 개입이 이루어질 수밖에 없다. 이는 〈화성능행도병〉의 내용파악을 위한 필연적 결과라 할 수 있다. 실제로 그림을 그저 살펴보는 것으로는 〈화성능행도병〉의 구체적인 내용을 파악할 수 없다. 그러나 〈화성능행도병〉의 경우에는 다양한 1차 문헌과 이를 연구한 2차 문헌이 다양하기 때문에 각각의 그림에 대한 구체적인 내용 파악이 가능하다는 장점이 있다.

　셋째, 〈화성능행도병〉의 스토리텔링은 주제와 콘텐츠를 담을 매체에 따라 스토리텔링의 방법과 내용이 달라진다. 앞서 살핀 것처럼 〈화성능행도병〉의 문화콘텐츠 스토리텔링은 대체로 '정조의 孝'를 주제로 부각하는 경우가 많았다. 그러나 실제로 정조의 화성 축조의 목적과 을묘년 원행에 대한 역사적 기록 등에 의하면 〈화성능행도병〉이 그려진 을묘년의 원행은 표면적 주제와 이면적 주제가 다르다는 점에 주목해야 한다. 문화콘텐츠는 기본적으로 그 향유자인 대중을 겨냥하여 생산해야 하기 때문에 스토리텔링을 통한 주제의 표현이 문화콘텐츠 전체의 인상을 형성할 수 있다. 그러므로 〈화성능행도병〉의 스토리텔링을 진행할 때 '주제를 무엇으로 설정하느냐'가 콘텐츠의 성격과 스토리를 좌우할 수 있다는 것은 자명한 사실이다.

넷째, 현재까지 〈화성능행도병〉의 스토리텔링은 이미 존재하고 있는 문헌의 내용을 '재현'하고 '복원'하는 방법으로 진행이 되었다. 〈화성능행도병〉이 우수한 문화유산으로서의 가치를 가지고 있으며 이와 같은 문화유산의 존재와 가치를 대중에게 알리는 일이 선행되어야 한다는 점에는 필자도 동의하는 바이다. 그런 점에서 현재 대부분의 콘텐츠가 〈화성능행도병〉의 8폭 그림을 설명하고 그 배경과 관련 인물을 설명하는 방식으로 진행되었다. 그러나 '재현'과 '복원'을 위한 콘텐츠가 다양하게 존재하는 현재의 상황에서 이면적 주제를 표현할 수 있는 창작스토리텔링의 진행도 필요하다고 본다. 이는 스토리텔링을 통해 이미 부각되고 있는 주제와 다른 주제를 대중에게 알릴 기회가 된다.

Ⅳ. 〈華城陵行圖屛〉의 문화콘텐츠 개발을 위한 스토리텔링의 실제와 활용 가능성

1. 〈華城陵行圖屛〉스토리텔링의 실제 모형

1) 스토리텔링의 준비

〈화성능행도병〉의 스토리텔링을 준비하는 과정에서 우선적으로 〈화성능행도병〉의 문화콘텐츠 개발을 위해 콘텐츠를 담을 '매체'와 스토리텔링의 '주제'를 결정해야 한다. 이는 앞 장에서 살핀 바와 같이 〈화성능행도병〉을 스토리텔링 할 때 '스토리의 서사적 흐름을 감안하여 구성할 것인가'하는 부분을 결정하는 중요한 요소가 되기 때문이다.

박기수는 문화콘텐츠의 스토리텔링에 있어서 "변별적 특성"을 인지하는 것이 필수적이라고 언급한 바 있다. 그에 따르면 문화콘텐츠 스토리텔링의 변별적 특징이란 "1) 스토리텔링을 통한 향유의 활성화 전략, 2) 문화콘텐츠의 한 요소로서의 스토리텔링의 정체성에 대한 분명한 인식, 3) 문화콘텐츠 개별 장르의 스토리텔링 전략에 대한 분명한 인식, 3) 문화콘텐츠 개별 장르의 스토리텔링 전량에 대한 세분화와 변별성 확보, 4) 문화콘텐츠 기획·생산·유통의 전반적인 과정 안에서 스토리텔링의 역할 등에 대한 실천적이고 생산적인 접근이 요구되는 것"을 말한다.[36]

앞 장에서 살핀 바에 의하면 〈화성능행도병〉의 스토리텔링은 각각의 장면을 스토리텔링하는 방식의 콘텐츠와 전체 서사를 고려하여 스토리텔링하는 방식의 콘텐츠가 존재했다. 이러한 방법은 스토리를 담을 매체에 따라 그 양상이 다르게 확인되었다.

〈화성능행도병〉 8폭의 그림을 각각의 장면에 따라 스토리텔링하는 방식은 앞서 2장에서 살핀 그림 각각의 내용에 입각하여 진행할 수 있다. 각각의 그림에 대한 내용은 『원행을묘정리의궤』에 충분히 설명되어 있기에 이와 관련한 스토리텔링에 대한 정보를 토대로 스토리텔링을 진행할 수 있다.

이와 같은 문화콘텐츠의 스토리텔링을 진행하기 위해 이용할 수 있는 방법으로는 을묘년에 진행된 정조의 원행과정을 따라가는 것이다. 이런 방법을 활용하여 서사를 구성하는 것은 시간의 흐름을 따르는 서사를 구성하는 방법이라는 점에서 많이 이용된다. 〈화성능행도병〉의 스토리텔링 서사구성을 위한 정조 일행의 원행 일정은 다음과 같다.

---

36 박기수, 앞의 책, 57쪽.

〈표 2〉 정조의 을묘년 원행 일정표

일차	월/일	원행 일정표
1일차	윤2월 9일	창덕궁 출발 → 용양봉저정(龍驤鳳翥亭)에서 주정(晝亭) → 시흥행궁(始興行宮) 경숙(經宿)
2일차	윤2월 10일	시흥행궁(始興行宮) 출발 → 사근행궁(肆覲行宮)에서 주정(晝亭) → 화성행궁(華城行宮) 도착
3일차	윤2월 11일	화성성묘(華城聖廟) 배알 → 정화관시사(丁華觀試士), 낙남헌시예(落南軒試藝)와 방방(放榜)
4일차	윤2월 12일	현륭원전배 → 서장대성조식(西將臺城操式)과 야조식(夜操式) 관람
5일차	윤2월 13일	봉수당진찬(奉壽堂進饌)
6일차	윤2월 14일	신풍루사미(新豊樓賜米) → 낙남헌 양로연 → 득중정어사(得中亭御射)와 매화포(埋火砲) 관람
7일차	윤2월 15일	화성행궁 출발 → 시흥행궁 경숙
8일차	윤2월 16일	시흥행궁 출발 → 용양봉저정에서 주정 → 창덕궁 도착

을묘년에 진행된 정조의 원행은 창덕궁에서 출발하여 시흥을 거쳐 수원에 위치한 화성에 도착하는 과정으로 이루어졌다. 〈화성능행도병〉을 통해서 확인이 가능한 공식 일정은 원행 3일차인 윤2월 11일의 '화성성묘 배알'부터라 할 수 있다. 일정을 확인함으로써 원행의 일정은 '화성능행도' 중 3일차에는 '화성성묘 전배', '낙남헌 방방', 4일차에는 '서장대 야조', 5일차에는 '봉수당 진찬', 6일차에는 '낙남헌 양로연', '득중정 어사', 7일차에는 '환어 행렬', 8일차에는 '한강주교 환어'의 순서로 진행되었음을 알 수 있다.

〈화성능행도병〉8폭의 그림을 이와 같은 일정에 따라 스토리텔링하면 서사를 가진 스토리텔링이 이루어질 수 있게 된다. 각각의 서사는 '축소'와 '확장'이 가능하다고 할 수 있는데 콘텐츠 기획을 통해 일정을 분절하여 개발하고자 하는 문화콘텐츠의 길이에 맞게 스토리텔링 할 수 있게 된다.

2) 스토리텔링의 실제

이 장에서는 〈화성능행도병〉의 문화콘텐츠 기획 중 스토리텔링을 실제로 진행하고자 한다. 실제 스토리텔링은 화성 관광콘텐츠의 개발을 염두에 두고 진행할 것이다. 스토리텔링을 위해서는 우선적으로 스토리의 주제와 소재, 그리고 콘셉트 등을 결정해야 한다. 더하여 스토리텔링을 진행해야 하는 분량과 스토리를 담을 매체, 스토리를 향유할 대상에 대한 고려도 필요하다. 스토리텔링을 위해서는 우선적으로 스토리텔링의 기획안을 작성해야 한다. 기획안의 작성 과정에서는 스토리텔링뿐 아니라 기획하고자 하는 콘텐츠 전체의 정보를 제공한다. 기획안 작성이 이루어진 후에는 스토리텔링을 진행하는 단계가 된다.

〈화성능행도병〉을 토대로 한 관광콘텐츠는 수원 화성을 관광하고자 하는 국내 관광객, 정조에 대해 알고 싶은 학생 및 일반인, 세계문화유산인 수원

〈표 3〉 '수원 화성 관광콘텐츠' 개발을 위한 기획안 초안

수원 華城 관광콘텐츠 스토리텔링 기획안	
제목	'정조가 사랑한 華城'
매체	관광콘텐츠
종류	상설 참여형 콘텐츠
시점	1인칭 주인공 시점(콘텐츠 참여자가 '정조'가 됨.)
대상	1. 수원 화성을 관광하고 싶은 국내 관광객(남녀노소 구분 없음.) 2. 조선의 제 22대 왕이었던 정조에 대해 알고 싶은 학생 및 일반인 3. 세계문화유산인 수원 화성을 방문하고자 하는 외국인 관광객
관광 코스	수원에서 출발하여 수원에서 마무리하는 1일(당일) 코스 관광 일정으로 구성함. ＊수원출발-수원종료 / 지지대고개-장안문-화홍문-방화수류정-화서문-서장대-화성행궁-팔달문-수원향교-수원역 수원출발 ｜ 지지대 ｜ 고개 ｜ 장안문 ｜ 화홍문 ｜ 방화 ｜ 수류정 ｜ 화서문 ｜ 서장대 ｜ 화성 ｜ 행궁 ｜ 팔달문 ｜ 수원 ｜ 향교
세부 일정	장소｜ 지지대고개 장안문 ｜ 화홍문/방화수류정 ｜ 화서문 서장대 ｜ 화성행궁 팔달문 ｜ 수원향교 ｜ 수원역 시간｜ 9 ｜ 10 ｜ 11 ｜ 12 ｜ 13 ｜ 14 ｜ 15 ｜ 16 ｜ 17 ｜ 18 ｜ 19
콘셉트	우리 스스로 정조가 되어 수원 화성(華城)을 방문한다. 서울부터 화성까지 정조의 을묘년 원행을 짚어보는 이야기가 있는 원행길, 정조의 발자취를 따라가며 그가 사랑한 華城과 華城 축조의 이유에 대해 생각해본다.
특징	1. 을묘년의 원행과 정조에 대한 이해를 돕기 위해 〈화성능행도병〉과 그에 따른 스토리를 활용한다. 2. 관광 전에 이미 관광해설사를 통한 배경설명이 이루어질 수 있다. 3. 관광 중에는 문화해설사와 관광해설사의 해설이 함께 이루어지며 관광객이 능동적으로 참여할 수 있도록 이야기를 구성할 수 있다. 4. 관광 후에 문화콘텐츠 개발의 목적에 부합하는 관광이 이루어졌는지 확인하며 코스 및 일정을 수정할 수 있다.

화성을 방문하고자 하는 외국인 관광객 등을 대상으로 한 여행코스로 상설 코스로 설계가 가능하다. 다음은 '수원 華城 관광콘텐츠 개발을 위한 스토리 텔링 기획안이다.

'수원 화성 관광콘텐츠' 스토리텔링의 주제는 '정조가 사랑한 화성(華城)' 으로 설정하고자 한다. 기존에 정조와 관련된 콘텐츠가 '정조의 효(孝)'라는 부분을 강조하는 경향이 있었다면, 본 콘텐츠는 '정조가 사랑한 華城'이라는 주제로 단순히 정조의 효성뿐 아니라 정조의 화성축조 의도 및 백성들을 대하는 태도, 수원이라는 고장에 대한 정조의 계획 등의 내용을 종합적인 주제로 부각하는 것으로 하고자 한다. 이로써 관광객으로 하여금 수원에 대한 도시의 정체성 및 화성의 가치에 대해서 내면화 할 수 있는 기회를 제공할 수 있다.

이 과정에서 을묘년의 원행을 토대로 한 서사성을 가진 스토리텔링 진행할 수 있다. 출발의 과정부터 일정에 따라 〈화성능행도병〉의 장면을 활용하여 이야기를 구성할 수 있기 때문이다. 정조가 기획한 원행의 일정을 토대로 스토리텔링 하되, 기획의 단계에서는 동선을 감안하여 코스를 조정해야 했다. 현재 코스는 서울에서 수원으로 들어오는 과정을 따라 구성되었기 때문에 관광 동선에 따른 스토리의 조정이 필수불가결하다. 이런 상황에서는 앞서 언급한 서사성을 살리기가 어려울 수 있기 때문에 각각의 장소에 대한 스토리를 살리는 분절형 스토리텔링을 진행한 후에 전체를 아우를 수 있는 스토리텔링을 다시 해줌으로써 전체를 하나의 스토리로 구성할 수 있게 된다.

다음은 본 관광콘텐츠를 기획하며 설정한 관광콘텐츠의 경로를 보여주는 지도이다. 전체의 경로는 '지지대 고개 → 장안문 → 화홍문 → 방화수류정 → 화서문 → 서장대 → 화성행궁 → 팔달문 → 수원향교 → 수원역'으로 설정했는데 이때 전체의 과정에서 〈화성능행도병〉의 장면을 스토리텔링에 활용할 수 있도록 구성했다.

지지대 고개의 경우에는 '환어행렬도'의 스토리를 활용할 수 있고, 방화수류정의 경우에는 '득중정 어사도'의 스토리를 활용할 수 있다. 서장대의 경우에는 '서장대 야조도'의 스토리를 활용할 수 있고, 화성행궁에서는 '낙남헌

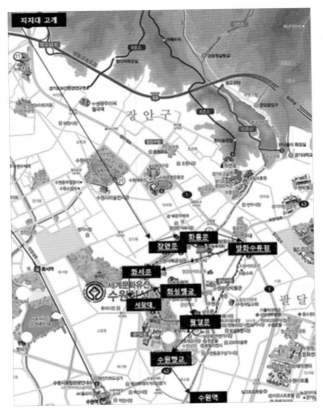

〈그림 6〉 수원화성관광콘텐츠 개발을 위한 관광 경로 지도[37]

방방도', '봉수당 진찬도', '낙남헌 양로연도'의 스토리를 활용할 수 있다. 수원 향교의 경우에는 '화성성묘 전배도'의 스토리를 활용할 수 있다는 점에서 거의 모든 장소에 각각의 역사적 이야기가 전해지고 있음을 인식하여 관광 스토리텔링의 과정에서 참고할 수 있음을 인지해야 한다. 다음은 〈화성능행도병〉 각각의 스토리텔링의 초안을 작성한 결과물이다.

---

37 지도는 수원시 홈페이지에서 제공하는 지도를 다운받아서 사용하였음(수원시 홈페이지, http://www.suwon.go.kr/).

'華城 관광콘텐츠' 스토리텔링의 실제 1 – 지지대 고대 / '환어행렬도'

화성에서의 마지막 날이 도래했다.
아침 일찍부터 창덕궁으로 돌아갈 채비를 했다.
떠나기 전에 가마가 지나면 척후복병들을 철수시키라고 신전으로 전하라 명령했다.
화성의 백성들은 장안문 밖까지 나와 한양으로 가는 원행의 행렬을 배웅했다.
화성을 출발한 행렬은 한양에서 화성으로 내려올 길을 되짚어 갈 계획이었다.
점심이 되기 전 미륵고개에 도착했다. 나는 행렬을 멈추고 잠시 오던 길을 돌아보았다.
자꾸 지나온 남쪽을 바라보니 아버지의 묘가 보이는 것 같았다.
미륵 고개를 내려가면 아버지가 계시는 현륭원도 볼 수 없고, 화성도 보이지 않는다.
자꾸 돌아보는 나의 몸짓에 행렬은 점점 느려진다.
'또 아버님을 뵈러 오겠다'고 마음으로 다짐하며 미륵 고개를 넘어서는 발걸음이 더뎠다.
점심이 되어 어머니보다 먼저 사근참 행궁에 도착했고, 저녁에는 시흥행궁에 도착할 수 있었다.

'華城 관광콘텐츠' 스토리텔링의 실제 2 – 방화수류정 / '득중정 어사도'

원행을 출발하기 전에 기획했던 모든 행사가 종료되어 마지막으로 화성을 둘러보았다.
아직 완공되기 전이지만 늠름한 모습을 뽐내고 있기에 화성 축조의 현장 책임자인 조심태를 칭찬했다.
곧 화성에서 가장 아름다운 장소인 방화수류정에 올랐다.
잠시 방화수류정에서 아름다운 풍경에 젖어 있던 나는 다시 행궁으로 갔다.
득중정으로 가서 활을 쏘았다. 활쏘기는 무예이지만 내게는 남다른 의미를 가진 일이다.
마음이 불안하고 화가 날 때 활을 쏘면 정신을 가다듬을 수 있고 안정이 되었다.
나를 따라 신하들도 활을 쏘았는데 영의정 홍낙성은 소포를 세 개나 맞췄다.
저녁을 먹은 후에도 활쏘기는 계속 되었는데 활쏘기가 끝난 후, 나는 매화포를 터뜨리라고 명령했다.
환하게 터지는 불꽃을 보며 화성의 축조와 나의 계획을 되짚으며 나의 심사는 복잡해졌다.

'華城 관광콘텐츠' 스토리텔링의 실제 3 – 서장대 / '서장대 야조도'

오전에는 어머님을 모시고 현륭원에 가서 아버님을 뵙고 왔다.
오후 늦게 갑옷을 입고 팔달산 정상에 있는 서장대에 올라갔다.
이곳에서는 3,700명의 장용영 군사들이 두 편으로 나뉘어 군사 훈련을 진행하고 있었다.
한 쪽은 공격을 위한 편이었고, 다른 한 편은 방어를 위한 편이었는데 이 훈련은 적의 침입에 대비하고자 함이었다.
항상 긴장된 훈련을 진행하는 군사들은 이 날도 역시 빠른 움직임을 보여주었다.
밤에는 화성의 주민들이 문 위에 등을 달아 사방을 밝혔다.
어두운 밤하늘이었지만 수백 개의 불화살, 대포, 깃발들이 어우러져 훈련이 무르익었다.
군사들의 요란한 함성을 들으며 나의 계획대로 이루어지고 있는 장용영의 운영이 든든했다.

향교에서 제사를 지낸 후 낙남헌으로 갔다.
낙남헌에서는 문과와 무과의 별시를 지내기로 계획되어 있었다.
낙남헌에서 간단한 의식을 진행한 뒤에 심환지와 이병정에세 시험문제를 쓰게 했다.
문제는 재가 출제했는데 '근상천천세수부'가 그 제목이었다.
이번 행사에서 어머님의 환갑을 축하드리기 위한 뜻이 컸기에 어머님께서 오래 사시기를 기원하는 부를 적게 했다.
시험 문제는 미리 우화관에 모인 유생들에게 내렸고, 그들이 시험을 보는 동안 무과의 시험을 지켜보았다.
남남헌의 시험 감독이 북을 3번 울리면 무과 응시자들은 차례로 들어와서 활을 쏘았는데
이들은 지난 2월 화성부에서 진행된 초시에 합격한 사람들이었다.
오늘 별시에 합격한 사람은 문과 5명, 무과 56명으로 총 61명이었다.
낙남헌에서 이들에게 합격증을 나눠주고 잔치를 진행했다.
낙남헌 계단 아래에 어사화와 홍패가 놓인 상이 준비되었고, 뜰에서 급제자들은 머리에 어사화를 꽂고 서 있었다.

오늘은 이번 원행의 핵심적 행사인 어머니의 환갑 잔치가 있었다.
어머니의 환갑 잔치를 위해 오랜 시간 동안 많은 사람이 준비를 했고, 많은 고생을 했다.
나는 어머니의 환갑 잔치에 단순히 환갑을 기념하는 축하 행사를 넘어서는 의미를 담았다.
어머니의 아들이자 이 나라의 국왕인 나, 정조의 강력한 힘을 보여주는 자리가 되기를 바랐다.
융복을 입고 행사가 진행될 봉수당으로 나갔다. 어머니도 나오셨고, 연꽃무늬 방석에 앉으셨다.
향사에 참석한 친인척들이 어머니께 절을 한 후에 나도 절을 올렸다.
어머니께 술을 따라 드린 후 '천세천세세천천세'를 불렀다.
이윽고 봉수당에서는 화려한 잔치가 시작되었는데 무용수들의 다양한 춤사위는 그 어느 때보다도 화려했다.
악사들의 연주도 그 어느 때보다 듣기에 좋았다.
즐거워하시는 어머니의 모습을 보면서 앞으로 더욱 어머니께 효도해야겠다는 다짐을 했다.

어제는 어머니의 환갑 잔치가 있었고, 오늘은 어머니께서 환갑을 맞이한 기쁨을 백성과 함께 나누었다.
새벽에는 신풍루에서 백성에게 쌀을 나누어 주는 행사가 있었는데 나는 융복을 입고 누각의 2층에서 이를 보았다.
많은 백석들이 쌀을 얻을 수 있도록 미리 쌀을 받아야 할 사람들을 모았다.
쌀을 나눠주며 죽도 나누어 주었는데 나는 '그 죽이 먹을 만한 것인가' 궁금하여 먹어보았다.
신풍루 2층에 있을 때 홍낙성이 찾아왔다. 나는 홍낙성에게 양로연이 열릴 낙남헌에 가 있으라고 말했다.
이후 나도 그의 뒤를 따라 낙남헌으로 갔다.
그곳에는 어가 행렬을 따라온 노인 관료들과 화성에 사는 노인들이 모여 있었다.
낙남헌에 도착해서 노인들에게 노란 비단 손수건을 나눠주며 지팡이에 묶게 하고 비단을 내려주었다.
이후 양로연을 시작하라고 명차자 악공들의 연주가 시작되고 양로연에 참석한 많은 사람들이 준비된 음식을 먹으며 서로 '오래 살라'는 덕담을 나누는 듯했다.
나는 그들에게 선물을 나눠 주고 혹시 행사에 참여하지 못한 노인들이 있으면 그들에게도 음식을 주라고 했다.
이 모든 일이 어머니의 은혜로 가능한 것이라는 말을 여러 번 했다.

화성에 도착한 다음 날, 향교를 찾았다.
이번 원행의 공식적인 첫 행사를 진행하기 위해서다.
명륜당에서 입고 온 융복을 면복으로 갈아입고, 공자의 신위를 모신 대성전으로 가서 예를 올렸다.
대성전 앞의 유생들과 명륜당 앞에 서있던 많은 신하들도 함께 예를 올렸다.
대성전에서 참배를 마친 후, 동방 18현을 모신 사당에도 들렀다.
향교를 둘러보고 허술한 건물과 색이 바랜 단청을 수리하라고 말했다.
대성전을 내려오며 화성 향교에 온 많은 유생들을 보고
우승지에게 그곳의 많은 사람들이 오후에 있을 별시에 응시할 사람인지를 물었다.
우승지는 그들이 화성에 산 지 얼마 되지 않아 별시에 응시할 기회가 없다고 했다.
나는 그곳에 있는 응시희망자 모두에게 응시의 기회를 주라고 말했다.

이상에서 제시한 스토리텔링은 〈화성능행도병〉의 내용을 활용한 스토리텔링의 결과물로 관광콘텐츠 개발의 공간스토리텔링에 활용이 가능하다. 그러나 '수원 화성 관광콘텐츠'의 개발에 있어서 콘텐츠가 전체적으로 하나의 주제를 가진 스토리로 구성되기 위해서는 각각의 공간에 대한 스토리텔링을 전체로 아우를 수 있는 전체 스토리텔링이 필요하다. 그러므로 이와 같은 스토리텔링이 가능하려면 전체 코스에 대한 1차 스토리텔링과 각각의 공간에 대한 소규모의 2차 스토리텔링이 필요하다.

3) 스토리텔링 이후

앞서 제시한 바와 같이 〈화성능행도병〉 스토리텔링이 진행된 후 관광콘텐츠가 구축된다면, 콘텐츠의 향유자가 스토리텔링의 주인공이 되어 이와 같은 문화콘텐츠를 향유할 수 있다. 다만 관광콘텐츠의 구축이 진행된 후, 개발된 콘텐츠의 분석 및 평가를 지속적으로 시행하여 콘텐츠의 기획 단계에서 간과한 사항이 있다면 해당 부분에 대해서는 과감한 수정이 이루어져야 한다.

무엇보다도 〈화성능행도병〉의 문화콘텐츠 스토리텔링은 역사적인 기록과 이를 토대로 진행된 다양한 2차 연구 결과에 의해 기본적인 내용과 자료가 풍부하게 마련되어 있다. 그러므로 이러한 자료를 면밀히 고찰하여 스토리텔링을 진행할 때, 대중의 향유 욕구를 자극할 것이다. 대중의 향유 욕구에 부응할 양질의 문화콘텐츠 개발을 위해서는 콘텐츠 기획의 단계에서부터 생산에 이르기까지 원천소재가 되는 문화유산지 역사적으로나 문화적으로 지니고 있는 가치를 상실하지 않도록 해야 한다. 이를 위해 신중한 스토리텔링이 이루어져야 하며, 지속적으로 콘텐츠의 관리와 유지를 위한 수정이 진행되어야 할 것이다.

2. 〈華城陵行圖屛〉의 문화콘텐츠 스토리텔링의 활용 가능성

문화콘텐츠 개발 및 생산에 있어서 스토리텔링이 필수적인 전략이라는 점에 대해서는 앞 장을 통해 이미 언급했다. 또 이와 같은 스토리텔링의 과정과 실제의 모델을 '수원 화성 관광콘텐츠 개발'이라는 측면에서 직접 제시했다. 이 작업의 토대가 된 〈화성능행도병〉의 문화콘텐츠 개발을 위한 스토리텔링의 활용 가능성에 대해 세 가지로 제언하고자 한다.

첫째, 화성 관광콘텐츠 개발을 위한 스토리텔링을 활용하여 출판, 연극, 뮤지컬, 축제 등 다양한 종류의 문화콘텐츠로의 파생이 가능하다. 관광콘텐츠 개발의 과정에서 창작된 완성도 높은 스토리텔링은 다양한 문화콘텐츠를 개발에 활용될 수 있기 때문이다. 기존에 생산된 문화콘텐츠 중에서 〈화성능행도병〉의 스토리텔링을 통해 가장 많이 생산된 문화콘텐츠는 출판물이었다. 〈화성능행도병〉이 많은 연구자들의 관심 대상이었기에 다양한 학문 분야에서 〈화성능행도병〉의 가치를 규명하기 위한 연구를 진행한 후, 이를 소개하고 설명하기 위한 방편으로 출판물을 선택했던 것이다. 단순히 '화성능행도'의 소개를 넘어 다양한 주제를 가진 이야기로 가공하는 작업이 진행될 필요가 있다.

둘째, 〈화성능행도병〉과 관련한 문화콘텐츠 스토리텔링을 진행한 후, 이런 스토리텔링을 통한 OSMU(One Source Multi Use)를 진행할 수 있다. 앞서 살핀 바와 같이 '화성 관광콘텐츠 개발'을 위한 스토리텔링에서 활용할 수 있는 〈화성능행도〉의 스토리는 서사성을 가질 수 있는 것은 물론, 각각이 해당 공간에 대한 분절형 스토리로도 활용이 가능하다. 각각의 공간을 분절형으로 스토리텔링하여 이와 관련한 기념품을 생산할 수 있다. 현재 수원시 홈페이지에서 확인할 수 있는 것처럼 〈화성능행도병〉의 미니 병풍을 제작해서 판매하는 것도 좋은 OSMU의 사례가 된다. 또 스토리텔링의 정조 및 혜경궁 홍씨, 정조의 대신인 채제공 등의 캐릭터를 개발할 수도 있다. 각각의 캐릭터는 스토리텔러의 역할을 하거나 문화해설사로 역할을 수행할 수 있다. 그러므로 캐릭터의 개발을 통해 정조라는 인물에 대한 탐구와 더불어 그의 주변에 있던 인물과 역사를 함께 이해하는 기반을 마련할 수 있는 것이다.

셋째, VR(Virtual Reality)과 AR(Augmented Reality)을 활용한 화성 사이버콘텐츠 개발에 스토리텔링의 활용이 필요하다. 현재 수원시는 홈페이지에서는 VR을 이용한 '화성사이버투어'를 제공하고 있다.[38]

화성사이버투어는 관광객이 앉아 있는 자리에서 컴퓨터만을 활용하여 화성의 곳곳을 돌아볼 수 있다는 점에서 매우 활용도가 높고, 유용한 프로그램임이라 할 수 있다. 더하여 제공하고 있는 각각의 장소에 대한 설명은 화성의 장소들을 살피고자 하는 목적에서 활용하기에 매우 편리하다. 그러나 아쉬운 점은 VR을 이용하여 화성의 곳곳을 둘러볼 수 있고, 각 장소에 대한 설명을 확인할 수 있는 정도에 그친다는 것이다. VR을 활용한 화성 관광콘텐츠에 스토리텔링을 활용하여 관광객이 직접 정조가 되어 원행에 참여할 수 있다면 이러한 콘텐츠는 참여와 향유가 가능한 콘텐츠가 될 수 있다. 이런 콘텐츠가 개발된다면 관광객은 가상의 현실 속에서 스토리텔링을 내면화 할 수 있다는 점에서 단순히 설명을 듣는 방식보다 더욱 콘텐츠에 몰입하게 될 것이다.

V. 맺음말

본 연구는 역사적으로나 문화적으로 굉장히 위대한 문화유산이라 일컬어지는 〈화성능행도병〉이 문화콘텐츠로 개발됨으로써 21세기에도 여전히 살

---

38 수원시 홈페이지 사이버투어(http://www.ubestar.com).

아 숨 쉬는 인류의 문화적 자산으로서의 역할을 할 수 있기를 기대하는 바람에서 시작되었다.

〈화성능행도병〉의 경우에는 미술사학, 역사학 분야 등의 다양한 학계에서 그 가치를 인정받아 이미 그 내용에 대한 기초적인 연구가 충분히 진행되었다. 또 다양한 문화콘텐츠로 생산되어 이미 우리가 이를 활발하게 수용하고 있는 상황이다. 이런 문화콘텐츠 개발에 있어서 스토리텔링의 중요성은 지속적으로 논의되고 있으며 핵심적인 전략으로 논의되고 있다. 그러나 문화콘텐츠 학계에서 스토리텔링에 대한 정의는 여전히 합의되지 않은 상태임을 인지해야 한다.

연구를 시작하며 〈화성능행도병〉의 8폭 그림의 내용에 대해 고찰했다. 〈화성능행도병〉과 관련한 기초 학문 영역의 연구 결과 중 문화콘텐츠 개발에 필요한 내용을 추출하기 위한 것이다. 현재까지 〈화성능행도병〉의 문화콘텐츠 개발이 역사적 사실 및 그림의 내용을 '재현' 및 '복원'하는 데 초점을 맞추었기에 이제는 조금 다른 측면에서 주제를 가진 스토리텔링이 필요하다. 그런 점에서 '화성능행도'가 담고 있는 내용의 배경이 되는 정조의 화성 축조와 을묘년 원행의 의미와 같이 스토리텔링의 새로운 주제가 될 수 있는 내용들을 역사적인 측면에 입각하여 고찰하는 작업을 선행했다.

〈화성능행도병〉의 내용 고찰을 토대로 이와 관련하여 생산한 문화콘텐츠 스토리텔링의 양상의 분석을 위해 현재까지 생산된 〈화성능행도병〉의 문화콘텐츠 중 대표적 작품인 출판콘텐츠 『임금님의 효행길』, 방송콘텐츠 〈기념비적 기록화 화성능행도〉, 축제콘텐츠 '수원화성문화제'를 선별했다. 〈화성능행도병〉 문화콘텐츠의 다양한 스토리텔링 양상을 살피고자 매체를 달리하여 생산된 세 가지 문화콘텐츠의 각각을 개관하고, 그중에서도 스토리텔링의 양상을 구체적으로 살폈다.

이러한 과정을 통해 〈화성능행도병〉의 스토리텔링과 관련하여 다음의 네 가지 양상을 확인할 수 있었다. 첫째, 〈화성능행도병〉의 스토리텔링의 경우에는 시간의 흐름을 중심으로 하는 경우와 장면의 분절을 중심으로 하는 경우에 따라 스토리텔링의 양상이 달라질 수 있다. 둘째, 〈화성능행도병〉은

『원행을묘정리의궤』, 『화성성역의궤』, 『조선왕조실록』 등과의 관련성으로 인해 스토리텔링의 과정에서 내용적 개입이 이루어지는 것이 대부분이었다. 셋째, 〈화성능행도병〉은 각각의 주제와 콘텐츠를 담을 매체에 따라 스토리텔링의 내용과 방법의 현격한 차이가 나타난다. 넷째, 현재까지 〈화성능행도병〉의 문화콘텐츠 스토리텔링은 관련 문헌을 통한 '재현' 및 '복원'의 방법으로 진행되었다

이와 같은 스토리텔링의 양상을 살핀 후 〈화성능행도병〉의 문화콘텐츠 개발을 위한 스토리텔링의 실제 모형을 제시하기 위해 '수원 화성 관광콘텐츠 개발'을 목적으로 스토리텔링을 진행했다. 스토리텔링은 문화콘텐츠의 개발의 한 과정이며 일부분으로 의미를 가질 수 있다는 점을 염두에 두고 문화콘텐츠 개발의 전 과정에서 스토리텔링을 중심으로 제시하고자 하였다. 〈화성능행도병〉 스토리텔링의 준비 과정에서 앞 장에서 살핀 스토리텔링의 구성 방식인 분절형 스토리와 서사형 스토리의 두 가지를 토대로 스토리텔링의 방향을 설정했다. 〈화성능행도병〉의 8폭 병풍의 내용 각각을 스토리텔링한 후 해당 공간에서 활용하는 경우와 정조의 을묘년 원행을 토대로 서사를 구성하는 경우로 나누어 스토리텔링할 수 있다는 가능성을 제시했다.

이후 진행된 실제 스토리텔링에서는 기획안을 작성하며 스토리텔링을 포함한 문화콘텐츠 개발의 전반을 제시했다. 이때 스토리텔링만을 분리하기 어려운 이유는 스토리텔링이 중요한 부분이나 문화콘텐츠의 일부라는 점에서 문화콘텐츠의 개발과 스토리텔링이 불가분의 관계에 있기 때문이다. 초반 '수원 화성 관광콘텐츠'의 기획 과정에서 스토리텔링은 서사를 가진 스토리로 구성하고자 했다. 그러나 관광의 경로를 설정하는 과정에서 관광객의 동선을 고려하여 스토리텔링해야 한다는 점을 감안하게 됨으로써 각각의 장소에 대한 스토리텔링과 전체 스토리텔링의 2중 구조로 구성해야 함을 깨닫게 되었다. 이로써 최종적으로 지지대 고개→장안문→화홍문→방화수류정→화서문→서장대→화성행궁→팔달문→수원향교→수원역의 경로를 설정할 수 있었다. 무엇보다도 이때 각각의 장소 중 주요 장소에 대한 스토리텔링은 '화성능행도' 각각의 그림의 내용을 활용하여 구성하도록 했다. 궁극적으로

〈화성능행도병〉을 토대로 한 문화콘텐츠 스토리텔링을 위해서 전체 코스를 아우르는 1차 스토리텔링과 장소성을 부각할 수 있는 소규모 2차 스토리텔링이 병행되어야 함을 확인할 수 있었다.

〈화성능행도병〉의 문화콘텐츠 개발을 위한 스토리텔링의 활용 가능성에 대해서는 다음과 같이 세 가지로 제언했다. 첫째, 화성 관광콘텐츠 개발을 위한 스토리텔링의 결과물을 통해 출판, 연극, 뮤지컬, 관광콘텐츠 등 다양한 종류의 문화콘텐츠가 창작될 수 있다. 둘째, 〈화성능행도병〉과 관련된 문화콘텐츠 스토리텔링을 진행한 후 기념품 제작 및 캐릭터 개발 등의 스토리텔링을 통한 OSMU가 가능하다. 셋째, VR과 AR을 활용한 화성 관광콘텐츠 개발에 스토리텔링의 활용이 필요하며 이는 관광객이 관광콘텐츠를 향유하는 과정에서 몰입감을 높이는 데 기여할 것이다.

본고는 문화콘텐츠 스토리텔링의 실제 모형을 제시하는 것과 더불어 스토리텔링의 활용 가능성에 대한 방법을 제시하고자 했다. 지면 관계상 실제 모형의 전체를 제시하지 못하고 부분과 초안만을 제시한 점에 대해서는 아쉬움이 남는다. 그러므로 더욱 구체적인 스토리텔링의 모형을 제시하는 작업은 후속 연구로 시도하고자 한다.

〈화성능행도병〉의 문화콘텐츠는 이미 다양한 유형으로 개발되었고, 현재에도 계속해서 개발이 이루어지고 있는 상황이다. 그럼에도 불구하고 〈화성능행도병〉의 문화콘텐츠 개발에 있어서 스토리텔링은 그저 '재현'과 '복원'을 위주로 하고 있기에 변화가 필요한 상황이다. 화성능행도의 각 그림은 다채로운 스토리텔링의 가능성을 내포하고 있다. 그러므로 본고를 통해 〈화성능행도병〉의 스토리텔링과 그 활용을 위한 새로운 시도가 이루어지기를 기대하며 〈화성능행도병〉의 가치가 스토리텔링을 통해 21세기에도 여전히 그 위상을 지켜내기를 바란다.

⦂ 참고문헌 ⦂

1. 단행본 및 논저목록

김준혁, 「조선왕실기록을 기반으로 하는 수원 화성의 문화콘텐츠 활성화」『인문콘
　　　텐츠』34, 인문콘텐츠학회, 2014.

김흥식·류웅재·김진형, 「경기도 문화유산의 스토리텔링화 방안에 관한 연구」
　　　『정책연구』, 경기연구원, 2010.

박기수, 『문화콘텐츠 스토리텔링 구조와 전략』, 논형, 2015.

박정혜, 「〈水原陵行圖屛〉研究」『미술사학연구』189, 한국미술사학회, 1991.

＿＿＿, 『조선시대궁중기록화연구』, 일지사, 2000.

수원시, 『원행을묘정리의궤 역주』, 수원시, 1996.

안영화, 「수원 화성(華城) 문화원형 공연콘텐츠 개발을 위한 연구」, 숙명여자대학
　　　교 대학원, 2015.

용인대학교박물관, 『2011 용인대학교박물관 학술대회 우학문화재단 소장 화성능
　　　행도병』, 용인대학교박물관, 2011.

윤문자 글·그림, 『임금님의 효행길』, 가교출판, 2005.

이인화, 『한국형 디지털 스토리텔링』, 살림, 2005.

이하나, 「『論語』의 문화콘텐츠 스토리텔링의 양상과 가능성」『민족문화』제46집,
　　　한국고전번역원, 2015.

정창권, 『문화콘텐츠 스토리텔링』, 북코리아, 2009.

최혜실, 『문화콘텐츠 스토리텔링을 만나다』, 삼성경제연구소, 2006.

한영우, 『정조의 화성행차 그 8일』, 효형출판, 1998.

＿＿＿, 『〈반차도〉로 따라가는 정조의 화성행차』, 효형출판, 2007.

2. 홈페이지

국립국어원, 표준국어대사전(http://stdweb2.korean.go.kr/search/List_dic.jsp/)

수원시 홈페이지(http://www.suwon.go.kr/)

수원시 홈페이지 사이버투어(http://www.ubestar.com/)

수원화성문화제 홈페이지 참조(http://shcf.swcf.or.kr/)

정조대왕 능행차 홈페이지 참조(http://www.kingjeongjo-parade.kr/)

EBS지식채널e 홈페이지 참조(home.ebs.co.kr/jisike/)

03

『열국지전』 한국에서의 전파 및 재창작

진영 중국 양주대학

I. 머리말

20세기 초반에 인쇄업의 발달로 새로운 활자기술이 전통의 방각 인쇄를 대신하여 점차 두각을 드러내기 시작했다. 이러한 변화는 인쇄 출판업의 발전과 도서 상업화의 흥기를 유발시켰으며 많은 고소설들이 거듭 인쇄되었다. 이처럼 이 시기에 나타난 고전소설은 구활자라는 새로운 판각형태를 사용하여 보다 넓은 사업적인 유통망을 가지고 보다 많은 독자들을 상대하게 되었다. 구활자본은 소설의 내용이 그대로 하되 문자의 편집형태만 바뀐 것, 편집형태와 내용이 모두 바뀐 것과 고소설의 특징에 의해 재창작한 新作 고소설로 나누어진다. 그 중에 첫 번째 유형은 舊作 고소설이라 하고 두 번째 유형은 飜案 고소설이라도 한다.[1]

구활자본 소설에는 중국 고전 연의소설을 바탕으로 개작된 것이 가장 많이 차지한다. 예컨대, 『삼국지연의』, 『열국지전』, 『초한연의』와 『수당연의』 등은 가장 대표적인 작품들로 많은 개작의 과정을 거치게 된다.

지금까지 전해져 온 열국소재의 소설작품은 과거에 많은 인기를 누렸을 것으로 볼 수 있다. 각 소설의 주인공들도 역시 오랜 동안 관심을 받아온 인물이기도 하다. 그러므로 20세기초의 출판업자들이 『열국지전』의 번역본에서 막대한 영향력을 가진 인물들을 발췌하여 人物傳記의 형식으로 재편성하였다. 그러나 이들 작품들의 대부분이 지금까지 소개된 것처럼 한국 사람의 손에서 창작된 작품이라고 인식되어왔다.[2] 그러나 이 소설들이 모두 엄연히 중국소설을 저본으로 삼아 개역된 작품임이 틀림없다.[3] 본고는 이를 바탕으로 하여 각 작품별의 번안양상을 구체적으로 살펴보는 데에 의의를 가진다. 또한 이 작품들이 번안된 당시의 사회적 배경과 어떤 연관성이 있는지

---

1 민관동, 『中國古典小说在韩国之传播』, 上海 : 学林出版社, 1998, 23쪽.
2 『한국민족문화대백과사전』에 의하면 『소진장의전』이나 『진시황실기』 등은 모두 창작소설이라고 기록되어 있다.
3 이은영·李恩英, 「列國題材文藝作品及其在韓國的影響」, 北京大 博士學位論文, 2005, 290쪽.

검토함으로써 작품자체가 지니고 있는 문학적 의의를 밝혀보고자 한다.

II. 『열국지전』 번안작품의 서지정보

『열국지전』은 명나라 사람인 余邵魚가 춘추전국시대 제후국들의 흥망성쇠를 다룬 역사서와 이 역사서를 부연한 宋·明의 話本을 바탕으로 만든 열국계통의 역사연의소설로, 『춘추열국지전』이라 불리기도 한다. 이 소설은 실제 역사 기록을 바탕으로 두고 『무왕벌주서』, 『낙의도제칠국춘추후집』, 『진병육국』 등 평화에서 취재하며 민간의 전설 등을 가미시켜 만들었다. 후에 명나라 풍몽룡은 원작에 많이 손본 후 『신열국지』을 편찬하였으며 청나라 채원방은 또 다시 『신열국지』를 윤색하고 "약간의 평가를 가한" 후에 『동주열국지』로 개명하였다. 이로부터, 채원방이 평점한 『동주열국지』는 차후 이백년 동안 '열국지' 소설의 통행본으로 유통되었다.

『열국지전』이 언제 처음 한국에 들어왔는지에 대한 정확한 기록을 찾을 수 없으나 황중윤(1577~1648)이 쓴 『동명선조유고』 8 「일사목록해」에 처음으로 '열국지'라는 이름이 확인된다. 이로보아 『열국지전』이 늦어도 1648년 이전에 유입된 것으로 추정할 수 있다. 이미 발굴된 100여 종의 이본으로 보아 그 때 당시 『열국지전』은 상당한 인기를 누렸을 것이다.

20세기 초반 무렵의 국내 소설사는 전통적 질서와 신문화의 열망이 혼효되던 시기였다. 특히 인쇄업의 발달로 인해 소설이 상업적인 전망을 확보할 수 있었다는 점은 소설사의 흐름에 있어 매우 주목된다. 소설은 근대의 산물이라고 할 때, 인쇄매체는 소설의 근대화 산물이라고 부를 수 있게 하는 중요한 요인 중 하나가 된다.[4] 이 시기 고전소설 역시 구활자라는 새로운 판각형태를 사용하여 보다 넓은 사업적인 유통망을 가지고 보다 많은 독자들을

---

4 마샬맥루한, 『구텐베르크은하계』, 커뮤니케이션북스, 2001(김도환, 「'삼국지연의'의 구활자본 고전소설로의 개작 양상」『중국소설총론』 20, 한국중국소설학회, 2002, 194쪽 재인용).

상대하게 되었다.

이러한 배경에서『열국지전』을 바탕으로 개작된 번안소설들은 현저한 상업화적 경향을 가지고 있다. 이 소설들은 대부분이 1917년에서 1928년 사이에 만들어졌으며 표지가 울긋불긋한 '딱지본'에 작가 및 상세한 서지와 출판정보가 적혀 있다. 본고에서 연구 대상으로 선정된 작품의 서지정보가 아래와 같이 나열한다.

①『蘇秦張儀傳』

일명『蘇秦列傳』이며 표지에 '萬古雄辯 蘇秦張儀傳'이라는 글귀로 縱으로 적혀져 있다. 1권1책이며 획목 없이 총 54쪽으로 되어 있다. 1918년에 광동서국 발행본과 1921년 대창서관 발행본이 있다. 소설의 앞부분에서 鬼谷子가 제자 4인에게 모두 앞날에 대해 점쳐주는 내용부터 두 사람이 각자 열국에서 遊說하고 천하를 종횡하는 대목까지 썼다. 내용상으로 볼 때『동주열국지』와 별다른 차이가 없어 작자가 소진과 장의를 주인공으로 삼고 傳을 지어줬음을 알 수 있다.

②『孫龐演義』

1권 1책이며 11회로 되어 있다. 회수와 회목이 있고 총 96쪽이다. 낙선제본과 회동서관본이 있으며 중국『전칠국지손방연의』의 번안작품이다. 낙선제본은『전칠국지손방연의』의 내용을 전부 번역했으며 회동서관본은 그 중 11개 중요한 이야기를 수록했다. 회동서관본의 작자 겸 발행인은 高裕相이며 낙선제본에 영조의 후궁인 영빈이씨의 인이 찍혀 있다. 전체적으로 오역한 곳이 많지 않은 것과 글씨체가 단정하고 수려한 것이 가장 큰 특징이라 하겠는데 또한 영빈의 인장이 찍혀져 있는 것으로 미루어 보아 낙선재본은 대략 그녀가 후궁에 있었던 18세기 중반에 번역되었거나 필사되었을 것이라 짐작된다.

吳門嘯客이 쓴『전칠국지』은 煙水散人의『후칠국지』와 같이『전후칠국지』라 명명했는데 孫臏, 龐涓, 樂毅, 田單 네 명의 장군을 주인공으로 삼아 역사자료와 민간전설에 의탁하여 과장 및 허구의 수법으로 그들의 영웅사적을 부각시켰다. 傳記 색채가 선명한 이 소설은 많은 인기를 누렸으며 수많은 번역과 개작의 과정을 거쳐 『손방연의』이라는 작품을 탄생시켰다. 낙선제본은 원전의 내용과 별 차이가 없는 반면에 회동서관본은 원전의 회목을 축약시켰으며 회목의 내용을 의역했기에 번역보다 번안에 더 가깝다.

③ 『伍子胥實記』

일명 『오자서전』 1권1책이며 전편은 상·하로 되어 있으며 108쪽이 있다. 1918년에 대창서관, 한양보급서관에서 발행되었으며 대창서관의 작자 겸 발행인은 현공렴이다. 작품은 『동주열국지』 71회에서 83회까지의 내용과 일치하다. 이외에 『오자서전』으로 되어 있는 국문필사본도 1책이 있다. 필사본에는 육십이 된 사대부가의 부인이 자식을 모두 경성에 보낸 뒤의 적적한 마음을 드러낸 수필조의 산문이 첨부되어 있다. 총 51장이며 신축(1901) 7월이라는 필사기가 적혀 있다. 작품의 내용은 楚平王이 간신 費無極의 말을 듣고 오자서의 아버지 伍奢를 죽이려는 데서 시작하여 후에 월왕 句踐이 오나라를 멸하고 오왕 夫差가 자결하고, 간신 伯嚭가 월왕에게 죽음을 당한 이야기까지 끝난다.

요컨대 활자본 『오자서실기』와 달리 필사본에서 오자서의 최후에 대한 처리는 특이하다. 필사본 『오자서전』에서 오자서가 오왕 구천이 자신의 간언을 듣지 않자 자취를 감춘 것으로 되어 있다. 이런 결말은 중국 어느 작품에서도 찾아볼 수 없는 점이 흥미로우며 '明哲保身'의 대표로 여겨지는 範蠡의 최후를 연상시킨다. 이런 결말의 출처에 대해서는 고증할 바가 없지만 자신의 평생을 바쳐 아버지와 형의 원수를 갚은 오자서가, 충심이 받아들여지지 않는 여건 속에서 자신의 앞날에 대한 선견지명이 있어 억울하게 '자결'이라는 최후를 맞지 않았으면 하는 독자들의 바람으로 읽어낼 수 있다. 이는 한국의 영웅소설인 『홍길동전』·『소대성전』·『유충열전』과 같이 영웅 낭만주의 색채가 충만한 작품이다.

④『齊桓公』

표제에 '제환공'으로 1권1책이며 회목이 없이 총 70쪽으로 되어 있다. 1918년에 대창서관 발행되었으며 작자 겸 발행자는 현공렴이다. 이 이본은 채원방의 『동주열국지』의 내용 중 제15회부터 제33회까지 제환공에 대한 부분만 따로 발췌하여 번역했다. 번역문에서 원전에 있는 내용을 과감하게 삭제하면서 제환공에 관련되는 내용만 발췌하여 편집했다. 작자는 제환공의 일대기를 맞추기 위해 단순한 번역이 아닌 축약, 생략, 부연, 첨가 등 작업을 통해 제환공의 인물전기를 만들었다. 또한 작품 속에 간혹 나타난 작자의 평어가 보이는데 이들 개작한 부분과 평어는 원작의 내용을 의도적으로 축약시키고 평가를 가함으로써 후세 사람들을 징계하는 교훈적 의미가 드러난다.

⑤『진시황실기』

일명『진시황전』1916년에 유일서관본과 한성서관본으로 발행되었다. 1권1책이며 총 11회로 구성되어 있어, 횟수와 회 제목을 모두 갖추고 있고 한자와 한글로 번역된 내용이 병행하고 있으며 총 94쪽으로 되어 있다. 저자 겸 발행자는 박승엽이며 본문의 첫 페이지에 '박건회 편즙'이라고 하여 편집자를 밝히고 있다. 제3회에서 제11회까지의 회목은 채원방이 편집한『동주열국지』의 제99회부터 제108회까지의 회목과 일치한다. 제1,2 회의 회목은『동주열국지』에서 보이지 않는데『서한연의』의 제1회, 제2회와 제11회의 내용을 발췌하여 편집한 것이다. 작품의 말미에 "이 아릭를 자셰히 알고자 ᄒ거든 장자방실긔를 보시옵쇼셔"라는 후기가 붙어 있다. 이는 곧『서한연의』에서 진시황의 고사와 관련된 내용임을 광고하고 있다.

소설은 전국 후기의 이야기부터 시작하였으며 조, 진 두 나라가 漳河에서 교전하는 고사를 자세히 설명하고 皇孫異人이 조나라 質子가 되는 경과를 서술했다. 그 다음부터『동주열국지』에 진시황과 관련되는 내용으로 연결시켰으며 진시황이 육국을 통일시키는 부분까지 옮겼다. 이처럼 작자는 두 작품을 유기적으로 결합시켜 진시황의 일대기를 만들었으며 주인공이 건국부터 말년에 方術을 믿고 仙藥을 구하는 세부적 내용을 모두 기술했다.

⑥『晉文公』

1권 1책이며 회목이 없이 총 85쪽으로 되어 있다. 1918년에 대창서관에서 발행아여 저자 겸 발행자는 현공렴이다. 이 작품은 채원방이 편찬한『동주열국지』의 20회부터 44회의 내용과 일치한다. 또한 필사본 3권이 있는데 '병인 삼월 일'로 필사 일자를 밝히고 있다. 앞서 소개된 작품들과 달리『진문공』은 원전의 내용에 충실하며 개작된 흔적이 거의 없는 것이 특징이다. 단, 구활자본 소설의 일관된 격식에 맞추어 시작과 말미에 楔子와 評語를 가했다.

III. 『열국지전』 번안 작품의 유형화 및 지향성

권순긍의 논의를 따르면 고소설에서 역사소설의 존재방식은 세 가지로 분류된다.[5]

첫째는 역사적 사실이 단지 작품의 배경을 제시하는 역할을 하는 경우다. 인물은 역사적 사건과는 별도로 최대한 허구가 허용된다. 이런 작품을 '說話적 유형'에 해당한다고 볼 수 있다.

둘째는 역사적 사실이 작품의 주요 사건들을 구성한 경우다. 이 경우는 허구의 폭이 제한된다는 특징이 있다. 이런 경우는 '史譚적 유형'에 해당한다.

셋째는 역사적 사실이 작품의 전체 구조를 지배하는 경우다. 인물은 역사적 사실을 벗어나지 않는 범위 안에서만 허구가 허용된다. 이런 작품은 '傳記的 유형'의 소설이라 할 수 있다.

본고에서 다루려고 하는 열국지의 파생작 중에『제환공』·『진문공』·『오자서실기』·『소진장의전』은 는 셋째 유형에 해당된다. 2장에서 살펴보았듯이 풍몽룡은『열국지전』에서 역사근거가 부족한 서주의 이야기를 몽땅 삭제해 거의 역사서의 수준에서『신열국지』를 편찬하였다. 그 후에 또한 채원방이 다시 틀린 곳을 수정하여『동주열국지』로 고쳤으니, 이를 바탕으로 하여 재

---

5 권순긍, 「1920년대 활자본 고소설 연구」, 성균관대 박사논문, 1990, 260쪽.

구성한『제환공』을 비롯한 4종의 단편 소설은 모두 전기적 유형의 조건에 부합한다.

나머지 두 작품인『손방연의』·『진시황실기』는 열국의 배경과 인물로 하고 있으나 허구적 요소가 많이 첨가되는『전칠국지손방연의』와『서주연의』의 내용이 들어가 있으므로 이들이 둘째 유형인 '사담적 유형'이다.

따라서 이 장에서는『열국지전』의 파생작들이 당시의 시대적 배경과 결합하여 유형화된 양식으로 번안되는 과정에서 드러난 지향성을 확인하고자 한다.

1. 전기류 소설 및 현실적 지향

『동주열국지』는 원래 여러 나라와 인물들이 얽혀서 엮어내는 나라의 흥망을 위주로 다루는 이야기이기 때문에 인물 중심의 단편은 성립되기가 어렵다. 그럼에도『동주열국지』의 파생작의 제목을 보면 대개 '~전, ~실기'로 되어 있어 그 이야기의 중심적 내용이 인물에 맞춰진 것이다. 『소진장의전』은 등장인물을 놓고 볼 때『동주열국지』의 부분과 별다른 차이가 없어 원전을 번역한 것에 불과하다. 더욱이 그 분량이 얼마 되지 않아 앞에서 잠깐 나온 손빈과 방연의 이야기도 같이 붙어 있다는 것을 통해 소진과 장의의 인물 중심의 단편이라고 볼 수는 있다.

『제환공』과 같은 경우는『동주열국지』에서 제환공이 나오는 부분부터 시작하여 제환공과 관련되는 내용만 발췌하여 엮었다. 겉으로 보면 온전한 번역소설에 불과하지만 세부적으로 살펴보면 편집자는 제환공을 사건이 진행하는 중심으로 삼고 있음을 알 수 있다.

> 齊侯將下階拜受, 宰孔止之曰：“天子有後命, 以伯舅耋老, 加勞, 賜一級, 無
> 下拜.”桓公欲從之, 管仲從旁進曰：“君雖謙, 臣不可以不敬.”桓公乃對曰：“天
> 威不違顏咫尺, 小白敢貪王命, 而廢臣職乎！”疾趨下階, 再拜稽首, 然後登堂
> 受胙, 諸侯皆服齊之有禮.(제24회 盟召陵禮款楚大夫 會葵邱義戴周天子)
>
> 환공이 쟝츠 섬에 나려 졀ᄒ야 바드려 ᄒ니 공이 만류ᄒ야 왈 텬즈 다시 명

ᄒ시기를 졔후년로홈으로 일품을 도도와 졀홈을 면ᄒ노라 ᄒ시더이다 ᄒ거늘 환공이 뒤왈 텬ᄌ의 위엄이지쳑지디에 뭐지 아니ᄒ시오니 소빅이 감히 왕명을 탐ᄒ야 신ᄌ의 직분을 폐ᄒ오릿가 ᄒ며쌜니 나려가 직비ᄒ고 머리를 두다린 연후에 단에 올나 졔물을 바드니[6]

예문을 보면 원전에서 관중이 제환공에게 권하는 이야기를 삭제하고 제환공이 스스로 깨달은 것으로 되어 있다. 또한 제환공이 주색을 좋아하며 간신을 친근하다는 내용이 일부러 생략되었다. 편집자는 제환공에 관한 어리석거나 부정한 내용을 삭제해 인위적으로 제환공을 미화시키고 있다. 또한 『제환공』에서만 존재하는 편집자에 의해 첨가된 평어가 몇 군데 발견된다.

鮑叔牙諫諍不從 發病而死 三人盆無忌憚 欺桓公老耄無能 遂專權用事(제29회 晉惠公大誅群臣管夷吾病榻論相)
포슉아 죽은 후로 삼인이 더욱 긔탄홀 바이 업셔셔 환공의 년로홈을 업슈히 녁이고 나라권세를 잡아ᄒ지 아닐바이 업게ᄒ니 슯흐다 환공의 영특홈으로도 년로ᄒ고 소인이 됴졍에 가득ᄒᄆᆡ 다시 능히 각국에 호령ᄒ지 못ᄒ더라[7]

위 내용은 제환공이 포숙아의 권고를 듣지 않아 간신을 등용해 드디어 나라권세를 빼앗겼다. 예문에서 밑줄 친 부분은 편집자가 이에 대해 무지 안타까워하며 평생 동안 쌓여온 공덕을 일조에 잃어버린 것에 개인적인 슬픔과 분노를 표시하고 있다. 또한 소설의 마지막은 다음과 같다.

그 후에 공ᄌ원은 혜 공되고 공ᄌ반은 쇼공되고 공ᄌ샹인은 의공되여 무한흔 부귀를 누럿스되 홀로 공ᄌ무휴는 부명을 거스려 간신을 쳬결ᄒ야 요힝을 바라다가 몸이 죽고 일홈이 욕되여 공연히 불효의 일홈만 취ᄒ야 후세의 ᄭᅮ지

---

6 『제환공』, 529쪽.
7 『제환공』, 532쪽.

람을 밧으니 무슨 유익홈이 잇스리오 후세 사름은 맛당히 이를 징게홀너라[8]

소설의 결말 부분으로 제환공의 후예들을 한 번 총괄한 뒤에 번역자는 왕위찬탈을 시도했던 공자무휴에 대해 평결을 내리고 있다. 무휴와 같은 사람은 간신과의 체결로 이름이 욕되었으며 왕위찬탈의 죄인으로 불효의 이름을 취했다고 하면서 이것이 유익함이 없음으로 후세 사람이 징계해야 된다는 교훈을 담고 있다. 이는 주인공인 제환공에 대한 평가가 아닌 공자 무휴의 이야기를 통해 후인을 징계하려고 한 편집자의 의도로 볼 수 있고, 이는 원전인『동주열국지』의 "遠小人 近賢臣"의 주제의식을 잘 파악하여 설명한 것이다. 그러므로 원전의 주제도 그렇지만 편집자가 소설의 결말에 이를 다시 강조하는 것은 의도적인 것으로 볼 수 있다.

조선왕조는 왕조 내내 王權과 臣權의 갈등 속에 전개되었다. 특히 조선후기에 들어와서 당쟁이 모든 정치 사건의 핵심이 되었다. 李建昌의『黨議通略』을 보면 이 점을 확인할 수 있다.

朋黨의 심함이 중국의 東漢·唐·宋 보다 심한 곳이 없었다 ⋯⋯그러나 당나라의 朋黨은 앞과 뒤가 겨우 수십이요, 송나라의 朋黨도 또한 몇 대 지나지 못해 마침내 나라가 망하였다. 또 무릇 당송 때에는 사람마다 모두 붕당을 한 것은 아니었다. 만약 온 나라 사람들이 분열하여 두 당이 세 당이 되고 네 당이 되어 2백여 년이란 긴 기간 동안 종내 邪正과 逆順의 분열을 합의하지 못하고, 또 밝게 정론을 세우지 못한 붕당을 돌라면 오직 우리 朝鮮이 그러한 것이다. 이 또한 고금 붕당을 통틀어 지극히 크고 지극히 오래되었으며 지극히 말하기 어려운 것이라 말할 수 있을 것이다.[9]

당쟁이 심한 만큼 왕의 권력은 약했다. 조선왕조 정치사에서 臣權의 비대

---

8 『제환공』, 538쪽.
9 李建昌 지음, 李德一·李俊寧 해역, 「원론」『黨議通略』, 자유문고, 1998, 377쪽.

화가 연출됨으로써 왕권은 상대적으로 위축되고 신하 내부의 대립과 분열현상, 예컨대 사화와 붕당, 당쟁이 장기간 지속되었다. 만약 왕권의 우세를 유지했다면 사정은 아주 달라졌을지도 모를 일이다. 강력한 왕권이었다면 신료집단은 이에 대항하기 보다도 충성스럽고 유능한 행정 관료로서 복무하게 되고, 한편 왕권은 신권의 비대화와 사익의 추구, 탈법적 대민수탈을 억제하며 민생과 국가는 안정됐을 것이다. [10] 특히 정조 이후 세도가에 의해 온갖 정사가 좌우되었던 세도 정치가 시작했다. 왕의 실제권력이 없어지고 꼭두각시가 되었다. 따라서 『제환공』에서 간신이 정권을 사로잡아 왕권을 위협하는 것과 제환공이 비참한 최후를 맞이하는 것은 편집자가 역사에 대한 인식과 비판적인 주제의식이 『제환공』을 통해 드러낸 것으로 볼 수 있다.

여러 나라에서 망명의 삶을 거쳐 고난의 끝에 드디어 뜻하는 바가 이루어져 대업을 성취한 인물 중심의 내용을 다룬 작품으로 『진문공』과 『오자서실기』가 있다. 이 두 작품은 모두 박해를 당해 망명생활을 하다가 다시 힘을 얻어 능력을 펼치며 성공을 이룬 인물이라는 점에서 같다.

『진문공』은 晉나라 중이가 열국을 방랑하는 이야기(晉重耳周遊列國)로 춘추전국시대에 유명한 고사였다. 그의 비범한 지략과 탁월한 능력으로 결국 고난의 끝에 晉나라의 패업을 이루었다. 진문공의 이런 전설적인 事跡으로 인하여 민간설화나 중국 여러 잡극에서 자주 등장하게 되었다. 그리고 가장 중요한 것은 진문공이 재위한 시기에 尊王攘夷의 구호를 세워 中原을 노리는 楚나라와 秦나라와 같은 대국을 몇 번을 물리쳤으며 중원의 안정과 번영을 유지했다. 한족들이 사는 중원을 보호하여 외래 민족인 초와 진을 물리치는 것은 일제강점기의 조선인을 보호하며 일제를 물리칠 수 있는 영웅적 인물을 갈망하는 의지를 암시하고 있다.

또한 소설의 시작부분에서 당시 혼란한 조정과 사회배경을 소개하고 있다.

---

10 金駿錫, 「조선후기의 당쟁과 왕권의 추이」『조선후기당쟁의 종합적 검토』, 한국정신문화연구원, 1992, 418쪽.

화설 츈츄 젼국시졀에 진헌공의 일홈은 궤겨니 무공의 아달이라 위인이 음란ㅎ고 붉지 못ㅎ미 쇼인이 됴뎡에 가득ㅎ니 현인군ㅈ 나라히 졈졈 위틱ㅎ여짐을 보고 벼살을 ㅎ직ㅎ야 초야로 물너가니 간신이 더욱 긔탄홀 바이 업셔셔 요악ㅎ 부인으로 뇌외부동ㅎ야 혼암 불명ㅎ진헌공을 긔망ㅎ니 진국 졍사 날로 어즈러워 진문공의 십구년 무한 풍샹을 일우엇더라[11]

예문에서 밑줄 친 내용은 진문공의 아비인 진헌공의 이야기부터 시작하여 당시의 사회적 배경을 정리했다. 이 부분의 내용은 원전에 없는 것으로 편집자에 의해 첨가된 것이다. 小人이 조정에 가득하고 현인군자가 떠나버린 당시의 불안정한 사회현실을 제시하면서 後來의 이야기를 암시하고 있다. 또한 결말 부분에서 아래와 같이 첨가되고 있다.

문공이 공ㅈ로 려희의 난을 맛나셔 렬국으로 두로 단니다가 십구년의 무한 풍샹을 다지뇌고 본국에 도라와셔 맛ㅊ뇌 인군이 되야 텬하의 읏듬이 되고 ㅈ손이 그긔업을 쥰슈ㅎ야 여러뒤를 지뇌니 녯말에 고진감릭라 홈이 이를 두고 일음이러라[12]

편집자는 고난의 시작부터 천하의 으뜸이 되는 것까지 진문공의 일생을 총괄적으로 설명한 다음 "옛말에 고진감래라"라는 말로 행복한 날이 결국 찾아올 것이라는 희망을 심어주고 있다.

한편에 『오자서실기』는 『진문공』과 다른 곳이 있다면 그것은 복수의 이념이 전편을 관통하고 있다는 것이다. 오자서는 智勇雙全하고 忠孝仁義한 전형적 영웅형상을 가진 사람으로 중국뿐만 아니라 한국에서도 매우 익숙하고 친근한 인물이다. 그는 楚王의 횡폭에 굴복하지 않고 부형의 원수를 갚겠다는 이념을 굳게 지키는 용맹한 형상은 관우를 연상시킨다. 1910년대 당시의

---

11 『진문공』, 1~2쪽.
12 『진문공』, 84~85쪽.

민중들은 '식민지 반봉건'인 당시의 어지러운 사회 질서를 뒤집을 수 있는 유능한 영웅적 인물로 대변된다.

당시 구활자본 소설의 수용층은 지식인이 아니라 대부분이 노동자, 농민들이었다.[13] 개화기에 들어 조선의 농민과 노동자들의 상황은 더욱 더 힘들어지고 피폐함이 극에 달했다. 그러나 사회의 하층에 있는 그들은 자기의 힘으로 결코 이런 비참한 현실 속에서 벗어날 순 없으며 어지러운 사회 질서를 바로잡을 순 없었다. 따라서 그들은 마음속으로 오자서와 같은 부정한 통치자를 반항할 수 있는 영웅이 나타나 이 피폐한 사회 질서를 바로 잡고, 그들에게 평화롭고 행복한 삶을 가져오기를 갈망했다.

소설에서 오자서가 망명하는 길에서 몇 번 위험에 처했으나 이는 모두 타인의 도움에서 벗어날 수 있었다. 구체적인 내용을 살펴보면 아래와 같다.

① 오운이 공ᄌ승을 다리고 갈디 속으로 쏠코 나오니 어옹이 급히 불으거늘 두ᄉᆞ름이 돌을 드듸고 ᄇᆡ에 오르니 어옹이 돗을 올니고 로를 가ᄇᆡ야히 져으미 ᄇᆡ 닷기 살 갓ᄒᆞ야 한시ᄀᆞᆫ이 다 못되야 건너 편언덕에 다힌지라 어옹이 ᄀᆞᆯ오ᄃᆡ 어졔 밤 ᄭᅮᆷ에 쟝셩이 나의 ᄇᆡ에 써러져 보인지라 로부가 오날 반ᄃᆞ시 이샹ᄒᆞᆫ ᄉᆞ름이 물을 건널 쥴 짐작ᄒᆞ고 ᄇᆡ를 져어 나왓더니 과연 그ᄃᆡ를 맛낫도다[14]

② 오운이 공ᄌ승을 다리고 오나라 디경에 드러 갈ᄉᆡ ᄒᆡᆼᄒᆞ야 률양 ᄯᅡ에 일으니 ᄇᆡ가 쥬림이 긔력이 피곤ᄒᆞ야 밥을 빌녀ᄒᆞ더니 한 녀ᄌᆡ 물ᄀᆞ에서 깁을 쌜ᄆᆡ 도솔 긔속에 밥이 들엇거늘 오운이 거름을 멈추고 녀ᄌᆞ 다려 일녀 왈 부인은 한 그릇 밥을 빌니라 ᄒᆞᄃᆡ 녀ᄌᆞ 머리 숙이고 ᄃᆡ답ᄒᆞ야 왈 쳡이 삼십이 되도록 싀집ᄀᆞ지 아니ᄒᆞ고 어미로 더부러 한게 사ᄂᆞ니 엇지 ᄒᆡᆼᄀᆡᆨ

---

13 김기진, 「대중소설론」에서 "그러면 조선의 大衆小說은 누구의 소설인가? 뭇지 안하도 勞動者와 農民의 소설이다. 春香傳, 沈靑傳, 玉樓夢은 第一 만히 누구에게 닐히어지는 소설인가? 뭇지 안하도 勞動者와 農民에게 닑히어지는 소설이다"라고 밝힌 바가 있다(「동아일보」, 1929. 4. 17.).

14 『오자서실기』, 444쪽.

에게 밥을 팔니요 ᄒ거늘 오운이 ᄀᆯ오ᄃᆡ 늬 이졔 궁도에 ᄲᅡ진지라 원컨ᄃᆡ
한 그릇 밥을빌어 목슘을 보존ᄒᆞ려 ᄒᆞᄂᆞ니 부인이 죽는 사름을 구졔ᄒᆞ면
무슴 불ᄀᆞ홈이 잇스리오 ᄒᆞᄃᆡ 녀ᄌᆞ 머리를 들어오운을 보니 샹모ᄀᆞ 웅장
ᄒᆞᆫ지라 그졔야 ᄀᆯ오ᄃᆡ 쳡이 그ᄃᆡ의 샹모를 잠간 보니비샹ᄒᆞᆫ ᄉᆞ룸 갓흔지
라 엇지 죠고마ᄒᆞᆫ 혐의로 곤궁홈을 안자보리오 ᄒᆞ고 도솔긔밥과 병의 쟝
믈을 늬여 ᄭᅮ러안져 드리거늘[15]

위 예문은 오자서가 뱃사공의 도움으로 탈출했고 또한 여자의 도움에서
굶주림을 면하였다. 그러므로 오자서는 드디어 초나라 군사의 쫓음에서 벗
어날 수 있으며 대업을 성취할 수 있었다. 의리를 행하는 자가 인심을 얻는
다는 관점을 제시하고 있다. 소설에서 오자서라는 인물을 통해 강권을 타파
할 수 있는 영웅적 인물을 갈망하는 민중들의 모습이 투영된다.

지금까지 『소진장의전』을 제외하면 나머지 세 편의 소설에서 두 가지 지
향점을 확인할 수 있다. 하나는 『제환공』을 통해 드러낸 조선후기 권신들에
휘둘리는 조정에 대한 비판의 지향이며 다른 하나는 『진문공』과 『오자서실
기』를 통해 나타낸 영웅적인 인물에 대해 갈망의 지향이다.

다음으로 이 세 작품의 공동 저작자인 玄公廉에 대해 알아보고자 한다.
그는 계몽주의자로 저작·번역에 왕성한 활동을 했던 玄采의 아들로, 그
역시 애국계몽기부터 활발하게 활동했던 것으로 보인다. 1908년 우문관
에서 『經國美談』이란 책을 역술해내기도 했으며, 大昌書院·東美書市·大
東書市의 발행인이기도 하다.[16] 그가 편집한 것으로 되어 있는 『제갈량전』
은 정사를 바탕으로 하여 공명의 일을 중심으로 이야기를 엮은 소설로 애
국계몽기 역사전기물의 서술에서 보이는 인물과 역사에 대한 논평이 주를
이루고 있다. 그가 번역한 『경국미담』을 보면 서문에서 다음과 같이 의견을

---

15 『오자서실기』, 446쪽.
16 현공렴에 이력에 대한 구체적인 소개는 권순긍의 논문(「1910년대 활자본 고소설 연구」, 성균관대
   박사학위논문, 1990)에서 자세히 다루었다.

밝히고 있다.

간관은 청셜ᄒ시오 아한국문의 편리가 한문보담 긴요ᄒ여 민지를 발달ᄒ기
가 쉬우되 이왕 여념의셔 셩남ᄒᄂ 소셜이 부탄 허무ᄒ야 부녀와 목동의 담소
ᄒᄂ 쟈뢰가 될 ᄯ롭이오 지식과 경뉸의ᄂ 일호 유익이 업슬 ᄲᆫ더러 원ᄃᆡᄒ
식견의 방희가 블무인고로 빅슈촌옹이 야인을 감심ᄒ거 헌쟝부가 우밍을 면치
못ᄒ니 엇지 지탄치 아니ᄒ리오[17]

위 내용에서 소설은 '부탄허무'라고 지적하면서 '지식과 경뉸의ᄂ 일호 유
익이 업슬 ᄲᆫ'이라고 한다. 이처럼 그는 소설을 편집하는데 흥미나 재미보다
정사 중심의 '유익'한 내용을 담고자 했던 것이 알 수 있다.

이처럼 현공렴이 저작자로 되어 있는 『제환공』외 3편의 구활자본 소설은
애국계몽기의 역사전기물의 성격을 지녔다는 점에서 그 의의가 매우 크다.

2. 연의류 소설 및 통속적 지향

『동주열국지』외에 다른 중국소설의 원전을 바탕으로 만들어진 『손방연의』
와 『진시황실기』는 앞에서 살핀 역사전기물의 성격을 갖춘 세 작품과 다른
모습을 지니고 있다.

저작자는 高裕相으로 되어 있는 『손방연의』는 중국 소설 『진칠국지손방연
의』를 모본으로 삼아 번안한 소설이다. 원래 『진칠국지손방연의』에서 도술
을 부리는 허구적 요소가 많이 들어가 있다. 이 작품은 『열국지전』에 나타나
는 내용인데, 역사사실과 다른 허무맹랑한 점이 드러나고 있지만 이야기 서
술이 평이하고 문체가 발랄하다.

구활자본 『손방연의』에서는 원전에 없는 이야기들이 많이 첨가되어 이 소
설이 삼고 있는 모본은 현재 많이 유통되는 중국판본과 다른 것으로 추정하

---

17 全光鏞 편, 『原本 韓國近代小說의 理解』 I , 민음사, 1983, 128쪽.

고 있다. 그러나 여전히 편집자에 의해 첨가된 것이라는 가설이 부정할 수 없다. 원전에 있는 것으로 부족하여 또 다른 기상천외의 도술을 보여준 예를 들면 다음과 같다.

① 도동을 명호야 초인을 민다라 안치고 그 압히 상탁을 노코 상우히 십팔빅벽괴를 버리고 편갑병문 륙갑병문을 안호고 공중을 향호야 흔먹음 법슈를 씀고 스믜를 쩔치니 져근듯스이의 십팔빅벽괴중에 셔일구검이 나려와 하늘에 달녓더니 초인의 발우히 나려져 두발을 일시에 버힐시 션싱이 손빈을 불너 왈 져즈야 네져를 보느냐 손빈왈 졔지 보아도 그 연고를 아지 못호느이다 션싱이 굴오디 네 이번 가믜 방연의게 두발을 버히고 천일직앙을 바드리라 손빈이 놀나 왈 스부는 졔즈를 구호쇼셔 션싱왈 이는 텬슈니 면치 못호리라 내 이졔 취신등괴를주느니 텬병과 텬장과 대도싱살이 이 긔우히 잇느니 너는 착실이 간슈호얏다가 병권을 잡은후 님진호야 이 긔를 늬여 쓰면 범식다 마음디로 응힐라 호고 또 금낭흔긔를 주어 왈 만일 급흔 일이 잇거든 늬여보라 이 직앙이 지나면 즉시 병권을 잡아 장상이 되리니 츠시를 당호야 안향호리라[18]

② 츠시 손빈의 모친 영다나공쥐 손빈을 흔번 리별흔후 여러 춘취되믜 쥬야 슬허호더니 부믜 위국의 갓다가 손빈의 편지를 가져와 뵈거늘 공쥐 보고 일회 일비호야 가동을 명호야왈 우리 삼공 지 위국 쥬희 부즁의 숨어 잇다 호니 네가 다려오라 가동이 호이흔지 여러 날만의 바로 쥬희 집에 니르러 손빈을 불시 피츠 반기는 회포 무궁호더라 손빈이 쥬희 를 리벼라하고 츠야의 셩을 날시 젼면 등화낭즈호고 인믜 즛쳐오니 이는 곳 방연이라 이날 방연이 흔쾌를 어드니 손빈이 어둔 째를 타 셩을 나 도망홀쥴 알고 가졍수 십인을 다리고 셩에 나가 순초호더니 손빈의 일힝을 만난지라 쥬희 젼송호려 왓다가 이를 보고 디경실식호야 손빈을 바리고 도망호고 가동이 또흔 피호얏더니 방연이 말을 노화 손빈을 스로잡고 무르디 네 그스이 어디

18 〈손방연의〉, 402~403쪽.

잇더뇨 빈왈 쥬히 집에 잇더니라 방연이 손빈을 결박ᄒ야 압세우고 집에 도라와 쳥하에 꿀니고 노복을 명ᄒ야 치며 져쥴시 형장이 ᄂ려지ᄂ 소리 남글치ᄂ 듯ᄒ고 뭇ᄂ 말을 디답지 아니ᄒ거ᄂᆯ 좌위 그졔야 ᄌ세보니 이ᄂ ᄒ토막 즁방목이라 방연이 디경왈 엇지 이럿탓고 이 ᄒ리오 ᄒ더라 원리 손빈이 가동의 번거이 왓시믈 보고 누셜홀가 두려이 법으로 가동을 속여 도망케ᄒ미러라 쥬히 집에 도라와 손빈의 잡혀가믈 싱각ᄒ니 반다시 내 몸에 홰밋츠리라 ᄒ고 졍히 소식을 탐지ᄒ랴 ᄒ더니 문득 손빈이 쳥상에셔 불너왈 대인은 황망치 말나 관겨치 아니ᄒ니라 쥬히 대ᄒ야 소경스를 무르니 빈왈 방연의 잡아간거슨 ᄒᆫ 토막 즁방목이라 ᄒ고 인ᄒ야 간간 ᄃᆡ소ᄒ니 쥬히 ᄎᆞ언을 듯고 ᄒᆫ바탕 웃더라[19]

예문 ①은 손빈이 하산하기 전에 귀곡선생이 卒人으로 점을 쳐주는 내용으로 되어 있다. 여기서 나타나는 '륙갑병문'이나 '병법'으로 불을 수 있는 '텬병'과 '텬장'은 모두 『삼국지연의』의 영향에서 만들어진 것으로 보인다. 예문 ②는 역시 손빈은 둔갑술을 써 방연을 속인 내용으로 되어 있다. 이런 신통적인 이야기는 당연히 황당함과 과정의 정도가 지나치다. 『동주열국지』를 보면 손빈과 방연은 서로 지혜와 용기의 싸움으로 대결한다. 그리고 두 사람의 실력은 대등한 위치에 있다. 그러나 『손방연의』에서 손빈은 절대적인 우세에 서 있으며 병법과 지략이 아닌 도술적인 방법으로 방연을 이긴다. 이 작품은 『손방연의』로 되어 있으나 이야기의 주인공은 늘 손빈에 맞추고 있다. 말하자면 손빈과 방연의 지혜싸움이 아닌 너무 손빈의 초능력에 의지하고 있다.

이렇게 황당하게 이야기를 만든 것은 독자들에게 익숙한 군담소설의 방식과 비슷하다. 자연 개인의 초인적인 능력이 등장하고, 우연적인 사건이 연속돼 구성이 미흡하며 그만큼 진실성이 결여되어 있다. 그것이 독자들의 흥미나 재미에 기인함을 물론이다. 따라서 이 황당함이 주는 재미가 소설이 주는 진실성과 정반대에 위치하기에 문제가 아닐 수 없다.

---

19 『손방연의』, 430~431쪽.

『손방연의』와 비슷한 형식으로 전개시키는『진시황실기』는『동주열국지』에서 진시황이 나오는 부분을 주로 하되『서한연의』에서 앞부분에 진시황과 관련되는 일화만 발췌하여『동주열국지』의 이야기에 삽입한다. 이렇게 하는 이유는 실은『동주열국지』의 최후로 나온 진시황이 六國을 통일한 후에 대해 별다른 소개가 없다. 다만 진시황이 실행한 제도와 분서갱유, 만리장성과 아방궁의 건설 등에 대해 간략하게 소개한다. 이를 보완하기 위해 편집자로 되어 있는 박건회는『서한연의』에서 나온 진시황의 이야기를 삽입한 것이다. 문제는『서한연의』는 史書에 근거하여 편찬했으나 민간전설도 많이 삽입했다. 아래의 예문을 통해 그 허구적 요소를 살펴보겠다.

(진시황이) 잠간 조으더니 홀연 드르니 일성 향향의 홍일이 면전에 써러지며 흔 낫 쇼이 눈은 즁동이요 얼골은 강철 갓흔디 청의를 입고 오더니 홍일을 안고 가랴 홀지음에 남편으로 일기 쇼이 룡쥰룡안에 홍의를 입고 오며 외여왈 너는 홍일을 가져가지 못ᄒ리라 ᄒ고 셔로 싸홀시 청의동지 홍의 동ᄌ를 연ᄒ야 칠십이 번을 업지르되 홍의동지 항복지 아니코 셔로 싸호더니 한번 쉬여 이러ᄂ며 청의 동자를 업지르고 홍일을 거두어 안고 다라나 거늘 시황이 불너왈 너ᄂ 아즉 닷지 말고 ᄂᆡ 말을 드르라 너ᄂ 엇더 흔 집 아히며 셩명이 무엇인다 동지 답왈 ᄂᆡᄂ 요슌의 후예요 풍픠 현에서 싱장ᄒ고 먼져 함양에 드러가 고 촉 즁에 잇다가 다시 나와 ᄉᆡᆨ지주를 차지 ᄒ랴 ᄒ노라 언파에 남으로 가며 운무가 자욱ᄒ고 홍광이 만디ᄒ야 동자의 가ᄂ 곳을 아지 못홀지라 시황이 놀나 ᄭᆡ여 몽즁ᄉ를 가마니 싱각ᄒ니 흉다길쇼ᄒ야 혜오디 나의 진국텬디 필경 타인의 으들비 되리로다 ᄒ고 근신과 의론ᄒ야 장싱 불ᄉ홀 약을 어더 먹고 만셰에 기리 살기를 의론ᄒ니[20]

위 예문은『서한연의』의 제6회 始皇命徐福求仙의 첫 대목이다. 진시황이 꿈속에서 청의동자와 홍의동자를 만나 두 아이가 싸우는 것을 보고 후일에

---

20 『진시황실기』, 321~322쪽.

천하를 타인에게 빼앗길 것을 깨달았다는 내용으로 되어 있다. 이 다음의 내용은 근시인 徐福을 시켜 선약을 구하러 다니는 도선적인 내용으로 되어 있다. 이 부분은 정사에 존재하지 않은 민간에서 떠돌아다니는 전설적인 이야기였다. 그러므로 민중들에게 친근하고 익숙한 이야기였다. 이런 이야기의 첨가로 소설의 흥미 요소가 되지만 점차 소설의 함의를 단순화시키고 사회 현실을 반영할 수 있는 역할을 희석시키고 말았다.

소설의 편집자 겸 저작자인 박건회는 1910년대에 주로 활동했던 저작자다. 그는 조선서관을 차리고 이 곳을 중심으로 활자본 고소설을 펴냈다. 그에 의해 창작, 개작하거나 번역한 소설은 무려 26편이나 확인된다.[21] 그에 의해 창작된 최초의 작품은 『朴天男傳』이다. 하늘에서 주었다는 주인공 천남이가 섬의 요괴를 물리치고 "텬황폐하의 지인지덕"으로 알려진 이 소설은 일본의 복숭아에서 태어난 영웅모티프가 한국으로 변용된 소설이다. 따라서 그는 친일적이고 통속적인 모습으로 활동했던 편집자로 인식되고 있다.

『진시황실기』에서 박건회의 친일적인 경향을 찾을 수 없으나 단지 독자들의 흥미를 끌기 위해 서로 문체와 서술구도가 다른 두 소설의 내용을 짜깁기한 것은 현실의 본질적 모습을 외면한 '통속성'으로 규정될 수 있다. 反帝·反封建의 근대적 과제를 해결해야 될 문학사의 긍정적 흐름과 어긋나 있기 때문이다.

이처럼 『손방연의』와 『진시황실기』는 역사를 통해 소설적 진실을 밝혀냄으로써 역사와 그를 움직인 인간들의 본질적 모습을 제대로 그리지 못하며 역사를 단지 소설적 재미를 위한 도구로 전락시켰다. 이것은 그때 당시의 사회적 배경에서 진보적으로 말할 수 없으며 일종의 일제에 대한 복종의 의미로 해석될 수도 있는 것이다.

---

21 권순긍, 앞의 책, 46~47쪽.

IV. 맺음말

『열국지전』는 1700년 이전에 들어온 것으로 추정되었으며 『삼국지연의』와 같은 역 사연의물로 대단한 인기를 누렸다. 이런 인기에 편승하여 긴 내용으로 되어 있었던 것을 등장인물이나 사건 중심의 단편들로 만들어졌다. 이들 단편들은 모두 춘추전국시대에 유명한 覇主나 謀略家를 중심으로 다루는 인물 중심의 작품들이다.

이 작품들은 열국의 이야기를 취재하고 있는 중국작품의 내용을 발췌하여 거기에 제환공, 진문공, 오자서, 소진, 장의, 손빈, 방연, 진시황 등 회자되는 인물들의 이름을 제목으로 붙인 것이다. 그 중에서 『제환공』·『진문공』·『오자서실기』는 소설로 되어 있지만 오히려 흥미를 배제하고 원전을 존중하는 태도에서 이야기를 엮었다. 『제환공』은 당시의 정세를 비판하는 논평을 삽입하기도 하였다. 애국계몽기 역사전기물의 연장선상에 위치하고 있으며 교술적인 성격이 강하다.

또한 『진문공』과 『오자서실기』는 안전한 낙토를 만들어주는 현명한 지도자와 횡포를 맞서 싸울 수 있는 용사의 모습을 보여줌으로써 당시 어지러운 사회 질서에서 탈출하고 평안한 삶을 갈망하는 민중들의 요구가 투영된다. 이처럼 이 두 작품은 당시의 독자가 관심을 가질 만한 인물, 그리고 시대가 원하는 인물을 다룸으로써 흥미를 끌기 위한 의도를 가졌다고 할 수 있다. 이것은 당시에 중국과 한국 역대의 유능한 군주나 장군들 대상으로 새롭게 지어진 구활자본 소설과 같이, 그 시대적 배경과 무관하지 않다. 참담한 현실적 삶에 빠진 민중들은 진문공이나 오자서와 같은 영웅이 나타나 그들을 구해주기를 갈망했기 때문이다.

이와 상반되는 모습을 보여주는 『손방연의』와 『진시황실기』는 천상계가 설정되었고 황당한 도술이야기가 주를 이루고 있다. 『손방연의』는 손방과 방연의 지혜싸움 대신에 도술과 초인적 능력이 두드러진다. 또한 『진시황실기』는 문체가 서로 다른 작품을 끌어모아 흥미를 위주로 하여 이야기를 만든 것이다.

이런 사실들이 독자들에게 흥미를 주어 많이 읽혔던 것은 사실이었다. 독자들이 느끼는 흥미나 재미의 실체는 주인공을 통한 대리충족감일 것이다. 즉 자신과 주인공을 동일시하여 초인간적인 능력으로 적군을 쳐부수는 것은 신나는 체험임이 분명하다. 그래서 소설은 독자들이 편들고 있는 인물에게 무한한 능력을 부여하고, 그러다 보니 도술이나 군담소설적인 요소가 개입되게 된다고 볼 수 있다. 흥미나 재미가 소설을 읽게 하는 중요한 기능을 하는 것은 분명하지만 그것이 현실성과 멀어지고 진실성을 획득하지 못했을 때 독자들을 그릇된 방향으로 이끌고 가는 역기능을 수행할 수 있다는 것도 무시할 수 없다.

: 참고문헌 :

『셔한연의』 10卷 10册 필사본, 이화여자대학교 도서관 소장

『진문공』 1册 필사본, 연세대학교 도서관 소장

『춘츄녈국지』 18卷 17册 필사본, 국립중앙도서관 소장

明 馮夢龍 整理, 淸蔡元放 修訂, 『東周列國志』, 三秦出版社, 2006.

우쾌제 편, 『구활자본 고소설전집』 7, 9, 14, 31권, 인천대학교 민족문화연구소, 1984.

민관동, 『中国古典小说在韩国之传播』, 上海 : 学林出版社, 1998.

이은영, 李恩英, 「列國題材文藝作品及其在韓國的影響」, 北京大 博士學位論文, 2005.

권순긍, 「1920년대 활자본 고소설 연구」, 성균관대학교 박사논문, 1990.

李建昌 지음, 李德一·李俊寧 해역, 「원론」 『黨議通略』, 자유문고, 1998.

金駿錫, 「조선후기의 당쟁과 왕권의 추이」 『조선후기당쟁의 종합적 검토』, 한국정신문화연구원, 1992.

全光鏞 편, 『原本 韓國近代小說의 理解』 I, 민음사, 1983.

도교신 二郎神의 서사 속 캐릭터 재현 양상

『西遊記』, 『封神演義』, 『王者榮耀』를 중심으로

유수민 KAIST

I. 머리말

二郎神은 오늘날 이름이 楊戩으로 알려져 있고, 二郎顯聖眞君, 灌口二郎, 二郎眞君, 灌江神, 赤城王, 淸源妙道眞君이라고도 불리는 도교의 신이다. 그는 중국에서 오랜 시간에 걸쳐 가장 널리 숭배되어온 신격 중 하나로, 원말명초 羅貫中의『三國演義』이래 도교 신들 중 가장 인기 있는 신격이라고 할 수 있는 關帝 신앙이 그 위상을 대체하기 전까지 중국 민간에서 가장 인기가 많았던 신이다. 이랑신의 인기는 각종 민간 공연예술에서의 궤적을 통해서도 능히 짐작할 수가 있다. 원대 잡극『二郎神醉射鎖魔鏡』,『灌口二郎斬健蛟』,『二郎神鎖齊天大聖』등을 비롯하여, 명청대『二郎寶卷』등 설창 및 지방희에서 어렵지 않게 이랑신의 면모를 찾아볼 수 있으며, 오늘날 중국 전역의 민간에서 공연되는 儺戲 등에서도 이랑신은 귀신을 물리치는 강력한 존재로 등장한다. 오늘날까지도 이어지는 그의 인기를 방증하듯 2010년에는 江蘇省 灌南縣에 二郎神廟를 대대적으로 건축하기도 했다. 뿐만 아니라 드라마, 애니메이션, 만화, 영화, 게임 등 오늘날의 다양한 문화콘텐츠 영역에서도 꾸준히 주요 등장인물로 등장하고 있다.

이랑신은 도교의 신격이지만, 明代의 神魔小說인 吳承恩(1501~1582)의『西遊記』와 許仲琳 혹은 陸西星(1520~1601)의『封神演義』에서도 매우 비중 있으면서도 결정적인 역할로 등장하고 있어 주목을 요한다.『西遊記』에서는 탁탑천왕 李靖과 哪吒태자도 잡아들이지 못했던 손오공과 비등하게 싸우다 결국 태상노군이 던진 金剛琢의 도움으로 그를 붙잡아 옥황상제 앞에 끌고 온 강력한 인물이며,『封神演義』에서는 무왕벌주 여정에서 姜子牙의 無所不爲의 강력한 오른팔이자 가장 믿음직스러운 충신으로 각종 난관을 돌파하는 데 큰 공을 세운 핵심인물이다. 이 두 소설이 오늘날 각종 문화콘텐츠 영역에서 단골로 재창작이 이루어지는 작품들인 만큼, 작품 속 주요인물인 이랑신은 현대의 대중들에게 있어서도 전혀 낯선 존재가 아니다.[1] 이러한 사

---

1 현대 중국 장편드라마 및 애니메이션의 경우 이랑신이 등장하는 작품은 1988년 林志謙의『西

실을 반영하듯, 현대사회의 가장 대중적인 매체인 온라인 디지털 게임의 영역에도 이 캐릭터가 깊숙이 파고들었음을 모바일 MOBA[2] 게임 『王者榮耀』[3]를 통해 볼 수 있다.

이에 본고는 도교를 중심으로 하는 중국 전통문화 속 주요 신격인 이랑신이 『西遊記』 및 『封神演義』와 같은 소설 서사에서 어떻게 수용되어 있는지를 살펴보고, 고전서사의 현대적 계승이라는 관점에 초점을 맞추어 디지털 게임 『王者榮耀』에 구현된 양상까지 살펴보고자 한다.

이 연구에는 두 가지의 전제가 포함된다. 첫째는 전통의 해석 및 활용이 현재적 관점에서 이루어질 필요가 있다는 것이다. 이랑신의 경우에서 볼 수 있듯 전통문화 속 캐릭터가 고전서사를 넘어 현대의 문화콘텐츠 스토리텔링에 성공적으로 활용되는 사례들은 드물지 않다. 물론 그러한 해석과 활용이 과거의 맥락을 무시하는 것이거나 혹은 그것에 완전히 어긋난 것이어서는 유의미하다 볼 수 없다. 그러므로 과거의 맥락을 치밀하게 파악하여 현재의 상황

遊記』, 1990년 李建華의 『封神榜傳奇』를 시작으로 끊임없이 쏟아져 나와 2016년 『哪吒與楊戩』에 이르기까지 무려 21종에 이른다. 이랑신이 등장하는 작품은 『西遊記』, 『封神演義』를 바탕으로 하는 작품들이 위주인 것을 보면, 현대 중국의 대중들에게 이 두 작품과 이랑신은 뗄 수 없는 관계로 받아들여졌을 것이다.

2 온라인게임 장르 중 'Multiplayer Online Battle Arena' 장르의 약칭이다. 미국 블리자드 엔터테인먼트가 개발한 RTS(Real Time Strategy) 게임 『워크래프트3』의 MOD(Game Modification, 유저 제작 변형 게임)인 DotA(Defense of the Ancients)와 유사한 게임규칙을 가진 게임을 가리키는 장르명이다. MOBA는 RTS의 실시간 플레이, RPG(Role Playing Game)의 캐릭터 육성 및 아이템 조합, 공성전의 전투 방식 등이 복합적으로 결합된 게임 장르로, 오늘날 전세계적으로 가장 많은 유저를 보유한 『League of Legend』가 대표적이다.

3 『王者榮耀』는 중국의 글로벌 IT기업 텐센트(Tencent, 騰訊)에서 2015년 11월부터 공식서비스하고 있는 모바일 MOBA 게임이다. 이 게임은 근래 세계적으로 선풍적 인기를 끌고 있는 MOBA 게임 『League of Legend(이하 LOL)』를 모방해서 만든 5대5 실시간 전략게임으로, 출시되자마자 한 달 만에 동시접속자수 100만 명을 넘겼다. 텐센트는 『LOL』을 만든 미국의 라이엇 게임즈를 인수한 후 중국 국내 게이머들을 대상으로 캐릭터 및 아이템 등을 중국화한 『王者榮耀』를 개발 및 서비스하고 있다. 『王者榮耀』 역시 MOBA 게임답게 RTS의 실시간 플레이, RPG의 캐릭터 육성 및 아이템 조합, 공성전의 전투 방식 등이 복합적으로 결합되어 있으며, 게임을 구성하는 영웅 캐릭터들이 모두 중국의 역사, 신화, 민담, 전설 등에 등장하는 인물들로 구성되어 있다는 점에서 주목할 만하다.

에 맞게 해석 및 활용하는 태도가 긴요하다 할 것이다. 둘째는 전통시기 이랑신을 비롯한 민간도교의 신들을 숭배했던 고대사회의 기층민들이『西遊記』, 『封神演義』같은 소설 향유자들 및 오늘날의 게임 유저들과 일정 부분 비슷한 특성을 공유하고 있다는 점이다. 과거 이랑신은 특히 민간 도교에서 널리 숭배되었는데, 이는 그가 억압적 현실을 견디며 살아가는 기층민들의 해원(解冤), 질병 치유, 행운 기원 등에 중요한 역할을 했음을 의미한다. 다시 말해 기층민들이 무거운 현실을 극복하고 살아갈 에너지를 얻는 방법 중 가장 유력한 것 중 하나가 바로 이랑신과 같은 각종 신들을 숭배하는 일이었던 것이다.[4] 한편, 소설은 그 본성이 민속적이며 반(反)규범적인 장르임을 역설한 바흐찐(M.M. Bakhtin)의 말[5]을 굳이 언급하지 않더라도,『西遊記』와『封神演義』는 '懷才不遇'한 문인들이 민간 소재들을 위주로 쓴 소설작품들이라는 점을 미루어 볼 때 이러한 지향점을 공유한다. 오늘날 게임 유저들도 마찬가지다. 이들 또한 디지털 게임 속 환상 세계를 넘나들며 고대사회와는 다른 맥락에서의 억압적 현실을 견디어내고 또 이를 통해 현실을 살아갈 에너지를 얻는다. '환상은 등치적 리얼리티(consensus reality)로부터의 일탈'[6]이라고 본 캐스린 흄(Kathryn Hume)의 시각으로 보자면 도교와 같은 종교는 그 신자들이 그것을 통해 억압적 현실로부터 벗어나고자 한다는 점에서 근본적으로 환상성을 내포하게 되며, 소설의 향유자들과 게임의 유저들 역시 창작과 독서 혹은 플레이를 통해 현실과는 다른 가상의 환상세계를 경험하고자 한다. 즉, 캐스린 흄이 말하는 '환상'이라는 키워드를 중심으로 이랑신 캐릭터를 향유하는, 과거

---

4 葛兆光은 바로 이 점을 들어 유교, 불교, 도교의 혼합현상을 설명하고 있다. 속문화의 신앙인들은 보살이든 진인이든 원시천존이든 아미타불이든 간에 그저 사악한 귀신을 몰아내고 병을 치유해주기만 한다면 무조건 좋다는 쪽으로 나아갔으며, 때로는 관음에게, 때로는 노군이나 성황에게, 또는 염라대왕에게 자신들의 기원을 빌면서 그저 자신들의 앞날에 행운과 복락만이 가득하기를 바랄 뿐이었다는 것이다(葛兆光 지음, 심규호 옮김,『도교와 중국문화』, 서울: 동문선, 1993, 389쪽 참조.).

5 미하일 바흐찐 지음, 전승희, 서경희, 박유미 옮김,『장편소설과 민중언어』, 파주: 창비, 2009, 59~60쪽.

6 캐스린 흄 저, 한창엽 역,『환상과 미메시스』, 서울: 푸른나무, 2000, 17쪽.

와 현재의 장르를 넘나드는 교집합 집단의 존재가 이 연구의 전제조건이다.

이러한 문제의식과 관련하여 본고는 우선 이랑신의 유래와 역사적 변천에 대해 간략히 정리한 후, 명대 소설『西遊記』와『封神演義』가 그려내고 있는 이랑신에 대해 다음의 두 가지 관점에서 집중적으로 고찰하고자 한다. 첫째, 오랜 시간 민간에서 전승되어 온 이랑신 캐릭터를 상호텍스트적으로 수용하면서도 또 착종 및 변형하고 있는 측면, 둘째, 도교적 이미지의 구현을 통한 환상성 구축의 측면이다. 이러한 측면들은 이 두 작품이 저자 개인의 독창적 작품이 아니라 송대 이야기꾼들의 대본인 화본에 명대 문인이 각종 문헌자료 및 민간자료들을 집대성하여 엮어낸 장편소설이라는 태생적 특징과 무관하지 않으면서도, 전통문화의 현대적 계승이라는 관점과 관련해서도 가장 유의미한 특성들로 판단된다. 이 작업은 비단 소설작품 속 이랑신 캐릭터의 내재적 의미 탐색의 측면뿐 아니라 이를 오늘날의 관점에서 해석 및 활용하는 측면에도 유효할 것으로 생각된다. 그리고 마지막으로 이러한 특성들과 관련지어 디지털 게임『王者榮耀』속 이랑신 캐릭터에 대해 고찰한 후그 서사적 가능성 및 의의에 대해 논의해보고자 한다.

II. 二郎神의 유래와 역사적 변천

이랑신의 유래를 검토하다 보면, 우리는 현재 우리가 인식하고 있는 이랑신의 이미지가 한 인물이 아니라 오랜 시간 유전되어오면서 여러 인물의 캐릭터가 적층되어 형성되어 있음을 발견하게 된다.[7]

문헌 기록들을 살펴보면, 우선『史記』에서 전국시기 秦나라 사천 지역의 蜀

---

7 이랑신에 관한 기록과 변천에 대해서는 김우석, 「이랑신 신앙의 변천과 공연예술에서의 수용」『중국어문학지(23)』, 2007에서 상세히 다루고 있으므로 본고에서는 이를 토대로 간략하게 언급하기로 한다. 본고에 더 추가된 내용은 欒保群, 『中國神怪大辭典』, 北京: 人民出版社, 2009, 118~119, 618, 619쪽 항목들과 焦傑, 「灌口二郎神的演變」『四川大學學報:哲學社會科學版』, 1998年 第3期 논문을 참조했다.

郡太守 冰이라는 인물이 치수 공정에 성공했다는 기록이 보인다.[8] 이 인물의 성은『漢書·救恤志』에서 '李氏'로 되어 있고, 송대『太平御覽·良太守下』에서는『風俗通義』의 기록을 인용하며 신비적 색채가 더해진 李冰을 소개하고 있다.[9] 훗날 여기에 그의 둘째 아들 李二郞이 추가되어서 李二郞을 이랑신으로 지칭하거나 혹은 이 부자 둘을 함께 합쳐서 이랑신으로 부르기도 한다.

원대『三敎源流搜神大全』에는 隋煬帝 때 교룡을 퇴치하고 치수의 업적을 이룬 도교 방사 趙昱(趙煜)에 대한 이야기가 나온다.[10] 옥황상제의 친척으로 언급

---

8 『史記·河渠書』. "촉의 군수 빙이 離碓를 파서 沫水의 수해를 피하고, 成都의 가운데로 두 강을 뚫었다. 이 물줄기는 제법 깊어서 모두 배가 다닐 수 있을 정도였고, 남은 것은 관개용수로 사용하여 백성들이 그 이로움을 향유하였다(蜀守冰鑿離碓, 辟沫水之害, 穿二江成都之中. 此渠皆可行舟, 有餘則用漑浸, 百姓饗其利.)."

9 『太平御覽·良太守下』. "『風俗通義』에서 이르길: 秦 昭王이 李冰을 蜀의 군수로 보내 成都현의 두 강을 열고 모든 땅의 灌漑작업을 맡게 했다. 강의 신이 해마다 소녀 둘을 아내로 취했다. 이빙이 자진해서 자신의 딸을 신에게 시집보내기로 하고는 먼저 사당에 이르러 신에게 술을 권했는데, 술잔의 술이 단지 가만히 담겨져 있을 뿐이었다. 이빙은 엄하게 소리치며 꾸짖더니 돌연 사라졌다. 한참 뒤, 푸른 소 두 마리가 언덕에서 싸우고 있었다. 잠시 후 이빙이 돌아오더니 땀을 흘리며 관속들에게 말했다. '내가 거물과 싸우자니 한계에 달해 이기지 못할까 하니 마땅히 좀 도와줘야 하겠네. 남쪽을 향하고 허리 가운데가 흰 것이 내 허리띠라네.' 主簿가 북쪽을 찌르자 江神은 마침내 죽었다. 촉나라 사람들은 그의 기백이 과감하고 싸움에 있어 기상이 굳센 것을 우러러 받들어서 아들의 이름을 '冰兒'라고 불렀다(風俗通」曰: 秦昭王使李冰爲蜀郡太守. 開成都兩江, 漑田萬頃. 江神歲取童女二人以爲婦. 冰自以其女與神爲婚, 徑至神祠, 勸神酒, 杯但澹淡. 冰厲聲責之, 因忽不見. 良久, 有兩蒼牛鬪於岸旁. 有間, 冰還, 流汗, 謂官屬曰: "吾鬪大, 極不勝, 當相助, 南向腰中正白者, 我綬也." 主簿刺殺北面者, 江神遂死. 蜀人慕其氣決抗壯健者, 因名子曰冰兒.)."

10 『三敎源流搜神大全』. "청원묘도진군은 성이 趙, 이름이 昱이다. 도사 李鈺을 따라 靑城山에 은거했다. 수 양제는 그가 어진 것을 알고 가주태수로 기용했다. 마을 왼쪽에 冷, 源 두 강이 있었는데 강 내에 거세소 한 마리가 교룡이 되어 봄여름으로 해를 끼쳤으므로 강의 물이 넘쳐 흘러 마을이 물에 잠기고 마을 사람들이 다쳤다. 조욱은 대노하여, 때가 5월이 되자 선박 700척을 만들고 병사 천 여명을 거느린 채 강을 끼고 북을 시끄럽게 울렸고 그 소리가 하늘과 땅을 진동했다. 조욱은 칼을 지니고 물에 들어갔고, 잠시 뒤 물이 빨개지고 기슭의 돌이 부서져 내리면서 우레와 같은 울음소리가 들렸다. 조욱은 오른손에는 칼을 들고 왼손에 교룡의 머리를 든 채 파도를 헤치며 나왔다. 이 때 조욱을 도와 물에 들어간 자들이 일곱 명이었는데, 즉 七聖이다. 공이 교룡을 벤 때가 나이 26세 때이다. 수나라 말기에 천하가 크게 혼란할 때 관직을 버리고 은거했는데 이후 어떻게 됐는지 알 수 없다. 훗날 가주에 강물이 범람했을 때 촉나라 사람들은 푸른 안개 속에서 백마가 여럿의 사냥개와 궁수들을 이끌고 파도의 수면 위로 지나가는 것을 보았는데, 바로 조욱이었다. 사람들은 그의 덕에 감복하여 관강 어귀에 사당을 세우고 제사를 받들어 올렸으니, 속칭 '灌口二郞'이라고 불렀다. 태종은 그를 神勇大將

된 이 조욱이라는 인물이 앞서 나온 이빙을 대체하여 이랑신으로 여겨지게 된다.[11] 이랑신 형상의 유전에 있어서 이 책의 가치는 상당히 크다고 할 수 있다. 『三教源流搜神大全』에는 조욱이 '灌口二郎'이라 불리고 '清源妙道眞君'이라는 聖號를 얻게 된 배경이 자세히 소개되어 있으며, 함께 교룡을 퇴치한 七聖, 안개 속을 함께 날아다니는 사냥개 등의 이미지들도 등장한다. 이러한 디테일들이 『西遊記』와 『封神演義』에도 거의 그대로 수용되어 있으므로 두 작품의 작가들은 이 책의 기록을 상당히 비중 있게 참고했을 것임을 짐작할 수 있다.

명대 소설 『西遊記』에 이르러 이랑신은 기존에 있었던 이빙의 유능한 治水神, 조욱의 강력한 護法神으로서의 이미지 위에, 『清源妙道顯聖眞君一了眞人護國佑民忠孝二郎開山寶卷上下二卷(이하 二郎寶卷)』의 '산을 쪼개 모친을 구하는(劈山救母)' 이야기[12]도 덧입혀져 있음이 확인된다. 그리고 기존 옥황상

軍에 봉했고, 명 황제가 촉으로 피신했을 때 다시 赤城王으로 봉했다. 송 진종 때 익주가 크게 혼란하자 진종은 張乖崖를 촉으로 보내 다스리게 했다. 장괴애가 사당 아래에 이르러 신에게 도움을 구하자 과연 □□ 했다. 조정에 주청하여 성호를 청원묘도진군으로 추존했다(清源妙道眞君, 姓趙名昱, 從道士李鈺隱靑城山. 隋煬帝知其賢, 起爲嘉州太守. 郡左有冷源二, 河內有犍爲老蛟, 春夏爲害, 其水汎漲, 漂淹傷民. 昱大怒, 時五月間, 設舟船七百艘, 率甲士千餘人, 夾江鼓噪, 聲振天地. 昱持刀入水, 有頃, 其水赤, 石崖奔崩, 吼如雷. 昱右手持刀, 左手持蛟首奮波而出. 時有佐昱入水者七人, 即七聖是也. 公斬蛟時年二十六歲. 隋末天下大亂, 棄官隱去, 不知所終. 後因嘉州江水漲溢, 蜀人見於靑霧中白馬引數人鷹犬彈弓者, 波面而過, 乃昱也. 民感其德, 立廟於灌口, 奉祀焉, 俗曰灌口二郎. 太宗封爲神勇大將軍. 明皇幸蜀, 加封赤城王. 本眞宗朝, 益州大亂, 帝遣張乖崖入蜀治之. 公詣祠下, 求助於神, 果□□, 奏請於朝, 追尊聖號曰清源妙道眞君.).

11 宋 眞宗 趙恒이 도교 숭배 정책을 강화하는 과정에서 趙씨 성을 가진 옥황상제를 도교의 최고신으로 숭배하게 되고, 그러한 가운데 진종, 옥황상제와 같은 성을 가진 가공의 인물 조욱이라는 인물이 이랑신으로 대체되었을 가능성이 제기되었다. 이랑신에게 '清源妙道眞君'이라는 칭호가 부여된 것도 송 진종 때이다. 옥황상제와 조욱의 친척관계는 이후 『西遊記』에서는 생질관계로 구체화된다.

12 '劈山救母' 모티프는 '산을 쪼개 모친을 구하는' 이야기를 가리킨다. '二郎神劈山救母' 이야기는 明刻本 『清源妙道顯聖眞君一了眞人護國佑民忠孝二郎開山寶卷上下二卷(簡稱: 二郎寶卷)』에 소개되어 있다. 이야기는 대략 다음과 같다. 斗牛宮의 雲華仙女가 하계에 내려와 인간서생인 楊天佑와의 사이에서 아들을 낳는데, 그녀는 천계의 법칙을 어겼으므로 花果山孫行者에 의해 太山 아래에 감금을 당한다. 이후 운화선녀의 아들 이랑신은 斗牛宮의 西王母의 지시로 '산을 지고 태양을 쫓는(擔山趕日)' 임무를 수행하고, 산을 쪼개 모친 운화선녀를 구해낸 후 孫行者를 그 안에 가둔다. 이후 唐僧이 임금의 뜻을 받들어 長安을 떠나 서역으로 불경을 구하러 가는데, 가는 길에 산에 갇힌 손행자의 외침을 듣고 주문을 외워 구해준다. 그

제와의 모호했던 친척관계가 생질관계인 것으로 구체화되어 나타난다.

비슷한 시기 『封神演義』에서는 이 '二郎'이라는 칭호 대신 이빙도, 조욱도 아닌 '楊戩'이라는 이름이 등장한다. 의아스러운 것은 이 양전이 실제 존재하는 인물로서 본래 宋 徽宗의 총애를 받는 환관이었다는 사실이며 작가는 왜 이 인물을 이랑신으로 내세웠는가 하는 점이다. 또 『封神演義』의 어디에도 그가 곧 '이랑신'이라는 직접적인 언급은 나오지 않는다.[13] 그러나 양전의 소개 대목에서 양전이 곧 '淸源妙道眞君'이라고 언급되어 있어[14] 이를 통해 양전이 곧 이랑신임을 알 수 있다. 양전이 곧 이랑신이라는 사실은 『封神演義』에만 등장하지만,[15] 이때부터 민간에서는 양전이 곧 이랑신이라고 인식하게 되었고 그것이 현재까지 이어지고 있다.[16] 이 사실은 『封神演義』 작품이 민간에 가지고 있는 영향력이 얼마나 큰 것이었는지를 짐작하게 한다.[17]

들은 무사히 서역에서 불경을 구해 돌아온다(張希舜 主編, 『寶卷初集』第十三册·第十四册, 太原: 山西人民出版社, 1994 참조.). 『二郎寶卷』 역시 『西遊記』와 마찬가지로 당승과 손행자가 서역에서 불경을 구해가지고 돌아오는 이야기가 묘사되어 있지만, 이야기의 초점이 손오공이 아니라 이랑신에 맞춰져 있으며 구체적인 내용도 『西遊記』와는 다르다. 한편, 이랑신이 산을 쪼개 모친을 구하는 이야기는 『寶蓮燈』의 '沈香劈山救母'와 같은 모티프를 공유하며 착종되는데, 이에 대해서는 다음 장에서 상술하기로 한다.

13 양전은 심지어 馮夢龍의 『醒世恒言』에서는 또 다른 인물로 묘사되어 있다. 『醒世恒言』 제13권 「勘皮靴單證二郎神」에서 양전은 이랑신을 사칭하여 宋 徽宗의 후궁 韓夫人을 농락한 자를 치밀한 수사 끝에 잡아들이는 고위관리로 등장한다. 이 현상의 전말에 대해서는 다음 장에서 상술하기로 한다.

14 『封神演義』第40回.

15 張政烺은 이랑신과 양전이 엮이게 된 것은 『封神演義』 소설에서였다고 언급했다(張政烺, 「『封神演義』漫談」, 『世界宗教研究』, 1982年 第4期, 58쪽 참조.).

16 우리나라에서는 심지어 '양전'은 알아도 '이랑신'은 모르는 사람들도 많다. 사실상 우리나라에서 양전이 알려진 것도 원본 『封神演義』 때문이 아니라 1996~2000년에 일본의 만화가 후지사키 류(藤崎 龍)가 『주간 소년 점프』에 연재한 만화 『封神演義』의 유행 덕분이었다. 원본 『封神演義』는 그전에는 별로 주목받지 못하다가 이 만화의 인기 덕택에 그나마 사람들의 관심을 끌게 된 감이 없지 않다.

17 何滿子도 이 사실을 언급하며 자신의 글 서두를 시작하고 있다. 일찍이 聶紺弩이 『封神演義』가 민간에 끼친 심원한 영향에 대해 언급한 적이 있다고 하면서, 불교, 도교 어디에서도 찾아볼 수 없지만 『封神演義』에 등장하는 인물인 火靈聖母나 多寶道人 같은 인물들을 민간 사당에서 종종 찾아볼 수 있다고 했음을 말하고 있다. 何滿子는 또 농촌에서 집 착공을 시작할 때 '姜太公在此, 百無禁忌'라는 붉은 색 종이를 붙이는데, 이것 또한 『封神演義』 제16회의 姜尚

이외에도, 이랑신은 주로 중국의 민간도교에서 숭배되어 온 신이므로 특히 민간 공연예술을 통해 그 형상이 다양하게 유전되고 축적되어 왔다.[18] 앞서 언급한 『二郞寶卷』에 등장하는 형상이 대표적인 예라고 볼 수 있다.[19]

이어지는 장에서는 이처럼 풍부한 유전 양상을 보여주는 이랑신 형상이 본고의 주요 텍스트인 명대 신마소설 『西遊記』와 『封神演義』에서 어떠한 양상으로 재현되었는지에 대해 좀더 구체적으로 논의하고자 한다.

III. 『西遊記』와 『封神演義』 속 二郞神 재현 양상

1. 상호텍스트적 수용 및 변형

이랑신의 유래와 변천과정을 보면 앞장에서 살펴보았듯 상당히 다양하고 복잡한 양상을 띠고 있다. 오랜 시간을 거치며 적층되어 온 이랑신의 이미지는 있는 그대로가 아니라 『西遊記』의 '顯聖二郞眞君' 캐릭터와 『封神演義』의 '楊戩' 캐릭터에 상호텍스트적(intertextual)으로 수용 혹은 변형되어 나타난다.

우선 『西遊記』의 顯聖二郞眞君 형상을 보면 기존에 적층되어 온 정보를 기반으로 서로 융합되거나 새로운 정보가 부가되어 좀더 구체화되어 묘사되어 있음을 볼 수 있다. 『西遊記』 제6회에는 탁탑천왕 李靖과 哪吒태자마저 온갖 난동을 부리는 손오공을 잡아들이는 데에 실패하고, 옥황상제가 근

이 요괴를 물리친 이야기에서 비롯된 것이라고 논했다(何滿子, 「漫談『封神演義』」, 李侃 主編, 『文史智識』, 1987年 第4期, 22쪽 참조.).

18 이랑신 신앙의 자세한 내력과 변천, 그리고 중국 공연예술에서의 다양한 수용 양상에 대해서는 김우석의 위의 논문을 참조할 것.

19 『二郞寶卷』에서 이랑신의 부친으로 등장하는 인간서생 楊天佑라는 인물의 성이 楊氏라는 사실이 흥미롭다. 우리는 『封神演義』에서 양전이 이랑신으로 지정된 것이 이러한 사실과 모종의 관계가 있는 것은 아닌지 추측해볼 수도 있으나, 확실한 증거가 없으므로 논외로 한다.

심하고 있자 관음보살이 옥황상제의 조카 顯聖二郎眞君을 추천하는 대목이 있다. 우리는 『三敎源流搜神大全』에 기록된 '관구이랑' 조욱과 옥황상제의 친척관계, 그리고 『二郎寶卷』에 나오는 '劈山救母' 이야기가 결합된 현성이랑진군의 프로필을 『西遊記』 속 손오공의 다음 대사에서 확인해볼 수 있다.

> "내가 기억하기로, 옛날 옥황상제의 여동생이 인간세계를 그리워하여 하계에 내려가 楊 아무개와 짝이 되어 아들 하나를 낳았고, 그 녀석이 도끼로 도산을 쪼갰다고 하던데, 그게 바로 너였냐?(我記得玉帝妹子思凡下界, 配合楊君, 生一男子, 曾使斧劈桃山的, 是你麼?)"[20]

이 대사를 통해 앞서 언급한 두 정보가 결합되어 있음과 동시에, 옥황상제와의 관계가 생질관계로 구체화되었음을 볼 수 있다. 앞서 조욱이 옥황상제와 관계가 있다는 정보가 생질관계로 구체화되면서, 『二郎寶卷』에서 그저 천상 斗牛宮의 존재였던 이랑의 모친 雲華仙女는 『西遊記』에 이르러 자연스럽게 옥황상제의 여동생이 되었다.

또한, 『三敎源流搜神大全』에서 조욱이 교룡을 제압할 때 그를 도와 함께 물에 들어갔다고 기록되어 있는 '七聖'이 『西遊記』에서는 양전의 곁을 지키는 든든한 의형제인 '梅山六兄弟'[21]로 구체화되어 등장하기도 한다. 칠성과 매산육형제는 숫자상에 있어 일곱 명이 여섯 명으로 줄어들긴 했지만 그 역할적 측면에서는 대동소이하다. 『西遊記』의 매산육형제는 이랑진군이 손오공을 제압할 때뿐 아니라 훗날 손오공과 저팔계를 도와 祭賽國 金光塔 사리를 훔쳐간 萬聖 용왕과 九頭蟲을 추적하는 과정에도 함께 등장한다.[22]

그런데 신기하게도, 『封神演義』에 이르러서는 '梅山七怪'[23]가 양전과 대립

---

20 『西遊記』第6回.
21 康太尉, 張太尉, 姚太尉, 李太尉, 郭申將軍, 直健將軍을 가리킨다.
22 『西遊記』第63回.
23 袁洪, 常昊, 吳龍, 朱子眞, 楊顯, 戴禮, 金大升을 가리킨다.

하는 강력한 요괴인 것으로 완전히 전도되어 묘사되는데, 특히 양전이 기지와 능력을 발휘해 어렵게 잡아들이는 대상으로 등장하고 있어 독자들의 호기심과 흥미를 자아낸다.

『西遊記』와 『封神演義』에서는 이처럼 기존의 정보가 착종 또는 완전히 전도되어 나타나는 양상이 더욱 흥미로운데, 크게 다음의 두 가지 경우를 검토해볼 필요가 있다.

첫째, 이랑신과 전혀 관계없는 인물이었던 양전이 이랑신의 형상으로 착종되어 나타난 현상이다. 『西遊記』에서는 이랑신의 이름이 정확하게 지명되지는 않았다.[24] 그러나 『封神演義』에서는 양전이 곧 이랑신인 것으로 묘사되고 있다.[25] 흥미로운 것은, 명대 문인 풍몽룡이 『醒世恒言』을 저술했을 때에만 해도 이랑신과 양전은 동일인물이 아니었다는 사실이다. 『醒世恒言』 제13권의 「勘皮靴單證二郎神」은 殿前太尉 양전이 치밀한 수사 끝에 이랑신을 사칭하여 휘종의 후비 韓夫人과 사통한 孫神通이라는 자를 잡아들인다는 이야기이다.[26] 이 이야기에서 양전의 집으로 요양 온 한부인이 병의 치유를 빌기 위해 이랑신 사당을 찾아간 것을 보면, 풍몽룡이 책을 쓰던 당시에는 양전과 이랑신이 분명히 다른 인물로 여겨졌음을 알 수 있다. 또 풍몽룡이 이 이야기가 원래 개봉의 이야기꾼들 사이에 널리 퍼져있던 이야기이며

---

24 앞의 손오공의 대사를 보면 이랑신의 부친을 '楊君'이라고 언급하고 있어 양전과의 연관성을 유추하게 하지만, 이름을 명확하게 '戩'이라고 언급하고 있는 부분은 없다.

25 앞서 언급했듯, 『封神演義』에서도 양전이 곧 이랑신이라고 직접적으로 언급한 것은 아니다. 그러나 양전을 '淸源妙道眞君'이라는 호칭으로 소개하고 있으며 청원묘도진군은 이랑신의 다른 이름이다. 또한 양전의 형상이 기존의 이랑신의 특징들을 공유하고 있는 것으로 미루어 봤을 때 『封神演義』의 양전은 곧 이랑신임을 알 수 있다.

26 구체적인 이야기는 다음과 같다. 휘종의 후비였던 韓夫人은 궁궐에서 병이 깊어져 양전의 집으로 요양을 가게 된다. 한부인은 양전의 부인과 함께 영험하다는 청원묘도이랑신묘를 찾아가 향을 피우며 기도를 하는데, 그 곳에서 사당을 지키는 관리였던 손신통을 이랑신으로 여겨 그에게 매료된다. 손신통은 이랑신으로 가장해 야밤을 틈타 한부인이 머물던 양전의 집에 출입하고, 양전은 이를 괴이히 여겨 수사에 착수한 후 우여곡절 끝에 한부인이 이랑신이라고 믿고 있던 자는 손신통임을 밝혀낸다. 휘종의 칙지로 손신통은 처형되고 한부인은 양가에 시집간다(풍몽룡 지음, 김진곤 옮김, 『강물에 버린 사랑』, 서울: 예문서원, 2002, 42~85쪽.).

나중에는 야사에까지 수록되었다고 말미에 기록하고 있는 것을 보면, 풍몽 룡 주변에만 알려진 이야기도 아니었을 것이다. 그런데 비슷한 시대의 작품 이라 할 수 있는『封神演義』에서 양전이 곧 이랑신인 것으로 묘사되고 있는 점은 주목할 만한 특이한 전이현상이라 할 수 있다.[27]

둘째, '劈山救母' 모티프가 추가되면서 이랑신의 기존 역할이 완전히 전 도된 현상이다. '劈山救母' 이야기는 陝西省 지역의 원 잡극『沈香太子劈華 山』[28]에서 유래하는 것으로 보이며, 일명『寶蓮燈』으로 불린다.[29] 이 이야기 는 본래 沈香의 어머니 聖母가 인간세계의 劉彦昌이라는 서생과 사랑에 빠 져 沈香을 낳았는데, 이에 화가 난 성모의 오빠 이랑신이 성모를 화산에 가 둬버리지만 沈香이 결국 외삼촌인 이랑신을 물리치고 화산을 쪼개 어머니

---

27 이러한 전이현상에 대한 단서는 현재로서는 명확치 않지만 다음의 기록에 의존하여 추론해 볼 수는 있다. 張永芳의『『封神演義』的文化批評』(北京: 中國文史出版社, 2003, 274~275쪽.)에 의하면 북송 시기 권신 양전에 대한 원한으로 사람들이 이랑신에게 제사를 지낼 때 일부러 사당에 흙덩이를 던져 부숨으로써 이랑신을 불러 양전에 대한 원한을 털어놓았다고 한다. 그 러다가 어느 순간부터 이랑신은 점차 양전으로 전해지게 되었던 것으로 보인다. 이러한 전이 현상은 의례과정에서 흔히 나타난다. 빅토 터너(Victor Turner)의『의례의 과정(The ritual process)』 (박근원 역, 서울: 한국심리치료연구소, 2005, 144~167쪽.)에는 은뎀부족의 '쿠무킨딜라' 의례에 대 해 소개되어 있는데 이 단어의 뜻은 '그에 대해서 욕이나 모욕적인 말을 하는 것'을 뜻한다. 즉, 추장에 선택된 자를 비난하는 의례라고 할 수 있다. 이 의례에서 추장에 선택된 자는 카프 와나로부터 온갖 비난을 들으며 거의 '노예'로 취급당하는데, 이러한 의례를 거쳐야만 정식으 로 임명될 수 있다. 이 '쿠무킨딜라' 의례로부터, 사람들에게 온갖 원망과 비난을 듣던 양전이 어느 순간 유능한 이랑신이 된 저간의 사정을 유추해볼 수도 있을 것이다.

28 원 잡극 작가와 작품의 목록『錄鬼簿』에 기록되어 있는 작품명인데, 그 구체적 내용은 현전하 지 않지만 제목으로부터 내용을 유추할 수 있다. 김우석은 沈香太子가 화산을 쪼개었다는 별 도의 다른 전승을 발견할 수 없다면 이 작품이 劈山 모티프와『寶蓮燈』이야기를 이어줄 수 있는 유일한 연결고리라고 보았다. 그는 巨靈神의 '劈山' 모티프와 目連尊者의 '救母' 모티프 가 바로 이 작품에서 '沈香劈山救母' 이야기로 합류되었을 가설을 제시했다(김우석,「『寶蓮燈』이 야기의 연원과 변주」『중국어문학지(14)』, 2003, 273쪽 참조.).

29『寶蓮燈』이야기는 민간공연예술로 더욱 유행했다. 杜穎陶의『董永沈香合集』(1955)은 이 이 야기를 소재로 한 설창 작품들을 수집한 책으로, 이 책의 下集『沈香集』에는『沈香寶卷』,『沈 香太子全傳』,『寶蓮燈救母全傳』,『沈香太子』,『沈香救母雌雄劍』등이 실려 있다.『寶蓮燈』 이야기는 현대 중국에서도 크게 인기를 끌었다. 중국에서 1999년 건국 50주년을 기념하여 上 海美術電影制編廠에서 애니메이션으로 제작하기도 했고, 2005년에는 中國中央電視臺電視 劇 채널에서 방영되면서 더욱 큰 인기를 얻기도 했다.

를 구한다는 내용이다. 그런데『西遊記』에 오면 본래 沈香의 역할이 이랑신의 역할인 것으로 전도되어 묘사된다. 즉, 옥황상제의 여동생이 인간세계의 서생 楊天佑와 사랑에 빠져 이랑신을 낳았는데, 이에 화가 난 옥황상제가 자신의 여동생을 산에 가두지만 이랑신이 결국 옥황상제에 대항하여 산을 쪼개 어머니를 구출한다는 설정이다. 정리하면,『寶蓮燈』에서의 이랑신은 여동생의 순수한 사랑을 방해하는 부정적 역할의 적대자(antagonist)로 등장하지만,『西遊記』에서의 이랑신은 어머니의 순수한 사랑을 수호하며 효를 실천하는 긍정적 역할의 주인공(protagonist)으로 그려진다. 이러한 전도현상 가운데에는 '이랑신'이라는 공통인물이 분명히 존재하지만, 한 인물이 각각의 비슷한 유형의 이야기에서 역할이 완전히 뒤바뀌어 있다는 점이 주목할 만하다. 여하튼『西遊記』의 이랑신은 옥황상제와의 이러한 껄끄러운 관계 때문인지 옥황상제의 '출전명령은 듣지만 소환명령에는 응하지 않는(聽調不聽宣)'[30] 캐릭터를 고수한다.

이러한 수용과 변형의 양상은 오랜 시간동안 적층되고 많은 사람들에 의해 회자되어 온 인물 캐릭터가 겪게 되는 자연스러운 현상 중 하나로 보이며, 그만큼 이 캐릭터가 풍부한 이야기성과 긴 생명력을 가졌다는 사실의 반증이기도 할 것이다.

2. 도교적 상상력과 환상성

중국에서 도교는 비단 종교 혹은 철학의 메커니즘으로만 작용한 것이 아니라 문학작품 속에 다양하게 수용되어 환상문학의 근간을 이루어왔다.『西遊記』,『封神演義』와 같은 '神魔小說'이 그러한 작품들이라 할 수 있다. 그러므로 이 작품들에 등장하는 다양한 인물들 역시 대부분 실제 중국의 민간도교에서 신격으로 숭배되고 있는 인물들이라는 사실은 놀랍지 않다.[31] 특히

---

30 『西遊記』제6회.
31 물론『西遊記』의 경우 손오공과 삼장법사 일행이 불교 경전을 가지러 서역을 다녀오는 것이

『封神演義』의 경우는 역으로 민간도교에 끼친 영향력이 대단했던 것으로 보이며,[32] 작품 속 등장인물 자체만으로도 도교 신들의 神譜를 작성할 수 있을 정도로 도교와 밀접한 관련성을 갖는다.[33] 두 작품 속에 묘사된 이랑신 역시 실제로 도교적 이미지가 잘 구현되어 있으며 이를 통해 환상적 미감을 획득하고 있음을 볼 수 있다.

『封神演義』 속의 양전은 玉泉山 金霞洞 玉鼎眞人의 제자로서 姜子牙를 도와 '武王伐紂'의 과업을 수행하는 선인으로 활약한다. 그의 첫 등장은 제40회이다. 여기에서 강자아는 서기성의 기틀을 다진 후 본격적으로 武王伐紂의 과업을 수행하려는데 미증유의 난관을 맞닥뜨린다. 地水火風을 이용할 줄 알고 靑雲劍, 琵琶, 花狐貂, 混元珍珠傘 등의 법보를 쓰는 佳夢關 출신의 강력한 馬家四將이 북문 앞에 진채를 세우고 공격해온 것이다. 무성왕 황비호가 이들의 강력한 위력에 대해 고하자 강자아는 큰 우려에 빠지고, 서기성은 자아의 우려대로 마가 네 장수의 공격으로 인해 처참한 상황에 처하게 된다. 나타 삼형제, 남궁괄, 황비호 등 뛰어난 장수들의 반격도 소용이 없고 강자아의 打神鞭마저 釋門 출신의 마가사장에게는 듣지 않는다. 마가

큰 줄거리이므로 불교지향적 성격이 두드러지며 도교에 대해서는 해학적 필치로 조롱하듯 그려져 있기도 하다. 그러나 이 작품에 표현된 불교적 특성은 본래의 불교 그대로의 것이 아니며 도교 및 민간신앙의 영향을 전제하고 있다. 청대 학자 陳士斌의 『西遊眞詮』, 劉一明의 『西遊原旨序』에서도 『西遊記』가 全眞敎 南宗의 '內丹' 수련의 원리해석과 운용지식을 설파하고 있다고 주장했다(房春草, 「相似的神統, 不同的幻像－『西遊記』和『封神演義』宗敎思想的比較」 『明淸小說硏究』, 2009年 第1期, 120쪽 참조). 이랑신과 관련해서도 도교 및 민간신앙의 측면이 드러나는데, 오승은이 『西遊記』 집필 이전에 지었다는 「二郞搜山圖歌」라는 칠언고시를 보면 『西遊記』에 나타난 이랑신의 무기, 전투 방식, 전투 공간 등이 그대로 묘사되어 있다. 즉 이 소설의 불교지향적 성향에도 불구, 본래부터 작자의 생활과 주변에 밀접하게 녹아있던 이랑신 신앙에 대한 이해가 소설 속에 고스란히 녹아들어가 있는 것이다(칠언고시 「二郞搜山圖歌」는 吳承恩, 『射陽先生存稿』 卷一에 수록되어 있음).

32 앞서 언급했듯, 聶紺弩은 『封神演義』가 민간에 심원한 영향을 끼쳤다고 하면서, 불교, 도교 어디에서도 찾아볼 수 없지만 『封神演義』에 등장하는 인물인 火靈聖母나 多寶道人 같은 인물들을 민간 사당에서 종종 찾아볼 수 있다고 했다(何滿子, 「漫談『封神演義』」, 李侃 主編, 『文史智識』, 1987年 第4期, 22쪽 참조.).

33 欒保群은 『中國神怪大辭典』을 편찬하면서 이러한 사실에 주목하여 부록으로 『封神演義』 속 神譜를 따로 제공하고 있을 정도이다.

사장이 기이한 술법으로 만든 발해의 소용돌이로 서기성을 날려버리려 하자 자아는 간신히 三光神聖으로 서기성 방어에 성공한다. 그렇게 두 세력이 약 1년간 팽팽하게 맞서며 돌파구를 찾지 못하고 있던 중, 바로 양전이 스승의 명을 받아 하산하여 자아의 앞에 나타난다. 양전은 마가사장의 전력과 전술을 파악하기 위해 우선 싸움을 걸어 馬禮壽의 보패 화호초가 흰 코끼리로 변했을 때 그 뱃속으로 들어간다. 그는 72가지 변화술법을 사용해 화호초의 심장을 쥐어뜯고, 스스로 화호초로 가장하여 마가사장의 진영으로 들어가 그들의 강력한 보패까지 전리품으로 챙겨 돌아온다. 이후에도 양전은 강자아의 군대가 궁지에 몰릴 때마다 독보적인 능력과 기지를 발휘하여 난관에서 벗어나는 데에 큰 역할을 한다. 강자아는 힘과 머리 어느 측면으로도 뛰어난 양전을 가장 신임하여 전투 내내 자신의 오른팔로 중용한다.

『西遊記』의 이랑진군은 탁탑천왕 이정과 나타태자마저도 상대하지 못했던 美猴王 손오공과 대등하게 싸우고, 결국 태상노군의 금강탁을 사용해서 손오공을 잡아들이는 강력한 인물이다. 그는 힘만 뛰어난 것이 아니라 그에 걸맞는 매우 호방하고 거리낌 없는 성정을 지닌 것으로 그려진다. 『西遊記』 제63회에서는 손오공과 저팔계가 제새국 금광탑의 사리를 훔쳐간 萬聖 용왕과 구두충을 추적하는 과정에서 이랑진군 및 매산육형제 무리를 우연히 만나는데, 이랑진군은 과거의 앙금을 잊고 도와달라는 손오공의 부탁을 아주 흔쾌히 들어주며 여유롭게 뛰어난 능력을 발휘한다. 옥황상제의 '출전명령은 듣지만 소환명령에는 응하지 않으며(聽調不聽宣)', '고매한 심성은 하늘의 친척들을 인정하지 않고, 오만한 천성으로 관강구에 돌아가 그 곳의 신으로 살아간다(心高不認天家眷, 性傲歸神住灌江)'[34]고 한 것에서도 그의 자유스럽고 예에 얽매이지 않는 성정이 잘 나타난다.

이랑신이 『西遊記』와 『封神演義』 두 작품 모두에서 누구도 따라올 수 없는 뛰어난 능력과 아우라를 지닌 인물로 묘사되고 있는 것은 바로 그가 태생적으로 '신인합일(神人合一)'적 존재이기 때문이다. 『西遊記』에서는 특히 '劈

---

34 『西遊記』第6回.

山救母' 모티프가 그대로 수용되면서 이랑진군의 신인합일적 정체성을 담보한다. 신적 존재인 어머니와 인간 아버지 사이에서 태어난 그는 신인합일적 정체성을 가지게 되는 것이다. 이는 불사의 존재이자 범상을 초월한 능력을 가진, 즉 신의 경지에 도달하고자 하는 인간인 신선에 비견된다.

신선이라는 존재는 신선설화 및 그 사상을 근간으로 하는 도교에서 가장 근본이 되는 인격주체다. 신의 경지를 추구하는 신선은 중국의 서사 전통에서 단연 풍부한 '이야기 가치(story value)'를 가지는 존재들이라 할 수 있다. 신선설화 중 대다수의 득선설화는 (1)출발(주인공의 배경), (2)입문(득선의 과정과 능력의 발휘), (3)회귀(최후의 귀숙)의 조셉 캠벨 식 영웅신화 구조를 갖추고 있어,[35] 신선의 영웅적 성격을 방증한다. 『封神演義』의 양전 역시 (1)옥천산 금하동 옥정진인의 제자로 사숙 강자아를 도우라는 명을 받아 하산하여, (2)능력을 발휘해 무왕의 군대를 도와 벌주의 위업을 달성한 후, (3)천자의 봉록을 거절하고 산으로 돌아가 聖體가 되는 서사구조를 통해 자신의 영웅성을 보여준다. 특히 그가 최후에 산으로 귀숙하는 것은 신선의 정체성을 여실히 보여주는 것으로서, 신선의 세 가지 유형 '天仙', '地仙', '尸解仙' 중 地仙에 해당되는 전형적 귀결이다.

『西遊記』와 『封神演義』에서 이랑신의 신선으로서의 표징은 이러한 서사 구조 이외에도 뛰어난 능력을 상징하는 여러 전형적 이미지들에서 드러난다. 우선 『西遊記』 속 이랑진군은 강력한 무기 三尖兩刃槍과 彈弓을 가지고 있고, 세 개의 눈을 가지고 있으며, 72가지 변화술법에 능통하다. 또한 매와 사냥개를 늘 데리고 다니며, 梅山六兄弟와 함께 안개구름 속을 헤치며 날아다닌다. 『封神演義』 속 양전 또한 강력한 보패 三尖刀를 지니고 있으며 九轉煉就元功을 수련하여 72가지의 변화술법을 부릴 줄 알고, 그를 돕는 '哮天犬'이 늘 함께 한다. 그의 비범함은 적장의 눈에 비친 모습을 통해 더욱 강조되어 나타난다. 은나라 태사 문중이 서기군의 다른 누구도 아닌 양전을 처음 보았을 때 그의 용모가 비범한 것을 보고 '서기에 이렇게 뛰어난 기인이 있

---

35 정재서, 『불사의 신화와 사상』, 서울: 민음사, 2005, 142~153쪽.

으니 어찌 반란을 일으키지 않겠는가(西岐有這些奇人, 安得不反)!'라고 생각하는 대목이 그것이다.[36]

이러한 특징들을 신선의 이미지와 관련하여 다음의 네 가지 측면으로 논의할 수 있다. 첫째, '飛翔'의 이미지다. 신선은 본래 가볍게 날아 올라가는 존재라는 뜻으로 여겨지며,[37] 이러한 특징으로 인해 주술적 비상을 추구하는 강력한 주술사인 샤먼(shaman)에 비유된다.[38] 『西遊記』와 『封神演義』에서 이랑신이 날아다니는 모습이 자주 등장하는 것은 바로 이러한 측면과 관련된다. 둘째, '세 개의 눈'이다. 이랑신이 지닌 세 개의 눈은 신체적 이상이자 일종의 '신경과민성 기질'이라 할 수 있는데, 이 역시 강력한 주술사로서의 신선의 능력을 나타내는 표징이라 할 수 있다.[39] 셋째, '변화술법'이다. 변화술법은 사실상 이랑신의 것만은 아니다. 『西遊記』에서만도 손오공, 우마왕 등이 이 술법을 익힌 것으로 묘사된다. 그런데 이랑신의 변화술법은 그 누구보다도 뛰어난 것으로 인식된다. 이러한 변화술법의 요체는 바로 신선가들이 중시하는 '換骨奪胎'의 능력과 맞닿아 있다. 신선가의 본체론은 '元氣論'을 바탕으로 한다. 동진 시기 대표적인 신선가였던 葛洪에 의하면 부여받은 기는 고정불변한 것이 아니라 증감할 수 있는 유동적인 것이며, 그의 이러한 생각은 개체변환의 가능성에 대한 확신으로 이어지게 된다.[40] 불사적 존재가 되고자 하는 신선에게 있어 개체변환, 즉 환골탈태의 변화술법은 필수적으로 연마해야 할 능력인 것이다. 넷째, '哮天犬'의 존재이다. 이 신비한 동물은 『西遊記』에서는 매와 사냥개로 분리되어 언급된 반면, 『封神演義』에서는

---

36 『封神演義』第42回.
37 '神仙'의 '仙'은 본래 한대 이전까지는 '僊'으로 썼다. 許愼의 『說文解字』에서는 '僊'의 의미를 '춤소매가 펄렁거리는 것(按僊僊, 舞袖飛揚之意)'이라고 풀이하고 있다. 그러므로 '선인'은 가볍게 날아올라가는 존재로 풀이할 수 있다.
38 정재서, 위의 책, 157쪽.
39 신경과민성 기질(nervous disposition)은 어떤 사람이 주술사의 역할을 하게끔 하는 긍정적인 특성 중 하나이다. 관련 내용은 Marcel Mauss, translated from the French by Robert Brain, *A General Theory of Magic*, The Norton Library, 1975, 32쪽 참조.
40 정재서, 위의 책, 42~43쪽.

비상 능력을 가진 매와 공격 능력을 가진 사냥개가 '효천견'이라는 이름 아래 수렴되었다. 『封神演義』에서 효천견은 털이 짧고 흰색에, 가는 허리를 가지고 있는 개로 묘사되어 있는데, 그 원형은 고대 신화서 『山海經』에 등장하는 '天狗'[41]에서 찾아볼 수 있다. 민간에서는 이랑신이 신선이 되기 전에 관강 어귀에서 떠돌던 효천견을 거두어 수련을 시키고 늘 옆에 두면서 둘 사이의 인연이 시작되었다고 전해진다. 효천견은 이랑신의 분신이자 주술적 조력자(magical helper)의 역할을 한다.[42] 주술사의 보조 동물은 주술사에게 그 종의 모든 짐승들을 통제하는 힘을 줄 뿐만 아니라 그 짐승들의 힘을 끌어올 수 있는 능력까지 제공한다고 알려져 있다.[43] 즉 이랑신은 효천견의 힘을 자신의 힘으로 흡수하여 한층 더 뛰어난 전투능력을 갖추게 되는 것이다.

『封神演義』에서 수많은 전투 인력 중 양전의 능력은 그 어떤 인물보다도 걸출하다. 강력한 요괴들인 '매산칠괴'를 맞닥뜨렸을 때 雲中子로부터 照妖鑑을 빌려와 이들을 비춰본 후 차례차례 제압하는가 하면,[44] 독 묻은 化血刀를 휘둘러 뇌진자도 나타도 크게 상처 입혔던 余化를 상대로 싸우면서 특유의 기지를 발휘하여 적진의 余元으로부터 사경을 헤매는 동료들을 위한 해독용 단약까지 얻어낸다.[45] 특히 그의 72가지의 변화술법은 '가히 육신으로써 聖을 이루었다'고 할 수 있을 정도로 뛰어난 것으로 묘사된다. 呂岳이 瘟丹, 즉 전염병을 퍼뜨리는 약을 行瘟使者들에게 시켜 서기성에 퍼뜨렸을

---

41 『山海經』「山經·西山經」'이곳의 어떤 짐승은 생김새가 너구리 같은데 머리가 희다. 이름을 천구라고 하며 이 짐승으로 흉한 일을 막을 수 있다(有獸焉, 其狀如狸而白首, 名曰天狗, 其音如榴榴, 可以禦凶).'(정재서 역주, 『산해경』, 서울: 민음사, 2005, 96쪽.)

42 이랑신이 획득하고 있는 고고한 성격과 반항적 이미지는 효천견의 존재와도 일정 정도 연관성이 있다. 에른스트 윙거는 반항자는 '늑대 혹은 날아가는 새의 자유'를 지니고 있다고 했다. 늑대와 새의 자유 이미지와 야만성은 그러나 한편으로는 귀족적인 측면을 가지며 지배적인 자유를 표현하기도 한다(미셸 마페졸리 저, 최원기·최항섭 역, 『노마디즘』, 서울: 일신사, 2008, 208~209쪽 참조.). 이랑신은 실제로 천상에서 신계의 혈통을 거부하고 옥황상제에 대해 반역의 제스처를 취하면서, 고고하게 귀족적이면서 자유로운 이미지를 획득하고 있다.

43 Marcel Mauss, 위의 책, 36쪽.

44 『封神演義』第91~93回.

45 『封神演義』第75回.

때, 강자아를 비롯한 성 안의 모든 사람들이 역병에 걸렸지만 양전과 나타단 둘만이 피해갈 수 있었다.[46] 나타는 애초에 太乙眞人의 도력이 주입된 靈珠였다가 자결한 후 연꽃의 화신으로 다시 태어난 존재이기 때문에, 본래부터 온단 뿐 아니라 다른 도술들에도 전혀 걸려들지 않는 특수한 캐릭터이다. 하지만 양전은 다르다. 뛰어난 변화술법을 구사하지 못했다면 그도 역병에 걸릴 수밖에 없는 처지였다. 그러나 양전이 역병에 걸리지 않았던 것은 그가 누구보다 뛰어난 변화술법의 원공을 지니고 있었기 때문이다.

그런데 사실상 양전은 『封神演義』에서 다루고 있는 역사적 실재인 '武王伐紂' 사건과는 일말의 관련도 없는 철저히 허구적인 존재이다. 앞서 언급했듯, 실제 역사 속에 등장하는 양전은 宋 徽宗 때의 환관이었을 뿐 작품의 사건과는 전혀 관련이 없다. 하지만 양전은 작품 속 크고 작은 사건 속에 끊임없이 개입하며 존재감을 드러낸다. 역설적이게도, 여기서 우리는 그가 완전히 허구적 존재로서 작품 속 환상성 구현 과정에 중요한 역할을 하고 있다는 바로 그 점 때문에 '현실세계의 전복'을 담당하는 데에 가장 적합하다는 점을 떠올리게 된다.[47] 『封神演義』는 '武王伐紂'라는 전체적인 스토리 자체가, 은나라로 대변되는 이른바 '등치적 현실'의 논리를 전복하는 여정과도 맞물리면서 환상성 본연이 지닌 사회 전복적 역할을 충실히 수행하는 구조로 이루

---

46 『封神演義』第58回.

47 로즈마리 잭슨은 바흐친의 '환상성은 진실의 적극적인 구현이 아니라 진실을 추구하는 과정에서의 자극이며, 보다 중요하게는 진실을 시험하는 것'이라고 한 말을 인용하며 환상성의 사회정치적 함의 및 전복적 기능에 대해 다음과 같이 논했다. "환상은 '존재하는' 것에 대한 불만족을 드러낸다. … 환상은 실재적인 것을 재결합하고 전도시키지만 그것으로부터 도피하지는 않는다. 그것은 실재적인 것에 기생하거나 공생하는 관계 속에서 존재한다. … 환상적인 것은 반합리적인(anti-rational) 것, 즉 이성이 지니는 정통성에 대한 전도로서, 이성과 리얼리티가 자의적이고 전환 가능한 구성물임을 보여준다. … 환상적인 것은 단일하고 환원적인 '진실들'을 위반하면서 한 사회의 인식틀 내의 공간을 추적하여 다양하고 모순된 '진실들'을 이끌어낸다."(로즈마리 잭슨 저, 서강여성문학연구회 옮김, 『환상성-전복의 문학』, 서울: 문학동네, 2004, 15~40쪽 참조.) 한편, 『封神演義』에서 이와 비슷한 역할을 수행하는 주요 허구 인물이 또 있는데 바로 哪吒이다. 나타 형상에 대한 자세한 논의는 유수민, 「『封神演義』 속 哪吒 형상 小考」『중어중문학(61)』, 2015 참조.

어져 있는 것이다.

작품의 환상성 구현 측면에서 각 작품 저자들의 사회적 위치를 떠올려볼 필요가 있다. 『西遊記』의 저자 吳承恩은 어려서부터 학문을 두루 섭렵한 인재였다. 그러나 50세에야 간신히 省試에 급제하고 60세에 겨우 縣丞이라는 미관말직에 부임하나 그것도 2년 만에 사직하고 물러나 쓸쓸히 생을 마감한 懷才不遇한 문인이었다. 더구나 그가 살던 시대는 명말 嘉靖 연간의 정치적으로 매우 부패했던 암울한 시기였다. 그의 작품 『西遊記』는 허구적 인물과 환상적 서사를 통해 폭압적인 현실을 풍자함과 동시에 현실지배논리의 전복이라는 정치적 효과를 획득하고 있으며, 작품 속 주요인물 중 한 명인 이랑신은 바로 그러한 효과의 바탕이 되는 환상성 구현의 일면을 담당하고 있다. 또 『封神演義』의 저자로 거론되는 유력한 두 사람 중 陸西星은 『莊子』에 주를 단 『南華眞經副墨』을 쓴 도사이다.[48] 우리가 기억해야 할 것은 『封神演義』가 '武王伐紂' 고사를 다룬 『武王伐紂平話』와 『列國志傳』의 내용을 바탕으로 하고는 있지만, 전체 100회 가운데 단지 28회에서만 이 두 작품을 참조했을 뿐 그 외 68회는 신선설화와 도교 이야기를 바탕으로 완전히 새로운 신선, 요괴, 인간들의 허구적인 전투들로 채워져 있다는 사실이다.[49] 이와 관련하여 우리는 신선설화 및 도교가 중국역사에서 점하고 있는 위상에 대해 다시 한 번 상기할 필요가 있다. 그것은 바로 신선설화와 도교가 현실의 권위주의 및 유교의 중심주의에 대해 끊임없이 전복적 역량을 드러내는 대항담론(counter-discourse)으로 기능해왔다는 사실이다.[50] 그렇다면 도사 육서성의 정체성 및 작품 창작 동기 역시 도교의 전체적 의미 지향과 무관하지 않으리

---

48 齊裕焜, 『明代小說史』, 杭州: 浙江古籍出版社, 1997, 190쪽.

49 『封神演義』는 전체 100회 가운데 28개 회에 걸쳐 『武王伐紂平話』와 『列國志傳』 두 작품을 저본으로 삼아 기본 줄거리를 첨삭한 뒤 이를 다시 재구성했다. 그 외 대부분인 68개 회에서는 앞서 언급한 두 작품에는 없는 신선과 요괴 및 인간 간의 싸움을 내용으로 채우고 있다. 따라서 노신도 이 소설을 神魔小說로 분류하고 있다(정유선, 「封神戱 검보 아이콘 읽기」 『중국소설논총(30)』, 2009, 142쪽.).

50 신선설화가 권위주의 역사에 대해 갖는 현실 의의 및 유교의 중심주의에 대조되는 도교의 주변문화성에 대한 논의는 정재서, 『불사의 신화와 사상』, 182~192쪽을 참조할 것.

라는 점을 생각해볼 수 있을 것이다.[51]

지금까지 신선설화 및 도교적 이미지의 재현을 통한 『西遊記』, 『封神演義』 속 이랑신 캐릭터의 환상성 구현 측면에 대해 검토했다. 이랑신이 중요한 비중을 차지하는 두 작품의 환상적 서사 구조는 현실의 모순들 속에서 축조되면서 현실의 폭압적 지배논리를 전복하는 역량을 내포하고 있다고 볼수 있다. 이어지는 장에서는 이랑신 캐릭터가 현대의 디지털 게임 『王者榮耀』에 어떻게 형상화되어 있는지를 고찰해보고자 한다.

IV. 디지털 게임 『王者榮耀』 속 二郎神의 부활

2015년 11월 출시되어 중국에서 인기를 끌고 있는 『王者榮耀』라는 모바일 MOBA 게임에 등장하는 캐릭터들은 劉備, 關羽, 張飛, 劉邦, 項羽, 張良 등 실제 역사 속에서의 전쟁 영웅부터 시작해서 妲己, 楊貴妃, 虞姬, 王昭君 같은 역사 속 미녀나 老子, 莊周, 姜子牙 같은 위인들, 혹은 巨靈神, 鐘馗 같은 민간신앙의 신격에 이르기까지 중국 역사, 신화, 민담, 전설 등에서 우리가 익숙하게 듣고 보았던 인물들을 섭렵하고 있다. 이 게임은 MOBA 장르의 게임답게 RTS(Real Time Strategy)의 실시간 전략 플레이, RPG(Role Playing Game)의 캐릭터 육성 및 아이템 조합, 攻城戰의 전투 방식 등이 복합적으로

---

51 물론 『封神演義』가 도교의 의미지향을 있는 그대로 받아들인 작품이라고 볼 수는 없으며 이에 대한 별도의 검토가 필요하다. 『封神演義』가 도교의 神譜를 대량 차용하고는 있지만 세부적인 내용에서는 본래의 도교와 다른 점이 많기 때문이다. 대표적인 예로, 본래 도교에서는 元始天尊과 老子(道德天尊)가 최고신이지만 『封神演義』에서는 이들이 '鴻鈞道人'의 제자인 것으로 등장하며, 노자 외에 또다른 道德眞君이 등장하고 있다. 朱越利는 자신의 논문에서 『封神演義』에 등장하는 각종 仙神들이 종교에서의 神聖을 지닌 신이 아니라 人性을 더 많이 보유하고 있다고 보면서 이를 '세속화'의 결과인 것으로 보았다. 그는 세속화란 종교의 교단과 신자들이 추구하는 神聖性을 부정하고 보다 人性化를 추구하는 과정이라고 하였다. 즉, 신의 작용과 권위는 하락하고 인간의 자신감이 증대되는 양상이 나타난다고 논했다(朱越利, 「『封神演義』與宗教」, 『宗教學研究』, 2005年 第3期, 81~90쪽 참조.).

결합되어 진행된다. 본고에서는 이랑신 캐릭터를 중심으로 논의를 진행하고 있으므로 게임의 전체적인 캐릭터 디자인 양상 및 이랑신의 캐릭터 디자인에 대해 집중적으로 논의하고자 한다.

게임 속에서 '英雄'이라고 불리는 각각의 캐릭터들은 모두 나름의 배경 고사를 가지고 있으며 고유한 특성 및 능력을 보유하고 있다. 영웅들의 직업의 종류는 坦克(탱크), 戰士, 刺客, 法師, 射手, 輔助의 총 6가지로, 영웅들은 각각 하나의 직업군에 소속되며 자신의 직업에 맞는 기능들을 보유하게 된다. 게임 유저들은 각 영웅 캐릭터를 선택 및 구입하여 플레이하게 되므로 '소환사'라고 지칭된다. 소환사들은 게임을 시작하기에 앞서 영웅 각각에 대한 生存能力, 攻擊傷害, 技能效果, 조작난이도의 정도를 비롯하여 각 영웅들의 보유 기능이나 레벨에 맞는 장비 등에 대한 정보를 확인할 수 있는데, 캐릭터들의 디테일 정보가 곧 실력으로 이어지기 때문에 이를 확인 및 숙지하는 일은 게임을 플레이하는 데 있어 대단히 중요한 작업이라 할 수 있다.

이 게임은 처음부터 모든 영웅 캐릭터들을 완비한 채 서비스하는 것이 아니라, 때마다 각각의 캐릭터들을 하나씩 우선 사전 체험 서버에 공개하여 베타테스트를 거친 후 정식으로 공개하는 방식을 통해 유저들에게 기대를 심어주고 있으며, 2017년 8월 현재 70명의 영웅들이 공식 서비스되고 있다.

이 게임은 이랑신 캐릭터를 디자인하면서 『封神演義』의 '楊戩' 이름을 채택했으며 직업군은 '戰士'에 소속시켰다. '戰士' 직업군에 소속된 것은 그가 뛰어난 전투능력을 지니고 있음을 의미한다. 양전은 2016년 9월 1일 체험 서버에 출시되었고 베타테스트 기간을 거쳐 10월 11일에 정식 서버에 등장했다.

〈그림 1〉 楊戩의 캐릭터 디자인

〈그림 2〉 楊戩의 전투기능

이 게임의 양전 캐릭터에는 본고에서 지금까지 논의한 특징들이 반영되어 실제 그래픽 이미지로 구현되어 있다. 〈그림 1〉을 보면 양전은 '세 개의 눈'을 가지고 '三尖兩刃刀'를 지닌 채 '효천견'으로 보이는 존재와 함께 하는 캐릭터로 디자인되었다. 〈그림 2〉에 서술된 그의 전투기능 역시 이러한 특징들을 기반으로 하는데, 크게 다음의 세 가지로 요약된다.

첫째, 효천견을 이용한 전투능력의 발현이다. 주지하다시피 효천견은 양전의 가장 중요한 寶貝이다. 그가 효천견을 불러 방향을 지정하여 돌격하게 하면 이를 맞닥뜨린 적은 물리적 데미지를 입는다. 효천견의 공격에 뒤이어 양전이 그 적을 연속해서 공격하면 적은 또 한 번 물리적 데미지를 입는다. 이 기능은 '逆轉乾坤'이라는 명칭으로 불린다. 둘째, 양전이 삼첨양인도를 휘두르면 그 구역에 있는 적들은 물리적 데미지를 입을 뿐 아니라 움직임의 속도도 느려진다. 단, 적이 양전보다 생명치 백분율이 높을 경우에는 현기증 데미지만을 입는다. 이 기능은 '虛妄破滅'이라는 명칭으로 불린다. 셋째, 양전의 필살기는 바로 세 개의 눈에서 레이저를 쏘는 기능이다. 그가 눈에서 레이저를 쏘면 그 레이저의 경로에 있는 적들은 모두 물리적 데미지를 입는다. 그리고 레이저가 적에게 명중했을 때 양전은 적이 받은 데미지의 25%의 회복치를 얻게 된다. 레이저는 짧은 시간 내에 연속 3번 발사할 수 있다. 이 기능은 '根源之目'이라는 명칭으로 불린다.

〈그림 3〉 技能1 '逆轉乾坤'

〈그림 4〉 技能2 '虛妄破滅'

『王者榮耀』가 전투를 중심으로 하는 게임인 만큼 이 게임 속 양전 캐릭터에는 그간 축적된 이랑신 이미지 중 특히 전투적 능력과 관련된 부분들이 충실히 반영되어 있음을 알 수 있다. 그림은 이러한 내용들이 구체적으로 형상화된 모습을 각각 캡쳐한 것이다.[52]

〈그림 5〉 技能3 '根源之目'

우리는 『王者榮耀』 속 양전의 캐릭터는 앞서 논의한 이랑신 캐릭터가 지니고 있는 상호텍스트적 맥락과 환상성의 측면들이 디지털 게임의 문법에 맞게 적용되어 디자인된 것임을 볼 수 있다.

이 같은 게임 속 캐릭터 디자인이 오늘날 분석대상으로서 의미를 가질 수 있는 배경에는 보편화된 디지털 환경이 자리한다. 우리는 종종 디지털 환경의 확산으로 인한 급격한 패러다임의 전환과 함께 제기되는 '인문학의 위기', 그 중에서도 고전문학의 효용성에 대한 의문제기를 맞닥뜨리곤 한다. 하지만 본고의 논의대상인 이랑신으로부터 하나의 시사점을 발견할 수 있다. 고전서사 속 인물과 이야기가 오늘날 디지털 스토리텔링 매체 속에 생동감 넘치게 부활할 수 있다는 점이다. 사실 게임뿐 아니라 영화, 드라마, 애니메이션 등 오늘의 다양한 문화콘텐츠 영역에서 고전서사는 매우 중요한 요소로 활용되고 있다. 이는 서양에서 톨킨(J.R.R. Tolkien)이 영국의 각종 고대어들에 대한 연구 및 신화, 민담, 전설 등의 이야기들을 집대성하여 『반지의 제왕』, 『실마릴리온』을 집필한 이래로 원작소설 뿐 아니라 각종 영화, 게임, 다양한 문화콘텐츠 등으로 OSMU(One Source Multi Use) 혹은 트랜스미디어 스토리텔링되고 있는 궤적과도 비견된다. 이러한 현상은 인간이 이야기를 짓고 향유하는 행위, 즉 '스토리텔링'은 아무리 주변 환경이 변한다 해도 변하지 않는 인간의 태생적 본능이라는 사실에 기인한다. 또한, 오랜 시간동안 도태되지 않고 많은 사람들의 사랑을 받아온 이야기에는 그만한 이유가 있다. 옛날부터 계속해서 반복적으로 등장하는 이야기들은 오랜 시간동안 많은 사람들이 향유하며 즐겨온, 생명력이 긴 모티프들이다. 이것을 우리는 융(C.G.Jung)의 용어를 빌려 집단무의식 속에 형성된 '원형(archetype) 모티프'라고도 볼 수 있을 것이다. 그렇다면 오늘날의 대중들 역시 오랜 시간 반복적으로 등장하는 이 원형 모티프들을 여전히 좋아하며 친근하게 받아들일 가능성이 크다. 다만 환경이 달라진 만큼 스토리텔링 형식 또한 이전과 달라진 양상을 띠게 된다. 본고에서 디지털 환경의 대표

---

52 각 기능의 이미지는 http://news.4399.com/wzlm/xinde/m/670968.html를 참조.

적 스토리텔링 매체인 디지털 게임의 캐릭터를 분석대상에 포함시킨 것은
바로 이 때문이다.

그렇다면 디지털 환경 속 서사구조는 어떤 특징을 지니는지에 대해 고찰
하고 그것이 이랑신과 같은 고전서사 속 캐릭터와 어떤 연계점을 가질 수 있
는지를 논할 필요가 있을 것이다. 첫째, 형식적인 측면을 보자면 오늘날의
디지털 환경 속 서사구조는 근대시기 선형적 시간의 축을 중심으로 하는 정
합적 서사구조에 만족하지 않는 경향이 있는데, 이 점은 고전서사의 문법
과 상당히 친연성을 가지는 부분이라 할 수 있다. 특히 월드 와이드 웹이 보
편화된 2000년대 초반부터 급격히 유행하기 시작한 온라인 게임은 선형적
인 시간 서사보다는 캐릭터와 아이템이 배치된 게임 월드의 공간 서사에 더
욱 집중하는 경향이 있으며, MUD, MMORPG, MOBA 등의 장르적 진화를
거듭하면서 이러한 측면을 두드러지게 보여준다. 그리고 디지털 온라인 환
경에 힘입어 각각 다른 현실장소에서 접속한 게임 속 유저들 간의 상호작용
이 두드러진 특징으로 나타나며, 이를 통해 누구도 예상치 못했던 사용자생
성 스토리가 새롭게 탄생하기도 한다. 이러한 측면은 주지하다시피 전통시
기 이야기 재현 양식의 주요 특성들이며, 본고에서 다룬 『西遊記』, 『封神演
義』를 비롯해 明淸 시기 『三國演義』, 『水滸傳』 등 주요 통속 장편소설들에서
나타나는 특징들이기도 하다. 탈근대적인 것은 곧 과거의 전통적인 것과 맞
물리며, 오늘날의 디지털 기술은 그것을 일부 계승하는 역할을 담당한다. 둘
째, 내용적인 측면을 보자면 디지털 게임의 서사는 환상성을 지닌 고전서사
와 뗄 수 없는 관계에 놓여있다. 고전서사가 많은 사람들에게 잘 알려지고
친숙하게 받아들여질 수 있는 이야기이므로 대중적 매체인 게임 속에 무리
없이 투입될 수 있다는 것은 주지의 사실이다.[53] 그 중에서도 특히 환상성을
지닌 고전서사는 디지털 게임 자체가 지니는 환상성에 힘입어 더더욱 구현

---

53 게임 속의 전통문화가 강조되는 것은 그것이 흔히 말하는 '우리 것'이기 때문이 아니라 이미
많은 사람들에게 잘 알려지고 친숙하게 받아들여진다는 이유가 더 강하다(정통부 한국정보통
신교육원, 『GAME 기획론』, 서울: 홍릉과학출판사, 2003, 101~103쪽 참조.).

에 적합하다고 볼 수 있다. 디지털 환경에서 재현되는 공간은 그 자체가 실제가 아닌 허구적인 것으로, 환상성을 담지하는 까닭이다. 그리고 환상성을 지닌 중국의 고전서사는 당연히 도교적 상상력과 떼어놓고는 생각할 수 없다. 도교의 신 청원묘도진군 이랑신 양전은 이러한 맥락 아래 현대의 디지털 게임 속에서 부활을 맞이하게 된 것이다.

V. 맺음말

본고는 『西遊記』와 『封神演義』에 재현된 이랑신 캐릭터를 상호텍스트성 및 환상성의 측면에서 고찰해봄과 동시에, 디지털 모바일게임 『王者榮耀』의 양전 캐릭터 분석을 통해 중국고전서사가 오늘날의 디지털 게임에 계승된 양상까지 탐색해보고자 했다. 서두에서 언급했듯 고전서사의 해석 및 활용이 현재적 관점에서 이루어질 필요가 있다는 전제 하에 이루어진 고찰이기 때문에 다소 거칠고 미흡한 부분이 없지 않다. 그러나 많은 사람들이 느끼는 전통과 현대의 단절을 문학과 문화의 측면에서 연결시켜보고자 한 시도는 무의미하다 생각되지 않는다.

이러한 문제의식의 연장선상에서, 오늘날의 디지털 환경과 고전서사의 상상력에 대한 필자의 단상을 덧붙이며 본고를 마무리 지으려 한다.

주지하다시피 디지털 게임의 캐릭터 및 서사구조는 이른바 '등치적 현실'의 견고한 질서와 논리를 전복하는 역할을 담당하는 데 매우 적합한데, 그것은 곧 과거 문학이 담당해온 역할을 계승하는 측면이기도 하다.[54] 게임 유저

---

54 여기서 언급한 '문학'은 어떤 특정한 장르로 존재하는 문학을 지칭하는 것이 아니라 자크 랑시에르가 말하는 문학의 개념에 가깝다. 그는 '문학의 정치'를 다음과 같이 설명했다. '문학은 우리가 살고 있는 세계를 규정하는 감성의 분할 속에 개입하는 어떤 방식, 세계가 우리에게 가시적으로 되는 방식, 이 가시적인 것이 말해지는 방식, 이를 통해 표명되는 역량들과 무능들이다. 문학의 탄생과 동시에 모든 세계질서와 존재방식 사이의 관계들의 체계가 전복된다. 이것은 저항할 수 없는 사회적 영향력이 아니라 세계와 세계를 채우고 있는 인민들의 역량들

들은 자신이 속한 사회적 상황 및 정서적 영향의 문화적 맥락 체계 아래 있으면서도,[55] 상상의 세계인 게임 속 캐릭터에 공감하며 자신의 아바타와도 같은 캐릭터의 변화와 성장을 추구한다.[56] 이러한 과정을 통해 그들은 자신을 둘러싼 답답하고 견고한 현실세계로부터 벗어나 새로운 세계의 자유를 만끽한다. 하지만 그것이 현실세계의 붕괴로 이어지는 것은 결코 아니다. 이어령은 게임이 빚어내는 '세미오시스'의 법칙이 우리가 살아가는 세계의 균형을 유지시켜주는 한 요소라고 했다.[57] 디지털 게임과 게임플레이가 빚어내는 환상적 캐릭터 및 서사구조는 견고한, 그래서 억압적인 현실 논리에 대항하고 나아가 더욱 균형적인 세계를 창조할 수 있는 가능성을 내포하고 있는 것이다. 『王者榮耀』에서 양전을 플레이하는 '소환사'들은 본래 디자인되어 있는 캐릭터에 자신만의 활동을 통한 변화와 성장을 추구하면서 현실 논

<hr />

간의 새로운 관계 및 새로운 감성의 분할과 관계된다.' 자세한 논의에 대해서는 자크 랑시에르 지음, 유재홍 옮김, 『문학의 정치』, 서울: 인간사랑, 2011, 9~50쪽 참조.

55 최근 주목받는 이론 중 '게이미피케이션(gamification)'과 관련하여 마크 르블랑, 로빈 휴닉, 로버트 주벡 등은 2004년 미국 인공지능학회에서 게임의 복층 구조를 게임 디자인에 적용하는 방법론 'MDA 프레임워크'를 발표했다. M은 게임 메커닉스(mechanics), D는 게임 다이내믹스(dynamics), A는 게임 에스테틱(aesthetic)을 가리키며, 게임이 설계되고 작동되는 과정의 양 끝에 게임 디자이너와 게임 플레이어가 각각 자리한다는 점을 기반하여 전개된 이론이다. 게임 메커닉스는 형식 층위를 가리키며, 게임 다이내믹스는 플레이어의 경험 층위, 게임 에스테틱은 문맥, 문화 층위를 가리킨다. 게이미피케이션에 있어 실제로 게임과 상호작용하는 플레이어의 측면에서 접근할 때, 플레이어의 문맥, 문화 층위는 절대로 무시할 수 없다. 이러한 측면에서 앞서 살펴본 중국 『王者榮耀』 게임의 게임 에스테틱 측면에 대한 파악 및 고려는 상당히 전략적으로 진행되고 있다고 할 수 있다. MDA 프레임워크에 관해서는 권보연, 『게이미피케이션』, 서울: 커뮤니케이션북스, 2015, 42~50쪽을 참조할 것.

56 스토리 지향 캐릭터 디자인에서 중시하는 캐릭터 원형 중 플레이어의 아바타에 해당하는 영웅은 플레이어가 자신과 동일시할 수 있어야 하며 플레이어의 활동에 따라 계속해서 변화, 성장할 수 있어야 한다. 자세한 내용은 앤드류 롤링스, 어니스트 아담스 저, 송기범 역, 『게임 기획 이론』, 서울: 제우미디어, 2004, 159~162쪽 참조.

57 이어령은 최근 발매된 『게임사전』 감수의 말에서 다음과 같이 말했다. "게임은 이 현실에 있지 아니한 상상의 세계를 통해 어떤 의미를 생성한 것이다. 이를 '세미오시스'라고 한다. 우리는 법과 사회를 '노모스'라고 하고 자연을 '피시스'라고 한다. 인간은 노모스, 피시스, 세미오시스의 세 가지 세계에서 산다. 이 세 가지 세계의 균형이 깨지면 불행이 찾아오고 진화가 멈춘다. … 게임이라는 규칙과 스토리텔링을 만드는 세미오시스의 세계는 인간의 본성이다." 자세한 내용은 엔씨소프트문화재단, 『게임사전』, 서울: 해냄출판사, 2016, 16쪽 참조.

리에 대항하는 나름의 새로운 레퍼런스들을 부가해나갈 것이고, 이것이 또 다른 상호텍스트성과 환상성으로 이어지면서 새로운 이야기들의 동력이 될 것이다. 앞서 논의한 이랑신에 얽힌 풍부한 스토리들은 이러한 과정에서 마치 탈현대적 건축가가 종종 이용하는 '전면의 저장소'[58]와도 같은 기능을 가지게 되는 것이다.

이렇듯 전복적인, 그러나 균형적인 세계를 창조할 수 있도록 해주는 상상력과 관련해서 우리는 특히 도교서사에 주목할 필요가 있다. 대문호 魯迅은 '중국문화의 뿌리는 죄다 도교에 있다(中國文化的根柢全在道敎)'고 말한 바 있다. 도교는 비단 종교나 철학으로서만 기능하는 것이 아니다. 도교의 수많은 신들 그리고 오랜 시간 유전되며 적층되어온 무수한 관련 스토리들은 전통시기 현실의 견고한 유교적 질서에 꾸준히 대항하며 현실논리 이면의 기층문화를 이루어온 것이 사실이며, 본고에서 다룬 이랑신 역시 그러한 역할을 담당해온 인물이다. 이 기층문화는 견고한 현실 세계의 논리를 전복하는 상상 세계의 환상성과 자연스럽게 친연성을 가진다. 오늘날 새로운 상상의 세계인 디지털 게임 속에서 이랑신 양전은 전통 시기 누렸던 인기만큼 수많은 유저들의 기대를 받으며 부활했다. 우리는 이제 이랑신만이 아니라 전통 시기 기층문화의 가장 핵심적 영역이라 할 수 있는 도교서사의 다양한 요소들이 오늘날 대중들의 상상 세계를 표현하는 문화콘텐츠들과 긴밀하게 연결될 수 있는 여지가 크다는 사실을 보게 된다. 문화의 영역, 특히 도교서사의

---

58 빌렘 플루서는 정보사회의 디자인에 대해 예견하면서 로마극장 연출가의 가면 사용방식에 빗대어 현대적 건축가와 탈현대적 건축가의 특징에 대해 언급했다. 그는 완전히 새로운 가면을 만드는 연출가는 현대적 건축가에, 기존에 존재하는 전통적 가면의 잠재력을 통해 그것이 새로운 외관을 얻도록 하고 전통적 기능을 보유한 채 새로운 기능과 역할을 하게 하는 연출가는 탈현대적 건축가에 비유했다. 그래서 현대적 건축가는 새로운 전면에서 새로운 기능을, 새로운 기능에서 새로운 전면을 창출해내고자 하지만, 탈현대적 건축가는 과거에 몇 개의 기능을 실현한 바 있는 사용 가능한 전면의 저장소를 살펴보며, 하나의 전면을 골라내 새로운 기능으로 이를 채우고자 한다. 그가 언급한 '전면의 저장소'는 본고에서 언급한 캐릭터의 상호텍스트적 적층성과 관련된다. 빌렘 플루서의 논의에 대해서는 빌렘 플루서, 『그림의 혁명』, 김현진 역, 서울: 커뮤니케이션북스, 2004, 188~191쪽을 참조할 것.

영역에서 전통과 현대의 긴밀한 연결성을 목도할 수 있게 된 것이다. 본고의 연구는 이 같은 단상을 기초로 시도해본 초보적 논의에 불과하며, 이에 대한 전면적인 연구는 지면상 후일을 기약한다.

∷ 참고문헌 ∷

1. 원전자료

『封神演義』, 北京, 中華書局, 2009.

『史記』, 瀋陽, 遼海出版社, 2010.

『西遊記』, 北京, 中華書局, 2005.

『太平御覽』, 北京, 中華書局, 2011.

『繪圖三敎源流搜神大全』, 上海, 上海古籍出版社, 1990.

許愼, 『說文解字』, 北京, 中華書局, 2013.

杜穎陶, 『董永沈香合集』, 上海, 上海出版公司, 1955.

張希舜 主編, 『寶卷初集』第十三冊·第十四冊, 太原, 山西人民出版社, 1994.

정재서 역주, 『산해경』, 서울, 민음사, 2005.

풍몽룡 지음, 김진곤 옮김, 『강물에 버린 사랑』, 서울, 예문서원, 2002.

2. 연구서

葛兆光 지음, 심규호 옮김, 『도교와 중국문화』, 서울, 동문선, 1993.

권보연, 『게이미피케이션』, 서울, 커뮤니케이션북스, 2015.

로즈마리 잭슨 저, 서강여성문학연구회 옮김, 『환상성-전복의 문학』, 서울, 문학
　　　동네, 2004.

미셸 마페졸리 저, 최원기·최항섭 역, 『노마디즘』, 서울, 일신사, 2008.

미하일 바흐찐 지음, 전승희, 서경희, 박유미 옮김, 『장편소설과 민중언어』, 파주,
　　　창비, 2009.

빅토 터너 지음, 박근원 옮김, 『의례의 과정』, 서울, 한국심리치료연구소, 2005.

빌렘 플루서 저, 김현진 역, 『그림의 혁명』, 서울, 커뮤니케이션북스, 2004.

어니스트 아담스 저, 송기범 역, 『게임 기획 이론』, 서울, 제우미디어, 2004.

엔씨소프트문화재단 편찬, 이어령 감수, 이인화·한혜원 책임 집필, 『게임사전』,
　　　서울, 해냄출판사, 2016.

자크 랑시에르 지음, 유재홍 옮김, 『문학의 정치』, 서울, 인간사랑, 2011.

정재서, 『불사의 신화와 사상』, 서울, 민음사, 2005.

정통부 한국정보통신교육원, 『GAME 기획론』, 서울, 홍릉과학출판사, 2003.

캐스린 흄 저, 한창엽 역,『환상과 미메시스』, 서울, 푸른나무, 2000.

欒保群,『中國神怪大辭典』, 北京, 人民出版社, 2009.

林辰,『神怪小說史』, 杭州, 浙江古籍出版社, 1998.

張永芳,『封神演義』的文化批評』, 北京, 中國文史出版社, 2003.

齊裕焜,『明代小說史』, 杭州, 浙江古籍出版社, 1997.

宗力 外,『中國民間諸神』, 石家莊, 河北人民出版社, 1986.

Marcel Mauss, translated from the French by Robert Brain, *A General Theory of Magic*, The Norton Library, 1975.

3. 연구 논문

김우석,「寶蓮燈 이야기의 연원과 변주」『중국어문학지(14)』, 2003.

김우석,「이랑신 신앙의 변천과 공연예술에서의 수용」『중국어문학지(23)』, 2007.

유수민,「〈封神演義〉속 哪吒 형상 小考」『중어중문학(61)』, 2015.

정유선,「封神戲 검보 아이콘 읽기」『중국소설논총(30)』, 2009.

房春草,「相似的神統, 不同的幻像-〈西遊記〉和〈封神演義〉宗教思想的比較」『明清小說研究』, 2009年 第1期.

張政烺,「『封神演義』漫談」『世界宗教研究』, 1982年 第4期.

朱越利,「『封神演義』與宗教」『宗教學研究』, 2005年 第3期.

焦傑,「灌口二郎神的演變」『四川大學學報:哲學社會科學版』, 1998年 第3期.

何滿子,「漫談『封神演義』」, 李侃 主編,『文史智識』, 1987年 第4期.

4. 인터넷사이트

http://pvp.qq.com/(『王者榮耀』 공식 홈페이지)

http://v.youku.com/v_show/id_XMTQ5NjE5OTM0MA==.html?from=s1.8-1-1.2

http://news.4399.com/wzlm/xinde/m/670968.html

万葉歌에서보는「모노가타리 文学(物語為)」의 始原

히토마로 노래「物語り為む」(7・1287)에서본 소설탄생의 의미 분석

고용환 경남정보대학

I. 중국고소설의 발달사로 본 스토리텔링 문학형태

먼저 필자는 스토리텔링의 대표적인 모델로 중국설화와 고소설이 발전해온 문예사의 기록물들을 일별해보고, 일본고전문학 속에서도 특히, 만요가나(万葉仮名)의 기록문화를 탁월한 개인의 서정으로 발현시켜 歌聖이라 불리는 히토마로(柿本人麻呂, 이하 동일표기)의 작품(1287)을 통하여 「우타모노가타리(歌物語)」의 태동을 알리는 스토리텔링의 발전단계와 문학사적 의미를 추론해보고자 하였다. 타케다아키라(竹田晃) 씨[1]는 고대 중국에 있어서 소설의 발전사를 다음과 같이 논설하고 있다.

> 武帝를 섬긴 司馬相如(前179~前117)는, 「子虛賦」의 續編으로, 武帝의 壯大한 스케일의 狩猟하는 모습을 칭송한 「上林賦」를 지어서 武帝에 봉헌하였다. 이 「子虛賦」와 「上林賦」構成의 특징은, 우선, 子虛·烏有先生·亡是公이라는 세 사람의 회화에서 이야기가 이루어지는데, 그 三人의 이름이 다 「없다(無)」는 뜻으로 서로 대들고 있다. 그리고 세 사람에게는 명확한 역할이 주어지고 있다는 점, 매우 周到하게 준비되어진 虛構로 짜여있다는 것을 알 수 있다. 이와 같이 賦가 중국에 있어서 虛構文学의 역사 중에서 이룩한 先駆的인 意義가 인정된다. 그리고 이러한 일은 동시에, 「子虛 賦」와 「上林賦」와 같은구성을 가지는 漢賦는, 중국 소설사의 萌芽期에 귀중한 자료로서, 소설사연구의 시야에 넣

---

1 竹田晃, 『中国の説話と古小説』, 大蔵省印刷局, 1992, 89~92쪽, 91~5쪽.
   賈誼(前201~前168)의 賦는, 『楚辞』風의 歌謡에서 漢代의 독특하고 壯麗한 賦에로의 전환의 의미를 포함하고 있는데, 이 단계에서는, 아직 小説史와의 문제를 관련지을 수 없는 단계이다.(中略) 이와 같이 賦를 짓는 능력을 가진 작가는, 그 능력 때문에 宮廷에 초래되어, 천자를 비롯한 귀족에게 그 능력을 가지고 봉사하였다고 하는 상황이 생겨난 것이다. 宮廷의 축제라든가 천자의 행차와 수렵등의 행사에 시중들고, 이들 상황에서 賦를 지어 天子에 헌납한다고 하는 작가가 나타난 것이다. 확실히 종래 漢賦는, 천자를 칭송하고, 때로는 근소하게 풍자의 의미를 더한 궁정문학, 幇間文学이라 일컬어지고, 종래는 小説史 중에는 一顧도 하지 않은 장르였다. 그러나 어떤 시점에서니, 이 얼른보기에 소설과 무연한 장르가 중국소설사 중에서도 하나의 역할을 이루고 있다는 느낌이 들었다.

어야만 한다는 것을 보여주고 있다고 생각한다.

위의 타케다 씨가 논설한 중국고소설의 발전사를 일별하여보면, 『시경』과 『楚辭』와 같은 가요적인 내용에서 출발하여 스토리텔링 형태인 고소설로의 발전해가는 양상을 보여주고 있다고 생각된다.

II. 「가타리(語リ)」 문학형태의 정착과정

만요와카(万葉和歌)에는 「가타리(語リ)」를 베이스로 하는 스토리텔링 형식의 우타모노가타리(歌物語)의 예를 많이 발견할 수 있다. 그중 대표적인 몇 수만 들어 보자.

① 「오토모노 미나카가 지은 노래」(大伴宿祢三中作歌) 母父爾 妻爾子等爾 語而〈부모나 처자식들에게 설파하고 들려주고서〉   (3 · 443)

② 「스미노에의 우라시마코를 읊은 노래」(詠水江浦嶋子)吾妹児爾 告而語 久 須臾者 家帰而 父母爾 事毛告良比〈내 처에게 말하기를, 불과 잠시 동안만 집에 돌아가 부모님께 사정을 이야기하고〉   (9 · 1740)

③ 「아시노야 처녀의 무덤을 지날 때 지은 노래」(過葦屋処女墓時作歌)啼爾 毛哭乍 語嗣 偲継來〈소리 내어 울기까지 하여, 이야기를 이어 연모해 왔던〉語継 可良仁文幾許 恋布矣〈옛이야기를 이어간 것만으로 이렇게 도 사랑스러운 데〉   (9 · 1803)

④ 「우나이 처녀의 무덤을 보았을 때 노래」(見菟原処女墓歌)吾妹子之 母爾 語久〈이 처녀가 어머니에 말한 것은〉   (9 · 1809)

⑤ 「놓아준 매를 생각하고 꿈에서 기뻐 감동하여 지은 노래」(思放逸鷹夢見 感悦作歌)乎登売良我 伊米爾都具良久〈처녀가 꿈에서 말하기를〉
                    (17 · 4011)

⑥ 「타나베노후히토사키마로(田邊史福麻呂) 노래」於保美夜比等爾 可多利

都芸底牟〈궁중인 들에게 이야기를 전달하자〉   (18·4040)

⑦「시쇼오와리노오쿠히를 가르쳐 깨닫게 하는 노래」(教喩史生尾張少咋歌)
宇知奈気支 可多里家末久波〈한숨 쉬며 이야기하려한 것은〉
(18·4106)

⑧「팔일 큰매를 읊은 노래」(八日詠白大鷹歌)語左気 見左久流人眼 乏等
〈서로 이야기하고 서로 위로해야만 하는 사람이 적어서〉   (19·4154)

⑨「세간무상을 슬퍼하는 노래」(悲世間無常歌)常無毛能等 語続〈세상을 무
상한 것이라고 말로 전하고 이야기로 전해오고 있고〉   (19·4160)

⑩「용사의 이름을 떨치기를 바라는 노래」(慕振勇士之名歌)後代乃 可多利
都具倍久〈후세에 전할 이야깃거리가 되도록〉   (19·4164)

⑪「야마노우에노오쿠라 노래」山上臣憶良作歌, 後代爾聞継人毛 可多里
都具我称〈후세에 전해 듣는 사람도 이야기를 전달해주도록〉 (19·4165)

⑫「뻐꾸기와 시절의 꽃과를 읊은 노래」(詠霍公鳥幷時花歌)從古昔 可多里
都芸都流〈옛 부터 전해오듯〉(19·4166)可多利都具麻塝〈이야기 전할 때
까지〉   (20·4463·4465)

위에 나열한 전설의 가인 ⑥다나베노사키마로(田邊史福麻呂)를 비롯한 ⑫
야카모치(家持)를 중심으로 한 노래들은 모두가 히토마로 후대의 작품이다.
이들 노래의 특징은 이야기를 전하고자 하는「가타리」의 문학으로 통일을 이
루고 있다는 점이다. 이러한 만요(万葉)의「가타리」문학에 대하여 타케노쵸
지 씨[2]는 다음과 같이 논하고 있다.

이를테면, 무라사키시키부(紫式部)의 자연관조는 和歌的趣味의 범위를 벗
어나지 않는다. 따라서 자연 그 자체로 있는 그대로의 모습을 그리지 않고, 情
趣的인 일면만을 도려내어, 그것이 인물의 내면적인 움직임과 교묘하게 조화

---

2 竹野長次,「平安朝物語の性格」一五四平安朝物語の性格ー源氏物語を中心としてー『日本
文学論攷』153〜4쪽·165쪽.

하여, 심오하게 융합되어 있다. 「우타」와 「가타리」는, 하나는 抒情性, 또 하나는 叙事性인 것에 원류를 발하여, 한쪽으로는 抒情詩로서 万葉集에까지 발전하였고, 한쪽에 서는 古事記나 風土記에 기재되어져 설화로 오늘에 남아있다. 그러나 万葉集 중에는 전설을 노래한 物語詩가 있고, 中臣宅守와 茅上娘子와의 六十三首에 이르는 증답가나, 일기적으로 배열되어 있는 家持의 노래 등에 있어서 이들 노래를 통하여, 혹은 연애생활에 있어서의 심정이나 곡절의 시간적 전개나, 개인생활의 추이 등을 엿볼 수 있어, 이미 物語的인 것에 대한 흥미가 발동하고 있다는 것을 상상할 수 있다.

이와 같이, 히토마로 이후에 야카모치(家持)의 일기형태의 작품에서 우타모노가타리 문학에 흥미가 발동하여 이미 스토리텔링문학이 빛을 발하고 있었다고 논하고 있는 것이다.

III. 히토마로 서정의 차이를 보여주는 표기(記載)의 역사

그렇다면 만요 제2기(万葉第二期:673~709年)의 히토마로 시대에 모노가타리 문학은 어떻게 발전해 왔는지 히토마로의 작가들을 통하여 고찰해보기로 하자. 참고로, 작가 히토마로의 생존 시기를 서력653年~709年(55歳~57歳) (『日本古典文学大辞典』14, 岩波書店,1983)으로 추정하고 있다. 또한, 와타세 마사타다 씨[3]에 의하면 히토마로歌集에서 二百首 가까이의 약체가는 텐무(天武)九年(680)이전에 히토마로에 의하여 筆錄되어진 노래라 추론하고 있는 것을 참고해보면, 挽歌작품은 주로 지토(持統)천황의 후지와라쿄(藤原京)(694~和銅3(710))」때에 집중되어져 있다는 것을 알 수 있다. 이는, 장가 중에서도 히나미시황태자 挽歌(持統3年・689)다케치황자 挽歌(持統10年・696)아

---

3 渡瀬昌忠,『柿本人麻呂研究』(歌集編上), 桜楓社, 1973, 279쪽.
   히토마로 비약체가의 제작 년대가 텐무9년(680)까지 거슬러 올라갈 수 있다.

스카히메미코 挽歌(文武4年·700)에서 황태자들이 사망한 시점을 중심으로 挽歌를 지은연대를 추정가능[4]하리라고 생각되기 때문이다. 이와 같은 히토마로의 문예사의 추정연대를 기반으로 하여 모노가타리의 성숙과 개인서정의 발달사를 검토해 보고자한다.

〈春相聞〉★春山 霧惑在 鴬 我益 物念哉(11자)　　　　　　　(10·1892)
(봄 산의 안개에 헤매던 휘파람새도 나 이상으로 마음이 혼미할까.)
★天漢 安川原 定而神競者磨待無(13)　　　　　　　　　　(10·2033)
(은하수 야스의 강변에 〈난해가〉) 此歌一首庚辰年作之, 右人麻呂之歌集出
★打日刺 宮道人 雖満行 吾念公 正一人(15字)　　　　　(11·2382)
(우치히사스 궁중 길을 사람이 넘치도록 많이 가지만, 내가 생각하는 분은 단 한 사람 뿐.)

위의 ★약체가 노래는 히토마로가 청년기(30세)에 기록한 것으로 추정되며, 조사를 기입하지 않은 짧은 가어로 표기한 노래형태임을 알 수 있다.

1. 略体歌·非略体歌에서「개인의 抒情」으로 발전단계

다음으로, 위의 ★약체가에서 ☆비약체가로 발전하여가는 과정에 있는 아래와 같은 칠석노래의 예를 관찰해 볼 수가 있겠다. 물론, 이들 칠석노래는 견우직녀의 전설을 기반으로 한 스토리의 전개를 유지해 가면서 창가 되었다고 하는 사실은 부인할 수 없을 것이다.

〈七夕〉☆吾恋 嬬者知遠 往船乃 過而応來哉 事毛告火　　　(10·1998)
(내 사랑을 그대는 알고 있으리. 지나는 배가 그냥 지나쳐도 좋을까. 말씀 전달이라도 해주었으면.)

4　졸저, 『柿本人麻呂 문화사탐구』, 책사랑, 2011, 18쪽.

☆朱羅引 色妙子 数見者 人妻故 吾可恋奴 　　　　　　　　　　(10 · 1999)

(불그스레한 뺨에 여러 차례 보면, 남에 부인인데도 내가 사랑에 빠져버리겠다.)

☆天漢 安渡丹 船浮而 秋立待等 妹告与具 　　　　　　　　　　(10 · 2000)

(은하수 야스의 나루터에 배를 띄워서 가을이 오기를 기다리고 있다고 처에게 일러주구려.)

☆従蒼天 往來 吾等須良 汝故 天漢道 名積而敍來 　　　　　　(10 · 2001)

(큰 하늘을 다니는 나조차도 당신을 위하여 은하수 강 길을 고생하여 왔다네.)

위의 비약체가에서는 「告하다」고하여, 이야기를 제삼자(달 사자)를 통하여 견우의 마음을 전달하려는 내용으로 읊고 있다. 이러한 히토마로 와카(和歌) 표기기술의 발전단계에 접목하여, 우타(歌)가 이윽고는 개인적인 서정을 표출하는 스토리텔링 방식으로 발전 전개해 갔다고 하는 사실을 코우노시타카미쓰 씨[5]는 다음과 같이 논술하고 있다.

　히토마로의 노래 表記에서, 단계(層位)를 인정해야만 된다는 것은 稲岡耕二 『万葉表記論』에서 나타난 것처럼, 상대적으로 보다 조금밖에는 조사를 표기하지 않은 略體歌에서 상대적으로 많은 조사를 표기 한 非약체가로 기록이 이어졌다고 하는 것이다. (중략) 이를테면 단순히 노래를 적는 방법의 문제가 아니라, 표현에 대한 자각을 품은, 히토마로에 있어서의 새로운 전개라고 밖에 할 수 없다. 노래의 표현성에로의 자각을 문자에 의하여 노래를 적는 것- 노래를 기재하는 것과 그것을 표현하는 것과를 대상화하여 의식화해가는 것을 통하여, 명확히 표현하였다고 말해야 할 것이다. 그 기에 있어서 「개인」의 노래다운 것을 형태로 만들어 갔다.(이하 생략)

이어서, 히토마로의 비약체가 중에서도 숨겨 논 애인과의 밀회를 노래한 다음의 예를 들어보자.

---

5 神野志隆光, 『柿本人麻呂研究』, 塙書房, 1992, 93 · 95쪽.

〈問答〉☆皇祖乃 神御門乎 懼見等 侍従時爾 相流公鴨   (11 · 2508)
(천황님 어전 가까이에 황송하게 시중 들고 있을 때 만난 당신이시라.)

☆真祖鏡 雖見言哉 玉限 石垣淵乃 隱而在孃・右二首   (11 · 2509)
(마소카가미 만났어도 말할 수 있으리오. 이와가키 연못 같이 틀어박혀 숨어있는
그녀라.)

☆赤駒之 足我枳速者 雲居爾毛 隱往序 袖卷吾妹   (11 · 2510)
(붉은 털 말발굽이 빠르니까 구름 저 멀리라도 내가 숨어버릴 거예요. 소매를 감
고 잡시다 당신.)

☆隱口乃 豊泊瀨道者 常滑乃 恐道曾 恋由眼   (11 · 2511)
(고모리쿠노 하쓰세 길은 항상 미끄러워 방심할 수 없는 길이에요. 상념에 젖는
것도 적당히.)

☆味酒之 三毛侶乃山爾 立月之 見我欲君我 馬之音曾爲   (11 · 2512)
(미모로 산에 떠오른 달을 기다리다 못해 만나고 싶은 당신의 말발굽소리가 들려
오네요.)

위의 노래에서 2509의 「돌담연못(石垣淵:이와카키후치)」은, 히토마로 작가
207번 노래에도 감추어놓은 아내를 「돌담연못 같이 남모르게 연모하고 있었
던 여인(磐垣淵之 隱耳 恋管在爾)」으로 묘사되고 있는 것을 알 수 있다. 이처
럼 숨겨 논 애인(처)과의 은밀한 사랑의 밀회를 나누었던 모습들에서 개인서
정이 깊게 반영된 모노가타리식 이야기로 노래가 읊혀지고 있다는 사실을
부정할 수 없을 것이다. 이러한 비약체가의 또 다른 예가되는 상기의 칠석가
(1998-2001)를 두고, 앞의 코오노시 씨는,

단적으로 말하면, 약체가→비약체가 라는 전개는 히토마로에 있어서 「창작
하다」고하는 의미의 전환을 포함하는 것이다. 「작가」로서의 히토마로가 성립하
는 과정이다. 라 말해도 좋겠다.(97쪽)

작가로서의 개인적인 서정성의 성립과정을 세론하고 있는 것이다.

2. 히토마로 노래의 개인서정으로 이륙

이와 같이 히토마로의 「個(개인)서정의 離陸」과 발현은, 다음에 예시한 권 9의 「키이국 노래(紀伊国作歌)」에서 더욱 세밀하게 관찰해 볼 수 있다고 지적하고 있다.

〈키이국 노래〉(紀伊国作歌)四首
☆黃葉之 過去子等 携 遊礒麻 見者悲裳   (9·1796)
(단풍잎의 죽어버린 처와 서로 손잡고 놀던 바위해안을 보니 슬프도다.)
☆塩気立 荒礒丹者雖在 往水之 過去妹之 方見等曾來   (9·1797)
(바다 조수의 향이 나는 거친 해변이기는 하지만, 죽어버린 처의 기념물로 생각하여 왔다네.)
☆古家丹 妹等吾見 黑玉之 久漏牛方乎 見佐府下   (9·1798)
(그 옛날 처와 내가 본 구로우시 갯벌을 보니 쓸쓸하다.)
☆玉津嶋 礒之裏未之 真名子仁文 爾保比爾去名 妹触險   (9·1799)
(타마쓰 섬 갯벌 포구의 잔모래에도 옷을 물들이고 가자구나 그리운 처도 접했을 터이니까.)

이들 히토마로의 가집노래의 예를 들어, 앞의 고우노시 씨는 다음과 같이 논하고 있다.

1796번 노래(見者悲裳)와 1798노래(見佐府下)의 결구인데, 오우미황도가(29번 노래)의 「모모시키 의 궁터를 보니 슬프다(ももしきの大宮所見れば悲しも)」가 공통적인 표기라는 것은 분명할 것이다. 생생한 비애의 감정어를 내던지듯이 노래 한 수를 통괄하는 표현양상은 히토마로 이전에는 인정하기 어렵다. 히토마로의 개인적인 서정의 노래형태라고 할 수 있다. (102쪽)

이렇게, 코우노시 씨는 「히토마로의 短歌 서정의 성숙도가 개인서정의 노래에로 이륙을 완성하게 되었다」고 논하고 있는 것이다. 이에 덧붙여, 「이러한 단가의 성숙도에 의하여, 소위 長歌도 단가와 같이 개인서정에 이끌려가는 전개양상을, 작가가 노래를 짓는 단계로 보아야 할 것이다(107쪽)」고 결론 내리고 있다.

3. 히토마로 長歌의 實體

이번에는 소몽가(相聞歌)로 작가미상의 노래 예를 들어 히토마로 표기와 비교해보자.

式嶋之 山跡之土丹 人多 満而雖有 藤浪乃 思纒 若草乃 思就西 君目二 恋八将明 長此夜乎(시키시마의 야마토국에 사람은 가득 넘쳐있지만 후지나미의 생각이 얽혀 와카쿠사의 마음이 끌리는 당신을 만나고 싶어 사랑에 애태우며 새날을 밝히나. 긴긴 이 밤을.)   (13 · 3248)
式嶋乃 山跡乃土丹 人二 有年念者 難可将嗟   (13 · 3249)
(시키시마의 야마토국에 당신 같은 사람이 다른데도 있다고 생각한다면 무엇을 한탄하리요.)

Ⓐ◎히토마로 처가 사망한 후에 피눈물을 흘리며 지은 노래(人麻呂妻死之 後泣血哀慟作歌)
天飛也 軽路者 吾妹児之 里爾思有者 懃 欲見騰 不已行者 人目乎多見 真根久往者 人応知見 狭根葛 後毛将相等 大船之 思憑而 玉蜻 磐垣淵之 隠耳 恋管在爾 度日 乃 晩去之如 照月乃 雲隠如 奥津藻之 名延之妹者 黄 葉乃 過伊去等 玉梓之 使乃 言者 梓弓 声爾聞而 一云 声耳聞而 将言為便 世武為便不知爾(이하 생략)   (2 · 207)
(아마토부야 가루의 길은 우리처가 사는 마을이기에 진드근히 보고 싶다고 생각하는데, 끊임없이 가면 다른 사람 눈도 있고, 많이 가게 되면, 남이 알게 될 터이니, 나중에라도 만나려고 장래를 기하고서 바위돌담 연못 같이 남모르게 연모하고 있던

146 제1부

참에, 하늘 지나는 태양이 저물 듯, 비취던 달이 구름에 숨듯, 곁에 기대던 처는 단풍
이 허무해져 버렸다고 다마즈사의 使者가 말 하였기에, 그 이야기를 듣고서 말로도
어찌 할 수도 없어서 〈말만 듣고 있을 수 없어〉, 내가 연모하는 천분의 일이라도, 위
로받을 수 있으리오. 하고 내 아내가 항상 나가서 보았던 가루의 시장에 어두커니 서
서 귀 기우리면, 우네비 산에서 우는 새와 같이 목소리조차 들리지 않고, 통행인도
한 사람도 닮지를 않아서, 하는 수 없이 처의 이름을 불러 소매를 흔든 것이네. 혹은
〈소문만 들어둘 수 없어〉 라고 하는 구〉)

★打日刺 宮道人 雖満行 吾念公 正一人(15자)   (11 · 2382)
(우찌히사스-궁가는 길을 사람은 넘쳐 많이 가는데, 진심으로 사랑하는 분은 단
한 사람 뿐)

여기에서 위 작가미상의 노래(13 · 3248-9)와 히토마로 노래의 표기상의
차이점을 비교 언급한 劉争[6] 씨의 논을 소개해 보자.

먼저 위 노래(13 · 3248-9)의 뜻을 살펴보면, 시키시마 국에 내가 사모하는 사
람이 두 사람 있 다고 생각한다면, 어찌 이렇게 한탄하겠는가. 라 하여 「이 세상
에 많은 사람들 중에 내가 연모하는 사람은 한 사람 뿐」이라고 하여 존재감을
나타낸 노래이다. 여기에서 히토마로 노래(雖満行★2382 번과 작가 미상가(3248-
9)를 문자표기면으로 만 관찰해보면, 조사의 쓰임과 일본어적인 한어표기의 차
이(満而雖有(日本語文法 語順과 一致)가 확연하게 들어나고 있다는 현상을 목격
할 수 있겠다.(「満行」는 和製漢語, 「正一人」 는 純漢語)

이처럼 「많은 사람」과 「단 한 사람」이라는 양적인 대비를 통하여 「그님」을
그리는 상념을 강하게 표출하고 자 한 노래이면서도, 관련노래를 통하여 같
은 취지의 노래 표기일지라도 작가에 따라서 필적(표현)을 달리하고 있다는

---

6 劉争, 「柿本人麻呂の漢文受容と独自な漢字表現をめぐって」 - 『万葉集』 第 2382 番歌をき
   っかけに - 神戸夙川(슈쿠가와)学院大学中国語非常勤講師, 153~163쪽.

것으로 미루어 보아, 만요 가나표기의 발달사와 서정의 변화과정을 추론해볼 수 있다고 논하고 있다. 그중에서도 히토마로의 현존하는 지명, 「가루의 길(피눈물을 흘리며 애통해하는)」(輕路: 奈良県橿原市五条野町)노래(207번)에서 「마네쿠(真根久)」의 표기에 주목할 필요가 있겠다. 필자가 이 歌語에 주목하는 이유로, 오노스스무의 『고어사전』을 인용해보면, 「빈도가 많다. 는 조선어 manh와 同源이다」[7]고 해설하고 있어, 고대 백제어일 가능성이 높다고 생각하였기 때문이다. 이어서, 히토마로의 처가 사망한 이후의 노래의 서정성을 관찰하여보자.

◎打蝉等 念之時爾 一云宇都曾臣等 念之 取持而 吾二人見之 走出之 堤爾立有 槻木 之 己知碁知乃枝之 春葉之 茂之如久 念有之 妹者雖有 憑 有之(본문생략)

(2·210)

(이 세상 사람이라 생각하고 있던 때에 손잡고 둘이서 바라보았던 하시리데의 제방에 서있는 둥근느티나무의 여기저기 가지에 봄 잎이 무성하듯 젊다고 생각하고 있었던 처인데, 의지하고 있었던 여자인데, 세상의 도리를 거슬릴 수 없기에 아지랑이 피는 황량한 들에 새하얀 천인의 어깨에 드리운 얇은 천에 싸여 새도 아닌데 아침 집을 나가 이리히사스 숨어 버렸기 때문에, 아내가 추억물로 남긴 어린애가 먹을 것을 달라고 졸라댈 때마다 줄 것이 없어서 남자인 주제에 옆구리에 차서 안고 죽은 처와 둘이서 잤던 마쿠라즈쿠 별채 안에서 낮엔 의기소침하여 지내고 밤엔 한숨만 내쉬어 아침을 맞고 한탄하여도 어찌해야 좋을지 몰라 연모하여도 만날 수도 없기에, 하가이의 산중에 내가 연모하는 처가 있다고 말하는 사람이 있기 때문에 바위를 헤치고 무리하여 왔지만, 그 보람도 없지 않은가. 현세인 이라고 생각하고 있었던 처가 어슴푸레 조차도 보이지 않음을 생각하면.)

(이하 2·211-216 생략)

---

7 大野晋外2人, 『岩波古語辞典』, 岩波書店, 1986, 1198쪽.

IV. 처와 추억을 되새기는 사연이 있는 노래(由縁有 る歌)

앞장에서 제시한 히토마로의 「피눈물을 흘리며 애통(哀慟血泣)해하는 노래」(207-216)에 대하여, 시미즈카쓰히코(清水克彦) 씨[8]는 히토마로 長歌의 실체를 다음과 같이 논하고 있다.

히토마로 長歌의 한 특색은, 끊긴 단락의 흔적이 없다고 하는 것인데, 이것 또한 記紀歌謡와의 중요한 차이점이기도 하다. 그렇다고 한다면, 몇 개의 단락으로 나눠지는 記紀歌謡의 형식을 口誦歌 形式이라고 불리는 것에 대하여, 이것은 記載歌의 형식이다. 人麻呂長歌는 記載歌이긴하지만, 노래를 지음에 있어서 朗唱이라는 형식으로 발표할 것을 예상하고 있었다고 생각된다. 라고하기보다는, 발표하는지에 상관없이, 人麻呂에 있어서는 노래는 곧 구두로 발표해야 만했던 것이 아니었을까. 人麻呂에게는 처의 죽음을 애도하는 작품과 같이, 사적인 長歌도 있고, 실제로 朗唱되어지는 기회가 있었는지 아닌지 의문인 점도 있는데, 그들 작품도 또한, 右에 말한 것처럼 口誦性을 가지고 있기 때문이다.

즉, 위의 시미즈 씨는, 히토마로 장가의 기재능력을 「記紀의 口誦性과는 전혀 취향을 달리하고 있어 그야말로, 口誦歌에서 記載歌가 파생하는 과도기의 작품에 부합하는 実体를 가진 것이다」고 강조하고 있는 것을 알 수 있다.

1. 「피눈물을 흘리며 애통해하다」는 사연의 노래

한편, 이와 유사한 제목을 가지는 「피눈물을 흘리며 애통(哀慟血泣)해하는 사연이 있다(有由縁)」고 적은 후대에 작가미상의 노래(雜歌)들의 예를 들어 보자.

---

8 清水克彦, 『万葉論序説』, 1960, 青木書店, 「口誦歌와 記載歌」 38쪽, 51~52쪽.

ⓑ昔者有娘子 字曰桜児也 于時有二壮士 共誂此娘 而捐生挌競貪死相敵 於是娘子歔欷曰 従古來今未聞未見一女之身往適二門矣 方今壮士之意有難和平 不如妾死相害永息 爾乃尋 入林中懸樹経死 其両壮士不敢哀慟血泣漣襟 各陳心緒作歌二首

(옛날 한 처녀가 있었다. 통칭 사쿠라코 라 하였다. 당시 두 사람의 젊은이가 있어서 함께 이 처녀에게 구혼하려고 목숨 버리고 싸워, 죽기를 결심하고 서로 도전하였다. 이에 처녀는 훌쩍이며 「옛적부터 오늘에 이르기까지 혼자인 여자 몸으로 두 남자에 시집가는 것은 들은 적도 본적도 없어요. 지금에 와서 남자들의 마음을 풀어줄 수도 없어요. 내가 죽어서 결투를 뚝 끊는 방법이외는 없군요.」라고 말했다. 그래서 숲속의 죽을 곳을 찾아 나무에 목메어 죽었다. 두 사람의 젊은이는 슬픔을 견디지 못하여 피눈물이 옷소매를 적셨다. 각자 생각을 진술하여 지은 노래 2수)

春去者 挿頭爾将為跡 我念之 桜花者 散去流香聞 其一　　　　　(16·3786)
(봄날이 되면 머리에 꽂으려고 내가 생각하고 있었던 벚꽃이 떨어져버렸다.)

妹之名爾 繋有桜 花開者 常哉将恋 弥年之羽爾 其二　　　　　(16·3787)
(그녀의 이름 사쿠라코 란 이름과 인연이 있는 벚꽃이 핀다면, 줄곧 연모하게 되려나? 매년같이)

ⓒ或曰 昔有三男同娉一女也 娘子嘆息曰 一女之身易滅如露 三雄之志難平如石 遂乃彷徨池上 沈没水底 於時其壮士等不勝哀頽之至 各陳所心作歌三首 娘子字曰縵児也

(또 다른 사람의 이야기로는 옛날 세 사람의 남자가 동시에 한 여자에 구혼하였다. 처녀가 한탄하여 하는 말이 「한 여자의 몸으로 사라지기 쉬운 것은 이슬 같이 허무하고, 세 남자의 마음을 가라앉히기 어려운 것은 바위 같다」고 말하였다. 이윽고는 연못주변을 맴 돌다가 물속에 빠져 죽었다. 이에 두 젊은이들은 한없는 슬픔을 참지 못하고 각자의 생각을 진술한 노래 3수. 처녀이름은 통칭 가즈라코 이다.)

無耳之 池羊蹄恨之 吾妹児之 來乍潜者 水波将涸　　　　　(16·3788)
(미미나시의 연못이 원망스럽다. 그녀가 와서 빠졌을 때 물이 빠져주었으면 좋았을 텐데.)

足曳之 山縵之児 今日往跡 吾爾告世婆 還來麻之乎　　　　　(16·3789)

(아시히키노 야마가즈라코가 오늘 가버린다고 나에게 알려줬다면 돌아왔을 텐데.)

〈二〉· 足曳之 山縵之児 如今日 何隈乎 見管來爾監　　　　　　　(16 · 3790)

(아시히키노 야마가즈라코는 오늘(바로) 보고 온 것 같아, 어떤 굽어진 길을 보면서 왔던 것일까.)

Ⓐ의 히토마로 장가를 비롯하여, 위에 제시한 Ⓑ도 「피눈물을 흘리며 애통(哀慟血泣)해하는 사연이 있는(有由縁)」노래에 대하여, 코오노시 씨[9]는,

　　奈良朝이후(万葉第三期以後)의 새로운 노래형식으로 보면 「由緣」이 작용하게 하는 조건으로 노래의 자립성으로의 시점을 확보한 위에, 구체적으로는, 가요 모노가타리 선상에 있는 모노가타리적 방법과 양식의 자각에 의한 것으로 파악되어진다는 판단이다. 원래의 口誦歌의 흐름에서 받아들여져, 새로운 의식에 의하여 「由緣」과 우타와 새로운 각도에서 받아들여져 그러한 작용이 합치되어 「사연이 있는」 노래의 형식으로 정착되어졌던 것이다.(文字의 意義 · 表記問題 등에 관해서는 稲岡耕二 『万葉表記論』 및 神野志의 「書評 伊藤博氏〈歌語り〉論을 巡って」 등의 논고를 참고하였음.)

고 「사연이 있는」 노래의 형식이 중국시의 형식을 모방하여 「由緣」이라 기록하고, 우타(노래)도 연작으로 구성한 또 하나의 형태(題詞的左注)와 함께 우타를 창작해내는 새로운 노래의 세계를 발견하였다」고 우타모노가타리적

9　伊藤博 · 稲岡耕二, 『万葉集を学ぶ』(第七集), 神野志隆光 「伝云型と歌語り」 有斐閣選書, 1988, 138~9쪽.
　　▶ 〈쓰다〉고 하는 우타(歌)가, 확립된 노래의 독립이라는 것ー「和歌的言語의 卓越性」 이 하나의 条件이기는 하지만, 「우타모노가타리(歌物語)」的인 양식(形式)을 취한다는 것은, 여기에 더하여 中国詩의 형식이라든지, 본래노래는 실질적으로 有由縁歌였다. 라든가 하는 것을 가지고 온전하게 설명이 완성되지 않았을까. (중략) 본래 별개의 口誦歌였던 우타와 説話가 口誦을 가지게 되는 것도, 여기에서 파악하면서 「우타모노가타리」的이라고 부르는 것과 같은 모습(方法)의 生成을 추구하지 않으면 안 되었을 것이다.

인 형태의 발전단계를 논하고 있는 것이다. 결국, 작가미상의 ⒷⒸ노래에서
는, 전설을 듣고 작가의 시정을 표출하고 있다는 점과 달리 히토마로 노래에
서는 처와의 개인적 경험에 우러나오는 서정을 피력하고 있는 점이 모노가
타리의 관점에서 분명한 차이점을 보여주고 있다고 추론할 수 있을 것이다.
마지막으로 전형적인 우타모노가타리의 형태를 가지는 다음의 노래를 예시
하여보자.

2. 「타케토리 오키나(竹取翁(할아버지))」의 物語的인 노래

Ⓓ昔有老翁(題詞 원문생략)   (16 · 3791)

(옛날 한 할아버지가 있었다. 통칭 타케토리 오키나 라 하였다. 이 노옹은 봄 끝
인 3월 언덕에 올라 먼 곳을 바라보았다. 때마침 국을 끓이고 있던 아홉 명의 처녀를
만났다. 다채로운 교태는 따라올 자가 없고 꽃과 같은 아름다운 얼굴은 비교할 수
도 없다. 그런데, 이 처녀들이 할아버지를 불러 놀리듯 한 기분으로 말하기를 「할아
버지 오셔서 불을 불어서 지펴주세요.」라 말하였다. 그래서 할아버지는 예! 예! 하고
어슬렁거리며 가서 그 자리에 앉았다. 잠시 후 처녀들은 모두 함께 방실거리며 서로
밀치며 「누구예요 이 할아버지를 부른 자가」라 말했다. 그기에 타케토리 옹이 황송
해하며 말하기를, 「불현 듯 선녀들을 뵈었습니다. 당혹스러운 내 마음은 어쩔 수 없
습니다. 버릇없이 다가온 죄는 가능하다면 노래로 보상해 드리죠.」라 말하고 이에
지은 노래.)

綠子之 若子蚊見庭 垂乳爲 母所懷 襁褓 平生蚊見庭(이후본문생략)

                                                        (16 · 3791)

(갓난아기 어린 머리일 때는 어머니 품에 안기어 끈 달린 옷을 감싸던 유아의 머
리인 때는 하얀 천 조각 옷을 뒤로 기워 입고 둥근 목닫이 양복 소년의 머리일 때는
홀치기염색의 소매를 붙인 옷을 입고 있었던 내가 빛나듯 아름다운 여러분과 같은
나이 때는 검은머리를 빗으로 빗어서 이 정도까지 늘어뜨려 묶어 올려서 상투로 묶
는다든지 풀어헤쳐서 소년의 모습으로 해보기도 하고 붉은 색감의 멋있는 색상인
보라색의 화려한 무늬 옷인 스미요시의 먼 마을 오노의 오리나무로 물들인 옷에 코

마 비단을 띠로 누벼 기운 겹옷을 입고, 오미왕자들이랑 재력가들이 북나무로 날실을 맞추어 짜는 베인데, 햇빛에 말려서 손으로 짠 삼베옷을 이나키 처녀가 구혼하려고해서 내게 준 저쪽분의 능직비단 양말과 아스카 남자가 장마 비에 젖지 않도록 하여 기운 검은 구두를 신고 정원에 우두커니 서 있으니 가지 말아 주세요. 라고 말리던 처녀가 건성으로 듣고 내게 주었던 엷은 감색의 비단 띠를 끌어당기듯 띠로 하여 카라(한식) 띠를 붙여 와타쓰미의 궁전지붕에 뛰어 걸쳐 나나니벌 같은 가는허리에 붙여 장식하고, 거울을 옆으로 걸어놓고 자신의 얼굴을 여러 각도에서 꼼꼼히 보고, 봄이 되어 들 주변을 배회하면 풍류라고 나를 생각했는지 꿩조차도 와서 울며 날아 돌고, 가을이 되어 산 주위를 가면 좋으리라고 날 생각한 건지 구름조차도 느긋하게 놀고 가네요. 되돌아오면 궁을 섬기는 궁녀라. 도네리(仕官)들도 살짝 되돌아보고는 명문자제일까요 하고 생각하시고 있었지 않았을까요. 그 옛날 이렇게도 화려했던 내가 어찌된 일인지 오늘에 여러분에게 정말일까요? 라고 생각하신 건 아닐까요. 옛 賢人도 후세에 귀감이라도 되고자 노인을 버리려고 갔던 차를 데리고 돌아왔다고 하네.)

反歌二首·死者木苑 相不見在目 生而在者 白髪子等丹不生在目八方

(16·3792)

(죽었다면 서로 보지 않아도 되련만, 살아있다면 백발이 여러분에게 생기지 않겠어요.)

白髪為 子等母生名者 如是 將若異子等丹 所曽金目八   (16·3793)

(백발이 여러분에게도 자란다면 이런 식으로 젊은 사람들에게 바보취급당하며 있을 수 있겠어요.)

娘子等和歌九首·端寸八為 老夫之歌丹 大欲寸九児等哉 蚊間毛而将居

(16·3794)

(정말이네 할아버지 노래에 멍하니 듣고 있던 아홉 명의 우리들은 감동하고 있습니다.)

辱尾忍 辱尾黙 無事 物不言先丹 我者将依   (16·3795)

(창피함을 견디고 수치라 알고 경망스러운 말을 하기 전에 우선 내가 다가가죠.)

二·否藻諾藻 随欲可赦 児所見哉 我藻将依(16·3796이하 3800까지 생략)

(부정도 긍정도 모두 맡기고 무례함을 용서해 줄 것 같은 모습이실까요. 나도 의
지해 봅시다.)

七 · 墨之江之 岸野之榛丹 〃穂所経迹 丹穂葉寐我八 丹穂氷而将居
(16 · 3801)

(스미요시의 언덕들에 오리나무로 물들이려하여도 좀처럼 물들지 못하는 내가 함
께 물들어있는가.)

八 · 春之野乃 下草靡 我藻依 丹穂氷因将 友之随意　　　(16 · 3802)
(봄들에 밑 풀까지 나부끼듯 나도 사귀어 흉내 내어 따르지요. 여러분과 함께.)

九 · 昔者有壯士与美女也姓名未詳 不告二親窃為交接於時娘子之意欲
親令知(16 · 3803)

(옛날 젊은이와 미녀가 있었다. 이름은 모른다. 부모님께 고하지 않고서 남몰래 사
귀었다. 그때 처녀의 마음을 부모에게 알리려고 생각했다. 이에 노래를 지어서 상대
남자에게 보낸 노래에.)

隠耳 恋者辛苦 山葉従 出來月之顕者如何 右或云男有答歌者未得探
求也
(16 · 3803)

(남몰래 연모하고 있으니 괴로워요. 산마루로부터 떠오르는 달과 같이 나타나면
어떨까요.)

하시모토시로 씨[10]는, 위의 「타케도리 오키나(竹取翁)」노래의 反歌二首에
관하여, 다음과 같이 논하고 있다.

　　卷十六의 「有由縁雑歌」는, 卷頭에서 三八〇五까지는, 詞書에 노래의 由来

10　앞의 주9)와 같은 책, 橋本四郎, 「竹取翁の歌」, 125 · 128~9쪽.
　　反歌의 존재그자체가, 口承的인 芸謡의 단계가 아닌 기재문예로서 享受되어지는 단계에서
　　있을 수 있는 것이라고 생각되는 것도, 이것이 長歌後半과 밀접하게 관련되어 있다는 것을
　　보여주고 있다. 이 二首는 모두 反語로 이어져있다. 처녀들에게도 늙어지는 날이 도래할 것
　　이라고 확신하면서, 해당 처녀들 한 사람 한 사람에게 그날을 어떻게 받아들일 것인가 하고
　　되묻는 자세이다. 그런 의미로 反歌는 和歌九首를 이끌어내는 역할을 겸비하고 있다(124쪽).

를 설명하는 歌群으로 일관성을 가지고 있다. 卷頭에는 桜児 및 縵児를 둘러
싼 妻를 쟁탈하고자 하는 비극의 노래를 배치하였고, 竹取翁의 뒤에는 서로 허
락하면서도 남의눈에 보이지 않게 하지 않으면 안 되는 사랑노래(三八〇三) 와
想思相愛의 男女가 떨어져있는 슬픔을 노래한 三八〇四~五가 나열되어 있다.
그 중간에 竹取翁 노래도 사랑이야기(恋の物語)이고, 연결되지 못한 사랑과, 이
어진 후에 사랑의 중간에 위치하는 것은, 사랑의 결실을 주제로 하는 노래로,
編者에 의하여 읽혀졌기 때문일 것이다.

즉, 스토리텔링의 사랑이야기를 중심으로 사랑의 결실을 주제로 편자에
의하여 새로 편집되어졌다고 논하고 있는 것이다.

Ⓔ昔者有壮士(題詞생략)
(옛날 한 장정이 있어 새로 혼례를 하였다. 얼마 지나지 않아 뜻하지 않게 驛使의
일을 담당하고 먼 지역에 파견되었다. 공무에는 규정이 있어 아내를 만나려 해도 일
자가 잡히지 않았다. 거기에 처는 슬퍼 탄식하며 병으로 침상에 누웠다. 수년 뒤에 남
편은 돌아와서 보고를 마쳤다. 재빨리 아내 곁에 다가가서 만났더니 아내의 얼굴 모
습이 너무나도 피폐해진 이상한 모습으로 말로 할 수 없을 정도로 흐느껴 울뿐이었
다. 이에 남편은 슬퍼 탄식하며 눈물을 흘리고 노래를 지어 읊조렸다. 그 노래 한수.)
　　如是耳爾 有家流物乎 猪名川之 奥乎深目而 吾念有來　　　　　(16·3804)
(이렇게까지 무심하였다는 것도 몰랐구나. 이나 강의 마음속 깊이 나는 생각하고
있었던 것이네.)
　처녀는 누운 채로 그 노래를 듣고, 베개에서 머리를 들어 그 소리에 답한
노래
　烏玉之 黒髪所沾而沫雪之 零也来座ふるにやきます幾許恋者ここだこ
ふれば　　　　　　　　　　　　　　　　　　　　　　　　　　　(16·3805)
(검은 머리도 젖어서 가랑눈 내리는데 와주신 것입니까. 이렇게 애타는 기다림이
기에.)
　今案 此歌其夫被使既経累載而当還時雪落之冬也 因斯娘子作此沫雪之

句歟

(지금 생각해보니, 그 남편이 驛使로 파견되어 이미 수년이 흘러서 돌아왔을 때는 마침 눈 내리는 겨울이었다. 그래서 처녀는 이 가랑눈 운운하며 노래를 지은 것이다.)

事之有者 小泊瀬山乃 石城爾母 隱者共爾 莫思吾背　　　　　(16·3806)

(무슨 일이 있으면 오바쓰세 돌 성에라도 숨는다면 함께합시다. 고뇌하지마세요 당신.)

右伝云 時有女子 不知父母窃接壮士也 壮士悚惕其親呵嘖稍有猶預之意 因此娘子裁作斯歌贈与其夫也(오른쪽 전하여 말하기를, 옛날 처녀가 있어 부모 모르게 남몰래 남자와 사귀었다. 이 남자는 여자 부모에게 혼날 것을 두려워하여 점점 망설이는 기분이 되었다. 그기에 처녀는 노래를 지어 그 남편에게 보내주었던 것이다. 고 한다.)

安積香山 影副所見かげさへみゆる 山井之 浅心乎 吾念莫国　(16·3807)

(아사카 산의 그림자까지도 보이는 청징한 산 우물과 같이 얕은 마음으로 난 생각지 않아요.)

右歌伝云(差註생략) (오른쪽 노래는 전해온 이야기에 의하면 카쓰라기 왕이 미치노구니에 파견되었을 때, 그 나라 국사의 접대가 매우 예에 벗어났다. 그기에 왕의 기분이 좋지 않아 노한 표정이 얼굴에 나타났다. 음식의 향연을 준비하였지만, 조금도 즐기지 않았다. 그때 시녀인 우네메가 있어서 풍류의 처녀였다. 왼손으로 술잔을 바쳐 오른 손으로 물을 들고 왕의 무릎을 두드려 이런 노래를 불렀다. 곧 왕의 마음은 풀렸고, 온종일 즐겁게 마셨다고 한다.)

墨江之 小集樂爾出而 寤爾毛 己妻尚乎 鏡登見津藻　　　　　(16·3808)

(스미요시의 우타가키에 나가서 꿈같은 게 아닌, 내 아내이면서도 거울 같이 그 이상 없이 보인다.)

右伝云 昔者鄙人 姓名未詳也 于時郷里男女衆集野遊 是会集之中有鄙人夫婦 其婦容 姿端正秀於衆諸 乃彼鄙人之意弥増愛妻之情 而作斯歌賛嘆美也

(오른쪽 전하는 말에 의하면, 옛날 시골사람이 있었다. 이름은 미상이다. 어떤 때에 마을의 남녀가 많이 모여서 우타가키를 하였다. 참가자 중에 신분이 미천한 부부

도 있었다. 그 아내의 모습이 잘 정돈되어 있는 것이 모든 사람들 보다 나았다. 그기에 그 미천한 자의 마음속에 더한층 처를 사랑하는 마음이 증가했다. 그기에 이 노래를 지어 아내의 미모를 찬탄하였다고 한다.)

味飯乎 水爾釀成 吾待之 代者曾无 直爾之不有者   (16・3810)

(맛있게 찐 쌀을 양조하여 술을 빚어 내 기다린 보람도 전혀 없다. 그 사람 본인이 온 게 아니니까.)

右伝云 昔有娘子也 相別其夫望恋経年 爾時夫君更取他妻正身不來徒贈裹物 因此娘子作此恨歌還酬之也(오른쪽은 전하는 말에 의하면, 옛 처녀가 있었다. 그 남편과 이별하여 원망스럽게 생각하면서 몇 년이 지났다. 그 때 남편은 다른 여자를 얻어 본인은 오지 않고서 선물만을 보내왔다. 이에 처녀는 이 원한을 노래로 지어 답장을 하였다고 한다.)

위에 예시한, 『만요』권16의 권두가에는 노래들은 모두 「사연이 있다(有由緣)」고 제목으로 설명해주고 있다. 이들 노래에 대하여, 미사시히사시(見崎壽) 씨[11]는 「伝云型에서 左注的題詞型으로의, 記載文芸로서의 展開」라는 논제 중에 「万葉時代에 이미 우타모노가타리(歌語り)가 발생하였다고 보고, 더욱이 그 시기를 지토(持統)朝前後이지 않을까」라고 推論하였다.

다음으로 ⑩의 타케토리 오키나의 노래도 남녀 간의 어떤 사연을 노래하고

---

11 앞의 주9) 과 같은 책, 見崎壽, 「左注的題詞型と歌語り」有斐閣選書, 1988, 102~112쪽. 伊藤博(「万葉の歌語り」 「万葉集の表現と方法」 上의 第三章에 収録되어 있다.)는, 左注的題詞型의 物語는 민간뿐만 아니라 궁정 귀족사회에 있어서 口承되어 류포하였다는 개연성이 높다고 말할 수 있을 것이다. (110쪽) 益田勝実 씨는 「上代文学史稿案」(『日本文学史研究』四号)에서 이러한 설화를 前代以来의 口承의 흐름과는 완전히 별개인, 平安朝貴族社会가 새롭게 만들어 낸 고유한 장르라고 파악하고, 이것을 平安朝諸文献에 종종 등장하는 「歌語り」의 말로 표현 할 것을 제안하였다. 이러한 益田説의 출현은 歌物語의 형성에 관한 학설의 코페루니쿠스的 인 전환을 가져왔다. 고 평가하였다. (中略)伊藤는 和歌의 측면에서, 抒情詩로서의 和歌의 確立時期가 우타모노가타리 発生과 밀접한 관련을 가지고 있다고 보고 있는 것이다. 또한 歌謡 와 「結縁」에 대하여, 中国文芸의 詩序+詩의 形式을 모방하여 左注가 아닌 題詞에 説話를 再現・定着하였다고도 논하여, 쓰여 진 文芸로서 一歩전진한 형식도 시도되어졌을 것이라 고 논평하였다.

있는데, 오노히로시(小野寬) 씨[12]는 「타케도리 오키나」의 표현구 중에 「値レ花」와 「百嬌無レ憐, 花容無レ止」의 표기는 중국소설 『遊仙窟』의 문장을 모방한 것이라고 지적하였다. 그 내용을 요약하면, 타케토리 오키나가 아홉 명의 처녀 신선을 만나, 옛날 자신에게도 화려했던 시절이 있었다고 상기하며 이야기를 들려주면서 자신이 현재로 쓸쓸한 老軀를 맞이하게 된 사연을 悔恨하며, 처녀 신선들에게 보상해주려는 마음의 노래로 구성되어 있는데, 이러한 노래의 성격을 「한 노인을 용서하려는 희극적인 구성」이라 논평한 쓰치야붐메(土屋文明) 씨 『私注』의 해설을 받아들여, 「말하자면, 神仙譚이 아닌 일종의 好色譚이고, 연애보고서」라고 논하고 있다. 이어서, 쓰치하시유타카(土橋寬) 씨[13]는 万葉集의 ① 「竹取翁歌」에 대한 독자적인 고찰을 하여 다음과 같이 논하고 있다.

万葉初期의 노래는, 呪歌에서 抒情詩로의 전환기의 노래다. 히토마로의 宮廷讚歌는 寿歌의 전통을 이어받으면서, 주술적 성격은 후퇴하고 抒情的性格이 강해져 있고, 相聞歌나 挽歌는 이미 완전한 抒情詩라 할 수 있겠다. 황후의 (147倭姬皇后)노래는, 先呪術的言語와 呪詞와 抒情詩와의 관계를 示唆하는 흥미깊은 예라 할 것이다. 이 타케토리오키나(竹取翁)의 우타모노가타리(歌物語)는 옛 설화에 중국의 神仙小説的脚色을 첨가하여, 孝子伝의 原穀故事를 적어 넣든지 한, 奈良朝知識人의 새로운 작품으로 생각되며, 이 모노가타리의 기본이 되는 내용은 일본 고유의 것이다.

재차 위 쓰치하시 씨의 논을 부연설명하자면, 「漢文序의 내용은 거의가 그대로 고대 일본의 하나미(花見)·야마아소비(山遊び)의 행사정경을 보여주는 것이다. 고대일본 詩歌의 源流가 되는 발생基盤이 되었을 뿐만 아니라,

---

12 小野寬, 万葉集의 「竹取翁」, 国語国文論集 第二十号 学習院女子短期大学国語国文学会, 1991·3, 22쪽.
13 土橋寬, 「講座·日本の古代信仰·4·呪祷と文学」, 昭和54年11月 学生社, 23쪽. 「竹取翁」の 歌をめぐる諸問題」日本文学Vol. 8(1959) No. 3·19(157~165쪽)

모노가타리(物語)의 어버이인 타케토리모노가타리(竹取物語)를 비롯하여 옛 날이야기의 기본이 되는 竹取爺, 柴刈爺의 이야기의 발생기반이기도 하였 다」고 논하고 있는 것이다.

V. 히토마로 세도카(旋頭歌, 1287)와 「요사미(依羅)」의 전승

지금까지의 논점들을 재정비하여, 핵심이 되는 스토리텔링 하고자 하는 내용과 직결되는 히토마로의 「이야기하자(또는, 해보세: 物語為)」(7·1287)노 래를 검토하여보자.

★青角髪 依網原 人相鴨 石走 淡海県 物語為(17字)　　　　　(7·1287)
(아오미즈라 요사미들에서 누군가를 가서 만날 수 없을까. 이와바시루 오우미현 의 이야기하고 싶네.)

먼저 위에 예시한 1287번 노래는 히토마로의 세도카(旋頭歌)이면서도 조 사를 생략한 간단한 표기 형태를 가지는 약체가에 속한다.

1. 마쿠라고토바(枕詞) 「아오미즈라」와 「이와바시루」

필자는 앞장에서 히토마로 노래의 기록술을 개관하여 보았는데, 처음에 는 口承(구전)전설의 가요적인 기록문학에서 출발하여, 다음으로 와카의 정 형시를 지었고, 이윽고 작가가 허구성을 가미해가며 각색하여 개인의 서정 을 탁월하게 표출해낸 우타모노가타리 문학에로의 전개과정을 살펴볼 수 있 었다. 이렇게, 「모노가타리」라는 말이 히토마로에 의하여 奈良時代에 이미 사용되어졌는데, 야나기타쿠니오 씨[14]는, 「원래 그 전에는 가미가타리(神語)

14　柳田國男：「遠野物語」(柳田國男에 있어서 他民族인 도오노의 타미(遠野の民)의 「神語」

혹은 가미고토(神言)라는 말로 쓰이고 있었다. 이들은 자신들 씨족의 조상의 혼이라 부르는 선조의 霊이 말하는 것을 듣는 주술적 행사의 일환으로, 이를테면 이타코(巫女. 샤마니즘에 근거한 신앙習俗上의 직분.)가 혼령이 내려오는(霊降し)것과 같은 뜻으로, 선조의 좋은 혼령의 말을 듣는 것과 같은 의미에서 기록이 시작되었다」고 한다. 다시 해석하자면, 선조가 꿈속에서 침상(夢枕)에 나타나 「가미가타리」와 같은 이야기를 전하였다고 생각하여도 좋을 것이다. 그렇다면, 그와 같은 씨족 중심의 신화를 기록한 『古事記』는, 기억력이 출중한 히에다노아레(稗田阿礼)에 의해 구송(誦習)된 내용을 칙어(旧辞)로 筆録한 사람이 오노야스마로(太安萬侶)인데, 어찌하여 기록에 능한 자질을 갖추게 되었는가를 파악하기 위해서는 오노야스마로의 가계의 실체를 살펴볼 필요가 있겠다.

실제로, 「오노야스마로의 할아버지가 오노코모시키(多臣蒋敷)(和州五郡 神社의 神名帳大略注解에 실려 있는 久安五年多神社注進状에는 야스마로의 祖父)이다. 이분이 당시에, 아지마사(檳榔)・타쿠쓰(多来津)에 파견되어, 군사 五千여명을 이끌고 백제本国을 지키러 보냈는데, 백제에 돌아간 豊璋王子에게, 오씨(多氏)의 여성이 시집갔다고 하는 것은, 오씨가 백제어에 능통한 백제왕족과 혈연관계가 깊은 귀화인이었다는 것을 보여주는 것으로, 百済와 특별한 관계를 가진 인물이라 유추할 수 있다.」[15]고 백제계 도래인의 후손이라는 것이 역사연구가인 하루노가즈토(春野一人)의 고찰로 밝혀지게 되었다.

한편, 위의 1287노래에서 제일먼저 눈에 띄는 것은 地名을 수식하는 마쿠라고토바가 가타우타(片歌)의 앞부분에 각각위치하고 있다는 특징을 보

이고, 「悪霊語」 또는 「神秘物語」 로 되어 있다. http://dostoev.exblog.jp/15287134/(검색일 2017. 8. 31.).

15 春野一人, 텐지(天智)天皇元年(661) 9월에, 황태자(天智天皇)는 나가쓰(長津)宮(博多)에 들어 갔다. 그리고 衣類冠을 백제왕자 豊璋에 수여하였다. 오노야스마로가 『일본서기』成立直後 에 宮廷에서 오랜 시간 공들인 최초의 講読会를 博士(研究者)로서 講義의 주최자가 되었다.: (http://ncode.syosetu.com/n5099y/248/(검색일 2017. 8. 28.).

이고 있다. 다르게 표현하자면, 마쿠라고토바가 지명 앞에 놓여서 그 지역의 祖靈과 地靈을 불러일으켜 성스러운 외경의 마음을 표하고자 하였던 것이다. 어쨌든 작가 히토마로의 입장에서 보면, 이런 마쿠라고토바의 사용은 와카(和歌)의 장중한 음조를 情景묘사와 함께 조율하여, 시적인 감흥을 한층 고양시키고 수사(레토릭)적인 효과를 극대화하고 상징화하고 자한 노래라 생각된다.

그 첫 번째로 「아오미즈라(青角髪)」의 표기는 일본의 상고시대에 귀족남성들의 머리 형태를 표현한 것으로, 이는 「青牛」[16]를 히토마로 노래에서 「구로우시(黒牛9·1672)方」로 표현한 것처럼 신선설화와 깊은 관련을 가지는 표기형태라 유추할 수 있다. 또한 고분시대의 남성 하니와(埴輪) 등을 참조해 보면, 「위로 감아올린 머리」와 「아래로 감은 머리」가 있는데, 일반인에게는 전자의 머리형태가 많았고, 후자는 귀인(신분이 높은 자)의 머리 형태였다고 생각된다. 무엇보다 이 노래에서 중요하다고 생각되는 것은, 머리 형태보다는 당시로서는 첨단문화에 감수성을 가진 헤어스타일의 젊은이들이 많이 거닐던 요사미지역의 모습을 상징적이며 암묵적으로 재현해주고 있다고 추론할 수 있겠다. 당시에 이런 백제의 선진문화에 대하여 세키아키라 씨[17]는 다음과 같이 논하고 있다.

백제의 문화는 남북조문화의 계통을 받아, 그 말기에는 상당히 퇴폐적인 문화를 띄고 있는 것같이 보이나 그래도 (일본 야마토) 조정의 호족에게는 선진문화이고, 日唐교섭 中斷期를 연결하는 귀중한 수혈의 역할을 하였다. (중략)닌토쿠천황 때에 秦人 혹은 신라인의 역할로 마무다(茨田)[18]에 제방을 쌓고 못을

---

16 정재서, 『不死의 신화와 사상』, 민음사, 1994, 79쪽.
　　신선으로서의 노자가 외뿔의 青牛를 타고 다녔다는 후대의 설화적 발상은 유니콘 상징에 의해 유추할 때에 그것이 『산해경』에서 비롯된 것임을 알 수 있다.
17 関晃, 『帰化人』, 支文堂, 1975重版, 87, 142~3쪽.
18 大野晋·坂本太郎·家永三朗·井上光貞, 『日本書紀(上)』, 岩波書店, 1979, 395쪽.
　　닌토구천황(仁德天皇)13년 秋九月조에 마무다미야케(茨田屯倉)를 세웠다.

만들었다(応神紀七年九月), 또 와니 못(丸邇池)과 요사미 못(依網池)을 만들었다.(古事記仁徳段) 4세기말이나 5세기 초경부터 귀화인의 기술을 이용하여 대규모의 농경지 개발이 畿内에서 행하여졌다는 것을 확인 할 수 있겠다.(중략) 망명자 중에는 승려가 꽤 포함되어 있었다. 백제 승, 法藏은 음양박사로(持統紀), 또 의약에 해박하다고 하여 템무(天武)천황의 치료를 위하여 미노에 白朮로 달인 약을 지었다(天武紀)고 한다.

이와 같이, 백제의 선진문화가 일본조정에 끼친 영향은 지대하였다고 말하지 아니할 수 없을 것이다. 다음으로 두 번째 마쿠라고토바「이와바시루」에 대하여 槪略해보면, 仙人이 비상하기 쉬운 장소로서「昇仙하는 돌다리(橋·梁)」의 개념[19]을 상징화한 신선사상에서 유래된 和語라는 것을 논증할 수 있으며, 이 역시 히토마로가 상용한 歌語「石走 淡海国乃 樂浪乃 大津宮爾(近江荒都歌,권1·29번)」와 똑같은「이와바시루」와「오우미」국이 묘사되어 있어, 히토마로 필적이 틀림없다는 것을 확인할 수 있겠다. 그렇다면 이번에는「이와바시루」가 수식하는 오우미현(淡海県)에 대하여 살펴보자.

2. 이와바시루(石走) 오우미(淡海)県의 문화사적 요소

상기의 노래(1287)에서는「오우미현(淡海県) 이야기를 해보세」라고 노래하였는데, 이러한 지명 오우미와 관련하여 제일먼저 히토마로의 오우미황도가(29번)를 떠올리게 된다. 주지하듯이, 오우미황도가(29)는 텐지(天智) 6년(667)에 오우미오쓰(大津)宮으로 천도한 이후로 폐허가 된 궁터를 보고 옛 영화를 그리워하며 슬퍼하는 노래다. 한편, 오우미의 새로운 도읍지로 천도한 이유를 일본 사학자들은「텐지 2年(663) 7월에 백제救援을 위하여 파견된 수군은, 신라연합국·唐水軍에 의하여 반도의 白村江에서 壊滅的인 大

---

19 졸고,「동북아문화연구」「人麻呂の明日香皇女挽歌における「石橋渡」と「打橋渡」一考察」제45집, 2015, 323~345쪽.

敗였다. 그래서 오우미로 천도한 주된 이유로는 唐·新羅連合軍의 침공에 대처하기 위함이라.」[20]고 해설하고 있다.

뿐만 아니라, 텐지4年(665)에, 「백제유민 4백여명을 오우미국 카미사키고을(神前郡)에 두었다.」[21]고 기록하고 있다. 이와 같은 역사적 사실을 토대로 모노가타리의 발생기반을 유추해 볼 수도 있겠고, 또 다른 측면에서 지명과 관련지어 모나가타리의 생성배경을 고찰해 볼 수도 있을 것이다. 그렇다면, 이번에는 오우미(近江·淡海)의 지명관련 설화를 모노가타리식으로 그 유래를 전하고 있는 『풍토기』[22]의 예를 살펴보자.

옛날 오우미천황 때 와니베노소나에(丸部具)라는 사람이 있었다. 이는 나카가와리(仲川里)사람이었다. 이 사람은 코후치국(河內国)토노키촌(兔村)사람이 소유하고 있는 검을 매수했다. 그런데 이 검을 입수한 뒤로는 일가가 전부 죽어 몰락해 버렸다.(중략) 이누이는 극히 영묘하기 이를 데 없는 검 이라고 하여 조정에 헌상하였다. 그 후 키요미하라조정(清御原朝)의 684년 7월에 소네노무라지마로(曾禰連麿)를 파견하여 그 검이 원래 있던 곳으로 보냈다. 지금도 이 마을의 미야케(官倉)에 안치하고 있다.

위의 지명설화에서 마을에 설치되어진 미야케(官倉)를 눈여겨 볼 필요가 있을 것이다. 예로 쿠니우미신화(国生み神話)는, 원래, 아와지(淡路)의 아마족(海人族)이 전한 「섬을 낳는 신화(島生み神話)」에서, 야마토朝廷이 아와지에 미야케(屯倉)[23]를 설치하고, 섬(淡路島)을 직접 지배하에 두고, 「미케쓰쿠니(御食津国)」라 불러, 식료를 공헌하는 특별지역으로 정하였던 배경으로, 아와지(淡路)의 아마족이 옛 부터 전해온 「神話」가 宮廷에 전해

---

20 http://www.bell.jp/pancho/travel/oumi/ootunomiya.htm(검색일 2017. 8. 30.).

21 桜井満, 『年表万葉文化誌』, 오우후우, 1995, 37쪽.

22 강용자외 1명, 『일본풍토기』 「播磨風土記」, 동아대학교 출판부, 1999, 126~7쪽.

23 http://www.nagate.com/kuniumishinwa/(검색일 2017. 9. 10.).

져, 때마침 『古事記』나 『日本書紀』의 編纂期(奈良時代)와 겹쳐지므로, 壯大
한 「쿠니우미神話」가 말로 전해지던 이야기가 기록되게 된 것이다. 고 추
론하고 있다.

또한, 위의 『풍토기』의 예에서, 나카가와리 사람의 보검에 대한 이야기를
전하게 된 것도, 그 지역의 씨족(호족)이 관장하는 미야케에 보검을 안치하
게 된 결과가 계기가 되어, 모노가타리가 미야케를 중심으로 전해지게 되었
다는 사실은 부인할 수 없을 것이다. 이처럼 작가 히토마로의 개인적인 서
정의 바탕이 된 오우미현의 역사적 사건도 처와 관련된 작품을 통하여 관찰
해보면, 요사미노미야케가 모노가타리 발원의 근거가 되었다고 추론할 수
있을 것이며, 이 또한 작가 히토마로의 와카서정에 적지 않은 영향을 미쳤
으리라고 상상하기에 어렵지 않을 것이다. 실제로 텐지 천황8년(天智8·669)
에 사헤이요지신(佐平余自信)·사헤이키시쓰슈시(佐平鬼室集斯)들의 백제남
녀 700여명을 오우미(近江)국 가모우군(蒲生郡)에 이주시켜 살게 하였다는
기록[24]도 있다.

이와 같이 히토마로가 애착을 가지는 「오우미」의 사연을 배경으로 하여
작가하였다고 가정해보면, 마치 이 노래(1287)의 전후에는 片歌로 연결되어
져 있어, 男女 두 사람이 問答唱和의 형태로 우타모노가타리를 듣고자 하는
사연을 스토리텔링 형태로 재연해 볼 수도 있을 것으로 생각된다.

3. 세도카(旋頭歌)의 특징 속에 비춰진 모노가타리의 과정

위와 같은 역사적 사실들을 감안하여 새롭게 노래를 해석해보면, 넓은 요
사미(依網) 들을 여행하면서 「누군가 오랜 역사 이야기를 알고 있는 사람과
만날 수 없을까.」라고 읊조리자, 우연히 지나던 여성이 「그러면 오우미(近江)
의 옛 역사이야기라도 하실까요.」라고 응답하는 노래이야기의 의미를 담고
있다고 해석할 수도 있을 것이다.

---

24 桜井満, 『年表万葉文化誌』, 오우후우, 1995, 38쪽.

다음으로, 세도카(1287)에 비춰진 모노가타리의 의미를 탐구하여 보자. 시나다에쓰카즈 씨[25]는 히토마로가집의 세도가에 대하여 다음과 같이 논하였다.

　　히토마로歌集 旋頭歌에 대하여 그 서술의 위상을 검토하여 왔다. 거기에는 集団性과 口誦性이 보인다는 것 자체는 이미 많이 언급되어 있는데, 종래에는 그것이 너무 투명한 이미지로 말하였다. 旋頭歌는 히토마로時代에 창시되어진 것으로 읽힐 수 있다. 오히려 여기에서 문제시해야 할 것은, 人麻呂歌集所出의 旋頭歌와 그 창작主体와의 관계이다. 앞에서 언급한 것과 같이 万葉旋頭歌의 先行形態다운 記紀의 六句体에서 能登・越中国旋頭歌로의 흐름은, 儀礼나 전설을 배경으로 하여 伝誦되어 진 歌謡形式으로서의 旋頭歌라고 하는 것이었다. 人麻呂歌集에서 나온 旋頭歌는 민요로써의 성격을 많이 포함하고 있기 때문에, 또 個性的抒情詠으로써도 포함되기 때문에, 이러한 흐름을 차단하는 것이었다. 個性的抒情詠라고 말할 수 있는 다음과 같은 旋頭歌는, 人麻呂에 의하여 創作되었다고 보아도 부자연하지 않다고 생각한다.

라고 논평하고 있는 것을 보면, 아마도 히토마로가 30세 이전(680-3년)에 이 세도카(旋頭歌)를 지은 것으로 추론할 수 있겠다. 또한, 이러한 히토마로의 세도카의 위치에 대하여 시마다슈죠(島田修三) 씨[26]는,

　　『評釈』는 이 노래에서 보이는 고도한 기교를 지적하고, 넌지시 人麻呂와의 관련을 이야기 했는 데, 최근에는 「石走る淡海」라고 하는 枕詞의 사용・「요사미(依網)」라는 지명・「모노가타리」라는 말과 人麻呂와의 농후한 관련에서 이것

---

25 品田悦一, 『萬葉』第149호, 「人麻呂歌集旋頭歌における叙述の位相」 1994-02, 34～51쪽.
　　세도카(旋頭歌)는 短歌의 誦謡形을 의식적으로 이용함으로 편집되어진 「이차적인 歌謡的様式」으로 문헌상의 存在態様에서 보아, 히토마로에 의하여 創出되어진 공산이 높다.(46쪽)(中略)

26 島田修三, 「人麻歌における旋頭歌の位置」 早稲田大学リポジトリ, 国文学研究, 67, 19-29, 1979, 25쪽.

이 人麻呂作이라는 秋間俊夫氏의 견해도 보이고, 나도 이에 찬성한다.(中略) 적어도 人麻呂歌集의 이러한 旋頭歌에는 표현내용이나 題材에 사로잡혀 곧 바로 民謠라고 단정하는 것은, 곤란함을 내포하는 수가 많다고 말할 수 있는 것이다.

라 논하고 있는데, 이러한 관점들을 종합하여, 위의 1287노래를 검토해보면, 모노가타리 문학의 태동을 알리는 개인서정의 주요한 노래 구절이 되는 명백한 배경과 증거를 가지고 있다는 사실도 입증할 수가 있으며, 모노가타리 문학의 탄생과 시작을 알리는 역할을 충실히 반영한 노래로, 작가의 역량을 가늠해 볼 수 있는 자료가 된다고 생각한다.

이번에는 관점을 달리하여, 히토마로의 노래 중에서도 핵심적인 노래들은 왠지 처와 관련된 개인서정을 피력한 노래의 예(이와미소몽가(2·131-139)와 요사미노오토메와 헤어질 때 노래(2·140)가 많이 보인다하겠다. 그 중에서도 특히, 앞장의 「피눈물을 흘리며 애통해하는 노래」(2·207-216))노래에서도 히토마로는 처의 고향인 「가루의 마을(軽の里)」의 아내도 노래를 잘 짓는 명인이었다고 가정하면, 두 사람은 옛날 이소노카미(石上)신사의 祭礼에서 만나, 서로가 사랑에 빠졌는지도 모른다고 상정할 수도 있을 것이다. 이렇게 추론하다보면, 위의 세도카(1287)에서 처가의 지명인 요사미신사와 히토마로와의 문예사적 배경을 살펴볼 필요성이 대두되어진다할 것이다.

그래서, 먼저 요사미의 씨족과 계보를 살펴보면, 오요사미(大依羅)신사(豪族依網氏의 조상의 혼령을 모시는 祖霊信仰)에서 출발하여, 야마토(大和)조정과 깊은 관련을 가지는 祭神이라는 것을 알 수 있다. 그리고 오요사미신사는, 「엔기시키(延喜式)神名帳」[27]에 셋쓰(摂津)国의 스미요시郡内에서 스미요시타이샤(住吉大社)와 함께 名神大社로 기록되어 있는데, 동 신사의 祭神은, 타케토요하즈라와케노키미(왕)(建豊波豆羅和気王)으로 『古事記』[28]에 등장하

---

27 黒板勝三, 『延喜式』권9, 神祇九神名上, 摂津国住吉郡, 吉川弘文館, 1989, 203쪽.
28 倉野憲司·武田祐吉, 『古事記·祝詞』, 日本古典文学大系1岩波書店, 1958, 176~7쪽.

는 인물로, 그 조상은 요사미노아비코(依網阿毘古)가 그의 선조이다. 고 기록하고 있다.

한편, 고대역사가인 權又根 씨[29]는 「스미요시 제신의 하나인 진구황후의 부친 쪽은 백제 도래인 요사미노스쿠네(依羅宿禰), 신라 도래인 쿠사카베노 스쿠네(日下部宿禰)가 함께 같은 조상이라는 히코이마스의 후예이고, 모계는 신라 도래인 아메노히보코의 후예이다.」고 논설하였고, 「또 요사미 씨의 조상을 제사지내는 오요사미신사는 스미요시 3神이 합사되어져있다. 이 오요사미신사를 비롯한 스미요시타이샤에는 조선 도래신을 제사지내는 히메코소·아카루히메·히메지마·이카스리 등, 스미요시 신과 관련을 가지는 신사가 지금까지 남아있다.」고 논설하고 있다. 그러한 처의 노래를 소개해보자.

히토마로의 처 요사미노오토메(依羅娘子)와 서로 헤어지는 노래
勿念跡 君者雖言 相時 何時跡知而加 吾不恋有牟   (2·140)
(생각지 마세요. 라고 당신이 말씀하셔도 이번에 언제 만날 수 있는가를 알 수 있으면, 이렇게 까지나 내가 그리워하지는 않겠지요.)
히토마로가 죽었을 때 처 요사미가 지은노래(人麻呂死時妻依羅娘子歌)二首
且今日〃〃〃 吾待君者 石水之 貝爾交而 一云 谷爾 有登不言八方
                                 (2·224)

(오늘이야 말로~ 라고 내가 기다리고 있던 당신은 돌 강의 조개〈혹은 계곡〉에 섞여 있다고 말하지 않아요.)
直相者 相不勝 石川爾 雲立渡礼 見乍将偲   (2·225)
(직접만나는 것은 매우 불가능 하겠지요. 돌 강에 구름아 펼쳐져라. 바라보며 (그분을) 그리자구나(사모하련다).)

위의 히토마로의 처, 요사미노래(辭世歌(224-5))에 대하여, 오리구치시노부(折口信夫)는 「노래자체는 함께 比擬作(본뜬 모방한 작품)일 것이다.」(『全集』

---

29 權又根, 「渡来神が語る日本史の基礎」 『歴史読本』, 新人物往来社, 1989年3月号, 130쪽.

第九巻)라는 견해를 보였고, 사쿠라이미쓰루(桜井満)는 「히토마로 終焉歌群 모두가 히토마로 전설이고 히토마로 진혼가지 않을까.」(『柿本人麻呂』)라 하였으며, 타카노마사미(高野正美) 「모두가 우타가타리(歌語り)하려는 견해아래, 나중에 형성된 노래.」라고 주장하기도 하였다. 어쨌든 필자가 느끼기에 위 두수의 노래는, 히토마로의 처 요사미를 歌人으로 보면, 히토마로가 「스스로의 죽음」을 가상하여 사랑하는 처와의 애절한 상황을 구성한 모노가타리적인 노래라고 평할 수 있을 것이다. 다시 말하자면, 이 노래의 테마는, 죽음을 허구로 가정한 모노가타리적인 내용으로 구성하여 임종 때를 안타까워하는 시정을 표출하고 자한 것이다.

반면에, 아마도 히토마로 처의 거주지인 요사미 지역에서 「이 세상을 떠나는 辞世」의 노래를 주고받은 것은, 신들을 제사지내는 씨족의 제사와도 깊은 관련을 가진다고 생각된다. 게다가, 위에 예시한 히토마로의 처, 요사미오토메와 관련하여, 권우근 씨[30] 는 히토마로를 백제의 도래인으로 간주하고, 요사미 씨에 대하여, 다음과 같이 논설하고 있다.

『姓氏録』가우치국(河内国)諸蕃에 「요사미노 무라지 백제국사람 소네시야마미노키미이다.(依羅連 出自百済国人素禰志夜麻美乃君也)」로 기록하고 있다. 大阪府松原市天美가 「요사미郷 和名抄依羅郷. 지금의 天美村 이곳(是)이다.」(『地名辞書』)여기에서는 소네시야마미인 아마미코소 神社가 있다. 히토마로의 처 요사미오토메는 이 지역출신 사람이다.

이처럼 히토마로 서정에 지대한 영향을 끼친 처 요사미의 출신지는, 백제로 부터 도래한 후손들이 거주하던 지역이었다고 역설하고 있는 것이다.

---

30 權又根, 『古代日本文化と朝鮮渡来人』, 雄山閣, 1988, 131~2쪽.

VI. 모노가타이(物語リ)文学의 始原을 알리는 노래

재차, 위의 노래(1287)에서 히토마로의 처 요사미(依網)와 관련된 신사와 미야케의 설치의 의미를 『일본서기』의 기록을 통하여 역사적 배경을 관찰하여보자.

1. 모노가타리(物語)의 普及과 요사미(依網)神社

우선, 앞의 『풍토기』에서도 거론한 것처럼, 모노가타리의 보급과 관계가 깊은 신사와 미야케(屯倉)의 역할을 고찰해보고자 한다. 民話는 일반적으로 구두로 전해진다. 특히 神社仏閣와 관련된 민화는 전승 과정에 있어서 신사 불각의 기원과 유래(縁起)를 神官 및 승려들에 의하여 그들의 神社仏閣이 얼마나 많은 권위와 由緒를 가지고 있는가를 마을사람들에게 자연스럽게 이야기하게 될 것이다. 실제 요사미(依網)신사와 관련하여 모노가타리에 묘미를 더하여 준 이야기가 몇 가지 전해지고 있는데, 그 대표적인 것이 닌토쿠(仁德)천황 43年의 요사미노미야케(依網屯倉)의 기록[31]일 것이다.

四十三年秋九月庚子朔。依網屯倉阿弭古捕異鳥。献於天皇曰。臣毎張網捕鳥。未曾得是鳥 之類。故奇而献之。天皇召酒君示鳥曰。是何鳥矣。酒君對言。此鳥之類多在百濟。得馴而能 從人。亦捷飛之掠諸鳥。百濟俗號此鳥曰俱知。是今時鷹也。

(요사미노미야케 아비코가 색다른 새를 포획하여 천황에게 헌상하고, 이야기하기를 「나는 늘 그물을 펼쳐서 새를 잡고 있습니다만, 지금까지 이런 새는 본적이 없습니다. 진귀하다고 생각하여 헌상하옵니다.」이에 천황은 백제왕족인 사케노키미(酒君)를 불러 새를 보여주고 「이 새는 뭔가」하고 물었다. 사케노키미는 다음과 같이 대답하였다. 「이 새는 백제에는 많이 있습니다. 훈련시키면 사람에 잘 따르고 또 빨리

---

31 앞 주18)과 같은 책, 『日本書紀(下)』, 408~9쪽.

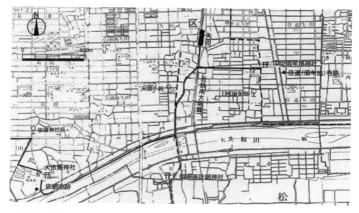

오요사미신사 http://www.city.osaka.lg.jp/kensetsu/(검색일 2017. 8. 31.)

날아서 모든 새를 낚아챕니다. 백제인은 이 새를 구치라 합니다.」고 아뢰었다. [이것은 지금의 매이다.]

위의 지도를 참조해보면, 실제로 이야기가 전해지던 「오요사미(大依羅)神社」와 「아비코 역」의 지명은, 현재에도 오사카(大阪)市 스미요시구 아비코(住吉区我孫子) 야마토강(大和川) 건너 쪽 일대에 요사미노미야케(依網屯倉) 관련지명을 발견할 수 있는데, 비록 역사는 변모되었다고 하더라도, 요사미 못(依網池) 혹은 모즈 들(百舌野)부근지역에서 放鷹術에 능한 渡来系氏族의 집단이 거주하고 있었다는 사실을 알 수 있다. 이는, 요사미 씨족의 선조를 모신 요사미신사가 백제선조와 관련된 이야기를 모노가타리로 전하게 된 실체가 지명의 유래와 함께 전해지고 있었다는 사실을 규명해볼 수 있겠다.

그밖에도, 百済神社[32](百済義慈王의 아들, 善光을 始祖로하는 百済王氏의 조상 혼을 제사지내고 있다.)백제왕氏의 조상의 靈을 제사지내던 신사가 현존하고 있는데, 이는 백제가 멸망한 후에 일본에 잔류한 백제왕족·善光(禅広)이

---

32 百済神社所在地大阪府枚方市中宮西之町1-68, http://www.kikisakane.com/shaji/Shrine/52kudaraohjinja.html(검색일 2017. 8. 31.).

조정에 발탁되어 그 증손인 백제왕敬福는 무쓰(陸奥)의 지방장관으로 임명되어 749年 무쓰국小田郡에서 황금900両을 발견하여 조정에 바쳤다고 기록하고 있다. 이러한 이야기들은 모두 신사를 통하여 모노가타리가 전해진 것으로 모노가타리의 보급에 지대한 영향을 미쳤다는 것을 방증하고 있다는 것을 알 수 있다.

2. 요사미(依網)와 문화적 배경.

다시 위의 지도에서 야마토 강(大和川) 맞은편 좌쪽에 「오요사미(大依羅) 神社」가 있고 가까이에 「아비코 역」이 있으며, 강 오른쪽에 교키(行基)대교가 있다. 이 일대가 요사미노미야케(依網屯倉)의 관련지역으로, 닌토쿠(仁德)천황은 그의 직할지에 좋은(유능한) 신하를 데리고 있었으며, 궁정에서 요사미씨[33]는 고급관리로 고대 일본국을 건설하는데 기술향상에 커다란 공적을 남긴 씨족이라는 것을 유추해 볼 수 있다.

이에, 두 번째로 『일본서기』 코우교쿠(皇極)원년(642)조에 「가우치(河內) 国의 요사미노미야케 앞에서 교우기(翹岐)등을 불러, 사냥을 보이도록 하였다.」고 기록하고 있는데, 교우기는 백제 義慈王의 아들로, 코우교쿠(皇極)여제 때 일본에 온 인물이라 적고 있다. 이러한 기사에서 요사미노미야케가 大王家의 수렵장이었다는 사실을 말하여주고 있다 하겠다.

---

33 川内眷三,「復原研究にみる古代依網池の開削」四天王寺大学紀要 第59号, 2015年 3月) 483~516쪽.
   요사미(依網)못 근처에 백제 도래인 교키(行基) 못(池)이 位置하고 있다는 것을 動機로하여, 주변지역에서 行基集団의 동향을 파악하고, 行基集団과 함께 依網池와 狭山池(行基集団에 의한 狭山池大改修되었다.)가 연결되어진 경위를 重源集団과 관련지어 논을 전개하였다. 요사미 못(依網池)북쪽 제방에서 더 서쪽으로 뻗어가, 교키 못(行基池)을 축조하므로 水利改変에 의한, 요사미 못 用水의 아비코(我孫子)台地 북서쪽으로 灌漑영역을 확대 연결하여, 水利体系가 형성되어졌다고 논하고 있다.

Ⅶ. 맺음말

　필자는 스토리텔링의 대표적인 모델로 중국설화와 고소설이 발전해 온 문예사의 기록물들을 일별해보고, 일본고전문학 속에서도 특히, 만요가나(万葉仮名)의 기록문예를 탁월하게 개인의 서정으로 발전시킨 히토마로의 작품(1287)을 통하여 「우타모노가타리(歌物語)」의 태동을 알리는 스토리텔링의 발전단계와 문학사적 의미를 추론해보고자 하였다.

　먼저, 만요와카(万葉和歌)에는 「가타리(語り)」를 베이스로 하는 스토리텔링 형식의 우타모노가타리(歌物語)의 예를 많이 발견할 수 있다. 그러나 이들 노래의 대부분은 히토마로 이후의 작품들로 이야기를 전달하려는 스토리텔링의 구성양식을 가지고 있다.

　한편, 히토마로 노래는, 세도카(旋頭歌)→약체가→비약체가→작가의 형태로 표기기술이 발전되어져 왔다는 사실을 논증할 수 있었다. 다시, 세도카는 약체가와 비약체가로 나뉘며, 내용면에서도 가요적 성격의 노래에서 증답가 및 개인서정을 읊은 노래의 형태까지 다양한 서정의 차이를 보여주고 있다. 특히, 1287번 노래가 히토마로의 초기작품이 기록에 급급하던 집단가요의 기록단계에서 벗어나, 점차 고도의 개인서정으로 이륙하는 문예사의 변천과정과 스토리텔링 방식의 우타모노가타리의 전개를 살펴볼 수 있는 절호의 작품이라고 생각하였다.

　반면에, 히토마로의 노래는 왠지 처와의 추억을 되새기는 상념의 노래가 많이 보인다 하겠다. 특히, 비약체가 중에서도 문답가인 2508-2512의 노래는 궁중에서 시녀로 일하는 여성을 마치 숨겨 논 애인과 밀회를 하듯 모노가타리(이야기)형식으로 개인서정이 읊혀지고 있다는 것을 목격할 수 있었다. 이러한 농축된 개성적인 서정의 발현은, 1798번 노래(처와 보았던 구로우시의 갯벌을 보니 쓸쓸하다)도 예외가 아닐 것이다.

　이에, 필자는 그 배경이 되는 처와의 문화사적 공유를 먼저 생각해보아야 할 필요를 느끼게 되었다. 히토마로의 또 다른 작가, 오우미황도가(29번)에서의 마지막 결구에서 「모모시키의 궁터를 보니 슬프다.(ももしきの大宮所見

れば悲しも)」에서와 같은, 「개성적인 서정」을 짙게 반영한 노래라는 것을 명확히 드러내고 있다고 할 수 있겠다.

최종적으로 핵심이 되는 1287노래에서의 마쿠라고토바(「아오미즈라」와 「이와바시루」)의 사용과 관련된 「요사미」와 「오우미」의 지명을 고찰해보았다. 첫째로 「요사미」는 히토마로의 처와 깊은 관련을 가지는 지명으로, 씨족의 조상靈을 제사지내는 호족이 경영하는 「미야케(官倉)」를 설치한 곳이기도 하다. 이러한 미야케는, 조정의 재정기반이 되었을 뿐만 아니라 「모노가타리」의 보급과 전파에도 주요한 역할을 하였다는 것을 『풍토기』의 「播磨風土記」예(주22)와 아와지미야케(屯倉)의 쿠니우미 신화의 예(주23)를 통해서 확인할 수 있었다. 다시, 이들 미야케에서 수집된 이야기는, 궁극에 가서는 앞장 ⑥의 「타나베노후히토사키마로」(18·4040)노래의 예에서처럼 궁중인들(於保美夜比等)에게 이야기가 전달되어 기록하게 되었다고 하는 루트를 노래를 통하여 검증할 수 있었다. 결국 히토마로의 처와 관련된 요사미신사는, 백제선조와 관련된 이야기를 모노가타리로 전하게 된 실체로 지명의 유래와 함께 씨족전승의 매체가 되었다는 사실을 규명해볼 수 있었다.

두 번째로 오우미(近江·淡海)縣은 일본역사에서 상당히 많은 이야기를 전해온 역사적인 장소이자 문화사적인 충격을 배태한 장소로 특히, 히토마로가 이야깃거리(스토리)를 수집(物語せむ) 배포할 만큼의 충분한 가치를 지니는 역사적사건과 다양한 선진문화적인 이야깃거리를 많이 보유하고 있었다고 유추할 수 있다. 무엇보다도 이러한 처와 관련된 지명노래의 성격을 분석해봄으로써, 핵심논지인 모노가타리의 시작을 알리는 문화사적 배경과 기록문예에 있어서 개인서정의 발달사를 함께 고찰해 볼 수 있었다고 생각한다.

고로, 핵심이 되는 1287노래의 성격을 종합해보면, 히토마로가 직접 가필한 농도 짙은 노래라고 평가할 수 있겠고, 나아가 히토마로의 와카(和歌)抒情詩에서 우타모노가타리(歌物語)에로의 전개와 발전과정을 읽어낼 수 있는 기록문예사에 있어서 에포크(époque)와 같은 의미를 가진다고 추론할 수 있을 것이다.

∷ 참고문헌 ∷

竹田晃,『中国の説話と古小説』大蔵省印刷局, 1992.

土橋寛,『講座・日本の古代信仰・4・呪祷と文学』昭和54年11月 学生社.「竹取
　　　翁」の歌をめぐる諸問題」日本文学 Vol. 8(1959).

竹田晃,『中国の説話と古小説』大蔵省印刷局, 1992.

伊藤博・稲岡耕二『万葉集を学ぶ』(第七集), 神野志隆光「伝云型と歌語り」有斐
　　　閣選書, 1988.

大野晋・坂本太郎・家永三朗・井上光貞『日本書紀(上・下)』, 岩波書店,1979.

倉野憲司・武田祐吉『古事記・祝詞』日本古典文学大系1岩波書店, 1958.

桜井満『年表万葉文化誌』, 오우후우, 1995.

関晃『帰化人』支文堂, 1975重版, 87.

(※拙稿에 있어서 主된 와카의 해석은 이와나미岩波古典文学体系『万葉集』(1)~(4)(오노
스스무(大野晋)외, 2人공저)와 集英社의『万葉集注釈』(이토하쿠(伊藤博)외, 2人공저)
를 底本으로 참고하였음을 밝혀둔다. 또한 본문에 있는 히토마로(人麻呂)의 작가와 略体
歌, 非略体歌는 各々〈◎〉〈★〉〈☆〉로 구분하여 표시하였다.)

* 제목: 万葉歌から見る「物語り文学の始まり」の考察ー人麻呂の「物語為」歌
　(7・1287)から見る物語り誕生の意味分析ー

* 영문표기: A Study of 'Beginning of Tales and Literature' from Manyo song
　-Semantic analysis of the birth of a story from Hitomaro's "Story-telling" song
　(Volume 7・1287)-

06

동아시아 소상팔경(瀟湘八景)의 스토리텔링 가능성

전경원 인천대학

I. 머리말

'소상팔경(瀟湘八景)'은 중국(中國) 소상강(瀟湘江) 유역의 경관이 빼어난 여덟 곳을 일컫는 명칭이다. 중국의 특정 지역을 배경으로 생겨난 예술 소재였음에도 중국은 물론이고 한국과 일본을 포함한 동아시아에서 천년 이상의 세월동안 향유되었던 독특한 예술작품의 소재였다. '소상팔경'이라는 소재는 시와 그림을 통해 동아시아의 지배층과 민중들에게도 사랑받았고 끊임없이 재창작되어왔다. 또한 이로 인해 동아시아 각국에는 지금까지도 '팔경(八景)' 문화가 산재해 있다. 이처럼 천년 이상을 지속시켰던 힘의 원동력은 과연 무엇이었을까?

이 글은 소상팔경에 내재된 서사적 질서를 복원하여 내적 구조를 규명하고자 하는 목적에서 작성되었다. 이를 위해 '그림서사학(Painting Narratology)'에서 마련된 연구 방법과 그에 따른 성과에 기초하여 논의를 전개할 것이다.[1] 그림서사학이란 그림에 담겨 있는 서사적 맥락을 복원하여 재현함으로써 본래의 서사적 맥락으로 풀어내는 학문 영역을 일컫는다. 인간의 삶은 서사에 기반하고 있다. 세상에 태어나 죽는 순간까지 서사에서 자유로울 수 없다. 그렇기 때문에 인간이 만들어 내는 모든 예술행위는 엄밀하게 말해 서사에 기반을 둔다. 예컨대 시(詩)와 그림(繪畵) 그리고 음악(音樂)과 같은 예술 갈래도 모두 서사에 기초하고 있다는 사실을 알 수 있다. 시(詩)를 예로 들어 본다면 전체의 서사맥락 가운데 특정한 장면에 주목하여 언어로 압축하고 형상화한 대목이 시가 된다. 미술도 마찬가지이고 음악도 동일하다. 다만 표현 방식만 다른 것이다. 언어로 표현했는가, 리듬과 가락과 음으로 표현했는가, 선과 색으로 표현했는가에 따라 예술의 존재양태가 달라진 것일 뿐 본질적으로는 서사에 기반을 두고 있다. 따라서 우리는 제한된 모습으로 창작된 예술 작품의 서사적 맥락을 복원할 수 있다는 희망과 기대를 가질 수 있다.

---

1 전경원, 『그림서사학』, 국학자료원, 2017.

II. 소상팔경의 자료 개관

소상팔경에 대한 연구는 크게 다섯 분야로 나뉘어 진행되어 왔다. 그간의 연구사는 전경원[2]과 박해훈[3]의 연구 성과에 체계적으로 잘 정리가 되어 있다. 소상팔경을 대상으로 창작된 최초의 그림은 10세기 중반 당(唐)나라를 이은 오대십국 시기에 '이성(李成)'이라는 이름으로 널리 알려진 이영구(李營邱;919~967)에 의해 창작되었다. 이처럼 소상팔경도를 그린 최초의 화가가 이성(李成)이었다는 사실은 미불(米芾;1051~1107)의 기록에 의해서 명백하게 밝혀졌다.[4] 그 후로 북송(北宋) 대의 탁지원외랑(度支員外郎) 송적(宋迪)에 의해서 널리 퍼지게 되었다.

미불은 그가 작성한 「소상팔경도시병서(瀟湘八景圖詩并序)」를 통해 '소상(瀟湘)'의 개념을 다음과 같이 규정하고 있다.

소수(瀟水)는 도주(道州)에서 발원(發源)하고, 상수(湘水)는 전주(全州)에서 발원(發源)하여, 영주(永州)에 이르러서 합류한다. 동정호(洞庭湖) 남쪽으로 두 물줄기가 모두 지나는 곳인 상음(湘陰)에 이르러 비로소 원수(沅水)와 만나고, 다시 동정호(洞庭湖)에 이르면 파강(巴江)과 더불어 물이 합쳐지기 때문에 동정호(洞庭湖)의 남쪽을 모두 소상(瀟湘)이라고 이름 할 수 있다. 이를테면 동정호(洞庭湖)의 북쪽은 한수(漢水)와 면수(沔水)가 세차게 흐르기에 그곳을 '소상(瀟湘)'이라고 부를 수는 없다. 소상(瀟湘)의 경관(景觀)에 대해 얻어 들을 수 있는가? 동정호(洞庭湖) 남쪽으로 오면, 수면이 끝없이 넓고 아득하여 깊으면서도 푸르고, 겹겹의 산들이 층층마다 바위가 이어지면서 천리를 가는데, 하늘의 지붕이 텅 비어 푸른 사이에서, 안개와 노을이 삼키고 토한 것에 물들고, 바람에 돛단

---

2 전경원, 「소상팔경시의 형상화 양상과 의미맥락 연구」, 건국대학교 박사학위논문, 2006.

3 박해훈, 「조선시대 소상팔경도 연구」, 홍익대학교 박사학위논문, 2007.

4 미불(米芾), 「소상팔경도시병서(瀟湘八景圖詩并序)」『호남여유문학명편선독(湖南旅游文學名篇選讀)』, 중국호남대학교출판사(中國湖南大學校出版社), 2002, 167~175쪽.

배와 모래밭에 새들은 나타났다 사라지며 왔다간 다시 가고, 물대(水竹)는 구름숲을 이루며 띠를 이루어 좌우를 비추고, 아침·저녁의 기운이 같지 않으며, 사계절의 기후가 한결같지 않다. 이것이 바로 소상(瀟湘)의 대관(大觀)이다. 팔경(八景)의 극치(極致)는 앞에서 갖추어 나열했으니, 아울러 시와 함께 기록한다.[5]

이를 통해 알 수 있듯이 '소상(瀟湘)'이란 '소수(瀟水)'와 '상수(湘水)'를 합쳐서 이른 명칭으로 동정호(洞庭湖) 이남 지역을 일컫는다.

그렇다면 '팔경(八景)'의 '팔(八)'이라는 숫자에 담긴 수리관(數理觀)에는 어떤 동아시아의 공통적 함의가 포착될 수 있을까?

⟨1⟩

하늘이 하나, 땅이 둘, 하늘이 셋, 땅이 넷, 하늘이 다섯, 땅이 여섯, 하늘이 일곱, 땅이 여덟, 하늘이 아홉, 땅이 열이니, 하늘의 수가 다섯이요, 땅의 수가 다섯이니, 다섯 자리가 서로 얻으며 각각 합함이 있으니, 천수는 이십오요, 지수는 삼십이라. 무릇 천지의 수가 오십오니, 이것으로써 변화하며 귀(鬼)와 신(神)을 행한다.[6]

⟨2⟩

천도(天道)는 아홉(九)으로 제어하고, 지리(地理)는 여덟(八)으로 제어하며, 인도(人道)는 여섯(六)으로 제어한다. 하늘로 아버지를 삼고, 땅으로 어머니를 삼아 만물을 열었으니, 모든 것이 하나의 큰 줄기이다.(天道以九制, 地理以八制,

---

5 米芾,「瀟湘八景圖詩并序」『湖南旅游文學名篇選讀』, 中國 湖南大學出版社, 2002, 167쪽, "瀟水出道州, 湘水出全州, 至永州而合流焉. 自湖而南皆二水所經, 至湘陰始與沅水會, 又至洞庭與巴江之水合, 故湖之南皆可以瀟湘名. 若湖之北, 則汉沔蕩蕩, 不得謂之瀟湘. 瀟湘之景可得聞乎. 洞庭南來, 浩淼沉碧, 疊嶂層岩, 綿衍千里, 際以天宇之虛碧, 染以烟霞之呑吐, 風帆沙鳥, 出沒往來, 水竹云林, 映帶左右, 朝昏之氣不同, 四時之候不一. 此則瀟湘之大觀也. 若夫八景之极致, 則具列于左, 并紀以詩."

6 『周易』, 繫辭上傳, 第九章, "天一地二, 天三地四, 天五地六, 天七地八, 天九地十, 天數五, 地數五, 五位相得, 而各有合, 天數二十有五, 地數三十. 凡天地之數 五十有五, 此所以成變化而行鬼神也."

人道以六制. 以天爲父, 以地爲母, 以開乎萬物, 以總一統.)[7]

〈3〉

'팔(八)'이라는 숫자는, 예컨대 「팔방(八方)」「팔굉(八紘)」「팔황(八荒)」「팔주(八州)」라고 하는 것처럼 공간적으로 '모든 방향', '모든 토지'라고 하는 의미를 나타낼 때 사용됩니다.[8]

〈4〉

① 팔괘(八卦): 중국 상고 시대에 복희씨(伏羲氏)가 지었다는 여덟 가지 괘로 건(乾) · 태(兌) · 이(離) · 진(震) · 손(巽) · 감(坎) · 간(艮) · 곤(坤)의 여덟 괘를 이른다. 이 여덟 가지의 괘를 통해 세상 만물과 인간사의 모든 현상을 설명한다.

② 팔방(八方): 사방(四方)과 사우(四隅)로 동 · 서 · 남 · 북과 북동 · 북서 · 남동 · 남서의 여덟 방위. 건(乾) · 감(坎) · 간(艮) · 진(震) · 손(巽) · 이(離) · 곤(坤) · 태(兌)의 여덟 방위. 이곳저곳, 모든 방면.

③ 팔진(八鎭): 동서남북의 사방(四方)과 서남, 서북, 동남, 동북의 사우(四隅), 따라서 모든 방향을 의미한다.

④ 팔도(八道): 조선 시대에, 국토를 여덟 개의 도로 나눈 행정 구역으로 경기도 · 충청도 · 경상도 · 전라도 · 강원도 · 황해도 · 평안도 · 함경도를 가리킨다. 팔로(八路). 우리나라의 '전국(全國)'을 달리 이르는 말.

⑤ 팔달(八達): 길이 팔방으로 통하여 있음, 모든 일에 정통함.

⑥ 팔고(八苦): 사람이 인생에서 겪을 수 있는 여덟 가지 괴로움

⑦ 팔면(八面): 모든 방면

⑧ 팔자(八字): 한 평생의 운수

⑨ 팔진(八珍): 맛있는 음식, 여덟 가지의 진미(珍味)

⑩ 팔난(八難): 인간사에서 일어날 수 있는 여덟 가지 재난

---

7 『管子』, 卷十四.

8 堀川貴司, 『瀟湘八景-詩歌と繪畵に見る日本化の樣相』, 臨川書店, 2002, 6쪽, "八という數字は、たとえば「八方」「八紘」「八荒」「八州」というように空間的に「すべての方角」「すべての土地」といった意味を表わすとき使われます."

이러한 어휘들을 통해 우리는 팔(八)이라는 숫자에 내재되어 있는 동양적 (東洋的) 수리관(數理觀)의 한 단면을 읽어낼 수 있다. 이 외에도 많은 어휘들 이 있지만 모두 열거할 수는 없다. 다만 종합적으로 고찰할 때, 팔(八)이라는 숫자에는 이 세상에 존재하는 사물과 현상의 모든 국면을 포괄하며 아우르 는 개념이 내포되어 있다.[9]

이를 통해 '소상팔경(瀟湘八景)'이라는 소재는 동정호 이남에 존재하는 소 상강 유역의 여덟 가지 경관을 대상으로 모든 국면을 포괄하며 아우르고자 했던 의도를 엿볼 수 있다. 따라서 이제부터는 각각의 장면을 통해 어떤 서 사적 맥락을 드러내고 있는지 스토리텔링의 내용을 짚어보고자 한다.

III. 소상팔경의 스토리텔링

동아시아에서 소상팔경(瀟湘八景)은 이전 세대의 무릉도원(武陵桃源)과 함 께 이상향(理想鄉)을 표상하는 공간으로 인식되어 왔다.[10] 무릉도원은 남아 있는 기록을 통해 서사적 맥락의 복원이 가능하지만 소상팔경의 경우에는 그림으로 남아 있는 소상팔경도(瀟湘八景圖)와 한시(漢詩) 작품들을 바탕으 로 서사적 맥락을 복원해야 하는 상황이다. 시와 그림을 통해 어떻게 서사적 맥락을 구성하고 있었는지 하는 점을 스토리텔링 기법으로 복원할 수 있을 때, 온전한 서사의 실체가 드러날 것이다. 현재까지 정리된 연구 성과를 토 대로 그림과 시에 감춰진 형상과 함의를 바탕으로 서사적 요소와 서사 맥락 을 공유할 필요가 있겠다. 이러한 작업과정이 선행되어야만 온전한 스토리 텔링이 시작될 수 있을 것이다.

---

9 전경원, 「소상팔경싱의 형상화 양상과 의미맥락 연구」, 건국대학교 박사학위논문, 40~43쪽 참고.
10 전경원, 『동아시아의 이상향-무릉도원(武陵桃源) · 소상팔경(瀟湘八景)』, 국학자료원, 2017.

① 산시청람(山市晴嵐): 성(聖)과 속(俗)이 조화를 이룬 이상적 공간: 모체(母體)

② 연사모종(煙寺暮鐘): 종소리(鐘聲)로 구도(求道)의 과정과 방향을 제시: 수도(修道)

③ 소상야우(瀟湘夜雨): 세계(世界)의 횡포(橫暴)에 휘둘린 자아(自我) 위로: 좌절(挫折)

④ 원포귀범(遠浦歸帆): 고향(故鄕) 또는 모체(母體)로 회귀(回歸) 욕망(欲望): 귀향(歸鄕)

⑤ 평사낙안(平沙落雁): 현실(現實)과 이상(理想)의 대립(對立)과 갈등(葛藤): 진퇴(進退)

⑥ 동정추월(洞庭秋月): 대립(對立)과 갈등(葛藤)이 해소(解消)된 최적 상황: 정점(頂點)

⑦ 어촌낙조(漁村落照): 순리(順理)대로 살아가며 세상과 적당한 거리두기: 관조(觀照)

⑧ 강천모설(江天暮雪): 세상사(世上事) 초탈(超脫)한 달관(達觀)의 경지: 흥취(興趣)

이 내용은 고려와 조선의 문인 86명이 창작한 470여 수의 한시 작품을 대상으로 분석한 연구결과에 근거한다. 세부적으로 살펴보면 산시청람 51수, 연사모종 51수, 소상야우 63수, 원포귀범 52수, 평사낙안 59수, 동정추월 61수, 어촌낙조 58수, 강천모설 58수와 소상팔경의 여덟 폭 가운데 하나를 대상으로 지은 작품은 아니고, 『비해당소상팔경시첩(匪懈堂瀟湘八景詩帖)에 14수, '소상팔경(瀟湘八景)' 제목으로 창작된 작품 10수 등 총 470여 수를 대상으로 도출된 결과였다.[11] 이 외에도 시조가 72수, 가사 한 작품, 판소리 다섯마당 가운데 네 작품, 판소리계 소설, 설화, 민요, 고소설, 무가, 시화, 현대소

---

11 전경원, 「소상팔경싱의 형상화 양상과 의미맥락 연구」, 건국대학교 박사학위논문, 64~74쪽 참고.

설과 수필 등에도 등장한다.

이 가운데서 가장 많은 비중을 차지하고 있으면서 강렬한 이미지를 구축하고 있는 장면은 '소상야우(瀟湘夜雨)'였다. 말하자면 소상팔경(瀟湘八景) 가운데 가장 핵심적인 이미지를 구축하고 있는 장면이 바로 소상야우(瀟湘夜雨)인 셈이다. 소상야우(瀟湘夜雨)를 노래하는 구체적 작품에 형상화된 내용에 대해서는 해당 장면을 논하는 자리에서 상세하게 다루기로 하겠다.

그렇다면 이번에는 이 여덟 폭에 담긴 서사적 맥락을 어떻게 스토리텔링 기법으로 재구성할 것인지에 대한 가능성을 검토할 단계에 이르렀다. 각각의 장면을 토대로 스토리텔링의 가능성을 논의하겠다.

1. 산시청람(山市晴嵐)

'산시(山市)'라는 공간에 주목할 필요가 있다. '산(山)'과 '저자(市)'는 현실에선 공존하기 어려운 가상공간이다. 말하자면 현실에서는 볼 수 없기에 산속이라는 이상적 공간에 설정한 도시 개념이다. 웅장한 산에 둘러싸인 도시의 아늑하고 편안한 공간이다. 동시에 확연하게 보이는 공간이 아니라 비가 갠 후의 아지랑이(晴嵐)에 싸여있는 어렴풋하고 흐릿한 공간이다. 많은 사람들이 모여 사는 시끌벅적한 저자거리가 '속세(俗世)'에 해당한다. 반면 깊은 산속에서 '속세'와는 거리를 두고 살아갈 수 있는 자연공간인 산(山)은 '성소(聖所)'라는 대립적 인식이 작용한다. 이처럼 대립적이며 이질적 공간인 '산(山)'과 '시(市)'를 하나로 통합된 공간개념이 바로 '산시(山市)'라는 공간이다.[12] 성(聖)과 속(俗)이 맞닿은 공간인 산시(山市)는 인간이 현실에서 경험할 수 없는 이상적 공간에 해당한다. 그렇기 때문에 이 공간을 어머니의 자궁과도 같

---

12 강희맹, 「三笑圖記」『私淑齋集』卷八. "余惟心跡雙忘, 境智俱泯, 則山林城市, 染淨同源, 喧寂一致, 何必靜縛空門, 限以虎溪, 以示其隘哉(내가 생각해보니 마음과 행적을 모두 잊고 경계와 지식이 모두 사라지면 산림이 성시이고 염과 정이 똑같은 근원이며, 시끄러움과 적막함이 하나로 합치될 것이니 어찌 반드시 공허한 사문에 얽매여 호계를 한계로 삼아 그 구애됨을 보일 필요가 있겠는가!)." 김성룡, 『여말선초의 문학사상』, 한길사, 1996, 201쪽 재인용.

은 공간으로 인식할 수 있다. 모체 내부의 가장 편안했던 공간으로 회귀를 꿈꾸지만 현실적으로 불가능한 일이다. 산시청람은 이처럼 모체 내부의 평온함을 바탕으로 출생과 탄생의 서사를 내포한다.

2. 연사모종(煙寺暮鐘)

'연사(煙寺)'는 연기에 가려진 사찰, 내 끼인 절을 의미한다. 시각적 제약이 따르는 설정이다. 그러나 이 시각적 제약을 극복하는 것이 바로 '모종(暮鐘)' 즉 저물녘 들리는 종소리이다. 종소리를 통해 사찰의 존재를 알린다. 말하자면 저물녘은 만물이 제 자리를 찾아드는 시간을 의미한다. 작품 속 등장하는 인물이 나아가야할 곳을 종소리로 알려준다. 그만큼 연사모종이라는 장면은 시각적으로 제약된 사찰의 위치를 종소리라는 청각적 이미지로 방향성을 가늠할 수 있는 특성을 가지고 있다. 이러한 형상은 마치 본질을 꿰뚫을 수 없는 몽매한 상황과 흡사하다. 이 단계에서 필요한 것이 바로 올바른 가르침 내지 깨우침일 것이다. 그것은 구도(求道)와 수양(修養)을 통해 길러질 수밖에 없는 형국을 의미한다.[13]

3. 소상야우(瀟湘夜雨)

소상팔경의 서사맥락 가운데 가장 핵심은 바로 '소상야우'이다. 실제 서사맥락도 가장 치열하다. 소상강은 소상팔경이라는 제목의 배경이 되는 공간이기도 하고 동시에 수많은 인물들이 치열했던 삶을 마감한 공간이기도 했다. 순임금과 아황, 여영이 그러했고, 초나라 대부 굴원이 그랬다. '야우(夜雨)'는 밤에 내리는 비를 일컫는다. "소상강 밤에 내리는 비"라는 그림과 시의 제목이 가장 많은 비중을 차지하는 것으로 보아 문인, 화가들도 소상팔경 가운데 가장 핵심이 되는 장면으로 소상야우를 인식하고 있음을 알 수 있다.

---

13 『주역(周易)』「산수몽(山水蒙)」.

'소상야우'는 세계의 횡포와 맞서는 인물의 형상을 다루고 있다는 점에서 가장 강력한 서사적 맥락을 지니고 있는 장면으로 평가받는다.

4. 원포귀범(遠浦歸帆)

원포귀범은 먼 포구로 돌아가는 배를 형상화한 풍경이다. 세계와의 갈등과 대립의 상황을 맞이한 후에 취할 수 있는 장면이다. 세계와의 대립과 갈등을 극복한 이후의 금의환향일수도 있지만 패배 이후 모든 것을 던지고 훌쩍 떠날 수도 있는 장면이다. 대다수의 작품에서 남북조시대 진(晉)나라 장한(張翰)의 고사를 다루고 있다. 장한이 벼슬에 있었으나 어느 날 가을바람이 불자, "삶이란 뜻에 맞으면 그만이지, 고향에서 천 리가 떨어진 곳까지 멀리 나가, 하필 헛된 명예만을 구할 것인가?(人生貴得適意爾, 何能羈宦, 數千里以要名爵)"라는 말을 남긴 채 자신의 고향인 강동(江東)의 농어회와 순채국이 생각난다며 미련 없이 떠나갔다는 이야기다.[14] 어쨌거나 세계의 횡포에 맞서 대립과 갈등을 겪게 된 이후의 형국을 다루는 장면이다.

5. 평사낙안(平沙落雁)

'평사(平沙)'는 평평하고 넓은 모래밭을 말한다. '낙안(落雁)'은 내려앉는 기러기를 일컫는다. 평사낙안은 평평한 모래밭에 줄지어 내려앉는 기러기의 형상을 다룬다. 작품 속에 드러난 평사라는 공간은 기러기들에게 생계를 위한 공간으로 인식되고 있다. 그렇기 때문에 삶의 이편 너머엔 죽음이 있듯이 평사라는 공간은 삶을 위한 생계의 공간인 동시에 화살과 주살을 지닌 채, 기심(機心)을 감추고 있는 사냥꾼들에게 포위된 공간이라는 인식을 드러내고 있는 작품들이 대다수였다. 이러한 인식을 토대로 평사에 내려앉는 기러기들에게 인간의 이기심을 주의하라고 당부하는 작품들이 대다수를 차지한

---

14 전경원, 「소상팔경시의 형상화 양상과 의미맥락 연구」, 건국대학교 박사논문, 2006, 157쪽.

다. 말하자면 나아갈 것인가 물러날 것인가에 대한 고민의 시선 즉 출처진퇴 (出處進退)의 형상을 다루고 있는 장면이다.

6. 동정추월(洞庭秋月)

'동정(洞庭)'은 동정호(洞庭湖)라는 공간 배경을 의미하고, '추월(秋月)'은 가을이라는 계절과 밤이라는 시간을 일컫는다. 이때 추월은 둥글고 꽉 찬 보름달이고, 정점(頂點)에 도달한 최적의 상황을 뜻한다. 온 세상을 넉넉하게 비추는 달빛이 동정호에 가득 쏟아지는 경관을 형상화한 작품들이다. 대다수의 작품에서 형상화된 경관은 선계(仙界)로 인식되고 있었다. 그만큼 인간세상에서 도달할 수 있는 최고의 경지로 인식하고 있었음이 드러난다. 이를 인간의 삶으로 치환한다면 인간이 누릴 수 있는 최고의 경지에 도달한 상황임을 형상화한 작품들이 다수를 이루고 있다.

7. 어촌낙조(漁村落照)

'어촌(漁村)'이라는 공간과 '낙조(落照)'라는 시간에 덧보태진 붉은 색채 이미지가 형상화된 장면이다. 등장하는 인물들의 공통점은 대부분 자연의 질서에 순응하며 순리대로 살아가는 인물형상이다. 시간에 쫓기지 않고 아웅다웅 다투거나 갈등하지 않고 심리적 평온을 유지한 채 여유로움이 지배하는 공간에서 넉넉하고 자족하며 살아가는 형상을 그려내고 있다. 경관과 인물 모두 속세와는 일정한 거리를 두고 있다. 어부나 어옹으로 형상화된 인물의 삶은 해가 뜨면 나가서 물고기를 잡고 해가 저물면 그물을 걷는다. 돌아오는 길에 주막에 들러 술을 마신 후 붉게 물든 석양 아래 집으로 돌아가는 한가하고 평온한 일상의 주인공들이다. 순리에 따라 욕심내거나 무리하지 않고 살아가며 삶을 관조할 수 있는 여유가 형상화되고 있다.

8. 강천모설(江天暮雪)

'강천(江天)'은 강물과 하늘이 맞닿은 부분을 가리킨다. '모설(暮雪)'은 해가 질 무렵에 내리는 눈을 일컫는다. 강천모설은 '겨울'이라는 계절감을 분명하게 노출하고 있는 장면이다. 강촌모설에서 가장 많이 형상화되고 있는 인물은 '어옹(漁翁)'이다. 그리고 다음을 차지하는 것이 왕희지의 아들 왕자유(王子猷)였다. 이에 버금가는 정도로 시사(詩思)에 잠겨 있거나 시흥(詩興)에 심취한 인물이거나 이러한 정취를 드러내는 '기려객(騎驢客)' 등이 등장하고 있다. 이러한 인물군은 자연의 질서나 속세 내지 세상사로부터 초탈한 존재들이다. 달관(達觀)이라는 정신적 경지에 도달해 있는 동시에 흥취(興趣)에 몰입하고 있는 인물 군으로 형상화되고 있다.

IV. 소상팔경(瀟湘八景)에 담긴 스토리텔링

소상팔경이 누구에 대한 이야기에 초점을 맞추고 있는지 주목해야 한다. 팔경 가운데 가장 핵심적 단서가 되는 장면이 바로 '소상야우(瀟湘夜雨)'이다. 그 이유는 고려와 조선조의 가장 많은 문인들이 적극적 관심을 보였고, 소상팔경 가운데 작품 수에서도 절대적인 분량을 차지했고, 소상팔경의 대표성을 띠고 있는 장면으로 인식했기 때문이다. 동시에 팔경 가운데서 가장 강력한 서사를 담고 있는 장면이기도 하다. 소상야우에는 순임금과 그의 두 아내였던 아황과 여영 그리고 굴원의 죽음과도 연결되는 지점이 존재한다.[15]이에 기초하여 소상팔경을 순임금의 서사로 이해한다면 어떠한 스토리텔링이 가능한지를 살펴보고자 한다.

먼저 우순(虞舜)의 삶이 어떻게 기록되어 후세에 전하고 있는지를 살펴본

---

15 전경원, 「소상팔경시의 형상화 양상과 의미맥락 연구」, 건국대학교 박사논문, 2006, 136~155쪽.

후에 소상팔경의 각 장면들과 어떻게 연결이 되는지를 순차적으로 고찰하고
자 한다.

1. 출생과 성장(산시청람/연사모종)

1) 산시청람

〈1〉 이규보(李奎報;1168-1241)

非煙非霧襲重重	연기도 안개도 아닌 것이 겹겹이 끼어있어,
宛作僧家氣鬱葱	완연한 절집 되어 울창하며 푸른 기운이네.
此是山中無價景	이는 산 속에서 값도 칠 수 없는 경관이니,
有何塵市落這中[16]	어떻게 도시가 이 속에 떨어질 수 있었나.

〈2〉 조욱(趙昱;1498-1557)

山色分明玉女姿	산 빛은 분명하게 아름다운 여인의 자태이고,
輕嵐裁作碧羅帷	엷은 남기 재단하니 푸른 비단 휘장 되었네.
地靈愛護非無意	땅의 정령이 아끼고 감쌈에도 뜻이 없진 않지만,
隔了應嫌俗客知[17]	가로막는 것을 응당 꺼리는 것은 속객도 안다네.

〈3〉 이정암(李廷馣;1541-1600)

晴嵐布山腰	맑은 남기 산허리에 포진하니,
可怡不可攬	기뻐할 순 있어도 잡을 수는 없네.
壟上有丈夫	언덕 위에는 한 사나이가 있는데,
欲市何由敢[18]	산시로 가려하나 어찌 감히 행할까.

〈4〉 김시락(金時洛;1857-1896)

近山爲市市生嵐	가까운 산 도시 되니 도시엔 남기 생기고,

---

16 李奎報, 〈東國李相國集〉後集卷六, 『韓國文集叢刊』第2卷, 197쪽, 「次韻李平章仁植虔州八
   景詩并序」'山市晴嵐'.
17 趙昱, 〈龍門集〉卷三, 『韓國文集叢刊』第28卷, 199쪽, 「溢之求八景之作率爾錄呈」'山市晴嵐'.
18 李廷馣, 〈四留齋集〉卷一, 『韓國文集叢刊』第51卷, 253쪽, 「題畵屛瀟湘八景」'山市晴嵐'.

淡綠輕紅不勝酣   엷은 초록빛 살짝 붉어 한창에는 모자라네.
人語鷄聲猶俗界   사람 말소리 닭 울음은 오히려 속세이건만,
化翁分付綵中含[19] 조화옹이 비단 속에 품었다가 나누어주네.

　〈1〉은 산중에 형성된 저자(市)의 모습을 찬탄하는 작품이다. 현실에서 쉽게 접할 수 없는 산시(山市)의 형상에 기이함을 드러내고 있다. '청람'을 "연기도 안개도 아닌 것"으로 묘사하며 겹겹이 쌓여있는 모습을 통해 명료하게 들여다볼 수 없는 그림의 비가시성을 언급하면서 이를 값으로도 평가할 수 없는 풍경으로 인식했다.

　〈2〉는 산(山)을 "아름다운 여인의 자태(玉女姿)"에 빗대고 있다. 동시에 청람은 푸른빛을 띤 비단 휘장으로 인식했다. 주목되는 표현은 땅의 정령(地靈)이 산시(山市)를 아끼고 보호하려는 뜻이 있어 속세 사람(俗客)과 격리를 시키기 위해 청람(晴嵐)을 두었다는 인식을 드러낸다. 말하자면 산시(山市)와 속세(俗世)를 경계 짓고 구분 짓는, 성(聖)과 속(俗)의 지표가 바로 비갠 후에 생겨나는 푸른 남기 즉 청람(晴嵐)이 되는 셈이다. 이와 유사한 인식과 형상화방식이 산시청람을 노래한 여러 작품에서 드러나고 있다.

　〈3〉에서도 역시 산시(山市)와 속세(俗世)의 단절감을 드러내고 있다. 그림 속 사나이가 등장하지만 그 역시 산시에 쉽사리 다가서기 어려운 상황으로 형상화되고 있다. 속객의 처지에서 산시로 접근하기 쉽지 않은 상황을 표현했다.

　〈4〉에서는 산시(山市)가 형성된 맥락과 청람의 모습을 형용하면서 "사람 말소리"와 "닭 울음" 소리를 포착해낸다. 이 두 표지는 속세(俗世)가 분명함을 일러주고 있지만 산시청람의 형상은 조물주만이 누릴 수 있는 경관이지만 그림을 통해 공유를 허락한 것이라는 인식을 은근하게 드러냈다.

　이처럼 산시청람(山市晴嵐)을 노래한 작품들이 갖는 공통기반은 산시(山市)라는 설정을 통해 성(聖)과 속(俗)이 교차하는 공간임을 드러내고 있었

---

19 金時洛, 『莊庵集』, 卷一, 「家有古藏瀟湘畵八帖, 家兄逐景題詠, 伏次其韻」, '山市晴嵐'.

다. 아울러 많은 작품에서 산(山)의 형상을 여인의 자태에 빗대면서 시(市)를 포근하게 감싸고 있는 형국으로 묘사하고 있었다. 그리고 이 산시(山市)를 속세(俗世)와 구분 짓고 그 경계를 표시하기 위해 푸른 남기가 산시로의 접근을 차단하는 형상으로 묘사되고 있었다. 이런 산시의 모습은 어머니의 자궁과도 같이 성스러운 공간으로 인식되기에 충분하다. 어찌 보면 가장 성스럽고 편안한 공간이었던 모체 내부에서 출산과 동시에 속세로 진입하게 되는, 성과 속이 교차하는, 공간으로도 인식할 수 있는 경관이 산시청람(山市晴嵐)이었다. 그런 점에서 '산시청람'을 통해 복원된 서사맥락이 바로 '출생'이었다.

2) 연사모종

〈1〉 이인로(李仁老 ; 1152–1220)

千回石徑白雲封	천 구비 돌길마다 흰 구름이 덮여 있고,
巖樹蒼蒼晚色濃	바위 숲은 새파랗게 어스름만 짙어졌네.
知有蓮坊藏翠壁	사찰이 푸른 절벽에 숨겨있음을 아는 것은,
好風吹落一聲鍾[20]	좋은 바람 불어 종소리 떨어지기 때문이네.

〈2〉 성삼문(成三間 ; 1418–1456)

遠樹煙橫碧	먼 숲은 연기 푸르게 비껴 있고,
連山日下春	연이은 산 아래로 해가 지네.
鍾鳴何處寺	종소리가 어느 절에서 울리는지,
雲外落從容[21]	구름 너머로 조용히 떨어지네.

〈3〉 이승소(李承召 ; 1422–1484)

野水村林帶落暉	들판 물과 마을 숲은 석양빛을 띠었고,
山光凝紫淡烟霏	산 빛은 자줏빛 엷은 안개 보슬비에 엉겼네.
風傳雲外鍾聲遠	바람이 구름 밖 종소리를 멀리서 전하니,

---

20 李仁老, 『三韓詩龜鑑』 卷之中, 「煙寺晚鐘」. 『東文選』 卷二十, 「宋迪八景圖」 '煙寺晚鐘'.
21 成三間, 〈成謹甫集〉 卷一, 「韓國文集叢刊」 第10卷, 184쪽, 「瀟湘八景」, '煙寺暮鍾'.

知有招提在翠微[22]　　비취빛 희미함 속에 절(寺) 있음을 알겠네.

〈4〉정조대왕(正祖; 1752–1800)

諸天遙指最高岑　　온 하늘이 멀리 가장 높은 봉우리 가리키고,
數點浦烟銷梵林　　여러 점 포구 연기에 절 숲이 사라졌네.
石逕歸僧何處向　　돌길로 돌아가는 스님은 어느 곳을 향하는지,
斜陽飛錫趁鐘音[23]　　비낀 석양에 지팡이 날리며 종소리 따라붙네.

〈1〉은 연사모종(煙寺暮鐘)이라는 제목에서 드러나듯 '사찰'은 보이질 않는다. 연기에 가려져 있기 때문이다. 다만 사찰이 존재한다는 것은 '종소리'를 통해 밝혀진다. 제한된 시각적 이미지는 청각적 이미지를 통해 보완되는 형국이다. 그림 속 연기에 가려 눈으로 확인할 수는 없지만 종소리로 사찰이 존재한다는 사실을 인식하게 된다. 어찌 보면 눈에 보이는 것이나 눈으로 관찰하는 것이 얼마나 취약할 수 있는가를 여실히 보여주는 작품이다. 진리나 진실은 눈으로 확인할 수 있는 것이 아닐지도 모른다는 지극히 평범한 사실을 보여주는 작품이다.

〈2〉도 마찬가지로 동일한 인식을 드러낸다. 해가 지는 모습으로 저물녘이라는 시간을 알려준다. 종소리의 출처는 알 수 없지만 사찰에서 울리는 종소리가 구름너머 어딘가로 떨어지고 있음을 형상화한 작품이다.

〈3〉에서도 '사찰'의 존재여부가 시각으로는 확인되지 않는다. 사찰이 존재한다는 사실을 인지하게 되는 것은 오로지 '종소리'에 의지해서였다. 이 종소리를 전해주는 바람 탓에 그림 속 어딘가에 눈으로 확인되지는 않지만 사찰이 존재하고 있다는 사실을 넌지시 알려준다.

〈4〉는 정조 임금의 작품이다. 군주의 작품이라는 점이 신선하다. 군주의 인식에서도 '사찰'은 연기에 의해 눈에 보이지 않는다. 눈에 보이지 않는다고 존재하지 않는 것은 물론 아니다. 지는 해에 스님이 따르는 방향성은 오직

22　李承召, 〈三灘集〉 卷九, 『韓國文集叢刊』 第11卷, 461쪽, 「題畵屏」 '煙寺暮鐘'.
23　正朝大王, 〈弘齋全書〉, 卷二, 『韓國文集叢刊』 第262卷, 33쪽, 「瀟湘八景 癸巳」 '煙寺暮鐘'.

'종소리'에 의지하고 있다는 인식을 드러내고 있다.

이처럼 '연사모종(煙寺暮鐘)'을 노래한 작품들의 공통점은 눈에 보이지 않지만 '종소리'를 통해서 지향점과 방향성을 제시하고 있다는 점이다. 눈에 보이지 않는 존재를 찾아 나서는 여정이다. 하지만 무작정 찾아나서는 것은 아니었다. 종소리를 통해 대상 내지 진리가 존재한다는 사실과 그에 도달하기 위해서는 어느 방향으로 나아가야 할 것인가에 대한 지향점을 계속 제시하고 있다. 이러한 점에서 연사모종은 '탄생' 서사에 이어지는 '구도'와 '수양'의 서사로 읽게 된다.

2. 시련과 극복(소상야우/원포귀범)

1) 소상야우

〈1〉이규보(李奎報 ; 1168–1241)

洒來幸是夜深天	내리쏟는 비 다행히 밤 깊은 하늘에 내리니,
臥聽蕭蕭尙寂然	누워서 쓸쓸한 빗소리 듣자니 오히려 적막하네.
無賴江邊班竹在	강변에 반죽 있음을 믿을 수가 없었는데,
遽能驚我醉中眼[24]	갑자기 술에 취한 내 눈을 놀라게 하네.

〈2〉이 행(李荇 ; 1478–1534)

蒼梧望斷幾千載	창오를 바라봐도 끊긴 지 몇 천 년인가,
竹上斑斑餘淚痕	대나무 위에 얼룩얼룩 눈물자국 남았네.
暝雨如聞鼓瑟響	밤비에 거문고를 뜯는 소리 들리는 듯한데,
靑山何處招帝魂[25]	푸른 산 어디에서 순임금의 영혼을 부를까.

---

24 李奎報, 〈東國李相國集〉後集卷六, 『韓國文集叢刊』 第2卷, 198쪽, 「相國嘗和示一首, 予每復以二首, 未知鈞鑒何如, 惶恐惶恐」 '瀟湘夜雨'.

25 李荇, 〈容齋集〉卷一, 『韓國文集叢刊』 第20卷 343쪽, 「瀟湘夜雨」, 三絕失(세 편의 절구 작품은 망실되었다. '연사모종', '원포귀범', '강천모설'을 일컫는다.)

〈3〉 임억령(林億齡;1496~1568)

蒼梧聖帝魂	창오에서 숨을 거둔 순임금의 혼백이,
夜半雨紛紛	한밤중 비가 되어 분분히 내리는구나.
竹裏蕭蕭意	대나무 속 소슬하게 울리는 뜻은,
要將洗淚痕[26]	바라건대 얼룩진 눈물 자욱 씻어내고자.

〈4〉 숙종(肅宗;1661~1720)

霏霏夜雨滿江頭	보슬보슬 내리는 밤비는 강가에 가득한데,
風撼滄波浸客舟	바람이 푸른 물결 흔들어 나그네 배에 들이치네.
回首湘沅雲漠漠	고개 돌려 상수와 원수 바라보니 구름이 막막하고,
悠悠千載使人愁[27]	아득하도다. 천년동안 사람을 시름겹게 하는구나.

　〈1〉은 소상야우를 노래한 대부분 작품에서 드러나듯 순임금과 아황, 여영의 서사를 다루고 있다. '반죽(斑竹)'이라는 표현을 통해 아황과 여영이 순임금의 죽음을 맞이하여 흘린 피눈물이 대나무에 붉은 반점으로 생겨나기 시작했다는 고사를 인용하고 있다는 사실을 알 수 있다.

　〈2〉에서는 '창오(蒼梧)'를 통해 순임금의 죽음을 이야기했고, '대나무 반죽(竹上斑斑)'을 통해 순임금의 두 아내였던 아황과 여영의 자결을 언급하면서 밤비에 거문고 뜯는 소리를 듣고 있다. 시상은 역시 순임금의 넋을 위무하며 종결짓고 있다.

　〈3〉은 순임금과 아황, 여영의 고사를 고스란히 언급하고 있다. 창오 들판에서 숨을 거둔 순임금의 죽음 그에 대한 안타까움이 밤마다 비가 되어 내리고 있다는 인식이 드러난다. 대나무 숲을 소슬하게 적시는 까닭이 죽음을 선택한 두 아내 아황과 여영의 슬픔을 씻어내고자 함에 있었다는 인식을 보인다.

　〈4〉는 숙종 임금의 작품이다. 군주의 시각에서 바라본 '소상야우'의 감상이 고스란히 드러난다. 여타 문인들이 보여준 작품 세계와 별반 다르지는 않아 보인다. 순임금과 아황, 여영의 고사에 바탕을 둔 정서가 드러나고 있다.

26　林億齡,〈石川集〉, 驪江出版社 影印本, 126쪽, '翻李後白瀟湘夜雨之曲'.

27　肅宗,『列聖御製』第十七篇,「瀟湘八景」'瀟湘夜雨'.

앞에서 살펴본 바와 같이 '소상야우(瀟湘夜雨)'를 노래한 작품에서 보이는 공통적 특징은 순임금과 아황, 여영의 고사 그리고 초나라 굴원에 대한 고사가 압도적이다. 이들 인물의 공통점은 세계와의 대결에서 패배한 인물의 형상을 획득하고 있다는 사실이다. 세계의 횡포에 맞서지만 결국은 구덩이에 빠지고 결국 패배하게 되는 인물 형상이다. 인간이 지닌 유한성에 기인한 성질이기에 누구도 피해갈 수 없는 서사적 맥락인 동시에 인간이라면 누구나 겪게 되는 시련과 고통의 순간을 상징하는 장면으로 이해할 수 있다.

2) 원포귀범
〈1〉 이인로(李仁老 ; 1152-1220)

渡頭烟樹碧童童	나룻가 내 낀 초목 푸름이 무성하고,
十幅編蒲萬里風	열 폭 부들 돛폭에는 먼 곳 바람이네.
玉膾銀蓴秋正美	농어회와 순채국 맛 가을의 참맛이라,
故牽歸興向江東[28]	짐짓 돌아갈 흥에 끌려 강동 향하네.

〈2〉 만 우(卍 雨 ; 1357- 未詳)

千里蓴方美	천리 고향 순채국 정녕 맛좋아,
東吳客大忙	동오 나그네는 무척 바쁘시네.
挐舟葦間去	배를 잡고 갈대 사이로 나가니,
蕭瑟朔風長[29]	소슬한 겨울바람이 길기만하네.

〈3〉 성삼문(成三問 ; 1418-1456)

遠水平如練	먼 곳 물은 비단결처럼 평온하고,
輕帆疾似禽	가벼운 돛단배는 새처럼 질주하네.
何令盛代士	어찌 지금 태평성대 선비로 하여금,
遽起討蓴心[30]	갑작스레 장한의 순심을 일으키나.

---

28 李仁老,『三韓詩龜鑑』卷之中, '遠浦歸帆'.「東文選」卷二十,「宋迪八景圖」'遠浦歸帆'.
29 千峯,『匪懈堂瀟湘八景詩帖』,「遠浦歸帆」.
30 成三問,〈成謹甫集〉卷一,「韓國文集叢刊」第10卷, 184쪽,「瀟湘八景」, '遠浦歸帆'.

〈4〉 소세양(蘇世讓 ; 1486-1562)

五五復三三	배들은 삼삼오오 떼 지어 다니고,
編浦風自擧	포구 엮은 바람은 절로 오르네.
波平一片遲	평온한 물결위로 조각배만 더디니,
莫是江東去[31]	강동(江東)으로 가는 것은 아니네.

〈1〉은 원포귀범(遠浦歸帆)에서 가장 많은 빈도를 차지하고 있는 남북조 시대 진(晉)나라 장한(張翰) 고사를 다루고 있다. 장한은 진나라 출신으로 제나라 왕을 보필해 벼슬을 하다가 어느 날 가을바람이 불자, "삶이란 뜻에 맞으면 그만이지 고향에서 천 리나 떨어진 곳까지 멀리 나가, 하필 헛된 명예만을 구할 것인가?"라는 말을 남긴 채 고향의 농어회와 순채국이 생각난다며 아무런 미련 없이 관직을 버리고 귀향했던 인물이다.

〈2〉 역시 장한 고사를 다루고 있다. 장한이 진(晉)나라 동오군(東吳郡) 출신이었다. '동오 나그네(東吳客)'는 장한을 일컫는 표현이다. 재미있는 것은 동오군 출신 나그네 장한이 취하는 태도이다. 관직을 버리고 고향을 향해 떠나면서도 서두르는 마음이 분주하다. 무겁고 아쉬움과 미련이 마음을 짓누르는 상태가 아니다. 기쁘고 설레는 마음으로 고향을 향하고 있다. 그 마음은 소슬한 삭풍을 맞는 시간이 더디고 길게 느껴질 정도로 마음은 이미 고향에 닿았다.

〈3〉에서도 장한 고사를 다룬다. 평온하고 비단결과 같은 물결을 가르며 질주하는 돛단배를 바라보는 시선에는 태평성대라는 현실인식이 깔려있다. 동시에 그런 태평성대를 살고 있는 선비에게 장한의 순심을 일으킨다면서 짐짓 너스레를 떨고 있는 선비 모습이 눈에 선하다.

〈4〉는 조각배의 속도감을 통해 장한 고사를 수용하는 작가의 심리 상태를 확인할 수 있다. "평온한 물결" 위로 나아가는 "조각배만 더디니" 이는 관직을 버리고 고향으로 떠나가는 장면이 아니라는 인식을 드러낸다.

---

31 蘇世讓,〈陽谷集〉卷十,『韓國文集叢刊』第23卷, 440쪽,「瀟湘八景」'遠浦歸帆'.

앞서 살펴본 바와 같이 원포귀범을 노래한 작품들은 대부분 현직을 버리고 미련 없이 고향을 향해 가벼운 마음으로 떠나는 형상을 다루고 있다. 혹은 떠나가는 배의 속도를 통해 고향으로 가는 것인지 아닌지를 판단할 정도였다. 아무런 미련 없이 떠나는 화자가 편안하게 마음을 붙일 수 있는 곳은 고향으로 인식되고 있었다. 반복적으로 언급되고 있는 고향과 같이 편안한 곳은 모체 내부 즉 태초의 생명이 숨을 쉬던 공간인 어머니의 자궁과도 같은 공간으로 인식되고 있다.

3. 진퇴와 정점(평사낙안/동정추월)

1) 평사낙안

〈1〉 이규보(李奎報;1168-1241)

群飛有意亂蘆花	무리 지어 날며 갈대꽃을 어지럽히려는 생각인지,
半落平沙一陳斜	반쯤은 넓은 모래밭에 내렸고 한 무리는 빗겨있네.
須愼傍邊謨汝者	곁에 너를 도모하는 자 있으니 모름지기 조심해라,
繞汀臨渚幾人家[32]	물가를 두르고 모래섬 가까이 사람의 집 얼마인가.

〈2〉 이제현(李齊賢;1287-1367)

行行點點整還斜	줄줄이 점점이 가지런하다 다시 비껴 나는 것은,
欲下寒空宿暖沙	추운 하늘 내려와 따뜻한 모래밭에 잠들려함이네.
怊得翩翩移別岸	갑작스레 펄펄 날아서 다른 언덕으로 옮겨감은,
軸轆人語隔蘆花[33]	사냥꾼이 갈대꽃 사이에 두고 말하기 때문이네.

〈3〉 이 행(李 荇;1478-1534)

一雙二雙集沙渚	한 쌍, 두 쌍 물가 모래섬에 모여서,

---

32 李奎報, 〈東國李相國集〉 後集卷六, 『韓國文集叢刊』 第2卷, 196~197쪽, 「次韻李平章仁植虔州八景詩并序」 '平沙落鴈'.

33 李齊賢, 〈益齋亂藁〉 卷三, 『韓國文集叢刊』 第2卷, 525쪽, 「和朴石齋·尹樗軒用銀臺集瀟湘八景韻(石齋名孝修, 樗軒名奕)」 '平沙落鴈'.

一飮一啄相因依 　 물마시고 먹이 쪼며 서로 의지하네.

人間着足盡機穽 　 인간세상 발붙이면 모두가 함정이니,

何似冥冥雲際飛[34] 　 흐릿한 구름 끝을 날아감은 어떤가.

〈4〉 이수광(李睟光; 1563~1628)

蘆白沙如雪 　 백사장에 갈대는 하얀 눈 같고,

聯翩下夕暉 　 연이은 날개 짓 석양에 내리네.

休言能避弋 　 주살 피할 수 있다 말하지 말라,

平地有危機[35] 　 평지에도 위기는 있는 법이라네.

〈1〉은 평사에 내려앉은 기러기와 빗겨 나는 기러기 형상을 제시한다. 동시에 기러기를 도모하려는 자가 있으니 모름지기 삼가야 한다고 주의를 당부한다. 이 작품에서 '인가(人家)'는 기러기에게 위해를 가하는 두려움과 공포의 대상으로 등장한다. 기러기의 입장에서 보자면 평사(平沙)라는 공간은 생계를 위한 공간이지만 동시에 죽음이 교차하는 공간인 셈이다.

〈2〉에서도 유사한 형상을 그려내고 있다. '추운 하늘'과 '따뜻한 모래밭'이 대비된다. 추위를 피해 따스한 모래밭으로 내려오지만 급작스럽게 날아오르는 이유는 사냥꾼이라는 존재를 인식했기 때문이다. 생활의 터전이 곧 포획과 죽음의 공간으로 이어질 수 있다는 두려움이 공존하고 있다.

〈3〉과 같이 평사(平沙) 내지 모래섬(沙渚)은 기러기에게 생계를 위한 공간이다. 물도 마시고 먹이도 쪼아 먹고 서로 의지하며 휴식을 취하는 공간이다. 그러나 "인간세상 발붙이면 모두가 함정"이라는 현실인식을 통해 평사낙안(平沙落雁)의 함의가 드러난다. 기러기에게 가장 안전한 삶이 보장되는 곳은 "구름 끝" 어딘가라는 인식이다.

〈4〉도 이와 같은 인식에서 벗어나지 않는다. 하늘을 날아간다고 해도 어정쩡한 위치에서 날아가면 '주살'과 '화살'을 맞을 수 있다. 구름 끝이나 하늘

34　李荇, 〈容齋集〉卷一, 『韓國文集叢刊』第20卷, 343쪽, 「平沙落鴈」.

35　李睟光, 〈芝峰集〉卷一, 『韓國文集叢刊』第66卷, 16쪽, 「平沙落鴈」.

끝이나 되어야만 안전한 공간이다. 하지만 항상 그렇게 날아다닐 수만은 없는 것이 현실이다. 그래서 삶을 위해, 생계를 위해, 쉼을 위해 땅에 내려앉지만 그 순간 현실은 위기가 도사리는 삶의 공간이다.

이처럼 기러기들에게 '평사'는 삶을 유지하기 위한 공간인 동시에 포획과 죽음이 교차하는 공간으로 인식되기도 했다. 사대부, 문인들 역시 기러기를 바라보며 자신의 출처진퇴(出處進退)를 끊임없이 고민하지 않을 수 없었다. 벼슬에 나아갈 것인가 벼슬에 나아갔더라도 물러날 때와 자리에 있을 때에 대한 고민이 치열했던 것은 예나 지금이나 별반 다르지 않은 고민으로 작용했음을 알 수 있다. 주어진 상황에 따라 순리대로 결정해야 하는 출처진퇴의 선택이야말로 다음 형국을 어떻게 맞이할 것인가를 가늠하는 중요한 판단 기준이 된다.

2) 동정추월

〈1〉 강석덕(姜碩德;1395-1459)

海門推上爛銀盤	바다 문(海門)이 찬란한 은쟁반을 추커올리면,
鐵笛聲高萬頃寒	철적(鐵笛) 소리 높고 만 이랑 물결 차가와라.
最是淸光秋更好	그야말로 맑은 빛이 가을이니 더욱 좋은지라,
凭欄須到夜深看[36]	난간에 기대고는 모름지기 밤 깊도록 보리라.

〈2〉 성종(成宗;1457-1494)

水寒烟色薄	호수는 차갑고 연기 빛깔 엷은데,
月出委金秋	달이 나오니 금빛 가을 쌓여지네.
未缺淸輝滿	맑은 달빛 가득해 모자라지 않고,
高懸玉宇留	귀한 집에 머무르며 높이 걸렸네.
漁舟天上坐	어부 배는 천상에서 자리를 잡고,
綸網鏡中浮	낚싯줄 그물은 거울 속에 떠있네.
美哉山河影	아름답도다! 산과 강의 그림자여,

---

36 姜碩德, 『東文選』第22卷, 「瀟湘八景圖有宋眞宗宸翰」 '洞庭秋月'.

湖光動庾樓[37]　　　호수 빛이 누각에까지 요동치네.

〈3〉이수광(李睟光；1563-1628)

玉鏡涵金鏡　　　옥거울이 금빛 거울에 젖어,

澄明上下空　　　맑고 밝아 위아래가 비었네.

人間無此景　　　인간세상 이런 풍경 없으니,

除是廣寒宮[38]　　이를 제하면 광한궁이리라.

〈4〉숙종(肅宗；1661-1720)

秋夜洞庭湖水淸　가을밤 동정 호수 물이 맑으니,

時時波撼岳陽城　때때로 물결이 악양성을 흔드네.

山河一望興無盡　산하를 한 번 보니 흥은 다하질 않고,

萬里長空月色明[39]　만 리의 긴 하늘엔 달빛만이 밝구나.

　〈1〉은 동정호 수면 위로 떠오른 만월(滿月), 보름달이 세상을 환하게 비추고 있는 모습을 형상화했다. 가을 밤하늘에 가득한 맑은 빛(淸光)에 황홀한 심정으로 밤새도록 달빛에 취하고 싶다는 심정을 그려내고 있다.

　〈2〉는 성종 임금의 작품이다. 온 세상을 환하게 비추고 있는 모습에서 아름다움을 느끼는 시적 화자의 탄식이 더없이 풍성한 가을밤을 그려냈다.

　〈3〉에서는 달빛에 젖은 세상이 얼마나 환상적 정취를 불러일으키고 있는지 새삼 인식하고 있다. 인간세상에서는 접할 수 없는 풍광임을 선언하며 선계의 광한궁이라는 인식을 드러내고 있다.

　〈4〉는 숙종 임금의 작품이다. 가을밤이라는 시간 배경과 동정호(洞庭湖) 그리고 악양성(岳陽城)이라는 공간 배경을 바탕으로 산하를 바라보는 흥취가 사라지지 않는 까닭이 만리장공(萬里長空)에 가득한 밝은 달빛 때문이라 했다.

37　成宗,『列聖御製』第九篇,「瀟湘八景」‘洞庭秋月’.

38　李睟光,〈芝峰集〉卷一,『韓國文集叢刊』第66卷, 16쪽,「洞庭秋月」.

39　肅宗,『列聖御製』第十七篇,「瀟湘八景」‘洞庭秋月’.

이처럼 동정추월(洞庭秋月)을 노래한 작품들은 공통으로 풍요롭고 최고의 정점에 도달한 형상을 그려내고 있었다. 앞에서 살펴본 바와 같이 '동정(洞庭)'이라는 호수 공간은 그 자체에 국한되지 않고 보름달이 비추는 환한 세상을 의미하고 있다. 송강이 언급했던 "明명月월이 千천山산萬만落낙의 아니 비췬 대 업다."고 했던 맥락과 같이 "천산만락(千山萬落)"에 가을 달의 환한 빛이 두루 영향을 미치고 있는 형상이다. 더 이상의 풍요로움을 기대하기 어려울 정도로 최상의 장면을 일컫는 형상으로 최고 정점(頂點)에 도달한 형상이다. 인간의 삶에 빗대어 생각해보면 최고 지위에 오른 형국을 의미하는 장면에 해당한다. 이 단계에 진입하는 경우 어떤 처세이냐에 따라 그 이후의 장면이 결정되는 단계로 주역에서 말하는 "항룡유회(亢龍有悔)"의 국면으로 진입한 서사적 맥락으로 이해할 수 있다.

4. 은퇴와 관조(어촌낙조/강천모설)

1) 어촌낙조

〈1〉 이규보(李奎報 ; 1168-1241)

江雲向晚卷長空	해 저무니 긴 하늘에 강 구름 걷히고,
斜照漁家日殺網中	어촌은 석양빛에 그물 말리는 중이네.
海底湧生胡不見	바다 밑 솟아날 땐 어찌 보지 않았나,
咄哉方始愛殘紅[40]	이상해라 비로소 지는 해 사랑하겠네.

〈2〉 성삼문(成三問 ; 1418-1456)

湖波光潤潤	호수 물결 출렁출렁 빛나고,
岸草碧芊芊	언덕 풀은 무성하여 푸르네.
凇江三五店	강안에는 서너 주점이 있고,

---

40 李奎報, 〈東國李相國集〉後集卷六, 『韓國文集叢刊』第2卷, 198쪽, 「次韻李相國復和虔州八景詩贈」'漁村落照'.

| 漁唱夕陽邊[41] | 어부는 석양 변에 노래하네. |

〈3〉 소세양(蘇世讓; 1486-1562)

蘆間三兩家	갈대 사이로는 두서 너 가옥이 있고,
返照紅將斂	저녁볕 붉은 기운 곧 사라지려 하네.
漁人及未昏	어부는 아직 어두워지지 않은 즈음,
撤網歸茅店[42]	그물 걷고 주막(茅店)으로 돌아가네.

〈4〉 송래희(宋來熙; 1791-1867)

小艇棹廻繫樹根	작은 배 노 저어 돌아와 나무뿌리에 매니,
依俙殘照下平原	흐릿하게 지는 햇빛이 들판으로 내려오네.
山腰紫綠遙相暎	산허리는 울긋불긋 들판 멀리 서로 비추고,
粧點幽閒繞水村 [43]	한가롭고 그윽하게 단장해 어촌을 감싸네.

〈1〉은 해가 저무는 저녁 시간대에 주목한다. 석양빛에 그물을 말리는 어촌의 한가로운 풍경을 그렸다. 눈에 띄는 부분은 화자의 새로운 인식이 드러나는 대목이다. 일출의 장관은 일상에서 접하는 장면이었다. 일몰의 장관도 마찬가지였다. 하지만 여태까지 제대로 인식하지 못했던 미의식이 '낙조(落照)'였다는 인식이 표현된다. 애잔하게 사라지는 붉은 기운이 새삼스레 사랑스러워졌다고 말한다. 말 그대로 자연의 이치였음에도 평소에는 인식하지 못했던 부분이다. 낙조의 애잔한 붉은 기운이 일출의 기운 못지않게 사랑스럽고 아끼고 싶다는 감정을 인식하고 있다.

〈2〉에선 물결이 출렁이는 모양과 어촌의 모습을 묘사한다. 강을 따라 주막이 서너 곳 위치하고 있으며 어부는 석양이 지는 강변에서 노래하는 형상을 다루고 있다. 한적하고 평화로운 일상을 다루고 있다.

〈3〉에서도 어촌의 일상을 담담하게 그려내고 있다. 갈대 사이로 드문드문

---

41 成三問, 〈成謹甫集〉 卷一, 『韓國文集叢刊』 第10卷, 184쪽, 「瀟湘八景」, '漁村落照'.
42 蘇世讓, 〈陽谷集〉 卷十, 『韓國文集叢刊』 第23卷, 440쪽, 「瀟湘八景」 '漁村落照'.
43 宋來熙, 〈錦谷集〉, 卷一, 『韓國文集叢刊』 第303卷, 107쪽, 「瀟湘八景 八首」 '漁村夕照'.

200 제1부

두서너 집이 보인다. 해질 무렵 낙조도 곧 사라질 듯하다. 어부는 하루 일과를 마무리하기 위해 그물을 걷고 주막으로 발길을 재촉한다.

〈4〉도 어촌낙조에서 그려지는 일상적 범주를 벗어나지 않는다. 일과를 마치고 돌아온 어부가 배를 매어둔다. 흐릿하게 지는 햇빛이 들판으로 내려오고 산허리는 울긋불긋 멀리까지 비추고 있다. 낙조가 휘감은 어촌의 형상이 흡사 그윽하게 단장한 모습이라고 형상화하고 있다. 이처럼 어촌낙조(漁村落照)에 형상화된 자연은 삶의 이치와 자연의 마땅한 이치를 따르며 순응하는 인간의 삶이 녹아있다. 등장하는 인물 가운데 가장 큰 비중을 차지하는 것은 '어부'의 형상이다. 어옹(漁翁), 어부(漁父), 어인(漁人), 어수(漁叟) 등 표현은 다양하지만 공통된 인물의 속성은 자연에 순응하며 속세의 부대낌이 존재하지 않는 평화로운 공간에서의 삶을 누리고 있다. 해가 뜨면 나가 고기 잡고 해가 저물면 그물을 걷는다. 돌아오는 길에 주막에 들러 술 한 잔에 소박한 삶을 즐기는 인물의 형상이 그려져 있다.

2) 강천모설

〈1〉 이규보(李奎報 : 1168-1241)

同雲飄雪晩來昏	구름과 함께 날리는 눈 해저무니 어둡고,
掩盡天涯萬疊巒	하늘 끝에 만 첩 봉우리 모두 가렸구나.
江上行人歸意迫	강변에 행인은 돌아갈 마음이 급박한데,
也除詩眼孰貪看[44]	시인 눈이 아니라면 누가 탐내 보겠는가.

〈2〉 이 곡(李 穀 : 1298-1351)

九陌紅塵午日烘	구맥 홍진에 정오의 햇빛이 밝아서,
閉門看畫意無窮	문 닫고 그림 보니 의미가 무궁하네.
何時着我孤舟去	언제쯤이면 내가 외딴 배를 타고가,

---

44 李奎報, 〈東國李相國集〉後集卷六, 『韓國文集叢刊』第2卷, 198쪽, 「相國嘗和示一首, 子每復以二首, 未知鈞鑒何如, 惶恐惶恐」'江天暮雪'.

獨釣江天暮雪中[45]　　눈 내리는 강천에서 홀로 낚시할까.

　〈3〉 이수광(李睟光 ; 1563-1628)

江風寒醞雪　　강바람이 차가워서 눈을 빚어내고,

江日澹無輝　　강변에 해는 담박하여 햇살도 없네.

何處人回棹　　어디 사는 사람인지 노를 돌리니,

知從訪戴歸[46]　　대규를 찾아갔다 돌아옴을 알겠네.

　〈4〉 정두경(鄭斗卿 ; 1597-1673)

無限江村雪滿舩　　끝이 없는 강마을 눈은 배에 가득하고,

愁雲遙接洞庭天　　시름겨운 구름이 동정 하늘에 접해있네.

此間正似山陰夜　　이 사이가 때마침 산음에 밤과 같건만,

誰詠當時招隱篇[47]　　누가 당시에 초은편(招隱篇)을 읊조리나.

　〈1〉은 눈 덮인 세상을 형상화한 작품이다. 저물녘 내리는 눈이 구름과 함께 어두운 분위기를 자아낸다. 주목되는 것은 '행인(行人)'과 '시안(詩眼)'의 대비이다. 지나가는 행인에게 눈 내리는 경관은 발걸음을 재촉하는 자연현상으로 인식될 따름이다. 하지만 시를 볼 줄 아는 안목을 지닌 이에겐 이런 장관이야말로 흥취(興趣)를 달랠 수 없는 순간이라는 인식이 드러난다.

　〈2〉는 화자가 그림 속의 장면을 들여다보고 있음이 확인된다. 속세에서

45　李 穀, 〈稼亭集〉, 卷十九, 『韓國文集叢刊』 第3卷, 217쪽, 「題江天暮雪圖」.

46　李睟光, 〈芝峰集〉 卷一, 『韓國文集叢刊』 第66卷, 16쪽, 「江天暮雪」.

47　鄭斗卿, 〈東溟集〉 卷二, 『韓國文集叢刊』 第100卷, 409쪽, 「題瀟湘八景圖」, '江天暮雪'. 이 작품은 洪滄浪, 〈瀟湘八景詩歌抄〉 31쪽에도 수록되어 있다. 〈瀟湘八景詩歌抄〉는 우리나라의 문헌이 아니라 일본에서 1688년에 간행된 책이다. 이 책에는 일본인들이 노래한 소상팔경 한시와 그림이 함께 수록되어 있다. 우리나라 사람으로는 유일하게 홍창랑(洪滄浪)이라는 이름으로 8수가 실려있다. 여기서 '홍창랑'은 홍세태를 의미한다. 그러나 이 작품들은 모두 정두경(鄭斗卿 ; 1597-1673)의 〈동명집(東溟集)〉에 실려 있는 작품과 동일하다. 여러 정황으로 미루어 보건대, 홍세태(洪世泰 ; 1653-1725)가 정두경에 비해 56년 뒤에 태어났다는 점, 또 다른 기록으로 보아 홍세태가 일본에 갔던 것은 사실이다. 일본 문인들과 '소상팔경'을 소재로 창작하는 과정에서 정두경의 작품을 그대로 노래했던 것이 일본에서 제작된 〈瀟湘八景詩歌抄〉라는 책에 수록된 것으로 보인다.

번잡한 일상을 살고 있는 화자가 잠시라도 일상에서 벗어나고자 그림을 펼쳤다. 그림 속 의경이 무궁무진함을 깨닫는다. 언제쯤이면 외딴 배를 타고 나가 눈 내리는 강변에서 홀로 낚시를 할 수 있을지 탄식하는 장면이 형상화되었다.

〈3〉은 진나라 왕휘지의 고사를 다루고 있다. 산음(山陰) 땅에 살던 왕휘지가 눈이 내리던 날 밤에 문득 섬계(剡溪)에 살던 절친한 벗 대규(戴逵) 생각이 간절해졌다. 보고 싶은 마음에 밤새 노를 저어 친구 집에 갔다. 하지만 문득 대규의 집에 당도하자 흥(興)이 다했음을 말하곤 그냥 배를 돌려 돌아왔다는 서사이다.

〈4〉도 역시 왕휘지와 대규의 고사를 중심으로 창작되었다. 강마을과 배가 내린 눈에 덮여 있다. 구름은 동정 하늘에 덮여 있다. 이 장면을 두고 산음의 왕자유와 섬계의 대규 고사를 떠올렸다. 흥취(興趣)가 일어났다가 사라지는 이치를 두고 이 역시 지극한 자연의 마땅함이라는 인식을 드러내고 있다.

이처럼 강천모설(江天暮雪)에 등장하는 인물은 대개가 달관(達觀)과 흥취(興趣)의 경지에 도달한 인물형상을 그려내고 있다. 내리는 눈이나 쌓인 눈이 보여주는 엄혹함에서 초탈한 인물의 형상이 주를 이룬다. 세상 사람들의 인식이나 행동양상과 거리가 먼 인물들의 양상이 형상화되었다. 주로 형상화된 인물은 어옹(漁翁)과 왕자유(王子猷) 그리고 시인 맹호연(孟浩然)이다. 이들을 통해 세상사를 초탈한 채 달관의 경지에 도달한 인물 형상을 다루고 있다.

지금까지 살펴본 바와 같이 소상팔경(瀟湘八景)을 노래한 작품들은 뚜렷한 서사적 맥락을 구축하고 있었다. 이 서사적 맥락은 출생의 서사로부터 구도와 수학의 서사를 거쳐 세계와의 대립과 갈등 그리고 패배, 모체 내부로의 회귀욕망, 출처진퇴의 서사를 거쳐 최고의 정점에 도달한 후에는 다시 세계와의 거리를 두며 순리에 따르는 삶의 서사를 거쳐 흥취의 서사까지 이어지고 있었다. 이러한 서사적 맥락은 봄, 여름, 가을, 겨울이라는 자연의 이치 내지 생장소멸의 이치와도 매우 닮아 있음을 알 수 있다.

V. 맺음말

이 글은 동아시아에서 천년 넘게 유행했던 '소상팔경(瀟湘八景)'을 대상으로 스토리텔링의 가능성을 살펴본 작업이다. 소상강(瀟湘江)이라는 공간에 주목했고, 팔경(八景)이라는 내적 구조에 주목했다. 여덟 장면 가운데 가장 강력한 서사는 '소상야우(瀟湘夜雨)'였다. 이에 기초하여 다른 일곱 장면에 담긴 요소들을 대상으로 서사적 맥락을 복원할 때, 가장 유력한 대상이 바로 우순(虞舜) 즉 '순(舜)' 임금이었다. 소상팔경이 순임금의 서사를 다루고 있을지도 모른다는 개연성에서 출발한 논문이다. 동시에 팔경(八景)에 담긴 내적 구조를 재현하고자 하는 취지에서 각 장면이 지닌 함의와 상징을 주역의 팔괘에 대응해보았다. 그 결과로 팔괘에 상응하는 팔경의 값을 찾아냈다. 아울러 짝이 되는 조합끼리 상괘와 하괘, 내괘와 외괘의 조합을 통해 단계별로 전개되는 서사맥락의 양상을 재현해 보았다. 그 결과 순임금의 출생에서부터 성장과정을 포함하여 황제로 등극하는 과정에서의 출처진퇴와 태평성대를 구가하게 되기까지의 전 과정을 다루고 있었다. 그리고 죽음을 맞이하기까지의 여정이 소상팔경이라는 여덟 장면에 내적으로 구조화되어 있었다는 사실을 스토리텔링 기법을 통해 정리할 수 있었다. 한 가지 성과는 순임금의 스토리텔링이 소상팔경으로 형상화되었다는 주장이 비단 순임금 한 사람에게만 적용되지 않는다는 사실이다. 인간의 삶 자체가 봄, 여름, 가을, 겨울의 사계절과 같이 생장소멸(生長消滅)의 보편적 진리로부터 동떨어질 수 없는 존재이기에 누구나 인간으로 태어난 이상 이와 같은 과정을 거칠 수밖에 없는 존재는 아닐까 하는 생각에 이르게 된다.

소상팔경에 내재된 주역팔괘의 원리

1. 출생과 성장(산시청람/연사모종)

진괘(震卦, 雷, ☳) - 산시청람

손괘(巽卦, 風, ☴) - 연사모종

▶ 뇌풍항(雷風恒)괘: 우뢰와 바람이 서로 함께하면서 만물을 화육하고자 하고 공손하면서 힘차게 움직여 강함과 유순함이 서로 위아래에서 호응하는 형상이다. 이는 모두 항구해야 하는 인간의 도리이다. 천지자연의 떳떳한 도리로 항구함을 잃지 않으니 항괘의 법도는 언제나 형통하다. 사람이 항구함에서는 바르고 정당해야 함을 일컫는다.

2. 시련과 극복(소상야우/원포귀범)

감괘(坎卦, 水, ☵) - 소상야우

리괘(離卦, 火, ☲) - 원포귀범

▶ 수화기제(水火旣濟)괘: 도(道)가 이제 궁할대로 궁해져서 좋지 않은 방향으로 가는 것을 말함. 물이 불 위에 있는 것이 '기제(旣濟)'이니 군자가 이러한 상을 보고 본받아서 '환란'을 생각하여 미리 막아야 한다는 의미를 지닌 장면을 일컫는다.

3. 진퇴와 정점(평사낙안/동정추월)

곤괘(坤卦, 地, ☷) - 평사낙안

건괘(乾卦, 天, ☰) - 동정추월

▶ 지천태(地天泰)괘: 소통이 원활한 태평성대의 모습을 의미한다. 군자의 도는 자라나고, 소인의 도는 사라지고 있는 형국이다. 조그만 문제점들이 사라지고 큰 태평함이 오니 길(吉)하고 형통한 괘이다. 하늘과 땅이 서로 교류하고 있으니 만물이 통하는 것이다. 훌륭한 인재들이 안으로 등용되고 소인들은 밖으로 밀려난다는 장면을 일컫는다.

4. 은퇴와 관조(어촌낙조/강천모설)

간괘(艮卦, 山, ☶) - 어촌낙조

태괘(兌卦, 澤, ☱) - 강천모설

▶ 산택손(山澤損)괘: 천하의 어려움이 풀려서 흩어지는 때를 의미한다. 아래의 태괘가 가진 것을 덜어내어 위의 간괘에 제사를 지낸다는 의미이다. 산택손(山澤損)의 '손(損)'은 천지와 자연의 마땅한 이치에 기뻐하며 따르는 군자의 행위여야 함을 의심하지 말라는 형국을 일컫는다.

동아시아 소상팔경도의 스토리텔링 시안(試案)

– 순임금의 출생에서 죽음까지 –

1. 산시청람(山市晴嵐)

〈그림 1〉 산시청람도(山市晴嵐圖)

▶ 탄생(誕生)과 출생(出生)의 서사. 성(聖)과 속(俗)이 조화를 이룬 이상적 공간의 형상임.
　순(舜)의 성은 우(虞), 이름은 중화(重華)이고 우순(虞舜) 또는 제순유우(帝舜有虞)로도 부른다. 제왕의 후손이라고 하나 여러 대를 거치면서 지위가 낮은 서민이 되어 가난하게 살았다. 순의 아버지인 고수(瞽瞍)는 앞을 못 보는 맹인으로 아내가 순을 출산하고 사망하자 후처를 들인다. 후처는 완악한 여인으로 순을 끊임없이 괴롭힌다.

2. 연사모종(煙寺暮鐘)

〈그림 2〉 연사모종도(煙寺暮鐘圖)

▶ 구도(求道)와 수학(修學)의 서사. 구도의 과정과 방향을 제시하는 형상임. 고수는 자신의 아내가 순을 출산하고 숨을 거두자 후처를 들여 아들 상(象)을 낳았다. 순은 어려서부터 온갖 허드렛일을 다했다. 물을 길어 나르고, 나무를 하고, 농사도 짓고, 질그릇을 굽기도 했다. 순이 가는 곳마다 마을이 형성되고 사람들의 인심이 후해졌다.

3. 소상야우(瀟湘夜雨)

4. 원포귀범(遠浦歸帆)

〈그림 3〉소상야우도(瀟湘夜雨圖)

▶ 횡포(橫暴)와 패배(敗北)의 서사. 세계의 횡포에 휘둘
리는 자아(自我)를 위로하는 형상임.
아버지인 고수는 계모와의 사이에서 출생한 아들 상
(象)만을 편애하여 순을 여러 차례에 걸쳐서 죽이고
자 하였다. 그럼에도 불구하고 순은 부모가 자식을
죽이는 살인죄를 범하지 않게 하려고 이를 잘 피하
면서 진심으로 효도를 다한다.

〈그림 4〉원포귀범도(遠浦歸帆圖)

▶ 귀향(歸鄉)과 회귀(回歸)의 서사. 고향(故鄕) 내지 모
체(母體) 내부로의 회귀욕망을 형상화함. 30세에 요
(堯)가 순(舜)을 후계자로 삼고자 하여 순을 시험하기
위해 아황과 여영 두 딸을 시집보낸다. 순이 여러 임
무를 잘 수행하고 두 딸과의 가정생활도 원만하자 요
는 순을 등용하여 천하의 일을 맡기기로 결심한다.

5. 평사낙안(平沙落雁)

〈그림 5〉 평사낙안도(平沙落雁圖)

▶ 출처(出處)와 진퇴(進退)의 서사. 현실(現實)과 이상
(理想)의 대립과 갈등을 출처진퇴(出處進退)의 문제
로 형상화함. 순(舜)이 황제로 등용되어 20년이 지나
자 요(堯)는 순을 섭정으로 삼고 은거했다. 8년 후 요
가 사망하자 순은 요의 맏아들 단주(丹朱)에게 왕위를
양보하고 변방으로 물러나 은거했다. 그러나 백관과
백성들이 은거한 순을 찾아와 조회를 보고 재판을 치
르자 천명을 거스를 수 없음을 깨닫고 돌아와 왕이
되었다.

6. 동정추월(洞庭秋月)

〈그림 6〉 동정추월도(洞庭秋月圖)

▶ 풍요(豊饒)와 정점(頂點)의 서사. 대립(對立)과 갈등
(葛藤)이 해소된 최적의 상황을 형상화함. 순(舜)은
황제 자리에 즉위한 이후 여러 신하들을 전문적인 직
분에 따라 임명하였다. 사방의 오랑캐를 정벌하고
회유하여 넓은 강역에까지 통치가 미치게 되었다.
특히 홍수를 다스리기 위해 우(禹)를 등용하여 마침
내 치수에 성공하였다. 우의 성공적인 치수로 농토
가 증대되고 천하의 모든 사람들이 순임금의 뛰어난
인재 등용을 칭송하였다.

7. 어촌낙조(漁村落照)

〈그림 7〉 어촌낙조도(漁村落照圖)

▶ 순응(順應)과 관조(觀照)의 서사. 순리(順理)대로 살아가며 세상과 거리두기를 형상화함.

순임금은 우(禹)를 치하하며 그에게 구슬을 하사하였다. 우의 공로가 뛰어났고, 순의 아들 상균(商均)이 왕위에 적합하지 않다고 판단했기 때문에 순리에 따라 순임금은 재위 22년 만에 우를 하늘에 천거하여 후계자로 삼았다.

8. 강천모설(江天暮雪)

〈그림 8〉 강천모설도(江天暮雪圖)

▶ 달관(達觀)과 흥취(興趣)의 서사. 세상사(世上事)에 초탈한 달관(達觀)과 흥취(興趣)의 경지를 형상화함. 삶과 죽음을 초월한 형상으로 순(舜)은 황제의 지위에 재위한지 39년에 남순(南巡)을 하다가 창오 들판의 소상강에서 숨을 거둔다. 이때 두 아내였던 아황과 여영 역시 남편을 잃은 상실감에 슬퍼하며 소상강에 투신하여 스스로 자결하여 삶을 마감한다.

스토리텔링으로서의 고구려 여성의 삶

고구려 王后 于氏 이야기

정원주　한국전통문화대학

I. 머리말

  문화와 자본이 연결된 문화콘텐츠 산업은 21세기 들어 다양한 방식으로 전개되고 있다. 이는 디지털 시대의 도래와 지역문화 발전이라는 시대적 추세와 함께 보다 확대되고 있을 뿐 아니라 그 중요성과 결과에 대한 기대도 매우 높다고 할 수 있다. 이에 맞추어 대학에서는 문화콘텐츠학과가 개설되면서 그 분야의 전문가 양성에까지 이르게 되었다. 이러한 문화 콘텐츠는 다양하게 이루어졌는데, 그 가운데 스토리텔링은 매우 중요한 위치를 점하고 있다. 스토리텔링은 소설이나, 영화, 드라마에서 주로 활용되었지만, 여기에서 더 나아가 마케팅 기법인 스토리두잉으로 진화·발전해가고 있다.

  스토리텔링의 주제도 다양하지만 특히 역사, 설화, 전승의 활용도는 점점 더 높아지고 있다. 특히 역사를 스토리텔링으로 활용한 소설이나 드라마, 영화는 과거에도 있어왔으나, 그 주제가 특정인물이나 시기로 한정되는 경향이 있었다. 그러나 최근에는 소소한 흔적만이 남아있는 사건이나 인물을 토대로 한 스토리텔링이나 역사적 사실을 가공의 인물이나 사건과 결합해 전혀 다른 결말에 이르게 하는 등 다양한 방식으로 풀어가면서 그 활용 방향을 넓혀가고 있다. 이러한 점에서 사료가 부족한 고대사 사료나 지역 전승 및 설화도 스토리텔링의 주요한 주제와 소재가 되고 있다.

  특히, 현전하는 한국 고대 사료로서 주요하게 이용되는 것은 고려시대에 편찬된 『삼국사기』와 『삼국유사』이다. 두 사서는 편찬 방식이나 편찬 동기 및 여러 측면에서 상반된 특징을 갖고 있다. 本紀, 列傳, 志, 表로 서술된 紀傳體 사서인 『삼국사기』와 달리 『삼국유사』는 기사본말체 방식으로 신화, 설화, 전설, 향가 등의 자료들을 수집하여 이야기 형태로 기록되었다. 그러나 『삼국사기』 편찬시 인용된 자료들은 기전체 방식이 아니었을 가능성이 높다. 인용 자료로 잘 알려진 중국측 자료인 『資治通鑑』은 編年體 방식이었으며, 특히 『古記』류로 분류된 우리측 자료는 전해지지 않아 그 원형을 알 수 없다. 다만, 본기에 포함되어 있는 일부 자료는 전형적인 편년체나 기전체 방식이 아니었을 가능성을 보여주고 있다. 그 대표적인 것들이 삼국의 초기 왕들과 관련된 기록이라 할 수 있다. 그 외에도 열전 및 본기에서도 보이고 있다. 특히 「고구려본기」에서는 여성과 관련된 기록 부분은 그 원형이 이야기 형식의 전승이 아니었을까 한다.

『삼국사기』에서 고구려 여성과 관련된 이야기는 우선 고구려 건국주인 朱蒙의 어머니인 柳花를 비롯해 樂浪公主, 王后 于氏, 酒桶村女, 貫那夫人, 平岡公主 등이라 할 수 있다. 그밖에 단편적으로만 언급된 여성들이 있는데 동천왕의 후궁이 된 東海에서 바친 미녀나[1], 漢氏 미녀[2], 고국원왕의 모친인 周氏 등이라 할 수 있다. 또한 백제본기에 언급되어 있지만 고구려 건국신화에 속해야 하는 召西奴도 주요 인물이라 할 수 있다. 이 가운데 자주 스토리텔링의 주제로 활용되는 것이 유화, 소서노, 낙랑공주, 평강공주라 할 수 있다. 그러나 이들은 대개 남성 주인공을 성공으로 이끄는 보조 역할로서 그들의 존재가 드러나고 있다. 이미 유교적 사고에 따른 남성과 여성의 성역할 분담이 나누어진 상태에서 기록으로 전해진 한계와 왕조사 중심의 역사서술이라는 한계, 그들의 동반자였던 남성 인물의 존재감이 이들을 보조자의 역할에 머물게 하였음이 분명하다 할 수 있다.

한편 TV 드라마로 방영된 〈주몽〉(MBC, 2006.5.15.~2007.3.6.)에서 소서노는 주몽 못지않은 존재감을 드러내었고 독립된 제목의 소설들이 여러 권 출간되었다. 또한 한국의 여성이라는 제목에 신라의 여왕인 선덕여왕, 진덕여왕과 더불어 자주 등장하는 주요 인물이라 할 수 있다. 소서노의 존재감은 그녀가 고구려 건국자인 주몽을 도와 건국에 동참했으며, 이후 백제를 건국한 온조의 어머니로서 갖는 위상에서 비롯된 것이다. 그에 비해 유화와, 낙랑공주, 평강공주는 어머니로서, 여자로서, 부인으로서 남성중심 사회가 이상화한 여성상으로 그려지고 있다. 그러나 실제 역사 속으로 좀 더 깊이 들어간다면 이들에게 부여된 여성상이 전부가 아니었음을 알 수 있을 것이다.

---

1 『三國史記』 권17, 東川王 19年 3月 條, "東海人獻美女 王納之後宮"
2 『三國史記』 권37, 地理4 漢山州 條, "王逢縣一云皆伯 漢氏美女迎安臧王之地 故名王逢"
  이를 소재로 한 소설로 '을밀(김이령, 파란미디어, 2012)'이 있다.

아직 스토리텔링의 주제로 활용되고 있지 못한 왕후 우씨나 주통천녀 등은 남성 못지않은 정치적 인물이자 그 시대의 역사를 주도했던 대표적 인물이라 할 수 있을 것이다. 특히 왕후 우씨는 고구려 계루부 왕실과 대등한 위치를 점했던 왕비족 시대를 열어간 개척자이자 뛰어난 정치적 인물이라 할 수 있다. 그럼에도 그녀의 존재감이 아직 대중적이지 못한 것은 유교적 사고에 얽매어 그녀를 바라보는 시각이 고정되어 있기 때문일 것이다.[3] 따라서 이 글에서는 왕후 우씨를 스토리텔링의 주제로서 어떻게 활용할 수 있는가에 대해 살펴보고자 한다.

II. 역사에서 다루어진 고구려 王后 于氏

　　『삼국사기』에 나오는 王后 于氏는 고구려 고국천왕과 山上王 2대에 걸쳐 왕후의 지위에 있었으며, 동천왕대에는 왕태후를 지냈던 인물이다. 다음은 『삼국사기』에 나오는 기록이다.

가-1) (고국천왕) 2년 봄 2월에 왕비 于氏를 세워 왕후로 삼았다. 왕후는 提那部 于素의 딸이다.[4]

가-2) 山上王은 이름이 延優이고 고국천왕의 아우이다……고국천왕은 아들이 없으므로 연우가 뒤를 이어 즉위하였다. 이보다 앞서 고국천왕이 죽었을 때에 왕후 우씨는 죽음을 비밀로 하여 발설하지 않고, 밤에 왕의 아우 發歧의 집으로 가서 "왕은 아들이 없으니 당신이 마땅히 뒤를 이어야 합니다."고 말하였다. 발기는 왕이 죽은 것을 알지 못하고 대답하

3　조선시대 유학자들인 권근·서거정·안정복·최부 등이 왕후 우씨와 산상왕의 혼인을 천륜을 어긴 수혼이라고 비판한 글에 대해서는 다음의 글이 있다(신경득, 「고구려 초기 형수와의 혼인이 빚어낸 갈등 양상」 『南冥學研究』 26, 2008, 506~510쪽.).

4　『三國史記』 권16, 山上王 元年 條.

였다. "하늘의 운수는 돌아가는 데가 있으므로 가볍게 의논할 수 없습니다. 하물며 부인이 밤에 다니는 것을 어떻게 禮라고 할 수 있겠습니까?" 왕후는 부끄러워하고 곧 [연]우의 집으로 갔다. 연우는 일어나서 의관을 갖추고, 문에서 맞이하여 들여앉히고, 잔치를 베풀어 [함께] 마셨다. 왕후가 말하였다. "대왕이 돌아가셨으나 아들이 없으므로, 발기가 큰 동생으로서 마땅히 뒤를 이어야 하겠으나 첩에게 딴 마음이 있다고 하면서 난폭하고 무례하므로 당신을 보러 온 것입니다." 그러자 연우는 예의를 더 [중하게] 하고 친히 칼을 잡고 고기를 베다가 잘못하여 손가락을 다쳤다. 왕후가 치마끈을 풀어 다친 손가락을 싸주고, 돌아가려 할 때 연우에게 "밤이 깊어서 예기치 못한 일이 있을까 두려우니, 그대가 나를 궁까지 전송해 주시오." 하고 말하였다. 연우는 그말에 따르니 왕후가 손을 잡고 궁으로 들어갔다. 다음날 새벽에 [왕후가] 선왕의 명령이라고 사칭하고, 여러 신하들에게 명령하여 연우를 왕으로 세웠다.[5]

가-3) 발기가 이것을 듣고 크게 노하여 군사를 동원해서 왕궁을 둘러싸고 소리쳐 말하였다. "형이 죽으면 아우가 잇는 것이 예이다. 너는 차례를 뛰어 넘어 찬탈하였으니 큰 죄이다. 마땅히 빨리 나오너라. 그렇지 않으면 주멸함이 처자식에게까지 미칠 것이다." 연우는 3일 동안 문을 잠그고 있었다. 나라 사람들도 또한 발기를 따르는 자가 없었다.[6]

가-4) 발기가 어려운 것을 알고 처자를 거느리고 요동으로 도망가서 태수 公孫度를 뵙고 고하였다. "나는 고구려 왕 男武의 친동생입니다. 남무가 죽고 아들이 없었는데, 나의 동생 연우가 형수 우씨와 왕위에 오를 것을 공모하여 천륜의 의를 그르쳤습니다. 이 때문에 분하여 상국에 투항해 왔습니다. 엎드려 원컨대 병사 3만을 빌려 주어, 그들을 쳐서 난을 평정케 하십시오." 공손도가 그 말에 따랐다. 연우는 동생 계수를 보내 군사를 거느리고 막게 하니, 한나라 군사가 크게 패하였다. 계수는 스

---

5 『三國史記』 권16, 山上王 元年 條.
6 『三國史記』 권16, 山上王 元年 條.

스로 선봉이 되어 패잔병을 추격하니, 발기가 계수에게 말하기를 "네가 지금 늙은 형을 차마 해칠 수 있느냐?"고 하였다. 계수는 형제에 대하여 무정할 수 없어 감히 해치지 못하고 말하였다. "연우가 나라를 양보하지 않은 것은 비록 의가 아니지만, 당신은 한 때의 분노로 祖宗의 나라를 멸하려 하였으니 이것이 무슨 뜻입니까? 죽은 후 무슨 면목으로 조상들을 뵙겠습니까?" 발기가 그 말을 듣고 부끄럽고 후회스러움을 이기지 못하여 裴川으로 달아나 스스로 목을 찔러 죽었다. 계수는 슬퍼 통곡하며 그 시체를 거두어 짚으로 가매장하고 돌아왔다.[7]

가-5) 왕은 슬프기도 하고 [한편] 기쁘기도 해서 계수를 궁중으로 끌어들여 잔치를 베풀어 家人의 예로 대접하고 또 말하였다. "발기가 다른 나라에 군사를 청하여 우리나라를 침범하여 죄가 막대한데, 지금 그대가 그에게 이기고도 놓아주고 죽이지 않은 것은 족한 일이나, 그가 스스로 죽자 심히 슬프게 통곡한 것은 거꾸로 과인이 무도하다고 하는 것이냐?" 계수가 슬픈 얼굴로 소리없이 눈물을 흘리면서 대답하기를 "신이 지금 한마디 아뢰고 죽기를 청합니다." 하니, 왕은 "무엇이냐?"고 물었다. 계수가 대답하였다. "왕후가 비록 선왕의 유명으로 대왕을 세웠더라도, 대왕께서 예로써 사양하지 않은 것은 일찍이 형제의 우애와 공경의 의가 없었기 때문입니다. 신은 대왕의 미덕을 이루어 드리기 위하여 시체를 거두어 안치해 둔 것입니다. 어찌 이것으로 대왕의 노여움을 당할 것을 헤아렸겠습니까? 대왕께서 만약 인자함으로써 악을 잊고, 형의 喪事에 맞는 예로써 장사지내더라도 누가 대왕을 불의하다고 하겠습니까? 신은 이미 다 아뢰었으므로 비록 죽어도 사는 것과 같습니다. 이제 관부에 나아가 죽임을 당하겠습니다." 왕은 그 말을 듣고 앞으로 나아가 앉으면서 따뜻한 얼굴로 위로하며 말하였다. "과인이 불초하여 의혹이 없지 않았는데, 지금 그대의 말을 들으니 참으로 잘못을 알겠도다. 그대는 책하지 말기 바란다." 왕자가 절하니 왕도 역시 절하였으며, 즐

7 『三國史記』 권16, 山上王 元年 條.

거움을 마음껏하고 파하였다.[8]

가-6) 가을 9월에 담당 관청에 명하여 발기의 관을 받들어 모셔오게 하여, 왕
       의 예로써 裴嶺에 장사지냈다. 왕은 본래 우씨 때문에 왕위에 올랐으므
       로 다시 장가들지 않고 우씨를 왕후로 삼았다.[9]

위의 가-2)의 기록은 왕후 우씨에 의해 고구려의 차기 왕이 결정되어지
는 극적인 상황 전개를 개괄적으로 보여주는 것이다. 우씨는 고구려 제9대
왕인 고국천왕이 후사가 없이 죽음에 이르게 되자 그 계승자를 직접 선택하
고 있다. 그녀가 차기 왕위계승자로서 찾아간 사람은 고국천왕의 아우들인
發歧와 延優이다. 그 중에서 우씨는 자신을 환대한 연우를 선택함으로써 연
우가 제10대 왕인 산상왕이 되었다. 위의 기록들은 고구려사 전개과정에서
여러 측면에서 전환기를 반영하는 사건으로 중요시되고 있다.

고구려는 『삼국지』 고구려전에 의하면

나-1) (고구려는) 본디 五族이 있으니, 涓奴部 · 絕奴部 · 順奴部 · 灌奴部 · 桂
       婁部가 그것이다. 본래는 涓奴部에서 王이 나왔으나 점점 미약해져서
       지금은 계루부에서 王位를 차지하고 있다. (중략) 왕의 宗族으로서 大
       加인 자는 모두 古鄒加로 불리어진다. 연노부는 본래 國主였으므로 지
       금은 비록 왕이 되지 못하지만 그 適統大人은 고추가의 칭호를 얻었으
       며, 宗廟를 세우고 靈星과 社稷에 제사지낸다. 절노부도 대대로 왕실과
       혼인을 하였으므로 고추(가)의 칭호를 더하였다.[10]

위의 기록을 보면 본래 五族으로 구성되어 있던 고구려에서는 왕족인 桂
婁部와 전왕족인 涓奴部, 왕비족에 해당하는 絕奴部의 세 부는 古鄒加의

---

8 『三國史記』 권16, 山上王 元年 條.
9 『三國史記』 권16, 山上王 元年 9月 條.
10 『三國志』 권30 東夷傳, 高句麗 條.

칭호를 가질 수 있는 특별한 部였다고 한다. 계루부는 高氏를 칭하는 당시 왕족을 칭하는 것으로 볼 수 있다. 그러나 연노부는 『삼국사기』에는 보이지 않으며 『후한서』에는 본래 消奴部에서 왕이 나왔으나 이후 계루부에서 왕위를 차지하게 되었다[11]고 하여 달리 기록되고 있다. 대체로 涓奴部는 消奴部의 오기로 보고 있다.[12]

이는 고구려가 국가 초기에는 오부족 연맹체 국가에서 출발해 계루부의 집권력이 강화되면서 점차 왕위를 독점하게 되었음을 의미한다. 그러나 계루부 중심의 왕위가 계승되었다고 하더라도 일정 기간 동안은 형제상속으로 왕위가 이어졌을 것으로 보는 것이 일반적이다. 이는 특히 大武神王 이래로 新大王에 이르기까지 계속된 형제계승의 왕통이 이어지는 것에서도 확인되고 있다.[13] 고국천왕은 신대왕의 아들로 12년(176)에 왕태자가 되었다가[14] 왕위에 올랐으므로 부자상속에 의한 계승으로 볼 수 있다. 한편, 가-3)을 보면 발기가 형이 죽으면 아우가 잇는 것이 禮라고 하는 것에서 여전히 형제상속에 의한 왕위계승이 당연한 것처럼 이야기 하고 있다. 그러나 이는 앞의 가-2)에서 보듯이 고국천왕의 후계가 없음으로 인해 차기 왕위가 그 형제에게 이어진 것으로 보아야 한다.

이에 대해서 이기백은 고국천왕에서 烽上王까지는 고구려의 왕위 계승이 형제상속에서 부자상속으로 넘어가는 과도기로 보고 있다.[15] 이 시기에는 왕위에 도전하는 왕의 형제들의 반란 기사나 왕위에 위협이 되는 친족들을 제

---

11 『後漢書』 권85, 東夷傳, 高句驪 條, "凡有五族 有消奴部 絶奴部 順奴部 灌奴部 桂婁部 本消奴部爲王 稍微弱 後桂婁部代之"

12 李丙燾, 「高句麗國號考」 『서울大學校論文集』, 人文·社會科學 3, 1956; 『韓國古代史研究』, 博英社, 1985, 359~360쪽.

13 고구려 초기의 왕위계승이 형제상속에 의한 것으로 보는 견해는 다음과 같다. 金洸鎭, 「高句麗社會の生産樣式−國家の形成過程を中心として−」 『普專學會論集』 3, 1937, 743~745쪽; 金哲埈, 「高句麗·新羅의 官階組織의 成立過程」 『李丙燾博士華甲記念論叢』, 一潮閣, 1956, 702~703쪽.

14 『三國史記』 권16, 新大王 12年 條.

15 李基白, 「高句麗 王妃族考」 『韓國古代 政治社會史研究』, 一潮閣, 1996, 78~84쪽.

거하는 사건들이 계속해서 보이고 있다.[16] 위의 가-3)과 가-4)에 보이는 발기의 반란도 그러한 유형에 속한다고 할 수 있을 것이다. 무엇보다 가-5)에 보이는 연우의 계수에 대한 경계가 가-6)에 보이는 것처럼 연우로 하여금 연나부 세력과의 연계를 통한 강력한 왕권 안정의 추구를 위해 형수인 우씨를 왕후로 맞이하는 결과로 이어진 것으로 보인다.

또한 절노부는 『삼국사기』에 보이지 않아 위에서 언급한 연노부와 마찬가지로 절노부에 대해서도 의문이 제기되고 있다. 대대로 왕실과 혼인을 하였다는 절노부는 『삼국지』가 쓰인 3세기 대의 고구려 사정을 토대로 앞의 가-1)에 보이는 提那部와 동일한 것으로 보고 있다. 제나부 또한 가-1)의 기사에서만 보이므로 위와 유사한 掾那部의 잘못된 표기로 절노부, 제나부, 연나부는 동일한 실체로 볼 수 있다.[17] 『삼국지』 동이전의 내용은 동천왕 18년(244)에서 이듬해에 걸쳐 행해진 魏의 고구려 정벌의 결과로 얻어진 東方 여러 나라에 대한 견문을 바탕으로 엮어진 것이다.[18] 따라서 이 시기를 즈음해서 왕비가 되었던 인물과 그 부를 나열하면 우선 앞의 가-1)의 제나부 于素의 딸인 于氏가 고국천왕과 산상왕의 왕후였으며, 다음 왕인 동천왕은 『삼국지』를 토대로 하면 절노부였다.

『삼국지』 기록 이후이긴 하지만 동천왕의 子인 中川王의 왕후는 掾씨라 하였는데[19] 三品彰英의 논지처럼 연은 姓이라기 보다는 掾那部 출신이라는 의미에서 그렇게 불린 것으로 보인다.[20] 중천왕의 子인 서천왕의 왕후는 西部 大使者 于漱의 딸로 기록되어 있는데,[21] 이때의 우수는 앞의 가-1)에 보이는

16 『三國史記』 권17, 中川王 元年 11月 條.
  『三國史記』 권17, 西川王 17年 2月 條.
  『三國史記』 권17, 烽上王 元年 2月 條, 2年 9月 條, 7年 11月 條.
17 李丙燾, 『譯註三國史記』 3, 博文書館, 1943, 169쪽 註) 3; 『譯註 三國史記』, 乙酉文化社, 1977, 253쪽 註) 5; 三品彰英, 「高句麗の五族について」 『朝鮮學報』 6, 1954, 54쪽.
18 李基白, 위의 글, 1996, 68쪽.
19 『三國史記』 권17, 中川王 元年 10月 條. "冬十月 立掾氏爲王后"
20 三品彰英, 앞의 글, 1954, 47쪽.
21 『三國史記』 권17, 西川王 2年 正月 條. "立西部大使者于漱之女爲王后"

우소의 于와 같은 글자로 보이기 때문에 역시 같은 집안 출신으로 볼 수 있을 것이다.[22] 봉상왕 이후로는 왕후에 대한 기록이 보이지 않는데 고국원왕대의 모용황 침입 기사를 토대로 美川王의 왕후는 周氏가 아니었을까 추정되고 있다.[23] 위의 기록을 토대로 고구려에서는 고국천왕에서 중천왕대까지는 절노부로 추정되는 연나부 왕비족시대였다고 보는 견해[24]가 일반적이다.

오족 가운데 하나였던 연나부가 고구려 정국에서 두각을 나타냈던 것은 次大王을 죽이고 고국천왕의 아버지였던 신대왕을 옹립한 椽那皂衣 明臨答夫에 의해서였다.[25] 신대왕대에 명림답부는 國相이 되었고 중앙과 지방의 군사를 담당하고 양맥 부락을 거느리는 권력의 중심에 있었다.[26] 이러한 연나부의 위상 강화가 연나부에서 왕후가 나오게 된 배경이 되었던 것이다. 그리고 연나부 왕비족 시대를 만들어 간 계기가 된 사건이 위의 왕후 우씨 이야기라 할 수 있을 것이다.

연나부 왕비족시대가 갖는 의미는 이 시기가 오부족 연맹왕국의 성격이 남아있던 국가조직에서 초월적인 왕권을 중심으로 한 중앙집권적 고대국가로 넘어가는 과도기로서 고구려 정치 발전의 한 과정이라는 점이다. 고구려는 앞에서 언급한 고유명 부에서 동부·서부·남부·북부의 방위부로 전환되는데, 고국천왕대에 방위를 표시한 용어의 부명이 처음 나타난다.[27] 고유명부와 방위명부가 서로 공존하다가 서천왕 이후로는 방위명부만 보인다. 족제적 요소가 강한 고유명부가 해체되어 지연적, 행정적 요소가 강한 방위명 부로 전환되면서 개별 나부의 大加들은 고구려왕을 정점으로 서계화되고 귀족으로 변모한 것으로 볼 수 있다.[28] 바로 이러한 고구려 계루부를 중심

---

22 이기백, 앞의 글, 1996, 73~74쪽.

23 『三國史記』 권18, 故國原王 12年 11月 條. "將軍慕輿埕 追獲王母周氏及王妃而歸"

24 이기백, 위의 글, 1996, 68~78쪽.

25 『三國史記』 권15, 次大王 20年 10月 條.

26 『三國史記』 권16, 新大王 2年 條.

27 대무신왕대에 南部使者 鄒勃素가 나오는데 여기서 남부는 후대의 사실을 소급한 것으로 보는 견해가 일반적이다.

28 노태돈, 앞의 책, 1999, 164~168쪽; 임기환, 「국가 형성과 나부 체계」『고구려 정치사 연구』,

으로 한 왕권 강화 과정에서 여타 나부를 견제하는 데 있어 왕비족으로서 연 나부와의 연합은 그 발전의 동력이 되었다고 할 수 있을 것이다.

왕후 우씨 이야기가 갖는 또 다른 논의는 앞의 가-2)의 기록과 상관이 있다. 앞의 가-1)을 보면 우씨는 전왕인 고국천왕의 왕후였으나 가-6)에서 고국천왕의 아우인 산상왕 연우의 왕후가 되었다. 이에 대해서는 『양서』와 『남사』 고구려전에 '형이 죽으면 형수를 아내로 삼는다(兄死妻嫂)'[29]라는 구절을 상기할 수 있다. 이로 인해 고구려에서 이 당시에 이러한 취수혼이 일반적인 습속이었는가에 대한 의문이 제기되고 있다.[30] 다음의 기록을 보기로 하겠다.

> 다-1) (산상왕) 7년(203) 봄 3월에 왕은 아들이 없었으므로 산천에 기도하였다. 이 달 15일 밤에 꿈에서 하늘이 말하기를 "내가 너의 小后로 아들을 낳게 할 것이니 염려하지 말라."고 하였다. 왕은 깨어 여러 신하들에게 "꿈에 하늘이 나에게 이와 같이 간곡하게 말했는데 소후가 없으니 어떻게 하겠느냐?"고 물었다. [을]파소가 "하늘의 명령은 헤아릴 수 없으니 왕께서는 기다리십시오."라고 대답하였다.[31]

한나래, 2004, 97~109쪽.

29 『梁書』 권54, 諸夷, 高句驪傳. "兄死妻嫂"
『南史』 권79, 列傳, 高句麗傳. "兄死妻嫂"

30 취수혼에 관련된 연구들은 다음과 같다. 김두헌, 「朝鮮禮俗の研究」『청구학총』 24, 1936; 노태돈, 「高句麗 初期의 娶嫂婚에 관한 一考察」『金哲埈博士華甲紀念史學論叢』, 1983; 『고구려사연구』, 사계절, 1999; 신동진, 「高句麗初期의 婚姻體系分析」 건국대학교 석사논문, 1984; 이영하, 「高句麗 家族制度와 娶嫂婚制」『論文集』 25(인문사회과학편) 공주사범대학교, 1987; 박정혜, 「고구려 혼속에 관한 소고」『인문과학연구』 16, 성신여대 인문과학연구소, 1996; 김선주, 「고구려 婿屋制의 婚姻形態」『고구려연구』 13, 2002; 김수태, 「2세기말 3세기대 고구려의 왕실혼인 -취수혼에 대한 재검토를 중심으로-」『한국고대사연구』 38, 2005; 김미경, 「2世紀後半 3世紀初 高句麗 政治勢力의 動向과 對公孫氏政策」『국사관논총』 108, 2006; 엄광용, 「고구려 산상왕(山上王)의 '취수혼 사건'」『사학지』 378, 2006; 이도학, 「高句麗의 內紛과 內戰」『고구려연구』 24, 2006, 15~16쪽; 신경득, 「고구려 초기 형수와의 혼인이 빚어낸 갈등 양상」『南冥學研究』 26, 2008.

31 『三國史記』 권16, 山上王 7年 條.

다-2) (산산왕) 12년(208) 겨울 11월에 교제(郊祭)에 쓸 돼지가 달아나서 담당 자가 쫓아가서 酒桶村에 이르렀으나 머뭇거리다가 잡지 못하였는데, 20세 쯤 되는 아름답고 요염한 한 여자가 웃으면서 앞으로 가서 잡으니 그 후에야 쫓아가던 사람이 잡을 수 있었다. 왕은 그것을 듣고 이상하게 여겨, 그 여자를 보려고 밤에 몰래 여자의 집으로 가서, 시종을 시켜 말하게 하였다. 그 집에서는 왕이 온 것을 알고 감히 거절하지 못하였다. 왕은 방으로 들어가 여자를 불러서 관계하려 하자, 여자가 고하였다. "대왕의 명을 감히 피할 수 없으나, 만약 관계하여 아들을 낳으면 버리지 말기를 바랍니다." 왕은 그것을 허락하였다. 자정이 되어 왕은 일어나 궁으로 돌아왔다.[32]

다-3) (산상왕) 13년(209) 봄 3월에 왕후는 왕이 주통촌 여자와 관계한 것을 알고 질투하여, 몰래 군사를 보내 죽이려고 하였다. 그 여자가 듣고 알게 되어 남자 옷을 입고 도주하니 [군사들이] 쫓아가 해치려고 하였다. 그 여자가 물었다. "너희들이 지금 와서 나를 죽이려 하는 것이 왕의 명령이냐 왕후의 명령이냐? 지금 내 뱃속에 아들이 있는데 진실로 왕이 남긴 몸이다. 내 몸을 죽이는 것은 가하나, 왕자까지도 죽일 수 있겠느냐?" 군사들이 감히 해치지 못하고 와서 여자가 말한 대로 고하니, 왕후가 노하여 기필코 죽이려고 하였으나 이루지 못하였다. 왕은 그 말을 듣고 다시 여자의 집으로 가서 "네가 지금 임신하였는데 누구의 아들이냐?"고 물었다. [여자가] 대답하였다. "첩은 평생 형제와도 자리를 같이 하지 않았는데 하물며 감히 성이 다른 남자와 가까이 할 수 있었겠습니까? 지금 뱃속에 있는 아들은 정녕 대왕이 남긴 몸입니다." 왕은 위로하고 선물을 매우 후하게 주고 돌아와서는 왕후에게 말하니, [왕후가] 결국 감히 해치지 못하였다.[33]

다-4) 東川王의 이름은 憂位居이고, 어릴 적의 이름은 郊彘인데 산상왕의 아

---

32 『三國史記』 권16, 山上王 12年 條.
33 『三國史記』 권16, 山上王 13年 條.

들이다. 어머니는 酒桶村 사람으로서 [왕궁에] 들어와 산상왕의 小后가 되었으나, 역사책에 그 族姓이 전해지지 않는다...... 왕은 성품이 너그럽고 어질었다. 왕후가 왕의 마음을 시험해보기 위해, 왕이 밖으로 나간 틈을 타서, 사람을 시켜 왕이 타는 말[路馬]의 갈기를 자르게 하였다. 왕은 돌아와서 "말이 갈기가 없는 것이 불쌍하다."고 할 뿐이었다. 또 시중드는 사람을 시켜 식사를 올릴 때 일부러 왕의 옷에 국을 엎지르게 하였으나, 역시 화내지 않았다.[34]

다-5) (동천왕 8년(234)) 가을 9월에 태후가 于氏가 죽었다. 태후는 임종시에 유언하였다. "내가 바르지 못한 행동을 하였으니 앞으로 지하에서 무슨 면목으로 國壤을 뵈올 것인가? 여러 신하들이 만약 차마 [나를] 구렁텅이에 떨어뜨리지 않으려거든 나를 산상왕릉 곁에 묻어주기 바란다." 마침내 그 유언대로 장사지냈다. 무당[巫者]이 말하였다. "국양이 내게 내려와 말씀하였습니다. '어제 우씨가 산상[왕]에게 돌아가는 것을 보고 분함을 이기지 못하여 결국 더불어 싸웠다. 돌아와서 생각하니 낯이 두꺼워도 차마 나라사람들을 볼 수 없다. 네가 조정에 알려, 물건으로 나를 가리게 하라.'" 이리하여 능 앞에 소나무를 일곱 겹으로 심었다.[35]

위의 기록에서 다-5)를 보면 우씨가 임종시에 스스로 바르지 못한 행동을 했다고 하며 고국천왕릉이 아닌 산상왕릉에 묻어달라는 유언을 하고 있다. 이것은 취수혼이 고구려에서 일반적인 혼인이 아니었을 가능성을 보여주고 있다.[36] 이는 뒤의 무당의 언사에서도 드러나고 있다.[37] 그러나 앞의 가-3)과 가-4)를 보면 발기와 계수가 산상왕의 행위를 비난할 때 왕위계승

---

34 『三國史記』 권17, 東川王 元年 條.
35 『三國史記』 권17, 東川王 8年 9月 條.
36 이에 대해 일반적으로 취수혼에서는 아내가 남편의 사후 그의 형제와 혼인을 하였어도 죽으면 첫 남편에게 돌아가는 관례였다는 견해(신동진, 앞의 글, 1984, 27쪽.)가 있다.
37 노태돈은 무당의 언급이 우씨의 장례가 취수혼의 관행을 파기한 것임으로 이에 대해 당대인이 느끼는 의구심을 반영한 것으로 보고 있다(앞의 책, 1999, 178~179쪽.).

에 있어서 형제의 순서를 지키지 않았다는 사실만을 언급하고 있을 뿐 우씨와의 야합에 대해서는 어떠한 비난도 하지 않고 있다. 또한 다-3)과 다-4)를 보면 우씨는 산상왕의 왕후로써 자신의 권위와 권력을 강력하게 발휘하고 있었음을 알 수 있다. 따라서 이 당시 고구려의 취수혼 풍습은 적극 권장되는 사항은 아니라 해도 비정상혼은 아니었음을 시사하고 있다. 즉 당시에는 성행하지는 않았지만 여전히 고대적 관습의 잔존현상의 하나로 볼 수 있을 것이다.[38] 이는 달리 말하면 왕후 우씨의 세력인 연나부와 산상왕이 된 연우의 계루부 세력의 공조 하에 차기 왕위가 확정되면서 정치적 연계가 이루어지고, 그 명분에 옛 관습이 적용되면서 두 세력의 결합이 공고히 이루어지게 된 것이라 할 수 있다. 이러한 공조는 가-3)과 가-4)의 발기의 난이라는 국가적 위기를 극복함으로써 더욱 확고해져 우씨는 산상왕의 왕후가 될 수 있었을 것이다.

이처럼 왕후 우씨 이야기는 고구려사 전개과정에서 여러 면에서 특기할 만한 시기로, 새로운 시대로 발돋움하는 고구려사의 전환기를 이끄는 정점에 있다. 무엇보다 왕후 우씨는 그 시대를 주도했던 주요 인물 가운데 하나로서 스토리텔링의 주제로 매력적인 요소를 가진 캐릭터라 할 수 있다. 다음 장에서는 왕후 우씨 이야기를 스토리텔링으로 꾸리기 위한 제반적인 조건을 살펴보기로 하겠다.

III. 스토리텔링 소재로 본 王后 于氏 이야기

왕후 우씨 이야기는 스토리텔링으로써 구성될 수 있는 여러 요건들을 갖추고 있다. 우선 왕후 우씨가 갖는 캐릭터의 개성적인 면모이다. 왕후 우씨

---

38 이기백은 國人이 이를 패륜의 행위로 규정하여 산상왕을 배격하지 않았음은 정치적 이유에 있는 것이지만, 한편 '兄死妻嫂'의 옛 관습에 대한 관념이 아직 남아 있었기 때문인 것으로 보았다(앞의 글, 1996, 72쪽 註) 16).

는 당대 고구려 사회에서 여성들의 보편적인 삶의 모습과 중앙집권국가로서 변모해가는 변혁기를 이끌어 가는 지배계층 여성으로서의 정치적 삶이라는 두 가지 측면에서 극적인 요소를 모두 갖추고 있다.

당시 고구려 사회의 풍습에 대해 『삼국지』에서는 "그 백성들은 노래와 춤을 좋아하여, 나라 안의 촌락마다 밤이 되면 남녀가 떼지어 모여서 서로 노래하며 유희를 즐긴다."[39] 또한 "그 풍속은 음란하다."[40]라 하여 당시 중국에서 고구려를 바라볼 때 다소 자유로운 남녀교제의 모습이 음란하게 여겨지기도 했던 것이다. 또한 앞에서도 언급했듯이 『양서』에 보이는 '형사처수'의 모습도 남녀 관계에 대한 당시 고구려 사회의 풍속을 보여주는 일면이라 할 수 있다. 특히 이 '형사처수'하는 취수혼의 경우는 부여의 풍속과 유사한 것이다.[41] 고구려의 건국주인 주몽은 부여에서 내려온 유이민이었고, 그가 정착한 졸본지역은 졸본부여라 일컬어지기도 하므로 이러한 고구려의 풍속이 부여와 유사한 부분이 많았을 것으로 보인다. 따라서 중국측 사료에는 고구려를 부여의 別種이라고 하고 말이나 풍속이 부여와 같은 점이 많다고 하였다.[42]

앞 장의 가-2)에서처럼 왕의 죽음이 알려지지 않은 상태에서 형수인 우씨는 남편의 동생들을 밤에 방문하고 있을 뿐 아니라 연우는 그녀를 환대해 잔치를 베풀어 함께 마시기도 하였다. 이에 대해 큰 동생인 발기는 부인이 밤에 돌아다니는 것이 禮라 할 수 없다고 말하고 이에 우씨는 부끄러워하고 있다. 이는 앞에서 언급했던 고구려의 풍속과는 맞지 않은 것처럼 보이는데 이것은 두 가지 측면에서 살펴볼 수 있을 것이다. 먼저 결혼하지 않은 여성과 결혼한 여성의 행동거지나 요구하는 사회적 예속이 다른 경우이다. 이는 부여의 풍속에 "남녀간에 음란한 짓을 하거나 부인이 투기하면 모두 죽

---

39 『三國志』권30, 東夷傳, 高句麗 條. "其民喜歌舞 國中邑落 暮夜男女群聚 相就歌戱"
40 『三國志』권30, 東夷傳, 高句麗 條. "其俗淫"
　　『梁書』권54, 列傳, 高句驪傳. "其俗好淫 男女多相奔誘"
41 『三國志』권30, 東夷傳, 夫餘 條. "兄死妻嫂 與匈奴同俗"
42 『三國志』권30, 東夷傳, 高句麗 條. "東夷舊語以爲夫餘別種 言語諸事 多與夫餘同 其性氣衣服有異"

였다"[43]라는 기록에서 고구려도 결혼한 여자에게는 엄격한 정절이나 행실에 대한 잣대를 대었던 것으로 보인다. 또 다른 경우는 지배층 여성과 일반 여성 간에 지켜야 할 풍속이나 예의범절이 달랐을 가능성이다.

그러나 여기서는 전자의 경우로 고국천왕이 죽었다는 사실을 모르는 발기는 우씨를 남편이 있는 여자로서 그 행동거지에 대해 비난한 것으로 보인다. 또한 가–4)를 보면 발기는 이미 결혼을 한 기혼자였으므로 더욱 그 행동이 엄격하고 조심스러웠을 것이다. 반면 연우는 가–6)에서 언급했듯이 결혼을 하지 않은 미혼자로서 어느 정도 행동에 제약을 두지 않는 자유로운 성격을 갖고 있었을 것이다. 여기서 발기와 연우가 갖는 성격적 차이는 스토리텔링의 등장인물의 갈등 요소를 불러일으키는 요소라 할 수 있을 것이다. 한편 미혼인으로써 자유로운 성격을 갖고 있다고 하더라도 연우의 행동은 의도적인 측면이 엿보인다는 점에서 남주로서 이야기를 이끌어갈 수 있는 복잡미묘한 성격을 지니고 있다고 할 것이다.

이러한 측면에서 우씨 이야기의 스토리텔링으로서 남성 등장인물들 각각의 개성을 들 수 있다. 우선 왕후 우씨의 파트너인 연우와 조연급에 해당하는 발기와 계수 간의 각기 상반대는 성격적 다양성을 들 수 있다. 우선 연우가 갖는 캐릭터는 앞에서도 언급했듯이 자유분방함이라 할 수 있다. 그러나 연우는 이에 가려진 야심가로서의 정치적인 성격을 가진 인물에 가까운 것 같다. 연우는 가–2)에 보이듯이 형수에 대해 자유분방함을 넘어서는 행동을 보이고 있다. 밤에 찾아온 형수에게 술을 대접한다든가 형수가 허리끈을 풀어 상처를 매준다는 식의 남녀 간의 밤의 행위에 대한 은근한 묘사 등은 이들의 야합의 가능성을 보여주고 있다. 이는 차기 왕위를 노리는 야심가로서의 연우의 모습을 대변하는 것으로 남성 캐릭터의 개성적인 일면이라 할 수 있다. 형인 발기를 제치고 형수와의 야합을 통해 왕위를 계승했을 뿐 아니라 가–5)에서 보듯이 발기의 반란을 진압한 동생 계수마저 경계하는 행동에서도 그의

---

43 『三國志』 권30, 東夷傳, 夫餘 條. "男女淫 婦人妬 皆殺之 尤憎妬 已殺 尸之國南山上 至腐爛 女家欲得 輸牛馬乃與之"

왕위에 대한 야망과 계략을 엿볼 수 있다. 이는 형제상속에 의한 왕위계승의 유습이 잔존하는 상황에서 또 다른 왕위 계승권자라 할 수 있는 형제에 대한 불안과 의심에서 비롯된 것으로 볼 수 있다. 이로 인해 형수인 우씨를 왕후로 삼음으로써 그는 자신의 왕위를 안정시키고자 한 것으로 보인다.

왕후 우씨와 연우의 결합이 정치적인 것이었음을 알 수 있는 또 다른 사건이 다-3)이라 할 수 있는데 산상왕이 된 연우는 왕후 우씨와의 사이에 아들이 없자 酒桶村 여자와 관계를 맺어 아들을 낳았다고 한다. 여기서도 연우의 치밀하고 대담한 야심가로서의 그의 모습을 엿볼 수 있다. 왕후 우씨로 인해 왕위에 오른 산상왕은 그녀와 그녀가 가진 정치적 배경을 무시하기 어렵게 되면서 공개적으로 후비를 들이지 못하고 계교를 써서 후사를 도모하고 있다. 다-1)과 다-2)에서 보듯이 꿈과 郊祭에 쓰일 돼지를 이용함으로써 酒桶村女와의 결합이 인위적인 것이 아니라 天意에 의한 것으로 위장한 것이다. 이에 대한 우씨의 반응은 주통촌녀를 죽임으로써 갈등을 해결하려고 하지만 둘 사이에 산상왕이 개입하자 우씨의 패배로 끝나고 주통촌녀를 小后로 맞아들이게 된다. 이처럼 연우의 복잡한 성격은 왕후 우씨 이야기의 평탄한 이야기를 갈등의 또 다른 축으로 만드는 역할을 하고 있다.

왕후 우씨 이야기가 스토리텔링 주제로써 갖는 갈등의 요소는 여러 측면에서 보인다. 먼저 가-3)에서 보이는 동생인 연우의 왕위계승에 반발한 발기의 반란과 실패 그리고 가-4)에서 보이는 외부 세력인 公孫氏를 끌어들임으로써 고구려를 전쟁으로 휘몰아갔다. 이는 왕후 우씨와 연우의 야합이 가져온 파국적 국면이라 할 수 있다. 연우의 형제들인 발기와 계수는 왕후 우씨와 연우와 갈등을 일으킬 뿐 아니라 두 사람을 맺어지게 하는 기폭제가 되기도 한다. 앞에서도 보았듯이 발기는 禮를 중시하는 엄격한 인물이자 고지식한 성격의 소유자로 보인다. 그러한 고지식함은 비단 왕후 우씨와 갈등을 일으킨 것만이 아니라 정치적 지지세력도 얻지 못했던 것으로 보인다. 가-3)에서 적법하지 않은 왕위계승이라는 발기의 주장을 따르는 國人들이 없었다는 사실에서 주변인들에게 비친 발기의 성격을 짐작하게 한다. 그의 고지식함은 가-3)에서 계수의 충고를 듣고 부끄러움과 후회스러움에 스스로 죽음을 선택하는 데서도 드러나고 있다.

또 다른 남성 캐릭터인 계수도 주요한 조연으로서 자신의 개성을 드러내고 있다. 그 역시 고지식한 일면을 갖고 있을 뿐 아니라 책임감 있는 인물이라 할 수 있다. 가-5)에서는 이러한 계수의 성격을 확고히 드러내고 있다. 또한 계수가 갖는 이러한 성격은 연우에게 정치적 경쟁자로서 비치게 됨으로써 왕후 우씨를 자신의 정치적 파트너로 선택하게 하는 데에 결정적 요인이 되고 있는 것이다. 이처럼 왕후 우씨와 그를 둘러싼 개성적인 남성캐릭터들 간의 갈등과 그 정점이 되는 전쟁이라는 사건은 그것만으로도 하나의 완성된 스토리를 이루고 있다.

하지만 왕후 우씨의 이야기는 여기서 끝나는 것이 아니라 또 다른 시작이라 할 수 있다. 우씨는 여자로서 왕후로서의 개인적인 삶만이 아니라 원래 자신의 뿌리였던 연나부의 일원으로서의 정치적 삶에 매우 충실한 인물이었다. 우씨가 고국천왕의 왕후가 될 수 있었던 것은 연나부의 일원이었기 때문이었다. 앞장에서도 언급했듯이 고구려의 오족 가운데 하나였던 연나부가 고구려 정국에서 두각을 나타냈던 것은 차대왕을 죽이고 고국천왕의 아버지였던 신대왕을 옹립한 椽那 皂衣 明臨答夫에 의해서였다. 신대왕대에 명림답부는 國相으로서 권력의 중심에 있었다. 이로 인해 연나부 출신이었던 우씨가 왕후가 될 수 있었던 것이다.

고국천왕대에 연나부의 권력은 왕권에 위협이 될 정도로 성장했던 것으로 보인다. 고국천왕 12년(190)에 왕후의 친척인 於畀留와 左可慮가 권력을 잡고 있었을 뿐 아니라 그 자제들이 세력을 믿고 교만하고 사치하면서 남의 자녀와 전택을 빼앗는 전횡을 일삼았다고 한다. 이에 고국천왕은 이들을 죽이려 하였다. 이에 그들은 4연나와 더불어 반란을 일으켰고 왕은 畿內의 군사를 동원하여 이들을 평정하였다.[44] 이 사건을 계기로 고국천왕은 기존의 유력한 나부 출신이 아닌 乙巴素를 국상으로 임명하여 다른 나부들을 견제

---

44 『三國史記』 권16, 故國川王 12年 條, 13年 條.

하고자 하였다.[45] 이로 인해 연나부는 고구려에서 그 영향력이 약화되면서
왕후 우씨의 입지마저 위태로웠던 것으로 보인다. 더욱이 왕후 우씨는 후계
자를 낳지도 못했다. 이러한 상황에서 우씨의 선택은 개인만이 아닌 자신의
집안인 연나부의 운명까지 걸고 도박을 했던 것이다. 왕후 우씨가 갖는 권력
의 배경은 차기 왕위 계승권자를 지정할 수 있다는 것이다.[46] 이러한 우씨의
행보는 산상왕대에서 동천왕대에 걸쳐 계속해서 이어지고 있다.

다-2)를 보면 산상왕이 아들을 낳을 여인으로 선택한 주통촌녀는 특정
한 나부 소속이 아닌 보통의 여염집 여자로 보인다. 『삼국사기』 동천왕 원년
조에는 그녀의 族姓이 전해지지 않는다고 하였다.[47] 그러나 『삼국지』에 "伊
夷模는 아들이 없어 灌奴部의 여자와 사통하여 아들을 낳으니 이름이 位宮
이다."[48]라는 기사가 보인다. 이이모는 『삼국사기』에는 산상왕으로 기록되어
있고 위궁이라 하였으나[49] 『삼국지』의 그 다음 기사에 공손연을 토벌하는 기
사와 여러 정황으로 볼 때 이이모는 동천왕으로 볼 수 있다.[50] 동천왕은 바
로 산상왕이 주통촌녀와 사통해 낳은 아들이므로 위의 기사로 볼 때 주통촌
녀는 고구려 오족의 하나인 관노부 출신으로 볼 수 있다. 따라서 왕후 우씨
가 주통촌녀를 경계했던 것은 산상왕의 외도에 대한 질투의 감정에서 나온
행동만이 아니라 연나부 세력에 위협이 되는 다른 나부에 대한 경계심에서
나온 대응이라 할 수 있다. 이는 왕후 우씨와 그녀의 세력인 연나부를 경계
하는 산상왕과의 갈등 요소라 할 수 있다. 일단 이 사건에서 왕후 우씨는 산

---

45 『三國史記』 권16, 故國川王 13年 條.

46 왕의 사후 권력 공백 기간에는 고구려 왕후의 발언권 내지는 참정권이 있었다고 보는 견해가
   있다. 姜英卿, 「韓國 古代社會의 女性: 三國時代 女性의 社會活動과 그 地位를 中心으로」
   『淑大史論』 11·12합집, 1982, 172쪽; 윤상열, 「고구려 王后 于氏에 대하여」 『大湖李隆助教授
   停年論叢』 2007, 12쪽.

47 『三國史記』 권17, 東川王 元年 條.

48 『三國志』 권30, 東夷傳, 高句麗. "伊夷模無子 淫灌奴部 生子名位宮 伊夷模死 立以爲王
   今句麗王宮是也"

49 『三國史記』 권16, 故國川王 元年 條.

50 『三國志』 권30, 東夷傳, 高句麗. "景初二年 太尉司馬王率衆討公孫淵 宮遣主簿大加將數
   千人助軍 正始三年 宮寇西安平 其五年 爲幽州刺吏毌丘儉所破 語在儉傳"

상왕과의 정치적 갈등에서 일단 숙이고 들어갈 수밖에 없게 되면서 주통촌 녀 즉 관노부의 여인을 소후로 받아들이고 그녀의 아들을 차기 왕으로 인정할 수밖에 없게 된다. 그러나 관노부에 대한 경계는 계속되는데 그 일단이 다-4)에서 보이듯이 차기 왕인 동천왕에 대한 끊임없는 의심과 경계이다.

우씨와 산상왕과의 정치적 힘겨루기는 소후를 연나부가 아닌 관노부 여인을 들이는 것만이 아니라 국상 선택에서도 보이고 있다. 산상왕 2년에 국상 을파소가 죽자 高優婁를 새로운 국상으로 삼았는데[51] 성이 高氏인 것으로 보아 계루부 출신인 것으로 보인다. 그러한 산상왕과 왕후 세력 간의 계속된 정치적 갈등이 있었던 것으로 보이지만 그 와중에도 연나부의 세력은 고구려 왕실과 대등하게 성장했던 것으로 보인다. 이는 차기 왕인 동천왕대에 우씨가 왕태후로 봉해졌을 뿐 아니라[52] 다-4)에서 보이듯이 동천왕에 대한 우씨의 행패에도 왕이 이를 묵묵히 받아들이는 모습에서 당시 연나부 세력이 고구려 정국에 미치는 영향이 매우 컸음을 알 수 있다. 이를 반영하듯 동천왕 4년(230)에 국상 고우루가 죽자 연나부 출신의 明臨於漱를 국상으로 삼게 되는 것이다.[53]

이러한 연나부의 고구려에서의 위상은 동천왕의 다음 왕인 중천왕대에도 연나부 출신의 연씨를 왕후로 삼게되는 것이다.[54] 또한 관나부 출신으로 보이는 관나부인과 연씨가 대립하자 총애하는 관나부인을 죽이는 것[55]에서도 연나부 세력이 왕비족으로서 계루부 못지않은 권력을 누리고 있었음을 알

---

51 『三國史記』 권16, 山上王 7年 8月 條.
52 『三國史記』 권17, 東川王 2年 3月 條.
53 『三國史記』 권17, 東川王 4年 7月 條.
54 『三國史記』 권17, 中川王 元年 10月 條. "冬十月 立椽氏爲王后"
55 『三國史記』 권17, 中川王 4年 4月 條. "夏四月 王以貫那夫人置革囊 投之西海 貫那夫人 顏色佳麗 髮長九尺 王愛之 將立以爲小后 王后椽氏恐其專寵 乃言於王曰 "妾聞西魏求長髮 購以千金 昔我先王 不致禮於中國 被兵出奔 殆喪社稷 今王順其所欲 遣一介行李 以進長髮美人 則彼必欣納 無復侵伐之事" 王知其意 默不答 夫人聞之 恐其加害 反讒后於王曰 "王后常罵妾曰 '田舍之女 安得在此 若不自歸 必有後悔' 意者后欲伺大王之出 以害於妾 如之何" 後 王獵于箕丘而還 夫人將革囊迎哭曰 "后欲以妾盛此 投諸海 幸大王賜妾微命 以返於家 何敢更望侍左右乎" 王問知其詐 怒謂夫人曰 "汝要入海乎"使人投之"

수 있다. 또한 국상인 명림어수는 신대왕대의 명림답부와 마찬가지로 中外의 兵馬事를 겸장케 되는 막강한 권력을 누리게 된다.[56] 그 다음 왕인 서천왕대에도 역시 우씨 부인과 같은 혈족인 于漱의 딸이 왕후가 되었다. 이처럼 여러 왕대에 걸쳐 왕후의 자리를 독점함으로써 왕을 배출하는 계루부와 동등한 지위를 누리는 왕비족으로서 연나부 왕비시대를 열어가게 된 것은 왕후 우씨의 정치적 역량이라 할 수 있다.

이 당시 고구려는 오부족 연맹체에서 계루부를 중심으로 여타의 나부 세력을 견제하고 마침내 이들의 독자성을 제약함으로써 왕을 정점으로 하는 일원적인 체제로 전환되는 시기였다. 고구려왕의 집권력이 강화되면서 족제적 성격이 강한 나부에서 지역적 성격의 방위부로 전환되는 시기였고, 그러한 과정에서 계루부 왕실과 동등한 위치에서 때로는 협력하고 때로는 경계하면서 상생을 도모하던 연나부 왕비족 시대를 열어간 왕후 우씨의 이야기는 한 개인의 일대기로서만이 아니라 여성 정치인으로써 시대를 주도했던 인물로 스토리텔링의 소재로 매력적인 캐릭터라 할 수 있다.

그러나 오늘의 잣대로 그녀는 시동생과 사통했을 뿐 아니라 투기까지 하는 성격적인 결함이 있는 여성이라는 편견에 묻힘으로써 제대로 조명되지 못하고 있는 것이다. 이러한 시각에서 벗어나 당시 고구려 사회의 풍속이라는 배경과 자신이 속해있는 집단의 운명을 걸고 시대를 개척해간 여성으로써 그녀의 삶을 들여다본다면 당시 고구려 여성의 삶과 그 실상을 이해할 수 있는 주요한 키를 가진 캐릭터로서 큰 의미가 있다고 할 수 있을 것이다.

IV. 맺음말

고구려 제9대 고국천왕의 왕후이자 차기 왕인 제10대 산상왕의 왕후였던 우씨는 그 部名만 존재하고 이름은 전해지지 않는다. 왕후 우씨는 고구려의

---

56 『三國史記』 권17, 中川王 3年 2月 條.

연나부 왕비족 시대를 연 개척자이자 계루부 중심의 강력한 왕권을 구축하던 과도기의 고구려를 이끌어 가던 여성 정치인의 한명으로서 역사에 그 존재감을 뚜렷하게 남긴 인물이었다. 당시 고구려는 계루부를 중심으로 하는 오부족 연맹왕국 단계를 넘어서 왕을 중심으로 하는 일원적 권력체계를 구축하는 단계로 넘어가는 과도기였다. 먼저 형제상속에서 부자상속의 왕위계승이 정착되는 과정이었으며 족제적 성격이 강하던 고유명 부에서 지연적, 행정적 성격이 강한 방위명 부로 변화해 가는 단계였다. 또한 원시 부족적 관념과 유습이 잔존하던 시기에 개인보다는 소속된 부의 일원으로서 정치적 생명이 중시되던 시기에 한 여인으로서의 삶과 더불어 자신이 속한 부족의 미래를 이끌어가는 정치인으로서 왕후 우씨의 삶은 이 시기 지배층 여성으로서의 삶의 단면을 극명하게 보여주고 있다.

또한 왕후 우씨의 주변 인물로서 산상왕과 그의 경쟁자였던 형제인 발기와 계수가 갖는 강렬한 개성과 왕위계승을 둘러싼 이들의 갈등이 내전이라는 극적인 상황으로까지 발전하는 다양한 전개과정은 하나의 스토리텔링으로서의 완전한 구조를 갖추고 있다. 그러나 무엇보다 왕후 우씨의 행보는 연나부를 계루부와 더불어 고구려 정치를 이끌어가는 동등한 동반자로서의 위치로 끌어올리는 과정을 담고 있어 더욱 매력적인 이야기 소재가 되고 있다.

그녀는 신대왕을 왕위로 올리는데 결정적인 공로가 있던 명림답부에 의해 그 위상이 올라간 연나부 출신이라는 이점으로 고국천왕의 왕후가 되었다. 그러나 왕권강화를 추구하던 고국천왕에 의해 연나부 세력이 위축된 상황에서 후사도 낳지 못했던 그녀는 자신이 가진 유일한 강점으로 운명을 건 도박을 하게 된다. 후사가 없이 죽은 고국천왕의 뒤를 이을 차기 왕위계승권자를 지정할 수 있는 그녀는 시동생인 발기와 연우를 시험함으로써 자신에게 이로울 것으로 여겨지는 연우를 선택하였다. 이를 계기로 자신과 자신이 소속된 연나부마저 부활하도록 만들었다. 이후에도 그녀의 지위를 위협하는 여타 나부를 견제하면서 자신의 입지를 강화하고 연나부의 권력을 명림답부가 재상으로서 국가 권력을 장악하던 당시로 끌어올리는 데 결정적인 역할을 해내는 것이다.

그녀가 남성중심의 권력구도가 정착되어 있던 당시 고구려에서 여성으로서 선택했던 길은 오늘날의 사고에서는 일정정도 부도덕한 측면이 보인다. 우선 남편의 동생인 시동생과의 결합과 남편의 후계자를 낳게 되는 여인에 대한 질투, 그리고 그 여인이 낳은 차기 왕에 대한 횡포 등은 여인으로서의 그녀를 부덕한 여인이자 악녀로서 보이게 한다. 그러나 그 이면을 살펴보면 정략적 결혼의 희생자로서 자신의 삶과 자신이 소속된 부의 운명을 개척해 간 여성 정치인으로서의 그녀의 삶을 돌아볼 수 있게 한다. 이러한 왕후 우 씨의 삶은 전환기의 고구려를 온 몸으로 부딪쳐 가며 살았던 그 시대를 대변하는 여인이자 한 인간으로서의 모습을 보여줌으로써 역사테마를 소재로 한 스토리텔링의 극적인 요소를 모두 갖추고 있다고 할 수 있을 것이다.

:: 참고문헌 ::

1. 원전자료

『三國史記』,『三國遺事』,『後漢書』,『三國志』,『梁書』,『南史』,『舊唐書』,『新唐書』,
　　　『資治通鑑』,『日本書紀』

2. 연구논문

李丙燾,『譯註三國史記』3, 博文書館, 1943, 169쪽 註) 3 ;『譯註 三國史記』, 乙酉
　　　文化社, 1977, 253쪽 註) 5.

姜英卿,「韓國 古代社會의 女性 : 三國時代 女性의 社會活動과 그 地位를 中心
　　　으로」『淑大史論』11 · 12합집, 1982.

金洸鎭,「高句麗社會의 生産樣式－國家의 形成過程을 中心として－」『普專學會論
　　　集』3, 1937.

金哲埈,「高句麗 · 新羅의 官階組織의 成立過程」『李丙燾博士華甲記念論叢』, 一
　　　潮閣, 1956.

김두헌,「朝鮮禮俗の研究」『청구학총』24, 1936.

김미경,「2世紀後半 3世紀初 高句麗 政治勢力의 動向과 對公孫氏政策」『국사관
　　　논총』108, 2006.

김선주,「고구려 婿屋制의 婚姻形態」『고구려연구』13, 2002.

김수태,「2세기말 3세기대 고구려의 왕실혼인 －취수혼에 대한 재검토를 중심으
　　　로－」『한국고대사연구』38, 2005.

김이령,『을밀』, 파란미디어, 2012.

노태돈,「고구려 초기의 정치체제와 사회」『고구려사 연구』사계절, 1999.

노태돈,「高句麗 初期의 娶嫂婚에 관한 一考察」『金哲埈博士華甲紀念史學論叢』,
　　　1983 ;『고구려사연구』, 사계절, 1999.

박정혜,「고구려 혼속에 관한 소고」『인문과학연구』16, 성신여대 인문과학연구소,
　　　1996.

三品彰英,「高句麗の五族について」『朝鮮學報』6, 1954, 47쪽, 54쪽.

신경득,「고구려 초기 형수와의 혼인이 빚어낸 갈등 양상」『南冥學研究』26, 2008.

신동진,「高句麗初期의 婚姻體系分析」, 건국대 석사논문, 1984.

엄광용, 「고구려 산상왕(山上王)의 '취수혼 사건'」 『사학지』, 378, 2006.

윤상열, 「고구려 王后 于氏에 대하여」 『大湖李隆助敎授停年論叢』, 2007.

李基白, 「高句麗 王妃族考」 『韓國古代 政治社會史硏究』, 一潮閣, 1996.

이도학, 「高句麗의 內紛과 內戰」 『고구려연구』 24, 2006, 15~16쪽.

李丙燾, 「高句麗國號考」 『서울大學校論文集』 人文 · 社會科學 3, 1956; 『韓國古代史硏究』, 博英社.

이영하, 「高句麗 家族制度와 娶嫂婚制」 『論文集』 25(인문사회과학편), 공주사범대학교, 1987.

임기환, 「국가 형성과 나부 체계」 『고구려 정치사 연구』, 한나래, 2004.

08
스토리텔링 소재로서 백제 東城王

이도학 한국전통문화대학

I. 머리말

충청남도 공주를 상징하는 인물하면 너나할 것 없이 백제 제25대 무녕왕
(재위: 501~523)을 꼽는 데 주저하지 않는다. 1971년에 실로 기적적으로 무
녕왕릉이 손 타지 않은 처녀분으로 세상에 모습을 드러냈다. 무녕왕릉의 부
장품은 국립공주박물관의 주력 전시품이었다. 무녕왕릉이 소재한 송산리 고
분군은 관광객들의 주요한 탐방로가 되었다. 공주시에 크게 기여하고 있는
인물이 무녕왕임은 분명하다. 그로 인해 관심의 복판에 선 무녕왕은 소설이
나 스토리텔링 소재로 자리잡았다.

무녕왕이 이러한 소재의 중심이 될 수 있는 요인은 일단 자료가 풍부하다
는 것이다. 한국과 일본 그리고 중국에 남겨진 사료를 모아 보면 작은 그림
은 가능해진다. 게다가 무녕왕릉 발굴을 통해 드러나 고고학적 물증은 백제
인들의 활동 공간이 한반도를 벗어났음을 알려주었다. 그리고 그가 40세의
연만한 나이에 이복동생인 동성왕이 피살된 후에 즉위했다는 극적인 부분도
흥미를 유발한다. 그 뿐 아니라 그의 출생과 관련한 일본측 문헌에 따르면
항해 도중 섬에서 출생했기에, 섬 즉 '시마'라는 말에서 '斯麻'라는 이름이 기
원했다고 한다. 武寧王의 '무녕'은 죽은 뒤에 붙여진 시호였다.

권력을 잡은 무녕왕은 강한 나라를 만들어서 '强國' 선언을 하였다. 그러
한 무녕왕의 일생은 가뜩이나 기록이 부족한 한국 고대사 인물 가운데 비교
적 풍부할 뿐 아니라 나라를 중흥시켰다는 긍정적인 기제까지 가세하여 매
력을 키워주었다.

그런데 역사 연구자들이나 스토리텔링 구성자들은 무녕왕이 누구 덕에 즉
위했고, 중흥에 성공했는지를 반추하지 않는 것 같다. 일본의 경우 오다 노부
나가가 있었기에 토요토미 히데요시가 있었고, 또 도쿠가와 이에야쓰가 幕
府를 열수 있지 않았던가? 오다 노부나가가 없는 토요토미 히데요시는 상상할
수도 없다. 그는 하늘에서 떨어진 인물이 아니었기 때문이다. 이와 마찬 가지
로 무녕왕의 즉위와 중흥은 제24대 동성왕(재위: 479~501)의 희생에 기반한
것이었다. 동성왕이 정변으로 피살되었기에 무녕왕이 즉위하지 않았던가?

본고에서는 무녕왕의 배다른 동생이자 정변의 희생자인 동성왕을 소재로한 활용 방안을 모색해 보고자 하였다. 동성왕의 경우도 사료가 적은 것은 아니기 때문이다. 그럼에도 이를 放棄했다는 인상을 받았다. 왜국에서 환국한 유년의 동성왕의 즉위 상황, 장성해서 놀랄만하게 과단성 있게 국정을 운영하면서 실추된 왕실의 권위를 높이고, 이탈해 간 지방 세력을 다시금 흡수하는 등 강력한 왕권을 구축했던 삶 자체가 스토리텔링 소재로서 적격이었다. 더욱이 동성왕은 정변에 의해 피살된 만큼 그에 대한 평가 역시 공정하다고 판단할 수는 없다. 사실 그는 정치적으로 큰 성취를 이루었지만 폭군같은 기록도 보인다. 이 사실은 그가 선이 굵은 삶을 영위했음을 반증한다. 이러한 요소는 스토리텔링 소재로서 오히려 적합하다고 본다. 본고는 공주 지역과 관련한 동성왕 삶의 활용 방안이라는 차원을 넘어 작성하였다.

II. 동성왕의 출생과 倭國에서의 還國

『삼국사기』는 내용이 疏略한데다가 정확하지도 않다. 분량 면에서는 '節要' 정도의 책이 한국 고대사를 대표하는 사서로서 역할을 하고 있다. 한 가지 사례만 언급해 본다. 1971년에 무녕왕릉에서 출토된 매지권에서 왕의 사망 시기를 523년 5월 7일로 적어 놓았다. 이 기록이 『삼국사기』에서 무녕왕의 '薨'으로 기록한 시점인 5월과 부합하였다. 그러자 환호하는 자들이 많았다.『삼국사기』 기사의 신빙성이 입증되었다는 것이다. 이러한 논리라면 동일한 기록을 남긴 『일본서기』의 신빙성도 입증되었다고 해야 맞다. 문제는 「무녕왕릉 매지권」에 대한 검토를 통해 『삼국사기』에 적힌 무녕왕의 계보가 잘못되었다는 사실이 드러났다.『삼국사기』에는 무녕왕을 동성왕의 둘째 아들로 적어 놓았다. 그러나 무녕왕은 동성왕의 배다른 형으로 밝혀졌다. 다른 사안도 아니고 왕실 중심의 기록에서 도저히 틀릴 수 없는 왕의 혈통이 잘못된 것이다. 그것도 2~3세기도 아닌 5~6세기대 왕의 혈통에 대한 너무나 심한 오류였다.『삼국사기』의 신빙성이 높아진 게 아니었다. 아주 크게 떨어졌음이 입증된 셈이었다.『삼

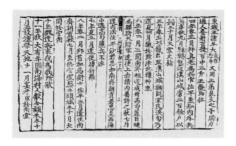

『삼국사기』 동성왕본기 첫부분

국사기』의 한계를 말해 주었다.[1]

『삼국사기』에서 한성 말기부터 웅진성 도읍기 백제 왕계의 誤謬가 摘出되었다. 「무녕왕릉 매지권」을 통해『삼국사기』의 신빙성이 높아졌다고 환호했지만 그 반대로 해석할 여지가 높아졌다. 일례로 무녕왕은 동성왕의 2子라는『삼국사기』 기록과는 달리 곤지의 子로 지목하는 게 타당해졌다.[2] 그리고 구이신왕과 비유왕도 父子 관계가 아니라 兄弟 관계로 밝혀졌다. 아울러 개로왕과 문주왕, 그리고 곤지라는 3형제의 관계가 선명하게 드러났다. 그럼에 따라 격동의 시기인 한성 말기부터 웅진성 도읍기 백제 정치 세력의 변동 관계가 새롭게 밝혀지게 되는 계기가 구축되었다.[3] 참고로 무녕왕을 에워싼 계보상의 오류는 필자가 최초로 밝힌 것이었기에 인용들을 해 주었다. 그런데 작금에는 너도나도『일본서기』 원전을 인용하고 있다.『일본서기』를 척 펼치면 누구나 알아보게 되는 사실은 아닌 것이다. 무녕왕 계보의 교정은 필자가 대학 때부터 고심해서 정치하게 완성한 결과물이었다.[4]

그러면 본고의 주제인 동성왕의 이름은 어떻게 되는가?『삼국사기』를 보

---

1 李道學, 「백제 무녕왕과의 인연」『한국전통문화학보』 56, 2009. 5. 15. ; 『누구를 위한 역사인가』, 서경문화사, 2010, 66~67쪽.

2 본 논문의 성립 과정은 이도학, 「백제 무녕왕과의 인연」『누구를 위한 역사인가』, 서경문화사, 2010, 62~68쪽에 상세하게 보인다.

3 李道學, 「百濟 王系에 對한 異說의 檢討」『東國』 18, 東國大學校 校誌編輯委員會, 1982, 164~178쪽.
   李道學, 「漢城末 熊津時代 百濟 王系의 檢討」『韓國史研究』 45, 1984, 1~27쪽.

4 이에 대한 상세한 내용은 다음의 글을 참조하기 바란다.
   李道學, 「백제 무녕왕과의 인연」『한국전통문화학보』, 한국전통문화대학교 학보사, 56, 2009. 5.15; 『누구를 위한 역사인가』, 서경문화사, 2010, 62~68쪽.
   李道學, 「동악에서 맺은 인연들」『동국대학교 사학과 창립 70주년 기념 기억모음집』, 동국대학교 사학과총동문회, 2016, 148~165쪽.

면 "동성왕 이름은 牟大이다. 혹은 摩牟라고 한다(東城王 諱牟大 或作摩牟)"
고 했다. 『일본서기』 雄略 23년 조에는 '末多王'으로 적혀 있다. 동성왕은 '모
대'나 '말다'로 불리거나 표기된 것이다. 그러면 동성왕의 아버지는 누구인
가? 『삼국사기』에 따르면 "문주왕의 아우인 곤지의 아들(文周王弟昆支之子)"
이라고 했다. 『일본서기』 웅략 23년(479) 조에 보면 "곤지왕 다섯 아들 중 두
번째 말다왕(昆支王五子中第二末多王)"이라고 하였다. 동성왕이 곤지의 아들
임은 이견이 없다. 이와 관련해 한성 도읍기 말기부터 웅진성 도읍기의 『삼
국사기』 왕실 계보상에서 많은 오류가 확인되었다. 이것을 검증하고 분석하
여 다음과 같은 계보도를 제시할 수 있었다.

백제 왕계의 정상적인 재구성도

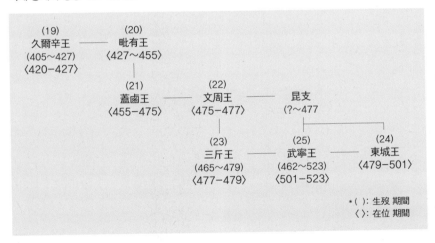

그러면 곤지는 어떤 인물인가? 458년에 개로왕이 劉宋에 보낸 除授 요청
명단에 등장하는 11명의 귀족 가운데 가장 직급이 높은 정로장군이었다. 더
구나 그는 좌현왕의 직함도 소유하고 있었다. 좌현왕은 우현왕과 마찬 가지
로 흉노를 비롯한 유목민목 사회의 직제에 속한다. 좌현왕은 동방을 관장하
였다. 곤지는 백제의 동방인 왜를 관장했던 직위에 있었다. 그는 477년(문주
왕 3)에 내신좌평으로 재임 중 사망했다. 이때 곤지는 자연사가 아니라 실권

자인 병관좌평 해구에게 피살된 것으로 추정된다.[5]

　그러면 동성왕은 어디에서 출생했을까? 이와 관련한 사실 여부를 떠나 무녕왕은 왜국으로 항진하는 도중 기항한 섬에서 출생한 것으로 적혀 있다. 『일본서기』 웅략 5년 7월 조는 "軍君이 서울에 들어왔다. 이미 다섯 명의 아들이 있었다"라고 적었다. 이 구절은 軍君 즉 곤지가 왜의 서울에 들어온 기사이다. 그 직전에 무녕왕을 섬에서 출산한 기록이 적혀 있다. 곤지는 무녕왕을 출산하기 전에 이미 5명의 아들이 존재했음을 알려준다. 물론 이들보다 뒤에 출생한 동성왕을 둘째 아들로 기록하는 등 모순이 보인다. 여기서 분명한 사실은 무녕왕이나 동성왕 출생 이전에 곤지의 아들이 존재했다는 것이다. 그러한 곤지의 다섯 아들이 어디에 거주했는지는 알 수 없다. 이와 관련해 주목되는 사실이 있다. 『신찬성씨록』에 수록된 河內飛鳥戶造의 先祖와 飛鳥戶神社의 祭神이 곤지였다. 신사 안내판의 글을 게재하면 다음과 같다.

　　飛鳥戶神社는 飛鳥 上의 段의 일각에 鎭座한 延喜式[927년에 완성된 국가의 規定集: 필자] 내의 名神大社이며 雄略朝에 到來傳承을 가진 백제계 飛鳥戶造 일족의 祖神인 飛鳥大神;百濟 琨伎王을 제사하고 있다. 平安時代 초기에는 자손에 해당하는 百濟宿禰와 御春朝臣들의 역할에 의해 貞觀 원년(859) 8

월에 位가 없다가 正四位下를 받아 다음 2년 10월에 '官社'에 들어가게 되었고 元慶 4년(880) 8월에는 春秋의 祭禮費로써 神領田 1 町이 지급되었다. 현재의 本殿은 南面의 1間社인데 檜皮葺의 형식으로 아름다운 모습이 남아 있다.

아스카베 신사 본전

5　李道學, 「漢城末 熊津時代 百濟 王位繼承과 王權의 性格」 『韓國史研究』 50・51合輯, 1985, 14쪽.

위의 기록은 말할 것도 없이 오사카 남부인 하비키노 시[羽曳野市] 일대는 가와치 아스카[近飛鳥]로 불렸던 유서 깊은 곳이었다. 바로 이곳에 백제계 석실분인 간논즈카[觀音塚] 고분이 소재하고 있다. 이러한 정황에 비추어 볼 때 곤지의 일본열도 거점임을 추정하게 한다. 513년에 사망한 무녕왕의 아들인 순타 태자가 거주하였다. 그 후손들이 이어져 내려와 무녕왕의 후손인 다카노 니이카사[高野新笠]는 간무[桓武] 천황의 어머니가 되었다. 이로 미루어 볼 때 곤지의 후손들이 일본열도의 하비키노 일대에 거주했음을 알 수 있다. 그렇다면 동성왕도 이곳에서 성장했을 가능성이 높아진다. 동성왕이 유년시절에 왜국에 거주한 사실이 확인되었기 때문이다. 이는 다음과 같은『일본서기』웅략 23년 조에서 짐작할 수 있다.

23년 여름 4월에 백제 문근왕이 세상을 떴다. 천왕이 곤지왕의 다섯 아들 가운데 둘째인 말다왕이 유년이지만 총명하였기에 내전으로 불러 친히 머리와 얼굴을 만지면서 진심으로 은근하게 타일렀다. 그 나라의 왕으로 삼아 곧 병기를 내려주는 한편 쓰쿠시의 병사 500인을 딸려서 함께 보내서 그 나라로 가는데 호위하여 보냈다. 그가 동성왕이다(二十三年 夏四月 百濟文斤王薨 天王 以昆支王五子中 第二末多王 幼年聰明 勅喚內裏 親撫頭面 誠勅慇懃 使王其國 仍賜兵器 幷遣筑紫國軍士五百人 衛送於國 是爲東城王)

위의 기사는 과장이 많은 문면이다. 그러나 백제 문근왕 즉 삼근왕이 사망하자 왜왕이 곤지의 5子 중 第2子인 동성왕이 나이가 어리나 총명하기 때문에 불러 격려하고 군사로 호위하여 귀국시켰다는 것이다. 이는 분명한 팩트가 된다. 유년의 삼근왕이 사망함에 따라 곤지의 아들인 동성왕이 즉위하였다. 방계인 곤지계 동성왕의 즉위는 정치적 이유가 아닌 문주왕 직계의 단절에 기인했다. 이는 문주왕이나 삼근왕의 후예 씨족이『신찬성씨록』에 등장하지 않은 점이라든지 삼근왕이 15세로 사망한 것을 볼 때 삼근왕 子의 존재 가능성은 희박하다. 물론 삼근왕 弟의 존재 가능성은 확인되지 않았다.

그런데 삼근왕 사망시 곤지의 아들 중 최연장인 18세의 무녕왕 즉 사마가 가장 유력한 왕위계승권자임에도 불구하고 異母弟인 동성이 즉위한 까닭은 어디에 있을까? 어쩌면 『일본서기』의 무녕왕 출생설화에서 느껴지듯 무녕왕은 곤지의 嫡子가 아니었는지도 모른다. 이 같은 家系上의 여건이 동성왕의 즉위 요인이었다고 생각할 수도 있다. 하지만 동성왕의 즉위 과정은 왜에서 귀국하여 왕위계승의 내분을 수습한 후 즉위한 전지왕의 경우와 유사하다. 그런 만큼 그 즉위 배경이 그리 간단하지만은 않은 듯 싶다. 동성왕 즉위에는 대내외적으로 이해관계가 복잡하게 얽혀있음을 생각하게 한다. 먼저 대외적인 면에서 살펴보자. 백제의 權臣으로서 渡倭한 木刕滿致가 동성왕의 즉위에 관련됐다는 견해도 있다. 그리고 보면 倭 朝廷의 동성왕 후원은 自國의 對백제외교의 득실과 결부되었기 때문일 것이다. 반면 백제 내부의 사정으로는 귀족세력들의 각자 이해관계에 따라 무녕왕을 옹립하려는 派와 동성왕을 옹립하려는 派로 나누어져서 대립하였을 가능성도 있다. 그러나 무엇보다도 동성왕의 즉위는 당시 실권을 장악한 眞氏를 중심한 남천 귀족들의 계획적인 농간에서 비롯된 게 아닐까 한다. 왜냐하면 앞서 삼근왕에게서 경험했듯이 이들 귀족들은 幼年王의 즉위를 통한 극도의 왕권 약화에 편승해서 세력 만회의 전기로 삼으려 했을 가능성이 크기 때문이다. 이와 같았을 당위성은 다음과 같은 요인에서 찾아진다.

웅진성 도읍초기 왕위계승분쟁을 위시한 남천 귀족세력 간의 거듭된 대결에서 비롯된 자체 분열은, 왕실 뿐만 아니라 귀족세력 또한 극도로 약화시켰을 것이다. 그런 만큼 新王都인 웅진성을 중심한 현지에 舊支配 질서를 다시금 구축할 수 있는 시간적 여유가 필요했다. 동시에 남천 귀족세력의 약화를 틈탄 신흥토착세력의 성장을 견제해야만 하는 새로운 상황에 직면하였다. 때문에 국내에서 성장한 무녕왕보다 왜에서 장기간 체류한 관계로 국내 政情에 어두운 유년의 동성왕이, 진씨를 위시한 남천귀족권의 세력 신장이라는 의도에 보다 부합될 것으로 판단되었기에 적극 옹립한 듯하다. 진씨 귀족과 동성왕 즉위와의 관련은, 解仇亂을 討平할 때 덕솔이던 眞老가 동성왕 4년에는 병관좌평 겸 知內外兵馬事를 제수받은 데서 찾아진다. 왕비족의 실체가 뚜렷한 근초고왕 이래 병관좌평직은 대부분 왕권 구축의 分擔勢

力이 장악해 왔었다. 이러한 선례에 비추어 볼 때 진씨 귀족은 동성왕 즉위와 관련 짓는 게 자연스러워진다. 그렇다고 하면 동성왕의 眞老에 대한 병관 좌평 제수라는 것도 기실은 진씨가 실질적으로 장악해 온 兵權을 인준해 준데 지나지 않는다고 보아진다.[6]

활용 방안 동성왕이 유년인 7~8세 무렵에 즉위했다는 사실이다. 귀족들이 일종의 로봇으로 그를 옹립한 것으로 보인다. 그러나 동성왕은 유년이었지만 호락호락하지 않다는 것을 암시해주는 일화의 삽입도 필요하다. 그리고 유년의 동성왕이 어른 뺨칠 정도로 총명했음을 알려주는 일화도 삽입하는 게 좋다. 동성왕은 장성하면서 강단 있는 군왕의 면모를 갖추었다. 이를 보고 실권자인 진씨 귀족들이 당초의 의도와는 어긋난다고 생각하여 전전긍긍하는 모습의 표출도 가능하다.

동성왕은 왜병 500명의 호위를 받고 환국한다. 이때 어린 동성왕의 당당하고 위엄 있는 모습을 통해 보통내기가 아닐 거라는 예상이 나오게 해야 한다. 동성왕을 수행했던 왜병들이 백제에 거주하다가 묻힌 곳을 공주 우성면 단지리의 횡혈묘로 지목하고도 있다.

백제 조정에는 중국인이나 왜인들을 비롯하여 외국인 출신들이 적지 않았다. 왜국에서 귀국한 동성왕은 왜국 사신들과 대화할 때 유창한 일본어를 구사하는 모습을 보여줘야 한다. 글로벌 국가 최고의 리더가 갖춰야할 덕목을 말해준다. 가와치 아스카에서 유년 시절을 보내는 꿈 많은 어린이 동성왕의 모습을 살려야 한다. 동성왕의 야무진 포부도 적절하게 표출시키면 좋겠다. 고구려를 꺾고, 다시 강한 나라를 회복하고, 故土를 회복하여 조상들이 살았던 옛 수도 漢城에 입성하겠다는 의지이다.

---

6 李道學, 「漢城末 熊津時代 百濟 王位繼承과 王權의 性格」『韓國史研究』 50·51合輯, 1985; 『백제한성·웅진성시대연구』, 일지사, 2010, 301쪽.

III. 즉위 후의 동성왕

1. 性情과 특징

『삼국사기』를 보면 동성왕의 性情과 특징을 단 두 마디로 적어 놓았다. 즉 "담력이 남보다 뛰어 났으며 쏘기를 잘하여 백발백중이었다(膽力過人 善射百發百中)"고 했다. 담력은 국어사전에서 "겁이 없고 용감한 기운"이라고 하였다. 이러한 성정 기록을 통해 동성왕이 거친 정치적 파고를 헤쳐 나갈 것으로 짐작할 수 있다. 많은 신하들이 반대했지만 자신의 소신을 관철시킨 사례가 적지 않았을 것 같다. 전쟁 터에 나갔을 때 많은 부하 장수들이 위험하다고 만류했지만 단독으로 적진에 뚫고 들어가 적장의 목을 베거나 적진을 흔들어 놓았을 수 있다. 동성왕의 무용담을 보여주는 사례를 삽입하는 것도 필요하다.

동성왕의 '백발백중' 건도 일화가 많았을 것이다. 가령 『세조실록』에 보면 세조가 왕자시절이었던 1432년(세종 14)에 일화가 보인다. 즉 "임자년 6월에 세조가 錦城大君 李瑜 등 여러 종친과 더불어 會射하였는데, 세조가 百發百中하니, 武人 楊春武가 곁에 있다가 감탄하여 말하기를, "국내 제일가는 명사수입니다"고 하였다. 세조가 또 일찍이 慶會樓 못[池] 남쪽에 조그마한 과녁을 설치하였는데, 물을 사이에 두고 있어 그 거리를 잴 수 없었으나 종일 쏘았지만 한 개의 화살도 물에 떨어지지 않았다"고 했다.

1458년에 지은 尹士昀(1409~1461)의 시에 세조를 일컬어 "군왕의 神武는 영웅을 馭車하였고, 신속히 群兇을 소탕하니 썩은 것을 부순 것과 같습니다./ 黑羽는 巍巍함이 白羽보다 지났고, 神弓의 혁혁함은 彤弓보다 낫습니다"[7]라고 읊조렸다. 여기서 '馭車'는 "바른 길로 나아가게 함"이라는 뜻이다. 동성왕이 지방 세력을 제압하는 데 百發百中의 神武가 위력을 보였을 수 있다. 이 점을 놓치지 않고 활용하는 게 바람직하다.

---

7 『世祖實錄』세조 4년 2월 12일 신축.

담력이 다른 이들보다 뛰어난데다가 백발백중의 활 솜씨로 동성왕은 적장을 쏘아 죽였거나 간담을 서늘하게 한 일화들이 무수히 생산되었을 것이다.

활용 방안   한국 역사상 고구려 추모왕, 백제 동성왕, 조선 태조를 3대 神弓으로 상정할 수 있다. 백제문화제 등에서 '백발백중 동성왕 활쏘기 대회'와 신궁 선발대회를 개최하는 일도 바람직하다.

2. 통치

동성왕은 유년에 즉위하여 백제를 통치했다. 이러한 경우는 부모에 의한 攝政을 상정할 수 있다. 7세의 幼年에 즉위한 신라 진흥왕의 경우도 母太后가 섭정하였다. 동성왕의 경우는 아버지 곤지는 피살되었다. 때문에 모태후가 섭정했을 것으로 본다. 모태후는 진씨 출신으로 추측된다. 동성왕은 재위 4년에 眞老를 병관좌평으로 임명하고 내외병마사를 함께 거머쥐게 했다. 진로에게 막중한 직책을 부여한 것은 모태후의 영향력 없이는 상정하기 어렵다. 모태후가 진씨임을 방증하는 사례라고 본다.

『삼국사기』에서 동성왕 11년까지는 풍년 기사도 등장한다. 그러나 그 이후에는 천재지변 기사가 속출하고 있다. 이로 볼 때 동성왕 12년부터는 친정이 시작한 해로 보여진다. 동성왕은 친정 이후 무서운 속도로 권력을 장악했다. 중앙의 귀족들, 특히 외가 세력을 제압한 후 지방 세력에 대한 제압에 착수하였을 것이다.

동성왕은 신라와 왜국을 기반으로 내부의 정적들을 제압하고 강력한 통치권을 수립한 것으로 보였다.

3. 사냥

신궁이었던 동성왕은 사냥을 자주하였다. 그의 사냥 기사는 『삼국사기』에서 다음과 같이 보인다.

- 5년 봄에 왕이 사냥하기 위하여 한산성에 이르러 군사와 백성들을 위무하고 열흘 만에 돌아왔다(五年 春 王以獵出 至漢山城 撫問軍民 浹旬乃還). 여름 4월에 웅진 북쪽에서 사냥하다가 神鹿을 잡았다(夏四月 獵於熊津北 獲神鹿).

- 12년 9월에 왕이 나라 서쪽 泗沘 벌판에서 사냥하였다(九月 王田於國西泗沘原).

- 14년 겨울 10월에 왕이 牛鳴谷에서 사냥하면서 직접 사슴을 쏘아 맞혔다(冬十月 王獵牛鳴谷 親射鹿).

- 22년 여름 4월에 왕이 牛頭城에서 사냥하다가 비와 우박을 만나서 중지하였다(夏四月田於牛頭城 遇雨雹乃止).

- 23년 겨울 10월에 왕이 사비 동쪽 들판에서 사냥했다(冬十月 王獵於泗沘東原). 11월에 웅천 북쪽 벌판에서 사냥했다. 또 사비 서쪽 벌판에서 사냥했다(十一月 獵於熊川北原 又田於泗沘西原).

　동성왕이 23년 10월에서 11월에 걸쳐 집중적으로 사냥을 한 이유를 살펴볼 필요가 있다. 추측컨대 이는 군사권에 대한 통제와 무관하지 않은 것으로 해석된다. 동성왕은 흉년과 토목공사로 인한 하층 주민들의 이탈 현상과 더불어, 群臣들이 동성왕의 전횡을 말렸던 데서 알 수 있듯이[8] 귀족층의 불만을 감지했던 것 같다. 모반의 가능성을 예견하였기에 동성왕은 도성으로의 진격이 용이한 그 외곽 부대에 대한 검열적 성격을 띤 사냥을 거듭 실시한 것으로 짐작된다. 특히 동성왕은 병을 핑계로 가림성으로의 전출을 가고 싶어하지 않았던 백가를 유의하지 않을 수 없었다. 그는 백가의 원망을 포착하였을 가능성이 높다. 이러한 이유로 동성왕은 사비성 벌판의 동쪽과 서쪽에서 사냥을 통하여 그곳 지방관들과 그 관할 부대에 대한 지배권을 확인하려고 했던 것으로 보인다. 동성왕이 사냥 과정에서 가림성주 백가가 보낸 자객의 칼에 찔려서 숨지게 된 것은 전렵의 성격이 사비성 천도 준비 보다는 수

---

8 『三國史記』 권26, 동성왕 21·22년 조.

도 외곽에 대한 안정적 지배라는 차원에서 이루어졌음을 시사한다. 전렵의 속성에는 지배의 확인이라는 요소가 작용하기 때문이다. 그리고 마키아벨리의『군주론』에서 언급했듯이 국왕은 전렵을 통해 자국의 지형을 熟知해야만 그에 맞는 방어책을 세울 수 있다고 한다.[9] 동성왕의 전렵 역시 수도 주변의 지형을 잘 파악해서 수도의 안정적 운영을 위한 방위망의 구축과 관련이 크다고 본다. 그러한 결실이 동성왕대 가림성의 축조라고 하겠다. 그러나 토목 공사는 "백제 末多王이 無道하고 百姓에게 暴虐하여 國人이 드디어 제거했다"[10]라는 식으로 표출되었을 수 있다. 즉 專橫으로 느껴졌을 동성왕의 권력 행사에 대한 반감과, 그에 대한 방어 차원에서의 사냥을 상정할 수 있지 않을까 한다. 요컨대 양자 간의 이해가 부딪치는 과정에서 결국 동성왕이 害를 입은 것으로 이해하는 게 자연스러워진다.

가림성의 입지적 조건이 사비성 방어에 긴요하다는 측면에서 사비성 천도와 연관지어 해석하였다. 그러나 이는 동성왕대의 지방 지배라는 차원에서 중앙 요직의 인물을 새로 축성한 지역에 파견하여 통제하게 하는 방식의 일환으로 보는 게 온당할 것 같다. 沙井城을 축조하여 扞率 毘陀를 그곳에 파견하여 鎭戍하게 한[11] 것과 동일한 맥락에서 살피는 게 오히려 자연스럽다. 즉 이는 중앙귀족 세력에 대한 재편성 작업의 일환이다. 그리고 地名을 冠稱한 王·侯들을 대거 영산강 유역에 分封하였다. 국가적 艱難期를 틈타 이탈해 간 지방 세력에 대한 지배가 동성왕대의 시대적 현안이었다.[12]

동성왕이 사비성 천도와 관련하여 사비 지역으로 자주 사냥한 사실을 언급한다. 이것이 과연 적절한 근거가 될 수 있을까? 다음의 사례를 통해서 검토해 본다. 동성왕은 재위 22년에 牛頭城에서 사냥을 하였다. 이곳은 486년

---

9 마키아벨리 · 권혁 옮김, 「제14장 군사와 관련한 군주의 의무」『군주론』, 돌을새김, 2005, 126~129쪽.
10 『日本書紀』 권16, 무열 4년 조.
11 『三國史記』 권26, 동성왕 20년 조.
12 李道學, 「漢城末 熊津時代 百濟 王位繼承과 王權의 性格」『韓國史研究』 50·51合輯, 1985, 23~29쪽.

(동성왕 8)에 축성한 곳이었다. 만약 동성왕이 우두성 일원에서 사냥을 한 후 우두성을 축조했다고 하자. 그렇다면 우두성 축조와 관련한 지세를 탐지할 목적의 사냥으로 해석이 가능하다. 그러나 그 반대였다. 동성왕의 사냥 목적은 국가에서 축조한 우두성을 중심한 그 일원에 대한 지배권의 확인에 있었음을 뜻한다. 따라서 동성왕의 사냥을 사비성 천도와 연결 짓는 견해는 설득력이 떨어진다.

동성왕대의 사냥은 백발백중 神弓이었던 자질과 기호의 산물로 여기는 게 좋다. 동성왕이 부대를 점검하고 사냥하면서 쏘아 맞히는 장면은 부하들에게 탄성을 자아낼 수 있는 요소였다. 동시에 왕권을 강화시키고 군 부대에 대한 장악력을 높이는 요인이었음은 분명하다. 그럼에도 너무 깊이 고려하여 천도 후보지 물색으로 여겼던 것이다.

활용 방안　백제문화제 등에서 동성왕 사냥 행차 혹은 사냥놀이 재현도 볼거리이다.

4. 왕권 강화와 국제 결혼

동성왕이 왕권을 강화시켰음은 주지의 사실이다. 그러한 요소는 『삼국사기』에서도 가시적으로 포착된다.

- 7월에 宮을 수리하였다(동성왕 8년).
- 熊津橋를 가설하였다(동성왕 20년).
- 봄에 임류각을 宮 동쪽에 세웠는데, 높이가 5길이나 되고 또 연못을 파고 이상한 새를 기르게 하자 諫官이 상소로 항의하였으나 왕은 이를 회답하지 않고 다시 諫하는 자가 있을까 하여 宮門을 닫아버렸다(동성왕 22년).

宮에 대한 수리와 임류각 건설과 같은 토목공사는 왕권의 신장이 전제되지 않고는 생각하기 어렵다. 더욱이 "宮門을 닫아 버렸다"는 구절은 동성왕의 강력한 권력 구축을 가리킨다. 그리고 금강 남북을 가로지르는 웅진교 가설은 웅진성의 도성에 대한 정비 차원에서 고무적인 현상이었다.[13]

동성왕대는 두드러진 점이 많은 시기였다. 그 가운데 대표적인 현상이 국제 결혼이었다. 『삼국사기』에 적혀 있는 다음의 기사를 살펴 보자.

15년 봄 3월에 왕이 신라에 사신을 보내 혼인을 요청하니 신라 왕이 伊湌 比智의 딸을 시집보냈다(十五年 春三月 王遣使新羅請婚 羅王以伊飡比智女歸之).

동성왕은 493년(동성왕 15)에 신라에 사신을 보내어 혼인을 청했다. 신라의 소지 마립간은 이에 응하였다. 왕족인 이찬 比智의 딸을 동성왕에게 시집보냈다. 동성왕은 신라 왕실을 처가로 하는 혼인동맹을 맺게 된 것이다. 그러면 동성왕은 무엇 때문에 신라 왕녀와 혼인하게 된 것일까? 동성왕이 신라에 혼인을 요청한 시기는 재위 15년이므로 20대 전반의 연령으로 추정된다. 그러므로 동성왕이 혼인하지 않았다고는 생각되지 않는다. 그럼에도 불구하고 동성왕이 신라 왕녀와의 결혼을 시도한 데는 정치적인 의미가 강하였다.

전통적으로 백제 왕실의 처족인 왕비족은 해씨나 진씨였다. 동성왕이 즉위할 무렵에 권력을 장악한 세력은 진씨 귀족이었다. 따라서 동성왕은 진씨 출신의 여자를 왕비로 삼았을 가능성이 지극히 높다. 그럼에도 불구하고 동성왕은 신라 왕녀를 배우자로 구하였다. 진씨 세력의 수중에서 벗어나 왕권을 강화시키려는 데 있었을 것이다. 이 경우 동성왕은 진씨 귀족들과의 갈등을 각오해야만 하였다. 그러나 신라의 힘을 빌어 진씨 세력의 힘을 배제할 수 있다고 판단한 만큼 혼인을 단행한 것으로 본다.

동성왕은 혼인동맹을 통해 신라와의 동맹을 강화했다. 그럼으로써 고구려의 남진에 효과적이면서 강력하게 대응할 수 있었다. 내부적으로는 신라를 백제 내정에 끌어들이게 된 것이다. 신라가 백제 내정에 대한 정보를 입수할

---

13 李道學, 百濟 熊津城研究에 대한 檢討 『東아시아古代學』23, 2010, 247~278쪽.

수 있게 되었다. 더불어 신라가 개입할 수 있는 계기를 마련해 주었다. 이와 관련해 관심을 끄는 유물이 있다. 즉 송산리 4호분의 帶金具는 경주 금관총에서 출토된 것과 동일하다. 이 대금구는 신라에서 백제로 유입된 것으로 지목되고 있다. 그 유입 배경은 나제동맹과 결부 지을 수도 있고, 좀 더 구체적으로 접근한다면 494년 신라 왕녀와 동성왕과의 혼인이 직접적인 배경이 될 수도 있었다.[14] 그러나 위 2개의 銙帶는 晉 과대와의 연관성이 깊다. 더구나 풍납동토성 인근에서 출토된 과대의 경우는 서진의 그것으로 간주할 수 있다. 이러한 맥락에서 볼 때 백제 지역에서 출토된 과대는 백제와 서진 및 동진과의 교류의 산물로 지목하는 게 합당해 보인다.

활용 방안　동성왕과 신라 왕녀와의 혼인은 시선을 모을 수 있는 이벤트 요소이다. 십분 활용할 필요가 있을 것 같다. 백제문화제 등에서 혼인행렬을 보여주는 것도 새로운 볼거리가 된다. 송산리 4호분 대금구는 관광상품으로 개발하는 것도 좋다.

5. 군사적 위업

웅진성에 도읍하던 시기의 동성왕의 현안은 국력을 다져서 잃어버린 한성을 비롯한 북방 영토의 회복이었다. 그러기 위해서는 築城 등을 통해 국방을 강화하거나 大閱을 통한 군사 점검이 긴요했다. 다음에 보이는 『삼국사기』 기사가 그것을 말한다.

- 9월에 말갈이 침입하여 한산성을 습격하고 300여 호를 사로잡아 가지고 돌아갔다(동성왕 4년).
- 우두성을 축조하였다(동성왕 8년).
- 10월에 宮 남쪽에서 크게 사열했다(동성왕 8년).

14　이한상, 『장신구 사여체제로 본 백제의 지방 지배』, 서경문화사, 2009, 171~172쪽.

- 魏에서 군사를 보내어 침입하였으나 우리 군사에게 패한 바 되었다(동성왕 10년).
- 7월에 北部 사람으로 15세 이상을 징발하여 사현성과 이산성의 2성을 축조하였다(동성왕 12년).
- 7월에 고구려는 신라와 살수원에서 싸웠는데, 신라가 이기지 못하고 견아성으로 물러서자, 고구려가 이를 포위하므로 왕은 군사 3천 명을 파견하여 이를 구원하여 포위를 풀게 하였다(동성왕 16년).
- 8월에 고구려는 치양성으로 침입하여 포위 공격하므로, 왕은 사신을 신라에 파견하여 구원을 청하자, 신라의 소지왕이 장군 덕지에게 명하여 군사를 거느리고 이를 구원하니 고구려 군사는 곧 퇴각하였다(동성왕 17년).
- 7월에 사정성을 축조하고 한솔 비타로 하여금 이를 鎭戌하게 하였다. 8월에 왕은 탐라에서 貢賦를 닦지 않으므로 친히 攻伐하러 무진주에 이르자, 탐라는 이 말을 듣고는 사신을 파견하여 사죄하므로 이를 그만 두었다(동성왕 20년).
- 7월에 탄현에 柵을 설치하고 신라를 방비하였다. 8월에 가림성을 쌓고 위사좌평 백가로 하여금 이를 鎭戌하게 하였다(동성왕 23년).

위의 기사를 통해 동성왕이 국방에 비상하게 신경을 쏟았음을 알 수 있다. 그가 살해되는 마지막 해인 재위 23년에도 탄현에 柵을 설치하고, 가림성을 축조하였다. 군사적으로 공수동맹 관계인 신라와 긴밀하게 협조하면서 고구려에 공동 대응했다. 그럼에도 동성왕은 신라에 대한 경계심을 늦추지는 않았다. 훗날 신라군이 침공해 왔던 요충지인 탄현에 군사 시설을 설치하는 일을 잊지 않았던 것이다. 용의주도한 동성왕의 면모를 읽을 수 있다. 이러한 요소를 놓치지 말아야할 것 같다.

활용 방안 동성왕의 탐라 정벌을 위한 무진주 행차도 볼만한 구경거리이다.

6. 폭군으로서의 동성왕

동성왕은 정변으로 피살되었다. 게다가 그의 후손들이 繼位하지도 못했다. 한반도는 물론이고 일본열도나 이 세상 그 어디에도 동성왕의 후손들이 이어졌다는 기록은 없다. 결과적으로 그를 옹호해줄 수 있는 매체는 없었다. 이는 백제측 사정에 정통한 일본측 문헌에서 "백제 末多王이 無道하고 百姓에게 暴虐하여 國人이 드디어 제거했다"[15]라고 한데서도 반증된다. 여기서 '無道'는 인간으로서의 도리를 저버리고 막되게 행동하는 경우를 가리킨다. 傍若無人한 이미지를 심어주고 있다. 그리고 '暴虐'은 성질이나 행동이 몹시 사납고 잔악한 경우를 이른다. 동성왕이 暴虐하게 굴었던 대상을 '百姓'이라고 했다. 동성왕은 힘 없는 주민을 괴롭힌 暴君으로 상정되었다. 이 같은 無道와 暴虐의 끝이 國人에 의한 제거였다는 것이다. 그러면 사서에서 확인되는 폭군 요소를 굳이 찾는다면 『삼국사기』에서 다음과 같이 보인다. 그리고 동성왕이 주연을 베풀어 飮酒한 기록도 덧붙였다.

- 봄에 임류각을 宮 동쪽에 세웠는데, 높이가 5길이나 되고 또 연못을 파고 이상한 새를 기르게 하자 諫官이 상소로 항의하였으나 왕은 이를 회답하지 않고 다시 諫하는 자가 있을까 하여 宮門을 닫아 버렸다(동성왕 22년).
- 11월에 왕이 남당에서 군신들에게 잔치를 베풀었다(11년).
- 5월에 가물었다. 왕이 측근들과 함께 임류각에서 잔치를 베풀며 밤새도록 실컷 즐겼다(동성왕 22년).

위의 인용에서 보듯이 鬪魂에 밤새 술을 마신 동성왕은 사치와 방탕의 전형으로 나타나고 있다. 그러나 이를 현상만으로 평가하기는 어렵다. 주연은 국왕과 신하 간의 일체감을 조성하고 응집력을 촉발하는 역할을 하였다. 그

---

15 『日本書紀』 권16, 무열 4년 조.

리고 술은 정치적 긴장 상황에서 해방시켜주는 기능도 했다.[16] 동성왕은 잔치에 참여한 구성원들 간의 일체감을 조성하여 강력한 왕권을 유지하고자 한 것이다. 물론 다음에 보듯이 『삼국사기』에는 유독 동성왕대에 기상 이변으로 인한 피해가 속출하고 있다.

- 겨울 10월에 큰 눈이 한 길 넘게 내렸다(4년).
- 겨울 11월에 얼음이 얼지 않았다(12년).
- 여름 6월에 웅천의 물이 불어서 서울에서 2백여 호가 떠내려가고 물에 잠겼다(13년).
- 가을 7월에 백성들이 굶주려 신라로 도망간 자가 6백여 호나 되었다(13년).
- 봄 3월에 눈이 내렸다(14년).
- 여름 4월에 큰 바람이 불어 나무가 뽑혔다(14년).
- 여름 5월 초하루 갑술일에 일식이 있었다(17년).
- 6월에 큰 비가 내려 백성들의 가옥이 유실되고 무너졌다(19년).
- 여름에 큰 가뭄이 들어 백성들이 굶주려서, 도적이 많이 생기자 신하들이 창고를 풀어 구제하자고 하였으나 왕이 듣지 않았다. 한산 사람들 중에 고구려로 도망간 자가 2천 명이나 되었다(21년).
- 겨울 10월에 전염병이 크게 돌았다(21년).
- 5월에 가물었다(22년).
- 봄 정월에 서울에서 노파가 여우로 둔갑하여 사라졌다. 남산에서 호랑이 두 마리가 싸웠는데 잡지 못   하였다(23년).
- 3월에 서리가 내려 보리를 해쳤다(23년).
- 여름 5월부터 가을까지 비가 내리지 않았다(23년).

기상이변으로 인한 흉년으로 백성들이 굶주리다 못해 신라나 고구려로 달아났다. 홍수로 인한 피해 역시 만만치 않게 발생했다. 그런데 다음의 기

---

16 李道學, 「한국 고대사회에서 술의 기능」 『동아시아고대학』 44, 2016, 34쪽.

복원한 임류각 건물. 제대로 된 복원 여부는 불확실하다.

사에서 보듯이 동성왕은 당초 어진 군왕이었다. 그리고 풍년도 들었다.

- 봄에 왕이 사냥하기 위하여 한산성에 이르러 군사와 백성들을 위무하고 열흘 만에 돌아왔다(5년).
- 가을에 크게 풍년이 들었다. 남해의 어촌 사람이 두 이삭이 하나로 합쳐진 벼를 바쳤다(11년).

동성왕 재위 12년부터 기상이변으로 인해 백성들이 피해를 입고 민심이 피폐해진 것으로 볼 수 있다. 이는 하늘의 경고로서 적극 확대 재생산된 듯한 인상마저 준다. 어쨌든 민생이 피폐해졌다면 "百姓에게 暴虐하여"라는 기록이 터무니 없지만 않다.

활용 방안　臨流閣에서 동성왕 宴會 再演을 통해 백제인들의 낭만과 흥취를 재현해 볼 수 있다.

IV. 동성왕의 피살

1. 피살 상황

동성왕을 스토리텔링 소재로 했을 때 가장 극적이요, 박진감 넘치는 장면
은 정변이 되겠다. 『삼국사기』 동성왕 23년 조는 동성왕의 피살을 다음과 같
이 기록했다.

11월에 웅천 북쪽 벌판에서 사냥했다. 또 사비 서쪽 벌판에서 사냥하였는데
큰 눈에 길이 막혀 馬浦村에서 묵었다. 이전에 왕이 백가로 하여금 가림성을
지키게 하였을 때 백가는 가기를 원하지 않아 병을 핑계로 퇴관하고자 하였다.
그러나 왕은 이를 승낙하지 않았다. 이로 말미암아 백가는 왕에게 원한을 품고
있었다. 이때에 와서 백가가 사람을 시켜 왕을 칼로 찔러서 12월에 이르러 왕이
사망하니 시호를 동성왕이라 하였다(十一月 獵於熊川北原 又田於泗沘西原 阻大
雪 宿於馬浦村 初王以苩加鎭加林城 加不欲往 辭以疾 王不許 是以怨王 至是 使人刺
王 至十二月乃薨 諡曰東城王).

501년 11월에 동성왕은 웅진성에서 강을 건너 그 북쪽 평원에서 사냥을
했다. 그리고는 장소를 사비 서쪽 평원으로 옮겼다. 동성왕은 사냥을 질탕하
게 한 후 웅진성으로 돌아가려고 했다. 그런데 갑자기 큰 눈이 펑펑 내렸다.
삽시간에 길이 끊어졌다. 결국 동성왕은 백마강변에 소재한 마포촌에 유숙
하게 되었다. 이곳은 가림성주의 관할 구역이기도 했다. 가림성은 부여군 임
천면에 소재한 성흥산성을 가리킨다. 동성왕은 새로 축조한 가림성의 성주
로 위사좌평이었던 백가를 전출시키려고 했다. 그러자 백가는 병을 핑계로
가지 않으려고 했다는 것이다. 지금의 대통령 경호실장에 해당하는 위사좌
평은 국왕의 최측근이었다. 그러한 백가가 비록 수도 외곽이라고 하더라도
가림성 전출은 명백한 좌천이었다. 떠밀리다시피하여 좌천된 백가는 앙심을
품고 있었다. 그는 동성왕이 사비 벌판으로 사냥 왔을 때부터 호종했을 수

있다.

　그런데 이례적으로 11월에 동성왕은 수도의 북쪽과 서남쪽 2곳에서 사냥하였다. 모종의 음모도 제기될 수 있는 정황으로 보인다. 동성왕은 당초 웅진성 북쪽 사냥만 계획하였다가 누군가 사비 서쪽 벌판으로 유인하였기에 장소를 바꾸어 사냥했을 수 있다. 그러한 음모의 장본인은 가림성주 백가일 수밖에 없다. 백가는 동성왕을 자신의 영역으로 유인하는데 성공하였다. 현지 지방관으로서 사냥하여 잡은 사슴이나 멧돼지를 잡아 주연을 베풀었을 수 있다. 동성왕이 투숙한 고을이 마포촌이었다. 마포촌은 포구에 자리잡은 마을로서 선박이 출입하는 관계로 북적거리는 마을이었을 것이다.

　질탕하게 먹여 동성왕 일행을 취하게 한 후 백가는 인력을 풀어 숙소를 습격했던 것 같다. 이때 동성왕의 경호병력과 백가 군대 간에 충돌이 빚어졌을 것이다. 그러나 처음부터 작심하고 공격한 기습에 경호병력이 대응하기는 역부족이었다. 이들이 침전으로 뛰어들었을 때 동성왕의 대응 역시 상상해 봄직하다. 몸을 가누기 어려울 정도로 만취한 그였지만 활고채를 잡아당겨 신궁답게 몇 명을 쏘아 맞혔을 수 있다. 화살이 떨어진 그는 단도를 뽑아 들고 접전하다 크게 찔리고 쓰러졌던 것 같다. 동성왕은 11월에 칼을 맞았지만 12월에야 사망했다. 이 사실은 그가 부상을 입은 후 제대로 치료받지 못하고 사망했음을 암시해 준다.

　백가의 자객이 동성왕의 절명을 확인하지 않았음을 알려준다. 정황상 그들이 동성왕을 찌른 후 황급히 달아난 것으로 보인다. 동성왕의 침소가 피습되자 외곽에 있던 수행 병력이 급히 연락을 받고 들이닥쳤을 수 있다.

　큰 부상을 입고 신음 중인 동성왕을 목전에 두었다. 웅진성에서 달려온 왕족들이나 귀족들은 머리 속 계산이 분주해졌을 수 있다. 동성왕이 再起하는 것보다는 그대로 방치하여 죽게 하는 게 나을 것 같았는 지도 모른다. 그렇다면 동성왕 이후 옹립해야할 대상 물색이었다. 동성왕의 사망할 때 연령은 알 수 없다. 그가 23년간 재위했었고, 유년에 즉위한 것을 고려해 보면 30세 정도에 사망하였을 수 있다. 그렇다면 동성왕의 왕자들이 즉위할 수는 없는 것이다. 물론 동성왕처럼 유년의 왕자를 옹립할 수는 있다. 그러나 간난의 시대에 태평성대같은 일을 꾸미기에는 여러 가지 복선이 얽혀 있는 정국이었다.

동성왕은 그해 12월에 결국 숨을 거두었다. 그에 앞서 새 왕에 대한 논의가 있었을 것이다. 곤지의 여러 왕자들이 물망에 올랐을 것임은 분명하다. 이 가운데 사마도 물망에 올랐을 것이다. 그런데 이듬해 정월에 "좌평 백가가 가림성에 웅거하여 반란을 일으켰다"[17]고 했다. 동성왕을 살해한 백가의 반란 배경은 알려진 바 있다. 동성왕은 523년 8월에 가림성이 축조되자 위사 좌평 백가로 하여금 이곳을 鎭守하게 했다. 이때 백가는 가림성 진수가 좌천인 관계로 病을 핑계대고 가지 않으려고 하였다. 그래도 동성왕이 허락하지 않고 전출을 시키자 어쩔 수 없이 가림성으로 갔다. 그러자 백가는 왕에 대한 원한이 생겨났다. 그러던 중 동성왕이 사냥 나왔다가 폭설로 인해 마포촌에 유숙하였다. 백가는 그 틈을 이용하여 사람을 보내 찔러 죽였다고 한다.

그런데 가림성을 진수하던 백가가 '좌평' 직으로 가림성에서 반란을 일으켰다. 이 기록을 유의한다면 백가는 동성왕 사망 후 조정으로 진입하여 예전 직위인 좌평을 차지했을 수 있다. 이 경우는 동성왕이 刺傷을 크게 입었지만, 가해자를 모를 수 있었다는 것이다. 당시 백제 조정의 초미의 관심사는 동성왕을 찌른 배후 인물을 찾는 일이었다. 그러는 과정에서 백가가 배후 인물로 드러나게 되었다. 결국 백가는 자신의 본거지인 가림성에서 저항할 수밖에 없었다. 그랬기에 "반란을 일으켰다"로 기록되었을 수 있다.

동성왕 사후 空位 상황에서 백가를 처단하는 일이 초미의 과제였다. 이때 왕족인 斯麻가 군대를 이끌고 牛頭城에 이르러 한솔 解明에게 명하여 토벌하게 했다. 가림성을 포위한 백제 정부군의 공격에 견디지 못하고 백가는 나와서 항복했다고 한다. 백가가 자결이나 최후 항전을 포기하고 항복한 데는 삶에 대한 일말의 가능성을 타진했던 듯하다. 아마도 백가가 보낸 인사가 사마와 협상했을 가능성이다. 백가로서는 동성왕을 살해할 수밖에 없는 나름대로의 이유가 있었고, 그것을 알리고 싶었을 수 있다. 이와 관련해 생명 보

---

17 『三國史記』 권26, 무녕왕 즉위년 조.

존에 대한 약속을 담보했다면 백가가 항복했을 가능성이다. 그러나 국왕 시해범인 관계로 사마 자신이 독단으로 처리할 수는 없었다고 본다. 斬首한 백가의 시신이 백강에 던져지게 된 것은 극형이었다. 신라는 백제를 멸망시킨 직후에 조국을 배신하여 백제로 달아났던 毛尺을 혹독하게 죽인 후 시신을 강물에 던졌다. 고려 신종 때 노비의 난을 도모하다 발각된 만적 일당도 모두 예성강에 던져졌다. 부여는 일부다처제 하에서 가부장권을 확립하고 가정의 평화를 유지하기 위하여 투기를 매우 엄중하게 처벌하였다. 즉 투기한 여자는 죽인 다음 그 시체를 산 위에 버려 鳥獸의 먹이가 되게 했다. 매장권을 박탈한 가장 엄혹한 처벌이 된다.

그러면 이러한 처벌의 의미는 어떻게 보아야만 하는가? 고대인들은 우주에 彌滿한 모든 생명체의 순환 원리를 성장과 소멸이 가없이 반복하는 현상으로 인식하였다. 봄에 씨를 뿌리고 가을에 추수하면 그 작물의 생명은 일단 끝난 것이지만, 그 낟알을 이듬해 봄에 다시금 땅에 심게 되면 싹이 돋아나 생명은 계속 이어지기 마련이다. 이와 마찬가지로 일단 목숨이 다한 인간도 땅에 묻히게 되면 곡식의 낟알처럼 그 영혼도 부활하게 된다고 믿었다. 땅은 모든 생명체의 생성과 소멸을 관장하는 이를테면 생명의 원천으로 생각하는 地母神 신앙을 가지고 있었다. 그래서 중죄인에 대하여는 영혼의 부활까지 박탈할 목적으로 매장권을 철저히 봉쇄하였다.

동성왕 살해의 배후 인물로 사마 즉 무녕왕을 지목하기도 한다. 물론 이와 관련한 아무런 증거도 남아 있지 않다. 다만 동성왕 피살 후 최대의 수혜자가 무녕왕이었다. 그랬기에 무녕왕이 사주하지 않았을까 추측할 뿐이다. 그러나 동성왕 사망 정국은 변수가 많기 때문에 속단하기는 어렵다고 본다. 오히려 무녕왕은 백가 반란을 진압하는 과정에서 출중한 능력을 발휘하였다. 숱한 왕족들을 제끼고 정국의 주도권을 장악할 수 있는 계기를 마련했을 수 있다. 사마가 해명에게 지시하여 토벌하게 했고 또 성공한 것이다. 이 사실은 사마가 군부를 장악할 수 있는 일대 전기가 되었다고 본다. 그 여세를 몰아 사마는 포스트 동성왕에 대한 지위를 굳혔을 수 있다. 분위기가 그렇게 흘러가자 "신장이 8척이요, 眉目이 그림같았고, 仁慈寬厚하여 민심이 귀부

했다"고 호의적으로 평가했듯이 사마를 용상에 앉게 한 것으로 보인다.

훤출한 신장에 잘 생기고 후덕하여 편하게 느껴졌던 인물이 사마였다. 동성왕과는 대척되는 성정의 소유자였다. 무녕왕은 '暴虐'과 '無道'의 대명사처럼 낙인 찍힌 동성왕과는 사뭇 달랐다. 이러한 무녕왕의 성정과 인품도 즉위의 주요한 요인으로 지목할 수 있다.

활용 방안 동성왕 피살 장면과 반란을 진압하고 무녕왕이 즉위하는 장면은 드라마나 연극 소재로도 적합하다.

2. 동성왕릉에 대한 상념

부여 땅에서 살해된 동성왕의 능묘는 어디에 소재하였을까? 이와 관련해 유의해야할 기록이 있다. 부여군 장암면 상황리에는 '王塚'으로 일컬어지는 분묘 3기가 소재하고 있다. 이들 고분은 역시 야산에 자리잡은 능산리 왕릉군의 입지 조건과 흡사하다. 『公州 舊邑誌』 부여 조에서 "官衙 동쪽 10리 남짓에 왕릉이 있다. 또 임천 남산동 鳥嵒 밑에 왕릉이 있다"는 기록이 주목되었다. 여기서 관아 동쪽 10리 남짓에 소재한 왕릉은 능산리 고분군을 가리킨다. 임천 남산동 조암 밑의 왕릉은 상황리 고분군을 가리키는 것으로 간주해 왔다. 그러나 『扶餘誌』 林川郡 능묘 조에 "백제 왕릉: 扶餘誌를 살펴 보니 임천 南面에 왕릉이라고 일컫는 것이 있다. 場岩 後洞에 역시 왕릉이라는 것이 있다. 이것들은 諺傳이므로 감히 진실한 말은 아니다"라는 기록이 보인다. 임천과 장암에 백제 왕릉으로 전하는 고분이 각각 소재했다는 것이다. 그리고 충청관찰사였던 趙明鼎이 1754년에 왕총 앞에 세운 가림 조씨 시조 趙天赫의 墓壇碑가 장암면 상황리에 소재했다고 동일한 『부여지』에 쓰여 있다. 따라서 장암면 상황리 왕총은 『부여지』에서 장암 후동에 소재했다는 왕릉을 가리킨다.

그러면 상황리 왕총에 묻힐 수 있는 백제 왕은 누구일까? 일단 사비성 도읍기의 국왕들만 꼽아 보자. 그러면 성왕·위덕왕·혜왕·법왕·무왕·의자

왕총의 묘단비 뒷면. 무덤에 들어 갔던
조명정의 소견이 적혀 있다.

왕이 있다. 이 가운데 무왕은 익산에, 의
자왕은 중국 낙양 북망산에 각각 묻혔
다. 성왕의 능은 능산리 제2호분으로 지
목되고 있다. 이들을 제외한 위덕왕과
혜왕 그리고 법왕을 지목할 수 있다. 그
러나 이들이 능산리 왕릉군을 떠나 이곳
에 묻혔어야 될 특별한 사유가 발견되지
않는다. 이와 관련해 왕총이 소재한 상
황리 일대는 백제 때 가림성이었던 임천
면의 성흥산성과 근거리에 위치하였다.
즉 이 근방으로 사냥을 나왔다가 가림성주에게 피살된 왕이 동성왕이라는
점과 어떤 연관이 있어 보였다.[18]

활용 방안   1차적으로 왕총과 그 주변에 대한 지표 조사가 필요하다.

V. 맺음말

스토리텔링은 주지하듯이 "이미지나 글을 통해 이야기를 만들어 전달하
는 것"을 가리킨다. 현재 대한민국은 축제가 넘쳐나고 있다. 문제는 지역 축
제의 경우 소재에 대한 개발이 미흡한 경우가 많았다. 좋은 소재가 있음에도
불구하고 활용하지 못한 경우들이 비일비재하였다. 스토리텔링의 소재는 전
설이나 민담을 비롯하여 여러 방면에서 채취할 수 있다. 그 가운데 웅덩이가
가장 넓고도 깊은 게 역사 기록이 아닐까 싶다.
史書에 적혀 있는 소재를 적극적으로 활용할 필요가 있다. 부여의 경우

---

18 李道學, 「부여군 장암면 상황리 왕총(王塚)에 대한 고찰--동성왕릉 가능성의 제기」『대한문
화재신문』15호, 2004. 7. 1.

백제 뿐 아니라 새로운 소재도 개발해야 한다. 가령 교과서에 수록될 정도로 유명한 고려 말의 鴻山大捷이 중요한 소재가 된다. 최영 장군이 왜구를 격파한 기록은 『고려사』에 비교적 상세히 전한다. 그러한 소재를 활용하여 스토리텔링화하는 것도 방법이다. 그리고 '鴻山大捷 公園'을 조성하고 최영 장군의 동상을 건립해도 좋다. 인지도가 높을 뿐 아니라 지역민들에게 자긍심을 심어줄 수 있는 역사의 현장을 적극적으로 활용할 필요가 있다. 그럼으로써 무량사를 비롯한 다른 유적지나 휴양지와 연계된 체류형 관광지로 자리잡게 된다.

본고에서 살펴 본 동성왕 이야기도 이제는 무녕왕 일변도의 식상한 소재에서 벗어나자는 취지였다. 소재를 계속 개발하고 외연을 확장하는 노력을 게을리 하지 말아야 한다. 백제 제24대 동성왕 시대가 지닌 역사적 소임이 있었다. 후임자인 무녕왕이 '更爲强國' 즉 "다시 강한 나라가 되었다"고 선언할 수 있는 토대가 전임자인 동성왕 시대에 구축된 것이다. 조선시대 세종의 治世는 父王인 태종의 정치적 惡役이 있었기에 가능했음은 두루 알려져 있다. 이와 마찬 가지로 본고에서는 격동의 한 시대의 거친 파고를 헤쳐나간 동성왕 시대에 대한 재조명도 의미 있다고 보았다. 동성왕 시대가 스토리텔링 소재로서 적합하게 활용되어 백제의 역사와 문화를 좀더 살찌우고 또 풍부하게 이해하는 데 기여하기를 바란다.

:: 참고문헌 ::

1. 원전자료

『三國史記』『世祖實錄』『日本書紀』

2. 저서

마키아벨리 · 권혁 옮김, 「제14장 군사와 관련한 군주의 의무」『군주론』, 돋을새김,
        2005.
이한상, 『장신구 사여체제로 본 백제의 지방 지배』, 서경문화사, 2009.
李道學, 『백제한성 · 웅진성시대연구』, 일지사, 2010.
李道學, 『누구를 위한 역사인가』, 서경문화사, 2010.

3. 논문 및 기타 자료

李道學, 「百濟 王系에 對한 異說의 檢討」『東國』18, 東國大學校 校誌編輯委員
        會, 1982.
李道學, 「漢城末 熊津時代 百濟 王系의 檢討」『韓國史研究』45, 1984.
李道學, 「漢城末 熊津時代 百濟 王位繼承과 王權의 性格」『韓國史研究』50 · 51
        合輯, 1985.
李道學, 「부여군 장암면 상황리 왕총(王塚)에 대한 고찰--동성왕릉 가능성의 제
        기」『대한문화재신문』15호, 2004. 7.1.
李道學, 「백제 무녕왕과의 인연」『한국전통문화학보』, 한국전통문화대학교 학보
        사, 56, 2009.
李道學, 「百濟 熊津城研究에 대한 檢討」『東아시아古代學』23, 2010.
李道學, 「한국 고대사회에서 술의 기능」『동아시아고대학』44, 2016.
李道學, 「동악에서 맺은 인연들」『동국대학교 사학과 창립 70주년 기념 기억모음
        집』, 동국대학교 사학과 총동문회, 2016.

제2부

09

13세기 歷史像의 스토리 개발
창작소재로서 삼국유사 〈내물왕 김제상〉 조의 분석

고운기 한양대학

I. 머리말

이 글은 13세기 고려의 사회적·문화적 특수성을 반영한 텍스트로서 『삼국유사』가 지닌 성격을 찾아보는 작업에 이어지는 것이다.[1]

고려와 몽골의 관계를 잣대로 나는 이 시기를 다음과 같이 구분한다.

1차 시기: 형제맹약기(1218~1231) … 1차 연합군
2차 시기: 전쟁기(1231~1260)
3차 시기: 간섭기(1260~) … 2차 연합군

이 글에서는 각 시기별로 특징을 살펴보고, 이에 대응한 고려와 일연의 역사인식을 살폈다. 간섭기에 국사에 임명된 일연은 승려로서 개인을 떠나 공인의 신분으로 현실문제를 파악해야 할 입장에 놓였다. 특히 고려와 몽골 연합군(2차 연합군)의 일본 정벌을 두고, 일연은 동시대인인 김방경에게서 이 문제에 보다 현실적으로 다가가는 태도를 취했을 것으로 본다. 그 결과가 「기이」편의 〈내물왕 김제상〉 조이다.

김제상은 『삼국사기』에 박제상으로 나온다. 그러나 두 책이 그리는 제상의 모습은 완연히 다르고, 그 원인으로 '구체적이고 현실적인 문제로서 임박한 전쟁에서 반드시 쳐부숴야 할 舊怨의 대상으로 그려야 하지 않았을까'[2]라는 결론을 내린 바 있다. 그러나 이같은 결론만으로 만족할 수 없었다. 이제 이 글에서는 13세기 歷史像의 여러 문제를 검토하여 보완·수정하고자 한다.

또한 이 글은 콘텐츠 생산의 첫 단계로서 창작소재의 발굴에 기여하는 데 목적을 두고 있음을 밝힌다.

---

1 고운기, 「파괴와 복원의 변증」『일본학연구』, 51, 단국대학교일본연구소, 2017.
2 고운기, 『우리가 정말 알아야 할 삼국유사』, 현암사, 2002, 119쪽.

II. 13세기 초반 고려인의 몽골 인식

1. 이른바 '형제맹약'에 대하여

고려와 몽골의 1차 연합군은 거란[遼)]을 제압하기 위해 결성되었다. 1218년 12월, 몽골의 哈眞과 札剌이 이끈 몽골군이 대동강 중류 강동성으로 들어간 거란족을 고려군과 함께 친 것이다.[3] 작전은 성공적이었다. 1219년 1월, 강동성의 거란군이 항복한 것이다. 몽골에서는 고려 원수부의 원수 趙冲에게 첩문을 보내, "황제가 적을 격파한 뒤 형제가 될 것을 약속하라고 명령하셨다."[4]고 알려 왔다. 이른바 형제맹약이다.

이 형제맹약에 대해서는 일찍이 고병익의 논의[5] 이후 고려와 몽골이 맺은 최초의 관계가 호혜적이었던 것으로 이해하였다. 그러나 이는 다소 我田引水의 혐의가 짙다. 그 실질은 결국 상하관계의 복속에 지나지 않는다는 이개석의 견해가 제시되었다.

> 고려는 몽골국에 대하여 공납, 입조의 의무를 지고 있었음을 알 수 있고, 강
> 동성의 거란 잔당을 치는 과정에서 助軍, 輸糧으로 도운 것으로 보아 이것이
> 1219년 몽골과 고려 사이에 맺은 형제 맹약의 실질이었다고 볼 수 있다.[6]

실로 몽골이 요구하는 조군과 수량은 막대한 수치였다. 이 정도라면 호혜적인 관계 유지라고 볼 수 없다는 것이다. 실제 고려는 몽골이 요구한 歲貢

---

3 1216년부터 고려는 거란의 침공에 시달렸다. 심지어 당대의 집권자 崔忠獻도 위협을 뼈저리게 느끼고 있었다. "정월에 최충헌 부자가 그의 집에 私兵을 많이 배치하고 엄하게 경비하였다. 이 때 거란 군사가 가까이 닥쳐왔으므로, 백관에게 명령하여 모두 성에 나가 지키게 하고, 또 성 밑의 인가를 헐고 隍塹을 파게 하였다"(『고려사절요』, 1217. 1.)는 기사가 그것이다.

4 『고려사절요』, 1218. 12.

5 고병익, 『동아교섭사의 연구』, 서울대출판부, 1970.

6 이개석, 「여몽관계사 연구의 새로운 시점, 동북아역사재단·경북대한중교류연구원 엮음, 『13~14세기 고려–몽골관계 탐구』, 동북아역사재단, 2011, 22쪽.

을 '피정복지역 臣民의 의무가 아닌 종래 遼나 金에 보내던 시대의 예물로 이해'[7]하고 있었다. 이것이 실상에 가깝다고 보인다.

이와는 달리 고명수는 맹약 체결 후의 기록들이 고려-몽골의 군신관계를 보여준다는 점에서 형제맹약은 고려와 몽골군 지휘관 사이의 사적인 관계이고 국가간의 관계가 아니었다고 주장[8]하였다. '사적인 관계'가 주장의 핵심이다.[9]

그러나 이는 곧바로 반론에 부딪혔다. 물론 이 시기에 "조정의 의논 역시 결정되지 못하여 화답하지 않았으므로 군사를 먹이는 일이 지체되었다. 趙冲만이 홀로 의심하지 말라고 급히 아뢰기를 그치지 않았다."[10]는 기록을 보면, 형제맹약이 현장에서의 임시방편 상으로 체결되었을 가능성은 있다. 다만 현지 지휘관인 조충이 외교측면보다는 야전사령관으로서 전장 상황에 보다 적확한 정보를 가지고 있었고, 이에 입각한 판단은 '때로 정치가의 입장이나 감각과 차이가 있을 수 있다'[11]면, 즉각적인 대응은 현장에 부여된 특권이었다. 이런 특권으로 행사된 결과를 사적이었다고 볼 수는 없다.

고려와 몽골의 이러한 첫 접촉은 칭기즈칸이 몽골제국을 세운 1206년으로부터 12년이 지난 다음의 일이다. 그런데 무엇보다 고려를 당황하게 한 것은 형제맹약의 정체였다고 보인다. 군신의 사대관계 외에 다른 경험이 없는데, 국가 간에 형제관계를 맺는다는 것이 매우 생소하였다. 이것이 13세기 초반 고려와 몽골의 관계 형성에 혼선을 빚게 한 요인이었다.

한편 이익주는 고려가 가지고 있었던 '나름의 경험'에 바탕하여 당시 상황

---

7 위의 논문, 23~24쪽.
8 고명수, 「몽골-고려 형제맹약 재검토」『역사학보』225, 역사학회, 2015.
9 다음과 같은 대목이 그 증거로 쓰일 만하다. "합진이 김취려의 외모가 체격이 크고 훌륭한 것을 본 데다 그 말을 듣고 매우 기이하게 여겨서 그를 이끌어 한 자리에 앉히고, '나이가 몇 이오?' 하였다. 취려가 말하기를, '60에 가깝소.' 하였다. 합진이, '나는 50이 못 되었소. 이미 한 집안이 되었으니, 그대는 형이고, 나는 아우요.' 하고, 취려에게 동쪽을 향하여 앉게 하였다." (『고려사절요』, 1219. 1.)
10 『고려사절요』, 1218. 12.
11 윤용혁, 「대몽항쟁기 여몽관계의 추이와 성격」, 동북아역사재단·경북대한중교류연구원 엮음, 『13~14세기 고려-몽골관계 탐구』, 동북아역사재단, 2011, 102쪽.

을 정리하였다. 그 경험이란 1117년 金에서 '兄大女眞金國皇帝致書于弟高麗國王'으로 시작하는 문서를 보내 '結爲兄弟' 즉 형제관계를 요구한 일이었다.

> 고려는 금과의 관계를 시종 형제관계로 유지하고자 했고, 금은 고려로 하여금 稱臣上表를 하도록 하는 데 초점을 맞추고 있었다. …(중략)… 1218년 몽골로부터 형제맹약을 요구하는 첩문을 받았을 때. 고려에서는 對金 형제관계의 전례에 따라 칭신상표하고 조공하는 관계로 이해했을 것이다.[12]

금의 '결위형제' 요구를 대등한 관계로 본 것은 고려의 오해였다. 실은 '칭신상표'의 다른 표현이었던 것이다. 금을 兄, 고려를 弟라 明記한 데서 이는 확실하다. 이것을 잘못 받아들여 낭패를 본 100여 년 전의 경험이 몽골의 형제맹약 요구를 바로 조공관계로 알아듣게 하였다는 것이다. 그러나 이것이 몽골에 대한 바른 인식이었을까.

여진[金]이 말한 형제관계는 분명 형과 아우의 관계였다. 이에 비해 몽골은 형제맹약이라고만 했을 뿐, 적어도 당초에는 거기에 상하 관계를 굳이 설정하지 않았다. 힘의 우위를 지닌 쪽에서 형제맹약을 내세웠으니 당연히 상하관계가 전제되었다고 할 수 있으나, 몽골족이 가지고 있는 전통의 선상에서 이는 다시 생각할 필요가 있다. 다음과 같은 설명을 참고해 보자.

> 몽골과 고려의 군사 지휘관들은 "우리들 양국은 영원히 형제로서 자손만대까지 오늘을 잊지 말자!"고 맹세하였으며 몽골군이 귀환할 때 고려인들은 예절에 따라 환송하였다. 이 말은 예의상, 또는 양측 지휘관이 생각나는 대로 한 말이 아니었다. 어쨌든 고려인과 가깝게 지내고 싶었던 몽골인의 입장에서 한 말이었다.[13]

---

12 이익주, 「1219년(고종6) 고려-몽골 '형제맹약' 재론」 『동방학지』175, 연세대국학연구원, 2016, 86~90쪽.

13 이시잠츠 편, 『몽골제국의 대외관계』(1995) 위 부분은 김장구, 「13~14세기 여몽관계에 대한

몽골 연구자의 설명임을 감안하더라도 여기에는 우리가 주목할 대목이 있다. '영원히 형제'로서 '오늘을 잊지 말자'고 풀이한 것이다. '생각나는 대로 한 말'이 아니었으며, '가깝게 지내고 싶다'는 입장은 무엇을 나타낼까. 단순히 선의의 隣國 관계로 미화한 데 그칠까.

적어도 13세기 초반 처음으로 고려와 몽골이 접촉하였을 때 서로가 서로를 잘 모르고 있었다는 점만은 분명하다. 다만 侵境者로서 몽골은 크게 문제되지 않는다. 그들은 힘의 우위를 확보하고 있었기 때문이다. 반면 당하는 입장에서 고려는 상대를 깊이 이해하여야 했다. 그런 이해의 바탕에서 외교적인 전략이 구사되어야 했는데, 아쉽게도 고려는 몽골에 대해서 아는 바가 별로 없었다. 위의 논자가 밝힌 '몽골인의 입장'이 무엇인지 알기에는 역사적으로 먼 나라였다.

몽골인의 입장을 이해하자면 반드시 짚어야 할 한 가지가 의형제 개념이다. 처음 형제의 맹약을 맺을 때, 고려 쪽에서는 전통적인 몽골의 의형제 개념을 몰랐던 것 같다. 지금의 연구자가 이를 해석하면서도 마찬가지이다.

2. 몽골의 의형제 개념

13세기의 몽골은 지금과 같은 사막이나 얕은 초원지대가 아니었다. 11세기를 고비로 나타난 기후 변화는 북방 초원의 전반적인 한랭화를 가져왔다.[14] 이를 좀 더 구체적으로 살펴보자면, 대서양에서 불어오는 사이클론의 경로를 따져야 한다. 경로는 크게 세 가지의 기본적인 변화를 보인다.

첫째, 태양 활동이 거의 없는 시기에는 알타이 산맥과 톈산 산맥까지 이른다. 대서양에서 가져온 습기는 비가 되어 떨어진다. 이렇게 되면 초원 지대는 습기가 증가한다. 풀이 사막을 덮는다. 둘째, 태양 활동의 증가와 함께 아

몽골 하계의 관점」, 동북아역사재단·경북대한중교류연구원 엮음, 「13~14세기 고려-몽골관계 탐구」, 동북아역사재단, 2011, 214쪽에서 재인용.

14 김호동, 「몽골제국과 세계사의 탄생」, 돌베개, 2010, 83쪽.

열대 고압대는 북상하기 시작해 대서양 사이클론의 경로를 같은 방향으로 이동시킨다. 유럽과 시베리아 중앙 지대이다. 그러므로 초원지대의 강수량은 현저히 줄어 건조화가 시작된다. 셋째, 태양 활동이 아주 왕성할 때는 사이클론이 훨씬 더 북쪽으로 이동한다.[15]

곧 사이클론의 방향은 아열대고압대에 달려 있고, 태양 활동의 변화와 정비례한다는 것이다. 대초원 지대의 역사는 직간접으로 여기에 좌우된다.

지구상에서 4세기 이후 사이클론은 남쪽으로 내려와 이동했다. 이때 초원지대는 번성했고, 9세기에 잠깐 건조기를 보이다가 13세기까지 계속되었다. 遊牧과 騎馬가 최상의 경지에 이른 13세기의 몽골이 지금과 다르다는 말이 이것이다.[16]

초원의 번성기에 강력한 힘을 창조한 영웅이 태어난다. 보르지긴[17]의 칭기즈칸이었다.

그러나 그의 시대가 처음부터 평탄한 것은 아니었다. 어머니가 일렀듯이, "그림자 말고는 동무도 없고, 꼬리 말고는 채찍도 없다."[18]는 형편이었다. 처음에 아버지 예수게이는 아홉 살 난 아들 칭기즈칸을 강력한 몽골 부족 옹기라트족 지도자의 딸 보르테와 약혼시켰지만, 돌아오는 길에 타타르족에게서 식사를 나누자는 초대를 받고 갔다가 독살되었다. 미망인과 아이들은 사냥과 어로로 어렵게 생계를 꾸렸다.

고난은 여기서 끝나지 않았다. 겨우 자립할 무렵, 키릴투크가 보르지긴 목초지를 습격해 칭기즈칸을 사로잡고 그에게 칼을 채웠다. 다행히 빠져나오는 데 성공했다. 칭기즈칸은 보르테와 결혼했고, 아내의 지참금인 담비 외투

---

15 레프 구밀료프 · 권기돈 옮김, 『상상의 왕국을 찾아서』, 새물결, 2016, 53~54쪽.
16 레프 구밀료프는 이때를 다음과 같이 매력적인 문장으로 묘사하였다. "초목은 사막을 등지고 남북으로부터 이동하며, 풀 뒤에는 유제동물이 오고, 그리하여 양과 소 그리고 기수를 태운 말이 온다. 그리고 말은 군사 집단과 유목민의 강력한 힘을 창조한다(위의 책, 55쪽.)."
17 칭기즈칸이 속한 가족과 그 지배를 받는, 그러나 혈연적으로는 전혀 무관한 다종 다양한 유목민들로 구성된 집단이다(김호동, 앞의 책, 86쪽.).
18 유원수 역주, 『몽골비사』, 사계절, 2004, 50쪽.

를 케라이트칸에게 선물했으며, 칸은 즉시 예수게이와의 우정을 상기하고 칭기즈칸에게 보호해주겠노라고 맹세했다. 여기서 '예수게이와의 우정'이라는 말에 주목할 필요가 있다.

몽골인에게 혼인은 동맹의 가장 중요한 형식의 하나였다. 양가는 혼인을 통해서 '쿠다'quda라는 관계를 맺는다. 한편 상호 맹약으로 의형제를 맺는데, 몽골어로는 '안다anda'라고 불렀다. 이렇게 의형제를 맺게 되면 서로 곤경에 처했을 때 도아주어야 할 의무를 지니게 된다.

그런데 '안다-쿠다'라는 표현이 하나의 복합어를 이루며 자주 등장한다. 이는 아마 '안다'라는 의형제 관계가 '쿠다'라는 사돈관계와 거의 동시에 이루어졌기 때문[19]으로 보인다. 이것이 바로 형제맹약이다.

몽골인에게 안다의 중요성은 다음과 같은 설명으로 보완된다.

> 고대 몽골족은 의형제의 '의'에 관한 감동적인 관습을 갖고 있었다. 소년들 혹은 청년들은 선물을 교환하고 안다anda, 곧 지정된 형제가 되었다. 의형제의 '의'는 혈연관계보다 더 우월한 것으로 여겨졌다. 안다는 단 하나의 영혼과 같아 서로를 결코 버리지 않을 것이며, 항상 치명적인 위험에서 서로를 구할 것이었다.[20]

'단 하나의 영혼' 같은 것이 의형제이다. 예수게이와 의형제였던 케라이트 칸은 세대를 넘어 형제의 아들까지 보호하였다. 물론 그것은 아들이 고급스러운 담비 외투를 가져와 우정의 유산을 확인해 주었기 때문이다.

반대의 경우, 곧 형제맹약을 하였더라도 배신한다면 이에 대한 보복 또한 철저하였다. 의형제였지만 마지막 적수였던 자무카가 그 경우에 속한다. 자무카는 칭기즈칸의 손에 죽임을 당한다.[21]

척박한 환경에서 살아남아야 하는 몽골인에게 형제맹약은 삶의 지혜이자

---

19 김호동, 앞의 책, 98쪽.
20 레프 구밀료프, 앞의 책, 223쪽.
21 위의 책, 246~247쪽.

방편이었다. 이것으로 다져진 내부적인 강고함은 칭기즈칸의 정복사업에서 외부화 된다.

1218~9년이라면 몽골제국의 초기이자 칭기즈칸의 전성기이다. 몽골의 전통이 왕성하게 작용하던 때이고, 응징이나 약탈로서 단순한 전쟁을 치르던 때이다. 곧 칭기즈칸 사후 우구데이가 즉위하여, '점령과 지배를 지향하는 본격적인 세계정복전으로 탈바꿈'[22]한 다음이 아니었다. 단순한 전쟁에서 원정군은 우군이 필요하다. 그런 시기에 몽골의 야전지휘관은 동쪽 끝으로 숨은 거란군을 치러 와서, 우군으로서 고려에게 황제의 권위와 몽골의 전통이 녹아있는 형제맹약을 제시했을 것이다. 형제가 된 이상 고려군은 원정 온 몽골군을 도와야 한다. 그것이 형제맹약의 의무 사항이었다.

고려 정부는 이런 상황을 이해하지 못하였다. 오늘날 우리가 역사상 몽골과의 형제맹약을 바로 이해하자면 이 점을 감안하여야 한다.

3. 정보 부재가 불러온 비극

형제맹약을 제대로 이해하지 못한 고려로서는 몽골이 요구하는 助軍과 輸糧이 朝貢으로밖에 보이지 않았을 것이다. 더욱이 연중 수차례에 걸쳐 과도한 양을 요구하고,[23] 궁중에 들어와 법도를 지키지 않는 몽골 사신의 태도[24]에서, 고려로서는 이것이 어떤 성격의 외교 관계인지 종잡을 수 없었을 것이다. 고려에게는 몽골에 대한 정확하고 풍부한 정보가 없었다.

비록 고려가 몽골의 형제맹약을 알고 있었다 하더라도, 과연 '단 하나의 영혼과 같아 서로를 결코 버리지 않을 것이며, 항상 치명적인 위험에서 서로를 구할 것'이라는 '안다'로 받아들일 수 있었을까. 그러나 어떤 경우가 되었건 不知가 가져온 비극은 처참했다.

---

22 플라노 드 카르피니 외·김호동 역주, 『몽골제국기행』, 까치, 2015, 10쪽.
23 『고려사』, 1221. 8~10.
24 위의 책, 같은 부분.

정보의 부재는 형제맹약기 때만이 아니었다. 전쟁기에 들어서는 첫 장면에서도 이는 잘 나타난다.

1219년의 형제맹약 이후 5~6년간 고려로서는 불편한 형제맹약의 시기를 보냈다. 그러다가 몽골 사신이 귀환 중 피살되는 사건이 벌어졌다. 1224년 11월에 들어온 사신 10명이, 이듬해 1월 서경을 떠나 압록강을 건너서는 국신과 수달피 가죽만을 가져가고, 그 나머지 명주·베 등은 다 들에 버리고 갔는데, 국경을 지나가는 언저리에서 도적에게 피살 되었다. 이 사실에 대하여 몽골은 고려를 의심하여 국교를 끊었다.[25]

저 유명한 著古與 살해 사건이다. 물론 고려는 부인했다. 몽골도 이를 가지고 즉각적인 대처를 하지 않았다. 이 무렵 몽골은 서역 원정에 골몰해 있었고, 1227년에는 칭기즈칸이 세상을 떠났다. 고려에 신경 쓸 틈이 없었다.

그러다가 1231년에 이르러 몽골은 새삼 저고여 피살 사건을 들고 나와 침공을 감행했다. 점차 정권이 안정되어 갔다는 증거이다.

정보의 부재라는 관점에서 먼저 開戰 상황을 정리해 보자.

[1] 몽고 원수 撒禮塔이 군사를 거느리고 咸新鎭(평북 의주)을 에워싸고 말하기를, "나는 몽고 군사다. 너는 빨리 항복하라. 그렇지 않으면 무찔러 하나도 남기지 아니 하리라." 하였다. 副使 全僩이 두려워서 防守將軍 趙叔昌과 함께 모의하기를, "만약 나가 항복하면 성중 백성이 그나마 죽음은 면할 것이다" 하니, 숙창이 옳게 여겨 드디어 성문을 열고 항복하였다.

[2] 숙창이 몽고 사람에게 말하기를, "나는 趙元帥 沖의 아들이다. 나의 아버지가 일찍이 귀국 원수와 형제가 되기를 약속하였다." 하고, 전한은 창고를 풀어 몽고 군사를 먹이었다. 숙창이 글을 써서 朔州 宣德鎭(함남 정평)에 부쳐 몽고 군사에게 저항하지 말고 항복하라고 타일렀다. 몽고 사람이 숙창에게 명하여 이르는 곳마다 먼저, "진짜 몽고 사람이니 마땅히 빨리 나와 항복하라." 라고 말하게 하였다.

---

25 『고려사절요』, 1225. 1.

[3] 鐵州城(평북 철산) 아래에 이르러, 포로로 잡은 瑞昌 郎將 文大를 시켜 고을 사람을 불러, "진짜 몽고 군사가 왔으니 마땅히 빨리 나와 항복하라"라고 타이르게 하였다. 文大가 이에, "가짜 몽고다. 그러니 항복하지 말아라" 하였다. 몽고 사람이 죽이려다가 다시 불러 타이르게 하였으나 역시 여전하였으므로 드디어 죽였다.

[4] 몽고 사람들이 공격을 더욱 급하게 하고, 성중에는 양식이 떨어져 능히 성을 지키지 못하고 함락하기에 이르렀다. 판관 李希勣이 성중의 부녀자와 어린아이들을 모아 창고에 넣고 불을 지르고, 장정들과 함께 자결하여 죽으니, 몽고 사람이 드디어 그 성을 도륙하였다.

[1]~[4]는『고려사절요』1231년 8월의 기록이다.

[1]은 살례탑이 의주에서 처음으로 고려군과 맞닥뜨린 상황이고, [2]는 조충이 형제맹약을 맺었던 사실을 확인하는 상황이며, [3]은 철산에서 잘못된 정보를 전달한 문대가 피살되는 상황이다. [4]는 몽골군의 처절한 도륙 현장을 보여준다.

우리는 [1]~[3]에서 다음과 같은 기록을 주목하게 된다.

[1] "나는 몽고 군사다."
[2] "진짜 몽고 사람이니 마땅히 빨리 나와 항복하라."
[3] "가짜 몽고다. 그러니 항복하지 말아라."

몽골군이 눈앞에 나타났는데 그 군대가 몽골군인지도 몰랐다. 조숙창이 사태를 파악한 것은 평소 부친인 조충의 교시를 받았기 때문일 것이다. 그 군대의 강력함도 알고 있으니, 무고한 백성의 피해를 줄이기 위해 일찌감치 항복을 결정하였다. 나아가 다른 지역에도 몽골군의 출현을 알렸다. 그러나 철산에 간 문대는 아예 가짜라 하면서, 항복을 막다가 죽임을 당한다. 대체적으로 문대 같은 사람이 많았을 것으로 보인다.

정보 부재가 가져온 비극은 문대의 죽음으로 그치지 않았다. [4]에서 보듯이, 철산의 부녀자와 어린아이들은 창고에 갇혀 불 타 죽고 장정들은 자결하였다. 처참한 결과였다.

초기 개전의 이 상징적인 장면은 곧 고려의 몽골과의 전쟁기 전체를 관통한다. "몽고 군사가 廣州·충주·청주 등지로 향하는데, 지나는 곳마다 殘滅하지 않은 데가 없었다"[26]는 기록이 그것을 말해 준다.

III. 일연의 몽골관과 김방경

1. '西山'이라는 표기

一然(1206~1289)은 칭기즈칸의 출현에 맞추어 생애를 출발하였다. 기묘한 인연이었다. 그리고 그의 생애 전부는 몽골의 영향 아래 놓였다.

일연 만년의 노작이 『삼국유사』이다. 생애 전부가 몽골의 영향 아래였다면, 이 책 또한 그 영향의 흔적을 보여준다. 그러나 직접적이라기보다 간접적이라고 해야 할 것이다. 다만 한 단어에서 간접적인 직접을 볼 수 있어 흥미롭다. 그것은 '西山'이라는 표현이다.

[5] 既而西山大兵已後 殿塔煨燼 而此石亦夷沒 而僅與地平矣(塔像, 迦葉佛宴坐石)

[6] 西山兵火 塔寺丈六殿宇皆災(塔像, 皇龍寺九層塔)

[7] 及西山大兵以來 癸丑甲寅年間 二聖眞容及二寶珠 移入襄州城(塔像, 洛山二大聖觀音正趣調信)

[5]는 황룡사의 가섭불이 불타 사라진 일, [6]은 황룡사의 구층탑과 장육존상 그리고 절이 불타 없어진 일, [7]은 낙산사의 소장품을 양양의 관청 안

---

26 『고려사절요』, 1231. 12.

으로 옮긴 일을 적고 있다. 이 세 가지 일의 공통점이 '서산의 전쟁' 때문이라는 것이다.[27]

'서산의 전쟁'이란 무엇을 가리키는가. 바로 몽골과의 전쟁이다. 곧 서산은 몽골을 말하는 것이다.

그런데 왜 몽골을 서산이라고 표기한 것일까.

몽골을 가리키는 '서산'이라는 표기가 『삼국유사』에는 위처럼 세 군데 나오지만, 다른 문헌에서는 좀체 찾을 수 없고, 정작 이런 표기의 근거도 대기 쉽지 않다. 아쉬운 대로 찾아본 전거는 다음과 같다.

元設達魯花赤 孛魯合反兒拔覲魯 一行人等 俱勑**西還**: 본디 배치했던 달로화적 패로합반아, 발도로 일행 등은 모두 **서쪽으로** 돌아오라 명령하였다.[28]

이 기록은 고려 원종 원년(1260) 8월, 王僔가 몽골에서 조서를 가지고 돌아왔는데, 그 첫 번째 조서 가운데 나온다. 여기서 '서쪽으로'는 元 또는 그 수도 북경을 가리킨다.

금나라가 遼나라 平州 사람 張穀을 遼興軍節度使로 임명하였다. **遼나라 임금 耶律延禧가 西山으로 달아났을 때** 평주의 군사가 반란을 일으켜 절도사 蕭諦里를 살해하자, 장곡이 반란을 일으킨 군사를 어루만져 안정시키니, 평주의 백성들이 장곡을 추대하여 평주의 일을 관장하도록 하였다.[29]

이는 『御批歷代通鑑輯覽』 권81 「宋徽宗皇帝」에 나오는 글을 인용한 것이다. 여기서 '야율연희가 서산으로 달아났을 때'를 주목해 본다. 금나라는 1120년 上

---

27 [6]의 장육존상에 대해서는 "今兵火以來 大像與二菩薩皆融沒 而小釋迦猶存焉"(塔像, 皇龍寺丈六)라고 한 번 더 적고 있다. 여기서는 西山을 빼고 兵火만 남겼는데, 가리키는 바는 같다고 하겠다.

28 『고려사』, 원종 원년 8월.

29 『治平要覽』 권121.

京, 1121년 中京을 함락하였다. 야율연희는 거용관에서 사냥을 하는 등 기대에 미치지 못하는 모습을 보이다가 내몽골 쪽으로 달아났었다. 그렇다면 '서산'과 '내몽골'이 연결된다. 몽골을 서산이라 부른 예로 볼 수 있다.[30]

위의 두 가지 용례로 충분한 전거가 되지 못하지만, 관례적으로 몽골을 일러 서산이라 불렀다고 짐작해 볼 수는 있다.

쿠빌라이 카안은 금과 남송을 차지한 뒤 『易經』의 '大哉乾元'이라는 구절에서 따와 大元이라는 국호를 정하였다. 고려에도 사신을 보내 '국호를 세워 대원이라 하였음'[31]을 알렸다. 이후 고려에서는 공식적인 문서에 당연히 대원을 썼고, 스스로는 東藩이라 하였다. "고려는 동번이 되어 때로 현저한 공헌을 했으며 누대에 걸쳐 공주와 혼인하는 것이 관례입니다."[32]와 같은 경우가 그것이다. 그렇다면 동번의 대칭으로 서산이라는 말을 썼을까.

이제 『삼국유사』에 용례로 보이는 서산 그리고 서산병화, 서산대병으로 돌아가, 일연이 이런 표기를 택한 까닭과 그 입장을 알아본다.

좀체 다른 문헌에 보이지 않는 '서산=몽골'을 일연이 한 책 안에 3회나 쓰고 있는 점이 이채롭다. 이는 몽골과의 전쟁을 직접적으로 표기하기가 자유스럽지 못한 상황에서의 궁여지책으로 보이는데, 『삼국유사』를 완성할 무렵은 몽골의 간섭기에 들어선 13세기 후반이고, 국사의 신분에 올랐던 일연은 정치적으로 매우 조심스러운 위치에 있었다는 점이 감안되어야겠다. 그런 처지에서 '서산대병'이나 '서산병화'는 몽골과의 전쟁을 나타내는 가장 완곡한 표현이라 보인다.

그런데 용례가 보이는 3개의 기사가 모두 13세기 일연 당대에 벌어진 일을 다루었다. 고려 이전 삼국의 역사를 다루는 책에서 굳이 고려의 현재가 반영된 기사를 적은 것은 『삼국유사』 기술의 한 가지 특성에 기인한다. 곧 일

---

30 물론 야율연희가 달아난 기사에는 경우에 따라 협산(1120), 음산(1124) 등의 명칭도 보인다. 특히 협산이 서산과 같은 명칭인지 알 수 없다.

31 『고려사』 원종 12년 12월.

32 『고려사』 柳清臣傳.

연은 사건의 장소가 되는 곳의 현재 상태를 몸소 답사하며 기록에 남기기를 즐겨했다. 이것은 특히 탑과 불상 그리고 절을 소개하는 「탑상」 편에서 두드러진다. 위의 3개의 기사가 모두 그렇다. 승려로서 일연이 여기에 들인 각별한 애정을 엿볼 수 있는 대목이기도 하다. 어떤 식으로든 황룡사구층탑 같은 보물의 근황을 남기자니, 소멸된 이유를 밝히려면 전쟁을 언급하지 않을 수 없고, 조심스럽고 완곡하게 사실의 전달을 위해 노심초사한 흔적이 '서산' 같은 용어로 나타나는 것이다.

조심스럽고 완곡한 표현이라는 해석은 일연의 현실 대응 태도가 극단적인 투쟁에 기울어지지 않았음을 말하기도 한다. 그러나 이것을 소극적이라고 평가[33]하는 데는 재고의 여지가 있다. 남겨야 할 기록은 남기되 현실적인 여건을 고려하는 융통성으로 보아야 한다.

2. 국사 임명 전후의 일연과 충렬왕

형제맹약기와 전쟁기를 지나 고려는 몽골(원)에 대한 정보를 쌓아갔고, 그에 따라 간섭기에 이르면 많은 인식의 변화가 생겨났다. 특히 전쟁기와 간섭기 사이에는 고려 내부에 큰 변화가 일었다. 곧 무인정권이 막을 내리고 왕의 친정체제를 구축한 것이다. 친정체제는 일찍이 몽골이 원하는 바였고, 충렬왕부터 이후의 왕은 몽골의 부마가 되었다. 형제맹약기나 전쟁기 초기의 정보 부재가 불러온 혼란이나 誤判은 현저히 줄었다.

이는 다른 한편 몽골에 대한 현실적 馴致를 의미하는 것이기도 하다. 이것이 간섭기를 관통한 고려 사회의 특징이었다.

이런 가운데 13세기 후반 고려 사회를 요동치게 만든 사건은 일본 정벌이었다. 1차(1274)와 2차(1281)에 걸친 정벌 이후 한중일 3국의 동아시아사는 긍정적이든 부정적이든 하나의 전기를 마련하여 새로운 시대로 나아갔다.

---

33 채상식, 『고려후기불교사연구』, 일조각, 1991, 156쪽. 이에 대한 필자의 입장은 『일연과 삼국유사의 시대』, 월인, 2001, 159쪽 참조.

한국(고려)과 중국(원 지배하의 한족)은 전쟁에 들인 과다한 인력과 물자로 인해 자생력을 소진하였고, 방어하는 입장의 일본(가마쿠라 막부) 또한 손실이 크기는 마찬가지였다. 고려나 가마쿠라 막부가 막을 내리는 직간접적인 원인이 여기에 있다.

이 시기 일연은 어떤 행적을 보이는가.

1차 정벌 때 일연은 69세의 나이로 경상도에 우거하는 승려에 지나지 않았다. 정치적인 존재감이 거의 없었다. 그러나 2차 정벌 때는 상황이 달랐다. 먼저 1281년의 개전부터 종료까지 충렬왕의 행적을 살펴보자.[34]

○◎ 4월 초하루 병인일. 왕이 합포로 떠난 바, 우부승지 정가신이 왕을 호위하여 따라갔다.

◎ 5월 무술일. 혼도, 홍다구 및 김방경, 박구, 김주정 등이 함대와 군사들을 거느리고 일본을 정벌하러 떠났다.

○◎ 6월 임신일. 김방경 등이 일본군과 싸워 3백 여 명의 적을 죽였고….

◎ 6월 계미일. 왕이 경주에 들러 승직 임명을 비준하였는데, 중들이 綾羅로써 왕의 측근들에게 뇌물을 주어 승직을 얻었으므로 사람들이 羅선사 綾수좌라고 불렀다. 이 자들 중에는 처를 얻고 가정생활을 하는 자가 절반이나 되었다.

◎ 7월 기유일. 왕이 합포에서 돌아왔다.

○◎ 8월 정묘일에 왕이 공주와 함께 慶尙道에 행차하였다. 甫州副使 朴璘과 安東府使 金頵은 영접하는 것이 지극히 풍성하고 사치해서 좌우 사람들이 모두 칭찬하였으며, 安東判官 李檜는 백성의 노력을 아끼고 비용을 절약하며 또 행동이 서투르니 내료들이 모두 비난하였다.

◎ 8월 기묘일. 별장 김홍주가 합포로부터 행궁에 와서 동정군이 패배하고 원수 등이 합포에 돌아왔다는 것을 보고하였다.

◎ 윤8월 갑오일. 김방경 등이 행궁에 와서 왕을 뵈었다.

○◎ 윤8월 경신일에 왕이 공주와 함께 경상도에서 돌아왔다.

---

34 여기서 ○는 『고려사절요』, ◎는 『고려사』를 나타낸다.

1281년 4월, 원정군의 출발지인 합포(마산)에 간 왕은 5월에 출정을 보고 7월에 일단 개성으로 돌아왔다. 그런데 8월에 다시 경상도 안동으로 간다. 원정군을 맞이하자면 중간 위치이다. 그래서 한 달 뒤, 원정군의 사령관 김방경의 귀환 보고를 안동에서 받은 다음 돌아왔다.

이 기간 왕과 일연이 만났다는 기록은 없다. 그런데 위에서 한 가지 눈에 띄는 기사가 6월 경주에서 승직을 임명 비준한 일이다. 일연의 비문에는 "신사년(1281) 여름, 임금의 부름을 받고 경주행재소로 가다."[35]라고 하였으니, 이 기록을 통해 충렬왕과 일연의 만남이 여기서 이루어졌음을 알 수 있다. 기실 일연은 이미 충렬왕 즉위 초부터 왕과 관계를 맺고 있었다. 자신이 주석하던 비슬산 인홍사를 보수한 일, 주석처를 운문사로 옮긴 일이 왕의 명령으로 이루어졌었다. 경주에서 왕을 만난 것은 운문사로 옮긴 지 4년 뒤였다.

충렬왕이 경주에 왔을 때의 분위기는 위의 『고려사』 기록에서 충분히 짐작 가고 남는다. 賣官賣職이나 다름없는 '羅선사 綾수좌' 소동이 그것이다. 이런 분위기 속에서 왕은 왜 굳이 일연을 불렀을까. 일연이 경주에 오자 왕은 '崇敬'하는 마음으로 '일연의 佛日結社文을 찍어 절에 들이라'[36]고 명한다. 물론 이것은 일연의 비문에 나오는 기록이므로 표현에서 다소 過恭이 따르지만, 결사문을 찍어 돌렸다는 사실만큼은 확실하다. 충렬왕에게 일연이 어둠 속의 한줄기 빛처럼 다가왔으리라 짐작한다.

지금 우리로서는 결사문의 구체적인 내용을 알지 못한다. 다만 이로 인해 충렬왕과 일연이 급속히 가까워졌음을 다음과 같은 기록으로 확인할 수 있다.

◎ 10월 임인일. 왕이 중 견명을 내전에 맞아들였다.

○◎ 12월 을미일. 왕이 공주와 함께 廣明寺에 거둥하여 중 見明을 방문했다.(1282)

---

35 辛巳夏 因東征駕幸東都 詔師赴行在(일연 비문).
36 倍生崇敬 因取師佛日結社文 題押入社(일연 비문).

왕이 경주에서 일연을 만난 다음 해의 일이다. 일연의 비문에서는 이 일을 보다 구체적으로 적었다. "가을 시위장군 윤금군을 보내 궐 아래 맞아들이게 하고…, 관리에게 명하여 광명사에 들게 했는데…, 겨울 12월에는 임금이 친히 방문하여 불법의 요체를 자문하였다."는 것이다. '불법의 요체를 자문'하였다는 것이 앞서 불일결사문을 돌리게 했다는 일과 조응된다. 왕에 대한 일연의 임무가 무엇이었는지 가늠하는 대목이다.

이 무렵 왕은 불편하였다.[37] 무엇보다 몽골이 일본 정벌의 뜻을 접지 않고 있는 것이 그랬다. 1차 원정 실패 이후에는 충렬왕도 '다시 전함을 만들고 兵糧을 저축하여 (일본의) 죄를 소리 내어 토벌하면 성공하지 않을 수 없을 것'[38]이라고 호기를 부렸지만, 막심한 피해를 내고 난 2차 정벌 이후에는 달라졌다.

나는 앞서 형제맹약기에 고려와 몽골이 거란을 쳤던 동맹을 1차 연합군, 간섭기에 일본 정벌을 함께 한 그것은 2차 연합군이라고 불렀거니와, 두 번의 연합이 가져온 결과는 각각 크게 다르다. 특히 규모면에서 2차 연합군은 성패를 떠나 막대한 국력의 소비를 가져왔기 때문이다. 더 이상 고려로서는 전쟁 동원의 능력이 없었다.

그럼에도 불구하고 몽골에서는 '楮幣 3천 錠을 가지고 와서 전함을 건조하는 경비에 쓰게' 한다든지, 고려 출신 庾瞞는 몽골 황제에게, "오랑캐를 시켜서 오랑캐를 치는 것이 중국의 방법이니 고려와 蠻子로 일본을 정벌하게 하고 몽고군은 보내지 마십시오. 그리고 고려에서 군량 20만 석을 준비하게 하십시오."라고 건의하는 판이었다.[39] 이것이 2월의 일이려니와 3월에는 유비가 원 나라에서 돌아와 '황제가 江南軍을 징발하여 8월에 일본을 정벌하

---

37 『고려사』에는 "정월 임술일. 새 궁전에서 연회를 베풀었다. 이 날 왕은 몸이 불편하였다. / 갑술일. 재상들이 왕의 병 치료를 위하여 광명사에서 법회를 베풀었다"(1283)는 기록이 보인다. 이때 일연이 광명사에 주석하고 있었으므로, 법회는 의당 그가 주관하였으리라 보인다.
38 『고려사』, 1278. 7.
39 위의 책, 1283. 2.

려 한다'[40]는 구체적인 계획까지 알려주었다.

이런 암울한 소식이 전해지는 와중에,

◎ 3월 경오일. 중 견명을 국존으로 정하였다.(1283)

는 소식이 보인다. 여러 가지 혼란한 와중에 굳이 국사 책봉을 행해야 할 이유가 무엇이었을까. 이 점도 의문스럽지만, 앞서 두 번의 기사와 함께, 승려의 일이 史書에 빈번히 기록된 희귀한 경우가 이채롭다. 적어도 『고려사』와 『고려사절요』에서 아무리 국존 책봉이라 할지라도 이렇듯 공공연한 기록을 찾기 어렵다. 일연의 경우 왜 이다지 예외적일까.

일연의 비문에는, "책봉을 마치자 4월 신묘일에 대내로 맞아들이고, 친히 백관을 거느리고 摳衣禮를 행하였다."고 하였다. 그런데 같은 날 왕은 '3번 忽赤이 새 궁전에서 왕을 위하여 연회를 배설'[41]하자 참석하였다. 구의례에 이어 일연과 함께 한 자리인지 그것과 별도의 자리인지 알 수 없다. '3번 홀적'이 왕의 개인 비서임을 감안하여 상식적으로 판단했을 때는 별도의 행사일 것 같지 않다.

이 같은 일련의 일연 관련 기사를 정리해 볼 때, 일연은 왕과 매우 긴밀한 위치에 놓였고, 국사가 지닌 정치적인 의미에서 국정의 한 축에 서게 되었다.

다행이라면 다행이랄까, 일연이 국사에 책봉된 한 달 뒤, '황제가 동정(東征)을 중지'하였다는 좋은 소식이 전해오니, '왕이 명하여 함정을 건조하고 군사를 징집하는 등의 일을 폐지'하는 조치를 취하였다.[42] 그렇다고는 하나 일본 정벌에 관한 불씨는 남아 있었고, 국사로서 일연 또한 이 일에 촉각을 곤두세워야 했을 것이다.

---

40 위의 책, 1283. 3.

41 『고려사』, 1283. 4.

42 『고려사절요』, 1283. 5.

3. 김방경의 현실인식

金方慶(1212~1300)은 일연과 거의 같은 시기를 살다 간 사람이다. 안동 출신인데, 성품이 강직하고 도량이 넓었다는 평을 얻었다.

김방경은 충성스럽고 신의가 있으며 그릇이 커서 작은 일에 구애받지 않았다. 평생 동안 임금의 득실을 말하지 않았으며 비록 벼슬자리에 물러나 한가히 있을 적에도 나라 근심하기를 집안일과 같이 했고 큰 논의가 있으면 임금이 반드시 자문했다.[43]

88년의 생애는 흔하지 않은 長壽이지만, 끝마칠 때까지 왕의 신임을 얻은 것은 물론이요, 몽골로부터 받은 신임 또한 두터웠다. 그는 몽골과의 전쟁기와 간섭기에 줄곧 활약하였는데, 전쟁기에 몽골로부터 인정을 받고 간섭기에 몽골 정부에 신뢰를 준 몇 안 되는 고려의 관리였다.[44] 그야말로 13세기를 대표할 정치인이요 무인이었다.[45]

---

43 『고려사』.

44 몽가독이 방경에게 말하기를, "객지에 오래 있어서 심심하니 사냥으로 즐기겠다. 공은 나를 따르지 않으려는가?" 하였다. "어느 곳에서 사냥하려는가?" 하니, "대동강을 건너서 황주·봉주에 이르러 초도까지 들어가겠다." 하였다. 방경이 말하기를, "관인도 황제의 명을 들었는데, 어찌 강을 건너려고 하는가?"하니, 몽가독이 말하기를, "몽고 사람이 활 쏘고 사냥하는 것으로 일을 삼는 것은 황제도 안다. 그대가 어째서 막는가?" 하였다. 방경이 말하기를, "나는 사냥하는 것을 금하는 것이 아니고 강을 건너가는 것을 금할 뿐이다. 만약 사냥을 하려고 한다면 어찌 반드시 강을 건너 저 곳에 가야만 즐겁겠는가?" 하였다. 몽가독이 말하기를, "만일 강을 건너가는 것을 황제께서 죄를 준다면 내가 혼자 당할 터인데, 그대에게 무슨 관계가 있는가?" 하였다. 방경이 말하기를, "내가 여기 있는데 관인이 어떻게 강을 건너갈 수 있는가. 만일 건너고 싶거든 반드시 황제의 명을 여쭈어라." 하였다. 방경이 은밀히 지보대(智甫大) 등에게 일러 군사를 물러나게 하니, 몽가독이 방경의 충성과 곧음이 천성에서 나온 것을 알고, 크게 공경하고 중히 여기어 사실대로 고하여 말하기를, "왕경을 멸하고자 하는 자는 탄의 무리뿐이 아니고 또 있다." 하였다(『고려사절요』, 1270. 1.).

45 이제현의 아버지인 이진은 검교시중에까지 오른 고위직 관리이자 학문으로도 이름이 높았다. 그는 김방경을 이렇게 평가했다. "천하를 통틀어 언제나 존중되는 것 세 가지가 있다. 덕이 하나이고 나이가 하나이고 '爵'이 하나이다. 군자가 세상을 살면서 그중 하나나 둘을 얻는 것도

김방경의 생애에서 대표적인 활약을 정리해 보자.

고려와 몽골 연합군이 일본을 쳐들어가기로 한 것은 11월이었다. 1274년 1차 정벌 때의 일이다. 태풍 같은 큰 바람을 피하기에 적절하다고 생각했을 것이다. 그러나 일본에서 태풍은 11월에도 불어온다.[46]

우리 쪽 선봉장이 김방경이었다. 그때 벌써 62세의 노장이었다,

이보다 앞서 김방경이 몽골과의 전쟁 기간 중에 올린 전과도 만만찮았다. 국경의 서북면 지휘관으로 백성을 이끌고 葦島로 들어가 淸野 작전을 펴던 때가 37세였다. 고려 정부는 마을을 비워 점령군을 황당하게 만드는 이 작전을 전국에 걸쳐 쓰고 있었다. 문제는 섬으로 들어간 백성이 먹고 살 '꺼리'였다. 김방경은 제방을 쌓아 평야를 개간하고 빗물을 받아 농사를 짓게 했다. 전쟁은 적과의 싸움만이 아닌 것을 김방경은 잘 알고 있었다.

후쿠오카에 상륙한 지 열흘 쯤 지나, 일본군이 돌격해 와 김방경 부대와 충돌하였는데, 방경이 화살을 한 개 빼어 쏘며 성난 소리로 크게 호통을 치니 겁에 질려 달아났다. 62세 노인의 기백은 그렇게 우렁찼다. 부하 장병이 죽기를 무릅쓰고 싸웠다. '왜병이 크게 패하여 쓰러진 시체가 삼대가 깔려 있는 듯'[47] 했다.

문제는 그 다음이었다.

몽골군 선봉장 홀돈이 할 만큼 했으니 철군하자고 했다. 김방경은, "우리 군사가 비록 적기는 하지만 이미 적의 땅에 들어와 스스로 힘을 다하여 싸우니, 이것이 곧 孟明이 배를 불태우고 淮陰侯가 배수진을 친 격이다."라고 설득하였다. 그러나 홀돈은 '피로한 군사를 몰아 많은 적과 싸우는 것은 완전

힘들고 어려운데 하물며 셋을 어찌 얻을 수 있겠는가. 하지만 김방경은 어려움을 극복하고 백성을 구했고 또한 사직을 다시 안정시켰으니 덕이 하나이고, 89세까지 수를 누렸으니 나이가 하나이며, 상국도원수로서 또 공에 봉해졌으니 작이 하나이다. 김방경은 셋을 고루 갖추었다."

46 태평양에 직면한 열도의 특성상 일본은 매년 평균 26회 정도 발생하는 태풍의 영향을 받지 않는 경우가 거의 없다. 2012년 제24호 태풍 보파(BOPHA)는 11월 27일 발생하였다. 보파는 필리핀에서만 1,060여 명의 사망자와 800여 명의 실종자를 냈다.

47 『고려사절요』, 1274. 11.

한 계책이 아니'라며 듣지 않았다.

이때 홀돈 밑의 副將이 洪茶丘였다. 몽골에 아부하여 앞잡이가 된 洪福源의 아들이다. 홍다구는 김방경에게 질투라고 해야 할 경쟁심에 가득 차 있었으니, 철군은 실상 그의 의견이었을 것이다. 결국 해상에 머물던 그 날 밤, 갑자기 바람이 크게 불고 비가 몰아쳤다. 태풍이었다. 바위와 벼랑에 전함이 부딪쳐 부서지고, 원정군 가운데 바다에 빠져 죽은 이가 셀 수 없었다. 일본인이 가미카제[神風]라 자랑스러워하는 이 바람은 기실 11월의 태풍이었다. 김방경의 말을 따라 육지에서 전투를 계속했다면 입지 않았을 피해만 내고 돌아와야 했다. 미귀환자 13,500여 명, 원정군의 절반이 넘는 숫자였다.

사실 김방경은 우리에게 그다지 좋은 기억으로 남아있지 않다. 특히 1970년대 군사정부 시절, 최씨무인정권의 몽골 항쟁을 맹목적으로 드높일 때, 그 무리의 마지막인 삼별초가 끝까지 몽골과 싸운 일 또한 정도 이상으로 평가했다. 그런 삼별초를 제압한 이가 김방경이다. 당연히 그는 몽골의 앞잡이요 민족적 수치의 상징으로 평가되었다.

그러나 최씨무인정권의 권력욕이 몽골전쟁의 원인이었다면 이야기는 달라진다. 전쟁으로 지키자고 했던 것이 진정 민족적 자존심이었을까. 김방경은 항쟁의 목적이 최씨무인정권이 자기 권력을 내놓지 않으려는 데 있다고 보았으니, 한 나라의 신하로서 저들을 묵과할 수 없었다. 왕조시대에 김방경의 이러한 태도는 지극히 현실적이다. 왕을 허수아비로 두고 권력은 개인에게 가 있는 현상을 받아들이지 않은 것이다. 왕을 섬기는 일은 백성을 섬기는 일이다. 그래서 섬에 갇힌 백성을 위해 농토를 개간했고, 전투를 알고 승리했다.

원정에서 돌아온 4년 뒤인 1278년 2월, 홍다구는 김방경을 몽골에 대한 반역죄로 걸었다. 이때의 상황을 『고려사절요』에서는 다음과 같이 전한다.

왕이 흔도·다구와 함께 다시 방경을 국문하였다. 방경이 말하기를, "소국은 상국을 하늘같이 받들고 어버이같이 사랑하는데, 어찌 하늘을 배반하고 어버이를 거역하여 스스로 멸망을 취하겠는가. 나는 차라리 억울하게 죽을지언정 거짓으로 자복할 수는 없다"하였다. 다구는 기어이 자복시키고자 하여 참혹한 방법을 가하니, 온몸에 온전한 곳이 없었으며 숨이 끊어졌다가 다시 깨어나기를 여러 번 하였다.

다구가 가만히 왕의 측근 사람들을 달래기를, "날씨가 매우 차고 눈이 그치지 않으며 왕도 문초하기에 지쳤으니, 만일 방경을 자복하게 한다면 죄는 한 사람에게 그치고 말아 법에 따라 정배만 갈 것뿐이니, 나라야 무슨 관계가 있겠느냐"하니, 왕이 그 말을 믿고 또 차마 볼 수가 없어서 그에게 이르기를, "경이 비록 자복하더라도 천자께서 어질고 훌륭하시니 장차 그것이 사실인지 아닌지를 밝힐 것이며, 사형에 처하지는 않을 것인데, 어찌하여 스스로 이렇게까지 고통을 당하는가"하였다.

방경이 아뢰기를, "주상께서 이러실 줄은 몰랐습니다. 신은 군인 출신으로 지위가 재상에 이르렀으니, 몸이 죽어 없어질지라도 나라에 다 보답할 수 없는데, 어찌 한 몸을 아껴 없는 죄를 자복해서 사직을 저버리겠습니까"하고, 다구를 돌아보며 말하기를, "나를 죽이려거든 곧 죽여라. 나는 불의에 굴복하지 않겠다"하였다.[48]

날씨는 차고 눈이 그치지 않는 날이었다. 자복하라는 국문에 김방경은 굽히지 않았다. 온몸에 온전한 곳이 없었으며 숨이 끊어졌다가 다시 깨어나기를 여러 번이었다. 홍다구로서는 이 기회에 김방경을 완전히 처단하고 싶었고, 그것이 나라에는 아무 손해가 없다는 식이었다. 도리어 왕이 딱하게 여길 정도였다.[49]

전공을 올리고도 김방경이 당하는 억울한 사정이나, 결코 자신의 신념을 굽히지 않는 강직한 태도가 매우 인상적으로 나타나는 대목이다. 당대 김방경에 대한 평가는 허투루지 않았다.

---

48 『고려사절요』, 1278. 2.
49 홍다구를 향해 죽일 테면 죽이라고 소리친 김방경은 결국 대청도로 귀양 갔다. 김방경이 사면된 것은 그 해 7월이었다. 3년 뒤인 1281년의 일본 2차 정벌 때도 제 역할을 한 것은 그의 부대밖에 없었다.

나아가 김방경의 이러한 몽골에 대한 태도 또한 현실적으로 보인다. 대국의 틈에 끼어 난처한 입장은 김방경의 시대가 그 가운데서도 심했다. 그러므로 나라를 지키는 길이 무엇인지 알자면, 먼저 백성을 생각하고 싸움에서 이길 방법을 찾아두고, 마지막에는 죽기를 각오하는 기백이 있을 뿐이다. 김방경은 그것을 실천했다.

일연이 당대에 김방경을 몰랐을 리 없다. 남겨진 기록에서 흔적을 찾을 수 없을 뿐이다. 그래서 구체적인 교류에 대해 알 수 없지만, 김방경보다 여섯 살 위이고, 제2차 일본 정벌 무렵 국사로 임명된 일연에게 그는 어떤 형상으로든 각인되었으리라 보인다. 무엇보다 김방경이 택한 현실주의적인 길은 일연과 어떻게 대응되는지 관심이 가게 된다.

IV. 국사로서 택한 길: 〈내물왕 김제상〉 조의 해석

일연의 『삼국유사』에 나오는 김제상은 『삼국사기』의 그것과 비교하여 논란이 많다. 무엇보다 이름부터 다르다. 박과 김이라는 성의 차이는 내용으로 들어가면 그 이상의 차이를 보인다.

삼국사기 〈박제상〉

	신분	볼모가 된 해	국가	귀환한 해
미사흔	내물왕 2子	실성왕 1년(402)	일본	눌지왕 2년(418) 가을
복호	내물왕 3子	실성왕 11년(412)	고구려	눌지왕 2년(418) 봄

* 왕위: 내물왕(356~401) - 실성왕(402~416·내물왕 조카) - 눌지왕(417~457·내물왕 1子)
* 실성왕이 즉위 전 내물왕에 의해 고구려에 볼모(392~401무렵)로 갔다 옴.

삼국유사 〈내물왕 김제상〉

	신분	볼모가 된 해	국가	귀환한 해
미해	내물왕 2子	내물왕 36년(390)	일본	눌지왕 9년(425) 5월 이후
보해	내물왕 3子	눌지왕 3년(419)	고구려	눌지왕 9년(425) 5월

표를 참고할 때 내물왕의 아들이요 눌지왕의 동생인 두 사람은 일본과 고구려에 볼모로 간다는 점만 같을 뿐, 이름, 시기에서 차이를 보이고, 특히 『삼국사기』에 보이는 내물-실성-눌지의 3대에 얽힌 복잡한 관계가 『삼국유사』에는 전혀 나타나지 않는다. 대신 일본에 대한 적의를 나타내는 대목이 적극적으로 강화되어 있다.

먼저 왕의 명령을 받드는 박제상의 태도를 비교해 본다.

"신이 비록 어리석고 어질지 못하오나, 감히 명령을 받고 삼가 받들지 않겠나이까."(『삼국사기』)

"저는 임금이 근심하면 신하는 욕을 보고, 임금이 욕을 보면 신하는 죽어야 한다고 들었습니다. 만약 쉽고 어려움을 따진 다음에 행한다면 충성을 다한다 하지 못할 것이요, 죽고 사는 것을 가린 다음에 움직인다면 용맹스럽지 못하다 할 것입니다. 저는 비록 불초한 몸이오나 명령을 받들면 행하겠습니다."(『삼국유사』)

왕의 명령에 조건 없는 복종을 나타낸 대의(大意)는 같으나, 자신의 심정을 피력하는 간절함에서 차이가 난다. 일본에서 죽음을 맞이하는 대목에는 더 큰 차이가 나타난다.

제상을 왜왕이 있는 곳에 되돌려 보내니, 목도(목도)에 유배했다가 얼마 후 사람을 시켜 장작불로 몸을 태워 문드러지게 한 뒤 칼로 베었다.(『삼국사기』)

왜나라 왕이 화를 내며 말했다.
"이제 네가 나의 신하가 되었다고 했으면서 신라의 신하라고 말한다면, 반드시 오형(五刑)을 받아야 하리라. 만약 왜나라의 신하라고 말한다면, 높은 벼슬을 상으로 내리리라."
"차라리 신라 땅 개 돼지가 될지언정 왜나라의 신하가 되지는 않을 것이오.

차라리 신라 땅에서 갖은 매를 맞을지언정 왜나라의 벼슬은 받지 않겠노라."

왜나라 왕은 정말 화가 났다. 제상의 발바닥 거죽을 벗겨낸 뒤, 갈대를 잘라 놓고 그 위로 걷게 했다. 그러면서 다시 물었다.

"너는 어느 나라의 신하이냐?"

"신라의 신하이다."

또 뜨거운 철판 위에 세워놓고 물었다.

"어느 나라의 신하냐?"

"신라의 신하다."

왜나라 왕은 굴복시킬 수 없음을 알고, 목도(木島)에서 불태워 죽였다.(『삼국유사』)

이 장면 역시 처참한 죽음을 알리는 정보에는 차이가 없지만, '장작불로 몸을 태워 문드러지게 한 뒤 칼로 베었다'는 『삼국사기』의 요약된 정보는 『삼국유사』에 와서 그 처참함을 극적으로 묘사하고 있다.

이 같은 묘사의 의도에 대해 나는 '舊怨의 대상으로서 일본'을 두고 '보다 구체적이고 현실적인 문제도 걸리게 했다는 점만 유의[50]할 필요가 있다고 말하였다. 승려로서 일연은 삶과 죽음에 대한 보다 더 크고 궁극적인 것을 말하고자 했으나, 국사로서 일연은 출정을 앞둔 고려의 군인에게 박제상의 죽음이 주는 의미, 곧 이겨야 살아 돌아올 수 있는 현실을 접어둘 수 없었으리라 보인다.

여기서 일연에게 동시대의 인물 김방경은 새롭게 다가왔을 것이다. 박제상에 대한 저 상세한 묘사는 김방경을 연상하게 하는 『삼국유사』의 인물 창조이다. 그것이 국사로서 택한 일연의 길이었다.

---

50 고운기, 앞의 책, 119쪽.

V. 맺음말

- 고려와 몽골의 관계를 3기로 나누어 살펴보았다. 초기의 고려는 몽골에 대한 정보 부재의 상태였다. 특히 '형제맹약'이 그렇다. 몽골의 야전 지휘관은 동쪽 끝으로 숨은 거란군을 치러 와서, 우군으로서 고려에게 황제의 권위와 몽골의 전통이 녹아있는 형제맹약을 제시했을 것이다. 형제가 된 이상 고려군은 원정 온 몽골군을 도와야 한다. 그것이 형제맹약의 의무 사항이었다. 글나 고려는 이를 이해하지 못하였다. 정보 부재가 가져온 비극은 처참한 결과를 낳았다.
- 일연은 황룡사구층탑 같은 보물이 소멸된 이유를 밝히자니 전쟁을 언급하지 않을 수 없고, 조심스럽고 완곡하게 사실의 전달을 위해 노심초사한 흔적이 '서산' 같은 용어로 나타났다. 그러나 조심스럽고 완곡한 표현이라는 해석은 일연의 현실 대응 태도가 극단적인 투쟁에 기울어지지 않았음을 말하기도 한다. 남겨야 할 기록은 남기되 현실적인 여건을 고려하는 융통성으로 보아야 한다.
- 일연은 왕과 매우 긴밀한 위치에 놓였고, 국사가 지닌 정치적인 의미에서 국정의 한 축에 서게 되었다. 특히 일본 정벌에 관한 불씨는 남아 있었고, 국사로서 일연 또한 이 일에 촉각을 곤두세워야 했을 것이다. 이러한 때 일연으로서 김방경을 몰랐을 리 없다. 구체적인 교류에 대해 알 수 없지만, 김방경보다 여섯 살 위이고, 제2차 일본 정벌 무렵 국사로 임명된 일연에게 그는 어떤 형상으로든 각인되었으리라 보인다. 무엇보다 김방경이 택한 현실주의적인 길은 일연과 대응된다.
- 승려로서 일연은 삶과 죽음에 대한 보다 더 크고 궁극적인 것을 말하고자 했으나, 국사로서 일연은 출정을 앞둔 고려의 군인에게 박제상의 죽음이 주는 의미, 곧 이겨야 살아 돌아올 수 있는 현실을 접어둘 수 없으리라 보인다. 여기서 일연에게 동시대의 인물 김방경은 새롭게 다가왔을 것이다. 박제상에 대한 저 상세한 묘사는 김방경을 연상하게 하는 『삼국유사』의 인물 창조이다.

: 참고문헌 :

1. 자료

『고려사』

『고려사절요』

『삼국유사』

『삼국사기』

2. 논저

고명수, 「몽골-고려 형제맹약 재검토」『역사학보』225, 역사학회, 2015.

고병익, 『동아교섭사의 연구』, 서울대출판부, 1970.

고운기, 「파괴와 복원의 변증」『일본학연구』51, 단국대학교일본연구소, 2017.

고운기, 『우리가 정말 알아야 할 삼국유사』, 현암사, 2002.

고운기, 『일연과 삼국유사의 시대』, 월인, 2001.

김장구, 「13~14세기 여몽관계에 대한 몽골 하계의 관점」, 동북아역사재단 · 경북
　　　　대한중교류연구원 엮음, 『13~14세기 고려-몽골관계 탐구』, 동북아역사
　　　　재단, 2011.

김호동, 『몽골제국과 세계사의 탄생』, 돌베개, 2010.

레프 구밀료프 · 권기돈 옮김, 『상상의 왕국을 찾아서』, 새물결, 2016.

유원수 역주, 『몽골비사』, 사계절, 2004.

윤용혁, 「대몽항쟁기 여몽관계의 추이와 성격」, 동북아역사재단 · 경북대한중교류
　　　　연구원 엮음, 『13~14세기 고려-몽골관계 탐구』, 동북아역사재단, 2011.

이개석, 「여몽관계사 연구의 새로운 시점」, 동북아역사재단 · 경북대한중교류연구원
　　　　엮음, 『13~14세기 고려-몽골관계 탐구』, 동북아역사재단, 2011.

이익주, 「1219년(고종6) 고려-몽골 '형제맹약' 재론」『동방학지』175, 연세대국학연
　　　　구원, 2016.

채상식, 『고려후기불교사연구』, 일조각, 1991.

플라노 드 카르피니 외 · 김호동 역주, 『몽골제국기행』, 까치, 2015.

조정산 관련 映畵* 스토리텔링과 갈등극복 모티프 탐색

고남식 대진대학

---

* 1984년 상영된 영화『和平의 길』(강대진 감독)임.

I. 머리말

문학적 기록은 다양한 형태로 스토리텔링화 되어 대중들에게 전달되게 된다. 시나리오 혹은 영화 또는 드라마의 형태를 통해 그 기록의 모습을 변형시키게 되는 것이다. 이를 통해 때론 상상력을 동원하여 그 문학적 기록의 의미를 풍부하게 확장시켜 대중에게 더욱 더 가까이 다가갈 수 있는 것이다.

姜甑山(1871-1909) 전승은 1926년에 이상호(1888-1967)에 의해 출판된 『甑山天師公事記』로부터 그 유래를 찾을 수 있다. 그는 자료를 몇 년간 수집하여 최초의 강증산의 인간적 모습에 중심을 두고 刻印한 구비문학을 탄생시켰다. 이어 1929년에는 강증산에 대해 신화적 모습에 치우친 敎述문학인 『대순전경』 초판을 간행하였다. 이후 35년간의 기간 동안 이상호는 『대순전경』을 6판까지 출판하면서 강증산에 관한 문학적 세계를 구축하였다.

한편 문학적 구비전승은 영화에 영감을 주어 창작 스토리텔링을 통해 그 메시지를 대중들에게 전달하고 있다. 한국영화사에서 민족종교의 창시자들에 주목하여 영상화한 작품들을 보면, 강대진 감독의 『화평의 길』(1984)이 강증산의 일대기와 사상을 담았으며,[1] 최제우(1824-1864)의 생애를 영화화한 임권택 감독의 『개벽』(1991)과 박영철 감독의 『동학, 수운 최제우』(2011)는 천도교의 세계관을 다루었다.

강증산 관련 전승의 스토리텔링은 1984년 영화로 전개되었는데, 이 영화는 강증산 이야기 외에 강증산으로부터 宗統을 받은 인물로 趙鼎山(1895-1958)이 등장한다. 강증산의 化天(타계)에 강증산 관련 전승은 강증산의 종통을 받은 인물로 이어지며 강증산과의 연관성 속에 2대인 수교자 및 대두목과 관련해서 새로운 인물에 관한 구비전승을 형성시켜 왔다. 고수부, 차월곡, 조정산 등에 관한 기록이 그것이다. 영화 화평의 길은 조정산이 중심이

---

1 배우로는 강증산 역에 전운, 조정산 역에 이순재가 연기했고, 김해숙, 김진규·한은진(특별출현) 등 다수의 배우들이 등장한다.

되어 강증산을 영화 중간에 등장시키고 있다. 조정산이 또한 중요한 위치를 점하고 있는 것이다. 영화 화평의 길은 조정산의 스토리를 중심으로 강증산 스토리가 조정산의 생애 속에서 삽입되어 있는데, 영화는 조정산이 25세 되던 나이에 강증산의 생시 유품을 받는 장면으로 부터 강증산 스토리를 삽입시키고 있다. 이어서 조정산이 31세에 무극도장을 세워 활동하는 장면으로 바뀌면서 조정산 스토리텔링으로 마무리되고 있다. 즉 영화의 스토리는 조정산 이야기, 강증산 이야기, 조정산 이야기 순으로 전개된다. 영화는 조정산의 이야기가 앞 부분에 등장하며 강증산의 생애를 기술하고 강증산의 타계 후에 조정산의 이야기가 다시 등장하는 삼단 구조로 되어 있으며 강증산 이야기는 주제를 같이 하며 조정산을 부각시키기 위한 삽화식 전개를 갖고 있다.

영화 『화평의 길』에 대한 연구는 해원상생의 측면에서 그 주제의 양상을 탐구해 본 논문이 있다.[2] 이글은 영화의 스토리텔링과 전승 문헌을 비교하고, 해원상생보다는 일제강점이라는 갈등이 되는 주제에 대해 그 해결을 영화 스토리텔링에서 어떻게 보여주고 있는가를 고찰하는데 그 목적을 두었다. 이에 영화로 표현된 강증산과 조정산에 관한 스토리텔링에 대해 두 가지 면에서 논의를 전개하였다. 첫째, 영화로의 스토리텔링이 전승과 어떠한 차이를 보이고 있는가를 보는 것이고, 둘째로는 영화로의 스토리텔링의 주제가 어떠한 갈등 구조 속에서 그 의미를 표출하고 있는가를 살펴보는 것이다.

이를 위해 이글은 Ⅱ장에서 영화의 각 장면에 해당하는 원천으로서 전승 자료의 양상이 어떠한가를 살펴보았으며, Ⅲ장에서는 강증산과 조정산이 주요 인물로 되어 있는 영화의 스토리텔링의 전개가 어떠한가를 논의해 보았다. 아울러 이러한 영화 『화평의 길』의 스토리텔링이 전승 자료의 내용을 모태로 하여 어떠한 면을 부각시키면서 새로운 스토리텔링을 연출하고 있는가를 찾아보았다.

---

2 안신, 「강증산의 해원사상에 대한 이해-영화 『화평의 길』(1984)을 중심으로-」 『대순사상논총』 23집, 대순사상학술원, 2014.

이를 통해 실제 전승 자료와 스토리텔링 자료와의 차이가 어떠한가를 봄으로써 그 차이점이 주는 창작의 효과 및 영감에 대해서 이해의 폭을 넓히는 도움이 될 수 있을 것이라 사료된다.

II. 영화 『화평의 길』 스토리텔링과 구비전승의 양상

예술적으로 진지하고 재능 있는 각색이라면 그 어느 것이나 그러한 재해석이라고 할 수 있다. 같은 외부적 액션이 전혀 다른 내적동기를 가질 수 있으며, 캐릭터의 심리를 비쳐 주고 형식을 결정하는 내용에 영향을 미치는 것은 바로 이런 내적 동기이다.[3] 이 장에서는 내적 동기로 만들어진 영화의 주요장면과 그에 해당하는 원천으로서 전승 자료의 양상이 어떻게 대비되고 있는가를 보기로 한다. 영화는 내적동기로 일제 강점기를 부각시키고 있다. 조정산이 1909년 점차 일제가 강점해가는 조선을 떠나 독립운동을 위해 가족들이 모두 滿洲로 이주해가는 장면에서 시작한다. 이후 끝 장면에서는 이야기의 전개와 함께 일제치하에서 해방되는 장면으로 마무리되고 있다.

1. 강증산 관련 영화 스토리텔링과 전승자료

전체 영화의 스토리 전개를 보고 강증산 관련 영화 스토리텔링을 보기로 한다. 전체 영화는 세 부분으로 나누어 볼 수 있다. 전반부는 조정산 이야기, 다음으로 중간 부분은 강증산 이야기가 삽화로 나타나고, 세 번째 부분은 다시 조정산 이야기로 돌아간다. 영화의 각 주요장면의 스토리의 전개를 보면 다음과 같다.

---

3 벨라 발라즈 이형식 옮김, 『영화의 이론』, 동문선, 2003, 321쪽.

1. 소년 조정산이 독립운동하는 부친을 따라 가족과 함께 만주행.
2. 조정산이 수행중 강증산의 계시를 받다.
3. 고국으로 돌아와 강증산 생시 유적지를 방문하다.(대원사)
4. 강증산의 가족인 누이동생 선돌부인을 만나 생시 강증산의 유품을 받다.
5. 강증산의 유품(봉서)을 받아 열어보며 강증산 스토리로. 〈以上은 조정
   산 스토리〉
6. 동학군 관련 예언, 종도 교화.
7. 周遊
8. 시루산과 대원사 수행
9. 여성 해원
10. 강증산의 수난[4]
11. 일제의 고문 탄압
12. 석방 후 동곡약방 개원.
13. 화천(수교자와 대두목 언급)〈以上은 강증산 스토리〉
14. 조정산이 무극도장을 세우다.
15. 일제 종교단체해산령이 내려 도장을 기증하다.
16. 조정산이 회룡재로 귀향, 이용직이 시중함.
17. 조정산이 해방 예언, 해방으로 나라를 찾다.〈以上은 조정산 스토리〉

　영화 전체 주요장면에서 강증산 관련 부분 스토리텔링은 6번부터 13번까
지이다. 그 스토리텔링을 즐거리에 따라 전승 문헌과 대비시켜 보면 다음과
같다.

　1. 동학군 관련 예언, 종도 교화
　영화는 동학군이 관군에 이기고 강증산이 동학군을 찾아 폭력적 싸움을
멈출 것을 주장하며 초겨울에 패멸할 것을 예언하다. 강증산이 동학군에

4　영화에는 당시 神人으로 칭송하는 이도 있음.

〈그림 1〉 영화 〈화평의 길〉

가입한 종도들을 가르치다. 동학군이 일본군의 개입으로 전멸하다. 전승 자료는 강증산이 한시를 지어 초겨울 동학군이 패멸할 것을 예언하다.[5] 동학군에 가입한 종도 김형렬과 안필성을 제생하다.[6] 원전 기록과 영화 스토리텔링이 같은 내용이나 원전 자료의 차이에 따라 영화에서 스토리텔링 된 부분이 탈락되었으며 영화는 폭 넓게 원전 텍스트를 취하고 있다.

2. 주유[7]

영화는 김일부가 꿈에 천상에 올라가 요운전에서 강증산을 만나는데 현실에서 강증산이 김일부를 찾게 되자 김일부가 강증산에게 요운이라는 호를 올리다. 강증산이 8도를 주유하는 장면, 겨울 눈길을 다니고 농악을 보며 탁주를 마시는 장면이 나타난다. 강증산 전승에는 동아시아 고대 전승기록으로 문헌 및 인물에 대한 이야기가 등장한다.[8] 김일부에 대해서도 전승 자료에는 강증산이 김일부를 만났는데 그 전날 김일부가 강증산이 나타나는 꿈을 꾸었다[9]고 적혀있다. 원전 기록과 영화 스토리텔링이 같은 내용이다.

---

5 상제께서 그 동학군들의 전도가 불리함을 알으시고 여름 어느날 「월흑안비고 선우야둔도(月黑雁飛高單于夜遁逃) 욕장경기축 대설만궁도(欲將輕騎逐大雪滿弓刀)」의 글을 여러 사람에게 외워주시며 동학군이 눈이 내릴 시기에 이르러 실패할 것을 밝히시고 여러 사람에게 동학에 들지 말라고 권유하셨느니라. 과연 이 해 겨울에 동학군이 관군에게 패멸되고 상제의 말씀을 좇은 사람은 화를 면하였도다(행록 1장 23절). 이하 『전경』의 인용은 행록 1장 23절인 경우 행록 1-23으로 표기함.

6 이 스토리는 『대순전경』 3판부터 등장한다.

7 세상을 살피기 위해 조선 八道를 다님.

8 고남식, 「강증산전승에 나타난 東아시아고대전승기록의 양상과 의미」 『동아시아고대학』 42집, 2016, 7-32쪽 참조.

9 김 일부(金一夫)를 만나셨도다. 그는 당시 영가무도(詠歌舞蹈)의 교법을 문도에게 펼치고 있던 중 어느날 일부가 꿈을 꾸었도다. 한 사자가 하늘로부터 내려와서 일부에게 강 사옥(姜士玉)

3. 시루산과 대원사 수행

영화는 조선 팔도를 주유 후 고향에 돌아와 시루산에서 수행을 하다. 대원사에서 천지대도를 열다. 옷을 보고 정부인의 불평을 알아채다. 전승 자료는 영화와 같은 줄거리를 갖는다. 고향에 돌아와 시루산에서 수행을 하고 대원사에서의 수행 및 정부인이 만들어준 의복과 관련된 내용을 담고 있다.[10] 원전 기록과 영화 스토리텔링이 같은 내용이나 영화에는 강증산의 주유 장면이 농악을 보고, 겨울 雪山을 지나가는 장면이 처리되고 있다.

4. 여성해원

영화는 여인과 한 남정네가 나무에 묶여 마을 사람으로부터 곤욕을 당하는 장면과 강증산이 이를 구해주자 여인이 증산을 모시겠다고 하나 돌려보내는 장면과 함께 이후 이 여인이 일본경찰에 고문을 당할 때 강증산의 옷을 지어 오는 장면이 나타난다. 강증산이 청춘과부에게 앞으로 남녀평등 시대가 온다고 교훈하다. 강증산이 '大丈夫, 大丈婦'라는 글을 燒紙하다.[11] 전승

과 함께 옥경(玉京)에 오르라는 천존(天尊)의 명하심을 전달하는 도다. 그는 사자를 따라 사옥과 함께 옥경에 올라가나리. 사자는 높이 솟은 주루금궐 요운전(曜雲殿)에 그들을 안내하고 천존을 배알하게 하는도다. 천존이 상제께 광구천하의 뜻을 상찬하고 극진히 우대하는도다. 일부는 이 꿈을 꾸고 이상하게 생각하던 중 돌연히 상제의 방문을 맞이하게 되었도다. 일부는 상제께 요운(曜雲)이란 호를 드리고 공경하였도다(행록 2-2).

10 삼년 동안 주유하신 끝에 경자(庚子)년에 고향인 객망리에 돌아오셔서 항상 시루산 상봉에서 머리를 푸시고 공부를 하셨도다. 상제께서 신축(辛丑)년 五월 중순부터 전주 모악산 대원사(大院寺)에 가셔서 그 절 주지승 박 금곡(朴錦谷)에게 조용한 방 한간을 치우게 하고 사람들의 근접을 일체 금하고 불음 불식의 공부를 계속하셔서 四十九日이 지나니 금곡이 초조해지니라. 마침내 七월 五일에 오룡허풍(五龍嘘風)에 천지대도(天地大道)를 열으시고 방안에서 금곡을 불러 미음 한잔만 가지고 오라 하시니 금곡이 반겨 곧 미음을 올렸느니라.(중략) 부인 정씨(鄭氏)는 의복을 내어 놓으며 불경한 말을 하니라. 이것은 평소에 상제께서 가사를 돌보시지 않았던 불만에서 나온 소치였도다. 금곡이 그 의복을 상제께 올리니 가라사대 「이 옷에 요망스러운 계집의 방정이 붙었으니 속히 버리라」하시고 입지 않으셨도다. 이 일을 금곡이 다시 사람을 시켜 부인에게 전하니 그제야 비로소 부인 정씨가 뉘우치고 어찌 할 바를 모르고 다시 새옷을 올렸도다(행록2-7, 12).

11 「대장부(大丈夫) 대장부(大丈婦)」라 써서 불사르셨도다(행록 2-57).

〈그림 2〉 영화 〈화평의 길〉 포스터

자료는 無辜하게 청춘과부들이 殉節로 죽고 있으며[12], 남녀평등[13]을 언급하고 있다. 원전 기록과 영화 스토리텔링이 같은 내용이나 영화에는 여인의 수난 장면이 부각되며 강증산이 이를 해결하는 장면이 처리되고 있다.

5. 강증산의 수난

영화는 유학자 중 강증산을 神人으로 평가하는 이도 있으며, 타 유학자들은 강증산을 비판 神人인 양 하며 젊은이들을 현혹하고 있다하다. 유학자들이 마을을 떠나라하나 종도들이 남녀평등의 시대가 온다고 한 것임을 말하고, 앞 장면에 나온 청춘과부가 나타나 양반네들을 비판하자 하인들이 여인을 구타하다. 전승 자료에는 강증산을 광인이라고 하는 내용[14]이 수록되어 있다. 원전 기록과 영화 스토리텔링이 같은 내용이나 영화에는 유학자들이 강증산을 찾아와 마을을 떠나라는 장면이 강조되어 나타난다.

6. 일제의 고문 탄압

영화는 일본군이 의병으로 逆賊모의를 했다하고 체포, 일본인에게 고문을 받는 장면이 등장한다. 종도 한 명이 일본군의 고문에 큰 병이 걸렸으나 강증산이 구하는 장면도 나타난다. 전승 자료에는 白衣군왕 白衣장군 도수

---

12 상부하여 순절하는 청춘과부를 가리켜 말씀하시기를 「악독한 귀신이 무고히 인명을 살해하였도다」 하시고(교법 1-46)

13 후천에서는 그 닦은 바에 따라 여인도 공덕이 서게 되리니 이것으로써 옛부터 내려오는 남존여비의 관습은 무너지리라(교법1-68).

14 상제께 김 형렬이 「많은 사람이 상제를 광인이라 하나이다」고 고하니라. 이말을 들으시고 상제께서 「거짓으로 행세한 지난 날에 세상 사람이 나를 신인이라 하더니 참으로 행하는 오늘날에는 도리어 광인이라 이르노라」고 말씀하셨도다(행록 3-34).

를 말하고 일본군에게 체포되었으며[15] 고문을 받고 종도를 제생하는 기록[16]
이 나타난다. 원전 기록과 영화 스토리텔링이 같은 내용이나 강증산을 고문
하는 장면이 부각되어 나타난다.

7. 석방 후 동곡藥房개원, 受敎者와 대두목을 언급하고 화천

영화는 강증산이 동곡약방을 개원한 목적이 병자도 치료하고 나아가 천하
의 모든 병을 고쳐야 한다고 하고 있다. 이어 강증산이 병을 대속하고, 세상
을 떠나며 종도들에게는 수교자라 말하고 대두목을 언급하며 모든 것을 통솔
한다고 하는 장면이 등장한다. 전승 자료에는 동곡약방의 각종 자재의 준비[17]
및 개원의 목적을 밝히고[18], 각종 공사를 행하며[19] 치병 및 수교자와 대두목을

---

15 백의군왕 백의장군의 도수에 따라 화난이 닥칠 것을 종도들에게 알리셨도다. 「정미년 십 이월 이
십 사일 밤 새벽에 백 순검이 오리라」고 종도들에게 알리시니 저희들은 순검 백 명이 닥치리라 생
각하고 흩어지는 종도들이 있었으나 태인 새울 백낙규(白樂圭)의 형인 백 순검이 새벽녘에 다녀갔
도다. 이십 일 밤중에 무장한 순검 수 십 명이 갑자기 공신의 집을 포위하고 좌중에 있던 사람을
결박하고 상제의 거처를 묻기에 신 경수의 집에 계시는 것을 말하니 순검들이 곧 달려갔도다. 그
들은 방문에 총대로 구멍을 뚫고 위협하느니라. 상제께서 방안에서 총대를 잡으시고 호령하시니
저희들이 겁을 먹고 총대를 빼려고 잡아당겨도 조금도 움직이지 아니하였도다. 잠시 있다가 상제
께서 들어오라고 허락하시니 비로소 저희들이 방에 들어오더니 상제를 비롯하여 종도 이십여명
을 포박하였도다. 이튿날 상제와 종도들은 고부 경무청에 압송되었나니 이것은 의병의 혐의를 받
은 것이로되 백의장군 공사에 따른 화난이라고 훗날에 상제께서 말씀하셨도다(행록 3-54, 55).

16 고부 경무청은 심문을 시작하였느니라. 상제께 경무관이 「네가 의병이냐」는 물음에 가라사대 「나
는 의병이 아니라 천하를 도모하는 중이로다.」 이 말씀에 경무관이 놀라 「그것이 무슨 말이냐」고
되묻기에 상제께서 「사람마다 도략(韜略)이 부족하므로 천하를 도모치 못하노니 만일 웅재대략
이 있으면 어찌 가만히 있으랴. 나는 실로 천하를 도모하여 창생을 건지려하노라」고 이르시니라.
경무관은 상제의 머리를 풀어 헤쳐 보기도 하고 달아매는 등 심한 고문을 가한 뒤에 옥중에 가두
고 다른 사람은 문초도 받지 않고 옥에 갇혔도다. 문 공신은 순검들에게 옆구리를 발로 채여 심
한 오한을 일으켜 식음을 전폐하여 위독하게 되었는지라. 상제께서「급한 병이니 인곽을 써야 하
리라」 하시고 여러 종도들을 관처럼 둘러 세우시고 상제께서 소변 찌끼를 받아 먼저 조금 잡수
시고 공신으로 하여금 먹게 하시니라. 공신은 자기를 위하여 상제께서 잡수심을 황공히 생각하
여 받아 마시니 조금 후에 그는 숨을 돌리기 시작하여 평상대로 회복하였도다(행록 3-58, 59).

17 정미년 四월 어느날 돈 천냥을 백 남신으로부터 가져오셔서 동곡에 약방을 차리시는데 이때
약장과 모든 기구를 비치하시기 위하여 목수 이 경문(李京文)을 불러 그 크기의 치수와 만드
는 법을 일일이 가르치고 기한을 정하여 끝마치게 하시니 약방은 갑칠의 형 준상의 집에 설
치하기로 하셨도다(공사 2-7).

말한 내용[20]이 나타난다. 원전 기록과 영화 스토리텔링이 같은 내용이나 영화에는 대두목을 강조하고 강증산이 병을 代贖하며 강증산 관련 스토리텔링을 마무리하고 다시 조정산 이야기로 넘어가고 있다.

〈표 1〉 강증산 영화스토리텔링과 전승자료 대비

번호	주요사항	영화	전승 자료	비고[21]
1	東學亂	동학군이 관군에 이기고 강증산이 동학군을 찾아 폭력적 싸움을 멈출 것을 예언하며 초겨울에 패멸할 것을 예언하다. 강증산이 동학군에 가입한 종도들을 가르치다. 동학군이 일본군의 개입으로 전멸하다.	초겨울 동학군이 패멸할 것을 예언[22] 동학군 가입종도들을 가르치다.[23]	강증산이 동학군을 찾아 경계함.
2	周遊	김일부가 꿈에 천상에 올라가 요운전에서 강증산을 만나는데 헌실에서 강증산이 김일부를 찾게 되자 김일부가 강증산에게 요운이라는 호를 올리다. 강증산이 8도를 주유하는 장면, 겨울 눈길을 다니고 농악을 보며 탁주를 마시는 장면이 나타남.	김일부를 만나다. 일부는 꿈을 꾸다.	조선 팔도 周遊 시 農樂을 보고 탁주를 마시는 것 눈길을 걷는 모습
3	대원사	고향에 돌아와 시루산에서 수행을 하다. 대원사에서 수행하다. 옷을 보고 정부인 비판하다.	고향으로 돌아와 시루산에서 수행하고 대원사에서 天地大道를 열다. 옷을 보고 정부인 비판하다.	

---

18 약방을 설치하신 후「원형이정 봉천지 도술약국 재전주동곡 생사판단(元亨利貞奉天地道術藥局在全州銅谷生死判斷)」이란 글귀를 쓰셔서 불사르셨도다. 약장은 종삼 횡오 도합 십 오간으로 하고 가운데에 큰 간이 둘 아래로 큰 간이 하나이니라(공사 2-9).

19 농암에서 공사를 행하실 때 형렬에게 이르시기를 「허 미수(許眉叟)가 중수한 성천(成川) 강선루(降仙樓)의 일만 이천 고물은 녹줄이 붙어 있고 금강산(金剛山) 일만 이천봉은 겁기가 붙어 있으니 이제 그 겁기를 제거하리라」(공사 2-13)

20 동곡에 머물고 계실 때 교운을 펴시니라. 종도 아홉 사람을 벌려 앉히고 갑칠에게 푸른 대(竹)나무를 마음대로 잘라 오게 명하셨도다. 갑칠이 잘라 온 대가 모두 열 마디인지라. 그중 한 마디를 끊고 가라사대 「이 한 마디는 두목이니 두목은 마음먹은 대로 왕래하고 유력할 것이며 남은 아홉 마디는 수교자의 수이니라.」 그리고 상제께서 종도들에게 「하늘에 별이 몇이나 나타났는가」 보라 하셨도다. 갑칠이 바깥에 나갔다 들어오더니 「하늘에 구름이 가득하나 복판이 열려서 그 사이에 별 아홉이 반짝입니다」고 아뢰니라. 상제께서 「그것은 수교자의 수에 응한 것이니라」(공사 1-38)

21 영화에만 있는 스토리를 요약함.

22 『전경』.

23 『대순전경』 3판.

번호	주요사항	영화	전승 자료	비고
4	여성해원	여인과 남정네가 나무에 묶여 마을 사람으로부터 곤욕을 당하는 장면과 강증산이 이를 구해주자 여인이 증산을 모시겠다고 하나 돌려보내는 장면 이후 이 여인이 일본군에 고문을 당할 때 옷을 짓는 장면이 나타난다. 여성해원을 말하며 글을 燒紙하다.	여성해원을 말하고 글을 燒紙	청춘과부와 남정네의 通情과 수난
5	神人과 狂人	유학자 중 강증산을 신인으로 평가하는 이도 있으며, 타 유학자들은 강증산을 비판 신인인양 하며 젊은이들을 현혹하고 있다함 마을을 떠나라하나 종도들이 남녀평등을 말하며 막음 여인이 양반네 비판 여인 구타함. 여인이 시봉하겠다고 찾아옴 할 일이 다르고 남녀평등 시대가 온다고 하고 보냄.	세인이 강증산을 광인이라 하다.	유학자가강증산 비판 여인을 교훈함.
6	日警고문	일본군이 의병 역적 모의를 했다하고 체포, 일본인에게 고문을 받는 장면이 등장한다. 종도 한 명이 일본군의 고문에 큰 병이 걸렸으나 강증산이 구하는 장면	일본경찰의 고문, 종도의중병을 제생	강증산을 고문하는 장면 사경을 헤매는 종도 제생
7	동곡藥房	증산이 동곡약방을 만들고 병자를 치료하며 천하의 병을 고쳐야 한다고 하다. 증산이 병을 대속하다. 증산이 세상을 떠나며 종도들에게는 수교자라 말하고 대두목은 따로 있으며 모든 것을 통솔한다고 하다.	동곡약방에서 치병. 수교자와 대두목 말함.	

2. 조정산 관련 영화 스토리텔링과 전승자료

조정산 영화 스토리텔링은 1번에서 5번, 14번에서 17번 까지이다. 그 스토리텔링을 즐거리에 따라 전승 문헌과 대비시켜 보면 다음과 같다. 강증산의 뒤를 이은 조정산의 이야기는 조정산이 가족과 함께 배를 타고 고국을 떠나는 이야기로부터 시작된다. 영화에 나타난 조정산 관련 스토리텔링을 보기로 한다.

1. 소년 조정산이 독립운동하는 부친을 따라 가족과 함께 만주행.
2. 조정산이 수행 중 강증산의 계시를 받다.

3. 고국으로 돌아와 강증산 생시 유적지를 방문하다(대원사).

4. 강증산의 가족인 누이동생 선돌부인을 만나 생시 강증산의 유품을 받다.[24]

5. 조정산이 무극도를 세우다.

6. 일제 종교단체 해산령이 내려 도장을 기증하다.

7. 조정산이 회룡재로 귀향, 이용직이 시중함.

8. 조정산이 해방예언, 해방으로 나라를 찾다.

위 영화의 스토리텔링의 원천인 전승 자료와 대비시켜 보면 다음과 같다.

1. 소년 조정산이 독립운동하는 부친을 따라 가족과 함께 만주행

영화는 조정산의 가족들이 배를 타고 고국을 떠나가는 장면에서 민영환(1861-1905)의 자결 소식에 조부가 목숨을 끊은 일을 회상 한다. 만주에서 부친이 독립운동을 하다가 보황당원이라는 누명으로 잡히는 장면이 나타난다. 전승 자료에는 조정산의 祖父는 홍문관정자(弘文舘正字)로 있다가 을사년의 국운이 기울어감에 통탄한 나머지 피를 토하고 분사하였도다.[25] 도주[26] 께서 기유년(十五歲時) 四월 二十八일에 부친과 함께 고국을 떠나 이국 땅인 만주에 가셨도다.[27] 도주께서는 경술년에 어린 몸으로 나라에 충성하는 마음에서 일본 군병과 말다툼을 하셨으며 이듬 해 청조(淸朝) 말기에 조직된 보황당(保皇黨)원이란 혐의를 받고 북경(北京)에 압송되었다가 무혐의로 풀려난 엄친의 파란 곡절의 생애에 가슴을 태우고[28]라고 적혀 있다. 원전 기록과 영화 스토리텔링이 같은 내용이나 영화에는 조정산이 배를 타고 떠나며 과거를 회상하는 장면으로 처리하고 있다.

---

24 원작에는 이 부분 뒤에 강증산 관련 스토리텔링이 나온다.

25 교운 2-2.

26 조정산의 존칭.

27 교운 2-4.

28 교운 2-5.

2. 조정산이 수행 중 강증산의 계시를 받다.

영화는 조정산이 만주에서 일제를 물리치고 구세제민을 하기위해 입산공부를 하던 중 강증산의 계시로 주문을 받는 장면을 보여준다. 전승 자료에는 고국만이 아니라 동양 천지가 소용돌이치는 속에서 구세제민의 큰 뜻을 가슴에 품고 입산 공부에 진력하셨도다. 도주께서는 九년의 공부 끝인 정사년에 상제의 삼계 대순(三界大巡)의 진리를 감오(感悟)하시도다. 도주께서 어느 날 공부실에서 공부에 전력을 다하시던 중 한 신인이 나타나 글이 쓰인 종이를 보이며 「이것을 외우면 구세 제민(救世濟民) 하리라」고 말씀하시기에 도주께서 예(禮)를 갖추려 하시니 그 신인은 보이지 않았으되, 그 글은 「시천주 조화정 영세불망 만사지 지기금지 원위대강(侍天主造化定 永世不忘萬事知 至氣今至願爲大降)」이었도다[29]라고 등장한다. 원전 기록과 영화 스토리텔링이 같은 내용이다.

3. 고국으로 돌아와 강증산 생시 유적지를 방문하다(대원사).

영화는 조정산이 배를 타고 고국으로 돌아왔으며, 전북 모악산 大院寺의 강증산이 수행하던 방을 종도들과 찾는 장면을 그리고 있다. 전승 자료에는 도주께서 공부실을 정결히 하고 정화수 한 그릇을 받들고 밤낮으로 그 주문을 송독하셨도다. 그러던 어느날 「왜 조선으로 돌아가지 않느냐. 태인에 가서 나를 찾으라」는 명을 받으시니 이때 도주께서 이국땅 만주 봉천에 계셨도다[30]라고 기록되어 있다. 원전 기록과 영화 스토리텔링이 같은 내용이나 영화에서 대원사의 의미를 강조해 스토리텔링화한 것이다.

4. 강증산의 가족인 누이동생 선돌부인을 만나 생시 강증산의 유품을 받다.

영화는 조정산이 선돌부인을 방문했는데 선돌부인이 10년 후 을미생(조정산)이 찾을 것이니 봉서를 그에게 전하라고 한 봉서를 조정산이 받는 장면이 나타난다. 전승 자료에는 도주께서 다음 해 정월 보름에 이 치복(호 : 석성)을

---

29 교운 2-5, 6, 7.
30 교운 2-8.

앞세우고 정읍 마동(馬洞) 김 기부의 집에 이르러 대사모님과 상제의 누이동생 선돌부인과 따님 순임(舜任)을 만나셨도다. 선돌부인은 특히 반겨 맞아들이면서 「상제께서 재세시에 늘 을미생이 정월 보름에 찾을 것이로다」라고 말씀하셨음을 아뢰이니라. 부인은 봉서(封書)를 도주께 내어드리면서 「이제 내가 맡은 바를 다 하였도다」하며 안심하는도다. 도주께서 그것을 받으시고 이곳에 보름 동안 머무시다가 황새마을로 오셨도다.[31]라고 나타난다.[32] 원전 기록과 영화 스토리텔링이 같은 내용이나 강증산이 생시에 누이동생에게 유품을 전해주는 장면이 나오고 있다.

5. 조정산이 무극도를 세우다.

영화는 조정산이 전북 구태인에 无極도장를 세웠으며, 포교를 하니 점차 신도수가 많아졌다는 나레이션을 보여준다. 전승 자료에는 을축년에 구태인 도창현(舊泰仁道昌峴)에 도장이 이룩되니 이 때 도주께서 무극도(无極道)를 창도하시고 상제를 구천 응원 뇌성 보화 천존 상제(九天應元雷聲普化天尊上帝)로 봉안하고 종지(宗旨) 및 신조(信條)와 목적(目的)을 정하셨도다. (후략)[33] 라고 적혀있다. 원전 기록과 영화 스토리텔링이 같은 내용이다.

6. 일제 종교단체해산령이 내려 도장을 기증하다.

영화는 무극도로 포교하던 중 일본이 신사년(1941)에 종교단체해산령을 내려 도장은 일제 총독부에 넘어가고, 도장을 일제에 뺏기게 되자 수 많은 신도들이 나라를 빼앗겼는데 믿음마저 빼앗겨야하냐고 오열하는 장면이 연출된다. 전승 자료에는 도주께서 기유년부터 신사년에 이르기까지 도수에 의한 공부와 포교에 힘을 다하시니 신도의 무리가 이곳 저곳에서 일어나니라. 그러나 일본이 이차 대전을 일으키고 종교단체 해산령을 내리니 도주는

---

31 교운 2-13.
32 이어서 강증산 스토리텔링 부분인 조정산이 봉서를 열며, 강증산의 생애가 영화에는 전개된다.
33 교운 2-32.

전국 각지의 종도들을 모으고 인덕도수와 잠
복도수를 말씀하시며 「그대들은 포덕하여 제
민하였도다. 각자는 집으로 돌아가서 부모 처
자를 공양하되 찾을 날을 기다리라.」이 선포
후에 도장은 일본 총독부에 기증되니 도주께
서는 고향인 회문리로 돌아가셨도다.[34]라고
나타난다. 원전 기록과 영화 스토리텔링이 같
은 내용이나 영화 스터리텔링에는 도장을 기
증하게 되자 큰 비가 내리는 중에 종도들이
오열 통곡하는 장면이 크게 대두된다.

〈그림 3〉 영화 〈화평의 길〉 관련사진

7. 조정산이 회룡재로 귀향하고, 종도 이용직이 조정산을 시중함.

영화는 이용직이 회룡재에 거하는 조정산을 찾아 신도들의 소식을 전하
며 조정산의 고행에 눈물을 흘리며 슬퍼하는 장면이 나타난다. 또 日警들이
이용직을 보국대에 보내려하나 장애인이라 불평하는 상황이 연출된다. 전승
자료에는 도주께서는 고향에서 말할 수 없는 고난 속에서도 도수에 의한 공
부를 계속하셨고 종도 몇 사람이 왜경의 눈을 피하면서 도주를 도우니라. 도
주께서는 회문리(會文里)에 마련된 정사 회룡재(廻龍齋)를 중심으로 전국 각
지에 두루 다니시면서 수행하셨도다.[35]경상도 이용직(李容稷)이 한 다리가
불구인 몸으로 회룡재에 와서 도주를 돌보았으니 그는 문경에서 회룡재에
왕래할 때 거지노릇을 하면서 밤길을 이용하여 출입하였도다. 도주는 하루
그를 보고 「그대의 불구가 나의 공사를 돕는도다」고 말씀하고 웃으셨도다.[36]
라고 적혀있다. 원전 기록과 영화 스토리텔링이 같은 내용이나 영화에는 이
용직이 일본 경찰의 징병에 불구자라 가지 못해 탄압받는 장면이 나온다.

---

34 교운 2-43.

35 교운 2-44.

36 교운 2-45.

8. 조정산이 해방예언, 해방으로 나라를 찾다.

영화는 조정산이 어느 날 이용직에게 오늘이 며칠이냐 하며 해방이 되는 날임을 말하다. 해방을 맞아 조선 민중들이 태극기를 흔드는 기쁨을 영화는 보여준다. 전승 자료에는 이용직이 을유년 七月 이튿날 회룡재를 찾고 초나흗날에 떠나려고 도주를 뵈옵더니 도주께서 며칠 더 묵어가라고 만류하시니라. 그가 초여샛날에 다시 떠나려고 하니 도주께서 「오늘 무슨 큰 일이 일어나고 도수가 바뀌지리라」고 말씀을 하시니 이용직은 그 까닭을 의심하니라. 다시 도주께서 「이제 두려워 말라. 다녀오도록 하라」고 이르시고 그를 떠나보내니 일본이 망하고 해방이 되었다는 소식이 들렸도다[37]라고 나타난다. 원전 기록과 영화 스토리텔링이 같은 내용이나 영화에는 민중들의 해방을 맞는 장면이 있고 마지막에 나레이션이 나타난다.

〈표 2〉 영화의 조정산 부분과 전승자료 대비

번호	주요사항	영화장면	전승자료	비고[38]
1	만주행	독립운동 부친 망명	祖父의 憤死, 부친과 만주행	
2	계시	강증산(음성을 통해)으로부터 주문 받음.	신인이 나타나 주문을 줌.	
3	귀국, 유적지 방문	귀국, 대원사 방문	충남 안면도로 귀국, 대원사 방문[39]	
4	선돌부인	강증산이 여동생에 유품 부탁 강증산의 유품을 조정산에 전달	부인이 봉서를 전함.	
		강증산 영화스토리텔링 부분		
5	무극도	강증산을 신앙대상화	무극도 종지 신조 목적	
6	해산령	종도들 통곡, 무극도장 일본에 기증	인덕, 잠복도수. 부모처자 공양, 도장 기증	통곡장면
7	조정산과 이용직	보국대 强集장면, 조정산 시중	조정산 공부, 전국을 유력하며 수행, 이용직이 조정산 시중	보국대 강집 장면
8	해방	해방을 예언하다, 태극기 흔드는 장면	조정산 해방예언	태극기장면

---

37 교운 2-46.
38 영화에만 있는 스토리를 요약함.
39 조정산 전승(교운 2장)에는 안면도 등 다양한 활동이 많이 수록됨.

영화는 조정산 이야기가 중심이 되는 구조를 갖고 있다 그것은 삼단 구조 속에서 조정산의 이야기가 앞 부분과 끝 부분을 장식하고 강증산의 이야기는 조정산이 그의 유품을 박아 회상하는 삽화식 형식을 갖고 있기 때문이다. 이는 조정산의 역할이 강증산과 연계되는 체제 속에서 이루어지고 있음을 영화를 보면 알 수 있게 하는 것이다. 영화는 전반적으로 조정산이 일제의 탄압을 이겨 어떻게 해방을 맞이하게 되었는가를 기술하고 있다.

III. 조정산 관련 영화 스토리텔링의 갈등극복 모티프 탐색

영화에서 구조란 등장인물의 삶의 이야기로부터 선택된 일련의 사건들을 말한다. 이때 삶의 이야기는 삶에 대한 어떤 특정한 관점을 나타내고 어떤 특정한 감정을 불러일으키기 위한 목적으로 구성된다.[40] 이에 영화라는 작품의 구조적 전개는 보편적으로 주인공과 등장인물 간의 갈등이 나타나고 이를 해결하는 과정에서 카타르시스를 느끼는 클라이막스가 있게 된다. 이에 이 장에서는 조정산 관련 영화 스토리텔링에서 갈등이 되는 중심 테마가 무엇이며 이를 해결하기위한 주제는 어떻게 전개되고 있는가를 보기로 한다.

1. 조정산과 강증산에 대한 일제의 탄압

종군위안부 문제, 독도영유권 문제, 과거사 청산 문제 등 일본이라는 존재가 주는 트라우마는 여전히 현재진행형임을 깨닫게 된다. 우리는 앞으로 일본과의 관계에서 트라우마를 어떻게 overcome해나가야 하나 하는 역사적 과제에 대해 진지한 고민을 해보아야할 것이다. 역사는 그냥 사라지는 것이 아니기에 우리는 반드시 민족적 트라우마를 극복해야 한다. 일본이라는 나라와 평화롭게 공존하기위해서라도 먼저 우리가 해야 할 일은 역사 속의 우리

---

40 로버트 맥기/고영범·이승민 옮김,『시나리오 어떻게 쓸 것인가』, 황금가지, 2007, 58쪽.

의 트라우마를 체계적으로 밝히고 지속적인 연구를 해나가야하는 것이다.[41] 영화는 조정산이 일제 강점기를 맞아 어떻게 이를 극복하게 되는가를 스토리텔링화 하고 있다. 사회와 인생을 알아가는 과정으로서의 영화보기에서 영화가 반영하는 당대 사회의 관념을 지적하고, 제시된 현실의 모습 속에서 모순구조를 파악하며, 인종 혹은 민족성에 대한 측면으로 지배와 피지배, 억압과 피억압의 인종과 민족 간의 갈등을 읽어내는 것이 관건이다.[42] 전체적으로 영화의 줄거리 안에서 조정산이 주인공이 되어 문제에 대한 갈등, 갈등의 해결의지 및 구체화 등을 기술하고 있다. 그 갈등은 일제로 부터의 해방과 독립인데 해결의 면에서는 神異한 요소인 神人을 만나 문제를 풀어가는 구조로 스토리가 전개되고 있다.

영화의 주제는 전편을 통해 밑그림으로 외세의 탄압이라는 스토리텔링을 전개하고 있다. 강증산을 따르는 이들과 조정산에 대한 일제의 탄압은 이 영화의 전 편에 흐르는 주요 주제이다.

다음으로 조정산 이야기에 삽입된 강증산 이야기도 조선의 개화과 쇄국에 대한 줄거리로 시작해서 동학난에 일본군 개입 및 일제의 고문을 받는 스토리로 전개되고 있는데 이는 전편에 갈등요소로 일제의 탄압을 그 중심으로 하고 있음을 보여준다.

이와 같은 영화 스토리텔링에서 강증산에 대한 일제의 탄압은 그를 이은 조정산에게 어떠한 측면으로 이를 극복해야하는가를 가르쳐주고 있다. 아울러 조정산 자신도 일제의 탄압에 대한 항거로서 일경과 말다툼을 하고 입산수도를 행하며 조국광복 및 서양세력의 퇴치에 마음을 둔 것은 일제에 대한 극복의 의지를 보여주는 것이다. 이와 함께 조정산이 화두로 가졌던 조국독립과 외세의 퇴치는 강증산의 대응방식을 만나 조정산에게 영향을

---

41 김준기 지음, 『영화로 만나는 치유의 심리학』, 시그마북스, 2009, 211~212쪽 참조.

42 정재형, 『영화이해의 길잡이』, 개마고원, 2004, 26~27쪽 참조. 저자는 스티븐스틸버그의 『쉰들러리스트』를 유태인과 독일인, 현실에서의 아랍인과 유태인, 미국의 입장을 고려하며 보는 것과 에밀쿠스트리차의 『집시의 시간』에서는 집시의 이미지와 유랑 민족의 현실적 입장 등을 보면 영화가 심층적으로 이해된다고 하고 있다.

주었으며, 그 대처방식은 영화에서 스토리텔링화 되어 암시되고 있는데 그 것은 解冤과 相生의 원리라 할 수 있다. 앞 장에서 살펴본 내용을 바탕으로 강증산 및 강증산의 종도에 대한 일경 탄압 스토리를 표로 보면 다음과 같다.

〈표 3〉 강증산과 일제탄압 관련 스토리

	강증산 부분 일제탄압스토리	비고
1	동학군 섬멸	
2	日警과 유학자의 강증산 비판	
3	일경의 체포 고문	동곡약방, 종통계승 공사[43]

다음으로 앞 장에 근거해서 조정산 가계 및 조정산에 대해 영화에서 스토리텔링화된 일제의 탄압 스토리를 표로 정리해 보면 다음과 같다.

〈표 4〉 조정산과 일제탄압 관련 스토리

	조정산 부분 일제탄압 스토리	비고
1	조부의 분사	
2	부친 망명	
3	종교단체해산령[44]으로 무극도 해산	
4	종도 이용직 탄압	해방[45]

---

43 강증산 영화 스토리텔링의 엔딩 씬.
44 일제는 1941년 12월 8일 진주만을 공격함으로써 제 2차 세계대전에 뛰어들었다. 일제는 태평양전쟁을 도발하기 직전 한국의 모든 사회단체와 종교단체의 책임자들을 일본인으로 대치할 계획을 세웠다(윤선자, 『일제의 종교정책과 천주교회』, 경인문화사, 2002, 303쪽.).
45 조정산 영화 스토리텔링의 끝 장면, 전체 영화의 끝 장면.

이상에서 강증산 및 조정산 관련 스토리 모두 일제의 탄압을 극복하고
영화의 궁극적 주제를 이루고 있음을 볼 수 있다. 강증산의 소망의 일정 부
분과 조정산의 소망이 일제의 탄압의 극복이라는 갈등 모티프를 기저로 이
를 극복하는 과정에서 영화의 주제 스토리에 다가가게 되는 것임을 엿볼
수 있다.

2. 조정산의 강증산과의 만남과 感悟

영화적 이야기는 담론으로 제시되는 언술이다. 그것은 언술자(또는 언술행
위의 원인)와 독자 – 관객을 동시에 내포하고 있기 때문이다. 그러므로 이야
기의 요소들은 여러 가지 제약에 따라 구성되고 정리된다. 관객이 이야기의
순서와 스토리의 순서를 동시에 이해할 수 있도록 문법이 어느 정도 지켜질
필요가 있다.[46] 영화『화평의 길』에는 조정산 이야기 안에 강증산 이야기가
삽화로 삽입되어 관객에게 주제 담론이 다가가고 있다. 또한 영화에는 영상
으로 다양하게 스토리텔링화 된 두 인물의 만남이 이야기의 형태를 달리하
며 반복적으로 서술되고 있다. 이에 강증산에 대한 조정산의 감오라는 테마
로 강증산 이야기에 대한 조정산 이야기의 대응을 통한 갈등의 대처방식 및
극복의 면을 찾아보기로 한다.

1. 강증산의 계시

영화의 서두에 조정산은 항일우국의 마음으로 부친을 따라 만주 봉천으
로 간 것으로 되어 있다. 그 곳에서 강증산을 모르고 구세제민하고자 입산공
부를 하던 중 어느 날 소리(강증산)를 듣고 주문을 받아 그것을 수행하는 것
으로 되어 있다. 이로부터 조정산은 일제치하의 고국으로 다시 돌아와 강증
산이라는 인물의 행적을 따르게 된다.

---

46 자크오몽/알랭베르갈라/미셸마리/마르크베르네 · 이용주 옮김,『영화미학』, 동문선, 2003,
  131~132쪽 참조.

2. 강증산의 생시 행적지 방문

조정산은 만주에서 뱃길로 고국으로 돌아와 강증산의 생시 유적지를 방문하게 된다. 대원사(전북 김제)를 방문한다.

3. 강증산의 유품 인수

조정산은 강증산의 유품을 받음으로써 비로소 강증산의 생애를 접하게 되는 것으로 영화는 스토리를 전개하고 있다. 이전의 스토리인 계시라든가 생시 행적지를 찾는 부분보다는 생시의 유품을 직접 받는 장면을 통해 극적인 만남의 의미를 부각시키고 있는 것이다. 특히 강증산의 친계 가족인 누이동생이라는 인물을 통해 강증산이 생시에 누이동생에게 직접 주었던 유품을 받음으로써 조정산은 강증산으로부터 특별히 선택받은 인물이라는 것을 부각시킨다. 아울러 영화는 유품을 열어보는 장면에서 영화 스토리텔링의 두 번째 단계인 강증산 관련 스토리텔링으로 넘어감으로써 두 인물의 만남의 극대화를 최대화시키고 있다. 이어지는 강증산에 대한 전기적 영화스토리텔링을 통해 조정산이 자기의 목표를 이룰 수 있는 결정적 계기를 갖게 된다는 메시지를 영화는 전하고 있다. 조정산의 갈등이 이 부분에서 해결의 실마리를 찾게 되는 분기점이 된다. 계시와 행적지 방문을 통해 고조되던 스토리는 유품을 받아 강증산 스토리를 만남으로써 갈등 해소, 소망 충족의 길로 돌입하게 되는 것이다.

4. 무극도장 건립

조정산은 무극도라는 신앙 단체를 형성시킴으로써 강증산과의 만남을 극대화 시키고 있다. 자신의 소망(救世濟民)을 강증산과의 유대 속에서 이루고 있는 것이다. 이는 먼저 강증산이 조정산과의 만남을 계시를 통해 맺은 것으로부터 시작된다. 강증산의 조정산과의 만남은 조정산을 통해 자신의 소망을 또한 이루고자하는 면으로 전개된 것이다.

이 두 인물의 만남은 인간과 인간의 만남으로 이루어지지는 않았지만 신과 인간의 만남 속에서 서로의 소망을 구현해가는 것으로 나타난다. 과거 인물의 소망이 타계를 초월해서 현실에 신적 존재로 나타나 인간을 만나 소망을 이루어 나가는 구조이다. 이는 조정산이라는 현실의 인간이 신적 존재의 과거의 생애를 만나 그 이상을 동화시킴으로써 이루어진 스토리텔링이다. 신적 존재의 가르침 안에서 구원의 능력을 얻고 이를 통해 신적 존재의 의지를 현실에 발현시켜나가는 모티프이다.

이를 따라서 이후 조정산의 이야기는 스스로 문제 해결을 위한 행적을 하는 스토리텔링으로 진입하게 됨을 볼 수 있다. 이를 통해 영화 스토리텔링은 소정의 테마를 완성하게 된다. 그러나 조정산의 적극적 노력은 순탄하지만은 않고 일제의 해산령이라는 새 갈등구조를 만나게 된다. 소망을 잠시 접어야하는 시련이 온 것이다.그러나 조정산은 이것이 일을 이루기 위해 겪어야 하는 통과의례라 생각하고 어려움 속에서도 자신의 목적을 이루기 위한 노력을 계속한다. 종국적으로 엔딩 씬에서 영화 조정산 관련 스토리텔링은 조국해방이라는 모티프를 통해 일제 탄압이라는 갈등의 해소를 이루며 영화 스토리텔링의 대미를 장식하게 된다. 이 장면에서 종국적 갈등 해소인 조국해방이 신이한 면과 연관되어 처리된 것이 전승기록에 근거하고 있지만 운명이라는 변수에 의한 예언적 메시지를 담고 있다는 것이 영화라는 예술 쟝르와 결말이 대응점을 같이 하고 있음을 찾게 된다. 이상을 표로 요약해 보면 다음과 같다.

〈표 5〉 조정산의 강증산에 대한 感悟의 양상

	강증산과 조정산의 만남	만남의 방식	감오의 양상
1	계시	소리, 주문	感悟
2	대원사	유적지 방문	感悟에 대한 현실 확증
3	강증산의 생시유품 전달	유품	感悟의 현실적 실천인지
4	무극도장 건립	수행적 만남	感悟의 표출

IV. 맺음말

영화는 시나리오에 입각 때로 픽션을 가미해서 새로운 스토리텔링을 시도하는 예술분야이다. 문학적 전승은 영화라는 장르를 만나 새로운 요소들이 더해지며 더욱 더 대중들에게 가까이 갈 수 있는 터전을 다지게 된다. 문학적 기록은 시나리오 혹은 영화 또는 드라마의 형태를 통해 그 기록의 모습을 변형시키게 되며, 이를 통해 때론 상상력을 동원하여 그 문학적 기록의 의미를 풍부하게 확장시켜 대중에게 가까이 다가간다.

이글은 강증산과 관련이 있는 조정산에 대한 영화 스토리텔링이 원전 전승들과 어떠한 차이를 보이고 있으며, 영화의 갈등요소가 무엇이며 이를 해소하기위한 구조는 어떻게 전개되고 있는가를 살펴 본 것이다. 이를 통해 결론으로 몇 가지 면을 요약해보면 다음과 같다.

첫째, 조정산 영화 스토리텔링에서 재창작되어 원전 자료와의 記述 간에 차이가 나는 부분이 있음을 볼 수 있었다.

둘째, 주제를 중심으로 보아 삽화로 들어간 강증산 영화스토리텔링과 조정산 영화스토리텔링은 일제강점이라는 시대적 배경을 바탕으로 하며 일제가 가하는 압제를 갈등요소로 같이 하고 있다.

셋째, 일제의 압제라는 갈등요소를 해소하기위해서 그 해결책으로 조정산 관련 영화 스토리텔링에서 제시되고 있는 구조와 내용은 강증산과의 여러 차례의 만남 속에서 이루어지고 있다. 만남과 만남으로 얻어진 感과 悟를 통해 갈등요소인 일제의 압제가 해방을 엔딩 씬으로 하여 해소되고 있다.

: 참고문헌 :

『甑山天師公事記』.
『大巡典經』3판.
『典經』, 1-340쪽.
고남식, 「강증산 전승에 나타난 東아시아 고대전승기록의 양상과 의미」 『東아시아
　　　　古代學』42집, 2016.
김준기 지음, 『영화로 만나는 치유의 심리학』, 시그마북스, 2009.
안신, 「강증산의 해원사상에 대한 이해-영화 『화평의 길』(1984)을 중심으로-」 『대
　　　　순사상논총』23집, 대순사상학술원, 2014.
윤선자, 『일제의 종교정책과 천주교회』, 경인문화사, 2002.
정재형, 『영화이해의 길잡이』, 개마고원, 2004.
로버트 맥기/고영범 · 이승민 옮김, 『시나리오 어떻게 쓸 것인가』, 황금가지, 2007.
자크오몽/알랭베르갈라/미셸마리/마르크베르네 · 이용주옮김, 『영화미학』, 동문
　　　　선, 2003.

영화 『화평의 길』
http://www.idaesoon.or.kr/data/gallery_list.php?idx=4

11

은산별신제 관련 문화원형 스토리텔링, 스토리두잉,
스토리크래프팅 試論

최종호   한국전통문화대학

I. 머리말

이 글은 은산별신제 관련 설화의 전승 양상과 공동체 성원들의 전승 인식을 기반으로 은산별신제의 문화원형 개념과 관련 설화 스토리의 원형보전 및 전형유지 가능성을 살펴본 후, 은산별신제 관련 설화의 스토리텔링, 스토리두잉, 스토리크래프팅의 서사성과 차별화를 논하였다. 이 연구[1]는 선행연구 검토를 통해 별신과 별신제 개념 정리, 은산별신제의 역사와 전통, 사회 경제적 변화에 따른 은산별신제의 변화과정을 통시적 관점에서 제시하고자 하였고, 은산별신제의 제의 준비과정과 제의 진행과정, 제의 종결과정에서 나타나는 국가무형문화재[2] 지정이전의 원초형 또는 고형으로부터 지정당시의 원형 및 지정이후의 원형 변화와 전형 유지의 양상을 밝히고자 하였다. 또한 은산별신제 전승 공동체의 인식 변화와 전형유지를 위해 풀어야 할 과제를 제시하고자 하였고, 덧붙여 은산별신제 관련 설화의 스토리텔링, 스토리두잉, 스토리크래프팅의 서사성과 차별화 특징을 밝히고자 하였다.

1966년 2월 15일 지정된 중요무형문화재 제9호 은산별신제는 부여군 은산면 은산리를 중심으로 전승되고 있는 무형문화유산이다. 은산별신제는 백제부흥운동이 끝난 후에 시작된 것으로 추정되는 토속신앙에 군대의식이 가미된 장군제적 성격을 띤 별신굿이다. 은산별신제는 백제 군사들의 넋을 위로하고, 마을의 풍요와 평화를 기원하는 향토축제이다. 은산별신제의 유래는 분명치 않으나 오랜 역사를 이어온 기존의 동제에 백제부흥군의 넋을 위무하기 위한 장군제적인 요소와 무녀의 굿이 부가된 것으로 이해된다. 부여

---

1 이 연구는 최종호, 「은산별신제의 원형·전형의 양상 및 변화에 관한 연구」『은산별신제 전형유지와 공동체 전승력 강화를 위한 학술포럼』, 부여: 부여군, 2017. 07. 10., 1~15쪽을 발췌하여 수정 보완한 것임을 밝힙니다.

2 참조: 「무형문화재 보전 및 진흥에 관한 법률」[시행 2016. 3. 28] [법률 제13248호, 2015. 3. 27., 제정]에 의거 국가지정 중요무형문화재는 국가무형문화재로, 시·도지정무형문화재는 시·도무형문화재 및 이북5도무형문화재로 개정된 용어를 사용하고, 문맥상 불가피한 경우에 개정전 용어를 사용한다.

군 규암면 은산리에서는 매년 신춘에 길일을 택해 산제를 지내고 3년마다 별신제를 지내왔다. 소제로 거행되는 산제는 동제의 전통을 계승한 것이고, "대제로 지내는 별신제는 백미 100~200석(7,200~14,400㎏)이 소요되고 수천 명의 인파가 몰려드는 보기 드문 축제였다. 증언에 따르면 19세기 후반 ~ 20세기 초에는 매년 별신제가 열릴 정도로 그 열기가 대단했다고 한다."[3] 은 산별신제는 백제의 전통을 계승하는 전통축제이자 백제문화권의 대표적인 중요무형문화유산이라고 할 수 있다.

은산별신제에 관한 선행연구를 분야별로 정리하면 다음과 같다.

1) 제의: 大坂六村(1935) 「恩山の別神祭」, 村山智順 (1938) 『釋奠 · 祈雨 · 安宅』, 임동권(1965) 「은산별신제」, 임동권(1966) 『은산별신제』, 이양수 (1969) 『은산별신고』, 임동권(1986) 「숭신과 협동의 장, 향토축제」, 이필 영(1996) 「은산별신제」, 이필영(2002) 『은산별신제』, 강성복(1977) 『은산 별신제』, 임동권, 최명희(1986) 『은산별신굿』, 김선풍(1992) 「은산별신제 의 민속학적 고찰」, 성기영(1998) 「은산별신제의 전개와 전통 창출」, 하 효길 외(1998) 『은산별신제 종합실측조사보고서』, 이필영(2002) 『은산별 신제』, 이창식(2006) 『마을공동체의례 별신제의 비교연구방법』, 최종호, 강성복, 오문선(2008) 『부여무형문화재 활성화 방안』, 김균대(2010) 「한 · 일 마을祭儀의 축제적 성격 비교 고찰: 恩山別神祭와 觀音寺祭 비교를 중심으로」, 임장혁(2014) 「은산별신제의 민속학적 가치와 의미」, 강성복 (2014) 「장군신앙을 통해 본 은산별신제의 성격과 의미」, 이도학, 2014, 「은산별신제 주신의 변화과정」 등
2) 전설: 홍사준(1965) 『백제의 전설』, 최래옥(1982) 「현지조사를 통한 백제 설화의 연구」, 강현모(2007) 「은산별신제 배경설화의 전승양상」 등
3) 음악: 한만영, 이보형(1977), 「은산별신제의 음악적 연구」, 김혜정(2014)

---

3 강성복, 「중요무형문화재 제29호 은산별신제」 『무형문화재 활성화방안 조사연구』, 부여: 부여 군, 2008, 14쪽.

「은산별신제의 음악적 특징과 변화」, 홍태한(2014) 「부여 은산별신제 무가의 짜임과 변화」 등

4) 음식: 김상보(2005) 「은산별신제」, 김상보, 2014, 「은산별신제 음식문화」 등

5) 박물관: 최원경(2006) 「은산별신제 에코뮤지엄 설립·운영 방안연구」 등

6) 무형문화재: 강성복(2008) 「중요무형문화재 제9호 은산별신제」, 김진형(2009) 「은산별신제 '紙花'의 전승계보와 제작방법」, 박선주, 김진형(2010) 『동서남북 열린 길 따라, 은산1리』, 손태도(2014) 「무형문화재 은산별신제에 대한 보고」, 최종호, 2014, 「은산별신제의 인류무형유산대표목록 등재 요건 연구」, 최종호 외, 2016, 『은산별신제 인류무형문화유산대표목록 등재신청 기초연구』, 최종호 외, 2017, 『은산별신제 전형유지와 공동체 전승력 강화를 위한 학술포럼』 등

7) 관광: 정강환(1997) 「부여 은산별신제의 관광자원화 방안」, 이해준(1997) 「은산별신제와 부여지역 문화관광자원의 연계방안」, 최종호(2009) 「우리시대 관광자원으로서 사비백제문화의 가치와 왜곡」 등

이밖에도 다양한 분야에서 다양한 관점에서 조사 연구한 성과물이 있겠지만 자료를 입수하지 못한 것도 많을 것이다.

II. 은산별신제 관련 설화의 전승 양상과 공동체 성원들의 전승 인식

국립문화재연구소에서 중요무형문화재 기록 도서로 발간한 『중요무형문화재 제9호 은산별신제』의 머리말에 이필영(2002)은 "은산별신제는 충남의 대표적 지역 축제로서 1966년 중요무형문화재 제9호로 지정되었다. 이를 계기로 하여 쇠퇴·인멸의 위기에 있던 은산별신제는 다시 부활·존속하게 되었다."[4]고 기록하였다. 오늘날 전승되고 있는 은산별신제가 언제 형성되었

---

4 이필영, 『중요무형문화재 제9호 은산별신제』, 서울: 민속원, 2002, 6쪽.

고, 어떤 과정을 거치면서 지금까지 전승되고 있는지 정확하게 알 수 없다. 한편 이필영(2002)은 은산별신제가 "별신제의 일반적 형성 배경을 고려한다면, 은산리가 驛村과 場市로서 그 역할을 다하고 있었던 조선후기에 성립되었을 것으로 추정해 볼 수 있다."[5]고 주장하였다.

그러나 임동권(1973)은 "옛말 은산은 陣터였다. 큰 난리가 나서 이곳에서 수 많은 장병들이 전사를 했다. 마을 사람들은 죽은 장정들의 靈을 위안하기 위하여 別神을 지내게 되었으며 별신을 지낸 후로는 洞內가 泰安하고 모두 無病해서 잘 살게 되었다고 한다."〈은산리 윤상봉씨 이야기〉[6]를 기록하였고, 이를 통해서 은산별신제 관련 설화를 통해서 은산별신제가 백제 백제부흥기 이후에 발생한 마을 공동체의 제의임을 밝혔다.

1966년 2월 15일 중요무형문화재 제9호로 지정된 은산별신제는 충청남도 부여군 은산면 은산리를 중심으로 전승되고 있는 백제권역의 대표적인 무형문화유산이다. 이도학(2014)에 의하면, "은산리의 마을 뒷산을 堂山이라 부르는데, 구릉에 불과한 당산에는 二重山城이라는 소규모의 토성이 축조되어 있다. 이곳은 무수히 많은 백제 復國軍이 전몰한 장소로서 전해진다."[7] 은산별신제의 역사적 유래는 분명치 않으나 오랜 전통을 이어온 기존의 동제에 백제가 패망할 때, 백제 재건 및 중흥을 위한 항쟁(부흥운동)에 참여했던 복신장군과 도침대사를 포함한 장졸들의 넋을 진혼하고 위령하기 위한 장군제와 무속의 해원굿이 통합된 것이라고 할 수 있다.

이능화(1927)에 의하면, "別神祀는 속어로 別神이라 이르는데, 조선의 옛 풍속으로, 매번 봄·가을이 바뀔 무렵에 각 지방의 시장·도회에서 미리 정해 놓은 날짜에 또는 3일 또는 5일을 확정하여 城隍신을 제사한다. 사람들이 모두 모여 밤낮으로 술을 마시고 도박을 자행해도 관에서 이를 금하지 않는데, 명칭을 별신이라 한다. 이는 特別神祀를 축소해서 부르는 말이

---

5 이필영, 위의 책, 2002, 같은 쪽.
6 임동권, 「은산별신제」 『한국민속학논고』, 서울: 선명문화사, 1973, 188~189쪽.
7 이도학, 「은산별신제 주신의 변화과정」 『부여학』 4호, 부여: 부여고도육성포럼, 2014, 12쪽.

다."[8]고 하였다. 이에 대해 하효길(2003)은 "별신이란 신의 명칭이라기보다는 제의 명칭이 될 수 있다."[9]고 하였다. 이필영(2004)은 "별신은 평소와는 다르게 모시는 특별한 신을 뜻한다."고 하였다. 김용덕(2004)은 『한국민속문화대사전』 상권에서 堂神 외에 별개로 神山에서 처낭대[天王竿]에 내림받은 특별한 신을 別神으로 별신을 모시고 행하는 제의를 別神祭로 규정하였다.[10]

한편 최래옥(1982)은 은산별신제의 전설을 참고로 별신당 안에 산신을 가운데 두고 동에는 복신을, 서에는 토진의 畵像을 걸어 제사를 지내므로 산신 외에 별도로 신을 모신다고 하여 별신이라 부르고 별신굿이라고 하였다.[11] 이와 관련하여 강성복(2014)은 "은산별신제의 별신은 구체적으로 어떤 신격을 말하는 것일까. 그것은 주신으로 배향한 산신과는 다른 신격, 즉 將軍祝文에 기록된 將軍列座之位라고 할 수 있다"[12]고 하였다. 그는 은산별신제의 장군축문에 등장하는 장군열좌지위에 대하여 "오방장군인 동방청제장군·남방적제장군·서방백제장군·북방흑제장군·중앙황제장군을 위시하여, 백제의 부흥운동을 이끈 福信將軍과 土進大使 외에 이름 없이 죽어간 三千將兵神位가 기록되어 있다"[13]고 하였다.

그러나 시대를 소급해서 은산별신제의 장군축문을 자세히 살펴보면, 1936년 은산별신제의 장군축문[14]에 열거되었던 기존의 중국 명장들은 사라지고,

---

8 이능화,「朝鮮巫俗考」『啓明』19호, 京城: 啓明俱樂部, 1927, 46쪽 [別神祀] 俗語稱謂別神 朝鮮古俗 各地市場都會之處 每於春秋之交 擇定期日 或三日 或五日行城隍神祀 人民聚會 晝夜飮酒 恣行賭博 官亦不禁 名曰別神 蓋特別神祀之縮稱也.

9 하효길,「은산별신제」『현장의 민속학』, 서울: 민속원, 2003, 184쪽.

10 김용덕, 2004, 『한국민속문화대사전』 상권, 서울: 창솔, 797쪽.

11 최래옥,「현지조사를 통한 백제설화의 연구」『동아시아문화연구』2, 서울: 한양대학교 한국학연구소, 1982, 148쪽.

12 강성복,「장군신앙을 통해 본 은산별신제의 성격과 의미」『부여학』4호, 부여: 부여고도육성포럼, 2014, 143쪽.

13 강성복, 위의 글, 2014, 154쪽.

14 村山智順, 1938, 『釋奠·祈雨·安宅』(朝鮮總督府 調査資料 45집), 京城: 朝鮮總督府, 國書刊行會 178쪽.

"특히 일제하에는 日警의 행사 허가를 얻기 위해 倭將軍까지 넣었던 일이 있었다고 한다."[15] 광복 후 1956년 은산별신제 장군축문[16]에 고구려·신라·조선의 명장들이 등장했다가 사라졌고, 1961년 은산별신제 장군축문에 복신장군과 토진대사, 삼천장병이 등장하면서 백제부흥운동에 참여한 전몰장병들을 위령하기 위한 장군제 성격이 두드러지게 되었다.[17]

장군제·위령제와 관련하여 임동권(1986)은 은산별신제의 유래담을 화소별로 정리하여, "① 지역에 病魔 풍미 → ② 白馬將軍 현몽 → ③ 백골 수습의 대가로 질병 퇴치 약속 → ④ 백골수습 및 위령제 시행 → ⑤ 마을 태평 → ⑥ 이를 계기로 정기적으로 별신제 거행"[18]한다고 하였다. 이필영(2002) 또한 "은산별신제의 중심에는 분명히 패몰한 백제 장졸의 冤魂과 그 解冤이 자리잡고 있다."[19]고 하였다.

그러나 일제강점기 1935년 3월 16일부터 23일까지 1주일간 부여 은산리를 현지조사를 한 경주보통학교 교장이었던 大坂六村이 『朝鮮』에 발표한 「恩山の別神祭」를 살펴보면, 별신당 앞의 人波·백마를 탄 장수·將帥旗·산성과 별신당의 전경을 촬영한 사진 등이 실려 있다.[20] 은산별신제에 대한 최초의 현지조사 기록물인 「恩山の別神祭」를 통해 大坂六村(1935)은 "堂山城 아래에 瓦葺 한 칸의 소규모 別神堂이 있는데, 그 앞의 초석으로 보아 원래는 三間二面의 堂宇였을 것으로 추정하였다. 별신당 안의 정면에는 산신 탱화가 있고, 그 좌우에는 제례용 旗와 器具들이 놓여 있다고 하였다. 여기서는 현재 우리가 알고 있는 산신 좌우의 장군신 영정에 대한 언급이 없다. 아마도 그가 관찰했을 때에는 장군신 영정이 없었던 것 같다."[21] 이와 관련하

15 임동권, 「은산별신제」 『한국민속학논고』, 서울: 집문당, 1971, 200쪽.
16 참조: 본고의 부록.
17 참조: 강성복, 앞의 글, 2014, 156쪽.
18 임동권, 「숭신과 협동의 장, 향토축제」 『은산별신굿』, 서울: 열화당, 1986, 74~92쪽.
19 이필영, 『은산별신제』, 대전: 국립문화재연구소, 2002, 39쪽
20 大坂六村, 「恩山の別神祭」 『朝鮮』 241, 京城: 朝鮮總督府, 1935, 84~88쪽.
21 이필영, 앞의 책, 2002, 31쪽.

여 홍사준(1956)의 『백제의 전설』에는 산신당 안에 산신령이 범을 안고 있는 족자만 언급했을 뿐 복신장군이나 도침대사의 영정과 위패에 대한 언급을 찾아 볼 수 없다.[22]

은산별신제 관련 공동체 성원들의 이야기를 분석해 보면, 은산별신제의 시원은 백제부흥기이후로 은산리의 산신제 성격에서 전승되어오다가 통일 신라, 고려, 조선 시대를 거치면서 마을 중심의 산신제가 조선후기 은산역과 은산장을 중심으로 장시가 발달하면서 산신제가 별신제로 확대 발전한 것임을 알 수 있다. 은산리 마을 중심의 산신당은 산신령이 주신이었지만, 조선 후기 은산장의 별신제로 확대 발전하면서 복신장군과 토진대사(도침대사)가 좌우 협신으로 모셔진 것으로 추정된다. 일제강점기의 은산별신제의 축문을 통해서도 알 수 있듯이, 우리나라의 유명장수뿐만 아니라 중국의 유명장수, 무명의 삼천장병, 왜장군의 영령까지 모시는 것으로 보아, 은산별신제는 나당연합군과 백제군 및 왜군이 포함된 백제부흥군의 전몰장병을 위령하는 장군제와 위무하는 해원굿으로 확대 발전한 것으로 은산별신제 관련 설화의 전승 양상과 전형유지에 대한 공동체 성원들의 인식을 파악할 수 있다.

III. 문화원형의 개념과 스토리의 원형보전 및 전형유지 전승 가능성

문화원형의 논의에서 공통적으로 지적하는 것은 역사적 시간과 전승되는 지역적 공간, 이를 전승하는 인간 집단의 공동체 범위를 어떻게 설정하느냐에 따라 문화원형 개념 설정이 달라질 수 있다는 사실이다. 김기덕(2007)에 의하면, 칼 융(Carl Jung)은 원형(Archetype)을 일정한 규격을 갖춘 형상으로서 '집단무의식의 구조'를 의미하는 개념으로, 멀시아 엘리아데(Mircea Eliade)는 원형(Exemplary model- paradigm)을 모범적 모형이라는 측면에서 '신의 천지창조행위' 라는 의미하는 개념으로 사용한 반면에, 김태곤은 원형보다 그 이전

---

22 홍사준, 『부여의 전설』, 서울: 통문관, 1956, 71쪽.

에 있었던 원본사고 즉 원본(Arche-pattern)을 '일정한 규격을 갖춘 형상 이전에 그 형상의 바탕이 되는 근원'을 의미하는 개념으로 사용하였다.[23] 김태곤(1997)은 무속의 원본사고를 존재의 근원인 '카오스'에서 '코스모스'로 '코스모스'에서 다시 '카오스'로 환원되어, 존재가 카오스와 코스모스의 순환체계 속에 영원히 존속한다고 보았고, 모든 존재는 카오스적인 未分性을 바탕으로 순환하면서 영원히 지속된다고 하였다.[24] 이와 관련하여 김기덕은 문화원형의 층위를 시간축과 공간축 그리고 주제축을 기준으로, 첫째 문화원형의 다양한 층위들을 전부 '문화원형'이라고 부를 수 있기 때문에 근현대의 사례도 문화원형의 범주에 포함될 수 있다는 점과 둘째, 문화원형의 다양한 층위를 전부 염두에 둘 필요가 있다는 점과 셋째, 본원적인 문화원형의 핵심코어(core)를 더욱 천착할 필요가 있다는 점을 강조하였다.[25]

그러나 문화재관리 분야에서 일반적으로 사용되는 시원형(arche-pattern), 원초형(arche-type), 原型(proto-type), 原形(original form)의 개념은 특정 문물의 발생, 출현, 생성, 제작, 유통, 사용되기 이전의 형태나 존재, 현상, 상태를 의미한다. 국립국어원 표준국어대사전[26]에 의하면, "문학에서 原型은 본능과 함께 유전적으로 갖추어지며 집단 무의식을 구성하는 보편적 상징. 민족이나 문화를 초월하여 신화, 전설, 문예, 의식 따위의 주제나 모티프로 되풀이되어 나타나는 것으로 오랜 역사 속에서 겪은 조상의 경험이 전형화되어 계승된 결과물이라고 할 수 있다." 조형에서 "原型은 같거나 비슷한 여러 개가 만들어져 나온 본바탕"을 말한다. 생물에서 "原型은 여러 종류의 동식물 가운데 현존하는 생물의 근원으로 생각되는 모델"을 의미한다. 또한 생물학, 심리학, 성격학 따위에서 "元型은 발생 면에서의 유사성에 의하여 발생한 현상이 형식적으로 다르다 하더라도 본질적·발생적으로 같으면 같은 원

23 김기덕, 『한국 전통문화의 문화콘텐츠』, 서울: 북코리아, 2007, 24~25쪽.
24 김태곤, 『한국문화의 원본사고』, 서울: 민속원, 1997, 3~13쪽, 525~526쪽.
25 김기덕, 앞의 책, 2007, 33~34쪽.
26 http://stdweb2.korean.go.kr/search/List_dic.jsp(검색일 2017. 09. 05.)

형에 속하며 생명 현상을 유형화할 때 쓴다." 그러나 일반적으로 문화재관리 분야에서 통용되는 "原形은 복잡하고 다양한 모습으로 바뀌기 이전의 단순한 모습"을 말한다.

이수정(2017)에 의하면, "일제강점기의 포괄적이면서 다양하고 모호한 원형개념은 해방 이후에 그 의미가 '최초의 모습, 창건 당시의 모습'이라는 형태와 특정시기에 한정된 협의의 의미로 변화하였다."²⁷고 하였다. 이에 앞서 이재필(2016)은 "원형은 구체적으로 중요무형문화재 지정 당시 실연했던 기·예능을 말한다."²⁸고 하였고, "중요무형문화재의 원형을 지정당시의 기·예능으로 설정했을 경우 전승논란이 가중될 수도 있다."²⁹고 하였다. 따라서 2015년 무형문화재 보전 및 진흥에 관한 법률이 제정되기 이전 즉 '전형'이라는 용어가 채택되기 전까지 무형문화재 분야에서 원형을 이라는 개념은 문화재 지정 당시의 형태를 의미하는 것으로 첫째, 상대적으로 오랜 시간성, 둘째, 형식과 내용에 있어서 전형성, 셋째, 삶의 현장에서의 전승성을 기반으로 하였다.³⁰고 규정할 수 있다.

이와 연계선 상에서 사비백제문화에 관하여 최종호(2010)는 "문화의 원형 凍結은 문화의 沈滯와 死滅을 촉진할 수 있기 때문에, 사비백제문화의 원형을 유지하면서, 공동체 삶의 현실을 반영하여 생활 속에 불편을 야기하지 않으면서, 그리고 창조적 계승이 가능하도록 하기 위한 보존과 활용을 위한 방안으로 원형유지형과 현실반영형, 창조계승형을 모두 인정하고, 전승체계의 각 유형별로 전승주체와 장소, 시기, 상황 등을 자율적으로 선택할 수 있도록 제안하였다."³¹

27 이수정, 「한국의 문화재 보존·관리에 있어서 원형개념의 유입과 원형유지원칙의 성립, 그리고 발달과정」『문화재』49, 대전: 국립문화재연구소, 2016, 106쪽.

28 이재필, 「무형문화재 '원형규범'의 이행과 의미 고찰」『문화재』49, 대전: 국립문화재연구소, 2016, 151쪽.

29 이재필, 같은 글, 2016, 같은 쪽.

30 한양명, 「무형문화재 예능분야의 원형과 전승 문제」『무형문화재의 원형보존과 창조적 계승』(한국민속학회 제173차 학술대회, 2006. 4. 29.), 서울: 한국민속학회, 2006, 43쪽.

31 최종호, 「우리시대 관광자원으로서 사비백제문화의 가치와 왜곡」『실천민속학 연구』14, 안

전통의 가치는 과거와 현재의 맥락을 잇고, 현실을 기반으로 창의적 미래를 이어가는 데 의미가 있고, 전통 계승을 통해서 공동체 성원들의 삶을 풍요롭게 하는데 이바지할 수 있다. 또한 전통은 부가가치를 창출할 수 있고, 지역문화의 세계화는 고부가가치를 창출할 수 있다. 현재까지는 민속학 또는 종교학 분야에서 別神에 대한 통설은 없다. 다만 별신굿 또는 별신제는 전국적인 분포를 보임에도, 해안가의 어촌과 장터 등지에서 많이 행해진다는 점에 주목하고 있을 뿐이다. 특히 동해안에 넓게 분포하는 것으로 알려졌는데, 이 지역에서는 '벨신'·'벨순'·'별손' 등으로 불리고 있다. 그 외 지역으로는 은산·경주·충주·마산·김천·자인 등에서 행해진 것으로 보고되고 있다. 그 가운데 장터에서 행해졌던 별신굿은 상인들이 주축이 되는 亂場의 형태가 되는 경우가 많다. 새로 시장을 개설하거나 또는 몇 년에 한 번씩 별신제를 올리는데, 씨름·그네·도박판 등이 함께 하면서 짧게는 3~5일부터 길게는 7일 또는 15일 동안 주변 주민들을 모아서, 그야말로 '난장판'의 모습을 띠는 축제가 된다.

大坂六村(1935)에 의하면, 별신제는 3년에 한 번씩 음력 2월 중에 택일하여 약 1주일간 지속되며, 구경꾼들은 은산 부근의 사람들은 물론 멀리 예산·공주 등에서도 몰려와 은산 시장은 수일간 사람들로 인해 인산인해를 이루었다고 한다. 부여 은산별신제에 대한 최초의 연구 보고서라고 할 수 있는 釋奠·祈雨·安宅』[32]을 출간한 村山智順은 은산별신제가 1900년 이전까지 매년 행하여졌음을 확인할 수 있었다. 大坂六村가 1935년 현지조사를 수행한 「恩山の別神祭」[33]와 村山智順이 1936년과 1937년 조사 연구한 은산별신제가 매년 연속해서 개최되었다. 이러한 사실은 1935년 大坂六村의 「恩山の別神祭」 보고서와 1936년 병자년 장군축문을 통해서, 그리고 은산별신제 전수회관 입구

동: 실천민속학회, 2009, 125쪽.

32 村山智順, 1938,(朝鮮總督府 調査資料 45집), 京城: 朝鮮總督府, 國書刊行會 178쪽.

33 大坂六村, 「恩山の別神祭」 『朝鮮』, 1935, 2418~88面, 이필영, 『은산별신제』, 서울: 화산문화, 2002, 31쪽 재인용.

에 걸린 1937년 은산별신제 기념사진을 통해서 삼년에 걸쳐 매년 거르지 않고 별신제가 행하여졌음을 알 수 있다.

1941년 12월 7일 일본이 대동아공영을 명분으로 제2차 세계대전을 일으키면서 치안확보, 근로지원, 군수동원, 식량부족, 물자낭비 등을 이유로 별신제 개최 허가를 내주지 않았다고 한다. 광복 후 1947년 7월에 그 당시 은산리 區長 유상렬이 거의 허물어져서 지탱하기 어려웠던 상태의 산신당을 중수하기 위하여 마을 유지들로부터 약 10만원의 기금을 모아 산신당[34]을 중수하였다.

김선풍(1992)의 조사 연구에 의하면, 은산별신제 산신당 중수기(1947)에 "前略 … 이 은산리는 옛날 백제 때의 전장지(전쟁터)니, 그 전쟁에 죽은 장수와 병졸(사졸)들의 원통하고 분한 혼백들이 오래도록 흩어지지 않아, 때때로 때 아닌 바람과 비와 바르지 못한 역질을 일으키고, 사람과 가축들이 그 재앙을 입었다. 그러므로 이 신당을 세워서 토지신 족자(무신)도를 주벽(가운데)에 봉안하고 옛날 이름난 장수를 동·서 양벽에 화폭으로 배향하고 제사를 지내서 이러한 혼백들을 진압(진정)시켰다. 매년 1월 1일에 정성을 다해서 제사를 지내고, 삼년마다 대제를 지내는데, 병마 기치(군기)를 설치하고, 북치고 고함을 질러 근엄하게 전투장 행사와 같이 해서 숨어 있어서 답답하고 억눌러 있는 기를 위로해 주니 근래에 이른바 별신대제이다. 後略 … 단기 4280년 7월 7일 완산 이희순 씀"[35]이라고 기록되어 있다.

1947년 산신당 중수기에 기록된 주신은 토지신으로 되어 있어 현재 별신당 안의 가운데 있는 산신상과 혼선을 야기한다. 토진대사의 '토진'은 토지의 와전이 아닌지 의문이 든다. 아무튼 은산별신제의 산신당을 중수할 즈음에 별신제를 지내지 못했던 것 같다. 한편 "1956년 丙申年 정월과 1961년 辛丑年 정월의 장군축문이 있는 것을 보면, 아무튼 小祭라도 행사가 있었던 것으로 추정된다. 정월이란 월령을 보아서는 보통 이월에 열리는 별신제를 정

---

34 중수기에는 산신당이라고 되어 있지만 현판은 별신당이라고 표기되어 있다.
35 김선풍, 「은산별신제의 민속학적 고찰」 『민속연구』, 안동: 안동대 민속학연구소, 1992, 11쪽.

월에 행하였다고 보기에는 어렵다."³⁶고 할 수 있다. 산신제는 정월 초하루 또는 초사흘 새벽 1~3시 사이에 소제의 산신축문을 올리고, 별신제는 이월 하순에 오전 5~7 사이에 장군축문을 올리는 관행이 오늘날의 제의를 수행하는 것과 사뭇 다르다.

은산별신제가 중요무형문화재 제9호로 지정되기 전까지는 별신제 기성금 마련에 어려움을 겪었던 것으로 알려져 있다. 1958년 제1회 전국민속예술경연대회에 '은산별신굿'이라는 이름으로 참가하였고, 1965년 10월 민간에서 주도했던 '百濟大祭'가 관 주도의 백제문화제로 바뀌면서, 삼충제·궁녀제와 함께 제의 분야의 한 프로그램으로 포함되었다. 이 일을 계기로 은산별신제가 널리 알려지게 되었고, 1966년 중요무형문화재 제9호로 지정되었다. 그런데 중요무형문화재로 지정되는 과정에서 변화가 발생하였다. 백제 때 사망했다고 하는 군졸을 이끈 장수가 복신장군과 토진대사라는 것이다. 20세기에 들어서 장터의 별신제와 그 지역에 전해지던 전설, 그리고 백제 패망과 부흥운동이라는 역사적 사실이 결합한 형태로 바뀐 셈이다.

조선후기 은산장은 저산팔읍상무사의 주요 장시가 되었다. 이 상무사는 정산·부여·홍산·임천·한산·서천·비인·남포 등 과거 모시생산지와 관련된 8개 군현을 묶은 조직이다. 구체적으로 살펴보면, 19세기 중반에 이르러서 국가에서 전국에 걸쳐서 직접 보부상을 조직화하면서 행정적으로 관리하기 시작하였는데, 이것이 뒤에 商務社라는 조직이 된 것이다. 저산팔구는 모시 생산과 모시 유통으로 유명한 부여·홍산·남포·비인·서천·한산·임천·정산 등 팔八邑을 말한다. 상무우사는 상무좌사에 대한 대칭으로 左社는 負商, 右社는 褓商을 말한다. 저산팔구의 보상들이 모시를 주상품으로 취급했기 때문에 이들을 저산팔구상무우사라고 하였다. 이곳 저산팔구의 향시는 은산의 1일 6일장, 홍산 정산은 2일 7일장, 부여는 3일 8일장(오늘날 5일 10일장으로 변경됨), 임천은 4일 8일장이 열리며 한산은 1일 6일장, 서천은 2일 7일장, 비인은 3일 8일장, 남포 4일 9일장으로 2 구역으로 나뉘어 시장이 열린다. 1930년

---

36 이필영, 앞의 책, 2002, 34~35쪽.

대에는 인근인 청양군 장평면의 중석광산이 개발되면서 은산장은 더욱 번성하였다. 은산별신제 행사는 시장 상인들의 지원과 밀접한 관련을 맺으면서 진행되었던 의례였다.

　은산별신제는 1958년 제1회 전국민속예술경연대회에 '은산별신굿'이라는 이름으로 참가하였다. 1965년 10월 '百濟大祭'가 관 주도의 백제문화제로 바뀌면서, 삼충제·궁녀제와 함께 제의 프로그램에 포함되었다. 이를 계기로 은산별신제가 널리 알려지게 되었고, 1965년 임동권 교수가 문화재 지정조사보고서를 작성하여 제출하였다. 1965년 그 당시 문화재위원회의 지정 심의기준은 문화재의 역사성과 예술성, 학술적 가치를 판단할 수 있도록 다음과 같이 구체화 하였다.[37]

- 민족생활의 변천과 발달을 이해하는데 도움이 되는 것
- 발생 연대가 비교적 오래되고 그 시대의 특색을 갖는 것
- 형식과 기법이 전통적인 것
- 예술상 가치가 특출한 것
- 학술연구 상 귀중한 자료가 될 수 있는 것
- 향토적으로나 그 밖의 특색이 현저한 것
- 인멸의 우려가 많아 문화적 가치가 상실되기 쉬운 것

　1965년 그 당시 문화재위원회의 지정 심의기준에 학술적 가치는 현재는 물론 장래에도 학술적으로 연구할 가치가 있는 무형문화재를 중요무형문화재로 지정하도록 하였다. 요약하면, 중요무형문화재는 우리민족의 생활사, 국악사, 무용사, 공예사 등 문화예술사에 중요한 의미가 있으며, 한국전통문화를 이해하는데 유익하고 가치가 있는 것을 지정한 것이다.

　이러한 지정기준을 참고로 하여 은산별신제의 지정조사보고서를 작성한 임동권 교수의 중요무형문화재 지정 사유를 요약 정리하면, 은산별신제는

37　임돈희, 임장혁, 「중요무형문화재 보존 전승의 과제」 『문화재』 30, 문화재관리국, 1997, 97쪽.

"① 별신제로서 가장 규모가 크며, ② 토속적인 산신제와 장군제가 습합되어 제례의 발전과정을 이해하는데 유익하며, ③ 귀실복신과 도침대사를 주신으로 모시고 있어 사실을 고증하는 자료가 되는 것"[38]이다.

일제강점기에 흥청거렸던 은산장의 옛 모습은 거의 찾아볼 수 없고, 행사 진행을 위하여 학생들을 동원하는 것이 일상화되었다. 진행요원과 사진작가를 제외하면, 200~300명 정도의 주민과 관광객들이 참관하는 소규모 민속 축제가 되었다. 과거 경제적 번성함을 기반으로 지역을 묶었던 공동체 의례가 쇠퇴하면서, 이제는 은산리 또는 은산면을 단위로 하는 규모의 축제로 명맥을 이어가고 있다.

은산별신제의 본 행사는 '물 봉하기'부터 시작된다. 첫날에는 보존회에서 선출한 화주와 제주, 그 밖에 중군, 사령집사, 선배비장, 후배비장, 통인, 별좌 등과 함께 은산천으로 가서 물을 봉하고, 잡인의 접근을 막는 금줄을 친다. 물이 봉해지면 화주와 제관들의 집 대문에 금줄을 걸고 출입구에 황토 흙을 뿌린다.

둘째 날의 행사는 '진대 베기'이다. 제관들이 장군복을 갖춰 입고 말을 타고 농악대를 앞세워 약 4㎞ 가량 떨어진 모리마을 당산에서 4그루의 참나무를 베어 온다. 진대는 陣木이라 하는데, 화주 집 앞에 보관하다가 마지막 날 장승을 깎아 세울 때 함께 진대를 세운다.

셋째 날에는 꽃을 받는다. 별신당의 3신위에게 바칠 꽃등[花燈]을 제작한 후 부소산의 삼충사에서 꽃을 받는데, 2016년에는 백제문화단지 사비궁에서 꽃을 받아 왔다. 과거에는 장군복장을 갖춘 대장들이 말을 타고 앞장서고, 그 뒤로 140여 명이 깃발과 죽창을 들고 긴 행렬을 이루었다. 꽃등은 형형색색의 紙花를 말한다. 일제강점기에는 북동쪽으로 약 10㎞ 떨어진 청양군 장평면 미당리의 속칭 '미당호텔'(충청남도 지정 민속문화재 18호 윤남석가옥)에서 약 1개월 동안 합숙하면서 제작하여 주민들의 환송을 받으면서 별신당으로 운송했다고도 한다.

---

38 임장혁, 「은산별신제의 민속학적 가치와 의미」 『부여학』 4, 부여: 부여고도육성포럼, 2014, 43쪽.

넷째 날에는 본제가 행해진다. 화주 집에서 장만한 제물과 지화 장인이 제작한 꽃등을 별신당으로 운송한다. 농악대가 앞서 가고 제물을 운송하는 사람들은 부정을 타지 않도록 입에 한지를 물고 옮긴다. 본제는 밤 9시부터 시작하는데, 유교식 장군제로 초헌은 화주가 맡고, 아헌은 대장이 맡는다. 제물은 뚜껑을 덮지 않고, 종이로 봉하는 것이 특징이다. 복신장군과 토진대사, 삼천장병들의 넋을 위로하는 축문을 읽고, 마지막으로 별신제에 참가한 사람들의 축원 소지를 올린다.

다섯째 날은 상당굿과 하당굿을 한다. 상당인 별신당에서 무녀가 신이 내리기를 청하는 강신굿을 행하고, 별신당에 내린 신들을 모시고 은산장터 가운데 있는 하당으로 별신을 인도하여 하당굿을 펼친다. 하당굿을 하는 장소는 은산장터의 당산나무가 있는 곳으로 별신을 송신(파장)할 무렵에 굿을 보러온 사람들과 굿에 참여한 사람들에게 꽃을 나누어 주는데, 악귀를 물리치는 신통력이 있다고 한다.

여섯째 날은 독산제를 지내고, 장승과 진대를 세운후 장승과 진대에 제를 지낸다. 화주와 별좌가 별신당 옆 독산제단에서 간소한 제물을 진설하고 신의 감응에 감사하는 독산제를 지낸다. 독산제를 지내고 장승제가 끝나면 별신제는 막을 내린다.

은산별신제의 문화원형은 은산리 산신제에서 그 시원을 찾을 수 있지만, 백제부흥기 이후 장군제와 해원굿이 가미된 이후 즉 산신이 주신으로 복신장군과 토진대사가 협신으로 3신위가 별신당에 모셔진 은산별신제가 문화원형이라고 규정될 수 있을 것이다. 조선후기 은산 역원과 장시를 기반으로 은산고을 중심의 은산별신제가 별신당에 모셔진 3신위뿐만 아니라 일제강점기의 은산별신제 축문에 나오는 우리나라의 유명장수뿐만 아니라 중국의 유명장수, 무명의 삼천장병, 왜장군의 영령까지 모시는 것으로 보아 장군제와 해원굿, 장승제, 독산제 등이 모두 일제강점기 이후 은산별신제의 변형이라고 할 수 있다.

임동권(1971)에 의하면, "1959년 은산에서 별신제가 치러졌고, 그 후 중요무형문화재로 지정되기 이전까지는 재원 마련이 어려워서 별신제가 중단

되고 있었다고 한다."[39] 오늘날 은산별신제의 전형은 1959년 은산별신제와 1965년 9월 임동권이 보고한 은산별신제의 '중요무형문화재지정에 관한 이유서'에서, "은산별신제가 전국에서 가장 큰 규모의 별신제이며, 토속적인 守護祭로서의 將軍祭가 습합된 綜合祭 로서 학술적 가치가 크다."[40]고 하고 또한 "별신제의 기원은 백제의 멸망과 관계가 있어서 그 史實을 고증하는 자료가 되기 때문에, 이러한 民俗祭儀를 중요민속문화재로 지정하여 인멸의 위기에서 구하여 계승보존함이 시급하다."[41] 주장하였다.

이에 필자는 백제부흥기 이후 장군제와 해원굿이 가미된 이후 즉 산신이 주신으로 복신장군과 토진대사가 협신으로 3신위가 별신당에 모셔진 은산별신제가 오늘날 은산별신제의 문화원형이라고 규정한다. 또한 오늘날 은산별신제의 전형은 1959년 은산별신제의 실제와 1965년 9월 임동권이 보고한 은산별신제 중요무형문화재 지정 이유서의 내역을 중심으로 전승되고 있는 은산별신제를 전형으로 삼아서, 지역 공동체 성원들이 적극 참여함으로써 1차적으로 지속적으로 은산별신제를 전승하고, 2차적으로 창조적으로 은산별신제를 계승할 수 있을 것이다.

IV. 스토리텔링, 스토리두잉, 스토리크래프팅의 서사성과 차별화 특징

스토리텔링(storytelling)은 스토리story)와 텔링(telling)이라는 명사에 동명사가 결합된 합성어로서 어떤 이야기를 만들어 내거나 남들에게 표현·전달하는 행위를 말한다. 앞서 밝힌 바와 같이 이필영(2002)은 은산별신제가 "별신제의 일반적 형성 배경을 고려한다면, 은산리가 驛村과 場市로서 그 역할을

---

39 임동권, 앞의 글, 1971, 192쪽.

40 임동권, 『은산별신제』(무형문화재조사보고서)8, 서울: 문화재관리국, 1965, 5쪽.

41 임동권, 위의 책, 1965, 같은 쪽.

다하고 있었던 조선후기에 성립되었을 것으로 추정해 볼 수 있다."고[42] 주장하였다. 또한 이필영(2002)은 "은산별신제의 중심에는 분명히 패몰한 백제 장졸의 冤魂과 그 解冤이 자리잡고 있다."[43]고 하였다.

임동권(1973)에 의하면, "옛말 은산은 陣터였다. 큰 난리가 나서 이곳에서 수 많은 장병들이 전사를 했다. 마을 사람들은 죽은 장정들의 靈을 위안하기 위하여 別神을 지내게 되었으며 별신을 지낸 후로는 洞內가 泰安하고 모두 無病해서 잘 살게 되었다고 한다.〈은산리 윤상봉씨 이야기〉[44]를 기록하였고, 이를 통해서 은산별신제 관련 설화를 통해서 은산별신제가 백제 백제부흥기 이후에 발생한 마을 공동체의 제의임을 밝혔다.

또한 임동권(1986)은 은산별신제의 유래담을 화소별로 정리하여, "① 지역에 病魔 풍미 → ② 白馬將軍 현몽 → ③ 백골 수습의 대가로 질병 퇴치 약속 → ④ 백골수습 및 위령제 시행 → ⑤ 마을 태평 → ⑥ 이를 계기로 정기적으로 별신제 거행"[45]한다고 하였다.

이와 관련하여 최래옥(1982)은 은산별신제의 전설을 참고로 별신당 안에 산신을 가운데 두고 동에는 복신을, 서에는 토진의 畵像을 걸어 제사를 지내므로 산신 외에 별도로 신을 모신다고 하여 별신이라 부르고 별신굿이라고 하였다.[46]고 하였다. 강성복(2014)은 "은산별신제의 별신은 구체적으로 어떤 신격을 말하는 것일까. 그것은 주신으로 배향한 산신과는 다른 신격, 즉 將軍祝文에 기록된 將軍列座之位라고 할 수 있다고."[47]하였다. 그는 은산별신제의 장군축문에 등장하는 장군열좌지위에 대하여 "오방장군인 동방청제장군 · 남방적제장군 · 서방백제장군 · 북방흑제장군 · 중앙황제장군을 위시하

---

42 이필영, 앞의 책, 2002, 39쪽.

43 이필영, 위의 책, 2002, 같은 쪽.

44 임동권, 「은산별신제」 『한국민속학논고』, 서울: 선명문화사, 1973, 188~189쪽.

45 임동권, 「숭신과 협동의 장, 향토축제」 『은산별신굿』, 서울: 열화당, 1986, 74~92쪽.

46 최래옥, 「현지조사를 통한 백제설화의 연구」 『동아시아문화연구』 2, 서울: 한양대학교 한국학연구소, 1982, 148쪽.

47 강성복, 「장군신앙을 통해 본 은산별신제의 성격과 의미」 『부여학』 4호, 부여: 부여고도육성포럼, 2014, 143쪽.

여, 백제의 부흥운동을 이끈 福信將軍과 土進大使 외에 이름 없이 죽어간 삼천장병신위(三千將兵神位)가 기록되어 있다"[48]고 하였다.

김선풍(1992)에 의하면, 은산별신제 산신당 중수기(1947)에 "은산리는 옛날 백제 때의 전장지(전쟁터)니, 그 전쟁에 죽은 장수와 병졸(사졸)들의 원통하고 분한 혼백들이 오래도록 흩어지지 않아, 때때로 때 아닌 바람과 비와 바르지 못한 역질을 일으키고, 사람과 가축들이 그 재앙을 입었다. 그러므로 이 신당을 세워서 토지신 족자(무신)도를 주벽(가운데)에 봉안하고 옛날 이름난 장수를 동·서 양벽에 화폭으로 배향하고 제사를 지내서 이러한 혼백들을 진압(진정)시켰다. 매년 1월 1일에 정성을 다해서 제사를 지내고, 삼년마다 대제를 지내는데, 병마 기치(군기)를 설치하고, 북치고 고함을 질러 근엄하게 전투장 행사와 같이 해서 숨어 있어서 답답하고 억눌러 있는 기를 위로해 주는 이른바 별신대제이다." 1947년 산신당 중수기에 기록된 주신은 토지신으로 되어 있어 현재 별신당 안의 가운데 있는 산신도를 보면 신위 배향에 혼란이 있었음을 알 수 있다. 스토리텔링(story telling)이 증거나 사실을 근거로 남들에게 이야기를 표현·전달하는 특성을 갖고 있는데, 은산별신제 산신당 중수기에 기록된 토지신이 사라지고 산신도가 배치된 것은 이야기의 줄거리에 변형이 생긴 것이라고 할 수 있다.

앞서 설명한 바와 같이 이필영(2002)은 은산별신제의 시원을 조선후기에 두고, 역원과 장시의 발달로 토지신을 주신으로 모셨던 제당에 산신을 주신으로 모시고, 동·서 양벽에 옛날 이름난 장수를 화폭으로 배향하고 제사를 지내왔던 것으로 추정된다. 은산별신제 문화원형 스토리가 시대적 상황과 별신제 참여 폭이 확장되면서 토지신의 위상이 산신으로 바뀌고 복신장군과 토진대사 외에 이름 없이 죽어간 三千將兵神位가 모셔짐으로써 스토리텔링(story telling) 즉 '이야기하기'에서 스토리두잉(story doing) 즉 '이야기행하기'[49]

---

48 강성복, 위의 글, 2014, 154쪽.
49 스토리두잉(story doing)은 '이야기행하기'로 2013년 JWT 전 크리에이티브 책임자이자 현 코: 컬렉티브(Co: collective) 마케팅 회사 창업자 타이 몬태규(Ty Montague)가 창안한 용어로 체험과

과정으로 은산별신제 설화의 표현·전달에 상당한 변화가 생겼다. 산신을 모시던 은산리 산신당의 '이야기하기'에서 산신을 주신으로 복신장군과 토진대사를 좌우 협신으로 3신위를 모시는 별신제의 '이야기행하기'로 변화의 핵심은 장군제와 해원굿의 가미로 은산별신제 참가자들의 '이야기행하기'를 통해서 자연스럽게 산신제가 별신제로 전환되었다고 할 수 있다. 장군제·위령제 성격의 은산별신제에 오방장군인 동방청제장군·남방적제장군·서방백제장군·북방흑제장군·중앙황제장군을 위시하여, 백제의 부흥운동을 이끈 福信將軍과 土進大使 외에 전쟁에서 죽은 三千將兵神位에 대한 '이야기하기'는 수 많은 지역주민들과 관광객들이 전쟁에서 죽은 원혼을 달래고 영령을 위로하는 '이야기행하기'를 통해서 지속되고 있다고 할 수 있다. 스토리텔링이 '어떻게 이야기를 전달할 것인가'에 가치를 둔다면, 스토리두잉은 '어떻게 이야기를 행하게(체험하게)할 것인가'에 초점을 맞추고 있다.[50] 은산별신제는 장군제와 해원굿을 통해서 '이야기 행하기'를 실천하고 있으며 지역주민들과 관광객들이 축제를 통해서 '스토리두잉'을 행하고 있다.

오늘날 은산별신제는 지역주민들과 관광객들에게 은산별신제에 참여하고 체험하는 기회를 제공함으로써 스토리두잉 기법을 통해서 외지인들 특히 관광객들에게 은산별신제 참가 열기를 높여 주고 있다. 대표적인 은산별신제 '이야기행하기' 프로그램은 진대베기 행렬, 꽃받기 행렬 외에도 별신 올릴 때, 별신 내릴 때, 하당 굿할 때 등에 기마 장군과 도보 병졸들의 행렬에 참가하여 체험하는 것 등이 은산별신제의 전형을 체험하는 좋은 방안이 될 수 있다.

창의성 증진을 위해 핀란드에서 시작된 스토리크래프팅(story crafting) 즉 '이야기만들기'는 사람들에게 은산별신제 전형을 지속적으로 창조적으로 전승할 수 있는 방안이 될 수 있다. 스토리크래프팅은 "아이들은 어른과 같이

참여를 통한 '이야기행하기' 개념을 제시한 것이다.

50 신동희, 김희경, 「사용자 경험 기반 스토리두잉의 작동 원리에 관한 연구」 『디지털 콘텐츠학회지』 16(3), 서울: 디지털콘텐츠학회, 2015, 426쪽.

개인으로 존중되어져야 하며, 그들이 관심있는 것을 표현할 수 있는 권리가 있다"는 핀란드의 새로운 헌법(2000년)에 기초하여 아이들이 먼저 자유롭게 이야기하도록 하고, 어른이 그 말을 잘 듣고 그대로 받아 적고, 아이의 이야기가 끝나면 아이에게 받아 적은 것을 읽어주고, 아이가 고치고 싶어 하는 부분이 있으면 자유롭게 고칠 수 있도록 도와준다.[51] 은산별신제의 전형을 창조할 수 있는 '이야기만들기' 과정을 통해서 아이들이 스스로 문제를 발견하고 해결할 수 있도록 어른이 아이를 돕고, 아이의 권리를 존중하여 무엇이든 말할 수 있게 귀 기울여 주고, 아이가 이러한 활동에서 친근감과 안정감을 느낄 수 있게 해줌으로써 아이의 창의력을 개발하고 키워줄 수 있다.[52]

　일제강점기 1936년 은산별신제의 장군축문[53]에 열거되었던 기존의 중국 명장들은 사라지고, "특히 일제하에는 日警의 행사 허가를 얻기 위해 倭將軍까지 넣었던 일이 있었다고 한다."[54] 이것이 은산별신제의 문화원형을 변형시킨 '이야기만들기'의 사례라고 할 수 있다. 광복 후 1956년 은산별신제 장군축문[55]에 고구려·신라·조선의 명장들이 등장했다가 사라졌는데 이 또한 지역주민들에 의한 '이야기만들기'의 일면이라고 할 수 있다. 오늘날 전승되고 있는 1961년 은산별신제 장군축문에 복신장군과 토진대사, 삼천장병신위의 등장은 지역주민들의 정서가 은산별신제 제의에 영향을 미쳐 백제부흥운동에 참전하여 죽은 이름난 장수와 무명 병졸들의 원혼과 영령을 위한 장군제·해원굿 성격이 두드러지게 나타난다. 은산별신제의 '이야기만들기'는 은산별신제를 현실 속에 창의적으로 전승할 수 있는 방안을 제공해 줄 수 있고, 또한 은산별신제의 스토리크래프팅은 창의적 아이디어를 개발하여 현실

51　http://www.edu.helsinki.fi/lapsetkertovat/lapset/In_English/Storycrafting_method/storycrafting.html(검색일 2017. 09. 05.).

52　http://www.crezone.net/?page_id=125102&c=mn&m=V&n=298&search_key=&search_word=(검색일 2017. 09. 05.).

53　村山智順, 앞의 책, 1938, 178쪽.

54　임동권, 앞의 글, 1971, 200쪽.

55　참조: 본고의 부록.

속에 지속 가능한 은산별신제가 될 수 있도록 하는데 크게 기여할 것으로 평가된다.

은산별신제 스토리텔링, 스토리두잉, 스토리크래프팅의 장단점을 적재적소에 적용한다면 은산별신제 문화원형을 원형대로, 변형을 변형대로, 전형을 전형대로 지속적으로 전승하면서 전형을 창조적으로 계승·발전시킬 수 있도록 하는데 스토리텔링과 스토리두잉, 스토리크래프팅이 각각 크게 도움이 될 것으로 판단한다. 은산별신제의 원형을 유지하든, 전형을 유지하든, 창조적 개발을 하든 상호보완적 관계 속에 은별신제를 지속 가능하게 그리고 창의적으로 전승할 수 있도록 하는 것이 은산별신제 관련 설화의 문화원형 보호와 변형의 활용, 전형의 창조에 크게 이바지할 것이다.

V. 맺음말

충남 부여 은산별신제의 경우, "은산별신제의 원형적인 요소는 동제에 기반을 둔 전통적인 제의 특유의 '神聖性과 대동굿이 지닌 축제적' 巫儀性, 그리고 장군제 특유의 역동적인 '演戱性이라고 할 수 있는데, … 최근 별신제의 연행현장을 참관한 방문객들 사이에서는 우려의 목소리가 높다. …현재 연행되는 상당굿과 하당굿은 이전의 전통과는 거리가 있다. … 2008년 별신대제에 연행된 하당굿의 경우 보유자와 전수생들의 짧은 공연에 이어 은산별신제와 자매결연을 맺은 군산 오성문화제 진혼굿패의 찬조출연이 프로그램의 대부분을 차지했다."[56]

이와 관련하여 은산별신제의 전승체계 구축과 전형유지, 창조적 계승 등 개선 방안을 다음과 같이 제시한다.

• 제의의 신성성을 회복하는 것이 필요하고, 보여주기 위한 공연행사를

---

56 강성복, 앞의 글, 2008, 35~37쪽.

지양해야 한다.

- 상당굿 및 하당굿 기능을 강화하고 별신제 특유의 기복과 제액, 구원, 성취하는 기쁨을 주어야 공동체 성원들의 적극적인 참여를 이끌어 낼 수 있다.
- 꽃등받기는 부소산의 삼충사에서 백제문화단지 사비궁으로 변경한 것은 바람직하다.
- 공동체 성원들의 관심과 참여가 저조한데 이를 극복할 수 있도록 종교적 의례라기보다 전통문화의 창조적 계승이라는 측면에서 평생학습할 수 있도록 지원해야 한다.
- 은산별신제보존회를 부여군에서 나아가 인근 시·군 지역과 함께 축제를 연계할 수 있도록 연계망을 구축해야 한다.

이창식(2006)에 의하면, 은산별신제는 국가무형문화재 지정보유자들과 지정초기 제보자들의 증언과 제보로 문화재위원회 지정 심의 보고서가 잘 기술되어 있지만 앞으로 조사 연구 보완해야 할 사항은 다음과 같다.[57]

- 설위설경 관련과 꽃받기 전승부분이다.
- 보부상 집단의 후원과 주재집단의 문제이다.
- 지정 과정의 편향성 및 정책 지원의 한계가 있었다.
- 하당굿의 조사미비를 들 수 있다.
- 은산별신제의 부여지역 축제화 문제이다.
- 죽방울놀이 등을 조사할 필요가 있다.
- 명예기능보유자 문제이다.

문화유산의 원형을 유지하면서, 공동체 삶의 현실을 반영하여 생활 속에

---

57 이창식, 『마을공동체의례 별신제의 비교연구방법』 『민속연구』 15, 안동: 안동대학교 민속학연구소, 2006, 91쪽.

불편을 야기하지 않으면서 그리고 창의적 계승이 가능하도록 무형문화유산의 보존과 활용을 위한 세 가지 유형의 전승 방안을 고려해야 한다. 무형문화유산의 전승체계를 원형유지형과 전형유지형, 창조계승형을 모두 인정하고, 전승체계의 각 유형별로 전승주체와 장소, 시기, 상황 등을 자율적으로 선택할 수 있도록 할 필요가 있다.

이와 관련하여 홍태한(2014)의 연구 성과와 주장에 공감한다. "시대의 흐름에 따라 변화하는 것이 무형문화의 속성이다. 이어인년 무녀가 구송했던 무가 사설이 부족함을 느껴 사설도 확장시키고 기존의 음악 문법을 받아들여 상당굿, 하당굿, 무가를 구송한 황남희 무녀는 은산별신제를 나름대로 변화시키면서 전승시키는데 기여했다고 볼 수 있다. 은산별신제 무가가 무형문화재 지어 당시와는 달리 변화된 무가라면, 과거의 것을 고집하기보다는 이미 연행되고 있는 무가 사설을 어떻게 살릴 것인가 주목해야 한다."[58]

무형문화유산을 보존하고 활용하기 위해서는 학제간 또는 다학문적 관점에서 문화원형콘텐츠를 수집하여 정리하고, 이를 아날로그와 디지로그[59], 멀티미디어 디지털 DB[60]로 구축하여 이를 삶의 질 향상을 위한 산업과 교육정보위락 사업에 적극적으로 활용할 수 있도록 그 의미와 중요성을 밝히고, 쌍방향 교류가 이루어질 수 있도록 민관산학연단이 협력해야 한다.

역사적 전통과 민속으로 전승되고 있는 백제의 구비전승 언어, 의례전승 행위, 물질전승 제도와 관행 등이 함께 어우러진 사비시대 백제의 역사와 문화를 총체적으로 복원 · 재현 · 조성 · 해석할 수 있도록 평생교육을 실시할 수 있도록 해야 한다. 이를 위해서는 관련 분야의 전문가들의 지혜를 수렴하여 은산별신제의 문화원형과 변형, 전형을 규정할 필요가 있고, 이를 지속적

---

58 홍태한, 「부여 은산별신제 무가의 짜임과 변화」, 『부여학』 4, 부여: 부여고도육성포럼, 2014, 215~216쪽.

59 디지로그: 디지털과 아날로그를 결합한 신조어로서 아날로그와 디지털이 혼재함을 의미함.

60 멀티미디어 디지털 DB; 멀티미디어 디지털로 만들어진 데이터 베이스.

으로 전승하는 방안과 창조적으로 계승·발전시키는 방안을 적극 수용할 필요가 있다.

세상의 문화는 완만하게 또는 지속적으로 문화적 변동이 발생하고 변화 속에 전승하기 때문에 은산별신제도 예외 없이 변화 속에 새로움을 만들어 갈 수 있도록 그리고 에듀인포테인먼트(*eduinfotainment*)[61] 목적으로, 은산별신제의 스토리텔링, 스토리두잉, 스토리크래프팅 방안을 체계적으로, 효과적으로, 효율적으로 적용·활용할 수 있도록 해야 한다.

---

61 교육정보위락(*eduinfotainment*)은 교육(education), 정보(information), 위락(entertainment)을 합성하여 만든 신조어로 유사어 *edu-info-tainment*가 있음.

:: 참고문헌·누리집 ::

강성복, 『부여의 민속놀이』, 부여: 부여문화원, 1994.

강성복, 『은산별신제』, 부여: 부여문화원, 1997.

강성복, 「저산팔읍의 대동굿 은산별신제」『충청민속문화론』, 서울: 민속원, 2005.

강성복, 「중요무형문화재 제9호 은산별신제 지정당시 무형문화재 원형조사와 활
　　　　성화 방안」『무형문화재 활성화 방안 조사연구』, 부여: 부여군, 한국전통
　　　　문화학교, 2008.

강성복, 「장군신앙을 통해 본 은산별신제의 성격과 의미」『부여학』 4, 부여: 부여
　　　　고도육성포럼, 2014.

김기덕, 『한국 전통문화의 문화콘텐츠』, 서울: 북코리아, 2007.

김상보, 「은산별신제」『무굿과 음식』, 대전: 국립문화재연구소, 2005.

김상보, 「은산별신제 음식문화」『부여학』 4, 부여: 부여고도육성포럼, 2014.

김선풍, 「은산별신제의 민속학적 고찰」『민속연구』, 안동: 안동대 민속학연구소,
　　　　1992

김혜정, 「은산별신제의 음악적 특징과 변화」『부여학』 4, 부여: 부여고도육성포럼,
　　　　2014.

국립문화재연구소, 『무형문화유산 자원조사 연구』, 대전: 국립문화재연구소,
　　　　2012.

국립문화재연구소, 『인류무형문화유산 대표목록 등재유산 전승실태 연구』, 대전:
　　　　국립문화재연구소, 2012.

문화공보부, 『한국민속종합조사보고서』(충청남도), 서울: 문화공보부, 1975.

부여군, 『백제의 고도 부여 - 그 역사와 문화의 발자취』, 부여: 부여군, 1998.

부여군, 『전통문화의 고장 부여 - 내 고장 전통가꾸기』, 부여: 부여군, 1982.

부여군지편찬위원회, 『부여군지』, 부여: 부여군, 1987.

부여군지편찬위원회, 『부여의 민속문화』, 부여: 부여군, 2003.

성기영, 1998, 『은산별신제의 전개와 전통 창출』, 안동대 대학원 석사학위논문.

손태도, 『우리 무형문화재의 현장에 서서』, 서울: 집문당, 2007.

손태도, 「무형문화재 은산별신제에 대한 보고」『부여학』 4호, 부여: 부여고도육성
　　　　포럼, 2014.

신동희, 김희경, 「사용자 경험 기반 스토리두잉의 작동 원리에 관한 연구」 『디지털
  콘텐츠학회지』 16(3), 서울: 디지털콘텐츠학회, 2015.

오문선, 1997, 「부여지역의 앉은굿」 『역사민속학』 6, 서울: 민속원.

은산별신제보존회, 『중요무형문화제 제9호 은산별신제』, 부여: 은산별신제보존
  회, 2004.

이경엽, 「무형문화재와 민속 전승의 현실」 『21세기 민속문화와 민속학』(2004 한국
  민속학자대회, 2004년 10월 22일), 서울: 2004 한국민속학자대회 조직위원
  회, 국립민속박물관, 2004.

이능화, 「朝鮮巫俗考」 『啓明』 19호, 京城: 啓明俱樂部, 1927.

이도학, 「은산별신제 주신의 변화과정」 『부여학』 4호, 부여: 부여고도육성포럼,
  2014.

이수정, 「한국의 문화재 보존·관리에 있어서 원형개념의 유입과 원형유지원칙의
  성립, 그리고 발달과정」 『문화재』 49, 대전: 국립문화재연구소, 2016 .

이양수, 『은산별신고』, 부여: 부여향토문화연구소, 1969.

이장열, 『한국 무형문화재 정책-역사와 진로-』, 서울; 관동출판, 2005.

이재필, 「무형문화재 '원형규범'의 이행과 의미 고찰」 『문화재』 49, 대전: 국립문화
  재연구소, 2016.

이창식, 『마을공동체의례 별신제의 비교연구방법』, 『민속연구』 15, 안동: 안동대학
  교 민속학연구소, 2006.

이필영, 「은산별신제, 한국지역축제문화의 재조명」 『비교민속학』, 13, 서울: 비교
  민속학회, 1995.

이필영, 「부여지역의 민속신앙」 『부여지역의 전통생활과 풍습』, 서울: 한국역사민
  속학회, 1996.

이필영, 『부여의 민간신앙』, 부여: 부여문화원, 2001.

이필영, 『중요무형문화재 제9호 은산별신제』, 서울: 민속원, 2002.

이해준, 「은산별신제와 부여지역 문화관광자원의 연계방안」 『은산별신제 발전세
  미나』, 부여: 부여군, 1997.

임돈희, 임장혁, 「중요무형문화재 보존 전승의 과제」 『문화재』 30, 문화재관리국,
  97쪽, 1997.

임돈희, 임장혁, 「한국무형문화재 보존 전승제도」 『무형문화재 보존을 위한 제방
  법론』(무형문화재 보존방법론 개발 국제정책회의 보고서), 서울: 유네스코한

국위원회, 문화재관리국, 1996.

임동권, 「은산별신제」『무형문화재조사보고서』 8. 서울: 문화재관리국, 1965.

임동권, 「은산별신제」『한국민속학논고』, 서울; 집문당, 1971.

임동권, 「은산별신제」『한국민속학논고』, 서울: 집문당, 1982.

임동권, 「숭신과 협동의 장, 향토축제」『은산별신굿』, 서울: 열화당, 1986.

임동권, 「무형문화재의 사회·문화적 중요성」『무형문화재 보존을 위한 제방법론』
    (무형문화재 보존방법론 개발 국제정책회의 보고서), 서울; 유네스코한국위
    원회, 문화재관리국, 1996.

임동권·최명희 글, 김수남 사진, 『은산별신굿』, 서울; 열화당, 1986.

임장혁, 「무형문화재 제도의 변천과 과제」『21세기 민속문화와 민속학』(2004 한국
    민속학자대회, 2004. 10. 22.), 서울; 2004 한국민속학자대회 조직위원회,
    국립민속박물관, 2004.

임장혁, 「은산별신제의 민속학적 가치와 의미」『부여학』 4, 부여: 부여고도육성포
    럼, 2014.

정강환, 「부여 은산별신제의 관광자원화 방안」『은산별신제 발전세미나』, 부여:
    부여문화원, 1997.

정종섭 외, 『무형문화유산 보전 및 진흥에 관한 법률 제정 연구』, 대전: 문화재청,
    2011.

최래옥, 「현지조사를 통한 백제설화의 연구」『한국학논집』 2, 서울; 한양대 한국학
    연구소, 1982.

최종호, 「무형문화유산의 보존과 활용을 위한 연구」『文化財學』 2호, 부여: 한국전
    통문화학교 문화재관리학과, 2005.

최종호, 「우리시대 관광자원으로서 사비백제문화의 가치와 왜곡」『실천민속학 연
    구』 14, 안동: 실천민속학회, 2009.

최종호, 「은산별신제의 인류무형유산대표목록 등재 요건 연구」『부여학』 4, 부여:
    부여고도육성포럼, 2014.

최종호, 「은산별신제의 원형·전형의 양상 및 변화에 관한 연구」『실제 현장 사례
    를 통한 무형유산의 전형의 양상 및 변화』(2016 무형유산학회 춘계학술대
    회, 중앙대 인문대학 203관), 전주: 무형유산학회, 2016.

최종호 외 3인, 『은산별신제 인류무형문화유산 대표목록 등재신청 기초연구』, 부
    여: 부여군, 2016.

최종호 외 다수,『은산별신제 전형유지와 공동체 전승력 강화를 위한 학술포럼』,
　　　부여: 부여군, 2017.

최종호, 강성복, 오문선,『부여무형문화재 활성화 방안』, 부여: 부여군, 한국전통
　　　문화학교 부설 한국전통문화연구소, 2008.

하효길 외,『은산별신제 종합실측조사보고서』, 대전: 문화재관리국, 1998.

하효길,「은산별신제」『현장의 민속학』, 서울: 민속원, 2003.

한국마을연구소,『무형문화유산의 활성화를 위한 주요과제』, 전주: 전주문화재단,
　　　2011.

한국민속학술단체연합회,『2008 한국민속학자대회 – 민속학과 무형문화유산의
　　　보존과 전승』, 서울: 한국민속학술단체연합회, 국립민속박물관, 2008.

한국민속학회,『무형문화재의 원형보존과 창조적 계승』(한국민속학회 제173차 학술
　　　발표회), 서울; 한국민속학회, 2006.

한양명,「무형문화재 예능분야의 원형과 전승 문제」『무형문화재의 원형보존과 창
　　　조적 계승』(한국민속학회 제173차 학술대회, 2006년 4월 29일), 서울: 한국민
　　　속학회, 2006.

함한희,「무형문화유산아카이브의 필요성과 발전방향 – 전통지식의 보존과 활
　　　용–」『무형유산아카이브의현황과 발전방향』, 대전: 국립문화재연구소,
　　　2007.

함한희,「무형문화유산의 현재적 의미」, 함한희 편,『무형문화유산의 현재적 의미
　　　찾기』, 전주: 전북대 고고인류학과 2단계 BK21 사업단, 전주문화예술교
　　　육지원센터, 2007.

허 권,「무형문화재 보존을 위한 유네스코 활동」『무형문화재 보존을 위한 제 2차
　　　유네스코 국제연수 워크샵』, 서울; 유네스코 한국위원회, 1999.

허 권,「세계화와 한국의 무형문화유산 보호」『뮤지엄 인터내셔날』(무형문화유산의
　　　의미와 전망 한국어 특집호), 서울; 유네스코한국위원회, 2004.

허동성 역, 임돈희 감수,『무형문화유산의 이해: 2003년 무형문화유산보호협약 해
　　　설집』, 대전: 문화재청, 아·태무형유산센터, 2010.

홍사준,『백제의 전설』, 서울; 통문관, 1956.

홍태한,「부여 은산별신제 무가의 짜임과 변화」『부여학』, 4, 부여: 부여고도육성포
　　　럼, 2014.

大坂六村,「恩山の別神祭」,『朝鮮』241, 京城: 朝鮮總督府, 1935.

村山智順,『釋奠・祈雨・安宅』(朝鮮總督府 調查資料 45집), 京城: 朝鮮總督府, 國
　　　書刊行會, 1938.
박전열 역, 村山智順 저,『조선의 향토오락』, 서울: 집문당, 1992.

『무형문화유산의 보호를 위한 협약』

http://stdweb2.korean.go.kr/search/List_dic.jsp(검색일 2017. 09. 05.)
http://www.crezone.net/?page_id=125102&c=mn&m=V&n=298&search_
　　　key=&search_word= (검색일 2017. 09. 05.)
http://www.edu.helsinki.fi/lapsetkertovat/lapset/In_English/Storycrafting_method/
　　　storycrafting.html(검색일 2017. 09. 05.)

〈丙子(1936년) 正月(1월) 乙巳朔(11일) 乙卯(오전 5~7시) 將軍祝文(장군축문)〉[62]

維 歲次 丙子 正月 乙巳朔十一日 乙卯 將帥 ○○○ 敢昭告于
將軍列座之位
東方靑帝將軍·南方赤帝將軍·西方白帝將軍·北方黑帝將軍·中央黃帝
將軍
晋將軍: 郤縠(이하 장군 생략)
楚將軍: 子玉
趙將軍: 趙奢, 趙括, 廉頗, 李牧
蔡將軍: 甘茂
衛將軍: 吳起, 樂羊
齊將軍: 孫臏 田單
燕將軍: 樂毅
秦將軍: 白起, 王翦, 章邯
漢將軍: 紀信, 韓信, 樊噲 彭越, 灌嬰, 英布, 季布, 魏尙, 周亞父, 韓安
　　　　國, 衛靑, 關羽, 張飛, 趙雲, 馬超, 黃忠, 姜維, 諸葛亮, 周倉, 關
　　　　興, 張苞, 龐統
吳將軍: 周瑜, 魯肅, 陸遜, 陸抗
晋將軍: 羊祜, 杜預, 王渾, 租狄, 周處, 劉琨, 陶侃, 溫嶠, 王猛, 劉牢之
唐將軍: 蔚遲敬德, 薛仁貴, 王恩禮, 郭子儀, 李光弼, 李斗
明將軍: 李遇春, 張輔. 李文忠, 李成樑, 鄧愈, 李如松, 李如栢
朝鮮將軍: 林慶業, 李舜臣, 柳成龍, 金德齡, 郭再祐, 李浣, 張鵬翼
勤以淸酌庶羞敬伸奠獻尙饗

62　村山智順, 1938,『釋奠·祈雨·安宅』, 京城: 朝鮮總督府, 179~184쪽.

〈丙申(1956년) 正月(1월) 乙卯朔(17일) 乙丑(새벽 1~3시) 將軍祝文(장군축문)〉[63]

維 歲次 丙申 正月 乙卯朔十七日 乙丑 將軍 〇〇〇 敢昭告于
將軍列座之位
東方靑帝將軍·南方赤帝將軍·西方白帝將軍·北方黑帝將軍·中央黃帝將軍
乙支文德將軍, 金庾信將軍, 金德齡將軍, 李舜臣將軍, 林慶業將軍, 李浣將軍, 郭
再祐將軍, 張鵬翼將軍, 金應瑞將軍, 姜弘立將軍
勤以淸酌庶羞敬伸奠獻尙饗

---

63 임동권, 1982, 「은산별신제」 『한국민속학논고』, 서울: 집문당, 198쪽.

韓·中·日의 古代 童謠 研究

오카야마 젠이치로 일본 덴리대학

I. 머리말

　시대구분에 있어서의 고대의 범위는 나라와 지역에 따라 다르고 논자에 따라서도 상당한 차이가 있다. 여기서는 韓國學에 있어서 널리 쓰여지고 있는 신라 말경까지를 고대로 한다. 이 韓國의 시대구분을 중심으로 하여 中國은 唐의 멸망(907年)까지를, 日本은 平安朝 말기(鎌倉幕府 성립 1192年경)까지를 고대로 보겠다[1]. 그러나 이 시대의 각국의 문헌자료를 망라한 童謠 연구는 지면상으로도 발표시간상으로도 불가능하므로 본 연구에서는, 韓國은 『三國遺事』와 『三國史記』를, 中國은 『漢書』와 『後漢書』를, 日本은 『日本書紀』를 중심으로 각 문헌에 게재되어 있는 童謠 그리고 그와 유사한 가요를 대상으로 한다.

　童謠란 명칭은 원래 고대 中國에서 시작된 것으로, 『國語』(前475年 - 前221年)〈鄭語〉에서 초견된다. 周王朝의 멸망을 예언한 童謠이다. 후대에 내려와 『漢書』 이후의 정사에서는 「五行志」를 설정하여 그 안에서 童謠를 다루고 있다. 고대 韓國의 경우 童謠란 명칭은 『三國遺事』 百濟 武王朝(재위 60 0-641)에서 초견되며, 후대의 『高麗史』와 『朝鮮王朝實錄』에서도 많은 童謠가 전해지고 있다.[2] 日本의 경우 정사인 『日本書記』와 『續日本紀』 등에서도 童謠가 전해지고 있는데 童謠를 '와자우타'(원래 吉凶의 활동을 하는 가요를 의미한 말이지만 후에 이르러 이상한 힘을 가진 유행가를 의미한 것[3])라고 훈독하고 있어, 일찍부터 순수한 아동들의 노래인 童謠와는 그 뜻을 달리하고 있었던 것을 알 수 있다.

　韓國에서는 근대 이전의 고전 童謠를, 근대 이후의 童謠 즉 어린이를 위한 노래로 어른이 만들어 어린이에게 부르게 하는 童謠와는 개념상 구별하

1　시대구분에 대해서는 岡山善一郎, 「조선문학사에 있어서의 시대구분-고대를 중심으로-」 『韓國古代文學の硏究』, 金壽堂出版, 2017 참조.

2　한국의 조선왕조시대까지의 童謠에 대해서는 岡山善一郎, 『韓國古代文學の硏究 1』에 수록, 그리고 童謠에 대한 기존의 연구도 참조 바람.

3　土橋寬, 『古代歌謠の世界』, 塙選書, 1980, 277쪽.

여야 한다는 뜻에서, 讖謠라고 부르기도 한다. 하지만 참요란 명칭은 前兆
나 예언의 노래란 뜻이기 때문에 童謠의 비평적 성격을 도외시하게 된다. 그
래서 필자는 본래의 童謠는 참요적 성격과 비평의 성격을 갖고 있기 때문에
童謠는 童謠일 수 밖에 없다고 주장하였다[4].

그리고 고대가요는 가요뿐만 아니고 그 가요가 어떻게 생성되었는지 배
경 역사도 함께 전해주고 있다는 것이 특징인데, 童謠도 예외는 아니다. 특
히 童謠는 사서에서 역사 사건과의 관계를 전해주고 있다는 점에서 원래는
문학용어가 아니라 역사용어에서 비롯된다. 그러나 童謠 연구에 있어서 선
행되어야 할 것은 예언이나 전조가 있었다고 하는 역사기술이 과연 어떤 의
도에서 발상된 것일까 하는 문제의식이다. 예언이란 신앙에 있어서는 가능
한 용어이겠지만 역사 기술에는 적합한 용어라고는 보지 못한다. 그럼에도
불구하고 童謠만이 예언의 노래라고 할 수 있었던 이유는 어디에 있는 것일
까 하는 문제의식이 본 童謠 연구의 출발점이다. 그리고 보다 객관적인 판단
을 갖기 위해 中國과 日本 지역도 포함한 사료 검토를 시도해 보려고 한다.
그리고 제한된 삼국의 문헌이지만 童謠가 고대 中國에서 韓國과 日本으로
전달되면서 어떻게 받아지고 자국화되었는지 그 實態를 밝혀 보려는 것이
본 연구의 목적이다.

II. 古代韓國의 童謠

고대 韓國에 있어서 童謠란 명칭은 『三國遺事』百濟 武王(재위 600-641
年)조의 '薯童謠'에서 '童謠滿京'이라든가 '童謠之驗'이란 기술에서 확인된다.
그리고 '後百濟 甄萱' 조에는 '童謠曰'이라 하고 '完山謠'를 게재하고 있다. 完
山謠는 後百濟 멸망을 예언하는 노래다. 小童들이 노래하고 사건을 비판 고

---

4 岡山善一郎,「고대한국의 동요관과 천인상관사상」『東方文學比較研究』5, 東方文學比較研
   究會, 2015, 23~24쪽.

발하고 있는 '原花歌', 신라의 멸망을 예언한 '知理多都波謠', 百濟 멸망을 예언한 '龜의 背文' 등도 童謠라는 직접적인 표현은 없어도 童謠로 간주해 문제는 없을 것으로 본다.[5] 시대순으로 간략히 제시하면 다음과 같다.

(1) 原花歌(부전가요)[6]

(2) 善化공주님은 타인과 은밀히 얼어두고 薯童房을 밤에 몰래 안고 가다
  (善化公主主隱他密只嫁良置古薯童房乙夜矣卯乙抱遣去如)[7]

(3) 百濟는 둥근 달과 같고, 신라는 초생달과 같다
  (百濟如月輪, 新羅如新月)[8]

(4) 知理多都波[9]

(5) 可憐한 完山兒, 아비를 잃고 눈물 흘리도다
  (可憐完山兒, 失父涕連洒)[10]

(1)은『三國遺事』에 의하면 진흥왕(539–575年) 때에 '原花'인 姣貞娘이 南毛娘을 질투하여 죽이는 사건이 일어나는데 이 음모를 아는 자가 있어 노래를 지어 小童들에게 부르게 한 노래이다. 가사는 전해지지 않는 부전가요지만 이 노래에 의해 시신을 찾게 되고 살인자도 잡게 되었다고 한다. 小童들에게 부르게 했다는 점에서 童謠로 보아 문제는 없을 것이다. 사건이 일어난 후의 노래이기 때문에 사건을 비판 고발하는 내용의 童謠이었을 것이다. 이와 같이 사건을 비판하는 童謠는 후대의『高麗史』열전 '金之鏡' 조에 실려있는 '都目歌'(관리임명장을 都目이라 함)에서도 나타나는데 이 '都目歌'는 당

---

5 岡山善一郎, 위의 논문, 18~24쪽.

6 崔南善編,『三國遺事』卷三,「彌勒仙花 未尸郞 眞慈師」민중서관, 1946, 153쪽.

7 5)와 같음, 한글역은 梁柱東,『古歌研究』, 博文書館, 1960, 432쪽을 참조하여 현대어로 바꿈.

8 『譯註三國史記』百濟本紀, 義慈王 20年 2月 조 기사, 한국정신문화연구원, 1996, 264쪽.

9 岡山善一郎, 앞의 논문, 18~24쪽.

10 이병도,『原文兼譯註 三國遺事』, 廣曺出版社, 1977, 79쪽에는 '洒'로 되어 있어 이를 취함. 한글 번역은 이병도 역주본에 따름.

시 성행하고 있었던 관리들의 매관매직 행위를 통렬하게 비판하고 있는 童謠이다[11].

　(2)는『三國遺事』百濟 武王조에 게재된 薯童謠이다. 그동안 많은 연구가 이루어져 왔지만 童謠임에도 불구하고 童謠의 본질적 성격으로부터의 접근은 등한시되었다. 필자는 최근 五行사상·천인상관사상의 관점에서 薯童謠 연구를 시도하였는데 구체적인 논증은 졸저에 맡기며[12], 간략히 소개하면 다음과 같다.

　『三國史記』에 의하면 武王은 재위 때 무려 11번이나 신라 침공을 하고 있는데 이것은 武王의 好戰性을 단적으로 나타내고 있다. 이 好戰性은 백성의 생명을 가볍게 여기는 행위이므로 五行을 해치는 일이 된다. 또 신라와 百濟의 화친을 위해 武王은 후궁으로서 선화공주를 맞이했지만 그 이후에도 신라 침공을 계속했기 때문에 그 咎徵으로서 '薯童謠' 童謠가 나타났다고 보인다. 결국 뉘우침이 없는 武王이기에 太子인 義慈王20年(660)에 百濟는 멸망하게 된다. 이것은 唐 太宗의 친서와 함께 구체적인 通和의 칙령을 받고 난지 33年 후의 일이다. 그래서 필자는 '薯童謠'는 百濟 멸망을 예언한 童謠로 추정하였다.

　(3)은『三國史記』'義慈王' 조(義慈王 26(660)年)에 의하면 百濟 말년에 귀신이 나타나 百濟는 망한다고 외치고 다니다가 땅 속으로 들어가기에 땅을 파보니 거북이가 발견되었는데 거기에 背文이 적혀 있었다고 한다. 이것은 百濟가 기울어져 간다고 하는 百濟 멸망을 예언하고 있다는 점에서 童謠와 같다고 할 수 있겠다.

　(4)는『三國遺事』'處容郎 望海寺'에서 山神이 나타나 나라의 멸망을 예언한 노래이다. 山神이 獻舞하면서 부른 노래로 '知理多都波'라고 하였는데 都波 운운은 대개 지혜로 나라를 다스리는 사람이 미리 알고 도망가 도읍이

11　東亞大學校,『譯注高麗史』「金之鏡」, 東亞大學校出版社, 1971, 138쪽. 이 童謠에 대한 해석은 岡山善一郎, 앞의 논문 3)의 30~31쪽.

12　岡山善一郎,『古代韓國文學硏究』, 金壽堂出版社, 2016.

장차 破한다는 뜻이라고 하였다. 즉 地神과 山神은 나라가 장차 망할 줄 알았으므로 춤을 추어 경계케 하였지만 國人이 깨닫지 못하고 도리어 祥瑞가 나타났다고 하여 耽樂을 더욱 심히 한 까닭에 나라가 마침내 망하였다고 한다.[13] 山神의 노래로 되어 있지만 원래는 신라 멸망을 예언한 童謠였을 것이다. 憲康王(875-886年) 때의 童謠이므로 이 童謠가 불리던 약 50여年 後 신라는 멸망한다(935年).

(5) 『三國遺事』에 실려 있는 소위 〈完山謠〉라고 불리는 童謠이다. 결국 노래대로 神劍은 아비를 잃게 되는데 이 童謠는 아비를 잃는 것을 말하려고 하는 것이 아니고 그로 인해 나라마저 망해 버리게 되는 것을 예언하고 있다고 생각된다. 그렇다면 〈完山謠〉는 後百濟(900-936年)가 망한다는 예언의 童謠로 後百濟가 망하는 역사 사건과 결부되어 있는 童謠가 될 것이다.

위의 고대 童謠는 신라와 百濟 그리고 後百濟가 멸망한다는 예언으로 해석되어 존재하고 있다. 이렇게 나라의 멸망을 예언하는 童謠는 후술하는 『漢書』 '五行志'의 童謠와 그 궤도를 같이 한다. 그리고 (1)의 '原花歌'는 사건 발생 후에 小童들의 노래로 사건을 비판하고 고발하는 童謠로 판단되는데, 이러한 비판의 노래는 후대의 고려시대에도 이어져 매관매직하는 사회를 비판하는 童謠로 나타나기도 한다. 이 비판의 童謠 역시 韓國의 고대 동요의 모습이기도 하며, 中國 고대 童謠의 동점에 의해 나타난 것으로 생각된다.

III. 古代中國의 童謠

1. 童謠의 이칭

고대 中國에서 시작된 童謠는 처음부터 역사와 결부되어 전해지고 있다. 가장 오랜 역사와의 결부는 전설상의 제왕인 堯가 微服으로 康衢에 나갔더

---

13 5)와 같음, 89쪽.

니 아동들의 노래가 들려왔다는데 다음과 같은 童謠(원문:兒童謠)이다.

(1) 우리 모든 백성에게 양식을 주심이 지극하지 아님이 없고 모르는 사이에 황제의 법에 따르고 있다.(韓國어 번역은 필자에 의함. 이하 같음)
    (立我蒸民, 莫匪爾極。不識不知, 順帝之則)[14]

『列子』(前475年 - 前221年) '仲尼篇'의 기록으로, 堯의 덕정을 찬양한 아동들의 노래이다. 누가 이 노래를 가르쳐 주었느냐고 물으니 동네 大夫가 가르쳐 주었다고 한다. 그래서 大夫를 찾아갔더니 고대의 가요라고 했다. 堯는 이 노래를 듣고 환궁하여 舜에게 선위하였다고 한다. 즉 위의 童謠는 堯가 舜에게 선위하는 계기가 된 노래이다. 그리고 『國語』(前475年 - 前221年) '鄭語'에는 宣王 때에 다음과 같은 童謠가 있었다고 한다.

(2) 뽕나무 활에 대로 만든 활통, 필히 周왕조를 망칠 것이다.
    (염(厭+木)弧箕服, 實亡周國)[15]

周나라의 멸망을 예언한 童謠인데 이 童謠를 『史記』에서는 '童女謠'라고 하고 있다[16]. 그러나 『史記』 '晉世家第九'에서는 '兒乃謠'라는 명칭도 보인다[17]. 그리고 『春秋左氏傳』 '卷五 僖公五年'[18]에는 '童謠'란 명칭도 보인다.

『漢書』 이전에 성립한 위의 문헌들에서는 '兒童謠'를 비롯하여 '童女謠', '兒乃謠' 등 童謠의 이칭이 보이지만 아동 동녀들의 노래인 것은 틀림없는 것 같다. 그러나 위와 같은 童謠를 아동들이 만들었다고는 볼 수 없다. 『列子』의 기록처럼 사대부들에 의해 만들어져 아동들에게 부르게 했던 것이 童謠일

14 『孝子 莊子 列子 孫子 吳子』 中國古典文學大系, 平凡社, 1973, 291쪽.
15 『國語』卷16, 鄭語, 國譯漢文大成, 國民文庫刊行會, 1924, 108쪽.
16 『史記』 '周本紀第四', 경인문화사, 영인본, 147쪽.
17 16)과 같음, 1650쪽.
18 『春秋左氏傳』 國譯漢文大成, 國民文庫刊行會, 1924, 117쪽.

것이다. 이것은 현재의 童謠에 있어서도 마찬가지이다. 즉 童謠는 아동들이 부르는 노래이지만 전문가인 어른들에 의해 만들어진 노래이다. 특히 통치자를 칭찬한다든가 일국의 멸망을 예언하는 童謠가 어린이들에 의해 만들어질 수는 없는 것이다. 비평과 예언의 노래를 神의 노래 즉 神의 예언과 비평으로 보이기 위해 천진한 어린이들에게 노래 부르게 하였을 것이다.

2. 『漢書』의 童謠

『史記』 이후의 정사 『漢書』(36年-111年 성립)에는 「五行志」가 설정되어 있는데 이 五行志의 '中之上 五事'에서 童謠를 다루고 있으며, 五行사상에 입각하여 童謠 발생의 원인과 그 해결 방법까지 논하고 있다. 『漢書』 이후의 정사(24史)에서는 거의 모두가 「五行志」를 설정하여 당 시대의 童謠를 게재하고 있기 때문에 中國 사서에 있어서의 童謠觀은 이 『漢書』에 의해 정립되었다고 할 수 있다. 『漢書』 五行志의 童謠의 발생론과 五行사상과의 관계는 이미 필자에 의해 상세히 밝힌 바가 있으므로[19] 詳論은 생략하고 결과만을 간략히 설명하면 다음과 같다.

군왕이 자신을 위해 힘써야 할 五事(貌·言·視·聽·思) 중에서 言에 순종하지 않고 또는 순종하도록 말을 하지 않고 반발을 사는 말을 하게 되면 이로 인해 '詩妖'가 생긴다는 것이다. 즉 詩妖란 '군주가 炕陽하고 暴虐해서 신하가 형벌을 두려워해 입을 막으면 怨恨의 氣가 가요로 되어 詩妖가 발산하는 것'이라고 하는데 詩妖가 즉 童謠를 말한다. 그리고 言을 해치면 '金'의 氣를 병들게 하고 金의 氣가 병들면 木이 金을 해친다고 해서 五行사상에 의거하여 詩妖·童謠 발생 원인을 기술하고 있다. 이 때문에 童謠를 「五行志」에서 다루고 있는 것이다. 『漢書』 「五行志」에는 7편의 童謠를 게재하고 있고 그 후의 정사인 『後漢書』(420-445年 성립) 「五行志」에서는 13편의 童謠를 '謠妖'에서 다루고 있다. 童謠와 五行志와의 관계는 中國의 사서에 그치는

---

19 1)과 같음.

것은 아니다. 『漢書』에 기술된 五行사상과 童謠와의 관계는 韓國의 『高麗史』에서도 답습되어 나타나고 있지만 본론에서는 할애하겠다.

『漢書』와 『後漢書』의 성립 연대는 약300年 이상의 차이가 있어서인지 童謠의 성격이나 사건과의 관계도 상당히 다르게 보이기 때문에 구분하여 검토하겠다.

『漢書』의 童謠는 기본적으로 시대순에 의해 나열되어 있기 때문에 그대로 게재하면 다음과 같다.

(1) 丙子 날 새벽 龍의 星座 尾星이 보이지 않을 때 같은 차림의 武者들이 괵의 깃발을 든다. 鶉火星은 빨갛고 天策星은 흐리다. 鶉火星은 남쪽에서 작전완료 괵공은 분주하다.
(丙之晨, 龍尾伏辰, 袀服振振, 取虢之旂。鶉之賁賁, 天策焞焞, 火中成軍, 虢公其奔)[20]

(2) 이긴다. 시월 삭일 丙子날 아침 태양이 尾宿에 있고 달이 天策星에 있으며, 鶉火星이 南쪽에 있을 때 필경 이때다.
(克之。十月朔丙子旦, 日在尾, 月在策, 鶉火中, 必此時也)[21]

(3) 恭太子님의 改葬이다. 十年과 四年間의 後, 晉도 이래서야 번영할 수 있겠는가, 번영은 兄君의 세상 때.(恭太子更葬兮, 後十四年晉亦不昌, 昌迺在其兄,)[22]

(4) 구욕새요 구욕새, 공은 도망가 창피하다. 구욕새 날개치면 공은 이웃나라에 있어 말 먹이 주러 간다. 구욕새 껑충껑충 뛰면 乾侯에 있는 공은 바지저고리를 구한다. 구 욕새 보금자리 깃들면 이윽고 먼 곳에 간다. 昭公이 지쳐 쓰러지면 공자 宋은 그 덕분에 교만해진다. 구욕새

<hr />

20 『漢書』1, 汲古書院, 1972, 347쪽. 한국어 번역에는 吉川忠夫、富谷至 訳注, 『漢書 五行志』, 148~152쪽 참조(東洋文庫, 平凡社, 1986.).
21 20)과 같음, 347쪽.
22 20)과 같음, 347쪽.

요 구욕새, 가서는 노래하고 와서는 울어라.

(鴝之鵒之, 公出辱之。鴝鵒之羽, 公在外野, 往饋之馬。鴝鵒跦跦, 公在乾
侯, 徵褰與襦。鴝鵒之巢, 遠哉搖搖, 裯父喪勞, 宋父以驕。鴝鵒鴝鵒, 往歌來
哭)[23]

(5) 우물 물이 넘쳐 부뚜막의 연기를 모두 없애버렸다. 玉의 궁전에 물 들
어오고 金門으로 흘러간다.

(井水溢, 滅灶煙, 灌玉堂, 流金門)[24]

(6) 제비여 제비, 네 꼬리는 번쩍번쩍 張공자와 가끔 만나면 황궁의 파란
문고리. 제비 날아와 황손을 쪼아 먹어 황손이 죽는다. 제비가 똥을
쪼아 먹는다.

(燕燕尾龔龔, 張公子, 時相見。木門倉琅根, 燕飛來, 啄皇孫, 皇孫死, 燕啄
矢)[25]

(7) 구부러진 작은 길은 양전을 망치고 고자질은 좋은 사람 어지럽게 만
든다. 계수나무는 꽃은 피지만 열매를 맺지 못 한다. 그곳에 노란 참
새가 나무 위에 보금자리 깃들인다. 옛날은 사람들이 부러워했지만
지금은 불쌍히 여긴다.

(邪徑敗良田, 讒口亂善人。桂樹華不實, 黃雀巢其顚。故為人所羨, 今為人所
憐)[26]

(1)은 晉의 獻公(前676-前651年) 때에 虢(괵)이 臣國의 도리를 잃고 晉을
침공하려는 것을 예언한 童謠라고 한다.

(2)는 (1)의 童謠에 獻公이 卜偃에게 정벌은 성공하겠느냐고 물으니 卜偃
이 童謠를 인용하여 대답하였다고 한다. 冬12月丙子日에 晉軍은 虢國을 섬

---

23 20)과 같음, 348쪽.
24 20)과 같음, 348쪽.
25 20)과 같음, 348쪽.
26 20)과 같음, 348쪽.

멸시키고 괵공 醜는 周에 망명하였다고 한다. 童謠가 발생한 것은 신하된 도리를 잊고 전쟁을 일으켰기 때문이다. 즉 五行에서 말하는 전쟁은 인명을 경시하는 행위이고 또 신하된 도리를 어겼다는 것은 '言不從'의 행위에 해당되기 때문이다.

(3)은 晉의 惠公(前 650年 - 前637年) 때의 童謠이다. 기술에 의하면 惠公은 秦의 힘을 얻어 즉위할 수가 있었는데 즉위한 후에는 秦과의 약속을 어기고 국내에서는 두 大夫를 살해했기 때문에 나라 사람들은 그를 좋게 생각하지 않았다. 거기에 형인 恭太子申生의 묘를 改葬했는데 不敬하게 하였다. 그래서 詩妖가 나타난 것이라고 한다. 그 후 秦과의 싸움에서 생포되어 즉위 14年만에 惠公은 죽고 晉의 사람들은 그 형인 重耳를 즉위시켰다고 한다.

(4)는 文公(前626 -前609年)에서 成公(前590-前573年)에 걸쳐 昭公(前542-前510)이 季氏를 공격하는 전쟁을 일으켰다가 패하여 외지에서 죽어 魯에 歸葬하게 되는 일을 예언한 童謠이다. 인명을 경시하는 '好戰攻' 행위에 의해 童謠가 발생한 것을 나타내고 있는 것 같다.

(5)의 우물 물은 陰이고 부뚜막의 연기는 陽이다. 음이 왕성하여 양을 이겨 황궁을 차지하는 것을 상징하고 있다고 한다. 漢의 元帝(前46-33年) 때에 王莽(前 45- 23 年)의 帝位 찬탈(前8年)을 예언한 童謠인데 이때는 王莽이 元帝 初元 4年(前45)에 출생하였기 때문일 것이다.

(6) 成帝(前33-7年) 때에 成帝의 총애를 받은 趙飛燕 자매의 말로를 예언하고 음행 으로 인한 皇孫의 단절을 예언한 童謠이다. 舞姬 趙飛燕을 총애하였기에 제비 꼬리 운운하였으며, 「木門倉琅根」이란 宮門의 銅鋑을 가리킨다. 趙飛燕은 이윽고 皇后가 되지만 동생인 昭儀는 後宮의 皇子들을 죽여 결국 죄를 묻게 된다.

(7)도 成帝 때의 童謠이다(원명: 言+哥 謠). 계수나무는 赤色으로 漢 왕실의 상징이다. 꽃은 피지만 열매를 맺지 못한다는 말은 세자가 없다는 뜻이고 王莽은 자신이 黃色을 상징으로 생각하고 있었기 때문에 漢 황실에는 세자가 없고 王莽의 대두를 예언한 가요로 되어 있다.

위의 童謠들 중에서 (1)·(2)·(3)은 大國과의 약속을 저버렸고(言不從에 해당), (3)은 신하인 두 大夫를 죽이는 포악한 군왕이었고, (1)·(2)·(3)·(4)는 전쟁을 일으켜 백성의 인명을 경시하는(好戰攻) 군왕이었기 때문에 童謠가 발생한 것으로 생각된다. 결국 童謠가 일어난 당대의 군왕은 횡사를 당하게 됨을 전하고 있다. 그리고 형의 改葬을 不敬하게 하였다고 하여 童謠 발생 원인의 하나로 구하고 있는 것은 아마도 유교 영향에 의한 표현이었으리라고 생각된다. 후반의 (5)·(7)은 제위를 찬탈한 王莽에 대한 예언이고, (6)은 成帝의 음행으로 황손의 단절을 예언하고 있지만 결국 이 단절로 인해 王莽의 대두를 초래하게 되었다고 역사 기술자는 말하고 있는 것 같다. 그리고 童謠 속의 인물로 등장하는 王莽 또한 참살을 당했다는 역사를 기술하고 있는 것으로 생각된다.

그런데 童謠가 역사 사건을 예언하고 있었다는 것은 결과론적 이야기로 생각된다. 童謠 즉 언어로서의 前兆가 있었는데도 불구하고 깨닫지 못하여 결국은 대사건이 일어났다는 것을 전하려고 하는 것이 童謠와 관련된 역사 기술로 생각된다. 사서에서 童謠를 거론한 이유도 여기에 있을 것이다. 그리고 역사적 사건이 일어났다고 하는 결과에는 반드시 그 원인이 있을 것으로 판단하고 있고, 五行사상에서 그 구체적인 원인을 군왕의 '言不從'과 '好戰性' 등의 행위에서 찾고 있었다. 이러한 童謠觀은 사서에서 '五行志'가 설정되면서 확립되었다고 생각된다. 또한 오행지를 설정하여 멸망의 사례를 열거하고 있는 것은 이것은 후세의 군왕들에게 鑑戒를 하기 위함으로 생각된다.

그러나 『漢書』의 童謠가 모두 예언의 성격을 갖고 게재되어 있는 것은 아니다. 다음 『漢書』에 게재된 童謠는 비평의 童謠로 알려진 童謠이다.

(8) 뚝을 파괴한 자 누구냐, 그건 翟子威, 우리로 하여금 豆食을 먹게 하고, 토란국을 만들게 한다. 되돌려라 덮어다오, 뚝은 수복해야 된다. 누군가가 말한다. 두마리의 黃鵠이.

(壞陂誰, 翟子威, 飯我豆食, 羹芋魁, 反乎覆, 陂當復, 誰云者, 兩黃鵠)[27].

---

27 20)과 같음, 『漢書』 二, 851쪽.

(9) 五侯가 처음으로 생겨나서 曲陽侯의 세력이 가장 세구나, 高都水의 지류를 만들어 그 물을 外杜里까지 끌고 있네. 그 築山과 건물은 마치 황실의 白虎殿과 같구나.

(五侯初起, 曲陽最怒, 壞決高都, 連竟外杜, 土山漸臺西白虎)[28]

(8)은 〈翟方進傳〉에 게재된 童謠인데 기술에 의하면 다음과 같다. 汝南에는 灌漑 목적의 제방이 있어 농작물이 잘 되었는데 成帝 때에 홍수로 인해 제방의 물이 넘쳐 백성들이 피해를 입게 되었다. 당시의 宰相이었던 翟方進이 뚝을 없앴더니 금방은 토지도 비옥해지고 제방 비용도 들지 않게 되고 물에 대한 걱정도 없어졌다. 그러다가 王莽 때에 가뭄이 계속되자 사람들은 方進이 한 일을 원망하였다. 그때의 童謠라고 한다. 결코 예언이 아니라 翟方進의 시책에 대해 비판하는 童謠임을 알수 있다.

(9)는 '元后傳'에 게재되어 있는 노래이다. 成帝(前 33-前7年)의 皇太后와 그 외척들을(五侯) 비방하고 규탄하는 '百姓之歌'로 표기되어 있지만 童謠로 보아 무관할 것이다. 외척들인 五侯의 위세와 그들의 사치스런 저택은 마치 궁전과 같다고 통렬한 비판을 하고 있는 노래이기도 하다.

이러한 비판의 童謠들은 전게한 太古의 聖王 堯를 찬양한『列子』수록의 童謠와 같이 비평의 童謠로 볼 수 있다. 비판의 童謠인 경우 비판의 대상이 군왕이 아니고 宰相이나 황태후 외척들이란 점이 주목된다. 이들은 五行사상의 대상이 되는 군왕과는 다르기 때문에 '五行志'에서 다룰 수는 없었을 것이다. 그래서 그들과 관련된 童謠는 열전에서 전하고 있는 것으로 생각된다.

그런데『漢書』에서는 童謠의 신비한 예언성을 이용하여 정권탈취의 방법으로서 나 타나는 童謠도 전해지고 있다. 漢 말에 王莽이 三公으로 있었을 때의 일인데 '王莽傳上'에 다음과 같이 전해지고 있다. 武功縣長孟通이 우물을 파다가 上圓下方의 白石이 나왔는데 다음과 같이 적혀져 있었다고 한다.

---

28 20)과 같음,『漢書』二, 1001쪽.

(10) 安漢公 莽에게 告한다, 皇帝가 되어라

　　(告安漢公莽 為皇帝)[29]

　이것을 符瑞로 나타나는 천명으로 해석하여 符命이 나타났다고 전하고
있다. 漢 말에 새롭게 나타난 童謠로 보는데 이것은 마치 高麗 말 李成桂가
王이 된다는 〈木子得國〉이란 童謠와 유사하다고 할 수 있다.

3. 『後漢書』의 童謠

　『後漢書』(420年~445年 성립)에도 童謠를 '五行志'에서 다루고 있는데 이것
은 『漢書』의 五行론을 답습한 것이다. 그래서 童謠의 발생은 五行의 '金'과
결부시켜 군왕의 '好攻戰', '輕百姓', '飾城郭' 때문이라고 하였고 또한 '五事'
의 '言'과 결부시켜 군왕의 '言不從' 때문에 일어나는 詩妖 · 謠妖로 보고 있
다[30]. '五行志'에는 13篇의 童謠가 게재되어 있는데 童謠란 명칭 뿐만 아니
고 '歌'(靈帝中平年間 때의 노래)라는 명칭도 보인다.[31]
　童謠를 열거하면 다음과 같다.

(11) 이룰 수 있는지 없는지는 赤眉에게 있고, 얻을 수 있는지 없는지는 河
　　北에 있다.

　　(諧不諧, 在赤眉。得不得, 在河北)(『全譯後漢書』 71쪽, 이하 쪽만 표시)[32]

(12) 황색의 소에 흰색의 배, 五銖錢은 부활시켜야 한다

　　(黃牛白腹, 五銖當復)(71~72쪽)

29　前煇光謝囂奏武功長孟通浚井得白石, 上圓下方, 有丹書著 石, 文曰「告安漢公莽為 皇帝」。
　　符 命之起, 自此始矣.. http://ctext.org/han-shu/zh 〈王莽傳上〉 56에서 인용.

30　渡邊義浩 · 高山大毅 · 平澤步編, 『全譯後漢書』 第七冊, 志(五), 汲古書院, 2012, 50~53쪽
　　참조.

31　30)과 같음, 71쪽.

32　30)과 같음, 71~90쪽.

⒀ 吳門을 나가서 緹群을 바라본다. 거기에 다리저는 사람이 나타나 하늘까지 올라가 려고 한다. 비록 하늘까지 올라간다 해도 지상의 백성은 얻을 수 없을 것이다.

(出吳門, 望緹群。見一蹇人, 言欲上天, 令天可上, 地上安得民)(72쪽)

⒁ 弦과 같이 곧으면 길가에서 죽을 것이며, 낫과 같이 휘면 반대로 제후가 될 것이 다.(直如弦, 死道邊。曲如鉤, 反封侯)(73쪽)

⒂ 小麥은 푸르고 大麥은 시들어 간다, 누가 수확하는가, 처와 어머니, 남편은 어디 에. 서쪽을 향해 胡族을 친다. 관리는 말을 사고 君은 가마를 준비한다. 모두를 위해 확실히 말해다오.

(小麥青青大麥枯, 誰當穫者婦與姑。丈人何在西擊胡, 吏買馬, 君具車, 請為諸君鼓 嚨胡)(74~75쪽)

⒃ 성 위의 까마귀 꼬리를 흔든다. 1年에 9마리를 낳는다. 公은 관리, 子는 병졸, 죽으면 줄을 잇는 수레가 河間까지 들어온다. 河間의 미녀는 돈 세는 데에 능숙하다. 그 돈과 황금으로 집과 堂을 짓는다. 그러나 돈은 모자르다고 관리는 좁쌀을 찧는다. 좁쌀 찧는 옆에 북이 있어 내 이것을 쳤더니 승상이 화를 낸다.

(城上烏, 尾畢逋。公為吏, 子為徒。一徒死, 百乘車。車班班, 入河間。河間姹女工數錢, 以錢為室金為堂。石上慊慊舂黄粱。梁下有懸鼓, 我欲擊之丞卿怒)(75~76쪽)

⒄ 游平은 관인을 팔고 자신은 공평하다, 호족 명문가도 공평히,

(游平賣印自有平, 不辟豪賢及大姓)(78쪽)

⒅ 큰 茅田에 우물이 있고 四方은 작고 황량하다. 먹고 또 먹어라. 올해는 어떻게 되 지만 그 후는 점점 어지럽게 된다.

(茅田一頃中有井, 四方纖纖不可整。嚼復嚼, 今年尚可後年饒)(79쪽)

⒆ 흰색 지붕의 작은 수레, 왠지 길게 잇닿는다. 河間이 와서 잘 되었다. 河間이 와서 잘 되었다.

(白蓋小車何延延, 河間來合諧, 河間來合諧)(81쪽)

⒇ 侯이지만 侯가 아니고, 왕은 왕이지만 왕이 아니다. 千乘萬騎 北芒에

간다

　(侯非侯, 王非王, 千乘萬騎上北芒)(84쪽)

⑵ 樂世를 이어 董은 도망가고 사방을 돌아보고 董은 도망가고 은혜를
　　입고 董은 도 망가고 고위에 올라가서 董은 도망가고 감사를 표시하
　　고 董은 도망가고, 車騎를 준비 해서 董은 도망가고, 출격하려고 하고
　　董은 도망가고, 조정과 이별하고 董은 도망가 고, 西門을 나서서 董은
　　도망가고, 궁전을 보고 董은 도망가고, 京城을 바라보고 董은 도망가
　　고, 주야 불구하고 董은 도망가고, 마음 상처를 받고 董은 도망간다.

　(承樂世董逃, 遊四郭董逃, 蒙天恩董逃, 帶金紫董逃, 行謝恩董逃, 整車騎董
　逃, 垂欲發董逃, 與中辭董逃, 出西門董逃, 瞻宮殿董逃, 望京城董逃, 日夜絕
　董逃, 心摧傷董逃)(85쪽)

⑵ 千里의 草는 왜 파릇파릇한가, 十日의 卜은 오래 살지 못 한다.

　(千里草, 何青青。十日卜, 不得生)(87쪽)

⑵ 八·九年間에 약하기 시작해서 十三年에 남은 사람 없다.

　(八九年開始欲衰, 至十三年無子遺)(88쪽)

　⑾은 更始帝(재위23-25年) 때의 童謠이다. 更始帝 劉玄은 王莽을 살해하
여 長安에 입성한 영웅적 존재였지만 주색에 빠져 정치를 소홀히 하였고 大
臣들도 정치를 농단하 여 사치스런 생활을 했기 때문에 童謠가 발생하였다
고 한다. 한편 光武帝(世朝)는 河北지방에서 대두하게 되는데 위의 童謠는
更始帝와 光武帝가 앞날을 이룰 수 있는지, 제위를 얻을 수 있는지 없는지
두고보자는 식의 냉정한 반응을 보이고 있는 내용이다. 그러나 당시의 대신
들이 정치를 농단하고 참람하였기 때문에 결국 童謠가 발생하고 이윽고 更
始帝는 농민반란군인 赤眉에게 살해당한다. 즉 악정에 대한 경고로 童謠가
나타난 것이며, 당시의 제왕은 주살당한다는 예언의 童謠라고 할 수 있다.

　⑿는 世祖建武 6年에 있었던 蜀의 童謠이다. 公孫述(?-36年)이 蜀에서
황제를 자칭하고 있었는데, 당시 사람들은 王莽이 黃德이라 칭하고 있었기
에 公孫述은 白德이라 칭하고 있었다고 한다. 또 五銖錢은 漢朝의 화폐이

었기에 이 화폐를 부활시킨다는 것은 漢朝를 부활시켜야 한다는 결의가 내포되어 있는 童謠로 이 童謠의 작자는 漢朝의 부활을 원하는 식자로 생각된다. 또한 王莽과 公孫述은 찬탈과 병란을 일으키지만 결국은 몰락한다는 예언의 童謠이다.

(13) 王莽 말기 때의 童謠이다. 吳門은 天水郡冀縣의 城門으로, 隗囂이 天水에서 병을 일으켜 천자가 되려고 했지만 결국은 建武9(33)年에 병과 기아로 죽는다. 주모자 괴현은 어릴 때부터 다리가 나빴기에 그의 특징을 내용에 담아 표현되어 있는 예언의 童謠이다. 그의 병란을 좋게 생각지 않았던 식자에 의해 만들어진 童謠로 보인다.

(14) 順帝(재위 125~144) 말기 때의 童謠이다. 順帝가 붕어한 직후 제위 계승 문제로 李固와 梁冀 간에 정쟁이 일어나는데 桓帝를 추대하는 梁冀派가 이기고 李固는 죽었다. 梁冀派의 영달을 예언한 童謠이다. 또는 梁冀 일족의 멸망을 예언한 童謠로 보는 견해도 있다.[33] 재상도 아닌 관직에 관련된 사람들에 대해 童謠가 나타난 사례로서는 처음이다.

(15) 桓帝(재위146~167年) 초기의 童謠이다. 羌의 부족들이 일시에 반란(151-152年)을 일으켜 그것을 진압하기 위해 남자들이 징발되었기 때문에 麥을 부녀자들이 수확하게 되고, 징발로 관리들까지 말과 수레를 준비한다고 한다. 이런 상황을 직접 말을 못하고 은어로 한탄하게 될 것이라고 예언하는 노래로 되어 있다. 현실 비판을 예언의 형식으로 한 童謠라고 생각된다.

(16)은 桓帝 초기의 童謠이다. 정치가 탐욕하여 수탈만 있을 거라고 예언한 노래다. 조정은 난을 평정하려고 징발한 父子들을 보내지만 출정은 계속된다. 제왕이 붕어하게 되어 그 행여가 계속해서 河閒을 방문하여 다음 제왕인 靈帝를 맞이하려고 한다. 河閒의 미녀란 靈帝의 모친인 永樂太后를 말하며, 돈을 모으고 堂을 짓는 것을 좋아하는 사람이다. 백성들에게는 좁쌀을 먹게 하고 매관매직에 분개한 사람이 북을 울려 직소하려고 해도 고위직 사람이 도리어 화를 내며 막는다는 내용이다. 외척세력에 의한 악정을 신랄하

---

33 串田久治, 『王朝滅亡の予言歌』, 大修館書店, 2009, 125쪽.

게 비판하고 있지만, 편찬자는 미래형인 예언식의 童謠로 해석하여 기술한 것 같다.

(17)도 桓帝 초기의 童謠이다. 延熹年간(158-167年) 말기에 鄧皇后가 자살을 하고 竇貴人이 대신하여 황후가 된다. 황후 부친의 字가 游平인데 태후가 섭정을 할 때 游平은 大將軍이 되어 太傅인 陳蕃과 함께 유덕자를 등용하는 것에 힘써 직위에 상응하는 사람을 써서 호족 명문가들은 등용을 포기하였다고 한다. 태후 외척의 선정을 칭찬하는 童謠로, 예언 형식을 빌린 童謠로 추정된다.

(18) 桓帝 치세 말기의 童謠이다. '茅田一頃'이란 현자들이 많다는 뜻이며, 그 안에 우물이 있다는 것은 힘든 상황이지만 규율을 잃지 않고 있다는 뜻이다. '四方纖纖不可整'이란 제악이 만연하여 수습할 수 없을 정도라는 뜻이며, '먹고 또 먹어라'는 왕정의 문란을 돌보지 않고 연회만 하고 있는 모습을 가리킨다고 한다. 난이 일어나지만 앞으로는 더욱 심하게 될 것이라고 예측한 童謠이다. 童謠(16)에 등장하는 游平과 陳蕃도 주살을 당하게 된다. 桓帝 때와 靈帝 때에 우국지사들이 환관 등에 의해 죽음을 당한 黨錮之禍를 예언한 童謠로 되어 있다.

(19) 桓帝 말기의 童謠이다. 흰색의 지붕을 단 수레는 장례식 때의 수레를 말한다고 한다(串田久治, 전게서 150쪽). 桓帝와 靈帝는 河間 王開의 자손으로, 靈帝를 추대한 劉儵는 侍中에 임명되나 中常侍인 侯覽이 자기를 배척할 것 같은 두려움에 劉儵를 귀양 보내 죽이게 한다. 靈帝가 성장하여 劉儵의 공을 사모하여 동생 郃을 등용시키게 되고 이것을 보고 잘 되었다 잘 되었다고 찬양하게 될 것이라는 童謠이다.

(20) 靈帝(재위 168~189年) 말기의 童謠이다. 中平6年(189年)에 靈帝가 급사하자 史侯는 즉위하여 少帝(재위189-190年)가 되었지만 이때 동생 劉協(후에 獻帝)은 아직 관위가 없었다. 少帝와 劉協이 환간들에 의해 黃河에 끌려갔지만 겨우 해방되어 洛陽 北芒山에 돌아올 수 있었다. 그래서 위와 같은 童謠가 생겼다고 한다. 少帝는 낙양에 돌아온 직후에 董卓에 의해 살해되는데 아마도 이 童謠는 少帝의 단명을 예언하였을 것으로 추정된다.

(21) 靈帝 中平年間(184-189年)의 童謠이다. 董은 董卓(139-192年)을 말하며, 전권을 손에 쥔 극악무도하고 잔학한 사람이다. 洛陽을 불태우고 長安으로 천도하지만 결국 부하 장수에게 살해되어 일족이 멸망하게 된다. 董卓이 누린 영화도 한때의 꿈이며 결국은 도주하는 신세가 되어 일족이 멸한다는 예언의 童謠일 것이다.

(22) 獻帝 즉위 초의 童謠이다. 千里草란 董이고 十日卜이란 卓을 말한다. 한자를 파자하여 만든 말이다(원래는 析字라고 한다). 파자할 경우 모두 위에서부터 시작하여 좌우부분으로 이어나가고 밑에서부터 시작하는 경우는 없다. 그러나 이 경우는 신하가 군주를 능가하고 있다는 天意가 나타나고 있는 것이라고 한다. 青青이란 갑자기 성행한 모습을 뜻하고 不得生이란 얼마 안되어 멸망한다는 뜻이라고 한다. (21)의 童謠와 함께 董卓에 대한 예언이다.

역사상 파자 童謠가 나오기 시작한 것은 童謠(12)에 나오는 公孫述이 이용한 '西太守, 乙卯金'(서방의 태수 述이 卯金(劉氏)을 없앤다)[34]부터가 아닌가 생각한다. '卯金刀'로 '劉'를 나타내기도 하고, '君無口'로 尹을 나타내기도 하였다[35]. 韓國에서도 고려시대 말기에 전게한 '木子得國'이란 童謠가 있었고 그 이전에도 이자겸의 난(仁宗4(1126)年) 때에 '十八子之讖'(李氏가 王이 될 것이라는 예언)이라는 동요가 나타나기도 하였다.[36]

(23) 建安 年間(196-220) 초, 荊州의 童謠이다. 後漢 후 荊州는 혼란도 없이 번영해 왔는데, 劉表가 州牧이 된 후에는 더욱 번성하였다. 그러다가 建安8~9年이 되어 劉表의 부인이 죽고 諸將들이 영락하기 시작한다. 建安13(208)年에는 劉表도 병으로 죽고 荊州 사람들은 冀州로 이주하게 된다고 예언하고 있는 童謠이다. 도시의 폐허를 예언하는 특이한 童謠라고 할 수 있다.

위의 같은 『後漢書』의 童謠 가운데 (11)과 같이 악정이 원인으로 제왕이 살

---

34 30)과 같음, 第三册, 列傳三, 隗囂公孫述, 岩波書店, 2002, 132쪽.
35 30)과 같음, 88쪽.
36 동아대학교, 『訳注高麗史』「李資謙」, 동아대학교출판사, 1971, 213쪽.

해당한다는 童謠도 있고, 제왕에 버금가는 권력을 쥐고 극악무도한 정치를 한 이유로 일족이 멸망당한다는 (21)·(22)와 같은 童謠도 있다. 그런가 하면 (12)와 (13)은 반란을 일으켰다 죽음을 당한다는 童謠이고, (20)은 권력자에 의해 제왕이 살해당한다는 童謠이다. 이러한 역사사건들은 모두가 군왕의 실정에 의한 것이기 때문에 그 책임은 군왕에 있다고 하여 오행지에서 童謠를 다루었다고 생각한다.

『漢書』와 비교하면 『後漢書』 童謠의 특징은 五行과 五事의 대상이 되지 않는 사람들, 즉 재상이나 고위 관직자(14)·(23), 황태후와 외척들(16)에 대해 예언의 童謠가 나타나고 있는 점이다. 특히 황태후가 황금으로 집과 堂을 만들기를 좋아한다는 (16)의 童謠는 제왕이 궁궐 장식을 좋아하면 五行의 金을 해치게 되어 童謠와 같은 재이가 나타난다는 五行론을 암시하고 있어 흥미롭다. 그리고 두번째 특징은 『漢書』에서는 열전에서 다루고 있는 재상이나 황태후에 대한 비판의 童謠를 『後漢書』에서는 五行志에서 다루고 있으며, 그 비판의 대상이 황태후(16)나 환간(18)이 되기도 한다는 것이다. 그리고 부녀자들이 보리 수확을 해야 한다는 사회비판(15)의 童謠도 있다. 세번째 특징으로서 찬양을 하는 童謠가 있다는 점이다. (17)의 童謠는 황후의 부친이 공정한 인사행정을 한다 하여 찬양하고 있고 (19)는 제왕의 의리 있는 인사행정을 찬양하는 童謠이다. 비판을 하는 童謠나 찬양을 하는 童謠는 비평의 童謠로서 하나로 묶을 수 있다.

이러한 童謠는 모두 五行사상에 의거하여 전조 예언으로 기술되고 있다. 童謠가 역사 사건의 예언으로서 존재하고 있다는 것은 다름아닌 하늘이 군왕을 仁愛하고 있다는 천인상관사상에 의거해서 발안된 것이라는 의미를 가진다. 하늘이 군왕을 인애하고 있기 때문에 군왕의 죽음이나 나라가 멸망하는 역사 사건을 미연에 방지하기 위해 예언으로 알려 주는 것이 童謠 본래의 기능이었다고 생각된다. 이때의 예언은 하늘의 경고이며 견책이다. 童謠가 있었음에도 불구하고 반성을 하지 않고 덕정을 행하지 않았기 때문에 결국은 파멸을 가져왔다고 하는 멸망의 역사를 五行사상에 의거해 설명하고 있는 것이다. 이러한 사례를 사서에서 열거하고 있는 것은 후세의 군왕들에게 鑑戒로 하기 위해서라고 생각한다[37].

4. 고대中國의 童謠觀

『漢書』이후 中國의 사서에서는 五行사상을 기준으로 해서 童謠를 다루어 왔지만 일반에서는 熒惑(火星)에 의해 童謠가 나타난다고 하는 형혹설을 주장한 童謠論도 있었다. 王充(29~91年)의『論衡』에서 전개되는 형혹설은 吉凶이 찾아올 때는 먼저 불가사이한 前兆가 있다고 하면서, 童謠도 그 하나라고 다음과 같이 기술하고 있다.

天地間에 禍福이 찾아올 때는 모두 前兆가 있다(中略). 세상에서는 童謠란 것은 熒惑(火星)이 童子에게 부르게 한다고 전해지고 있는데 그것은 당연한 것이다. 熒惑은 火星이고 火星에는 毒이 있는 빛이 있기 때문에 熒惑이 宿에 머무르면 나라에 재앙이 있고 멸망하기도 한다. (중략)書經 洪範篇에서는 五行의 두번째에 '火'를 두고 五事의 두번째에 '言'을 두고 있으므로 '言'과 '火'는 氣가 같다. 그래서 童謠 詩歌를 妖言이라고 한다. 言이 나와서 文을 이루기 때문에 세상에는 文書의 怪가 있다. 세상에 童子를 말하여 陽에 속하기 때문에 妖言은 小童에서 나온다고 한다.[38]

童謠는 言으로 나타나는 前兆이기에 예언이 되겠는데 熒惑이 童子에게 부르게 한 것이라고 한다. 그리고 熒惑의 毒이 나라의 재앙을 일으키고 멸망까지도 하게 하기 때문에 童謠를 妖言이라고 하고, 凶·禍가 찾아오기 전에 전조로서 童謠가 먼저 나타난다고 하는 사유가 五行志의 童謠觀과는 다른 점이다. 그러나 五行과 五事로서 童謠를 설명하고 있다는 공통점도 보인다.

이 형혹설에 의한 童謠觀은 國亡과 같은 역사적 사건을 예언하는 童謠에는 적용되겠지만 통치자를 찬양하거나(『後漢書』(17),(19)) 정치가를 비판하는

---

37 필자는 4)를 비롯해「韓国の史書に表れた童謠観」(『朝鮮学報』241, 2016) 참조.
38 『論衡』下, 訂鬼篇, 明治書院, 509~510쪽 참조.

童謠(『漢書』(8),(9),『後漢書』(15),(16) 등) 즉 비평의 童謠에게는 적용될 수 없는 童謠觀이라고 할 수 있다. 최초의 童謠라고 할 수 있는 堯의 童謠는 비평의 童謠이므로 童謠 그 자체는 비평으로부터 시작되었다고 할 수 있다. 그렇기 때문에 전조 예언의 童謠뿐만 아니라 비평의 童謠도 처음부터 존재했다고 보아야 한다. 그렇다고 모든 童謠가 五行사상에 의해 설명되는 것은 아니다. 시대의 변이와 함께 童謠 또한 변형되어, 예언의 童謠性을 이용해 새로운 군왕의 군림을 예언하는 童謠가 나타나게 된다(『漢書』(10)의 童謠). 이러한 童謠는 마치 새로운 군왕의 군림이 하늘의 뜻인 것처럼 하기 위해 만들어낸 童謠로, 정권획득의 수단으로 만들어낸 사례로 볼 수 있다

IV. 古代日本의 童謠

日本문학사에 있어서의 고대(上代라고도 한다)는 平安 천도(794年)를 중심으로해서 그 이전을 上代라고 하고, 그 이후를 中古라고 하여(鎌倉幕府 성립 1192年 경까지), 2기로 나누는 것이 통례이다.[39] 그렇지만 본 연구에서는 최초의 정사인『日本書紀』(721年 성립)의 童謠를 중심으로 童謠를 살펴보겠다.

『日本書紀』에서는 童謠를 와자우타(わざうた)라고 훈독하고 있다. 현재로서 가장 오래된『日本書紀』사본 중의 하나가 平安朝 중기의 東洋文庫에 수장된 岩崎本인데 이 사본에 童謠의 左右에 ワザウタ라고 훈독하고 있는 것으로 보아[40] 적어도 平安 중기인 10세기에는 童謠가 지금과 같은 와자우타란 의미로 쓰여지고 있었다고 보아야 할 것이다. 그동안 와자우타란 語意에 대해 많은 논의가 있었지만 平安朝 이후의 字書에서 와자우타의 訓을 가진 한자는 '謠', '謳', '倡' 등이 있다. 또 활동력(わざ)을 갖고 있는 말(コト、言)이 고토와

---

39 市古貞次,『日本文學史槪說』, 秀英出版, 1976. 三谷榮一・山本健吉編,『日本文學史辭典』, 角川書店, 1982 등.

40 『國寶岩崎本 日本書紀』, 京都國立博物館, 勉誠出版, 67쪽.

자(コトワザ, 속담, 諺)이었고, 와자우타(わざうた)는 원래 길흉의 활동을 하는 가요를 의미한 것이 후에 이상한 힘을 가진 유행가요를 의미하게 된 것이라고 추정하고 있다.[41] 실제로『日本書紀』에서 와자우타로 훈독하고 있는 노래는 童謠뿐만 아니라 '謠歌'에도 보인다. 그래서 謠歌도 검토 대상으로 한다.

그리고 日本에서 童謠를 논의할 때에는 유사한 가요로서「時人」·「或人」또는「當世詞人」의 歌로 표기된 노래도 함께 거론된다. 그 이유는 童謠의 성격중 역사 사건에 대한 비평 그리고 어떤 특정 개인의 노래가 아니란 공통점이 있기 때문이다. 현재 6~7편의 노래가 거론되고 있는데 본론에서도 함께 검토해 보겠다.

1. 童謠(와자우타, わざうた)

『日本書紀』에 다음과 같은 童謠가 게재되어 있다.

(1) 바위 위의 작은 잔나비 쌀을 굽는다. 쌀이라도 드시고 가세요, 산양같은 노인이여.

   (伊波能杯儞, 古佐屢渠梅野倶, 渠梅多儞母, 多礙底騰袁囃栖, 歌麻之々能烏臕, 107번)[42]

(2) 머나먼 어딘가에서 귓속말이 들려온다, 섬의 초원에서.

   (波魯波魯儞、渠騰曾枳擧喩屢、之麻能野父播羅, 109번)

(3) 미요시노 吉野의 은어(鮎), 은어야말로 모래톱의 맑은 물에 논다. 아 괴로워라. 물옥잠 뿌리 밑 미나리 뿌리 밑의 얕은 물에서 나는 괴로워한다.

   (美曳之弩能 曳之弩能阿喩 阿喩擧曾播 施麻倍母曳岐 愛倶流之衞 奈疑能母騰 制利能母騰 阿例播倶流之衞 其一 126번)

---

41 3)과 같음, 276~277쪽 참조.
42 한국어 번역에는『日本書紀』(日本古典文學大系, 岩波書店, 1980),『古事記 上代歌謠』(日本 古典文學全集, 小學館, 1973), 土橋寛. 小西甚一 校注,『古代歌謠集』(日本古典文学大系, 岩波書店, 1975)을 참조했고, 일본어 원문은『日本書紀』에 의함.

(4) (의역)곱추가 산속 논에서 고생해서 만든 벼를 기러기가 때로 날아와 쪼아 먹고 있다(신라의 百濟침공을 풍자). 그것은 朕이 기러기 사냥을 게을리하고 있기 때문이다. 명령이 나약하기 때문이다.

(摩比邏矩都能俱例豆例於能幣陀乎邏賦俱能理歌理鵝美和陀騰能理歌美烏能陛陀烏邏賦 俱能理歌理鵝甲子騰和與騰美烏能陛陀烏邏賦俱能理歌理鵝. 122번)

(5) 귤은 가지마다 맺혀 있지만 玉처럼 장식할 때는 모두 하나로 묶어진다.

(多致播那播, 於能我曳多曳多, 那例々騰母, 陀麻爾農矩騰岐, 於野兒弘儞農俱.125번)

(6) 강 위의 다리에서 행하는 가무놀이에 나오세요. 아씨, 玉手에 사는 부자 집의 부인도 나오세요. 후회는 없습니다. 나오세요 아씨, 玉手에 사는 부자 집 부인.

(于知波志能, 都梅能阿素弭爾, 伊提麻栖古, 多麻提能伊鞞能, 野鞞古能度珥, 伊提麻志能, 俱伊播阿羅珥茹, 伊提麻西古, 多麻提能鞞能, 野鞞古能度珥。124번)

(1)은 日本 문학사상 최초의 童謠로 皇極紀2(643)年10月戊午(12日)에 게재되어 있다. 당시의 권력자인 蘇我臣入鹿가 上宮의 王 등을 폐하고 蘇我家의 古人大兄을 天皇으로 세우려고 할 때에 나타난 童謠이다(노래 팔호안의 숫자는 『日本書紀』의 노래 번호, 이하 같음). 그 후에 入鹿는 斑鳩宮을 불태운다. 山背大兄王은 生駒山으로 도망가 피신하였다가 결국은 자진하여 죽는다. 그때의 時人이 童謠를 해석하기를, 바위 위란 上宮을 비유한 말로, 聖德太子의 아들인 山背大兄들을 가리킨다. 작은 잔나비(원숭이)는 入鹿를 비유한 말이며, 쌀을 굽는다란 上宮을 불태우는 것을 말한다. '쌀이라도 드시고 가세요, 산양같은 노인이여'란 깊은 산에 숨은 山背大兄王의 두발을 사슴에 비유한 노래라고 하였다[43]. 그러므로 이 童謠는 入鹿의 만행과 山背大兄王

---

43 42)의 『日本書紀』 下, 252쪽.

의 죽음을 예언한 童謠이었음을 알 수 있다. 그런데 위의 노래는 원래 日本 고대의 성적해방에 의한 혼약행사로서의 기능을 갖고 있었던 歌垣(우타가키) 행사 때, 젊은 여자가 노인을 조롱한 노래였다고 보고 있기도 한다.[44] 그렇지 만 잔나비와 산양이 특정 인물로 비유되면서 童謠로 쓰여진 것 같다.

(2)는 皇極紀 3年(644) 6月의 蘇我大臣에 대해 巫覡들이 神이 고하는 말을 창하였는데 巫들이 많아 그 말을 잘 알아듣지 못했다. 그때 노인들이 그 소문을 듣고, 이윽고 얼마 안 있어 시대가 변하는 前兆라고 평했다. 이때 유행한 謠歌(わざうた) 三首가 전해지고 있는데 그 첫번째 謠歌가 위의 노래이다. 섬에 있는 大臣 집에서 中大兄(天智天皇)과 中臣鎌足들이 비밀리에 大義를 모의하여 蘇我入鹿을 살해하려고 하는 前兆로 되어 있다. 그 두번째 노래(110번, 노래 생략)는 入鹿을 살해하는 것은 하늘이 사람으로 하여금 주살시키는 것이라고 하고 있다. 세번째 노래(111번, 노래 생략)도 入鹿 주살 사건의 전조라고 『日本書紀』에서는 기술하고 있다. 즉 (1)의 童謠와 (2)의 謠歌는 명칭은 다르지만 역사적 사건의 전조·예언으로서 존재하고 있기 때문에 謠歌와 童謠는 같은 성격의 노래임을 알수 있다.

(3)은 天智紀10(671)年12月乙丑(3일)에 천황이 붕어하여 殯宮을 마련할 때의 예언으로서 나타나는 3편 중의 한 편인데 어떻게 해석된 童謠인지 그 기술이 없다. 그런데 붕어와 관련된 童謠가 아니고 다음해에 일어난 壬申亂(672年6월)의 예언으로 보고 있다[45]. 그래서 위의 童謠는 壬申亂 이전에 吉野에 도피한 大海人皇子의 괴로운 심정을 민중들이 나타내고 있다고 하고, 두번째 童謠는 당시의 유력한 중신들의 결단력이 없는 것에 대한 경멸과 大海人皇子의 유능과 과감함에 대한 찬미를 對照的으로 나타내면서 장래의 성공을 전제로 하고 있다고 한다(127번, 노래 생략). 그리고 세번째 童謠는 近江의 태자 측과 吉野의 大海人皇子 측의 의사소통은 직접 교섭에 의해 타계하는 것이 급선무라고 급박한 정치정세의 위험을 걱정하면서 다가올 壬申亂

---

44 42)의 『古事記 上代歌謠』, 473쪽 頭注 참조.
45 42)의 『古事記 上代歌謠』, 484쪽.

을 암시하고 있다고 한다.(128번, 노래 생략)[46]

이러한 童謠 가운데 많은 논의의 대상이 된 (3)의 '吉野の鮎'는 童謠의 본질을 논의할 때도 곧잘 인용된다. 즉 (3)의 童謠는 원래 吉野川의 淸流에 사는 漁民의 노동가요, 혹은 산 아니면 늪의 밭에서 일하는 농민의 노동가요이었던 것이 大海人皇子의 심정을 서술한 작위적인 時人의 노래(童謠)로 되었다고 볼 수 있다[47]. 또는 低濕地泥中의 물고기를 불쌍히 여긴 동물의인화의 '어린이노래'(わらべうた)였던 것이 大海人皇子에 관한 정치적 동요로 전용된 것은 물옥잠 밑에서 힘들게 노니는 물고기와 大海人皇子는 같은 경우라고 생각되었기 때문이라고 보고 있다[48].

(4)는 齊明紀6(660)年12月에 百濟 구원의 준비를 위해 배를 건조할 때 파리 떼가 서쪽을 향해 날아간다든가 하는 이변과 함께 나타난 童謠이다. 日本의 고대가요 가운 데 훈독이 곤란한 童謠이다. 그래서『日本書紀』의 역주자는 歌意를 꺼려서 고의로 문자를 넣어 임의적으로 만든 것이 아닐까 라고 추정할 정도이다[49]. 이 童謠를 조정의 新羅정책의 연약함을 비난하는 노래라든가[50] 白村江의 패전이라는 사건 직후의 비판의 노래라고 보는 견해[51]는 재고의 여지가 있다. 왜냐하면 이 童謠 발생은 전쟁준비 때이었고, 이 시기를 전후하여 전쟁은 3年 후에 對唐·新羅와의 白村江의 대전이 있었을 뿐이기 때문이다. 그래서 위의 童謠는 白村江에서의 패전(天智紀2(663)年8月)을 예언한 것으로 보아야 할 것이다.

이렇듯 위의 童謠들은 역사 사건의 전조 또는 예언으로서의 의미를 갖고『日本書紀』에 게재되어 있지만 모든 童謠가 그런 것은 아니다.

---

46 42)의『古事記 上代歌謠』, 484~485쪽 참조.
47 小島憲之,『上代日本文学と中国文学 : 出典論を中心とする比較文学的考察』上, 塙書房, 1962, 570쪽.
48 吾郷寅之進,「日本書紀の童謠」『日本文学』25, 日本文学協会, 1976, 69쪽.
49 土橋寛, 小西甚一校注,『古代歌謠集』日本古典文学大系, 岩波書店, 1975, 206쪽.
50 3)과 같음, 312쪽.
51 坂本信幸,「童謠の方法」『國文學-解釋と教材の研究』29, 學燈社, 1984, 102쪽.

(5)는 天智紀 10年(671) 正月에 佐平余自信·沙宅紹明 등 50여명의 百濟인 들에게 새로운 관위를 수여하게 될 때 나타난 童謠인데 어떤 童謠인지 그 기술이 없다. 현재 위의 童謠는 신분이나 능력에 차이가 있는 사람들에게 일률적으로 관위를 수여하는 큰 마음을 찬미하는 노래로 보는 견해[52], 또는 외국인을 중용하는 것은 생각해야 할 일이라고 비판하는 노래로 보는 견해[53]로 양분된다. 찬양하는 견해이든 비판하는 견해이든 비평의 노래임에는 틀림없다.

(6) 天智紀 9年(670) 夏 4月 30日의 야밤중에 화재가 일어나 法隆寺가 전소하였고 그 후 5月에 위와 같은 童謠가 있었다고 하는데 童謠에 대한 설명이 없고 노래만 게재하고 있다. 화재사건 이후에 나타난 童謠로, 노래 내용을 보아도 여인들을 가무 놀이에 나오라고 권유하고 있어 사건과의 관계는 결코 예언이나 비평으로는 볼 수 없다. 사건 후에 나타난 後兆로 보는 견해가 타당하다고 생각되며, 이 노래도 본래는 사건과는 관계없는 독립가요로, 歌垣(우타가키) 행사 때 상대방을 권유하는 집단가요라고 보고 있다.[54] 그러나 이러한 노래가 法隆寺 전소라는 사건과 결부되어 나타난 것은 부녀자들도 모두 나와 진화작업에 동참했었으면 전소는 면했을텐데 하는 안타까운 심정을, 권유가를 통해 나타낸 것으로 생각된다.

2. 時人의 노래

『日本書紀』에 게재되어 있는 時人의 노래는 다음과 같다.

(7) 太秦는 神 중의 神이라고 소문난 常世神을 罰한다.

　　(禹都麻佐波, 柯微騰母柯微騰, 枳擧曳倶屢, 騰擧預能柯微乎, 宇智岐多麻
　　須母. 112번)

52　3)과 같음, 281쪽 참조.
53　42)와 같음, 484쪽, 坂本信幸「童謠の方法」『國文學—解釋と教材の研究』29, 學燈社, 1984, 101쪽.
54　3)과 같음, 312쪽.

(8) 韓國의 城에 서서 大葉子가 목도리를 흔드네요, 難波(日本)를 향해 .
(柯羅俱爾能, 基能陪儞陀々志, 於譜磨故幡, 比禮甫羅須彌喻那儞婆
陸武岐底、101번)

(7)은 皇極紀 3年 秋7月의 '時人歌'이다. 東國의 사람이 벌레를 神으로 모
시면 富와 壽를 얻는다며 사람들을 믿게 하였다. 사람들은 財寶와 가축들을
희사하고 가무로서 福을 구하려고 했지만 점점 가난해졌다. 이것을 본 秦造
河勝(太秦)은 東國人을 혼내주었는데 이때부터 사람들은 벌레제사를 그만
두게 되었고 이때에 時人의 노래가 나타났다고 한다. 민중을 현혹시킨 자를
혼내준 우주마사(太秦)를 찬양하는 노래임에는 틀림없다. 이와 같이 노래의
가사 일부가 역사기술(노래 관련 기술)과 일치하는 부분이 있어 이것을 日本
에서는 모노가타리우타(기술물에 의해 만들어진 노래란 뜻)라고 한다.
위와 같이 時人이 찬양하는 노래로서는 景行紀 18年(88) 7月에 御木(三毛)
郡의 다리(橋)를 찬양하는 노래(24번, 노래 생략), 그리고 淸寧紀 5年(484) 春
正月에 천황이 붕어한 후 황자 둘이 보위를 서로 양보하여 공주황녀가 대리
로 정무를 행하게 되었을 때 '當世詞人'이 황녀가 거처하는 곳을 찬양한 노
래(84번 노래)[55] 등이 있다.
그리고 崇神紀 10年(前87) 9月에 大物主神의 妻인 倭迹迹日百襲姬命가
죽어 大坂 山의 돌을 날라 묘(箸墓라고 함)를 만드는데 이때 時人이 「오사카
의 고갯길에서 돌들을 손에서 손으로 나르는데, 넘을런지도 모르네」(19번, 日
本어 가사 생략)[56]라고 노래를 만들었다고 한다. 많은 사람이 동원되어 돌을
운반하고 있지만 돌이 남는다는 의미의 노래인 것으로 보아 너무나 많은 사
람을 동원하여 묘를 만드는 일에 대한 비판의 노래로 볼 수 있다. 위의 찬양
하는 노래와 함께 비평의 노래로 생각된다.

---

55 皇居贊美의 노래로, 宮廷壽歌的인 天皇贊美를 답습한 노래로 보고 있다(43)과 같음.
    456~457쪽. 頭注 참조.
56 43)과 같음, 404~405쪽.

(8)은 欽明紀 23年(562) 7月에 가야가 신라에게 멸망당할 때의 전투에서 포로가 된 日本군 무장 伊企儺이 죽고 그 부인인 大葉子도 포로가 되어 슬프게 노래를 불렀더니 '或人'이 노래를 지어 위와 같이 답하였다고 하는 노래이다. 목도리(比禮)를 흔드는 행위는 이별을 뜻하므로[57] 아마도 부인이 죽음을 당하기 전에 日本을 향해 작별을 나누는 모습을 노래한 것 같다. 투항하지 않고 신라 왕을 능멸하다 죽은 무장의 부인을 애도하는 노래로 생각된다.

이와 같이 죽은 사람을 애도하는 노래는 崇神紀 60年(前37) 7月에도 나타난다. 出雲國造家에 전해지고 있는 神寶를 형의 허락도 없이 동생이 天皇에게 헌상하였다고 하여 형이 속임수를 써서 동생을 죽였는데 그때 時人이 지었다는 것이 「出雲의 勇者가 허리에 찬 大刀, 몇 겹이나 감은 칼자루지만, 칼날이 없어 불쌍하다.」(20번, 日本語 가사 생략)[58]노래로, 동생이 불쌍하게 죽었다고 애도하고 있다. 그리고 舒明紀 즉위(629年) 이전에 蘇我蝦夷가 대립하는 境部臣의 父子를 죽였을 때 장남 毛津이 尼寺에 피신하여 난을 면하긴 했지만 그곳에서 尼僧들과 관계하고 있었던 것이 알려져 畝傍山에 도망쳤다가 결국은 자해를 하게 되는데 이때 時人이 지었다는 것이 「畝傍山 나무들은 무성치 않은데 급한 마음에 毛津 장남은 숨으셨네요」(105번, 日本語 가사 생략)[59] 라는 노래다. 나무도 무성하지 않은 작은 산 畝傍山에 숨었기에 더 이상 도망가지 못해서 자진한 毛津을 안타까워하고 있다. 아마도 聖德太子家의 융성을 바라는 측의 사람에 의해 만들어진 노래일 것이다.

土橋는 위와 같은 時人의 노래를, 찬미하는 노래(24·84·112번 노래), 죽은 자에게 동정하는 노래(20·105번 노래), 그밖의 노래(19번 노래)로 분류하고 있다[60]. 필자는 19번 노래는 비판의 노래로 보고, 찬미와 비판의 노래를는 하나

---

57 43)과 같음, 468쪽.
58 43)과 같음, 405쪽.
59 43)과 같음, 471~472쪽.
60 40)과 같음, 312쪽.

의 비평가로 보았다. 그런데 日本의 '時人歌'란 표현은 이미 고대 中國의『晉書』王祥傳 등에 보인다. 中國의 童謠에는 예언의 노래와 시사비평의 노래가 있었는데, 후자의 노래가 時人歌와 중복된다고 한다. 이러한 童謠의 개념이 日本에서도 전승되었다고 土橋寬은 그의 童謠論에서 설파하고 있다.[61]

童謠는 예언과 비평의 노래로 기술되어 있지만, 時人의 노래는 비평과 사자를 애도하는 노래로 되어 있다는 상이점이 있다. 관견에 의하면, 日本의 童謠와 五行사상과의 직접적인 관계는 확인되지 못했다. 그러나 日本의 童謠가 역사 사건의 예언 또는 비평의 노래로 전승되고 있었던 것은 고대 中國의 童謠觀이 東漸하여 나타난 것으로 판단된다. 日本의 童謠의 특징으로서는, 국망의 童謠는 존재하지 않는다는 점과 사건 후에 나타난 後兆의 童謠가 존재하고 있는 점을 들 수 있다.

V. 맺음말

이상의 논술을 간단히 정리하면 다음과 같다.
1) 원래 童謠란 명칭은 中國에서 '兒童謠'를 비롯하여 '童女謠'·'兒乃謠' 등으로 불려졌지만,『漢書』이후 五行사상으로 논리화되면서 童謠로 수렴된 것 같다.
2) 韓·中·日의 童謠는 역사사건의 예언과 비평(비판과 찬양을 포함)이란 童謠 본래의 모습을 갖고 사서에서 전래되어 왔다는 공통점을 갖고 있다.
3) 『三國遺事』의 童謠는 신라·백제·후백제의 멸망을 예언하는 노래와 사건에 대해 비판, 고발하는 童謠가 존재하는데, 中國의 童謠와 크게 다르지 않다.
4) 童謠가 사서에서 역사 사건의 예언으로서 존재하는 것은 군왕의 횡사

---

61 40)과 같음, 292~293쪽.

나 나라의 멸망을 미연에 방지하기 위해 하늘이 내리는 경고이며 譴告로 생각되었기 때문이다. 이러한 童謠가 있었음에도 불구하고 군왕이 두려워하지 않고 반성을 하지 않았기 때문에 결국은 파멸을 가져온 역사를 五行사상에 의거해 설명하고 있는 것이다. 이러한 사례를 사서에서 열거하고 있는 것은 후세의 군왕들에게 鑑戒로 삼게 하기 위해서라고 생각한다. 사건의 비판에 대해서도 비판의 주체가 하늘이라는 것을 보여 주기 위해 童謠로 하였을 것이다.

5) 『漢書』 '五行志'의 童謠는 군왕을 중심으로 한 五行사상에 입각하여 군왕이 대국과의 약속과 臣國의 도리를 잃고 전쟁을 일으키는 행위 또는 음행 등을 하면 童謠가 나타나 결국 멸망한다는 사례를 열거하고 있다. 그리고 '열전'에는 五行사상의 대상이 아닌 재상이나 외척들의 정책과 비리를 비판하는 童謠가 게재되어 있어, 五行志의 童謠와는 그 성격이 다른 것을 알 수 있다.

6) 『後漢書』의 童謠는 군왕에 대한 것보다는 반란자, 황태후와 외척들, 환간, 폭학한 권력자 등에 대한 것이 많은데 이것은 이러한 사람들이 나타나 정치가 문란해진 원인은 군왕의 실정에 있으므로 그 책임은 군왕에 있다고 해서 五行志에서 그러한 童謠를 다루었다고 생각한다.

7) 日本의 『日本書紀』의 童謠는 정변, 행정과 정책 등에 대한 전조와 비평을 예언으로 나타내고 있는 데 비해 時人의 노래는 비평과 사자를 애도하는 노래로 되어 있다. 日本 童謠의 특징으로서 사건 후에 나타난 後兆의 童謠(法隆寺가 전소와 관련된 124번)가 존재하고 있다는 것과 원래 歌垣(우타가키) 등에서 불려진 독립가요가 역사 기술자에 의해 역사 사건과 결부된 노래로 존재하게 된 것 등을 들 수 있다.

∷ 참고문헌 ∷

1. 원전자료

『三國史記』『三國遺事』『春秋左氏傳』『孝子 莊子 列子 孫子 吳子』『國語』『史記』
　　『漢書』『論衡』『日本書紀』『古事記』

2. 저서

梁柱東,『古歌硏究』博文書館, 1960.

小島憲之,『上代日本文学と中国文学 : 出典論を中心とする比較文学的考察』
　　　　　上, 塙書房, 1962.

동아대학교,『譯注高麗史』東亞大學校出版社, 1971.

土橋寬・小西甚一 校注,『古代歌謠集』日本古典文学大系、岩波書店, 1975.

市古貞次,『日本文學史槪說』秀英出版, 1976.

이병도,『原文兼譯註 三國遺事』廣曺出版社, 1977.

土橋寬,『古代歌謠の世界』塙選書, 1980.

三谷榮一・山本健吉編,『日本文學史辭典』角 川書店, 1982.

串田久治,『王朝滅亡の予言歌』大修館書店, 2009.

渡邊義浩・高山大毅・平澤步編,『全譯後漢書』第七册, 志(五), 汲古書院, 2012.

岡山善一郎,『古代韓國文學硏究』金壽堂出版社, 2016.

岡山善一郎,『韓國古代文學の研究』金壽堂出版, 2017.

3. 논문

吾鄕寅之進,「日本書紀の童謡」『日本文学』25, 日本文学協会, 1976.

坂本信幸,「童謠の方法」『國文學－解釋と教材の研究』29, 學燈社, 1984.

坂本信幸「童謠の方法」『國文學－解釋と教材の研究』29, 學燈社, 1984.

岡山善一郎,「고대한국의 동요관과 천인상관사상」『東方文學比較研究』5, 東方
　　　　文學比較硏 究會, 2015.

13

한국문화의 가치 공유·확산 방법으로서 문화재 활용과 스토리텔링

충남 서산 普願寺址와 法印國師 坦文을 사례로

류호철 안양대학

I. 머리말: 문화재 활용과 한계

문화재 중 중요한 것을 국가지정문화재로 지정할 수 있고[1], 국가지정문화재로 지정되지 않은 문화재 중 보존가치가 있다고 인정되는 것을 시·도지정문화재로 지정할 수 있다.[2] 또한 지정문화재가 아닌 문화재 중에서 보존과 활용을 위한 조치가 특별히 필요한 것을 등록문화재로 등록할 수 있으며[3], 국가지정문화재나 시·도지정문화재로 지정되지 않은 문화재 중 향토문화 보존상 필요하다고 인정하는 것을 문화재자료로 지정할 수 있다.[4] 이것이 문화재 지정·등록 제도의 뼈대이다.

이들 조항에서는 문화재 중 '중요한 것', '보존가치가 있다고 인정되는 것', '보존과 활용을 위한 조치가 특별히 필요한 것', '향토문화보존상 필요하다고 인정하는 것'을 문화재로 지정·등록할 수 있다고 정하고 있다. 이것들은 각기 표현은 달리하고 있으나, 요약하자면 모두 '가치가 있는 것'을 의미한다. 문화재를 지정·등록하는 것은 그것들이 이러한 가치를 갖고 있기 때문이며, 그 가치를 보존하는 것이 지정·등록 목적이다. 문화재 지정·등록은 그 문화재가 법률에 근거를 두고 보호해야 할 대상, 즉 법적 보호 대상임을 공식화하는 법률 행위이다. 공공 자원을 투입하여 문화재로서의 가치를 유지하도록 법적 근거를 확보해주는 것이 문화재 지정·등록인 것이다. 요컨대 문화재를 지정·등록하는 것은 그것이 보존할 만한 가치가 있기 때문이며, 그 가치를 법률에 근거하여 보존하게 하는 조치이다.

그리고 문화재를 문화재이게 하는 이러한 가치를 드러내어 현실화하는 것이 '문화재 활용'이다. 문화재 활용은 '문화재에 담긴 가치를 찾아내어 새롭게 생명을 불어 넣거나 변용과정을 거쳐 새로운 가치를 만들어내는 것'이

---

1 「문화재보호법」 제23조(보물 및 국보의 지정), 제24조(국가무형문화재의 지정), 제25조(사적, 명승, 천연기념물의 지정), 제26조(국가민속문화재 지정) 참고.
2 「문화재보호법」 제70조(시·도지정문화재의 지정 등) 제1항 참고.
3 「문화재보호법」 제53조(문화재의 등록) 참고.
4 「문화재보호법」 제70조(시·도지정문화재의 지정 등) 제2항 참고.

라고 하기도 하고[5], 더 넓게는 '문화재로부터 긍정적 효과 또는 영향을 얻는 모든 일'로 정의하기도 한다.[6] 문화재가 갖는 갖가지 가치들을 여러 가지 방법으로 드러내어 그것을 공유하고 누리며, 널리 확산시키는 모든 행위와 과정을 문화재 활용이라고 할 수 있다.[7]

전통적으로 문화재는 그것을 개방·공개하여 많은 사람들이 관람하게 하는 것이 주된 활용 방법이었다. 문화재를 보존해야 할 대상으로만 인식하는 것이 보통이었기 때문에, 적극적인 문화재 활용을 생각하기는 어려웠던 것이다. 그러다가 1990년대 들어 상당한 변화를 겪게 된다. 문화재를 단순히 관람하기만 하는 소극적 활용에서 벗어나 점차 다양한 활용을 시도해왔고, 문화재에 관한 인식도 이전과는 다른 양상을 보이기 시작하였다.

우선 1990년대 들어 우리 문화재의 가치를 이전에 비해 광범위하게 인식하면서 문화재 답사가 전례 없이 활성화되었다. 이때의 문화재 답사는 단순히 문화재의 외관을 둘러보는 '구경하기' 수준을 넘어 그 문화재의 樣式이나 구조, 그리고 역사적 배경 등을 함께 살펴보는 등 일부나마 내용을 갖춘 것이었다.[8] 수요자들에 의한 이러한 문화재 활용에 힘입어 문화재청은 공급자로서 다채로운 문화재 활용을 시도해왔다. 문화재청은 2002년 경복궁 '광화

---

5 장호수, 「문화재 활용론 – 활용의 개념과 범주에 대하여」 『인문콘텐츠』 7, 인문콘텐츠학회, 2006, 155~173쪽.

6 류호철, 「문화재 활용의 개념 확장과 활용 유형 분류체계 구축」 『문화재』 47(1), 국립문화재연구소, 2014, 4~17쪽.

7 문화재를 활용하면 할수록 그것을 훼손하게 된다고 우려하는 사람들도 있으나, 문화재의 가치를 저하시키거나 이에 부정적 영향을 미치는 행위는 문화재 훼손일 뿐 처음부터 문화재 활용에 속하는 것이 아니다. 문화재의 가치를 더욱 증진(增進)시키거나 적어도 부정적 영향은 미치지 않는 것이라야 문화재 활용으로 인정할 수 있음은 말할 필요도 없는 것이다.

8 1990년대에 PC통신을 기반으로 활발하게 운영되었던 전국 규모의 문화재 답사 동호회로는 '천리안 문화유산답사동호회 우리얼'과 '하이텔 고적답사동호회' 등이 대표적이며, 이들 단체에서는 연간 수십 차례에 걸쳐 전국의 문화재를 답사하였다. 이들은 문화재 답사를 준비하는 과정에서 답사할 문화재들 관한 내용을 엮어 자료집을 만들고, 온라인 공간을 통해 사전에 그것들을 공유하는 등의 방법으로 문화재 활용의 질을 높이고자 노력했다. 이 중 '문화유산답사회 우리얼'은 이전보다 축소되기는 했으나, 2017년 현재에도 문화재청 등록 민간단체로 명맥을 이어가고 있다.

문 수문장 교대 의식'을 상설화한 것을 비롯해 '경복궁 경회루 연향', '창덕궁 달빛기행', '덕수궁 풍류' 등 궁궐을 중심으로 한 활용 사업을 적극적으로 펼쳐왔고, 2015년부터는 매년 봄 '궁중문화축전'을 통해 4대궁과 종묘의 가치를 더욱 풍부하게 드러내고 있다. 문화재청이 산하 법인인 한국문화재재단 등과 함께 직접 실행하는 이러한 궁궐 활용 사업에 더해, 지방자치단체와 지역 민간단체 등을 대상으로 한 문화재 활용 지원 사업도 시행하고 있다. 지방자치단체와 지역 민간단체 등에 의한 지역 문화재 활용을 지원하는 '생생문화재 사업', 지역 민간단체를 지원하여 학생들을 대상으로 교육적 활용을 실현하는 '문화유산 방문교육'과 '고고학 체험교실' 등이 그런 것들이다. 이처럼 문화재 활용은 공급과 수요 양 측면에서 상당한 노력을 기울여왔고, 이러한 노력에 힘입어 성장을 거듭하고 있다.

그런데 문화재 활용이 상당한 量的 成長을 이루어온 반면, 활용 방식이나 형태를 분석해보면 대체로 視覺的·聽覺的 효과에 주목하는 外形的 活用이 그 중심을 차지하고 있음을 볼 수 있다. 2016년 한 해 동안 궁궐에서 펼쳐진 활용 프로그램이 650회에 이를 정도로 확대되었지만, 그 중 고궁음악회가 225회로 약 35%를 차지하는 등 보고, 듣고, 누리는 활용 비중이 크다.[9] 국비와 시·도비, 시·군비를 합해 운영하는 지역 문화재 활용 사업도 2016년에 '생생 문화재 사업'에 88개 사업, '향교·서원 문화재 활용 사업'에 77개소를 선정하여 각 사업별로 수 회 씩 활용 프로그램을 운영하는 등 지난 몇 년에 걸쳐 양적으로는 괄목할 만한 성과를 거두어왔으나, 관람형 또는 참여형 프로그램이 대부분이다. 활용 대상 문화재의 본질적 의미와 가치를 찾고 그것을 누리는 활용, 가치를 공유하고 확산시키는 활용은 충분히 실현하지 못하고 있는 것이다. 전체적으로는 문화재 활용이 활성화되며 긍정적 효과를 많이 내고 있기도 하지만, 일부 활용 사업은 일반 관광 프로그램과 차별성을 찾기 어렵다는 지적이 나오는 것이 바로 문화재가 갖는 본질적 가치에 집중하는 문화재 활용에는 부족함이 있음을 말해주는 것이기도 하다.

---

9 문화재청 문화재활용국, 「2017년도 주요 업무계획」, 문화재청, 2016, 2쪽 참고.

이 연구에서는 문화재 활용에서 나타나는 이러한 한계에 주목하여 문화재의 본질적 가치를 중심으로 하는 활용 방법으로서 스토리텔링의 의의를 살펴보고 그 방법을 모색해볼 것이다. 충남 서산 보원사지(普願寺址)와 보원사지 소재 문화재들을 사례로 문화재 활용 개선 방법을 생각해보려는 것이다.

II. 문화재 활용 방법으로서 스토리텔링

1. 의미와 가치 중심 문화재 활용으로의 전환

문화재 활용이 활성화되는 것은 문화재의 가치 공유·확산과 증진이라는 시각에서나 국민의 풍부한 문화생활과 역사문화 교육 시각에서나 긍정적인 일이다. 문화재의 가치를 누리기 위해 문화재 현장을 찾고 각종 문화재 활용 프로그램에 참여하는 수요자가 크게 늘어나고 있고, 공급자적 관점에서도 수요 증가에 발맞추어 국민이 참여할 수 있는 다양한 문화재 활용 사업을 개발·운영하는 등 문화재를 누릴 기회를 확대하고 있다. 수요와 공급 양 측면에서 문화재 활용이 성장하고 있는 것이다. 이러한 문화재 활용 활성화에 힘입어 문화재와 문화재 활용에 관한 인식이 상당히 개선되는 효과를 얻고 있기도 하다.

그런데 지금까지의 문화재 활용은 주로 보고 들으며 만족감을 얻는 방식으로 이루어져왔다. 視覺的·聽覺的 활용이 주류를 이루며, 여기에 체험형 활용이 더해지는 것으로, 문화재가 갖는 본질적 가치를 공유하고 확산시키는 활용은 충분히 실현하지 못하고 있다. 문화재를 지정·등록할 때 인정했던, 문화재에 내재되어 있는, 문화재를 문화재이게 해주는 가치가 문화재의 본질적 가치인 데 비해, 문화재 활용에서는 外形的 가치에 중점을 둔 感覺的 활용이 큰 비중을 차지하고 있는 것이다. 문화재 그 자체가 왜 중요한지, 어떤 가치가 있는지, 문화재로 지정·등록된 이유는 무엇인가, 지역적·국가적·세계적 관점에서 어떤 위치를 차지하고 있는지, 오늘날의 시각에서는 어떤 의미를 갖는지, 우리와 그 문화재는 어떤 관계에 있는지 등이 문화재의 본질적 가치에 해당하는 것들이나, 이런 가치를 공유하고 확산시키는 활용, 이런 가치를 토대로 하는 활용은 그 사례를 찾기가 쉽지 않다. 문화재 활용 사업들은 문화재를 활용 프로그램을 운영할 공간으로, 전통적 분위기를 자아내주는 배경으로서의 장소로 활용하여 그곳에서 전통 또는 전통적인 것을 체험할 수 있게 기회를 제공하는 것이 대부분이라고 할 수 있다. 이른바 공간 활용, 장소 활용이 많은 것이다. 예컨대 궁궐에서 전통 공연을 펼치는 것은 궁궐을 전통적 분위기를 간직한 공간적 배경으로 활용하는 것일 뿐, 궁궐 그 자체의 본질적 가치를 공유하고 확산시키는 활용이라고 보기는 어렵다. 지역 문화재 현장에서 이루어지는 공연이나 전시 관람, 체험 등도 대체로 그러하다. 잠깐 동안 전통적 공간이 주는 風情에 젖어보며 傳統性을 느껴보는 것으로 만족하는 것이 일반적이다. 그 문화재 자체의 본질적 의미와 가치와는 거리가 있는 공간 또는 장소 활용에 그치는 것이다. 그러면서도 사람들은 그 문화재를 활용했다고 생각한다.

문화재 활용이 단순히 겉보기 활용이나 문화재를 배경으로 이용하는 활용에서 벗어나기 위해서는 의미와 가치를 중심에 둔 활용을 추구해야 한다. 관람객이나 방문객 등 문화재를 찾는 사람들의 수를 늘리는 데 중점을 두는 양적 활용을 넘어서 질적 활용에 이를 때 사람들은 문화재에 내재된 진정한 의미와 가치를 만날 수 있으며, 그렇게 될 때 의미 중심 활용, 가치 중심 활용이 이루어질 수 있다.

이런 점에서 문화재 활용은 일반 관광과는 다른 것이며, 또 달라야 한다. 사람들은 일찍부터 문화재를 觀光資源으로 삼아 활용해왔다. 경주나 부여, 공주 등 古都가 觀光地로 명성을 얻은 것은 그곳에 있는 문화재들을 관광하려는 사람들이 많았기 때문이다. 관광은 다른 지방이나 다른 나라에 가서 그곳의 풍경, 풍습, 문물 따위를 구경함을 뜻한다.[10] 여기서 '다른 지방이나 다른 나라에 가서'는 관광하는 사람이 자신의 일상에서는 흔히 접할 수 없는

---

10 국립국어원 표준국어대사전(http://stdweb2.korean.go.kr/search/View.jsp).

것이 관광 대상이 됨을 의미한다. 따라서 문화재 관광은 일상에서는 보기 어려운 옛 것들을 구경하는 것이라고 할 수 있다. 또한 '구경함'은 관광 대상에 내재되어 있는 의미와 가치를 찾아내어 그것을 누리는 수준에까지는 이르는 것이 아니라, 겉으로 드러나는 풍경이나 광경을 시각과 청각으로 접해보는 것을 말한다. 요컨대 관광은 이채로운 풍경이나 광경을 구경하고 즐기는 것이라고 할 수 있다. 이렇게 볼 때, 문화재 활용과 관광은 무엇을 찾고, 무엇을 누리는가, 어떻게 누리는가 등 여러 관점에서 차이가 있는 것이다. 같은 대상을 만나더라도 겉으로 드러나는 경관이나 풍정을 잠깐 보고 느껴보는 것이 관광인 데 비해, 문화재 활용은 문화재가 갖는 생김새나 경관 등 외형적 가치뿐만 아니라 문화재에 내재되어 있어서 눈에는 보이지 않는 의미와 가치에 주목하는 더욱 능동적이고 적극적인 의미부여 과정자이 내면화 과정이며, 사고 과정이라고 할 수 있다.

요즘에는 우리 사회에서도 文化觀光이라는 개념을 받아들여 문화에 중심을 두는 관광을 추구하고 있기는 하다. 세계관광기구(UNWTO)에서는 문화관광(cultural tourism)을 좁은 의미로는 '연구여행, 예술문화여행, 축제 및 기타 문화행사 참여, 유적지 및 기념비 방문, 자연·민속·예술 연구여행, 성지순례 등 본질적으로 문화적 동기에 의한 사람들의 이동'으로, 넓은 의미로는 '개인의 문화수준을 향상시키고 새로운 지식·경험·만남을 증가시키는 등 사람의 다양한 욕구를 충족시킨다는 의미에서 사람의 모든 행동을 포함하는 것'이라고 정의하였다. 이 중 넓은 의미에서의 문화관광은 '사람의 모든 행동'을 포함하여 관광 대상으로 삼는다는 뜻이므로 문화재 활용에 비추어 큰 의미가 없는 것이다. 좁은 의미의 문화관광은 결과적으로 '문화적 동기에 의한 관광'을 말하는 것으로 관광 동기를 기준으로 삼은 것일 뿐, 사람이 대상물이 갖는 본질적 의미와 가치를 찾고 누리는 적극적이고 능동적인 행위 주체가 되어야 하는 문화재 활용과는 거리가 있다. 김사헌·박세종(2013)은 "Mckercher & du Cros(2002)가 서양의 문화관광 역사를 1970년대 말로 주장하지만, 1990년대 초만 하더라도 문화관광은 역사유물·유적을 중심으로 한 관광, 즉 '유산관광'(heritage tourism)정도로 인식되는 데 불과했다"고 지적

한다.[11] 그런데 우리 사회에서는 지금도 문화관광이라고 하면 문화재를 관람하거나 문화재를 비롯한 의미 있는 문화적 요소를 소재로 삼는 관광으로 생각하는 것이 보통이다. 소위 '문화적인 것'을 대상으로 하는 관광을 문화관광으로 보는 것일 뿐, 관광 대상에서 의미와 가치를 찾고 그것을 누리려는 문화적·정신적 활동에는 큰 관심이 없다. 사람과 대상물 간 상호작용 방법이나 깊이, 양상 등 내용이 중요한 것이 아니라, 무엇을 대상으로 하는가에 중점을 두는 것이다. 어쩌면 관광(觀光, sightseeing)이라는 말 자체가 다른 지역을 찾아가서 그 곳의 자연이나 문화를 구경하며 즐거움을 얻는 수준의 활동을 뜻하는 제한적 의미를 갖는 말일지도 모른다.

요컨대, 문화재 활용은 이채로운 풍경이나 광경을 구경하는 것, 문화적 동기에서 문화재 등 문화적 성격을 가진 대상을 찾아나서는 것을 의미하는 관광 수준을 넘어 문화재의 본질적 의미와 가치를 찾고 그것을 누리는 적극적이고 능동적인 행위가 되어야 한다. 무엇을 대상으로 하는가에 그칠 것이 아니라, 의미와 가치를 중심으로 하는 등 사람과 대상 간의 상호작용 방식과 양상, 깊이가 중요한 것이다.

2. 스토리텔링과 가치 중심 문화재 활용

문화재 활용이 일반적인 관광 수준을 넘어 의미와 가치를 중심으로 그 문화재의 본질적 가치를 찾고 그것을 누리는 의미 중심 활용, 가치 중심 활용에 이르기 위해서는 겉으로 드러나는 요소가 아니라 내재되어 있는 내용에 주목해야 한다. 시각과 청각 등 감각적 수용에서 더 나아가 의미에 중점을 두는 정신적 활용으로 그 깊이를 더해야 하는 것이다. 외형에서 내용으로, 감각에서 정신으로 그 중심을 옮길 때 문화재 활용은 의미와 가치를 중심으로 한 질적 활용을 실현할 수 있다.

---

11 김사헌·박세종, 『관광사회문화론: 국제관광현상의 사회문화 및 정치경제학적 분석』, 백산출판사, 2013, 243쪽.

여기서 내용을 토대로 한 질적 활용을 효과적으로 실현할 수 있게 해주는 것이 스토리텔링(storytelling)이다. 스토리텔링은 '효과적으로 이야기하기', '재미있게 이야기하기'를 의미하는 것으로, 내용을 체계적·전략적으로 구성하여 의미와 의도를 전할 수 있다는 특성을 갖는다. 話者가 聽者에게 일방적으로 전할 수도 있고, 둘 또는 그 이상의 주체가 서로 話者이자 聽者가 되어 스토리텔링을 통해 상호 소통할 수도 있다. 그런데 무엇을 말하든, 어떻게 말하든 모든 이야기하기를 스토리텔링이라고 하지는 않는다. 줄거리가 있는 충분한 내용을 갖추고, 그 내용을 이루는 인물과 사건, 공간(장소) 등 이야기를 전개하는 데 필요한 요소들이 있어야 하며, 여기에 聽者가 그 이야기에 흥미를 느끼며 몰입할 수 있는 수준의 전략적 기획과 이야기 구성이 함께할 때 스토리텔링이 될 수 있다.

이렇게 볼 때 문화재 스토리텔링은 겉으로는 드러나지 않은 채 문화재에 내재되어 있는 본질적 가치를 공유하고 확산시키는 데 효과적인 활용 방법이 될 수 있다. 외형에 주목하는 활용 수준을 넘어서는 고차원적인 문화재 활용을 실현할 수 있는 방법이라는 것이다. 스토리텔링 기법의 적용은 관광지나 관광자원들과 연관된 전설, 설화, 관련 역사적 사실이나 관련 인물들의 이야기를 통해 관람객들에게 더 효과적으로 문화재의 가치를 전달할 수 있다는 측면에서 각광을 받고 있다.[12] 문화재를 효과적으로 활용하기 위해서는 내용을 바탕으로 하여 문화재의 의미와 가치를 공유하고 확산시키는 가치 중심 문화재 활용을 실현하는 것이 필수적이며, 이것은 문화재에 얽힌 이야기를 발굴하고, 그것을 역사적·문화적 가치가 드러나도록 구성하는 과정을 거치는 스토리텔링을 통해 현실화할 수 있다. 인간은 이야기를 통해 자신뿐만 아니라 타인의 체험, 생각, 느낌 등을 공유하면서 정서적인 공감과 카타르시스를 경험하게 된다.[13] 문화재 스토리텔링은 문화재에 관한 내용을 재

---

12 반정화·민현석·노민택, 『서울시 근대문화유산의 스토리텔링을 통한 관광 활성화 방안』, 서울연구원, 2009, 5쪽.
13 송정란, 『스토리텔링의 이해와 실제』, 문학아카데미, 2006, 42쪽.

미있고 감동적인 이야기로 잘 엮어냄으로써 수요자들이 그 문화재의 의미와 가치에 공감하며 그것에 빠져들게 할 수 있다는 점에서 문화재 활용 수단으로 의미가 크다.

문화재를 찾는 일반 탐방객들은 문화재 구역을 전체적으로, 또는 눈길을 끄는 부분만 선택적으로 둘러보고 '별 거 없다'는 등의 반응을 보이며 나가는 것을 흔히 볼 수 있다. 그 중에는, 특히 아이들을 데리고 온 학부모들은 잠깐이나마 문화재 안내문이라도 읽어보지만, 그런 탐방객은 많지 않다. 이 연구에서 사례로 분석할 瑞山 普願寺址는 찾는 사람이 많지 않지만, 그나마 찾아오는 사람들도 한번 휙 둘러보고 나가는 것이 일반적이다. 가까이에 있는 瑞山磨崖三尊佛은 탐방객은 훨씬 많으나, 문화재 안내문이라도 읽어보는 사람들의 비중은 오히려 보원사지 방문객들보다 더 낮다. 채 1분도 머무르지 않은 채 다 봤다는 듯이 떠나는 사람들이 대부분이다. 연구 등 특별한 목적을 갖고 있거나, 또는 특별히 문화재에 지적 호기심을 갖는 사람이 아니고는 문화재의 내재적 가치에 관심을 갖는 사람을 만나기 쉽지 않다.이러한 문화재 활용은 문화재의 본질적 의미와 가치를 찾고 누리는 적극적 활용과는 거리가 먼 것으로, 단지 단시간에 걸쳐 외형만 보고 가는 것이다. 게다가 문화재의 가치를 더욱 적극적으로 공유하고 확산시키기 위해 활용 프로그램을 운영하는 경우에도 그 문화재 자체에 내재되어 있는 본질적 의미와 가치에 접근하는 일은 많지 않다. 이런 상황을 고려할 때, 여러 가지 형태로 내용을 전하는 스토리텔링은 의미 중심, 가치 중심 문화재 활용을 실현하는 방법으로 주목할 만한 것이다.

그런데 문화재 활용 방법으로서 스토리텔링은 일반적인 문학 장르로서의 스토리텔링과는 차이가 있다. 문화재를 활용한다는 것은 그것에 내재되어 있는 역사적·문화적·경관적 가치 등을 찾아 드러내고 그것을 다양한 방법으로 누리는 것을 말한다. 따라서 문화재 스토리텔링은 1차적으로는 역사적 사실과 학문적 연구 성과 등 객관적으로 검증된 내용에 충실해야 한다. 재미있게, 효과적으로 이야기를 구성해야 하지만, 그렇다고 해서 일반 문학작품 창작하는 것과 같이 해서는 역사적 왜곡이 일어날 수 있다. 이것은 역사를 배경으로 하면서도 史劇과 다큐멘터리서 서로 명확히 다른 것과 마찬가지이다. 즉, 다큐멘터리와 같이 역사적 사실, 검증된 내용에 충실하면서도, 사극처럼 聽者가 몰입할 수 있는 흥미를 겸비해야 하는 것이다. 그렇기에 문학작품과 같이 극적 긴장감이나 흥미를 충분히 갖추기는 어렵다. 수요자 시각에서 보자면, 역사적 사실과 문화적 의미를 이해하는 데 혼란을 일으키지 않는 범위 안에서 극적 요소를 살려 효과적이고 재미있는 이야기를 구성해야 하는 것이다. 다만, 문학적 요소를 강화해서 극적 흥미를 높이고자 할 때는 聽者가 사실과 허구 또는 창작을 구분하여 받아들일 수 있게 구성할 수 있을 것이다.

한편, 문화재 활용 방법으로서 스토리텔링은 이미 다른 영역에서 흔히 이루어지고 있는 것과 같이 말이나 글로 된 스토리텔링뿐만 아니라 그림이나 영상 등 여러 가지 매체를 통해 구체화할 수 있다. 웹툰이나 만화를 통한 내용 전개, 영상물을 활용한 내용 구성 등으로 시각적 효과를 높이며 내용을 전한다면 단순히 말이나 글로 하는 이야기하기로는 얻을 수 없는 활용 성과를 낼 수 있을 것이다.

또한 지금까지 설명한 문화재 활용 방법으로서 1차적 스토리텔링에서 나아가 문화재에 얽혀있는 역사나 문화, 이야기 등을 소재로 영화 등 여러 장르의 새로운 작품을 창작하는 것이라면 역사적 사실이나 연구 성과에 충실할 필요가 없다. 이것은 이미 문화재의 본질적 가치를 전하는 1차적 활용 수준을 넘어서는 2차적 활용이 되므로, 이는 문화재에서 창작 소재를 취하는 것일 뿐 문화재를 설명하는 것이 아니라는 점에서 완전히 자유롭게 창작하더라도 聽者 또는 수요자가 창작물을 다큐멘터리와 같은 사실에 입각한 것으로 인식하지 않을 것이다.

문화재 활용은 여러 가지 방법으로 시도되고 있으나, 그것이 역사와 문화의 산물이라는 점에서 그 저변에는 교육적 의도가 깔리게 된다. 교육적 활용이 주된 목적이 아니더라도, 자연스럽게 교육적 효과를 내게 되는 것이다. 여행 삼아 문화재를 관람할 때도, 여가의 일환으로 전통공연을 감상할 때도 근본적으로는 우리 역사와 우리 문화에 관한 이해를 높인다는 교육적 효과가 자연스럽게 따라오는 것이다. 특히 스토리텔링을 통한 문화재의 의미와 가치 공유·확산이라는 문화재 활용은 그 목적이나 내용 구성으로 볼 때 교육적 활용으로 분류할 수 있는 활용 방법이다. 따라서 단순히 사실을 담아 재미있게 전하는 스토리텔링을 넘어 聽者 또는 수요자의 생각을 자극하는 이야기가 되어야 한다. 문화재 해설과 같은 현장에서의 스토리텔링이라면 사실을 실감나게 전하여 상황을 상상하게 하면서도 생각할 기회, 생각해서 대답할 기회를 만들어야 하고, 글이나 영상 등으로 이루어진 스토리텔링이라면 기본적인 내용은 담으면서도 생각할 여지는 남겨두어야 한다. 문화가 갖는 가치와 특성을 가능한 한 살리는 스토리텔링이 이루어질 때 문화재 활용이 되는 것이다.

III. 보원사지와 법인국사 탄문의 사례

1. 문화재 활용 관점에서 문화재 안내문과 스토리텔링

충남 서산시 운산면 용현리에는 '瑞山 龍賢里 磨崖如來三尊像'이 있다. '서산마애삼존불'이라는 이름으로 더 잘 알려진 문화재이다. 서산시와 예산군에 걸쳐 있는 伽倻山 용현계곡에 자리 잡고 있다. 이 마애삼존불에서 계곡 상류로 약 1.5㎞ 올라가면 터가 점점 넓어지면서 몇 가지 석조문화재를 안고 있는 절터가 나온다. 普願寺址가 이곳이다.

이 寺址에는 입구에서부터 幢竿支柱와 石槽, 五層石塔, 僧塔과 石碑 등 寶物로 지정된 문화재만 5건이 있고, 보원사지도 史蹟이다. 그런데, 찾는 사람이 많지 않고, 그 가치에 비해 활용도 미약하다. 보원사지 곁에 자리한 지금의 보원사에서 문화재청이 지원하는 '생생 문화재 사업'의 일환으로 '서산 보원사지에서 생생하게 짓자'라는 활용 프로그램을 몇 차례에 걸쳐 운영하는 것과 보원사지에서 여름날 1박 2일로 영화를 상영하는 '가야산영화제'가 활용 사업으로 이루어질 뿐이다.[14] 모두 보원사지라는 문화재를 배경으로,

또는 장소로 활용하는 문화재 활용이다. 이 외에 평소에는 빈 절터를 관람하는 것이 문화재로서 보원사지 활용의 전부이다.

산이 절터를 둘러싸고 있어서 바깥세상과는 분리되어 있는 포근한 吉地를 차지하고 있고, 발굴조사를 거쳐 잘 정비되어 있는 손꼽히는 옛 절터이자 빼어난 문화재들을 품고 있는 문화유적이지만 그 가치를 제대로 알아보는 사람은 많지 않다. 어쩌다 마음먹고 찾아오는 사람이나 지나가다가 뭔가 있어서 들러본 사람들이 있을 뿐이다. 이곳 문화재를 찾는 사람들도 문화재에 내재되어 있는 의미와 가치에는 접근하지 못한 채, 외형적 생김새를 감상하는 것으로 문화재 현장 탐방을 끝내는 것이 보통이다.

이러한 수준을 넘어서 문화재의 의미와 가치에 접근하면서도 즐거움을 누릴 수 있게 해주는 활용 방법이 바로 스토리텔링이다. 스토리텔링은 비어 있는 유적에 역사와 문화로 이루어진 내용을 채워주는 것이라고 할 수 있다. 이미 절이 없어져서 그 터만 남은 문화재이므로 시각적 효과를 얻는 데는 한계가 있으므로, 그 빈 곳을 이야기로 채움으로써 그 문화재에 관한 의미를 만들어가는 것이다.

문화재 활용에서 1차적으로 만날 수 있는 스토리텔링은 문화재 안내문과 문화재청 인터넷 홈페이지, 국가문화유산포털, 문화유산채널 등에 실려 있는 문화재에 관한 이야기이다. 그 중에서도 문화재 안내문은 현장에서 자연스럽게 접할 수 있다는 점에서 미리 인터넷에 접속하여 해당 내용을 찾아야 하는 문화재청 홈페이지나 국가문화유산포털, 문화유산채널 등에 비해 상대적으로 접근성이 높다고 할 수 있다. 현장에 설치된 문화재 안내문과 문화재청 인터넷 홈페이지에는 다음과 같은 정보가 담겨 있다.

〈보원사지 문화재 안내문〉
백제시대에 창건되었다고 전하는 보원사의 옛터로 통일신라~고려초에 크

---

14 보원사 '생생 문화재 사업' 안내자료, 내포가야산 보원사 인터넷 홈페이지(http://www.bowonsa. kr), 보원사지 현지조사에 의한 것이다.

게 융성하였고, 국사를 지낸 법인국사 탄문이 묻힌 곳이며, 주변에 100개의 암자와 1,000여명의 승려가 있었다고 전하는 대사찰이었다. 이 절터에 신라와 고려시대 작품으로 추정되는 대형 철불 2구가 있던 것을 중앙 박물관에 전시중이며 1967년도에는 백제시대 작품으로 추정되는 금동여래입상이 출토되는 등 유물로 보아 당시에는 매우 융성했음을 알 수 있으며 백제와 신라, 고려초 불교미술의 연구에 귀중한 자료가 있는 사적지이다.

유물로는 백제계의 양식 기반위에 통일신라와 고려초의 석탑양식을 갖춘 5층석탑(보물 104호), 통돌을 장방형으로 파내어 만든 한국 최대의 석조(보물 102호), 975년(광종 26)에 법인국사가 입적하자 광종의 지시로 세운 보승탑(보물 105호), 법인국사의 생애가 수록된 보승탑비(보물 106호), 사찰에 불교행사가 있을 때 불기나 괘불을 걸기 위해 만든 당간지주(보물 103호)가 있다. 가까이에 서산 마애삼존불상을 비롯한 백암사지 등 불교유적이 집중되어 있어 불교사 연구에 중요한 곳이다.

이를 분석해보면 창건 시대, 관련 인물, 당시 규모, 출토 문화재 및 소재 문화재, 학술적 의의 등의 내용으로 이루어져 있다. 문화재에 관한 간단한 내용을 지식을 전달하는 방식으로 서술하고 있으며, 일반인 탐방객들이 흥미를 가질 만한 내용은 거의 없다. 줄거리를 갖는 이야기로 구성된 스토리텔링과는 거리가 멀다.

〈문화재청 인터넷 홈페이지 문화재 안내문〉
상왕산 보원마을에 있는 절터이다.

창건 연대는 확실치 않지만 통일신라 후기에서 고려 전기 사이인 것으로 보고 있다. 그러나 백제의 금동여래입상이 발견되어 백제 때의 절일 가능성도 있다. 법인국사보승탑비에 승려 1,000여명이 머물렀다는 기록으로 미루어보아 당시엔 매우 큰 절이었음을 짐작할수 있다. 보원사지 석조(보물 제102호) · 당간지주(보물 제103호) · 오층석탑(보물 제104호) · 법인국사보승탑(보물 제105호) 등 많은 문화재가 남아 있다.

가까이에 서산 마애삼존불을 비롯해 불교유적이 집중 분포하고 있어 불교사 연구에 중요한 유적이다.[15]

문화재청 인터넷 홈페이지는 보원사지에 관해 위치, 시대, 관련 인물, 소재 문화재 등의 정보를 담고 있다. 인터넷에 게시된 글로 紙面에 여유가 있음에도 현장에 설치된 문화재 안내문에 비해 훨씬 간단한 내용만으로 구성되었다. 일부의 지식을 전하는 수준의 안내문이며, 흥미로운 이야기는 전혀 없다. 국가문화유산포털에도 이 글이 그대로 옮겨져 있다.

한편 보원사지 중심을 차지하고 있는 5층석탑(보물) 안내문은 마치 전공자를 대상으로 쓴 글처럼 느껴진다.

〈보원사지 5층석탑 안내문〉
통일신라~고려초의 전형적인 석탑 양식이다. 목조탑파에서 석조탑파로 변환되는 과정의 형식이며 아래층 기단에 사자상을, 위층 기단에 8부중상을 새긴 것이 특이하다. 기단부에 우주(隅柱), 탱주(撐柱)를 세웠고 탑신부 1층 밑에 받침돌 한 장을 끼워 넣은 것과 옥개석의 물매가 평활하며 끝이 살짝 들어올려진 것 등이 백제계 양식이다. 또한 옥개석 받침을 4층으로 한 것은 신라계 양식을 가미한 것으로 백제지역에 신라이후 세워지는 석탑의 공통된 양식이다.

이 탑은 전체적으로 미려하며 경쾌하고 안정감이 있다. 상륜부에는 긴 찰주만 남아있지만 1945년 광복 전까지 아름다운 복발, 앙화, 보륜, 보개, 수련, 용차, 보주 등의 부재가 완전하게 있었다고 한다. 1968년 해체 복원시 사리 내갑(內匣), 외갑, 사리병, 납석소탑 등이 출토되어 부여박물관에서 전시중이다.

5층석탑에 관한 설명은 일반 탐방객이라면 조금 읽다가 포기하고 말 것 같다. 한자식 전문용어 투성이에 모두가 형식론, 양식론적인 내용뿐이다. 문

---

15 문화재청 인터넷 홈페이지 〉 문화재 검색 〉 서산 보원사지(http://www.cha.go.kr/korea/heritage/ search/Culresult_Db_View.jsp?mc=NS_04_03_01&VdkVgwKey=13,03160000,34&flag=Y).

화재로서 이 탑이 갖는 본질적인 의미나 가치와도 거리가 멀다. 단지 이 분야 문화재에 관해 연구하는 전공자들에게 정보를 전해주는 글로만 보인다. 탐방객들의 흥미를 자극하고 문화재에 관심을 갖게 하는 스토리텔링이 아니라, 오히려 문화재는 어려운 것이라는 선입견과 거부감을 키우는 글이다.

다만 5층석탑 옆에는 보기 드물게 이 석탑에 새겨진 八部衆象 각각에 관한 설명이 있어서 좋으나, 그 내용은 역시 알아듣기 힘들다. 첫 번째 龍에 관한 설명이 다음과 같다.

용(龍) Naga 야가(耶加)
운문(雲紋) 좌우에 좌상으로 화문(花紋)의 광배(光背)에 용(龍)의 두광(頭光)인데 다리가 앞 가슴을 만지고 있다. 머리를 수건으로 징징 동여맨 것 같은 보관에 견갑(肩甲), 흉갑(胸甲), 경갑(脛甲), 왼손은 금강경을 들고 오른손은 두광의 용꼬리를 꽉 쥐고 있다.

그림과 함께 龍의 생김새를 묘사한 안내문인데, 이해하기 어렵다. 만약 석탑에 관한 안내문과 팔부중상에 관한 안내문이 전체적인 체계 속에서 구조화된 이야기를 이루어 알아듣기 쉽게 서술되어 있다면 이 유적과 유물의 의미와 가치를 훨씬 효과적으로 공유하고 확산시킬 수 있을 것이다. 그러나 탐방객들에게 효과적으로 관련 이야기들을 들려주고 알려줌으로써 인식도를 높일 수 있다는 측면에서 스토리텔링을 활용한 방법은 매우 큰 효과를 가져올 수 있을 것이나, 그런 시도는 찾아보기 어렵다. 나아가서 스토리텔링을 제대로 구성한다면 그것을 말로, 글로 활용하는 것은 물론 탐방객 또는 수요자의 특성에 맞추어 만화나 애니메이션, 웹툰, 영상물 등 다양한 스토리텔링 구현 방법을 이용해 현실적인 활용 효과를 높일 수 있을 것이다. 한국문화의 精髓인 문화재의 의미와 가치를 더욱 폭넓게 공유하고 확산시킴으로써 결과적으로는 활용 수준을 높이고 문화재의 가치도 그만큼 증진시킬 수 있는 것이다.

2. 기록과 유물에 나타난 법인국사 탄문과 보원사지 이야기

그렇다면 보원사지에는 그 의미와 가치를 효과적으로 나눌 만한 스토리텔링 소재가 없는 것일까. 스토리텔링 할 만한 소재가 없어서 형식론적, 양식론적 설명과 지식에 해당하는 간단한 사실 설명만 건조하게 하고 있는 것일까.

普願寺址는 삼국시대에 창건된 절로 통일신라와 고려를 거쳐 조선 후기까지 이어졌던 것으로 여겨진다. 특히 최치원이 쓴 『法藏和尙傳』에 普願寺가 華嚴十刹 중 하나라고 기록된 것으로 알려져 통일신라시대에는 이 절이 華嚴宗의 거점 사찰로 그 위상이 높았을 것으로 추정된다. 이후 고려시대 초기에 王師와 國師를 지낸 法印國師 坦文이 修道하고 入寂했던, 寺格이 매우 높은 고찰이었을 것으로 인정되고 있다.

보원사지, 그리고 옛 보원사와 밀접한 관련이 있는 법인국사 탄문에 관해서는 몇몇 기록과 유물을 통해 그 내용을 알 수 있다. 그 중 법인국사 탄문의 일대기를 기록한 法印國師塔碑에는 상세한 내용이 담겨 있다.

〈法印國師塔碑 주요 내용〉[16]

坦文은 廣州 高烽 사람으로 훌륭한 집안에서 태어났다.

어려서부터 말을 함부로 하지 않았고, 불상을 보면 마음을 경건히 하였으며, 스님을 대할 때는 합장하는 등 자못 성숙하고 선근의 싹이 일찍부터 싹텄다. 5살에 이미 출가할 마음을 품고 일찍이 속세를 떠났다.

탄문은 처음 大德和尙을 찾아 그를 스승으로 모시고자 했으나 사양하여, 鄕城山에 있는 옛날에 元曉菩薩와 義想大德이 함께 다니다가 쉬었던 절터에 풀

---

16 이지관(1995)과 최영성(2005)을 견주어가며 법인국사 탄문과 직접 관련이 있는 주요 내용을 요약 또는 발췌하였다. 특히 보원사지에 관한 내용은 가능한 한 그대로 인용하였다. 이지관, 「역주 해미 보원사 법인국사 보승탑비문」 『校勘譯註 歷代高僧碑文』, 사단법인 가산불교문화연구원, 1995, 86~116쪽; 최영성, 「譯註 海美 普願寺 法印國師 寶乘塔碑銘 幷書」 『東洋古典研究』 22, 東洋古典學會, 2005, 215~249쪽.

집을 짓고 거기서 수행하였다.

이후 탄문은 信嚴大德이 있는 莊義寺로 가서 그를 스승으로 모시며 華嚴經을 독송하였는데 능력이 크게 뛰어나서 신엄대덕도 이를 매우 기뻐하였다.

대사가 15세에 莊義山寺에서 구족계를 받을 당시, 律師의 꿈에 한 神僧이 말하기를 "새로 계를 받는 사미 가운데 이름에 '문(文)'자가 있는 사람이 있는데, 이 사미만은 보통 사람이 아니다. 그 법에 있어서도 화엄의 大器이니 어찌 몸을 수고롭게 하면서 계를 받을 필요가 있겠는가" 하였으나, 대사의 뜻에 따라 드디어 戒香을 받았다. 이로부터 그 명성이 천리 밖에까지 퍼졌고, 태조가 왕명을 내려 "이미 어린 시절에 남다름을 보여 聖沙彌라 하였으니, 오늘날에는 기특함을 나타내어 別和尙이라 일컫는 것이 마땅할 것이다"고 했다.

926년 겨울 10월에는 태조가 劉皇后가 임신하자 대사를 청하여 법력을 빌게 하였는데, 그 공덕으로 이마 가운데 뼈가 해 모양처럼 튀어나온 귀인상을 갖고 天子의 얼굴을 한 특이한 상을 가진 태자를 낳았으니, 그가 고려 光宗이었다.

그 뒤 스님은 九龍山寺로 옮겨 화엄경을 강설했는데, 대사의 행동이 草繫比丘의 마음을 닮았고 덕은 화엄종의 宗匠들 가운데 으뜸이었으므로 스님을 발탁하여 別大德에 제수하였다.

942년에는 두 고을에 벌레가 창궐하여 농사에 피해를 끼쳤는데, 대사가 한마디 법을 설하자마자 온갖 해충들이 더 이상 재앙이 되지 못하여 그 해에는 풍년이 들고 만물이 태평해졌다.

955년 여름, 대사의 얼굴에 병색이 있었는데, 어느 날 밤 居士 30여 명이 배를 몰고 와서 "대사를 배에 모시고 西方極樂世界로 가려고 왔습니다."고 하자 대사는 "정성껏 天敎를 펴사 널리 苦海衆生을 제도하려 하였으나, 내가 세상을 떠나는 때가 어찌 그다지도 급히 다가왔는가."라고 하였다. 그러자 거사들은 배를 되돌려 돌아갔다.

968년 10월에 왕이 대사에게 王師로 모시고자 간청하자 대사는 이를 사양하였으나 대왕이 다시 "寡人이 스님을 높은 산처럼 우러름이 어찌 하루라도 잊을 수 있겠습니까. 장차 혼돈의 근원을 묻고자 하오니 간절한 마음입니다."라고 하였다. 이에 대사는 더 사양하지 않았고, 왕은 대사를 '王師 弘道三重大師'라 하고 그 다음날 왕이 몸소 내도량에 나아가 절하고 王師로 삼았다.

972년 대사가 태자가 장수하며 왕성하게 하고 임금의 자리를 붙들어 아름다운 덕을 쌓으며 임금을 도와 복이 퍼지도록 하기 위해 千佛道場에 들어가 기도하던 중, 7일째 되는 날 밤 꿈에 5백명의 스님들이 찾아와서 "스님의 소원을 부처님께서 들어주실 것이니, 畫師를 청하여 五百羅漢의 탱화를 그려 安禪報國院에 모시도록 하십시오."라고 권했다. 이에 스님께서는 "옛날 내가 보원사에 있을 때 三本 華嚴經을 奉持하고 날마다 中夜에 불상을 모신 법당에서 徑行하기를 몇 년간 계속하였다. 홀연히 어느날 밤 三寶前 客室 앞에 한 스님이 있기에 '스님은 어디서 오셨습니까?'라고 물었다. 대답하기를 '聖住院에 住持하는 五百僧인데 인연따라 제각기 지나게 되어 이곳을 경과하게 되었으니, 원컨대 여기에 머물게 해주십시오.'하고 入榜을 요청하고는 삼보에게로 가서 발을 씻고 내 방쪽으로 가기에 내가 먼저 방으로 돌아가서 들어오라고 청하였으나 응하지 않고 어디론가 가버렸는데 갑자기 폭우가 쏟아졌다. 다음날 아침 司存에게 '어제 밤에 객스님이 온 적이 있었는가?'라고 물으니, 司存은 '밤새도록 아무 스님도 온 적이 없다.'고 대답했다. 다만 뜰에 가득 범의 발자국만 있을 뿐이므로 '내가 十萬偈의 雜華經을 奉持하고 玉像에 귀의한 탓이며, 五百羅漢이 절에 강림한 까닭으로 신령한 자태에 감득하게 된 것이다. 그 후 이 성스러운 羅漢의 덕을 갚기 위해 해마다 春秋佳節에 羅漢의 妙齋를 베풀게 되었는데, 그 까닭은 그렇게 할 만하기 때문에 그렇게 된 것이다."라고 하니 제자들이 이를 기록하였다.

975년 봄 정월에 스님은 몸아 쇠약해져서 옛적에 머물던 산(故山)으로 돌아가기를 간청하였으나 대왕은 대사와 이별하는 것이 아쉬워서 개성에 있는 歸法寺에 주석하기를 청했다. 이에 대사는 "인연에는 시작이 있으면 끝이 있는 법이니 생각이 이에 있을 따름입니다."라고 하였다. 대왕도 대사를 연모하였으나 대사가 普願寺로 돌아가려는 발걸음을 멈추게 하기는 어려웠다.

대왕은 대사에게 國師가 되어 달라고 청하였으나 대사가 늙고 병들었음을 이유로 사양하자 대왕은 마음을 기울여 다시 간청하였다. 이에 대사는 "小僧은 도를 닦은 공이 微微하고, 스승이 될 만한 덕이 엷음에도 聖恩을 입음이 적지 않으므로 과분한 요청이지만 더 이상 사양할 수가 없겠습니다."라고 답하였다. 대왕은 몸소 도량에 나아가 조복을 입고 면류관을 쓰고 예를 갖추어 대사를 國師에 제수하였다. 대사는 "몸은 솔밭길로 돌아가더라도 마음만은 항상 궁궐에 있어 우러러 용안을 그리워하며 오직 대왕의 복을 빌 따름입니다."라고 하였다. 이렇게 대왕과 대사가 이별하게 됨에 대왕은 대사에게 비단 가사와 신발, 차, 향, 비단, 옷감 등을 바치고, 백관을 인솔하여 동쪽 교외로 행차한 후 송별연을 베풀고 태자와 함께 다과를 올렸다. 그리고 대사의 문하생 중 20명에게 좋은 밭과 절에서 부리는 노비 등을 베풀어 허락하였다.

대사가 걸어서 가야산사(普願寺)에 당도하니 그 절의 스님들이 부처님을 영접하는 것과 같이 仙樂을 갖추었고, 교종과 선종 승려 1천여 명이 대사를 영접하여 절로 들어가게 하였다. 대사가 문인과 제자들에게 "나도 응당 세상을 떠날 것이니, 석실을 만들고 시신을 안치해야 할 것이다. 너희들은 그 땅을 정하도록 하라."하고 문득 衣鉢과 지니고 다니던 法具를 문도들에게 나누어주었다.

975년 3월 29일 대사가 곧 열반에 들고자 하여 목욕을 하고 나서 대중을 모아놓고 遺訓을 내리기를, "사람은 老少가 있으나 佛法에는 先後가 없다. 부처님께서도 구시니가라 娑羅雙樹 밑에서 入滅을 고하셨으니, 萬法은 空으로 돌아가는 것이다. 나는 먼 길을 떠나려 하니 너희들은 잘 지내면서 여래의 바른 계율에 힘쓰도록 하라."고 하신 뒤 방으로 들어가서 儼然하게 가부좌를 맺고 보원사 법당에서 入滅하였으니, 세수는 76세요, 승랍은 61세였다.

비문을 통해 法印國師 坦文은 이전에 普願寺에서 修道한 적이 있었고, 王師를 지내고 國師에 오른 후 마지막에는 다시 보원사로 돌아와서 入寂하였음을 알 수 있다. 바꾸어 말하면 그러한 탄문이 수도했고 마지막을 보냈던 곳이 이곳 普願寺였다. 그런데 지금의 보원사지에 있는 문화재 안내문에는 법인국사탑과 법인국사탑비 안내문에만 극히 일부의 내용이 포함되었을 뿐이 풍부한 내용을 스토리텔링에 활용하지 못하고 있다. 그 대신 앞에서 살펴본 것과 같이 보원사지 안내문과 보원사지 5층석탑 안내문은 형식적인 내용으로 채워져 있다. 문화재청 인터넷 홈페이지와 국가문화유산포털 등에서도 마찬가지이다. 누구에게 어떤 내용을 전할 것인가에 관한 세심한 고려가 없었던 것으로 생각할 수 있다. 이곳 문화재를 찾는 탐방객들이 원하는 내용, 흥미를 느낄 내용, 문화재에 관심을 갖게 할 내용으로 구성될 때 문화재의 의미와 가치를 효과적으로 전하고 나눌 수 있겠으나, 지금의 문화재 안내문은 이와는 거리가 멀어 보인다.

보원사지에는 보원사지가 사적으로 지정되어 있는 것을 비롯해 보물로 지정된 문화재 5건이 있다. 당간지주와 석조, 5층석탑, 법인국사탑과 법인국사탑비가 그것이다. 이에 더해 보원사지와는 뗄 수 없는 긴밀한 관계에 있는 서산마애삼존불(국보)이 직선거리 1.5㎞ 거리에 있다. 그리고 이 문화재들은 하나같이 名作으로 꼽기에 부족함이 없는 것들이다. 뿐만 아니라, 보원사지에는 鐵佛 두 구가 있었는데, 그 중 高麗鐵佛坐像[17]은 1918년 금당지에서 발견된 것으로 확인되었다. 다른 하나인 鐵造如來坐像도 보원사지에 있던 것으로 보는 것이 일반적이며, 통일신라 말기 또는 고려 초기의 작품으로 여겨진다.

또한 이철환이 1753년 10월 9일부터 1754년 1월 29일까지 가야산 일대를 유람하고 쓴 일종의 기행문이라고 할 수 있는 『象山三昧』에도 普願寺에 관한 기록이 있다. 이 당시 보원사는 사찰로 명맥을 이어오고 있었다.

〈『象山三昧』 중 보원사(지)에 관한 주요 내용〉[18]

보원사에 도착하였는데, 승려들이 상하 구역으로 나뉘어 거처하고 있었다.

佛殿에는 철로 주조한 藥師 불상이 녹슬고 먼지 덮인 채 있는데, 연대를 가늠할 수 없었다.

---

17 이 철불은 높이가 257㎝에 이르는 대형 불상으로, 朝鮮總督府 발간 『博物館陳列品圖鑑』에는 "철로 주조한 석가모니불좌상으로서 높이 8척 6촌 8분이고 양손이 결손되었으며 대정(大正) 7년 3월 충청남도 서산군 운산면 용현리 보원사지로부터 옮긴 신라통일시대에 제작되었다." 고 그 출처를 명확히 하고 있다(朝鮮總督府 編, 『博物館陳列品圖鑑』, 1918~1943, 1~17권 합본 재간행, 경인문화사, 1989.). 현재는 국립중앙박물관 불교미술실에 전시되어 있다.
18 이철환 著, 이대형 譯, 『象山三昧』, 대한불교조계종 보원사, 2017, 42~52쪽.

어제 들으니, 보원사 승려가 말하기를, "보원사에서 옛날부터 공양드려온 철로 주조한 약사불과 보현보살의 *法像*은 동시에 만들어졌고, 역대로 이어져오면서 바탕에 칠을 하지 않았는데, 근세에 망령되고 용렬한 비구가 아름답게 보이기 위해 일꾼을 모집하여 금칠을 했다. 이후로 총림의 운수가 날마다 쇠퇴하고 침체하여 드날리지 못하고, 지금 극에 이르렀다."고 한다.

또 들으니, 불전이 옛날에는 새 겹의 처마로 되었다고 하니 그 크고 화려함을 상상해볼 수 있다. 지금은 겨우 처마 하나만 남았고, 먼지만 뒤집어쓴 채 허물어져서 짧은 기둥과 서까래, 대들보 등이 늘어져 완전히 황량하게 되었다.

시내 너머에 *石函*이 있는데 10곡도 넘는 곡식을 담을 수 있다. 승려들이 일컫는 '*運菜石舟*(채소 나르는 돌배)'라는 것이 바로 이것이다.

이 글에는 지금도 *普願寺址*에 남아 문화재가 된 *幢竿支柱*와 *石槽*, 5*層石塔*, *法印國師塔*, *法印國師塔碑*, 그리고 *鐵佛* 등에 관한 내용이 담겨 있다. 또한 지금은 없어진 *佛殿* 이야기도 있다. 한편 보원사는 조선 초에 *廢寺*된 것으로 보기도 했으나, 이 글을 통해 1753년 무렵에도 쇠락한 상태로나마 이어졌던 것을 알 수 있다.

이와 같이 각종 기록과 문화재에는 *普願寺址*에 관한 이야기가 있다. 언제 창건되었고 언제 폐사했는지를 명확하게 알려주는 기록은 없으나, 적어도 통일신라시대부터 조선 후기까지에 이르는 역사를 가진 옛 *普願寺*에 관한 재미있는 이야기를 엮어볼 소재를 갖고 있는 것이다. 그런데 지금은 이러한 기록과 문화재, 발굴조사와 연구 성과 등을 아우르는 문화재 활용은 이루어지지 않고 있다. 그만큼 이 문화재에 관한 가치 인식도 낮을 수밖에 없다.

탐방객 등 수요자가 원하는 것은 문화재 외형에 관한 설명이 아니라 그것에 담긴 재미있는 이야기이다. 한자식 용어를 쓴 알아듣기 어려운 설명이 아니다. 공급자적 시각이 아니라 수요자의 욕구에 맞춘 현실적인 문화재 활용이 이루어져야 한다. 미술사학이나 건축학 등을 전공하는 연구자라면 형식적, 양식론적 설명이 유효할 것이나, 일반인들이 요구하는 것은 전혀 다르다. 문화재의 의미와 가치를 담은 재미있는 이야기가 이해를 쉽게 할 뿐만 아니라 기억에도 남는 인상적인 경험을 만들고, 이것이 문화재 활용 효과를 높이고 문화재와의 거리를 좁히는 실질적인 방법이다. 1차적 자료와 연구 성과 등을 충분히 반영하여 일반 수요자들이 흥미를 느낄 수 있게 내용을 구성할 때 문화재 스토리텔링이라고 할 수 있다.

지금까지 살펴본 이야기 소재들을 전략적으로 체계화함으로써 한 편의 이야기를 만들 수 있고, 이를 통해 보원사지에 관한 효과적이고 재미있는 스토리텔링을 구현한다면 보원사지 문화재 활용은 지금과는 달라질 수 있을 것이다. 글이나 말로 된 스토리텔링에 더해 만화나 그림, 웹툰, 영상물 등 내용, 즉 이야기를 담을 수 있는 여러 가지 방법을 생각해볼 수 있다.

IV. 맺음말

물질적 차원에서 눈에 보이는 공간을 창출해내는 행위를 '공간의 사회적 생산(social production of space)'이라고 하는 데 대해, 물리적으로 생성된 공간을 사람들이 일상적이고 반복적으로 이용함으로써 상징적 의미를 갖는 장소로 전환하는 과정을 '공간의 사회적 구성(social construction of space)'이라고 한다.[19] 비어있는 공간이 의미로 채워지면 장소가 되는 것이다. 비어 있는 절터라는 공간에 의미를 채워 장소로 전환시켜주는 것이 그 유적에 관한 내용이며, 이야기는 그 내용을 담고 있는 것이다. 따라서 스토리텔링은 무채색의 대상물에 내용을 담아 문화재로서의 의미를 만들어주는 도구이다. 비어있던 공간이 의미가 채워지면 장소가 되는 것처럼, 인식적 차원에서 대상물을 온전한 문화재가 되게 해주는 것이 스토리텔링이라고 할 수 있다. 같은 대상물이라도 스토리텔링을 거치기 전과 후는 그 의미가 달라지는 것이다. 따라서 스토리텔링은 화자와 청자가 상호작용하며 대상물인 문화재에 의미를 부여하는

---

19 Low, Setha, *On The Plaza : The Politics of Public Space and Culture*, Austin : University of Texas Press, 2000, p.128.

능동적 과정이 된다.

세계관광기구(UNWTO)[20]는 이미 1993년에 '지속 가능한 관광(sustainable tourism)'이라는 개념을 도입했다. 지속 가능한 관광이란 '미래 세대가 필요로 하는 여건을 훼손하지 않는 수준에서 현 세대의 요구를 충족시키도록 관광자원을 개발 또는 이용해야 한다'는 것이다. 이미 없어진 문화재를 무리하게 새로 지으면서까지 그것을 관광자원화하려는 시도가 이어지고 있음을 상기할 때, 바로 그 빈자리를 이야기로, 내용으로 채워주며 상상력을 자극하는 문화재 활용 방법으로서 스토리텔링은 그 의미가 크다.

앞에서 살펴본 것과 같이 탐방객 등 수요자를 마치 공부시키려는 것과 같이 문화재 안내문이 짜여져 있고 인터넷 홈페이지를 통해 관련 정보가 제공되고 있지만, 재미있는 이야기를 만들어볼 수 있는 소재들이 있다. 이 문화재에 얽힌 지역사회, 지역주민들의 이야기를 더한다면 이야기는 더욱 풍부해질 수 있다. 이런 이야기 자원들을 조사하고 축적한 후 문화재의 의미와 가치를 효과적으로 공유하고 확산시킬 수 있는 형태로 재구성하는 스토리텔링 과정을 거치면 문화재는 더욱 흥미로운 여행 대상이자 교육 자료로서의 가치를 더할 수 있다.

공급자적 시각에서 수요자들에게 문화재에 관한 내용을 제공하고 그것을 공부하게 하는 것으로는 효과적인 문화재 활용을 실현할 수 없다. 지금의 문화재 안내판에 담겨있는 내용은 대부분이 그런 것들이다. 바로 여기에 스토리텔링 기법을 적극적으로 도입해야 하는 이유가 있다. 내용을 전달하되 효과적으로 해야 하며, 효과를 높이기 위해서는 재미있는 이야기 발굴과 구성이 선행되어야 한다. 즉 스토리텔링이 필요한 것이다. 생각하기에 따라서는 너무나도 당연한 일이지만, 문화재 활용 현장에서 효과적인 스토리텔링을 경험하기는 쉽지 않다. 의미와 가치를 전하면서도 재미있게 이해하고 공감할 수 있게 해야 문화재 활용이라고 할 수 있다.

---

20 1975년 설립된 기구로, 2003년 UN의 전문기구가 되었다. 이후 2005년부터 세계관광기구(WTO)라는 명칭 앞에 'UN'을 붙여 'UNWTO'로 칭한다.

문화재는 한국문화의 본질을 담고 있는 사회적 유산이다. 그 문화재의 의미와 가치를 폭넓게 공유하고 그것을 확산시킴으로써 인식을 높일 때 문화재 자체의 가치도 증진할 수 있다. 바람직한 문화재 활용은 문화재의 가치를 증진시키며 보존에도 기여하게 되는 것이다. 스토리텔링은 이런 점에서 외형에 집중하는 활용에서 벗어나 문화재의 본질적 의미와 가치를 공유하고 확산시키는 데 적합한 문화재 활용 방법으로 궁극적으로는 문화재의 가치를 증진하고 그것을 누리는 사람들의 삶의 질을 높이는 데도 기여할 수 있다. 스토리텔링을 이용한 문화재 활용을 통해 한국문화의 의미와 가치를 나누는 것이다.

ː 참고문헌 ː

1. 법령
「문화재보호법」

2. 논문 및 단행본
김사헌·박세종, 『관광사회문화론: 국제관광현상의 사회문화 및 정치경제학적 분석』, 백산출판사, 2013.

류호철, 「문화재 활용의 개념 확장과 활용 유형 분류체계 구축」『문화재』47(1), 국립문화재연구소, 2014.

반정화·민현석·노민택, 『서울시 근대문화유산의 스토리텔링을 통한 관광 활성화 방안』, 서울연구원, 2009.

송정란, 『스토리텔링의 이해와 실제』, 문학아카데미, 2006.

이지관, 「역주 해미 보원사 법인국사 보승탑비문」『校勘譯註 歷代高僧碑文』, 사단법인 가산불교문화연구원, 1995.

이철환 著, 이대형 譯, 『象山三昧』, 대한불교조계종 보원사, 2017.

장호수, 「문화재 활용론 – 활용의 개념과 범주에 대하여」『인문콘텐츠』7, 인문콘텐츠학회, 2006.

朝鮮總督府 編, 『博物館陳列品圖鑑』, 1918~1943, 1~17권 합본 재간행, 경인문화사, 1989.

최영성, 「譯註 海美 普願寺 法印國師 寶乘塔碑銘 并書」『東洋古典研究』22, 東洋古典學會, 2005.

Low, Setha, *On The Plaza: The Politics of Public Space and Culture*, Austin: University of Texas Press, 2000.

3. 행정자료 및 인터넷자료
문화재청 문화재활용국, 「2017년도 주요 업무계획」, 문화재청, 2016.

국립국어원 표준국어대사전(http://stdweb2.korean.go.kr/search/View.jsp)

내포가야산 보원사 인터넷 홈페이지(http://www.bowonsa.kr)

문화재청 인터넷 홈페이지(http://www.cha.go.kr/korea/heritage/search/Culresult_Db_View.jsp?mc=NS_04_03_01&VdkVgwKey=13,03160000,34&flag=Y)

혼례 행례자의 이용시각과 시간 질서

『儀禮』「士昏禮」의 六禮節次를 중심으로

지현주 부산대학

I. 머리말

고려 말에 우리나라에 유입된 것으로 알려져 있는 남송대의『주자가례』는 고대 중국의『儀禮』를 經文으로 삼아 간략히 정리한 家禮書이다. 이미 삼국시대부터『禮記』를 비롯한 유교경전이 읽혀진 것으로 볼 때『의례』는 우리의 전통혼례에도 적지 않은 영향을 끼쳤을 것이다. 전통혼례 의식은 통상 저녁 무렵에 행해졌다는 점을 특징으로 삼는다. 예로부터 한국과 중국에서 혼례의식이 저녁 무렵[昏]에 행해졌다는 기록은『의례』「士昏禮」의 經文에서 정현의 注가 두드러진다. 그의 주가 주목되는 이유는 "士가 妻를 얻는 禮로서 昏을 (혼례의)時로 삼은 것으로 인하여 혼례라고 이름 한다."고 했기 때문이다.

한편 정현은 이 '昏'에 대해서 반드시 昏으로 하는 것은 '陽이 가고 陰이 오는[陽往而陰來]' 이치를 취한 것이라고 하였다.[1] 그는 혼례의식이 저녁 무렵에 행해진 까닭을 음양론적인 이치에서 말한 것이다. 그럼에도 혼례의식이 혼시에 이루어진 의미와 행례자의 이용시각이 혼과 흔에 이루어진 이유가 다 밝혀진 것은 아니다.

이러한 배경에서 사혼례에서 행례자의 이용시각은 인문과 천문의 상호보완적인 관점에서 해석될 필요가 있다. 음양론은 日月의 변화이론이기 때문에 천문현상으로 본 日月星辰의 운행에서 해명되어야 한다. 그러므로 혼례의 육례절차에서 행례자의 이용시각이 흔과 혼에 이루어진 점은 '양왕이음래'의 해석과 함께 일월성신의 역상학적 時刻에서도 살펴져야 한다. 이러한 검토이후에야 비로소 행례자의 이용시각인 혼과 흔의 의미는 파악될 것이다. 따라서 사혼례의 육례절차에서 행례자의 이용시각은 천문과 인문이 연계되는 시간 질서에서 밝혀야 한다.

『의례』의 주에서 정현은 이 昏이 가리키는 시각을 '三商'이라 하였고 이에

---

1 『의례』,「士昏禮 第二」, "鄭目錄云 士娶妻之禮 以昏爲期因而名焉 必以昏者 取其陽往而陰來."

가공언은 그의 疏에서 해가 넘어가서 三商인 것은 '商量'을 말한 것이기에 '漏刻'의 이름이라고 한다.[2] 이러한 용어는 시각을 측정하기 위한 것이자 물시계의 관측에 적용된 것인데 거의 모두 고대의 禮制에 속한다. 이러한 점에서 남녀가 결합하는 의례의식을 혼례라 불리어진 까닭에는 고대의 천문역상에 의한 역법과 시법과도 밀접한 관련성을 추측할 수 있다. 그러므로 사혼례의 육례절차에서 다섯 가지의 절차에는 흔시를, 오직 친영에는 혼시를 이용한 까닭은 특정한 시간 질서에 부합된 것이다. 따라서 본 연구의 목적은 『의례』「사혼례」의 육례절차에서 행례자가 이용한 혼과 흔의 시각이 교차적이면서 교합적인 시간 질서임을 밝히는데 있다.

연구방법으로는 혼례의 육례절차를 음양론과 천문관측에서 두 가지 관점을 통합적으로 해석하고자 한다. 「사혼례」의 注疏에서는 혼례의 '昏'을 '양왕이음래'로 설명한다. 그러나 본고는 이를 특정 천체가 관측되는 시각으로 구분하고 이때 운행되는 천체와 관련하여 파악하려고 한다. 따라서 혼과 흔에 관측되는 중성의 시공간은 본고가 혼례에서 행례자의 이용시각을 파악하는 하나의 방법론이다.

지금까지의 선행연구에서 도출된 천체운행과 그 방위에 따른 질서의식은 북극성과 천체의 일주운동에서 고찰되었다.[3] 이러한 선행연구가 바탕이 된 본 연구는 혼례의 육례절차에서 행례자의 이용시각을 혼시와 흔시에 관측되는 中星과의 관련성에서 검토한다.

연구를 위해 일차적으로 사혼례의 육례절차에서 혼과 흔을 이용한 시각은 일월성신의 역상이 四時에 중성을 구하는 관점과 '양왕이음래'의 관점에서 함께 해석된다. 이차적으로 이러한 관점이 어떤 의미가 있는지를 살필 때, 중성이 사방위로 배정되는 칠수 가운데 위치하고, 12次에서는 일월이 만

---

2 「士昏禮 第二」, 鄭目錄云, "士娶妻之禮, 以昏爲期, 因而名焉. 必以昏者 取其陽往而陰來, 日入三商爲昏, 昏禮於五禮屬嘉禮, 大小戴及別錄此皆第二."

3 그 결과 가례의 장자와 중자의 관례의식에서 장자와 중자의 방위로 구분되는 자리가 일월이 운행되는 방위궤도를 따르는 모형과 일치한다는 점을 밝혔다(지현주, 「『주자가례』에 내재된 방위관과 질서의식에 관한 연구 -통례 및 관례와 혼례를 중심으로-」, 동양철학연구회, 2013.).

나는 것을 검토한다. 그러므로 천문역상에서 중성은 사시의 남방에서 혼과 혼시에 관측되는 그때에 사방위에 배정되는 칠수 가운데 위치한다. 따라서 본고는 운행하는 일월이 교합하는 시각에 계측되는 까닭이 중성을 관측하는 시각과의 관련성에서 밝힌다.

천문역법에서 중성을 살펴보기 위한 자료로는 고대 중국의 천문을 정리하여 소개한 조선의 학자 이순지의 『천문류초』와 『제가역상집』 그리고 서호수 외의 『국조역상조』를 참고한다. 이순지가 수록한 자료들은 『史記』로부터 한대이후의 고대 중국의 천문역법과 남송대에 이르는데 본고는 이를 중성관측과 역상수시에 적용된 관점에서 검토한다. 혼례의 질서의식과 관련해서는 『의례』이외에도 『예기』의 「월령」이나 『대대례기』, 『하소정』 등에서 서술되는 중성을 살펴보는데 역상수시이외에도 음양론적 해석을 포함한다.

본 연구는 자연의 질서로서 천문현상이 여러 갈래의 유교문화에 습합되고 융합되어진 과정을 밝히는데 있지 않다. 오히려 한대이후로 남송대를 거쳐 조선에 이르기까지 많은 유학자가 관심을 가졌던 천문역상이 실제로는 의례의 본래적 의미를 함의하기에 혼례 행례자의 이용시각에 주목하여 관련성을 밝히고자 한다. 그러므로 본 연구의 목적은 혼례의 의미를 확충하는데 있고 그 방법론은 자연과학적인 배경에서 논한다. 따라서 본고는 전통혼례에 대한 인문학과 자연과학의 관점을 통합적으로 검토한다.

II. '昏'의 해석학적 관점

1. 주역팔괘 음양론의 '陽往而陰來'

후한의 정현은 「사혼례」의 주석에서 혼례의 혼을 '양왕이음래'라고 하였다. 이 이론은 『주역』에서 팔괘의 배열순서와 그 방향에서 살필 수 있는데 이진상은 『周易疑義』에서 '양왕이음래'를 다음과 같이 설명한다.

양왕이음래. 진괘로부터 건괘에 이르는 것은 양의 감이나. 건괘로부터 진괘에 이르는 것은 양의 옴이다. 곤괘로부터 손괘에 이르는 것은 음의 감이나 손괘로부터 곤괘에 이르는 것은 음의 옴이다. 그 괘의 순서로써 말한다면 건괘가 진괘에 이르고 손괘가 곤괘에 이르는 것이다. 모두 옴의 역을 알게 된다. 〈하략〉[4]

위 인용문에서 팔괘의 배열순서와 그 방향을 구체적으로 살피기 위해서는 아래 『역학도설』의 〈그림 1〉 후천팔괘방위도와 〈그림 2〉 후천팔괘음양진퇴지도[5]가 참고 된다. 각각의 그림은 다음과 같다.

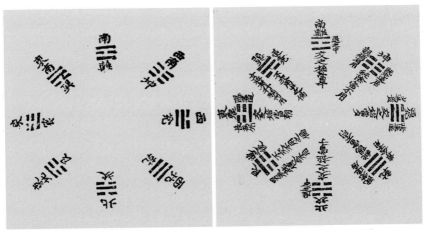

〈그림 1〉 후천팔괘방위도   〈그림 2〉 후천팔괘음양진퇴지도

4 李震相(1818~1886), 『周易疑義』, 〈省略〉…陽往而陰來. 自震至乾陽之往, 而自乾至震陽之來也. 自坤至巽陰之往, 而自巽至坤陰之來也. 以其卦序而言則乾至震巽至坤. 俱爲知來之逆. 〈下略〉.

5 장형광(1554~1637), 『易學圖說 乾』, 여헌학연구회, 여헌학자료총서 I, 484쪽, 491쪽, 각각의 圖.

〈그림 1〉에서 좌우의 두 괘는 震과 兌이며 동쪽과 서쪽에 각각 배열되어 있다. 『周易疑義』에서 "震卦로부터 乾卦에 이르는 것은 陽의 往이고, 乾卦로부터 震卦에 이르는 것은 陽의 來이다."라고 한 것은 양의 왕래이다. 반면, "坤卦로부터 巽卦에 이르는 것은 陰의 往이고 巽卦로부터 坤卦에 이르는 것은 陰의 來이다."라고 한 것은 陰의 往來이다. 이러한 문왕의 팔괘가 방위에 배열된 순서와 그 음양왕래의 방향은 〈그림 1〉에서 보는 것과 같이 양의 감은 진괘가 배정된 동쪽에서 건괘의 서북쪽으로 나아가되 그 거리는 가장 길다. 반면 음의 감은 남서쪽 곤괘에서부터 남동쪽 손괘에 이르는데 그 거리는 가장 짧다. 따라서 양의 왕래는 동쪽에서 서북쪽에 이르러 가고 서북쪽에서 동쪽에 이르러 온다. 반면, 음의 왕래는 서남쪽에서 동남쪽에 이르러 가고 동남쪽에서 서남쪽에 이르러 온다.

'양왕음래'를 『역전』, 「설괘전」에서도 살필 수 있는데 다음은 尙秉和의 해석이다.

양이 가면 음이 와서 자연스럽게 서로 만나니, 서로 만난 후에 서로 교합하여 역도가 이내 이루어진 것이다. 그러므로 '역은 거슬러 셈하는 것'이라고 말한다. 양은 음을 거슬러 음은 양을 거슬러 가는 것을 말한다. 그러므로 자리를 정하고 기를 통할 수 있다. 서로 호응하고, 서로 싫어하지 않는 것이니 이것은 거듭 팔괘가 서로 뒤섞이는 이치를 말한 것이다. 서로 섞이므로 음이고 양은 서로 거스른다. 서로 섞이지 않으면 음은 음이고 양은 양이니, 어찌 서로 마주쳐 교합할 수 있겠는가.[6]

상병화는 『周易尙氏學』에서 양이 가면 음이 와서 자연스럽게 서로 만난다고 하였고 이후 서로 交合하여 易道를 이룬다고 한다. 이는 음양이 서로 만

---

6 尙秉和(1870~1950), 『周易尙氏學』, "〈省略〉陽往陰來, 自然相遇, 相遇然後相交, 易道乃成, 故曰易逆數也. 言陽逆陰, 陰逆陽, 故能定位, 通氣, 相薄, 不相射也. 此仍言八卦相錯之理. 相錯故陰 陽能相逆, 不相錯則陰自陰陽自陽, 胡能相値而相交哉."

나고 섞어서 서로 호응하는 것과 음양이 서로 마주쳐 교합함이 이치라는 것이다.

이에 대해 〈그림 2〉를 살펴보면 그 교합의 역도가 이루어지는 양태를 살필 수 있다. 좌우에 각각 동쪽의 진괘와 서쪽의 태괘가 보이는데 각 괘상의 안쪽으로 "交之始當朝"라고 되어 있고 또한 "交之始當夕"이라고 되어 있다. 그리고 상하에 각각 남쪽의 리괘와 북쪽의 감괘가 보이는데 이들의 괘상 안쪽으로 "交之極當午"와 "交之極當子"라고 기록되어 있다. 그러므로 교합의 시초는 새벽과 저녁에 해당되고 교합의 지극한 것은 정오와 자정에 해당된다. 따라서 시간의 흐름에서 볼 때 팔괘의 음양진퇴에서의 교합은 朝夕에서 시작되고 子正과 正午에서 지극해진다.

2. 四時의 昏曉와 中星 관측

고대의 군주가 백성들에게 授時하기 위해서는 천체의 관측이 절실하였다.[7] 그러나 曆象을 통해 수기하기 위해서는 儀器를 갖추어야 計時가 가능하다. 이러한 관점은 『의례』「사혼례」에서 혼의 해석과 관련지어 살필 수 있다. 이에 정현 注에서는 혼을 三商이라 하고 또 가공언의 疏에서는 물시계의 儀器인 漏刻과 그 시각을 표시하는 刻으로서 商을 말하는데 다음과 같다.

> 석에 이르기를, 정현은 사가 처를 얻는 예를 운운하는데 상은 상량을 말한다. 이것은 누각의 이름이다. 그러므로 삼광과 영요 역시 해가 들어가서 삼각이 되면 혼이 다하지 못하여 밝을 것이다. 생각해보건대 마씨가 해가 아직 나오지 못하거나 해가 들어간 후 모두 이각 반이라 하니 전후 합하여 오각이다. 지금 삼각이란 것은 정수인데 그 실제로는 이각 반이다.[8]

---

7 지현주, 「고대 중국에서의 聖人南面과 남면하는 그 시선 — 曆象授時의 관점에서 본 성인의 일을 중심으로 —」, 동아시아고대학회, 제44회, 2016.

8 「士昏禮 第二」, 疏 釋曰 鄭知是士娶妻之禮者 以記云記士昏禮 故知是士娶妻 鄭云 日入三

위 인용문과 같이 『산당고색』에 의하면 "공영달은 壺 안에서 浮箭의 出刻으로 기준을 삼는다고 말하고, 가공언은 호 안에서 漏水의 沒刻으로 법도를 삼는다고 말하는데 각자 자신이 들은 것을 말하였을 뿐이다. 떠오른 것과 잠긴 것은 비록 다르나 큰 틀은 한 가지이다."[9]라고 한다. 따라서 "孔壺[10]는 漏[11]가 되고 浮箭[12]은 刻이 되고 漏水가 떨어지는 것으로 각을 계산하여 中星을 관찰하면 昏明이 드러난다."[13]라고 하여 누각을 통해 시각을 계산하였다.

정현과 가공언의 주소에 의하면 혼은, 즉 초혼에서 시작된 시간은 해가 져서 3각 혹은 2각 반이다. 천체를 관측하는 일은 밝은 낮에 행해진 것이 아니라 어두워져야 관측이 가능하다. 그러므로 천체를 관측할 수 있는 시간은 초혼부터 야반을 지나 밝아지기 직전 이른 아침까지이다. 하지만 매일 관측되는 시각은 일정하지 않다. 해의 길이가 변화기 때문이다. 그런데 이 혼시에 관측된 천체는 무엇일까. 이 천체를 매일 이 시각에 관측할 수 있다면 恒星일 것이다. 따라서 28수 등이 여기에 속한다.

고대의 성인이 남면하여 사시를 헤아리는 역상수시는 일월성신을 관측하여 얻어진 때이다. 그 가운데 해와 달은 한 해에 12번을 만나 사시를 이루는데 다음과 같다.

성인이 남면하여 四時를 헤아려서 백성들에게 정사를 베풀려는 것이다. 그래서 堯는 희화에게 명하여 해와 달과 별의 운행을 관측하게 하여 백성들에게

商者 商謂商量 是漏刻之名 故三光靈曜亦日入三刻爲昏不盡爲明 案馬氏云 日未出日沒後皆云二刻半前後共五刻 今云三商者 據整數而言其實二刻半也.

9 『국역제가역상집』 하권, 250쪽.

10 『국역제가역상집』 하권, 세종기념사업회, 8쪽. 주13) 참조(예전에 물을 떨어뜨려서 시각을 측정하던 의기, 바닥에 작은 구멍이 있어서 붙인 이름임.).

11 『국역 제가역상집 상권』, 같은 곳, 주14) 참조(예전에 시각을 측정하던 의기, 구리로 만들었으며 구멍이 있어서 물방울이나 모래를 떨어뜨려서 각도를 표지하여 시간을 측정할 수 있었음, 누호, 누각, 동호각루.).

12 위와 같은 책, 같은 곳, 주15) 참조(수호 안의 물에 띄워 떠오르게 만든 살대로 시각을 가리킴.).

13 浮箭爲刻. 下漏數刻 以考中星 昏明生焉.

때를 알려주었다. 〈중략〉 해와 달은 1년에 열두 번 만나며 사시를 이룬다. 이 時는 맹월, 중월, 계월로 나누어진다.[14]

그리고 사시에 남방에서 관측되는 사방위의 칠수는 모두 28수인데 각 칠수의 한가운데에 위치하는 중성은 다음과 같이 관측된다.

군주가 아침저녁으로 星度에서 때를 살필 수 없게 되자 四時의 한가운데를 들어 그것을 입증하였는데 日中은 춘분이고 日永은 하지이고 宵中은 추분이고 日短은 동지이다. 이른 바 성조라는 것은 남방의 성수칠로, 주조의 형상이며 춘분에 남방에서 나타난다. 이른바 성화라는 것은 동방의 성수칠로, 창룡의 형상이며 하지에 남방에서 나타난다. 성허라는 것은 북방의 성수칠로 현무의 형상이며 추분에 남방에서 나타난다. 이른바 성묘라는 것은 서방의 성수칠로 백호의 형상이며 동지에 남방에서 나타난다.[15]

또한 中星으로 바르게 잡힌 四時는 계절의 변화를 해의 길이에 따라 분류된 절기이다. 그런데 이 중성은 세차변화에 의해 그 위치가 달라지는데 『예기』, 「월령」과 『상서』, 「요전」의 차이가 이것이다. 다음과 같다.

옛날에는 中星을 거론하여 四時를 바로잡았다. 봄에 해의 길이는 낮과 밤의 중간 길이이고 별자리는 星鳥이고, 여름에 해는 낮이 길고 별자리는 大火이고, 가을에 해는 낮과 밤의 길이가 같고(宵中)이고 별자리는 虛宿이고, 겨울에 해는 낮의 길이가 짧고 별자리는 昴宿이다. 이것이 『상서』「요전」에서 말한 중성

---

14 『국역 제가역상집 상권』, 112쪽.
15 蘇頌 撰/ 錢熙祚 校, 『新儀象法要』, 대만상무인서관인행; 『국역 제가역상집 상권』, 113쪽.
　　"人君不能以朝夕察候乎星度也. 故擧四時之中以驗之, 日日中春分也. 日日永夏至也. 日宵中秋分也. 日日短冬至也. 所謂星鳥者南方之星七爲朱鳥體, 春分則見於南方也. 所謂星火者東方之星七爲蒼龍體, 夏至則見於南方也. 所謂星虛者北方之星七爲元武體, 秋分則見於南方也. 所謂星昴者西方之星七爲白虎體, 冬至則見於南方也."

이다. 또 『예기』 「월령」에서 말한 중성은 맹춘의 달에 낮에는 營室에 있고 저물녘에 參宿의 한가운데에 있고 해가 뜰 무렵에 尾宿의 한가운데에 있다. 仲春의 달에는 낮에는 규수에 있고 저물녘에 호수의 한가운데에 있고 해가 뜰 무렵에 건성의 한가운데에 있다. 계춘의 달에 낮에는 위수에 있고 저물녘에 칠성의 한가운데에 있고 해가 뜰 무렵에는 견우의 한가운데에 있다. 이런 예에 따라 추산하면 사시가 모두 이런 식이다. 이것이 「월령」과 「요전」에서 말한 중성이 지닌 차이점이다.[16]

위 인용문에서와 같이 『상서』의 「요전」과 『예기』의 「월령」의 차이점은 星宿에 있다. 그러나 본고가 주목하는 중성은 昏明에 남쪽에서 관측되어 사방의 각 칠수 가운데에 위치한다. 따라서 28수 가운데 중성으로 관측되는 별자리는 반드시 사방 칠수가 남쪽 중앙에 위치할 때라는 공통점이 있다.

III. 행례자의 이용시각과 昕 · 昏의 의미

1. 천문역상에서의 昕과 昏

『의례』, 「사혼례」의 記文에는, "무릇 혼례에 관한 일을 행할 때는 반드시 저녁이나 새벽 시간을 이용하며 녜묘에서 명령을 받는다."[17]라고 한다. 혼례는 육례절차를 거치기 전에 우선 신랑 측에서 妹氏를 보내어 혼인의 뜻을 전달한다. 이후부터 육례절차를 거치는데 납채, 문명, 납길, 청기, 납징, 친영이다. 使者는 친영을 제외한 모든 절차에 昕의 시각을 이용하는 반면 신랑은 친히 신부를 맞이하러 가는 친영에 昏의 시각을 이용한다. 따라서 모든 의식절차에는 신랑 측에서의 사자와 신랑이 모두 신부 집으로 먼저 보내지

---

16 『산당고색』, 이순지, 위의 책, 108~109쪽.
17 『儀禮』, 「士昏禮 第二」, 記文-01, 凡行事 必用昏昕 受諸禰廟.

는데 가고 오는 시간적 질서에 따라 혼·흔의 시각을 이용하는 특징이 있다.

육례절차에서 신랑 측 사자와 신랑이 신부 집으로 먼저 가서 다시 돌아오는 의식은 '양왕이음래'로 설명된다. 그럼에도 신랑 측의 신랑과 사자가 혼, 흔의 시각을 이용하는 까닭이 모두 해명된 것은 아니다. 왜냐하면 신랑의 경우에 혼시의 이용이 '양왕이음래'의 이치를 취한 것이라면, 사자의 경우에 흔시의 이용은 '음왕이양래'에 해당되기 때문이다.

士가 妻를 얻는 禮가 혼시에 이루어진 것으로 인하여 혼례라 이름 하는데 반드시 昏을 이용한 뜻은 '양왕이음래'의 이치를 취한 것이다. 양이 가고 음이 오는 혼은 저물 무렵인데 밝음에서 어두움으로 교차되는 시간이다. 이와 반대로 혼례에서 사자가 이용하는 흔은 새벽 무렵인데 어둠에서 밝음으로 교차되는 시간이다. 그래서 이때는 서로가 교합하는 시각에 해당된다.

고대 성인이 남면하여 四時에 역상을 살핀 것은 혼효에 중성을 관측하여 時를 바로잡기 위해서였고, 때를 바로잡아 백성들에게 時를 베푼 것은 政事하기 위해서였다.[18] 새벽녘은 음을 보내고 양을 맞이하는 시각으로 이때 관측되는 중성을 旦 中星이라 한다. 그리고 저녁녘은 양을 보내고 음을 맞이하는 시각으로 이때 관측되는 중성을 昏 중성이라 한다. 이러한 관점에서 볼 때 육례절차에서 사자가 昕時를 이용하고 신랑이 昏時를 이용한 까닭은 아마도 혼효와 같은 특정 시간에 따르기 위한 것이다.

그렇다면 혼효에 관측되는 중성을 본떠 혼례에서 혼과 흔의 시각은 신랑과 신부의 결합과 같이 '男女之合'의 의미를 드러낸 것은 아닐까. 천문을 본떠 인문에 적용된 의례전반에서 혼례의식도 이와 무관하지 않을 것이기 때문이다. 관혼상제는 평생의례인데 개인을 대상으로 하는 반면 혼례는 남녀 개인이 상대와 함께 행하는 의례이다. 그래서 인륜의 大事로 여겨지는 남녀의 결합은 예나 지금이나 매우 중요하다. 혼례의식에서 천문을 본뜬 행위양식은 특정 천체와의 관련성에서 검토될 수 있으며 해와 달은 음양남녀로 대표된다. 그리고 하늘로 표현되는 28수가 사시의 혼효에 남중하는 별이 중성

---

18 『新儀象法要』, "聖人南面視四時之中 所以候四時之早晚 以布民政.〈하략〉", 71쪽.

이 되는데 항수이기 때문이다. 그런데 해와 달은 중성이 관측되는 혼효와 어떤 관련성이 있을까.

"고대 성인은 일월성신을 관측하여 백성들에게 시간을 알려주었는데 중성을 관측한 시각으로 사시를 바로 잡는다."[19]는 점에서 일월과 중성의 관련성을 찾을 수 있다.

앞서 혼례를 반드시 혼으로써 한 것이 '양왕이음래'의 이치를 취한 것이라 하였다면 해가 출입하는 시각으로 혼례의 행례자는 육례절차에서 혼과 효를 이용한 것이다. 혼효는 하루 중 새벽녘과 저물녘에 두 번의 밝음과 어두움이 교차하는 시각인데 그 과정에서 음양의 순서를 살펴보면 다음과 같다. 첫째, 새벽녘은 어두움에서 밝음으로 바뀌는 시각이고, 둘째, 저녁녘은 밝음에서 어두움으로 바뀌는 시각이다. 그러므로 이 혼효에는 밝음과 어두움이 교차되면서 서로 교합할 것이다. 따라서 음양이 교합하는 시각을 시간별로 살펴보면, 첫째, 하루 중의 혼과 효에 교합한다. 둘째, 한 해에 일월은 次에서 12번을 만나 교합하여 열두 달을 이룬다. 따라서 하루 중 혼효에 관측되는 중성과 한 해에 12次에서 일월의 만남은 모두 음양교합이 이루어진 시간과 공간에 해당된다.

分至 가운데 춘·추분에는 하루 중 주야의 길이가 같다. 이때 황도 상에 있는 해는 적도와 교차하는 지점에 위치한다. 그래서 사시의 이분이지에서 주야의 길이 변화는 시간의 변화이자 해가 위치하는 공간의 변화가 된다. 따라서 사자가 흔의 시각을 이용한 까닭은 혼의 시각을 이용한 신랑과 함께 살펴져야 한다.

2. 使者와 新郎의 이용시각, 昕과 昏

혼례의 일을 행할 때 신랑은 저녁 무렵을 이용한다고 하였으니 사자의 새벽 무렵과 대응된다. 육례절차에서 보면, 신랑이 신부 집으로 가서 신부를

---

19 『新儀象法要』, 같은 곳, "〈생략〉 故堯命羲和曆象日月星辰敬授人時.〈하략〉", 71쪽.

친히 데리고 신랑 집으로 돌아와서 친영 의식을 행한다. 따라서 양이 되는 신랑이 음의 집으로 가서 음인 신부를 데리고 양의 신랑 집으로 오는 친영의식은 행례자의 음양론적 관점에서 '양왕이음래'이다.

납채 이하 문명, 납길, 청기, 납징의 다섯 가지 의식에서 사자는 흔의 시각을 이용하여 신랑 측에서 신부 집으로 거동한다. 혼례에서 혼을 취한 '양왕이음래'의 뜻과 달리 행례자인 사자가 이용한 흔의 시각은 오히려 '음왕이양래'에 해당된다. 이러한 시간에 따른 질서의식을 음양론과 함께 살피면, 육례절차에서 이용한 혼과 흔은 중성이 관측되는 昏과 曉를 같은 시각으로 파악된다. 흔시는 효시와 같이 새벽녘이기에 어둠에서 밝음으로 음양이 교차되는 시간이다. 그러나 신랑 측 사자가 이용하는 흔시는 '양왕이음래'와 다르다. 그렇다고 '음왕이양래'로써 말하지 않는다. 본 장과 절에서는 이 점에 주목한다.

「사혼례」의 記文에는 신랑이 신부 집에 도착하여 친영의 예를 혼시에 행한다는데 다음과 같다.

> 빈(신랑)이 신부 집의 대문 밖에 이르면 빈자가 무슨 일로 왔는지 묻는다. 빈은 "그대(신부 아버지)께서 아무개(신랑 아버지의 이름)에게 명하셨기에, 아무개께서 오늘 초저녁에 아무개로 하여금 친영의 예를 행하도록 하셨습니다. 명을 받들고자 청합니다."라고 대답한다.[20]

위 記文에서 친영의식이 '양왕이음래'로 해석되는 점은 혼시에 있다. 그러므로 신랑이 혼시를 이용하는 이유는 신랑의 거동이 양의 운행에 대응되기 때문이다. 앞서 사자의 이용시각인 흔은 새벽 무렵인 반면 혼은 저녁 무렵이다. 양을 보내고 음을 맞이하는 시기로 이때 관측되는 중성을 昏 中星이라 한다. 혼 시각에 관측되는 중성이 혼례의식이나 신랑의 거동과는 어떤 관련성이 있을까. 육례절차에서 친영은 신랑이 친히 신부를 공경히 맞이하여 오

---

20 「士昏禮 第二」, 記-47, 賓至, 擯者請 對曰, "吾子命某, 以兹初昏 使某將 請承命."

는 의식이다. 『예기』에 따르면, 혼례의 의미는 두 성의 좋은 결합으로, 위로는 조상을 섬기고 아래로는 자손을 낳아 잘 기르는 임무를 지닌다.[21] 따라서 고대 성왕이 백성들에게 授時하는 일은 매우 중요한 일이였기에 혼효 시각을 이용하여 혼례의 육례절차를 행하는 일은 성왕이 政事를 행하는 일에 비유될 수 있었다.

혼효에 중성을 관측한 것은 고대 성왕이 四時에 早晚을 관측하여 백성들에게 時를 베풀기 위한 것이었다. 그렇다면 중성을 관측하는 혼·효시는 어떤 의미로 혼례에서 행례자가 이용하는 시각으로 이용되었을까. 중성이 관측되는 혼·효시를 음양의 교합이 이루어진 시각으로 본 것이다. 동시에 남중하는 중성이 남쪽 하늘의 가운데에서 관측되는 曆象은 일월성신과의 조합에 의한 것이다.[22] 이는 해와 달이 만난 시간과 공간이라는 의미가 있다. 다음과 같다.

> 하늘의 이십팔수가 사방위에 배분되어 무릇 365度와 나머지가 일월오성의 次舍가 된다. 해가 一度를 운행하면 一日이 되고 해가 하늘을 한 바퀴 돌면 일년이 된다. 그리고 달이 삼십일을 운행하여 하늘을 一周하면 한 달이 된다. 그러므로 日月이 一歲에 12번 만나서 四時를 이룬다.[23]

위와 같이 이십팔수가 사방위에서 하늘을 배분하여 일월오성이 머무는 집(차사)가 되고 해와 달은 한 해에 12번 차에서 만나 사계절을 이룬다. 그러므로 일월성신을 역상하면 서로 교합하여 그때와 그 방위를 이루니 시간과 공간에서 함께 만난 것이다. 따라서 하루 중 혼효와 한 해에 차에서 12번 만

---

21 『禮記』, 「昏義」, "昏禮者將合二姓之好 上以事宗廟而 下以繼後世也."
22 〈그림 1〉 사중중성도를 참고하시오.: 지현주, 「고대 중국에서의 聖人南面과 남면하는 그 시선- 曆象授時의 관점에서 본 성인의 일을 중심으로 -」, 동아시아고대학회, 제44회, 2016, 200~201쪽.
23 『新儀象法要』, "〈생략〉天以二十八宿分布四方 凡三百六十五度有畸爲日月五星之次舍 日行一度爲一日 周天爲一歲 月行三十日一周天爲一月 故日月一歲十二會爲四時.〈하략〉"

나 한 달을 이루는 것은 모두 음양의 교합으로 이루어지는 시간이자 공간이었다.

이러한 까닭에 혼례 육례절차에서 혼과 흔은 신랑과 사자의 거동에 이용되는 시각이다. 신랑의 혼시와 사자의 흔시의 의미는 중성이 관측되는 시각이면서 음양이 교합하여 일월이 만나는 때이다. 따라서 혼례의 육례절차가 음양 교합적 시간에 이루어진 질서는 남녀음양의 좋은 결합으로 가정을 경영하는데 위로는 조상을 잘 섬기고, 아래로는 자손이 번성하길 바라는 뜻과도 통한다.

IV. 행례자의 交合的 시간 질서

『詩經』에 "妹氏가 없이는 혼례를 할 수 없네."라는 시구가 여러 군데 나오는데[24] 「사혼례」의 의식절차 가운데 첫 의식인 納采가 이루어지도록 우선 매씨를 통해 신부 집에 혼인의 의사를 묻게 한다. 신부 측의 허락이 있은 후에야 사람을 시켜서 그 채단을 드린다. 납채에 보내는 문서는 신랑 측 使者에 의해 전달되는데 기러기를 예물로 함께 전한다. 유가의 전통혼례에서 기러기를 예물로 사용하는데 그 까닭은 "음양왕래의 순종하는 기러기의 성정을 취한 것이다."라고 한다. 기러기의 암수는 한번 부부의 인연을 맺으면 짝을 잃어도 평생 혼자 살아가는 성정을 취하여 본받게 한 것에 기인한다. 이는 사혼례의 정현의 주에서도 '양왕이음래'로써 혼례의식에 그 의미를 부여한 것이다.

신랑이 신부 집에서 신부아버지를 뵐 때 신랑은 昏時에 방문한다. 이와 달리 신부는 친영절차에서 신랑 집에서 하룻밤을 지내고 다음날 아침 일찍 일어나 목욕과 머리를 묶어 비녀로 쪽을 찌르고 흑색의 예복을 걸치고 시부모를 뵙기 위해 기다린다. 날이 밝으면 찬자는 신부가 시부모를 뵙도록 한다

---

24 『詩經』, 「齊風」, 南山, "取妻如之何, 匪媒不得."; 「衛風」, 「國風」 등.

고 하였다. 이때는 質明이니 昕의 시간이다.

다만「사혼례」의 육례절차 가운데 친영의식에서 신랑 집에서의 첫째 날에 신랑과 신부가 함께 행한다. 대략 同牢, 卒食과 酌醋에서 제사(고수레)지내고, 寢息에 들고 餕 등을 지낸다. 이러한 의식에서 신랑과 신부가 함께 하는 공간과 시간에 따른 질서는 서로 교차하여 교합하는 행례로 진행되는데 그 의식 절차는 다음과 같다.

신부가 신랑 집의 대문 밖에 도착하면 주인(신랑)은 신부에게 읍하고 인도하여 대문 안으로 들어간다. 침문 앞에 이르면 주인은 신부에게 읍을 하고 침문 안으로 들어간 후 (함께) 서쪽 계단을 통해 당 위로 올라간다. 신부의 수종자들은 실의 서남쪽 모퉁이(아랫목)에 자리를 펼쳐 놓는다. 신랑은 실 안으로 들어가서 자리 앞으로 나아가 선다. 신부는 실 안으로 들어간 후 서남쪽을 높인다. 신부의 수종자들과 신랑의 수종자들은 서로 상대를 바꾸어 물을 따르고 손을 씻도록 해 준다.[25]

친영에서 신랑은 혼시에 신부 집으로 가서 신부를 친히 맞이하여 신랑 집으로 인도한다. 대문을 거쳐서 침문 앞에 이르면 신랑은 신부에게 읍하고 먼저 들어간 후 함께 西階를 통해 당 위로 올라간다. 따라서 신랑은 신부를 인도하고 신부는 그를 따른다. 室은 좌우의 방이 위치하는 중앙에 있다. 실의 서남쪽 모퉁이에 펼쳐진 자리는 조상신을 제사지내는 곳이다. 그러므로 신랑은 室의 서남쪽 모퉁이 앞으로 가서 자리를 삼는다. 이와 같이 서남쪽을 상석으로 상정된 조상신의 자리 앞에 신랑이 서고 그 서남쪽을 향해 신부는 높여 공경한다. 그리고 신랑과 신부의 수종자들은 서로 상대를 바꾸어 물을 따르고 손을 씻도록 한다. 따라서 신랑과 신부는 음양의 대대적이고 교차적인 차례로 의식을 행했다.

---

25 「士昏禮 第二」, 경-43, 婦至 主人揖婦以入 及寢門 揖入 升自西階 媵布席于奧 夫入于室 即席 婦尊西南面 媵御沃盥交.

결과적으로 신랑과 신부가 成昏 의식을 끝내고 신랑 집에서 하룻밤을 지 낸 것은 남녀가 교합한 의식이다. 다음 날 신부는 質明에 시부모님을 뵙는 일련의 의식절차를 흔시에 행하는데 혼례는 이후 삼 개월 만에 신랑 집 조상 을 뵙는 廟見의식으로 완성된다.

혼례의 육례절차에서 행례자인 신랑과 사자, 신랑과 신부가 이용한 시각 은 각각 혼과 흔이다. 이 혼과 흔이 서로 교차하여 교합하면서 하루를 이루 고, 이때 관측된 중성은 사방위 칠수 가운데 위치하는데 남방에서 떠올라 時 를 정한다. 음양으로 해와 달은 12차에서 만나서 교합하니 한 달이 된다. 그 리고 혼례에서 '양왕이음래'의 이치는 육례절차에서의 모든 행례자가 신랑 집에서부터 신부 집으로 가고 오는 관점에서의 해석이다. 이에 친영은 신랑 이 친히 가서 신부를 맞이하여 친히 데려오는 일련의 의식으로 이를 대표한 다. 따라서 '양왕이음래'의 육례절차에서 혼과 흔의 시각을 이용한 행례자는 음양의 교차와 교합의 질서의식에 동참하여 혼례의 정신을 실현시켰다.

V. 맺음말

혼례에는 육례이전에 신랑 측에서 妹氏를 보내어 혼인의 뜻을 전달하는 절차가 있다. 이후부터 납채, 문명, 납길, 청기, 납징, 친영의 의식절차를 거 치는데 모두 신랑 측에서 使者를 신부 집으로 보내는 특징이 있다. 육례절차 에서 신랑 측 사자와 신랑이 신부 집으로 보내지고 다시 돌아오는 행례가 이 루어지는데 친영에서 신랑은 신부와 함께 신랑 집으로 와서 혼례의 본식을 거행한다.

전통혼례에서 남녀가 결합하는 의례의식이 '昏禮'로 불리게 된 까닭은 저 녁 무렵[昏]이라는 시간대에 의한 것이었다. 이를 육례절차에서 행례자가 신 랑 측의 사자와 신랑이 신부 집으로 보내졌는데 흔과 혼의 시각을 이용하였 다. 그러므로 사혼례에서 정현이 혼례를 '양왕이음례'라고 주한 것은 육례절 차에서 모든 행례자가 신랑 집에서 신부 집으로 보내진 관점에서 말한 것이었다. 반면 사시로 대표되는 24절기는 해의 晝夜 길이에 따라 정해지는데 매 절기에 28수가 사방위로 배분된 각 칠수 가운데 위치하는 별을 중성이라 한 다. 그러므로 혼효에 관측되는 중성과 관련하여 검토된 것은 일월성신을 역 상하는 관점이었다. 이러한 배경은 혼효와 혼단, 그리고 혼명의 이름으로 이 미 고대로부터 聖王이 사시에 이분이지를 바르게 정하는 중성을 관측하는 시간대에 의한 것이다. 따라서 혼효에 중성으로 시각을 바로 잡았듯이 혼례 의 육례절차에서 행례자가 혼혼시를 이용하였던 까닭은 혼례의 육례절차가 음양 교합적 시간에 이루어진 질서에 따르기 위해서였다. 이러한 시각을 이 용한 의미는 남녀음양의 좋은 결합으로 가정을 경영하는데 위로는 조상을 잘 섬기고, 아래로는 자손이 번성하길 바라는 뜻과도 통한다. 혼례가 올바르 게 성사되기 위한 뜻이 있었다.

흔시를 이용한 사자에 대비되는 신랑의 혼시 이용은 질명에 시부모님을 뵙는 신부의 이용 시각과도 대비되었다. 이와 같이 육례절차에서 행례자가 흔과 혼시를 이용한 까닭은 중성으로 시각을 바로잡은 점을 본뜬 것이었다. 또한 해와 달은 한 달에 한번 만나는데 그때가 日月의 次이면서 신랑과 신 부가 만나는 공간이었다. 따라서 혼례의 친영의식에서 신랑과 신부의 만남 은 교합적인 시간과 공간의 질서에 따른 의식이었다.

그러나 본 연구에서는 혼례에서 혼의 의미가 양자의 관점을 통합하더라 도 사혼례의 육례절차에서 행례자가 이용한 시각이 혼과 함께 흔의 시각을 이용한 점에 주목하였다. 그러므로 행례자가 이용한 혼효 시각을 역상학적 관점으로 볼 때 중성이 관측되는 시각이었다. 사시에 중성을 관측한 시각이 자 일월성신이 교합하는 공간이었다. 이러한 배경에 따라 혼례의 육례절차 에서 행례자가 혼효를 이용한 의미는 음양남녀가 교합한 의미를 본 뜬 것이 다. 그 두 가지는 다음과 같다. 첫째, 하루 중 혼효에 중성을 관측한 것은 시 각을 바르게 잡는 기준이었고 둘째, 중성이 위치하는 칠수 가운데 일월이 만 나는 次인데 매달 일월이 만나 교합하는 때이자 공간이었다.

전통혼례의 의식절차에서 특정시간은 음양론의 담론을 넘어서서 하늘이 드러내는 실제적 형상과 그 운행질서에 부합하려는 고대인의 윤리의식으로 파악되었다. 이러한 방법에 의한 연구는 유교의례에서 혼례의식의 본래적 의미에 더 가깝게 다가설 수 있을 단서가 될 것이다. 본고가 취한 '양왕이음래'의 음양론과 함께 역상학적 관점으로 파악된『의례』의 사혼례는 유교문화만의 혼례의식을 넘어서 고대 인의 혼례에 역상수시의 양상이 발견되었다. 이로 인하여 우리의 전통문화는 더욱 풍성한 이야기를 담을 것이다.

본고의 작업은 동아시아의 전통 혼례문화에 내재된 고대인의 하늘과의 관련성을 인문학과 자연과학의 통합적인 관점으로 살핀 것이었다. 따라서 전통의례가 우주적 질서에 부합하려는 전통 혼례문화를 시간의 질서로 재해석하여 그 의미가 확충되는 결과를 얻게 되었다.

:: 참고문헌 ::

『儀禮』, 『周禮』, 『禮記』, 『易傳』, 『儀禮正義 2』

『十三經註疏』: 의례주소, 예기주소, 주례주소, 신문풍출판공사.

;『十三經註疏 整理本』: 의례주소 10, 11, 북경대학출판사.

『史記』「天官書」, 『漢書』, 『後漢書』, 『晉史』, 『隋書』의 「天文志」 이십사사전역, 한언
　　　대사전출판사.

洪震煊 著, 『夏小正疎義』, 왕운오주 편, 『국학기본총서』, 대만상무인서관인행.

『古今圖書集成』, 영인처 도서출판 민족문화.

『六經圖』, 영인처 도서출판 중화당, 1994.

『文淵閣 四庫全書』, 영인처 臺灣商務印書館. ; 『欽定 四庫全書』, 經部, 禮類

『續修 四庫全書』, 영인처 상해고적출판사, 1995.

『五經淺見錄』, 한국정신문화연구원, 1995.

『天文類抄』, 한국과학사학회 편, 서울: 성신여자대학교출판부, 1983.

『新儀象法要』, 대만상무인서관인행.

『易學圖說』, 여헌학연구회편.

李震相, 『周易疑義』, 한국문집총간.

尙秉和, 『周易尙氏學』, 한국문집총간.

단행본

김용천·박례경 역주, 『의례역주[一]』, 세창출판사, 2012.

이순지 편찬, 남종진 역주, 『국역 제가역상집 상·하』, 세종대왕기념사업회, 2013.

이순지 편찬, 김수길 윤상철 공역, 『천문유초』, 1993(2013).

邱衍文, 『中國上古禮制考辨』, 文津出版社, 1989.

鄒昌林, 『中國古禮硏究』, 대북: 文津出版社, 1991.

徐旭生, 『中國古史的傳說時代』, 里仁書局 印行, 2000.

馮時, 『중국천문고고학』, 북경사회과학문헌출판사, 2001.

이은성, 『曆法의 原理分析』, 정음사, 1985.

논문류

江曉原, 「상고천문고─고대중국 "천문"지성질여공능」, 『중국문화』 제4기, 1991.

김병준, 「漢代의 節日과 지방통치」, 『동양사학연구』 69, 동양사학회, 2005.

지현주, 「고대 중국에서의 聖人南面과 남면하는 그 시선─ 曆象授時의 관점에서 본 성인의 일을 중심 으로 ─」, 동아시아고대학회, 제44회, 2016.

_____, "The Relationship between Directions and the Four Seasonal Points: A Study of the Equinoxes and Solstices in "Yao dian"", 『Journal of Philosophy and Culture』, Institute of Confucian Philosophy and Culture Sunkyunkwan University, February(2016).

15

목포시 Storydoing Design

박미례 서경대학

I. 머리말

21세기는 삶의 물질적인 측면을 보다 많이 확보하려는 추세에서 인간의 감성적인 측면에 대한 관심을 증대, 확보하려는 추세가 강한 시대이다 즉, 꿈과 이야기 등의 감성적 요소가 중요하게 부각되는 사회로 기업이나 지역사회, 개인이 데이터나 정보에 앞서 이야기를 바탕으로 성공하게 되는 새로운 사회라고 할 수 있다.

특히 사람들은 특정 상품을 구매할 때 본래 사용 목적에 충실한 실용적 가치나 여러 면에서 타 상품보다 뛰어난 비판적 가치만을 판단 기준으로 삼지 않는다. 특히 상품을 미적이고 오락적인 면에서 판단하는 유희적 가치, 또는 "특정한 상품의 가치나 속성을 통해 자신의 정체성을 대변하고자 하는 유토피아적 가치 등도 중요하게 작용한다"(장 마리 플로슈, 2003)고 한다. 특히 『해리포터』 작가 '조앤 롤링'은 상상력은 '타인과 공감하는 힘'이라고 정의했다.

오늘날 우리가 강조하는 4차 산업혁명[1]사회에서는 크기와 형태가 아니라 의미와 상징으로 세상을 인식하게 되는 사회로 기술과 예술이 융합된 이미지를 파는 이미지 경쟁력 사회이다. 이전시대에는 우리가 꿈꾸고 상상한 이야기를 이미지로 표현하는데 한계가 있었으나 오늘날처럼 기술이 발달한 시대에는 우리가 꿈꾸고 상상한 이야기를 컴퓨터 기술을 이용해 이미지로 표현할 수 있는 기술이 집약된 시대라고 할 수 있다. 즉, 일정한 물건을 팔기전에 이야기를 만들고 그 이야기를 배경으로 고객이 공감하는 이미지를 만들어 수익창출에 더욱 기여하는 시대라는 것을 의미한다.

미래문제 연구 집단인 코펜하겐 미래학연구소장을 지낸 롤프엔센은 이러한 시대를 드림소사이어티 Dream Society[2]라고 정의하고 있다. 즉, '드림소사

---

1 4차 산업혁명의 주창자이자 WEF 회장인 클라우스 슈밥은 자신의 책 〈4차 산업혁명〉에서 4차 산업혁명을 '3차 산업혁명을 기반으로 한 디지털과 바이오산업, 물리학 등 3개 분야의 융합된 기술들이 경제체제와 사회구조를 급격히 변화시키는 기술혁명'으로 정의했다.
2 롤프엔센 『Dream Society』, 리드출판사, 2005, 참조.

'이어티시대'란 꿈-story과 이미지에 의해 사회가 움직이는 세계라고 할 수 있다. 일찍이 독일의 사진작가 '라즐로모흘리나기'는 1928년 『바우 하우스 저널』에서 "미래의 문맹자는 기술과 상상력이 결합한 이미지를 못 읽는 사람이다"라고 점쳤던 것이 오늘날에는 현실이 되었다. 동시접속시대인 오늘날은 과학기술문명을 대부분 동시에 공유할 수 있으나 창의적인 이야기와 이미지는 유일한 것이기에 (독특-유니크-) 이야기를 만들고 거기에 알맞은 이미지를 생산 제작하는 것은 매우 중요한 일이 되었다. 나아가 이들 이야기와 이미지에 깃든 가치와 신념을 행동으로 실천하며 공감하는 것은 현재를 살아가며 미래를 설계하는 사람들에게 경쟁력을 높여주는 훌륭한 도구라고 할 수 있다. 이러한 시대를 '기술경쟁시대'가 아닌 '상상력경쟁시대'라고 미래학자들은 말하고 있다.

미래학의 대부로 불리는 짐 데이토(73세, 하와이대학 미래전략센터 소장)는 2014년 9월 20일 한국을 방문해 대한민국은 '드림 소사이어티'에 진입한 1호 국가라고 하였다. 진중권은 그의 책 『이미지인문학』에서 디지털시대와 '파타피직스(pataphysics)' '이미지인문학' 디지털시대와 '파타피직스(pataphysics)'에서는 "이전엔 노동과 자본, 지식과 정보가 생산수단이었지만 '드림 소사이어티'에서는 상상력과 이미지가 생산자원이다"라고 했으며 "이러한 시대에는 이야기(story)와 신화, 전설은 모두 원재료가 된다"고 하였다. 특히 문화원형의 발굴과 창작물의 콘텐츠화는 장기적 투자와 전략이 수반되는 국가적 과제라고 할 수 있다.

이러한 측면에서 목포시는 다도해와 연결되어있는 낭만적인 항구도시임과 더불어 수없이 많은 이야기를 담고 있는 도시이다. 아름다운 자연환경과 정감 넘치는 도시민이 공존하고 있으며 유달산, 노적봉, 삼학도, 갓바위, 고하도, 해양박물관, 남농미술관, 김대중기념관 등 특색 있는 볼거리가 많다. 그러나 이러한 특색에도 불구하고 목포를 알리는 다양한 문화콘텐츠개발 부족으로 인하여 목포시는 그동안 그 특색이 크게 부각되지 못하고 있는 실정에 있는 것은 주지의 사실이다. 따라서 본고에서는 목포의 자연환경, 전래되어온 이야기, 역사적 사실 등을 알아보고 이들 중 디자인에 적합한 부분을 활용하여 목포의 특색을 부각시키는 스토리두잉[3] 시각 디자인 이미지를 제작하여 목포의 문화와 역사를 알리고 다시 찾고 싶은 목포가 될 수 있도록 하므로서 지역산업경제에 보탬이 되고자 한다.

II. 목포의 자연환경과 이야기

본론에 들어가기에 앞서 먼저 목포의 자연환경을 간략하게 나마 언급하는 게 좋을 것 같다. 노령산맥에서 뻗어나온 지적산(189m)·부주산(141m)·대박산(156m)·양을산(156m)·입암산(121m)·유달산(228m) 등이 저평한 구릉성 산지를 이루며 시내 곳곳에 흩어져 있다. 이들 산지 사이로 바다를 메워 만든 평야가 넓게 펼쳐져 있으며, 이곳을 중심으로 시가지와 공단이 들어서 있다. 유달산은 영산강·삼학도와 함께 지역을 대표하는 자연경관을 이룬다. 삼학도는 1968년 육지와 연결되면서 부두로 조성되었고, 영산강 하구는 1981년 영산강유역개발계획의 하나로 영암군 삼호반도와의 사이에 방조제가 축조되면서 영산호로 바뀌었다. 한편 고하도·눌도·달리도 등 천연의 방파제 구실을 해주는 섬들로 근해의 물결이 잔잔하고 수심이 깊어 천혜의 항만조건을 고루 갖추고 있다. 기후는 겨울에 북서계절풍의 영향을 많이 받아 같은 위도상의 동해안지방보다 기온이 낮고 눈 내리는 날이 잦지만 적설량은 많지 않다. 연평균기온 13.6℃ 내외, 1월평균기온 1.3℃ 내외, 8월평균기온 26.2℃ 내외이며, 연평균강수량은 1,112㎜ 정도이다. 연중 쾌청일수는 65일 정도로 맑은 날이 적은 지역 중 하나

---

3 스토리텔링(storytelling)에서 진화해 이야기를 전달하는 데 그치지 않고 소비자가 직접 실행 과정에 참여해 기업과 제품에 대한 호감을 높일 수 있도록 한 마케팅 기법이다. 브랜드 뒤에 숨은 이야기를 효과적으로 소비자에게 전달해 매출을 늘리려는 마케팅 기법을 일러 스토리텔링 마케팅이라 한다. 스토리두잉은 코컬렉티브의 타이 몬태규 최고경영자(CEO)가 2013년 7월 주창한 개념으로 광고는 물론이고 제품개발·임직원 보상·파트너십 체결 등 경영 전반이 회사의 스토리와 연결되어 있다는 개념으로 쓰인다.

이다. 식생은 난온 대삼림대에 속하여 온대활엽수와 난대성 상록활엽수가 혼합되어 있다.[4]

1. 유달산

노령산맥의 큰 줄기가 무안반도 남단에 이르러 마지막 용솟음을 한 곳, 유달산은 면적140ha, 높이 228.3m로 그리 높지는 않지만 노령산맥의 맨 마지막 봉우리이자 다도해로 이어지는 서남단의 땅 끝에 있는 산이다. 유달산은 옛날이름의 한자와 지금이름의 한자이름이 다르다. 옛날에는 일등 바위, 이등바위 등이 아침 해를 받으면 쇠가 불에 타는 듯 한 빛을 발한다고 마치 쇠가 녹아내리는 듯 한 붉은빛으로 변한다 하여 놋쇠 유를 사용하여 鍮達山이라 하였다고 한다. 그러나 이후 구한말 대학자인 무정 정만조가 유배되었다가 돌아오는 길에 유달산에서 시회를 열자 자극을 받은 지방 선비들이 儒達亭 건립을 논의하게 되었고, 그 때부터 산 이름도 儒達山이 되었다. 유달산은 예로부터 영혼이 거쳐 가는 곳이라 하여 영달산이라고도 불렀으며 도심 속에 우뚝 솟아 목포시와 다도해를 한눈에 굽어보고 있다.

'호남의 개골'이라고도 하는 유달산에는 대학루, 달성각, 유선각 등의 5개의 정자가 자리하고 있으며, 산 아래에는 가수 이난영이 부른 '목포의 눈물' 기념비 등이 있다. 1982년 발족된 추진위원회의 범시민적인 유달산 공원화

〈그림 1〉 유달산 한국관광공사 제공

---

4 daum.net 백과, 2017. 8. 21. 참조.

사업으로 조각작품 100점이 전시된 조각공원과 난공원 등이 조성되어 볼거리가 많으며 산 주변에 개통된 2.7km의 유달산 일주도로를 타고 달리며 목포시가와 다도해 전경을 감상할 수 있다.

영혼이 심판을 받는다 하여 이름 붙여진 해발 228m의 일등바위(율동바위)와 심판 받은 영혼이 이동한다 하여 이름 지어진 이등바위(이동바위)로 나뉜 유달산은 갖가지 기암괴석과 병풍처럼 솟아오른 기암절벽이 첩첩하며 그 옛날 소식을 전하기 위해 봉수를 올렸던 봉수대와 달성사, 반야사 등의 전통사찰을 볼 수 있다. 이 외에도 임진왜란 때 이엉으로 바위를 덮어 아군의 군량미처럼 가장해 왜군의 전의를 상실케 하였다는 이순신 장군의 설화가 전해오는 노적봉을 비롯하여 유선각, 오포대 등 역사상 의미 있는 곳이 많으며, 특히 유달산에는 이곳에서 멸종되면 지구상에서 영원히 소멸되는 왕자귀나무가 서식하고 있다. 정상에 올라서면 다도해의 경관이 시원스레 펼쳐져 있고 그 사이를 오가는 크고 작은 선박들의 모습이 충분히 아름다운 한 폭의 동양화를 연상시키는 유달산. 그 위에서 바라보는 다도해의 일몰이나 목포항의 야경은 이곳을 찾는 이들의 가슴 속에 오래도록 남을 것이다.

2. 삼학도

〈그림 2〉 현재의 삼학도

지금은 매립되어 육지가 되었으나 삼학도는 유달산과 함께 목포 사람들의 꿈이었고 미래였다. 망망대해로 낭군을 떠나보낸 아낙들의 외로움이 녹아 있고, 고깃배를 기다리는 상인들의 희망이 달려 있으며 이승을 하직하고 저승으로 건너는 망자들의 한이 녹아있는 곳이다. 이렇듯 삼학도는 목포사람들의 희로애락과 함께 산 시민의 서러움이 엉켜 있는 곳이다.

1872년 '무안목포진'에 표시된 삼학도가 처음으로 지도에 그려졌다. 이유는 군사요충지 목포진은 세종 1439년 설치되었고, 성이 완성된 것은 1502년. 목포진을 운영하기 위해서는 땔감이 필요했기 때문이다. 삼학도는 땔나무를 제공했던 중요한 장소였다.

이러한 중요한 삼학도가 1895년 일본인에게 불법으로 판매된 사건이 있었다. 일본인 삽곡용랑은 옛 목포 관리 '김득추'를 이용해서 삼학도를 매입했다. 개항 2년전(개항: 1897년)인데, 개항 후 밝혀져 처벌하고 환수까지는 시간이 걸렸다. 결국 1910년 국권침탈이 되면서 삼학도와 고하도는 일본인 땅이 되고 말았는데 이 사건은 '삼학도 토지암매사건'으로 일본인이 목포 토지를 침탈한 대표적인 예이다. 현재 삼학도는 예전의 모습을 볼 수가 없고 육지와 연결되어 있으나 목포시에서는 삼학도를 옛 모습대로 복원한다는 계획을 갖고 있다고 한다.

3. 고하도

고하도는 목포 앞바다에서 약 2㎞ 지점에 있으며 목포항의 중요한 방파제 역할을 하는 섬이다. 사람이 살기 시작한 것은 삼국시대부터라고 전해지며 유달산 아래에 있다 하여 고하도라 하였다고 한다. 최고지점이 77m로, 섬 전체가 낮은 산지를 이루고 있으며, 북동사면은 비교적 경사가 급하고, 남서사면은 완만하여 농경지로 이용된다. 해안은 곳곳에 소규모의 갑과 만이 발달하여 드나듦이 심하며 만 안의 간석지는 방조제를 쌓아 농경지와 염전으로 이루어져 있다. 방조제는 장구도와 허사도까지 연결되며 기후가 온난 습윤하고 무상기일이 200일이 넘어 우리나라에서 최초로 육지면이 재배되었다고 한다. 주산업은 농업이며 농작물로는 감자와 쌀이 농협 수매를 할 정도로 생산량이 많고 이밖에 보리·콩 등이 생산된다. 영산강 하구둑이 건설되기 전에는 김양식이 이루어졌으나 지금은 양식을 하지 않으며 농어·아나고·숭어 등 잡어류가 잡히기도 한다. 취락은 남동쪽 평지에 집중 분포하고 있으며 목포에서 출발하는 정기여객선이 하루에 4회 운항되었으나 오늘날에는 교량으로 연결되어 자동차로 왕래하고 있다. 고하도는 임진왜란 때 이순신 장군이 군량미를 저장하였던 곳으로도 유명하며, 1722년에 건립된 충무공기념비가 1974년 9월 24일 전라남도의 유형문화재 제39호로 지정되었다. 면적 1.78㎢, 해안선길이 10.7㎞, 인구 359, 가구 90(2003) 특히 고하도에는 일제강점기 육지면성공 재배지로도 유명하다. 목포시는 지난 5월 목포지방해양수산청으로부터 토지를 무상사용 허가 받아 목화를 파종하는 등 고하도를 광관지로 개발하기위한 발판을 마련하기 시작했다.

III. 목포시 Storydoing Design

1. 유달산과 유달산 전설에 따른 Design

〈그림 4〉 유달산 일등바위 이등바위 이미지 폴리곤아트 디자인

유달산 일등바위, 이등바위 등은 아침 해를 받으면 쇠가 불에 타는듯한 빛을 발한다고 하여 아침 해가 떠오를 때 그 햇빛을 받아 봉우리가 마치 쇠가 녹아내리는 듯 한 붉은빛으로 변한다 하여 놋쇠 유를 사용하여 鍮達山이

라 하였다고 한다. 사람이 죽으면 그 영혼이 1등바위에서 심판받고 2등바위에서 기다리다 고하도의 용머리의 용을 타고 극락왕생하거나 거북섬[5]의 거북이등을 타고 용궁왕생을 한다는 전설을 갖고 있다.

유달산의 이미지를 폴리곤 아트처리를 하여 멀리 바다에서 비치는 해를 머금은 바위로 처리했다.

〈그림 5〉 아침 유달산과 삼학도 이미지 폴리곤아트 디자인

2. 삼학도와 삼학도 전설에 관한 디자인

삼학도는 섬의 내력을 밝히는 수십 개의 이야기가 구전되어 오지만 다소 차이는 있다. 여기에서는 유달산과 연계하여 전해 내려오는 이야기로 스토리두잉 디자인을 구현해보고자 한다. 옛날 유달산에 한 젊은 장수가 무술을 연마하고 있었는데 그 늠름한 기개에 반해 마을의 세 처녀가 수시로 드나들어서 공부를

〈그림 6〉 삼학도 섬과 학의 이미지 결합 폴리곤아트 디자인

---

5 목포와 압해도 사이에 있는 섬.

〈그림 7〉 삼학도 이미지 폴리곤아트 디자인

소홀히 하게 되었다. 그래서 이 젊은 무사는 세 처녀를 불러 "나 역시 그대들을 사랑하나 공부에 방해가 되니 공부가 끝날 때까지 이 곳을 떠나 다른 섬에서 기다려 주오"하고 청했다. 그 말대로 가서 기다리던 세 처녀는 무사를 기다리다 그리움에 사무쳐 식음을 전폐하다가 죽었으나 세 마리 학으로 환생해서 유달산 주위를 돌며 구슬피 울게 된다. 그러나 안타깝게도 그 사실을 모르는 무사는 세 마리 학을 향해 활시위를 당겨 쏘았다. 화살들이 명중하여 학들은 모두 유달산 앞 바다에 떨어져 죽게 되는데 그 후 학이 떨어진 자리에 세 개의 섬이 솟으니 사람들은 그 섬을 세 마리 학의 섬이란 뜻의 '삼학도'라 불렀다.[6]라는 전설이 전해지고 있다.

삼학도는 학과 섬이 유기적으로 연결되어 있으므로 학으로 보이기도 하고 섬으로 보이도록하기위하여 섬과 학을 함께 배치하여 폴리곤아트 처리하였다.

3. 고하도와 고하도의 역사에 관한 디자인

요즈음 여름철에 고하도에 가보면 목화꽃이 예쁘게 피어있다. 이는 목포시에서 고하도를 관광자원화하기위하여 목화밭을 조성하기 시작했다고 한다. 이렇듯 고하도가 목화 꽃과 목화솜으로 유명해진 것은 일제강점기 이전 1904년 일본영사가 육지면을 시험재배한 후 전국으로 보급하였다고 한다. 현재 고하도에서 '조선육지면발상지비'가 세워져 있는데 이는 1936년

6　목포 문화관광 http://tour.mokpo.go.kr 참고.

설치우 해방과 더불어 폐기됐다가 지난 2008년 다시 세워졌다고 한다. 국내 면 생산량의 30~40%를 공급할 만큼 재배에 성공한 고하도는 육지면 발상지로 유명하다. 특히 고하도 목화솜은 쌀, 소금과 더불어 목포의 특산품 중 하나였다. 목포시는 2013년 4월부터 목화밭을 조성하고 목화단지를 관광콘텐츠로 활용하기 위해 사시사철 목화를 볼 수 있도록 유리온실을 신축하한다고 한다. 고하도 목화밭은 7월 중순부터 꽃을 피기 시작한 목화가 45일 정도 꽃을 피운 뒤 다래가 된다. 3~5조각으로 나뉜 다래는 성숙하면 각 조각이 벌어져 건조되면서 10월부터 목화송이를 맺은 것으로 알려졌다.

목화 꽃과 목화솜은 그 자태가 아름다워 여러 가지 기물을 형상화한 문화상품으로 연계가 가능한 소재이기도 하다.

본 논고에서는 목화 꽃과 목화솜을 폴리곤아트 디자인하여 다양한 색상과 함께 제시하였다.

〈그림 8〉 목화꽃 이미지 폴리곤아트 디자인

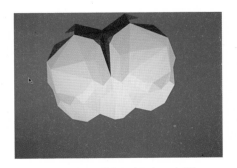

〈그림 9〉 목화솜 이미지 폴리곤아트 디자인

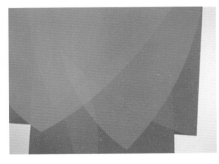

〈그림 10〉 목화 잎 이미지 폴리곤아트 디자인

Ⅳ. 맺음말

지금까지 목포에서 전해져오는 이야기와 자연환경 등을 활용하여 스토리두잉 디자인 이미지를 제작해보았다. 목포의 모든 이야기를 담지는 않았지만 대표적인 이미지가 목포를 찾는 사람들에게 각인되게 하기 위하여 유달산, 삼학도, 고하도 등 핵심적인 것들만 시각화하였다. 오늘날 기술경쟁력시대를 지나 이미지 경쟁력시대라고 점친 라즐로모홀리나기는 1928년 『바우하우스저널』에서 "미래의 문맹자는 기술과 상상력이 결합한 이미지를 못 읽는 사람이다"라고 점쳤던 것이 이제 현실이 되었다.

목포 역시 지역도시로서 특정한 이미지를 부각시킨 문화콘텐츠를 개발하여 현대사회와 현대인이 공감할 수 있는 이미지를 개발하여 지역사회 경쟁력을 높일 수 있도록 해야 할 것이다. 따라서 본고에서는 이러한 측면에서 관광도시로서의 목포시의 경쟁력을 높이고 지역 경제산업발전에 도움이 될 수 있도록 목포의 이미지를 Storydoing 디자인하여 시각화해 보았다.

모쪼록 목포시가 이러한 디자인을 응용하여 관광 상품도 제작하고 도시 이미지도 제고하여 관광객들이 함께 체험하고 즐길 수 있는 문화의 도시 폭포!, 다시 찾고 싶은 목포가 될 수 있길 바란다.

⁞ 참고문헌 ⁞

롤프엔센, 『Dream Society』, 리드출판사, 2005.
목포 문화관광 http://tour.mokpo.go.kr 참고
daum.net 백과, 2017. 8. 21. 참조
윤주, 『스토리텔링에서 스토리두잉으로』, 살림출판사, 2017.
김일청, 유지희, 『스토리두잉』, 컬처그라퍼, 2014.
진중권, 『이미지인문학』, 천년의 상상, 2014.

제3부

16
일본 고마가쿠와 한국 음악

김정예   아시아음악연구소

I. 머리말

일본에는 고대 한국이 전해준 음악이 고마가쿠(高麗樂, こまがく)라는 이름으로 남아있다. 일본의 고마가쿠는 고구려, 백제, 신라, 발해와 일본의 음악교류의 일환으로 일본에 전해졌고 현재까지 도가쿠(唐樂, とうがく)와 함께 일본 궁중음악인 가가쿠(雅樂, ががく)의 대표적인 장르로 그 연주전승을 이어오고 있다. 현재 고마가쿠는 연주뿐 아니라 이에 관한 고악보와 악서기록도 풍부하게 남아있다.

고마가쿠라는 명칭은 6세기 중엽부터 2세기에 걸쳐 일본에 전해진 고구려, 백제, 신라의 음악이 9세기에 악제개혁으로 인하여 하나로 합쳐져 생긴 것이다. 악제개혁 전의 고구려와 백제의 음악에서는 횡적, 군후(거문고), 막목, 신라악에서는 금(가야금)이 사용되었는데, 피리의 한 종류로 추정되고 있는 막목은 히치리키(篳篥, ひちりき)로, 횡적은 고마부에(高麗笛, こまふえ)로서 쓰이게 되었고, 거문고와 가야금의 역할은 비와(琵琶, びわ)와 고토(琴, こと)로 대치된 것으로 보인다. 악제개혁으로 인하여 고마가쿠에 한국음악의 특성이 얼마만큼 남아있는지는 의문스럽다. 그러나 고마부에와 히치리키가 고대 한국 악기인 횡적과 막목을 계승한 것이고, 이와 함께 연주된 비와와 고토의 고악보를 연구하는 것은 고마가쿠의 모습을 파악하고 고대한국음악의 편린을 찾는데 중요한 단계라 생각된다.

현재 고마가쿠는 춤이 수반되는 부가쿠(舞樂, ぶがく)의 형태로 연주되기 때문에 현악기가 사용되지 않는다. 다만 〈명치찬정보〉(明治撰定譜, 메이지센테이후, めいじせんていふ)에는 비와와 고토의 악보가 전하고 있어 이에 의해서 메이지(명치)시대(1868-1912)까지는 관현악 합주인 간겐(管絃, かんげん)의 형태로도 연주되었다는 것을 알 수 있다. 간겐의 악기편성은 현악기인 고토와 비와, 관악기인 히치리키와 고마부에, 타악기인 산노쓰즈미(三鼓, さんのつづみ)·쇼코(鉦鼓, しょうこ)·다이코(太鼓, たいこ)로 구성되고, 부가쿠에서는 현악기를 제외한 5개의 악기로 편성된다. 간겐이든 부가쿠이든 고마가쿠의 연주에서 주선율을 연주하는 것은 관악기인 히치리키(피리 계통)과 고마

부에(횡적)이다. 또한 고마부에와 히치리키는 고대 한국 악기인 횡적과 막목을 계승한 악기로 추정되고[1] 있기 때문에 그 연구는 더욱 중요하다고 할 수 있다. 따라서 관악기의 고악보는 당시 고마가쿠의 모습을 파악하는데 더 없이 중요한 자료라 할 수 있다.

고마가쿠에 관한 1차 음악사료, 즉 고악보는 지금까지 약 57여종이 조사되었다.[2] 이에 의하면 고마가쿠에 관한 악보는 편찬연대가 불분명한 것도 있지만 연대를 알 수 있는 것으로 본다면 1095년에 편찬된 후에보(笛譜, ふえふ)〈회중보〉(懷中譜, 가이추후, かいちゅうふ)를 시작으로 1841년에 간행된 〈고려적보〉(高麗笛譜, 고마부에후, こまぶえふ)까지 다양하게 존재한다. 이 중 고마부에 악보는 23종, 히치리키 악보는 6종, 비와 악보는 3종, 고토 악보 10종, 타악기 악보는 1종이고, 어떤 악보인지 제목으로는 불분명한 것이 14종이 있다.

본 연구에서는 현악기인 비와보(琵琶譜, びわふ) 〈삼오요록〉(三五澆綠, 산고요로쿠 さんごよろく)과 고토보(箏譜, ことふ) 〈인지요록〉(仁智澆綠, 진치요로쿠, じんちよろく)에 수록된 당시 고마가쿠의 모습을 파악하고, 또한 관악기인 고마부에의 악보를 대상으로 하여 고대한국음악의 모습을 추적하고자 한다. 따라서 현전하는 고마가쿠의 대표적인 고마부에의 악보인 〈회중보〉(11세기 후반)와 〈기정적보〉(13세기 전반)를 주요 연구대상으로 삼고, 이를 비와보 〈삼오요록〉(12세기 후반) 및 〈명치찬정보〉(19세기 후반)와 비교, 고찰하여 고마가쿠의 음악적 특징을 밝히고자 한다. 이 과정에서 고마가쿠의 초기의 모습과 시대의 경과에 의한 변화의 모습을 살펴봄으로써 고대한국음악이 일본에서 어떠한 과정을 거치면서 전승되어 왔는지에 대해서 파악할 것이다.

---

1 송방송, 한국음악통사, 서울, 일조각, 1984, 79쪽.

2 황준연, 「日本に傳わる高麗樂の資料の調査研究―古樂譜を中心に―」, 日韓文化交流基金 訪日學術研究者論文集―歷史―, 東京, 日韓文化交流基金, 2000, 347~363쪽. 이 논문에서 조사된 고마가쿠 악보는 59종인데, 이 중 두 악보는 고마가쿠에서는 사용하지 않는 쇼(笙)의 악보이기 때문에 당악의 악보로 추정되어, 결국 고마가쿠의 고악보는 57종으로 간주했다.

II. 〈삼오요록〉·〈인지요록〉의 현악기 고마가쿠 기보법 및 분석

1. 현악기 고마가쿠

〈삼오요록〉과 〈인지요록〉[3]은 헤이안(平安)시대에 후지와라노 모로나가(藤原師長, 1138—1192)가 편찬한 비와(琵琶)와 고토(箏)의 악보집성이다. 후지와라노 모로나가는 다조다이진(太政大臣, だじょうだいじん)까지 오른 인물로, 음악에도 뛰어나 비와와 고토를 시작으로 에이쿄쿠[4](郢曲, えいきょく), 쇼묘[5](聲明, しょうみょう)에 이르기까지 이른바 당대의 모든 음악을 섭렵하였다.

〈삼오요록〉과 〈인지요록〉은 다음과 같이 각각 12권으로 구성되었다. 여기서 보는 바와 같이 두 고악보는 일본 궁중음악이 가장 활발히 연주되었던 12세기의 가가쿠(雅樂)의 거의 전곡을 상세히 싣고 있다. 각 12권 중 고마가쿠는 〈삼오요록〉에는 권제12에, 〈인지요록〉에는 권제11에 수록되어 있다.

〈삼오요록〉
권제1安譜法·調子品上 권제2調子品下 권제3催馬樂上 권제4催馬樂下
권제5壹越調上 권제6壹越調·沙陀調 권제7平調 권제8太食調·乞食調·性調
권제9雙調·黃鐘調·水調 권제10盤渉調上 권제11盤渉調下 권제12高麗曲上

---

3 '삼오(三五)'는 비와의 별칭으로, 길이 3척5촌(약 107센티)을 나타내는 것이라고도 하고 삼재(天·地·人) 오행(木·火·土·金·水)을 표현한 것이라고도 한다. '인지(仁智)'는 고토의 별칭으로, 악기의 복판이 볼록한 것은 '천(天)'을 나타내고 뒷판이 평평한 것은 '지(地)', 속이 빈 것은 '인(人)'을 나타낸 것이라고도 하고, 자비로운 악기라는 설도 있다.

4 가구라우타(神樂歌, かぐらうた, 神樂를 연주할 때 부르는 노래), 사이바라(催馬樂, さいばら, 奈良시대의 속요(俗謠)를 平安 시대에 아악 형식으로 가곡화한 곡), 후조쿠우타(風俗歌, ふうぞくうた, 平安 시대에 귀족 사회의 연석(宴席) 등에서 불리어진 동부 지방의 민요(=동의어 ふぞくうた·ふうぞく) → ふうぞく), 이마요(今樣, いまよう, 현대;현대풍, 2.'今樣歌'의 준말; 平安 시대에 새로 생긴 7·5조(調) 4구(句)의 노래(무기(舞妓)·창녀(娼女)들이 불렸으며, 궁중의 연회에서도 불리어졌음)), 로에이(朗詠, ろうえい, 낭영; 시가(詩歌)에 가락을 붙여 소리 높이 읊음, 平安 중기에, 성행하던 うたい物) 등의 총칭.

5 불교음악.

〈인지요록〉

권제1箏安譜法 권제2催馬樂律 권제3催馬樂呂 권제4壹越調上 권제5壹越調下
권제6平調 권제7太食調 권제8雙調·黃鐘調 권제9盤涉調上 권제10盤涉調下
권제11高麗曲 권제12(秘譜)

〈삼오요록〉의 고마가쿠는 고려일월조(高麗壹越調) 30곡, 고려평조(高麗平調) 1곡, 고려쌍조(高麗雙調) 4곡으로 총 35곡[6]이 수록되었고, 〈인지요록〉에는 고려일월조 26곡, 고려평조 1곡, 고려쌍조 4곡으로 총 31곡이 전하고 있다. 이 중, 현재에는 〈신슈쿠토쿠[進宿德]〉〈시키텐[志岐傳]〉〈구로코조[黑甲序]〉〈고마류[高麗龍]〉〈이누[太]〉〈간조[顔序]〉〈신카후[新可浦]〉〈쓰시[都志]〉〈헨피고토쿠[遍鼻胡德]〉〈셋센라쿠[石天樂]〉〈간스이라쿠[酣醉樂]〉〈기칸[桔桿]〉〈조부라쿠[常雄樂]〉〈사쿠부쓰[作物]〉〈소시마리[蘇志摩利]〉곡은 전하지 않고, 〈소리코[蘇利古]〉〈시키테[敷手]〉의 2곡이 새롭게 생겨 총 23곡이 전하고 있다.

고마가쿠에는 고려일월조, 고려평조, 고려쌍조의 세 조(調)가 전하는데, 본 연구에서는 이 중 가장 많은 악곡인 고려일월조 곡을 대상으로, 〈삼오요록〉과 〈인지요록〉에 공통적으로 보이는 다음의 30곡을 고찰하고자 한다. 〈표 1〉에서 보듯이 〈오닌테이〉〈기토쿠〉〈초보라쿠〉〈간스이라쿠〉〈곤린핫센〉〈나소리〉〈고초라쿠〉는 파(破)와 급(急)의 2곡씩 수록하고 있고, 〈이누〉는 서(序)와 파를 수록하고 있는데, 이 중 〈초보라쿠 급〉과 〈간스이라쿠 파〉, 〈이누 서〉는 고려일월조가 아니므로 연구대상에서 제외한다.

신토리소[新鳥蘇], 고토리소[古鳥蘇], 다이슈쿠토쿠[退宿德], 신슈쿠토쿠[進宿德], 고마보코[狛鉾], 오닌테이[皇仁庭] 파·급, 아야기리[阿夜岐利], 한나리[植破], 시키텐[志岐傳], 기토쿠[歸德侯] 파·급, 이누[犬], 신카후[新河浦], 쓰시[都志], 초보라쿠[長寶樂] 파, 신소리코[進曾利古], 셋센라쿠[石川樂], 간스이라쿠[酣醉樂] 급, 곤린핫센[崑崙八仙] 파·급, 신마카[新靺鞨], 나소리[納蘇利] 파·급, 기칸[桔桿], 사

---

6 파(破)와 급(急)을 1곡으로 센 곡 수.

쿠부쓰[作物], 닌나라쿠[仁和樂], 엔기라쿠[延喜樂], 고초라쿠[胡蝶樂] 파·급

2. 기보법

〈보례 1〉은 비와보 〈삼오요록〉의 예이다. 비와는 4현(絃) 4주(柱)로 된 악기로 개방현(一しク上)을 포함하여 20개의 음을 낼 수 있다. 20개의 음은 '一工几ク斗(제1현의 개방현과 1·2·3·4주), し下十乙コ(제2현의 개방현과 1·2·3·4주), ク七ヒ〃之(제3현의 개방현과 1·2·3·4주), 上八丨ム也(제4현의 개방현과 1·2·3·4주)의 기호로 표시된다. 〈보례 2〉는 고토보 〈인지요록〉의 예이다. 고토는 13줄로 된 악기로 첫줄부터 '一二三四五六七八九十斗爲巾'의 기호로 음을 표현한다. 이러한 13개의 음 외에 음 기호에 작은 점을 사용하여 왼손으로 눌러내는 소리, 눌렀다 들어내는 소리, 줄을 오른편으로 당겨서 내는 소리(가야금의 퇴성과 유사) 등을 나타내고 있다. 〈삼오요록〉과 〈인지요록〉은 같은 박자기호를 사용한다. 〈보례 1〉과 〈보례 2〉에서 보듯이 비와와 고토의 음 기호는 큰 글씨로 적혀 있고 그 오른쪽에는 박자기호로써 '百'과 '●'(소박자)가 쓰여 있다.

고마가쿠의 악곡은 '고려사박자(高麗四拍子)', '양박자(揚拍子)', '당박자(唐拍子)'라 불리는 박자형 중 하나를 사용한다. 현재의 고마가쿠에는 이러한 박자형의 표시가 기록되어 있지만 〈삼오요록〉과 〈인지요록〉에는 박자의 종류를 명기하고 있지 않아, 박자기호인 '百'과 '●'로 추정해야 한다. 고려사박자는 1개의 태고점과 3개의 '●'으로 구성되었고[7], 양박자 및 당박자는 1개의 태고점과 1개의 '●'으로 구성되어 있다. 가장 많이 사용되고 있는 박자는 고려사박자이고, 당박자는 주로 급(急)의 곡에 사용되며, 양박자는 〈나소리 파〉에만 사용된다. 이러한 고마가쿠의 박자는 당악의 박자와 태고점의 위치에 있어서 구분된다.

---

7 현행의 태고점은 소박자(●)보다 크게 '●'으로 나타내고 있는데 비하여 〈삼오요록〉과 〈인지요록〉에서는 '百'으로 표현하고 있다.

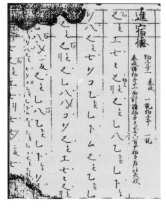

〈보례 1〉〈삼오요록〉의 신슈쿠토쿠

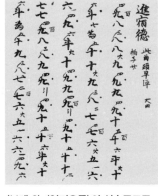

〈보례 2〉〈인지요록〉의 신슈쿠토쿠

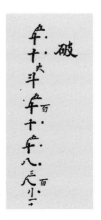

〈보례 3〉〈인지요록〉
당악의 4박자

〈표 1〉 고마가쿠의 사박자와 당악의 사박자의 비교

고마가쿠의 사박자	百	●	●	●
당악의 사박자	百	●	百	●

〈보례 3〉은 〈인지요록〉 권제5의 당악곡 〈곤주(胡飲酒) 파〉의 첫 부분이다. 이것은 당악의 사박자 곡으로 1개의 '百'과 3개의 '●'가 1주기를 이룬다는 점에서는 고마가쿠의 사박자와 다를 바가 없다. 그러나 〈표 1〉에서 보듯이 고마가쿠는 첫 소절에 태고점 '百'이 오는 반면에 당악은 셋째 소절에 태고점이 놓인다. 일본 가가쿠에서 사용하는 중요한 타악기로는 태고와 갈고(羯鼓)가 있는데, 태고는 한국의 좌고와 같이 리듬의 주기(장단)에 한 번 사용하고, 갈고는 장고와 같이 장단을 이끌어가는 역할을 한다. 그런데, 위에서 살펴본 바와 같이 고마가쿠가 당악과는 다르게 태고를 첫 박에 치는 것은 한국음악에서 좌고를 장단의 첫 박에 치는 것과 상통하여 주목된다. 즉, 당악의 박자와 구별되는 고마가쿠의 박자에서 한국음악의 특징을 발견할 수 있다는 것이다. 한편, 〈삼오요록〉과 〈인지요록〉의 고려일월조 악곡의 박자형을 태고점과 '●'의 수(數)에 따라서 살펴보면 〈표 2〉와 같다. 고려사박자는 4/2박자 4소절이 1주기를 이루고, 당박자는 2/2박자 2소절이 1주기를 이룬다. 이에 비해

서 양박자는 2/2박자 4소절이 주기를 이루는데, 고려사박자나 당박자가 1주기에 태고를 한 번 치는데 비해서 양박자에서는 1주기에 태고를 두 번 친다.

〈표 2〉〈삼오요록〉과 〈인지요록〉 소재 고려일월조 곡의 박자형

박자형	악곡명	주기
고려사박자	신토리소, 고토리소, 다이슈쿠토쿠, 고마보코, 오닌테이 파, 아야기리, 한나리, 시키텐, 기토쿠 파, 이누 파, 신카후, 쓰시, 초보라쿠 파, 신소리코, 셋센라쿠, 곤린핫센 파, 신마카, 나소리 파, 기칸, 사쿠부쓰, 닌나라쿠, 엔기라쿠, 고초라쿠 파	百●●●: 4/2 × 4
당박자	오닌테이 급, 기토쿠 급, 간스이라쿠 급, 곤린핫센 급, 고초라쿠 급	百●: 2/2 × 2
양박자	나소리 급	百●百●: 2/2 × 4

〈보례 4〉는 〈삼오요록〉의 1소절에서 쓰이는 음 기호를 나타낸 것인데 큰 문자는 2분 음표 2개의 싯가를 갖는다. 그러나 큰 문자 뒤에 작은 문자가 오는 경우는 큰 문자가 2분 음표 1개의 시가를 갖고 나머지 작은 문자가 2분 음표 1개의 시가를 갖는다. 따라서 〈보례 4〉에서 '八'은 2분 음표 2개의 시가, 그리고 '十'이 2분 음표 1개, '下十'이 2분 음표 1개의 시가(4분 음표 2개)를 나타낸다. 이 외에 〈보례 1〉과 〈보례 2〉에서 보이는 '火'는 이 기호의 앞 음부터 다음 음으로 진행할 때 빠르게 이동하는 것을 의미하여, 일반적으로 이 기호가 적혀있는 앞의 음과 뒤의 음을 반절의 길이로 연주하라는 뜻을 지닌다. 또한 '引'은 음을 연장하여 길게 끌라는 의미이다.

〈보례 5〉는 〈인지요록〉 권제1의 고토 안보법[箏案譜法]에 기록되어 있는 고토의 오른손과 왼손의 주법에 관한 설명이다. 우선 오른손 주법(右手)을 보면, 식지와 장지는 작은 문자(ㅁ)로, 엄지는 큰 문자(ㅁ)로 나타낸다. 큰 문자 왼쪽 위에 점이 찍힌 것(返爪; 반조)는 가야금의 '뜰'처럼 엄지손가락으로 줄을 위로 뜨라는 의미이다. 작은 문자가 파장선으로 연결된 것은 식지, 장지를 연이어서 뜯으라는 뜻(食指中指連也)이고, 직선으로 연결된 것은 장지와 엄지를 동시에 뜯으라는 것(中指大指適合也), 곡선으로 연결된 것은 식지,

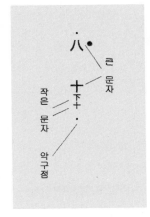

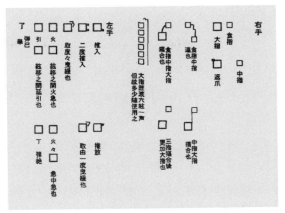

〈보례 4〉〈삼오요록〉의 1소절의 음 기호

〈보례 5〉 권제1의 고토 안보법[爭案譜法]의 오른손과 왼손의 주법

중지, 엄지 순으로 연주하는 것(食指中指大指撝合也)을 의미하며 선으로 연결되지 않은 것은 식지, 장지, 엄지 순으로 연주한 후에 엄지를 한 번 더 뜨으라는 것(三指撝合後更加大指也)을 의미한다. 6개의 작은 문자로 된 것은 엄지로 여섯 줄을 아르페지오처럼 연주하는 것을 말한다.

왼손주법(左手)에서 □의 오른쪽 아래에 점이 찍힌 것(推人)은 줄을 눌러 음을 높이는 것을, 오른쪽 위에 점이 찍힌 것(推放)은 줄을 누른 다음 다시 놓는 것, 점이 2개 찍힌 것(二度推)은 줄을 누르고 놓았다가 다시 누르는 것을 의미한다. □의 오른쪽 위에 'ㄱ'이 적힌 것(取由一度曳緩也)은 가야금의 퇴성처럼 줄을 오른쪽으로 당겨서 음을 낮게 한 후 다시 놓는 것을, 'ㄱ'이 2번 적힌 것(取度々曳緩也)은 오른쪽으로 당겨서 음을 낮게 한 후 다시 놓는 것을 2번하라는 의미이다. 여기에는 앞에서 언급한 '火'와 '引'에 대해서도 설명되어 있다.

〈삼오요록〉과 〈인지요록〉의 기보체계에 이어 비와와 고토의 조현법에 대해 알아보겠다. 〈삼오요록〉에는 고려일월조의 목차 앞에 '高麗曲上 琵琶返黃鐘調彈之'라는 기록이 있고, 〈인지요록〉에는 '高麗曲上 箏太食調'라는 기록이 있다. 이것은 고려일월조를 연주하기 위해서 비와를 반황종조(返黃鐘

개	1	2	3	4	개	1	2	3	4	개	1	2	3	4	개	1	2	3	4
一	工	凡	フ	斗	し	下	十	乙	コ	ク	七	ヒ	匚	之	工	八	丨	ム	也
e	f#	g	g#	a	b	c#	d	d#	e	e	f#	g	g#	a	a	b	c	c#	d

〈보례 6〉〈삼오요록〉의 황종조(반황종조)의 비와 조현

調)로 조현하고 고토는 태식조(太食調)로 조현하라는 것을 나타낸다. 그럼, 비와의 반황종조와 고토의 태식조가 어떠한 조현인지 살펴보자.

비와의 반황종조의 조현에 관해서는 〈삼오요록〉 권제2의 조자품하(調子品下)를 통해서, 고토의 태식조의 조현에 관해서는 〈인지요록〉 권제1의 고토안보법[箏案譜法]의 기록을 통해서 알 수 있다. 우선, 〈삼오요록〉 권제2의 조자품하에는 반황종조의 조현을 구체적으로 적혀있지 않고 '返黃鐘調 同黃鐘調 合笛太食調'라는 기록이 있다. 이것은 반황종조가 황종조와 같은 조현을 사용하고 있다는 것을 의미한다. 따라서 반황종조의 조현을 알기 위해 황종조의 조현을 살펴보면 다음과 같다.

黃鐘調 合笛平調性調

以ク合音 笛干　　以ク合一 同音

以ク合し 笛中　　以ク合コ 同音

以ク合よ 笛夕　　以し合八 同音

위의 기록에 의하면, 개방현인 '一しクよ'의 음은 후에[笛]의 음에 따라서 각각 'e(干) b(中) e(干) a(夕)'로 조율된다. 이렇게 조율된 4중을 비와의 4개의 주(柱)에 맞춰 나타내면 〈보례 6〉과 같이 된다. 개방현('개'로 표시)과 제1주 사이만 한 음이고 제1주부터 제4주까지의 사이는 반음이다.

다음으로, 〈인지요록〉의 권제1의 '태식조'에 관한 기록을 살펴보자. 태식조에 관해서는 고토의 13줄의 음을 조율하는 방법과 함께 궁·상·각·변치·치·우·변궁의 7성(七聲)에 대해서 다음과 같이 쓰여 있다.

一	二	三	四	五	六	七	八	九	十	斗	爲	巾
b	e	f#	g#	b	c#	e	f#	g#	b	c#	3	f#
치	상	g	각	a	b	c#	d	d#	e	e	f#	g

〈보례 7〉〈인지요록〉의 태식조의 고토 조현

太食調

以二合音 笛干宮　　以二合五 笛中徵

以五合三 笛五商　　以三合六 笛丁羽

以六合四 笛上角　　以二合七 同音宮

以三合八 同音商　　以四合九 同音角

以五合十 同音徵　　以六合斗 同音羽

以七合爲 同音宮　　以八合巾 同音商

以五合一 同音徵

右件調二七爲爲宮三八巾爲商四九爲角推四九爲變徵一五十爲徵六斗爲羽

推六斗爲變宮

위의 기록에 의해서 고토의 조현을 나타내면 〈보례 7〉과 같다. 기록에 의하면 고토의 13줄은 궁·상·각·치·우의 5성으로만 조현하고, 변치와 변궁의 2성은 줄을 눌러서 낸다고 적혀 있다. 즉 각(角)인 四와 九를 눌러 변치를 만들고, 우(羽)인 六과 斗를 눌러 변궁의 소리를 낸다.

3. 분석

〈삼오요록〉과 〈인지요록〉 소재의 고마가쿠의 특징을 밝히기 위하여 앞에서 고찰한 기보체계와 조현법을 바탕으로 고려일월조의 음계를 살펴보고 음의 기능을 지속성, 장식성의 측면에서 고찰하고자 한다.

필자는 실제로 헤이안시대의 악보인 〈인지요록〉과 〈삼오요록〉의 악곡

〈보례 8〉〈삼오요록〉과 〈인지요록〉의 〈신슈쿠토쿠〉

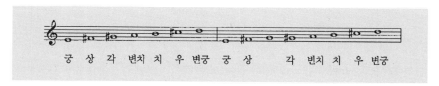

궁　상　각　변치　치　우　변궁　궁　상　　　각　변치　치　우　변궁

〈보례 9〉〈인지요록〉 고려일월조의 구성음

〈보례 8〉을 분석하여 당시 고려일월조의 악곡이 어떠한 음계로 구성되었는지를 살펴보고자 한다. 먼저 〈인지요록〉 고려일월조 곡의 구성음을 살펴보면 〈보례 9〉와 같다. 예에서 보듯이 곡에 따라서 'e f# g# a b c# d'의 7음을 사용하는 경우도 있고 'e f# g g# a b c# d'의 8음을 사용하는 경우도 있다.

　7음으로 구성된 경우는 중국의 상조와 같은 7음음계라는 것을 알 수 있지만 8음을 사용하는 경우는 각(角)에 해당하는 'g#' 외에도 이보다 반음 낮은 'g'가 출현하여 마치 8음음계와 같이 보이기도 한다. 그런데 선율진행을 조사해 보면 'g#'와 'g'가 서로 순차적으로 진행하는 경우는 없고 중간 중간에 각(g#)의 음을 낮게 하여 'g'로 연주하기도 하고 때로는 높게 'g#'로 연주하여 들쑥날쑥 하는 것을 발견할 수 있다. 여기서 주목되는 점은 한국음악의 경토리 음계에서 궁 보다 두 음 위의 음이 본래의 음보다 반음(단2도) 낮게 나타나는

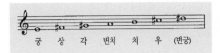

<보례 10> 〈삼오요록〉 고려일월조의 구성음

<보례 11> 〈삼오요록〉과 〈인지요록〉 고려일월조의 음계

경우가 있어[8] 이와 상통한다는 점이다. 즉, 고마가쿠에서도 궁 보다 두 음 위의 음인 각이 원래의 음인 'g#' 이외에도 반음 낮은 'g'가 나타나서 음계에 있어서 경토리의 구조와 유사한 것이다. 물론 12세기의 고마가쿠와 현행의 경기민요라는 시대도 장르도 다른 음악이라는 점에서 앞으로 비교연구가 필요하지만 과거와 현재를 초월하여 한국음악이라는 점에서는 공통점을 찾을 수 있다.

다음으로 〈삼오요록〉 고려일월조 악곡의 구성음을 나타내면 〈보례 10〉과 같다. 그런데 앞서 살펴본 〈인지요록〉의 음계와 변궁의 위치가 달라 주목된다. 즉 〈인지요록〉의 음계에서 보았듯이 고려일월조의 변궁은 'd' 음에 해당하지만 실제 〈삼오요록〉에서 사용하고 있는 음은 이보다 반음 높은 음 'd#'를 사용하고 있다.

〈인지요록〉과 〈삼오요록〉 고려일월조의 구성음을 통합하여 음계로 나타내면 〈보례 11〉과 같다. 같은 편찬자에 의한 두 악보가 구성음에서 서로 차이가 보이는 것은 악기에 의한 것인지 확실하지 않지만, 궁에서 두 번째 음이 반음 낮게 나타나는 경우에서는 한국음악과 상통하는 면을 찾을 수 있고 변궁의 음이 반음 높게 나타나는 것은 고려일월조가 상조와 궁조가 융합된 형태라 할 수 있다.

어떤 음이 다음에 어떤 음으로 이동하는지를 조사하여 선율의 진행경향에 대해서 고찰하려고 한다. 단, 동음진행에서는 음의 움직임이 파악되지 않기 때문에 동음진행은 대상에서 제외하고, 두 악보 중 편의상 〈인지요록〉을

8 황준연, 「한국음악의 악조」, 국악원논문집 제5집, 서울, 국립국악원, 1993, 124~125쪽.

고찰 대상으로 삼는다. 7성이 각각 어떤 음으로 진행하는지를 나타내면 〈표 3〉과 같다. 이 표에 의하면 4도나 5도의 도약진행은 거의 찾아 볼 수 없다. 즉 궁→변치, 궁→치의 진행은 10회를 조금 넘고, 상→치, 상→우의 진행도 각각 4회와 11회 뿐이다. 각→우, 각→변궁의 진행은 5회에도 못 미치고, 변치→변궁, 변치→궁의 진행 또한 5회 전후이다. 치→궁은 18회, 치→상은 12회이며, 우→상, 우→각 또한 각각 5회와 12회 뿐이다. 변궁→각, 변궁→변치의 진행도 10회 전후로만 출현하고 있다. 이렇듯 각 음은 도약진행이 거의 없고 바로 옆 음 또는 그 다음으로 진행하는 순차진행을 보이는 것을 알 수 있다.

〈표 3〉 〈인지요록〉 고마가쿠의 음의 진행 경향

	궁(e)	상(f#)	각(g# 또는 g)	변치(a)	치(b)	우(c#)	변궁(d)	합계
궁(e)		52	38	12	14	48	82	246
상(f#)	101		70	25	4	11	10	217
각(g# 또는 g)	11	98		38	91	2	4	244
변치(a)	4	39	50		41	3	6	143
치(b)	18	12	77	33		97	53	290
우(c#)	92	5	12	5	133		52	299
변궁(d)	32	3	12	6	27	133		213

지속성이란 긴 음가를 가지는 경향이나 그러한 성질을 말한다. 어떤 선율에서 긴 음가를 가지는 음은 그 선율을 지배하는 음조직에 있어 중요한 역할을 하는 경우가 많다. 따라서 7성의 각 음에서 2소절 이상 지속하는 음의 출현빈도를 조사하여 비교하면 〈표 4〉와 같다.[9]

---

9 〈삼오요록〉과 〈인지요록〉은 미세한 차이를 제외하면 서로 음의 진행이나 장식음까지도 서로

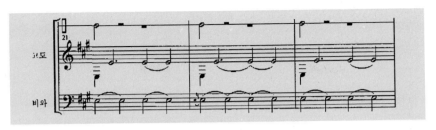

〈보례 12〉〈삼오요록〉과 〈인지요록〉의 지속성의 예: 궁(e)의 경우

〈표 4〉〈인지요록〉 고마가쿠의 지속성이 강한 음(숫자는 출현수)

길이	궁(e)	상(f#)	각 (g#, g)	변치(a)	치(b)	우(c#)	변궁(d)
2소절	55	4	4	–	27	–	–
3소절	9	–	–	–	1	–	–

위의 표에서 보듯이, 지속성이 높은 경우는 궁(e)에서 가장 많이 찾아볼 수 있고, 다음으로 치(b)에서 많이 보인다. 특히 궁은 〈보례 12〉에서 보듯이 3소절을 지속하는 경우도 있다. 이에 비하여 상(f#)과 각(g#)에서는 지속성이 높은 예가 거의 없고, 변치(a)와 변궁(d)에서는 2소절 이상 음이 지속하는 경우가 한 번도 없다. 따라서 궁(e)과 치(b)의 2성은 다른 5성에 비하여 음의 지속성이 강한 음이라는 것을 알 수 있다.

장식성을 높은 음을 조사하기 위하여 〈삼오요록〉의 '□□'의 음형을 중심으로 고찰하려 한다. 〈삼오요록〉의 '□□'의 음형은 비와의 장식수법으로 채로 친 음의 여음 안에서 왼손으로 누른 주(柱)를 놓아 아래 음을 소리 낸 다음, 다시 주를 누르는 수법('타타쿠(叩く)'라고 함)이다. 예를 들어 '之〃之'는 'a' 음을 소리 낸 후 누른 주를 놓아 한 음 아래 음인 'g#'를 내고 다시 주를 눌러 'a' 음으로 돌아가는 'a—g#—a'의 음형이다. 또한 '□□□□'와 같은 음형도 보이는데, 예를 들어 '之〃之〃之'는 'a—g#—a—g#—a'를 나타낸다. 비와에

같기 때문에 분석에 있어서는 〈인지요록〉을 중심으로 하였다.

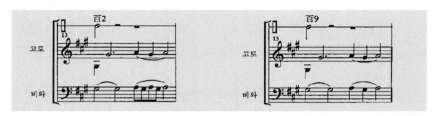

〈보례 13〉〈삼오요록〉과 〈인지요록〉의 장식성의 예: 변치(a)의 경우

〈표 5〉〈삼오요록〉 고마가쿠의 장식성이 강한 음(숫자는 출현수)

	궁(e)	상(f#)	각(g#)	변치(a)	치(b)	우(c#)	변궁(d, d#)
□□□	7	0	11	110	0	0	89
□□□□□	2	0	9	1	0	0	9
합계	9	0	20	111	0	0	98

서 이러한 음형이 사용되는 곳은 〈보례 13〉에서 보듯이 고토에서는 줄을 눌렀다 놓아서 이와 같은 음형을 표현하고 있다.

〈표 5〉는 '□□□'의 음형 또는 '□□□□□'의 음형이 사용되는 회수를 나타낸 것이다. 표에서 보듯이 이러한 음형은 변치(a)와 변궁(d, d#)에서 가장 많이 사용되고 있다. 궁(e)은 거의 용례가 없고 상(f#), 치(b), 우(c#)의 경우는 단 한 번도 이러한 음형이 사용되지 않는다.

따라서 변치(a)와 변궁(d, d#)의 2성은 다른 5성에 비하여 장식성이 강한 음이라는 것을 알 수 있다.

지금까지 12세기의 비와보 〈삼오요록〉과 고토보 〈인지요록〉 소재의 고마가쿠를 고찰하여 그 음악적 특징을 밝히고자 하였다. 두 악보에는 고려일월조, 고려평조, 고려쌍조의 악곡이 실려 있는데 이 중 본고에서는 세 조 중 가장 많은 곡인 고려일월조 악곡을 연구대상으로 삼았다. 박자상의 특징을 살펴보면, 고려사박자는 태고점 '百'이 첫 소절에 오는 반면에 당악의 사박자는 셋째 소절에 놓여 강박의 위치가 서로 다르다. 이렇게 고마가쿠가 당악과는 다르게 태고를 첫 박에 치는 것은 한국음악에서 좌고를 장단의 첫 박에 치는

것과 상통하고, 이것은 중국계 음악의 박자와는 구별되는 한국음악의 특징
이라고 할 수 있다.

고려일월조의 30곡을 분석하기 위하여 고마가쿠의 선율을 구성하는 7성
이 악곡에 있어 각각 어떠한 특징을 가지고 있는지를 음계, 음의 진행 경향,
지속성, 장식성의 측면에서 고찰하였다. 〈인지요록〉과 〈삼오요록〉의 구성음
을 조사하면 두 악보의 고려일월조의 악곡은 기본적으로 상조(商調)로 구성
된 음계를 사용하고 있다. 다만, 비와보에서 변궁(變宮) 음은 상조의 변궁 보
다 반음 높게 나타나는데 이것은 〈삼오요록〉의 당악의 일월조가 단순한 상
조가 아니라 궁조와 융합된 형태이기 때문에 고려일월조에서도 이러한 현상
이 나타나는 것으로 해석된다. 또한 고토보의 경우는 궁보다 두 음 위의 음
이 반음이 낮은 음과 함께 사용되고 있는데, 이 점은 한국음악의 경토리 음
계에서 궁 보다 두 음 위의 음이 본래의 음보다 반음 낮게 나타나는 경우와
상통한다. 음의 진행경향을 살펴보면 각 음들은 4도나 5도의 도약진행을 하
는 경우는 거의 없고 바로 옆 음 또는 그 다음 음으로 이동하는 순차진행을
한다. 지속성과 장식성의 측면에서, 궁과 치는 다른 5성에 비하여 음을 지속
하려는 성향이 강한 음이라는 것을 알았고, 변치와 변궁은 장식성이 강한 음
이라는 것이 밝혀졌다.

III. 〈회중보〉·〈기정적보〉·〈명치찬정보〉의 관악기 고마가쿠 기보법 및 분석

1. 관악기 고마가쿠

〈회중보〉(懷中譜)는 가보(嘉譜) 2년(1095)에 편찬된 가가쿠의 후에(笛, ふ
え) 악보이다. 가가쿠에 사용되는 후에에는 국풍가무인 가구라(神樂, かぐら)
를 연주하는 가구라부에(神樂笛, かぐらふえ), 당악용의 류테키(龍笛, りゅうて
き), 고마가쿠용의 고마부에가 있는데, 〈회중보〉는 류테키와 고마부에의 악

보이다. 상·중·하 3권으로 구성되었는데, 상권과 중권에는 당악 27곡이, 하권에는 당악 5곡과 고마가쿠 비곡(秘曲) 10곡이 수록되어 있다. 가가쿠의 후에를 전승했던 오가(大神) 집안 최고(最古)의 악보로서 가가쿠 연구에 매우 중요한 위치를 차지하고 있는 악보이다.[10]

〈기정적보〉(基政笛譜)도 역시 가가쿠의 후에(笛) 악보로, 류테키(龍笛), 고마부에(高麗笛), 가구라부에(神樂笛)를 위한 악보가 수록되어 있다. 13세기 전반에 오가 모토마사(大神基政)에 의해서 성립되었기 때문에 그의 이름을 따서 '모노마사후에후'(基政笛譜)라고 불리게 되었다. 상·하 2권으로 되었는데, 상권에는 당악곡을 싣고 있고, 하권에는 당악곡과 더불어 고마가쿠곡으로써 고려일월조, 고려평조, 고려쌍조, 그리고 일본 고유의 악곡인 아즈마아소비(東遊, あずまあそび)와 가구라, 궁중가곡인 사이바라(催馬楽, さいばら)의 악곡을 수록하고 있다. 당악과 사이바라의 악보는 류테키의 악보이고, 가구라는 가구라부에의 악보이며, 아즈마아소비와 고마가쿠는 고마부에의 악보이다.[11]

〈명치찬정보〉(明治撰定譜)는 메이지시대(明治時代, 1868~1912)에 제작된 악보집성이다. 일본에서는 메이지시대에 궁중이 도쿄(東京)로 옮겨지면서 궁중의식을 재정비하려는 움직임이 일어났다. 1870년에는 가가쿠를 담당하는 관청으로 가가쿠쿄쿠(雅樂局, ががくきょく)가 설치되었고, 이곳에 에도, 교토, 나라, 오사카의 음악이 집결하게 되었다. 이것을 계기로 1876(명치9)년과 1888(명치21)년의 두 차례에 걸쳐 각기 전승되던 가가쿠를 통일하기 위해서 새롭게 악보를 만들었는데, 그것이 〈메이지찬정보〉이다. 이렇게 제정된 곡은 현재 가가쿠의 정식 레퍼토리로 연주되고 있다.[12]

메이지시대에 정리된 가가쿠(雅樂)는 가구라우타(神樂歌), 야마토우타(大

---

10 岸邊成雄博士古稀記念出版委員會(編), 日本古典音樂文獻解題, 東京, 日韓文化交流基金, 2000, 63쪽.
11 岸邊成雄博士古稀記念出版委員會(編), 앞의 책, 407쪽.
12 이지선, 개정판 일본전통공연예술, 서울, 제이앤씨, 2009, 40쪽.

和歌) 아즈마아소비(東遊), 사이바라(催馬樂), 로에이(朗詠), 도가쿠(唐樂), 고마가쿠(高麗樂)로, 각각 노래, 관악기, 현악기, 타악기, 무용의 악보가 있다. 다만 이 악보들은 총보가 아니라 각 악기별로 된 파트보이다.[13] 〈메이지찬정보〉의 고마가쿠 악보에는 선율악기로서 고토, 비와, 히치리키(觱篥), 고마부에의 악보가 전하는데, 이 중 고마부에와 비와의 악보를 고찰하려고 한다. 고마부에의 악보는 〈회중보〉와 비교될 수 있고, 비와의 악보는 〈삼오요록〉과 비교가 가능하기 때문이다.

11세기 말에 편찬된 〈회중보〉에는 고려일월조의 10곡이 수록되어 있는데, 이 악곡들은 모두 비곡(秘曲)으로 현재에는 단절되어 전하지 않는 곡들이다. 12세기 말의 〈삼오요록〉의 고마가쿠는 고려일월조 30곡, 고려평조 1곡, 고려쌍조 4곡으로 총 35곡이 수록되었고, 〈삼오요록〉과 비슷한 시기인 13세기 전반에 편찬된 〈기정적보〉에는 고려일월조 30곡, 고려평조 1곡, 고려쌍조 4곡으로 총 35곡이 실려 있다. 〈삼오요록〉과 〈기정적보〉는 수록된 악곡의 수가 서로 완전히 일치한다. 이렇듯 30곡 이상의 악곡이 전승되었던 고마가쿠는 19세기 후반에 〈명치찬정보〉로 정리되면서 많은 곡이 단절되었다. 〈명치찬정보〉는 두 차례에 걸쳐서 제정되었는데, 1876년에는 고마가쿠가 14곡이, 1888년에는 10곡이 제정되었다. 〈명치찬정보〉로 제정된 고마가쿠곡은 그대로 현재까지 이어져 내려오고 있어, 현재에는 23곡의 고마가쿠곡이 전하고 있다.[14]

〈회중보〉·〈삼오요록〉·〈기정적보〉에 공통적으로 보이는 곡은 〈구로코조〉(黑甲序)·〈고마류〉(高麗龍)·〈고마이누〉(狛犬)·〈간조〉(顔序)·〈신카후〉(新河浦)·〈신소리코〉(進曾利古)·〈간스이라쿠〉(酣醉樂)·〈기칸〉(桔桿)·〈조부라쿠〉(常武樂)·〈사쿠부쓰〉(作物)의 10곡으로 모두 〈회중보〉에 수록된 악곡이다. 또한 〈삼오요록〉·〈기정적보〉·〈명치찬정보〉의 세 악보에 공통적으로

---

13 小野亮哉(監修)·東儀信太郎(代表執筆), 雅樂事典, 東京, 音樂之友社, 1989, 286쪽.

14 〈고토리소〉는 1876년에 일단 정해졌으나 1888년에 대곡으로서 다시 한 번 제정되었고, 이 곡이 현재까지 전승되고 있다.

보이는 곡은 〈신토리소〉(新鳥蘇)·〈고토리소〉(古鳥蘇)·〈다이슈쿠토쿠〉(退宿德)·〈신슈쿠토쿠〉(進宿德)·〈고마보코〉(狛鉾)·〈오닌테이〉(皇仁庭, 王仁庭)·〈아야기리〉(綾切, 阿夜岐利)·〈한나리〉(植破)·〈시키테〉(敷手, 志岐傳)·〈기토쿠〉(歸德侯)·〈초보라쿠〉(長保樂)·〈신소리코〉(進曾利古)·〈고토쿠라쿠〉(胡德樂)·〈곤린핫센〉(崑崙八仙)·〈신마카〉(新鞨鞨)·〈나소리〉(納蘇利)·〈닌나라쿠〉(仁和樂)·〈엔기라쿠〉(延喜樂)·〈고초라쿠〉(胡蝶樂)·〈린가〉(林歌)·〈치큐〉(地久)·〈도텐라쿠〉(登天樂)·〈호힌〉(白濱)의 23곡으로 모두 〈명치찬정보〉에 수록된 악곡이다.

고마가쿠 각 악곡의 기원을 조사하여 고대 한반도와 관련된 것으로 추정되고 있는 곡을 선별하여 보면, 발해를 포함하여 한반도와 관련된 것으로 알려진 악곡은 〈신카후〉(新河浦)·〈기토쿠〉(歸德侯)·〈아야기리〉(綾切, 阿夜岐利)·〈오닌테이〉(皇仁庭, 王仁庭)·〈신소리코〉(進曾利古)·〈고토리소〉(古鳥蘇)·〈나소리〉(納蘇利)의 7곡이다. 따라서 이 악곡들을 연구대상으로 삼으려는데, 이 중 〈신카후〉(新河浦)는 〈회중보〉, 〈삼오요록〉, 〈기정적보〉에 공통으로 수록된 악곡이고, 〈고토리소〉(古鳥蘇)·〈기토쿠〉(歸德侯)·〈나소리〉(納蘇利)의 3곡은 〈삼오요록〉, 〈기정적보〉, 〈명치찬정보〉의 악보에 공통적으로 보이는 곡이다. 따라서 〈회중보〉, 〈삼오요록〉, 〈기정적보〉, 〈명치찬정보〉(1876)의 수록된 악곡 중 〈신카후〉(新河浦)·〈고토리소〉(古鳥蘇)·〈기토쿠〉(歸德侯)·〈나소리〉(納蘇利)의 4곡에 대해서 고찰하기로 한다.

2. 기보법

먼저, 〈회중보〉와 〈기정적보〉, 〈명치찬정보〉 고마부에보의 기보법에 대해서 알아보기로 한다. 〈보례 14〉는 〈회중보〉, 〈보례 15〉는 〈기정적보〉, 〈보례 16〉은 〈명치찬정보〉의 예이다. 〈보례 14〉와 〈보례 15〉에서 보는 바와 같이, 〈회중보〉와 〈기정적보〉는 기보법이 서로 일치한다. 고마부에의 악보로서, '夕 中 六' 등의 기호는 고마부에의 손가락 구멍을 가리키는 것으로 이것이 곧 음정을 나타낸다. 그러나 〈보례 16〉의 〈명치찬정보〉의 고마부에 악보

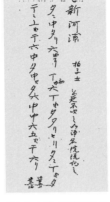
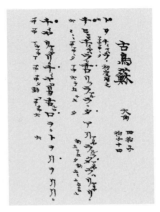

〈보례 14〉〈회중보〉〈신카후〉　　　〈보례 15〉〈기정적보〉　　〈보례 16〉〈명치찬정보〉〈고토리소〉
　　　　　　　　　　　　　　　　　　　　〈신카후〉

는 앞의 두 예와는 조금 다른 기보체계를 사용하고 있다. 오른쪽에 조금 큰
글자로 'チ ヒ チ ラ' 등으로 쓰인 것은 고마부에의 구음인 쇼가(唱歌)를 나타
내고, 그 왼쪽에 작게 '六 々 丁 中' 등으로 기재된 것은 고마부에의 지공을
나타낸다. 즉, 구음을 중심으로 하고 그 보조적인 역할로서 고마부에의 지공
명을 사용하고 있는 점에서는 〈회중보〉나 〈기정적보〉와 차이가 있지만 고마
부에의 기보 그 자체에서는 세 악보가 모두 일치한다.

　고마부에는 당악에서 사용하는 류테키와 지공의 이름은 같지만 음정은
서로 차이가 있다. 즉, 〈표 6〉에서 보는 바와 같이 두 악기는 모두 '六 干 五
⊥ 夕 中 丁'의 기호로 음을 표시하는데 고마부에의 지공에서는 류테키보다
장2도씩 높은 음이 난다. 따라서 고마가쿠는 당악보다 전체적으로 높은 음
정을 사용하는 음악이다.

〈표 6〉 류테키와 고마부에의 음정

음정	干	五	⊥	夕	中	丁	六
류테키	e	f#	g	a	b	c#	d'
고마부에	f#	g#	a	b	c#	d#	e'

〈회중보〉와 〈명치찬정보〉에는 〈보례 14〉과 〈보례 16〉에서 보는 바와 같이, 음정을 나타내는 기호(지공명) 옆에 '●'와 '•'의 기호가 붙어있다. 그리고 이 것은 '●•••'와 같은 형태로 반복되는데, '●' 또는 '•'은 소박자(소절)를 나 타내어 '●•••'는 4개의 소박자(4소절)가 되고 이것이 한 주기를 이룬다. 이 러한 박자체계를 고마가쿠의 '사박자(四拍子)'라고 한다. 또한 〈보례 14〉에는 곡명인 '新河浦'에 이어서 '拍子五'라고 쓰여 있다. 이것은 악곡 전체를 통해 서 '●•••'을 5번 반복한다는 것을 의미하고, 결국 '●•••'는 한국음악의 장단과 유사한 것이라고 할 수 있다. 이때 '●'는 박자의 한 주기에 한 번 치 는 태고(太鼓)를 나타내는 것으로 한국의 좌고와 비슷한 역할을 한다.

한편, 당악의 사박자 곡은 1개의 '百(또는 ●)'과 3개의 '•'가 1주기를 이룬다 는 점에서는 고마가쿠의 사박자와 다를 바가 없다. 그러나 고마가쿠는 첫 소 절에 태고점이 오는 반면에 당악은 셋째 소절(●●●)에 태고점이 놓인다. 이 것은 한국음악에서 좌고를 장단의 첫 박에 치는 것과 상통하는 것으로, 당악 의 박자와 구별되는 고마가쿠의 박자, 즉 한국음악의 특징이라고 할 수 있다.

〈회중보〉와 〈기정적보〉에는 음정을 나타내는 기호(六 干 五 ⊥ 夕 中 丁)와 박자를 나타내는 기호(●●●) 외에 '由', 'リ', '火'의 기호가 사용된다. '由'는 요성으로 음을 흔드는 것을 나타내고 'リ'는 '引'의 흘림자로 음을 길게 끄는 것을 나타내며, '火'는 이 기호의 앞 음부터 다음 음으로 진행할 때 빠르게 이 동하는 것을 의미한다. 〈명치찬정보〉에는 '由'와 '火'의 기호가 사용되지 않고 있다.

3. 분석

고대 한반도와 관련이 있다고 알려진 곡 중에서 〈회중보〉, 〈삼오요록〉, 〈기정적보〉의 세 악보에 공통으로 수록된 악곡은 〈신카후〉이다. 따라서 각 고악보를 앞서 살펴본 기보법을 바탕으로 오선보로 역보를 하고 이를 분석 하려고 한다. 분석은 악곡구조, 출현음, 음계, 지속음, 장식음 등의 측면에서 행할 것이다.

〈신카후〉는 박자5로 이루어진 비교적 짧은 악곡이다. 고려일월조이기 때문에 주음은 'e'로, 이 음을 길게 끌면서 악곡이 끝난다. 그런데 마지막은 아니지만 중간에 종지와 비슷하게 1행에서는 'e'음이 길게 나온다. 따라서 길게 끄는 주음(e)을 기준으로 나누어보면 〈신카후〉의 구조는 크게 두 부분으로 이루어져, 첫 부분은 1행, 둘째 부분은 2·3·4·5행으로 나뉜다.(말미 부록악보 참조) 다만 제1행은 'b-d#-e'로 상행하는 데 해서 5행, 즉 마지막은 'g#-f#-e'로 하행한다. 따라서 같은 'e'로 길게 끌어 단락감을 주지만 마지막에는 선율이 하행하여 더욱 종지감을 주고 있다고 할 수 있다.

출현음에 대해서 조사하면 다음의 〈표 7〉과 같다. 표에서 출현수는 〈회중보〉에서 2박자를 1로 하여 계산한 숫자이다. 표에서 보듯이 가장 많이 출현하는 음은 'b'이고, 그 다음 'e'음이 비슷하게 사용되고 있으며, 나머지 음들은 이 두 음에 비해서 현저하게 적게 사용되고 있다.

〈표 7〉 〈회중보〉 〈신카후〉의 출현음

음정	e	f#	g#	a	b	c#	d#
출현수	23	6	2	6	25	7	10

또한 출현음에 기해서 이 악곡의 음계를 알아볼 수 있다. 〈삼오요록〉의 분석에 의하면 고려일월조는 단순한 상조(商調)가 아닌 상조와 궁조(宮調)가 융합된 형태를 띠고 있다. 즉, 고려일월조가 상조라면 'e(궁)·f#(상)·g#(각)·a(변치)·b(치)·c#(우)·d(변궁)'이어야 하는데, 실제로 출현하고 있는 음을 보면 변궁에 해당하는 'd'음이 아니라 반음이 높은 'd#'음이 출현하고 있다. 따라서 〈삼오요록〉과 마찬가지로 〈회중보〉의 고려일월조의 악곡에서 사용하고 있는 음계도 단순한 상조가 아니라 궁조와 융합된 형태라고 할 수 있다.

다음으로 긴 음가를 가지는 음이 무엇인지, 즉 지속음에 대해서 알아보고자 한다. 어느 악곡에서 긴 음

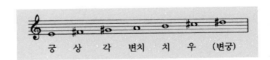

〈보례 17〉 〈회중보〉 고려일월조의 음계

가를 가지는 음은 선율을 지배하는 음조직에서 중요한 역할을 담당하는 경우가 많기 때문에 악곡의 특징을 고찰하는 데는 중요한 측면이라고 하겠다. 〈신카후〉에서 2소절 이상의 음을 끄는 경우는 'e(궁)'이 2회이고, 'b(치)'가 1회 나타난다.

앞서 살펴본 〈회중보〉와 〈기정적보〉의 기보법에서 '由'라는 기호가 음을 흔드는 수법임을 언급하였다. 그럼 이 기호가 어떠한 음에 사용되고 있는지 알아보기로 한다. 또한 고마부에보의 '由'의 위치에 비와보 〈삼오요록〉에는 장식적 음형인 '□□' 또는 '□□□□'(비와의 장식수법으로, 줄을 채로 치고 그 여음 안에서 왼손으로 누른 주(柱)를 놓아 아래 음을 소리 낸 다음 다시 주를 누르는 수법으로 '타타쿠(叩く)'라고함)이 사용되는 경우가 있어, '由'와 '□□'를 연관지어서 살펴보겠다. 〈표 8〉은 〈회중보〉와 〈삼오요록〉의 〈신카후〉의 장식적인 음을 비교한 것이다. 표에서 보면 'e'의 경우는 고마부에의 '由'의 자리에, 비와는 아무 장식이 없는 데 비해서, 'a'와 'd'에는 '□□'의 음형이 나오고 있다. 이러한 점은 'e(궁)'은 관악기에서 요성이 붙는 음이라는 것을 알 수 있고, 'a(변치)'와 'd(변궁)'은 단순한 요성이 아니라 음에 장식을 가하는 시김새와 같은 성격이 있는 음이라고 할 수 있다.

〈표 8〉 〈회중보〉와 〈삼오요록〉의 〈신카후〉의 장식적 음

음정	e (궁)	f# (상)	g# (각)	a (변치)	b (치)	c# (우)	d# (변궁)
〈회중〉의 '由'	2회	–	–	2	–	–	3
〈삼오〉의 '□□'	–	–	–	2	–	–	2

〈삼오요록〉, 〈기정적보〉, 〈명치찬정보〉(1876)의 고마가쿠 악보에 실린 악곡 중에서 한반도 기원의 곡은 〈고토리소〉·〈기토쿠〉·〈나소리〉의 3곡이다. 이 곡들에 대해서도 악곡구조, 출현음, 음계, 지속음, 장식음의 측면에서 살펴보고자 한다.

〈고토리소〉는 박자14로 이루어진 비교적 긴 곡이다.(말미 부록악보 참조) 박자1~4는 박자 5~8과 거의 일치하는데, 이 때문인지 〈명치찬정보〉에서는

박자5~8의 선율을 따로 수록하지 않고 박자4의 끝에 '二返'이라고 하여 그 앞 선율(박자1~4)을 반복하라고 지시하고 있다. 'g#–f#–e'로 하행으로 끝나는 종지선율은 3번(박자4, 8, 14) 나와, 이 곡은 크게 세 부분으로 나뉜다. 〈기토쿠〉는 박자10의 악곡이다. 종지의 선율은 끝부분인 박자 10 이외에도 박자6에서 출현하여 악곡은 크게 두 부분으로 나뉜다. 또한 박자8은 박자4와, 박자9는 박자3과 같은 선율을 사용하고 있다. 〈나소리〉는 박자12의 곡이다. 종지선율인 박자12와 그 앞 선율인 박자11은 악곡의 중간부분, 즉 박자7과 8에도 한번 나온다. 따라서 이 곡은 종지선율에 의해서 박자8과 12의 두 부분으로 나뉠 수 있다. 이상의 세 곡의 악곡구조를 정리하면 〈표 9〉와 같다. 같은 선율은 아래쪽에 기입하여 반복임을 나타냈다.

〈표 9〉 〈고토리소〉·〈기토쿠〉·〈나소리〉의 악곡구조(밑줄은 종지선율)

악곡명	악곡구조									
고토리소 (박자14)	1	2	3	<u>4</u>						
	5	6	7	<u>8</u>	9	10	11			
				<u>14</u>	12	13				
기토쿠 (박자10)	1	2	3	4	5	<u>6</u>	7			
			9	8		<u>10</u>				
나소리 (박자12)	1	2	3	4	5	6	7	<u>8</u>	9	10
							11	<u>12</u>		

다음으로, 출현음에 대해서 알아보자. 〈표 10〉에서 보듯이 〈고토리소〉의 출현음 중에서, 가장 많이 나오는 음은 궁이고, 그 다음은 각과 치가 비슷하게 출현한다. 즉, 이 곡에서는 궁, 각, 치의 세 음이 많이 출현하지만 다른 음도 비교적 고르게 사용되고 있다. 출현순서를 보면, 궁–치–각–상–우–변궁–변치이다. 〈기토쿠〉에서도 궁이 가장 많이 출현하고 그 다음이 각과 치가 많이 나온다. 반면에 변치와 변궁은 거의 사용되지 않고 있다. 출현순서는 궁–치–각–우–상–변궁–변치이다. 〈나소리〉에도 궁의 출현수가 가장 많고, 그 다음이 치, 각, 상이 비슷하게 출현한다. 다른 곡에 비해서 음들이

비교적 고르게 사용되고 있다. 출현순서를 보면 궁-치-각-상-우-변치-변궁의 순이다.

〈표 10〉〈기정적보〉의 〈고토리소〉·〈기토쿠〉·〈나소리〉의 출현음

	음정	e (궁)	f# (상)	g# (각)	a (변치)	b (치)	c# (우)	d# (변궁)
고토리소	출현횟수	73	29	37	9	38	23	15
기토쿠		40	15	30	0	36	25	4
나소리		44	34	35	16	38	18	10

출현음에 의해서 세 곡의 음계를 살펴보면 앞의 〈보례 6〉에서 보는 바와 같이 상조가 근간을 이루고 'd' 대신 'd#'가 사용됨으로써 궁조가 융합된 형태를 띠고 있다. 2소절 이상 길게 끄는 음을 조사하면, 〈고토리소〉에서는 'e(궁)'가 5번 출현하고, 'b(치)'가 1회 사용되고 있다. 〈기토쿠〉에서는 'e'가 2번, 'b'가 1번 길게 끌며, 〈나소리〉에서는 'e'가 2번, 'f#'가 1번, 'b'가 1번 2소절을 지속하는 경우가 보인다. 다음의 〈표 11〉은 고마부에보인 〈기정적보〉에서 '由'가 사용되는 음과 비와보인 〈삼오요록〉에서 '□□' 또는 '□□□□'의 음형이 사용되는 용례를 나타낸 것이다. '由'가 사용되는 궁의 경우에는 비와에서는 '□□'가 사용되지 않는 반면에, 각, 변치, 변궁의 '由' 자리에는 '□□'가 쓰이고 있다.

〈표 11〉〈기정적보〉와 〈삼오요록〉의 〈고토리소〉·〈기토쿠〉·〈나소리〉의 장식적 음

	음정	e (궁)	f# (상)	g# (각)	a (변치)	b (치)	c# (우)	d# (변궁)
고토리소	〈기정〉의 '由'	2	–	10	5	–	–	4
	〈삼오〉의 '□□'	–	–	8	4	–	–	3
기토쿠	〈기정〉의 '由'	4	–	5	2	1	–	2
	〈삼오〉의 '□□'	–	–	4	2	–	–	2
나소리	〈기정〉의 '由'	2	–	–	5	–	–	1
	〈삼오〉의 '□□'	–	–	–	4	–	–	1

다음으로, 〈삼오요록〉과 〈기정적보〉의 비교, 〈삼오요록〉과 〈명치찬정보〉 비와보의 비교, 그리고 〈기정적보〉와 〈명치찬정보〉 고마부에보를 비교해 보기로 한다. 12세기 말에 편찬된

〈보례 18〉 〈기정적보〉와 〈명치찬정보〉 고마부에후의 〈고토리소〉 첫 부분 비교

〈삼오요록〉의 〈고토리소〉의 선율은 13세기 전반에 편찬된 〈기정적보〉의 선율과 거의 일치한다. 다만 수법에 있어서 전술했던 바와 같이, 〈삼오요록〉의 비와의 '□□□' 의 부분에 〈기정적보〉에는 고마부에의 '曲' 수법이 사용되고 있다. 〈삼오요록〉과 19세기 후반에 편찬된 〈명치찬정보〉 비와보를 비교하면 선율은 거의 일치한다. 다만 〈삼오요록〉의 박자9의 셋째마디부터 박자11의 둘째마디는 한 소절씩 앞으로 당겨져 〈명치찬정보〉 비와보에서는 박자9의 둘째마디부터 박자11의 첫째마디까지 상응한다. 또한 〈삼오요록〉에서는 '□□□' 와 더불어 '□□□□□'의 수법이 사용되고 있는데 비해서 〈명치찬정보〉에서는 '□□□'만이 쓰이고 있다.

〈기정적보〉와 〈명치찬정보〉 고마부에보를 보면 이 또한 선율선에서는 거의 일치한다. 다만 〈삼오요록〉과 〈명치찬정보〉 비와보의 예와 마찬가지로, 〈기정적보〉의 박자9의 셋째마디부터 박자11의 둘째마디는 한 마디씩 앞으로 당겨져 〈명치찬정보〉 고마부에보에서는 박자9의 둘째마디부터 박자11의 첫째마디까지 상응하고 있다. 고마부에보의 비교에서 가장 눈에 띠는 점은 리듬이 많이 복잡해졌다는 점이다. 다음의 〈보례 18〉에서 보는 바와 같이, 〈기정적보〉는 '미-도-시 / 도-미-솔'인데 비해서 〈명치찬정보〉 고마부에보에서는 '미-미-미-미-레-도-레-도-시 / 레-도-미-파-솔-파-솔'로 그 선율이 잘게 나뉘어져 있다. 이러한 경향은 곡 전체를 통해서 나타난다.

IV. 맺음말

본 연구는 11세기 후반에 편찬된 고마부에보〈회중보〉, 13세기 전반에 성립된 고마부에보〈기정적보〉, 12세기 후반의 비와보〈삼오요록〉, 그리고 19세기 후반의 〈명치찬정보〉(고마부에보, 비와보)를 고찰하여 일본 고마가쿠의 음악적 특징과 변모의 모습을 밝히고자 하였다.

첫째, 고마가쿠 각 악곡의 기원에 대하서 조사하여, 발해를 포함하여 고대 한반도에서 전해진 곡, 서역을 기원으로 하는 곡, 중국 당악과 관련 있는 곡, 일본에서 고마가쿠의 양식에 의해 새롭게 창작한 곡 등이 있음을 알았고, 이 중 〈기토쿠〉·〈아야기리〉·〈오닌테이〉·〈신토리소〉·〈고토리소〉·〈신카후〉·〈나소리〉의 7곡은 고대 한국과 관련이 있다고 추정되었다.

둘째, 〈회중보〉·〈삼오요록〉·〈기정적보〉·〈명치찬정보〉와 현행악보에 수록된 고마가쿠 악곡의 목록을 비교하였다. 〈회중보〉(11세기 말)에는 고마가쿠가 비곡으로서 10곡만이 실려 있으나 〈삼오요록〉(12세기 말)과 〈기정적보〉(13세기 전반)에는 35곡이 수록되어 있다. 이후 고마가쿠는 〈명치찬정보〉(19세기 후반)로 정리되면서 많은 곡이 단절되어 1876년에는 14곡, 1888년에는 10곡만이 제정되었고, 이 곡들이 현재까지 전승되고 있다.

셋째, 고대 한국과 관련이 있다고 추정되는 곡 중 〈회중보〉·〈삼오요록〉·〈기정적보〉·〈명치찬정보〉(1876)에 수록된 고려일월조의 〈신카후〉·〈기토쿠〉·〈고토리소〉·〈나소리〉 4곡을 분석하여 음악적 특징에 대해서 알아보았다. 악곡구조를 보면, 종지선율은 마지막 부분 외에도 악곡의 중간에 나오고 있어 곡들은 전체적으로 크게 2~3부분으로 나뉜다. 또한 종지는 순차적으로 음이 내려와서 끝나는 하강종지형의 형태를 취하고 있다. 가장 많이 출현하는 음은 'e(궁)'와 'b(치)'이고, 2소절 이상 길게 끄는 음도 'e'와 'b'음이어서, 이러한 점으로 미루어보아 이 두 음은 악곡 구성에서 중심을 이루는 중요한 기능을 하고 있음을 알 수 있다. 고려일월조의 음계는 상조라면 'e·f$^\#$·g$^\#$·a·b·c$^\#$·d'이어야 하는데, 실제로 출현하고 있는 음을 보면 변궁에 해당하는 'd'음이 아니라 반음이 높은 'd$^\#$'음이 출현하고 있어, 고려일월조의 악곡에서 사용하고 있는 음계는 단순한 상조가 아니라 궁조와 융합된 형태라는 것이 밝혀졌다. 또한 고마부에의 '由'와 비와의 '□□□'의 수법을 조사하여 'e(궁)'는 요성이 붙는 음이라는 것과 'g#(각)', 'a(변치)'와 'd(변궁)'는 요성과는 성격이 다른 시김새가 붙는 음이라는 것을 알았다.

넷째, 〈회중보〉·〈삼오요록〉·〈기정적보〉·〈명치찬정보〉(1876)를 비교하여 시간의 경과에 따른 악곡의 변화양상에 대해서 고찰하였다. 이 악보들은 서로 선율이 거의 변함없이 전승되고 있었는데, 다만 12세기와 13세기의 악보는 선율선이 완전히 일치하는데 비해서 19세기에 이르러서는 선율의 위치가 어긋나는 부분이 있고, 고마부에의 악보에서는 리듬이 잘게 쪼개지거나 시김새가 많이 들어가는 현상을 볼 수 있었다.

일본의 고마가쿠는 9세기 악제개혁 당시 많은 변화가 있었으리라 짐작된다. 악제개혁이 단지 장르와 악곡의 정리가 아니라 외래에서 수입된 여러 음악이 일본인의 취향에 맞게 일본화 되었을 것으로 보이기 때문이다. 한국에서도 일찍이 중국에서 들어온 음악이 향악화되는 과정을 보이기 때문에 이를 어렵지 않게 짐작할 수 있다. 보허자와 낙양춘이 당악계 음악이라고 해서 거기에서 직접적으로 중국음악의 모습을 찾기란 쉽지 않은 것처럼 일본의 고마가쿠에서도 한국음악의 직접적인 모습을 찾는 것은 쉽지 않다. 다만 보허자와 낙양춘이 비록 향악화 되었지만 황종의 음정이나 좌고의 위치 등에서 당악의 특징을 보이는 것처럼, 일보의 고마가쿠도 일본화되었지만 강박(태고)이 첫 박에 들어가는 점이나 하강종지형을 쓰는 점, 장고와 비슷한 산노쓰쯔미(三ノ鼓)의 리듬(장단)에 맞추어 춤을 추는 점에서는 한국적인 모습을 찾아볼 수 있다.

:참고문헌:

김형동, 「한국음악의 일본전파」, 한국음악사학보 제14집, 경산, 한국음악사학회, 1995.

송방송, 한국음악통사, 서울, 일조각, 1984.

엽동·김건민 저, 정준갑 역, 「『仁智澆綠·高麗曲』 풀이와 고증 ― 고대조선과 중국, 일본, 발해, 서역과의 문화교류를 겸함 ―」, 한국음악연구 제21집, 서울, 한국국악학회, 1993.

이지선, 「『삼오요록(三五要錄)』과 『인지요록(仁智要錄)』의 고마가쿠 연구 ―고려일월조를 중심으로―」, 한국음악연구 제38집, 韓國國樂學會, 2005.

이지선, 「일본 고려악을 통해서 본 고대 한국음악에 관한 연구」, 음악과 민족 제38호, 서울, 민족음악학회, 2009.

이지선, 개정판 일본전통공연예술, 서울, 제이앤씨, 2009.

이혜구, 「사악 낙양춘고」, 한국음악서설, 서울, 서울대학교출판부, 1975.

이혜구, 「일본 고마가쿠의 박자」, 국악원논문집 제10집, 서울, 국립국악원, 1998.

황준연, 「日本に傳わる高麗樂の資料の調査研究―古樂譜を中心に―」, 日韓文化交流基金 訪日學術研究者論文集―歷史―, 東京, 日韓文化交流基金, 2000.

황준연, 「한국음악의 악조」, 국악원논문집 제5집, 서울, 국립국악원, 1993.

황준연, 「日本に傳わる高麗樂の資料の調査研究―古樂譜を中心に―」, 日韓文化交流基金 訪日學術研究者論文集―歷史―, 東京, 日韓文化交流基金, 2000.

小野亮哉(監修)·東儀信太郎(代表執筆), 雅樂事典, 東京, 音樂之友社, 1989.

岸邊成雄博士古稀記念出版委員會(編), 日本古典音樂文獻解題, 東京, 日韓文化交流基金, 2000.

遠藤徹, 平安調の雅樂―古樂譜による唐樂曲の樂理的研究―, 東京, 東京堂出版, 2005.

林謙三, 雅樂 ―古樂譜の解讀, 東京, 音樂之友社, 1969.

芝祐泰 편저, 五線譜による雅樂總譜―諸調子品 舞樂曲, 高麗樂篇 권4, 東京, カクイ樂譜, 1972.

坂本太郎外(校註), 日本書紀卷第二, 三, 五, 東京, 岩波書店, 1994.
叶棟, 唐樂古譜譯讀, 上海, 上海音樂出版社, 2001.

17

일본 국립역사민속박물관 전시 속의 고대 한반도 이주민

세키네 히데유키 가천대학

I. 머리말

일본 학계에서는 고대에 바다를 건너 일본열도로 민족이동 내지 이주한 사람들을 '渡來人'이라는 용어로 표현해 왔다. 그들의 옛 터전으로 아시아의 여러 지역을 상정할 수 있는데 한반도로 제한될 경우 '한반도 도래인'이라고 부를 수 있을 것이다. 만약 이 용어가 일본의 입장에서 만들어진 것으로 적절하지 않다고 생각된다면 잠정적으로 '한반도 이주민'이라는 명칭을 붙일 수 있을 것이다.

필자는 여러 논고를 통해 일본 연구자들이 한결같이 한반도 이주민의 존재를 과소평가하고 고대 한반도와 일본열도 간의 '민족이동[migration]'을 부정하여 '문화전파[cultural diffusion]' 차원으로 해석해온 양상을 지적해 왔다.[1] 고대 한일 간의 민족이동을 부정한다는 것은 바로 한반도 이주민의 존재를 부정하거나 위상을 격화시키는 행위를 가리키는데 여기서는 개인 연구자가 아니라 박물관의 전시를 통해서 그 양상을 검토하고자 한다.

박물관에 관한 어떤 정의에 의하면, 그 역할이나 목적은 대중들에게 교육의 장과 정보를 제공함으로써 태도나 행동을 변화시키는 데 있으며 학교 교육의 대체적 파트너로서의 가치를 지니고 있다[2]고 한다. 이에 따르자면 국립박물관의 전시에서 제공되는 지식체계는 역사교과서에 버금가는 권위를 지니고 있다고 할 수 있다.

'레키하쿠[歷博]'란 호칭으로 알려져 있는 '국립역사민속박물관[National Museum of Japanese History]'은 1981년에 설치되어 1983년에 개관되었으며 역사자료 22만점을 소장 및 전시하고 있는 일본사에 특화된 종합박물관이다. 동시에 '대학공동이용기관'으로서 연구를 추진하여 연구자 육성도 해왔다.[3]

---

1 세키네 히데유키, 「한국인과 일본인의 계통연구와 패러다임」 『민족문화연구』 47호, 고려대학교 민족문화연구원, 2007, 415~417쪽 등.

2 デビット・ディーン(David Dean), 『美術館・博物館の展示 理論から実践まで』, 丸善, 2004, 3~8쪽.

3 国立歴史民俗博物館, 『国立歴史民俗博物館ガイドブック』, 一般財団法人 国立歴史民俗博物館振興会, 2014, 2쪽.

이어서 2004년에 법인화됨에 따라 박물관과 연구기관의 두 가지 기능을 더욱 발전시키기로 하여 '박물관형 연구통합' 개념을 제창하였다. 자원·연구·전시의 세 가지 요소를 유기적으로 연결시키는 동시에 국내외의 사람들과 공유 및 공개함으로써 박물관이라는 형태를 최대한으로 살리는 연구를 추진한다는 내용이었다.[4]

이처럼 국립역사민속박물관은 단순한 박물관이 아니라 첨단적인 공동연구 결과물을 공개하는 기관으로서 명실공히 일본을 대표하는 역사박물관이라 할 수 있다. 따라서 거기에 제시되어 있는 한반도 이주민에 대한 인식은 일본 학계의 인식을 반영하고 있기 때문에 대표성을 지니고 있다고 할 수 있다.

역사민속박물관은 1983년에 개관했는데 원시·고대를 전시하는 제1전시실은 1983년부터 1988년에 걸쳐 순차적으로 공개(제1기 전시)했으며 그 후 1996년에서 1997년에 부분적으로 리뉴얼(제2기 전시)을 하여 현재에 이르렀다. 2004년의 전면적인 리뉴얼 계획에 따라 2011년부터 제1전시실은 본격적인 준비 작업에 착수하였다. 2016년 5월 9일에서 2019년 봄(예정)까지 제1전시실은 리뉴얼 공사를 위해 폐쇄되어 있는 상태이다. 따라서 제3기 전시가 공개되기 전에 지금까지의 전시에서 한반도 이주민이 어떻게 다루어졌는지 평가하는 작업은 의미가 있다고 생각된다.

이러한 취지로 이 글에서는 국립역사민속박물관의 전시를 통하여 일본 학계의 고대 한반도 이주민에 대한 인식문제를 고찰하고자 한다. 먼저 한반도 이주민에 대한 학계의 일반적인 인식을 파악하기 위해서 관련분야의 선행연구를 개관하고자 한다. 이 박물관에서는 학제적 연구로 일본사를 규명하고 전시한다는 방침[5] 아래 고대 전시에는 문헌사학, 고고학, 인류학 등의 성과가 반영되어 있는 관계로 이 세 가지 분야의 선행연구를 살펴보고자 한다. 그 관점은 한반도 이주민의 옛 터전을 한반도에서 찾고 있는지, 이주 규

---

4 渋谷綾子, 「国立歴史民俗博物館総合展示 第1室(原始·古代)の新構築事業 2012 年度活動 報告」『国立歴史民俗博物館研究報告』, 第186集 2014, 277~278쪽.

5 国立歴史民俗博物館, 앞의 책, 2쪽.

모를 어느 정도로 추정하고 있는지, 한반도 이주민의 역할을 어떻게 해석하고 있는지 등에 중점을 두고 살펴보고자 한다.

그런 다음에 이러한 선행연구를 실마리로 그동안 공개되어 왔던 제2기 전시가 한반도 이주민을 어떻게 묘사해 왔는지 살펴보고자 한다. 한반도 이주민의 옛 터전·이주 규모·이주민의 역할에 대한 기술이 어느 분야의 선행연구를 얼마나 반영하고 있는지 확인하고자 한다. 이를 통해 역사민속학박물관의 인식상의 문제점을 고찰하고자 한다.

그런데 박물관의 전시는 일반적으로 설명적 정보가 없는 '물건전시'와 그림이나 텍스트로 아이디어나 메시지를 전달하는 '정보전시'로 나눠지는데[6] 이 글에서는 제반 여건의 한계상 분석 대상을 정보전시에 한정하고자 한다. 또한 정보전시에는 패널에 의한 전시 외에 보조적으로 음성안내도 사용되고 있는데 이것 역시 텍스트화 하여 분석 대상에 포함하고자 한다.

II. 한반도 이주민에 관한 선행연구의 개관

1. 문헌 사학의 한반도 이주민 연구

문헌사학의 한반도 이주민 연구는 '歸化人' 연구로서 시작되었다. 귀화인이란 중화사상에 따른 개념으로 임금의 교화가 미치지 못하는 化外의 나라에서 왕의 덕치를 사모하여 스스로 왕법 권내에 來投(와서 항복함)하고 복종하는 사람들을 가리키는 말이다. 일본에서 이 용어는 율령국가를 지향했던 7세기에 중화사상을 차용해서 만들어졌다.[7] 이러한 시대적 배경 하에 편찬된 『日本書紀』의 도처에는 귀화인에 관한 기록들이 산재해 있는데 근대의 연구자들은 이러한 『일본서기』의 기술을 편협한 국수주의나 군국주의적 역사관

---

6 デビット·ディーン, 앞의 책, 3~8쪽.
7 平野邦雄, 『帰化人と古代国家』, 吉川弘文館, 2007, 1~10쪽.

에 따라 해석하여 귀화인의 역사를 구성했기 때문에 그 실상을 제대로 평가하지 못하였다.[8]

반면 이러한 견해와 달리 일제강점기에는 고구려, 백제 왕족과 같은 부여계 민족이 일본에 이주하여 고대 일본의 지배자가 되었다는 견해를 피력한 연구자가 있었다. 그 제창자가 바로 기타 사다키치[喜田貞吉, 1871~1939]이다. 그의 '日鮮兩民族同源論'[9]은 동화정책에 이용됨으로써 세간의 지지를 받았다.

그러나 1930년대가 되면서 한반도 이주민의 존재를 부정하는 국수주의적 역사관이 서서히 대두되었다. 그 대표적인 사람이 구로이타 가쓰미[黒板勝美, 1874~1946]이다. 그는 기타와 같은 견해가 주류였던 당시 천황가가 해외에서 도래한 정복자였다는 사실을 부정하지는 않았지만 이 문제를 적극적으로 지지하지 않았다. 일본의 언어와 전설이 한국과 계통관계가 있다 하더라도 일본민족의 기원을 한반도 이주민이라고 속단해서는 안 된다며[10] 오히려 가능한 한반도 이주민의 위상을 왜소화 시키려고 애를 썼다. 그는 근대 일본의 자료 수집 및 편찬의 요직을 맡으면서 도쿄제국대학 교수로서 34년간 교편을 잡아 많은 후학을 육성했다. 동시에 한반도 이주민의 위상을 과소평가하는 견해도 동시에 후학들에게 계승되었다.

제2차 세계대전 후에는 군국주의 역사학에 대한 비판과 반성이 일어났지만 과거의 역사관 이 완전히 불식된 것은 아니었다. 스에마쓰 야스카즈즈[末松保和, 1904~1992]가 제창한 '임나일본부설'[11]에는 왜가 한국으로 출병하여 한반도 남부를 지배했다는 과거의 역사관이 깔려 있는데 그것이 학계에 널리 정착되었다. 그 결과 한반도 이주민 연구는 왜가 한반도를 경영하는 과정에서 귀화인이 일본을 왕래했다는 구태의연한 틀 속에서 이루어졌다.

이러한 가운데 일각에서는 소위 한반도 이주민의 위상을 재고하는 움

8 関晃, 『帰化人-古代の政治・経済・文化を語る』, 講談社, 2009, 3쪽(至文堂, 1956).

9 喜田貞吉, 『喜田貞吉著作集 第8卷 民族史の研究』, 平凡社, 1979, 412~415쪽(「日鮮兩民族同源論」『歷史と民族』第6卷 第1號, 1920).

10 黒板勝美, 『更訂 國史の研究』, 岩波書店, 1931, 474쪽.

11 末松保和, 『任那興亡史』, 大八洲史書, 1949, 1~272쪽.

직임도 있었다. 세키 아키라(関晃, 1919~1996)는 일본 고대사회의 진전이나 발전에 대해 귀화인의 역할을 높게 평가했을 뿐만 아니라 현 일본인의 10~20%정도는 귀화인을 선조로 두고 있다는 견해[12]를 발표했다. 또한 우에다 마사아키[上田正昭, 1927~2016]는 한반도 이주민의 이주시기에 관한 가설[13]을 제시하고 학계에 널리 수용되었다. 1970년대에는 황국사관에 대한 반성 등을 배경으로 당시 학계에 정착되어 있었던 귀화인이라고 하는 용어가 부적절한 용어로 여겨져 우에다와 김달수[1920~1997]의 제창으로 '도래인'이라는 명칭이 정착하게 되었다. 최근에는 과거의 야마토[大和] 왕권 중심의 고대 한일관계사를 탈피하여 지방 세력도 독자적으로 한반도 국가와 교류를 하고 있었다는 시각에서 한반도 이주민의 실상을 규명하려는 시도가 있다.[14]

이와 같은 견해들은 어디까지나 일본의 주류 학계의 패러다임 내에서 거론된 것이었는데 이를 벗어나 한반도 이주민의 위상을 높게 쳐주는 연구자들 또한 존재했다. 전후 얼마 되지 않은 시기에 동양사학자인 에가미 나미오[江上波夫, 1906~2002]는 고고학적 발굴성과와 『古事記』·『日本書紀』 등에서 보이는 신화나 전승, 그리고 동아시아사를 총합적으로 검토하여 '기마민족설'을 발표하였다.[15] 이 학설은 만주지역에 거주했던 부여계 기마민족이 한반도를 남하하여 변한을 기지로 삼은 다음 일본열도에 들어가 다시 4세기 후반에서 5세기 사이에 야마토 지방에 진출하여 조정을 수립했다는 학설이다. 에가미 스스로 말하고 있듯이 기마민족설은 기타 설의 현대판이지만[16] 그는 기타와 달리 고대일본의 지배자를 한반도에서 도래한 사람들이 아니

---

12 関晃, 앞의 책, 3~12쪽.

13 우에다는 도래시기를 ① 한반도에서 대륙계 문화가 유입되어 야요이 문화가 형성된 기원전 3세기부터 서기 3세기, ② 고구려와 전쟁을 하는 한편 중국과의 교류를 추진했던 5세기 전후, ③ 백제가 고구려, 신라의 압박을 받은 5세기 후반부터 6세기 전반, ④ 백제가 멸망하여 왜가 백강구 전투에서 대패한 7세기 후반으로 분류하였다. 上田正昭, 『帰化人』, 中央公論社, 1967, 23~26쪽.

14 田中史生, 『倭国と渡来人 −交錯する「内」と「外」−』, 吉川弘文館, 2005, 1~217쪽.

15 石田英一郎·岡正雄·八幡一郎·江上波夫, 「日本民族 −文化の源流と日本國家の形成：對談と討論」 『民族學研究』 第13巻 第3号, 日本民族協会, 1949, 240~245쪽.

16 江上波夫, 『騎馬民族国家』, 中央公論社, 1967, 157쪽.

라 그보다 북쪽에 옛 터전을 둔 부여계 기마민족으로 보았다.[17] 에가미의 견해는 대중적인 인기를 끌었을 뿐만 아니라 일부 주류 사학자의 지지도 받아 한 때 교과서에 실리기도 했다. 그러나 주류 학계의 지지를 얻지 못해[18] 서서히 지지자를 잃어갔다.

또한 1960년에는 임나일본부설에 반박한 북한 사학자 김석형(1915~1996)이 '分國論'을 발표하여 일본 학계에서 이슈가 된 바 있다. 『일본서기』에 나오는 삼한 및 삼국은 한반도 내의 본국이 아니라 일본열도 내에 존재했던 분국을 가리키는 것이며 그중에서 가야가 지금의 오사카[大阪] 지역에 세운 분국이 바로 임나였다는 것이다.[19] 일본열도에 한반도 이주민이 만든 분국이 존재했다는 김석형의 견해는 임나일본부를 재고하는 계기가 되었지만 역시 일본 학계에 받아들여지지 않았다.

이처럼 제2차 세계대전 이후의 일부 연구자들은 과거의 부정적 역사관을 탈피하여 한반도 이주민의 위상을 제대로 평가하겠다고 했지만 매우 제한적이었다. 잘 알려져 있는 바와 같이 『일본서기』 오진기[応神紀]에는 백제에서 대규모로 집단이주가 이루어졌다는 기사가 있는데, 최재석(1926~2016)에 의하면 전전·전후를 막론하고 역대 일본 사학자들이 이 사실을 부정하기 위해 다양한 해석을 시도해 왔으며 그 해석들은 유형별로 다음과 같이 분류된다고 한다.

① 고대 한국에서 일본에 항복한 포로
② 일본의 한 씨족의 조상

---

17 세키네 히데유키, 「에가미 나미오(江上波夫)와 기타 사다키치(喜田貞吉)의 일본민족 기원론 -한민족(韓民族)의 민족이동을 중심으로-」, 『동북아 문화연구』, 동북아시아문화학회, 2011, 627쪽.

18 예를 들어 고훈 시대의 전기(2세기 후반~4세기)과 중·후기(5세기 이후)의 사이에는 단절이 확인 되지 않는 점, 중국·조선·일본의 사서에 민족이동에 의한 정복 기사가 없는 점, 중국 사서에 7세기 까지 일관되게 왜(倭)로 인식되어 있는 점, 황실의 전통이나 전승에 유목문화에 관련된 것이 없는 점, 일본과 한국의 왕릉 형태에 공통성이 없는 점 등이 제기된 바 있다. https://ja.wikipedia.org/wiki/%E9%A8%8E%E9%A6%AC%E6%B0%91%E6%97%8F%E5%BE%81%E6%9C%8D%E7%8E%8B%E6%9C%9D%E8%AA%AC(검색일 2015. 6. 1.).

19 金錫亨, 『古代朝日関係史』, 勁草書房, 1969, 1~474쪽.

③ 나라 없는 진한(신라) 유민

④ 한 중국인(하타씨[秦氏])의 조상

⑤ 일본에 귀화한 낙랑·대방의 식민지 인민

⑥ 일본이 조선을 경영한 결과 일본에 귀화한 조선 사람

⑦ 유략[雄略]왕 시대의 설화를 오진[応神]왕 시대에 소급한 것

⑧ 백제로부터의 이주민 기사는 모두 조작된 이야기.[20]

이러한 정황을 감안할 때 한반도 이주민의 대규모 이주나 그들에 의한 고대 일본국가 건설에 관한 견해가 일본 학계에 수용되는 것은 매우 어렵다고 할 수 밖에 없다. 오늘날 에가미나 김석형과 같은 견해는 주류 학계에서는 모습을 감추어 이제 재야학자의 몫이 된 것 같다.[21]

위와 같이 문헌사학자들은 1930년대를 분기점으로 이주민에 대한 인식을 크게 전환시켰다. 기타와 같은 견해를 이어받은 연구자들은 주류 학계에서는 심하게 격하되었으며 재야 학자와 비슷한 처지에 놓이게 되었다고 할 수 있다. 구로이타를 추종하는 주류 학자들은 대체로 이주민의 옛 터전에 대해서 한반도 외에 낙랑·대방을 거론했으며 이주 규모는 매우 작게 상정했다. 이주민의 역할에 대해서는 포로, 유민, 식민지 인민, 일본을 흠모한 귀화인 등 매우 낮게 평가했을 뿐만 아니라 이주민에 관한 기사 자체를 조작으로 몰아가기도 했다.

2. 인류학의 한반도 이주민 연구

형질인류학적 관점의 한반도 이주민 연구는 메이지 시대[明治時代]에 일본정부에 초빙된 외국인 학자로부터 시작되었다. 특히 일본인의 선주

---

20 崔在錫, 『古代韓日關係와 日本書紀』, 一志社, 2001, 65쪽.

21 예를 들어, 위의 책, 이시와타리 신아치로(石渡 信一郞) 등을 들 수 있다. 이시와타리 신이치로 [石渡 信一郞], 『백제에서 건너간 일본천황』, 지식여행, 2002, 1~468쪽(石渡信一郞, 『百済から 渡来した応神天皇—騎馬民族王朝の成立』, 三一書房, 2001, 1~314쪽.).

민인 아이누와 한반도를 거쳐서 이주한 북방계 종족과 역시 한반도를 거쳐 이주한 남방계 종족이 혼합함으로써 형성되었다는 벨쯔[Erwin von Baelz, 1849~1913]의 견해[22]가 지식인들에게 많은 영향을 미쳤다. 그 중의 하나인 도리이 류조[鳥居龍蔵, 1870~1953]는 일본민족의 선조는 석기시대에 한반도에서 기나이[畿內]로 이주하여 아이누를 구축했다는 견해[23]을 피력하였고 이 집단을 '고유일본인[japanese proper]'으로 명명하였다.

그러나 도리이가 도쿄제국대학을 사직(1924)한 후 1930년대부터는 하세베 고톤도[長谷部 言人, 1882~1869]나 기요노 겐지[清野謙次, 1885~1955]와 같은 황국사관을 신봉하는 국수주의 연구자들이 인류학계를 주도하게 되며 도리이 설은 완전히 부정당했다. 일본민족은 고대부터 현대까지 단일민족으로서 외부민족의 영향을 받지 않고 순수하게 진화해왔다는 소위 '變形說' 내지 '移行說'이 정설이 되었으며 무려 1970년까지 학계에 군림했다.[24] 말할 필요도 없이 이 패러다임에서는 일본인의 형성에 한반도 이주민이 관여할 여지는 전혀 없다.

그러나 도리이가 도쿄제국대학을 떠난 무렵에 설립된 경성제국대학(1924)에서는 오히려 도리이의 고유일본인설을 계승하는 형질인류학적 연구가 추진되었는데 이를 일컬어 '경성학파인류학'이라고 한다. 그 대표적인 연구자 우에다 쓰네키치[上田常吉,1887~1966]는 조선 13도의 생체계측(남자 1,532명, 여자 684명)에서 얻은 결과를 토대로 1935년에 일본인의 형성에 대하여 다음과 같은 가설을 세웠다. 원래 일본 열도 전역에는 토대가 된 인종인 '석기시대인'이 자리를 차지하고 있었는데 어느 시기부터 한반도에서 長身, 短頭의 특징을 지닌 인종이 건너와서 긴키 지방[近畿地方]에 본거지를 두었고 한반도 이주민과 혼혈하지 않은 순수한 신석기시대인은 후대에 아이누가 되었다

22 E·v·ベルツ, 「日本人の起源とその人種学的要素」, 池田次郎·大野晋 編, 『論集 日本文化の 起源5 日本人種·言語学』, 平凡社, 1973, 130~142쪽.
23 鳥居龍蔵, 『鳥居龍蔵全集 第1巻』, 朝日新聞社, 1975, 504~505쪽(「古代の日本民族移住發展」 『歴史地理』28巻 5號, 日本歴史地理研究會, 1916).
24 세키네 히데유키, 「한반도 도래설을 부정한 일본인 기원론의 사상적 배경」 『동아시아고대 학』44집, 동아시아고대학회, 2017, 125~152쪽.

는 것이다.[25]

그들은 한국 해방 후 일본에 귀국하여 우에다의 연장선상에서 연구를 진행하였다. 그들 중에서 고하마 모토쓰구[小浜基次, 1904~1970]의 연구가 잘 알려져 있다. 그도 역시 귀국한 우에다와 함께 조사를 하여 1960년대에 우에다가 1935년에 발표했던 결과와 거의 같은 내용을 발표했다. 즉 먼저 '도호쿠·우라닛폰형[東北·裏日本型]'이 널리 일본에 분포되었고 그 후 한반도에서 長身, 短頭, 高頭 집단이 이주하여 세토나이카이[瀬戸内海] 연안을 지나 기나이에 본거지를 두고 '기나이 형[畿内型]'이 되었다. 현대 일본인은 주로 조선계와 아이누계의 혼혈이며 그 밖에 남부 중국·미크로네시아·인도네시아 종족도 이주하였을 가능성이 있다고 하였다.[26] 그의 견해는 주목을 받았지만 학계에 수용되지 않았다. 그 밖에 경성학파인류학은 자신들의 패러다임을 유지하면서 연구를 추진했으나 변형설과 같은 일본인의 단일민족 패러다임이 군림하는 사조 속에서 소멸되다시피 했다.

또한 그들과는 별도로 1950년대에는 타이베이 제국대학[臺北帝國大學]에서 귀국한 가나세키 다케오[金関丈夫, 1897~1983]에 의해 그 당시까지 거의 발견되지 않았던 야요이 시대[弥生時代] 초기의 인골에 대한 연구가 추진되어 한반도 이주민이 새롭게 조명되었다. 그는 한반도에서 일본으로 이주한 집단의 기원이 한반도 북부에 있으며 그들이 일본으로 이주하는데 두 가지의 흐름이 있었다는 가설을 세웠다. 하나는 북부 규슈[九州]·야마구치[山口]·긴키 지방에 일시적으로 이주하여 원주민인 조몬인[縄文人]과 혼혈했으나 인원수가 적어 곧 조몬인에게 흡수되고 말았다는 것이다. 다른 하나는 야요이 시대를 거쳐 고훈 시대까지 계속 이주한 결과 긴키 지방 주민의 체질을 변형시켰다는 것이다.[27] 가나세키의 소위 '도래·혼혈설'은 처음에는 변형설

---

25 上田常吉, 「朝鮮人と日本人の體質比較」, 東京人類會學 編, 『日本民族』, 岩波書店, 1935, 161~162쪽.

26 小浜基次, 「生体計測学的にみた日本人の構成と起源に関する考察」, 『人類学研究』第7卷 第1-2号, 九州大学医学部 解剖学教室 人類学研究所, 1960, 64쪽.

27 金関丈夫, 「弥生人種の問題」, 杉原壮介 編, 『日本考古学講座』4, 河出書房, 1955, 249쪽; 金関丈夫, 「弥生時代人」『日本の考古学』Ⅲ, 河出書房, 1966, 467~469쪽.

에 밀렸지만 1980년부터 학계에 서서히 받아들여지게 되었다.

또한 1980년에는 가나세키와 별도로, 변형설을 주장해 왔던 도쿄대학 인류학의 학통에서 한반도 사람의 이주설을 제창하는 연구자가 나타나 도래설은 새로운 국면을 맞이하게 되었다. 하니하라 가즈로[埴原和郎, 1927~2004]는 시뮬레이션 연구로 기원전 3세기부터 서기 7세기 사이에 시베리아 기원의 사람들이 한반도를 거쳐 일본으로 이주하였으며 그 수가 무려 300만을 넘을 것이라고 추계하여 학계의 이목을 집중시켰다.[28] 나아가 그는 시대별로도 이주 규모를 추계하며 야요이 시대의 이주민이 약 26만 명, 고훈 시대의 이주민이 약 270만 명이라는 수치를 냈다.[29] 후일 하니하라는 이주 규모를 300만 명에서 130만 명으로 하향 수정했는데 수치 자체보다 기존의 상식을 뛰어넘는 수의 이주민이 건너왔다는 사실이 중요한 의미를 지닌다.

하니하라의 견해에 대한 지지자가 많아지면서 정설이었던 변형설이 후퇴하고 소위 도래설이 부상하였다. 이주민의 터전으로서 명확히 한반도를 지목한 연구자로는 오가타 다카히코[小片丘彦]를 들 수 있는데 그는 야요이인의 형질적 특징인 高顔·高身長은 한반도에 기원이 있음을 밝혔다.[30] 그러나 이주민의 옛 터전에 대해서도 한반도에 국한하지 않고 시베리아·중국 강남·산둥반도[山東半島] 등 다양한 곳에서 찾는 경우가 있었다. 예를 들어 형질인류학자 나카하시 다카히로[中橋孝博, 1948~]와 마쓰시다 다카유키[松下孝幸, 1950~]는 각각 중국 장강 하류와 산둥반도에서 출토한 고인골을 규슈에서 출토한 '도래계 야요이인'의 인골과 대조하여 양자의 계통관계의 규명을 시도하였다[31]

80년대 이후 유전자 연구가 활성화 되었지만 거기에서도 역시 한반도와

28　Hanihara, Kazuro, "Estimation of the Number of Early Migrants to Japan : A Simulative Study", 『人類学雑誌』 95巻 3号, 1987, 391~403쪽.

29　埴原和郎, 「骨から古墳人を推理する」, 森浩一 編, 『前方後円墳の世紀』 日本の古代5, 中央公論社, 1986, 156~157쪽.

30　小片丘彦, 「朝鮮半島出土古人骨の時代的特徴」 『鹿歯紀要』 18, 鹿児島大学歯学部, 1998, 7쪽.

31　中橋孝博, 「中国·江淮地域出土古人骨の人類学研究」 『日本中国考古学会会報』 10号, 日本中国考古学会, 2000, 82~100쪽. 松下孝幸, 『日本人と弥生人 その謎の関係(ルーツ)を形質人類学が明かす』, 祥伝社, 1994, 1~251쪽.

는 다른 곳에서 이주민의 터전을 찾는 시도가 있었다. 유전자 연구로서는 일본의 인류유전학의 개척자로서 혈액 속의 단백질 유전자를 통해 일본인이 한국인·몽골인·티베트인과 같은 동북아시아 클러스터에 속한 것을 밝힌 오모토 게이치[尾本惠市, 1933~]의 연구를 들 수 있다.[32] 또한 미토콘드리아 DNA를 통해서 현 일본인이 한반도 이주민한테 받은 DNA가 65%나 되는 것을 밝힌 연구가 있다.[33] 1997년도 전시 이후에는 단일염기다형성[Single Nucleotide polymorphism, SNP]을 통해 현 일본인은 조몬인과 한반도에서 건너온 야요이인의 혼혈이며 그것이 벨쯔·도리이·우에다·가나세키 등의 가설과 일치하고 있음을 밝힌 연구[34]를 꼽을 수 있는데 이 연구 역시 오모토가 참여한 연구이다. 이처럼 현대 인류학자들은 변형설을 지지했던 70년대 이전의 연구자와는 반대로 고대 이주민이 현대 일본인의 형성에 지대한 영향을 미친 것으로 인식하고 있다고 할 수 있다.

위와 같이 인류학 역시도 1930년대에 패러다임 전환이 있었으며 이후 한반도 이주민의 위상이 격하되었으나 1980년대에 새로운 사실이 발견되거나 연구 방법이 향상되는 등의 이유로 한반도 이주민에 대한 평가가 부상하였다. 대체로 현대 인류학자들은 이주민의 옛 터전에 대해서는 한반도 외에 아시아의 넓은 지역을 상정하고 있으며 이주 규모에 대해서는 상당히 컸을 것으로 파악하고 있다고 할 수 있다. 이주민의 역할에 대해서는 단순한 문화전파의 매개체가 아니라 현 일본인의 중요한 구성요소로 파악하고 있으며 대체로 1930년대 이전의 학설과 공통된 부분이 적지 않다고 할 수 있다.

---

32 尾本惠市, 「日本人の起源 −分子人類学の立場から」『Anthropological Science』Vol.103 No.5, 日本人類学会, 1995, 424쪽.

33 Satoshi Horai, Kumiko Murayama, Kenji Hayasaka, Satoe Matsubayashi, Yuko Hattori, Goonnapa Fucharoen, Shinji Harihara, Kyung Sook Park, Keiichi Omoto and I−Hung Pan, "tDNA Polymorphism in East Asian Populations, with Special Reference to the Peopling of Japan" Am. J. Hum. Genet. 59, 1996, pp.585~588.

34 Japanese Archipelago Human Population Genetics Consortium, "The history of human populations in the Japanese Archipelago inferred from genome−wide SNP data with a special reference to the Ainu and the Ryukyuan populations"Journal of Human Genetics 57, 2012, pp.793~794.

3. 고고학의 한반도 이주민 연구

고고학 관점에서 한반도 이주민을 연구하기 시작한 것은 인류학자이기도 했던 도리이 류조부터이다.[35] 그는 1910년에 동아시아의 광범위한 조사를 통해서 한반도·만주·동몽고·연해주에서 출토된 토기와 야요이 토기의 유사성을 근거로 고유일본인이 한반도나 연해주 및 동해를 거쳐서 일본열도로 전해진 것으로 추정하였다.[36]

그러나 오늘날 '일본 근대고고학의 아버지'로 불리고 있는 하마다 고사쿠[濱田耕作, 1881~1938]가 1916년에 유럽유학에서 귀국하여 '형식학적 연구법[typological method]'[37]을 도입함으로써 일본 고고학의 패러다임은 크게 전환되었다. 그는 형식학적 연구법으로 일본 각지의 고고학 자료의 계통적 체계화를 추진했는데 일련의 연구를 근거로 당시 정설이었던 한반도 이주민에 의한 선주민 정복설을 부정하였다. 즉 조몬토기를 남긴 사람들과 야요이토기를 남긴 사람들을 다른 인종으로 보는 기존의 학설을 비판하여 같은 민족이 외래문화의 영향이나 자기 발전으로 다른 토기를 만들었다고 해석했던 것이다.[38] 그의 견해는 석기시대부터 현재까지의 인종적 연속성을 내세워 한반도 사람의 이주설을 부정했다는 점에서 하세베나 기요노와 맥을 같이 하고 있으며 실제로 하마다가 그들에게 영향을 받은 흔적이 확인된다.[39] 하마다의 영향으로 차세대 고고학자들은 연구 목적을 일본민족의 기원 규명에서 '편년' 규명으로 방향을 전환하여[40] 오늘날에 이르렀다.

---

35 春成秀爾, 『弥生時代の始まり』, 東京大学出版会, 1990, 127쪽.

36 鳥居龍蔵, 『鳥居龍蔵全集 第一卷』, 朝日新聞社, 1975, 387쪽(『有史以前の日本』磯部甲陽堂, 1918).

37 진화론의 영향 하에 고안된 것으로 유물의 연대적 변천을 추적하여 그 형식(형태·재료·기법· 장식 등)의 시간적, 분포적 관계를 규명을 시도하는 방법.

38 濱田耕作, 「河内國府石器時代遺跡發掘報告」 『京都帝國大學文科大學考古學研究報告 第二册』, 京都帝國大學, 1918, 38~39쪽.

39 세키네 히데유키, 「일본 고고학자의 한반도 도래인 인식 – 일본 인류학자와의 대조를 통해서 –」 『동아시아고대학』 제42호, 동아시아고대학회, 2016, 243쪽.

40 春成秀爾, 『考古学者はどう生きたか –考古学と社会–』, 学生社, 2003, 251~252쪽.

그런데 1930년까지만 해도 야요이 문화에서 중요시되어 있었던 것은 주로 청동기문화나 漢문화였으며 농경문화의 중요성은 인식되지 않았다. 따라서 도리이 역시도 일본의 벼농사는 야요이시대가 시작한 후에 중국 남부에서 전파된 것으로 생각하고 있었다. 그러한 가운데 야마노우치 스가오[山內淸男, 1902~1970]는 농경문화를 야요이 문화의 핵심 문화로 파악하며[41] 그것이 학계의 정설이 되어 오늘날에 이르고 있다.

이러한 시각을 가지고 하마다의 문하이면서도 도리이의 고유일본인설을 계승한 고고학자가 나타났다. 제2차 세계대전 직후의 일본 고고학을 주도했던 고바야시 유키오[小林行雄, 1911~1989]이다. 그는 벼농사·銅鐸·多紐細文鏡·지석묘·옹관묘 등의 야요이 문화가 중국 동북부에서 한반도를 거쳐 일본으로 전해진 것으로 파악하며 이러한 문화전파가 한반도 사람들이 이주한 결과 이루어진 것으로 보았다. 아울러 1950년 당시 인류학계의 정설이었던 '변형설'의 영향 때문에 야요이 문화가 한반도 이주민에 의해 전파된 사실을 부정하는 고고학자들이 적지 않은 상황을 비판하였다.[42]

그 당시는 가나세키의 도래·혼혈설이 주목 받았던 시기라 고고학에서도 한반도 이주민에 대한 관심이 높아졌는데 고고학적 근거를 내세워 도래·혼혈설을 부정하는 고고학자들이 있었다. 그들은 그 근거로 북부 규슈에서 한반도계 야요이토기와 재래계 조몬토기, 한반도계 마제석기와 재래계 조몬식 타제석기가 각각 공존한 상태에서 출토되었던 사실을 들었다.[43] 즉 야요이 문화는 한반도 이주민에 의해 이식된 것이 아니라 어디까지나 조몬인이 주체적, 선택적으로 한반도 문화를 수용한 결과 형성되었다는 것이다.[44]

이러한 인식이 고고학계에 널리 퍼지면서 80년에 하니하라 설이 발표되

41 山內淸男,『日本遠古之文化 補注付·新版』, 先史考古学会, 1939, 38~39쪽.

42 小林行雄,『日本考古学概説』, 創元社, 1951, 157~163쪽.

43 森 貞次郎·岡崎 敬,「福岡県板付遺跡」『日本農耕文化の生成』第一冊, 東京堂, 1961, 37~77쪽.

44 岡崎 敬,「日本における初期稲作資料-朝鮮半島との関連にふれて-」『朝鮮学報』第49輯, 朝鮮学会, 1968, 84쪽; 森 貞次郎,「弥生文化の発展と地域性1 九州」『弥生時代』日本の考古学3, 河出書房, 1966, 32~80쪽.

었을 때도 고고학자들은 이를 뒷받침하는 고고학적 근거가 없다며 부정적인 태도를 취했다.[45] 이러한 태도는 오늘날까지 이어져 현재 고고학계에서는 대체로 야요이 시대의 이주를 소규모로 간주하고 있다. 실제로 야요이 초기의 유물에서 한반도계 토기가 10% 밖에 출토되지 않았기 때문에 고고학자들은 이주민의 인원수도 역시 당시 인구의 10% 정도로 추정하고 있다고 한다.[46]

그렇다면 소규모로 이주한 한반도 사람들이 일본열도에서 번식한 과정에 대해서는 어떻게 생각하고 있을까? 이에 대해 다나카 요시유키[田中良之, 1954~2015]는 다음과 같이 추정한다. 우선 개별적으로 이주한 소수의 이주민들이 이미 부족사회를 형성하고 있었던 조몬사회에 혼인관계를 통해서 정착했다. 벼농사의 발전으로 인구가 증가함에 따라 새로운 땅을 찾아 서서히 일본열도 각지로 확산해 갔다. 그 결과 야요이 문화뿐만 아니라 이주민의 형질도 일본 전역으로 확산되었다는 것이다.[47] 이러한 견해는 현재 고고학계에 널리 공유되어 있으며 하니하라 설과 같은 대규모 이주설을 지지하는 연구자는 많지 않아 보인다.

그런데 위에서 살펴본 논의는 농경이 시작되던 야요이 시대 이주민에 관한 것이었다. 그렇다면 고고학자들은 고훈 시대(4세기~7세기)의 이주민에 대해서 어떤 인식을 가지고 있을까? 일반적으로 학계에서는 제2차 세계대전 후 황국사관이 불식된 것으로 여겨지고 있지만 모리 고이치[森 浩一, 1928~2013]에 의하면 전후의 고고학계의 상황이 전전의 상황과 변함없었다고 한다. 즉 한편에서는 천황의 陵에 대한 검토를 피하는 분위기가 조성되어

---

45 예를 들어 하니하라는 초기 농경사회의 인구 증가율 한해 0.2%로 추정하였지만 이것은 농경 사회가 안정기에 들어간 서기 1,000년대의 수치였다. 그러나 조몬-야요이의 이행기는 훨씬 급속한 인구 증가가 예상되기 때문에 많은 이주민의 유입이 없이도 충분히 인구가 증가할 수 있다고 추정하였다. 田中良之・小澤佳憲, 「渡来人をめぐる諸問題」 『弥生時代における九州韓半島交流史の研究』, 九州大学, 2001, 17~18쪽.

46 篠田謙一, 『日本人になった先祖たち −DNAから解明する多元的構造』, 日本放送出版協会, 2007, 185쪽.

47 田中良之, 「いわゆる渡来説の再検討」 『日本における初期弥生文化の成立』, 文献出版, 1991, 34~40쪽.

있었으며 다른 한편에서는 수진 능[崇神陵]이나 닌토쿠 능[仁德陵] 등의 연대를 확고부동한 기점으로 삼아 고분 전체의 편년을 규명하려는 상황이 벌어지고 있었다는 것이다. 다시 말하면 고고학자들은 전전에 만들어진 고대사 체계에 고고학적 자료를 맞추는 연구를 하고 있었음을 말해준다.[48]

최재석 역시도 대부분의 일본 고고학자들은 야요이 문화가 한반도에서 북부 규슈를 거쳐 동쪽으로 전파된 것을 인정하면서도 고분에 관해서만큼은 이와 다른 해석을 내놓고 있다고 한다. 즉 고분이 나라 지방[奈良地方]을 중심으로 기나이에 돌연히 나타나 야마토 정권에 의하여 지방으로 전파되었다는 도식, 즉 '고분 기나이 발생설 → 국내통일 → 전국으로 고분전파'라는 일련의 방정식이 학계의 정설로서 군림하고 있다는 것이다.[49]

그러나 최근에는 그동안 축적된 고고학 성과를 토대로 고훈 시대가 왜의 한반도 침공의 역사가 아니라 백제·가야·왜를 둘러싼 정치적 변동과 상호작용의 역사로 파악하는 시각[50]이 점차적으로 정착되어 가는 추세이다. 가메다 슈이치[亀田修一, 1953~]는 그동안 누적된 고훈 시대의 한일 문화교류를 한반도 이주민의 역할에 초점을 맞추어 시대별로 다음과 같이 정리하였다.

제1기(3세기~4세기 말)에는 주로 가야 지역과의 문화교류가 활발했다. 제2기(4세기 말~5세기 말)에는 고구려의 남하에 따라 가야 사람이 왜로 이주하게 되면서 가야의 기술·지식·정보·물품 등이 일본 지배층에 수용되었다. 제3기(6세기 초~6세기 말)에는 금관가야의 멸망(532)과 대가야의 멸망(562)을 계기로 왜는 백제와 긴밀한 관계를 가지게 되었다. 제4기(6세기 말~710)에는 국가차원에서 민간차원까지 기본적인 교류 대상은 한반도였지만 고고학적으로 확인된 것은 극히 드물다.[51]

48 森 浩一,『考古学ノート －失われた古代への旅』, 社会思想社, 1981, 58~86쪽.

49 崔在錫,「日本列島의 古墳群과 韓·日關係史」『精神文化研究』47號, 韓國精神文化研究院, 1992, 147~148쪽.

50 朴天秀,「伽耶と倭 －韓半島と日本列島の考古学－」, 講談社, 2007, 154~165쪽.

51 亀田修一,「考古学からみた日本列島と朝鮮半島の交流 －古墳時代の西日本地域を中心に－」『専修大学東アジア世界史研究センター年報』第5号, 2011, 125~127쪽.

이와 같이 고고학은 1910년대에 하마다의 등장으로 크게 전환되었었으나 부분적으로 도리이의 견해도 계승하고 있는 것 같다. 즉 이주민의 옛 터전에 대해서는 도리이와 고바야시의 전통 하에 대체로 한반도만을 지목하고 있다고 할 수 있다. 그러나 이주 규모에 관해서는 인류학자보다 작게 파악하며 역할에 대해서는 기본적으로 문화전파의 매개체 차원으로 파악하고 있다고 할 수 있다. 특이한 점은 야요이 시대에 관해서는 한반도 이주민을 현 일본인의 구성요소로서 인정하지만 고훈 시대에 관해서는 부정은커녕 거의 논의조차 하지 않는 점이다.

III. 전시 속의 한반도 이주민

1. 원시·고대 전시의 개요

국립역사민속박물관은 고대부터 현대까지 편년체로 제1전시실에서 제6전시실까지 총 여섯 가지로 분류하고 있으며 한반도 이주민과 관련된 내용은 원시·고대의 전시를 담당하는 제1전시실에서 전시하고 있다. 제1전시실은 다시 I(일본문화의 여명[日本文化のあけぼの]), II(벼와 왜인[稲と倭人]), III(전방후원분의 시대[前方後円墳の時代]), IV(율령국가[律令国家]), V(오키노시마[沖の島])[52]의 다섯 가지 코너로 나뉘어 있다.

제1전시실의 일반 공개는 1983년 3월에 II, III, IV의 세 가지 코너로 시작했으며 이어서 1984년 3월에는 V를, 1988년에 I을 공개하여 이후 다섯 가지 코너로 전시해 왔다.

---

52 북부 규슈와 대마도의 중간 지점에 위치하는 현해탄의 고도이며 일본과 한반도를 연결하는 해양교통의 요소로써 4세기 후반부터 600년에 걸쳐 항해의 안전과 국가의 안정을 기원하는 제사가 이루어졌다.

제1전시실(원시·고대)의 도면[53]

I [일본문화의 여명]　　II [벼와 왜인]　　III [전방후원분의 시대]

IV [율령국가]　　V [오키노시마]

제1전시실의 공간(2014.7.6. 촬영)

53　澁谷綾子, 앞의 책, 290쪽.

1983년에 개관하여(제1기 전시) 10년 후인 1994년에는 차기 전시계획을 책정하여 1996년부터 1997년까지 패널이나 자료의 교체 등 부분적인 개선이나 국제교류 등의 시점을 반영한 잠정적인 개선(제2기 전시)을 실시했다.

2004년에는 박물관 전시의 전면적인 재구축을 위해 책정된 '국립역사민속박물관 총합전시리뉴얼 기본계획'의 방침 아래 각 전시실의 리뉴얼 준비를 시작하였다. 그 '기본원칙'은 ①연구 성과의 반영, ②국제화에 대한 대응, ③평생학습과 같은 일반인의 지적 수요에 대한 대응의 세 가지였다.

제1실 리뉴얼 활동은 2011년이 되어서 본격적인 준비 작업에 들어갔다. 2012년도에 걸쳐서 관내 및 관외 26명으로 된 '전시 리뉴얼 위원회'가 발족되었으며 제1실 리뉴얼을 위해서 ①대학공동이용기관으로서 첨단적인 역사연구를 추진하여 그 연구 성과를 공개한다, ②고고학의 발전에 따른 역사관의 극적 변화에 대응한다, ③박물관형 연구통합의 실천을 실시한다의 세 가지 항목이 설정되었다. 그 외에 1997년 이후 현재도 계속 중인 '공동연구', '과학연구비 조성사업', '기획전의 연구 성과'와 연동하는 형태로 리뉴얼 작업을 추진하였다[54]

그러나 2004년 이후 13년에 걸쳐 추진되어온 제1실 리뉴얼 작업은 아직 전시에 반영되어 있지 않다. 현재 제1전시실은 전시의 리뉴얼 공사를 위해 2016년 5월 9일부터 2019년 봄(예정)까지 폐쇄되어 있다.

본고의 분석대상은 2019년에 새로 공개될 제3기 전시가 아니라 서두에서 언급한 바와 같이 1996~1997년에 리뉴얼 되어 2016년의 공사 이전까지 공개되어 있었던 제2기 전시로 하였다. 그리고 역사적으로 도래인에 관해서 중요한 의미를 지니는 야요이 시대와 고훈 시대에 제한하였다. 이에 해당되는 것은 Ⅰ~Ⅴ코너 중에서 Ⅱ와 Ⅲ에 해당된다. Ⅰ은 일본열도의 선주민의 역사인 조몬 시대에 해당되는 내용이며 Ⅳ는 고훈 시대 이후이기 때문이다. Ⅴ는 야요시 시대와 고훈 시대에 해당되지만 항해와 국가의 안정을 기원하는 제사가 이루어진 섬으로서 지역적, 기능적으로 한정되어 있다는 특수성 때문에 분석 대상에서 제외하였다.

---

54 위의 책, 280쪽.

2. 야요이 시대의 한반도 이주민

Ⅱ코너에서는 기원전 10세기부터 서기 3세기까지의 야요이 시대[55]에 관해서 전시하며, 벼가 대륙에서 일본으로 전파되고 선주민들의 생활에 어떤 영향이나 변화를 가져왔는지를 보여주고 있다.

아래에는 Ⅱ코너에 설치되어 있는 패널 전시물과 음성안내에 나타난 '정보전시' 중에서 한반도 이주민에 관한 내용을 모두 제시하였다([ ]는 패널의 제목 및 음성 안내 번호를 나타낸다).

① [야요이 시대의 시작] 북부 규슈의 돌도끼, 벼 이삭을 따는 석기, 쌀 등을 모아두는 항아리는 한반도 남부의 물건을 닮아 있다. 垓子로 둘러싼 방어촌락이나, 큰 돌을 묘비로 한 무덤(지석묘)도 공통된다. 한편 취사에 사용하는 단지나 타제석기는 조몬 시대의 전통이 남아 있다. 야요이 시대는 한반도 남부에서 건너온 사람들이 전해준 본격적인 도작문화와 조몬 시대부터 내려온 강한 전통이 결합되면서 시작된다.

② [세계 속의 야요이 문화] 야요이 문화는 조몬 문화의 전통을 이어받고 있다. 그러나 아시아적인 시각에서 보면 전국시대부터 漢代에 걸친 중국의 정치·경제·문화의 강한 영향 하에 있는 주변문화의 하나라고 할 수도 있다. 예를 들어 동택·동모 등의 청동 제기와 중국 남부의 청동북이 비슷하다. 중국 황제에게 사신을 보내 규슈의 유력자가 얻은 '漢委奴國王'印은 雲南省 石寨山 왕이 수여받은 '滇王之印'과 비할 수 있다.

③ [벼와 왜인] 한반도에서 水田 稻作 기술을 가진 사람이 일본열도로 건너오면서 본격적으로 벼농사 중심의 생활이 시작되었다. (생략) 야요이 시대에는 금속기를 사용하기 시작하였으며 2세기에는 西日本이 석기

---

55 야요이 시대는 기원전 3세기 내지 5세기경부터 시작한 것으로 보는 것이 기존의 정설이었는데 역사민속박물관 연구팀은 '탄소14년대 측정법'이란 독자적인 연구를 통해서 그 시작을 기원전 10세기까지 앞당겼으며 이 박물관의 전시도 이를 따르고 있다.

시대에서 철기시대로 이행한다. 벼농사를 시작하면서 100년이나 전쟁이 이어지고 다시 500년 정도 지나 서서히 생활이 안정되면서 인구가 폭발적으로 늘어났다. 사회는 지배하는 자와 지배받는 자로 나뉘어 계층사회의 길로 들어섰다. 그들은 대륙과 자주 교류하여 국제사회의 일원이 되었다. 고대 중국에서는 서일본 사람들을 왜인이라고 했다. 그들은 대륙과 융성하게 교류를 하여 국제사회로 편입하였다. 현대 일본의 사회·문화의 기초는 야요이 시대에서 시작되었다.

④ **[야요이인의 도구]** 야요이 시대에는 날끝까지 나무로 된 괭이·가래 등의 농기구나 청동·철·돌로 된 검·창·화살촉 등의 무기가 새로 등장하였다. 청동기는 처음에는 무기와 제기로 사용되었다. 철기는 처음에는 석기와 함께 사용되었다가 2세기가 되면 거의 석기를 대신하였다. 대부분의 청동기·철기의 원료는 한반도나 중국에 의지하고 있었다.

⑤ **[음성 안내 117]** 최근의 연구에 의하면, 중국 燕나라에서 주조된 쇠도끼의 파편을 입수하여 그것을 갈아 작은 칼과 같은 도구로 만들어 사용했던 것을 알게 되었다. 가열한 철을 두드려 만든 철기가 기원전 2세기경에 한반도에서 전해지고 서기 1세기에는 널리 보급되면서 석기는 점차 줄어갔다.

⑥ **[제기의 비화]** 동탁이나 동검·동모·동과형 제기 등 야요이 시대의 청동기는 한반도에서 발달된 馬鈴이나 무기와 같은 실용품에서 출발하였다. 그러나 일본에서는 대형화와 장식화가 현저하게 진행되며 이를 계기로 본래 모습에서 크게 달라졌다.

⑦ **[야요이인의 특징]** 북부 규슈에서 긴키 지방·도카이[東海] 지방 서부에 거주했던 야요인의 뼈는 조몬인 보다도 키가 크고 얼굴이 갸름하다. 이에 비해 서남 규슈나 간토 지방 [関東地方]의 야요이인의 뼈는 조몬인의 특징을 지니고 있다. 이러한 차이가 식생활이나 생업의 변화만으로 생겼다고 생각하기는 어렵다. 한편 조몬 시대 후반기와 병행하는 시기의 한반도에서 출토된 인골은 키가 크고 얼굴이 갸름하다. 따라서 서일본의 야요이인의 형질은 조몬인과 한반도 남부 사람의 혼혈에 의해 생긴

것으로 추정된다.

⑧ [음성 안내 118] 조몬인과 야요이인의 신체적 특징의 차이를 골격을 비교하여 전시하고 있다. 신장이나 머리와 얼굴 모양, 팔다리의 길이 차이를 비교해 보면 전체적으로 야요이인은 키가 크지만 다리가 짧고 조몬인은 키가 작고 손발이 길어 탄탄하다고 할 수 있다. 왼쪽의 두 사람은 야요이인과 같은 시기의 한국인 남녀로 야요이인과 꼭 닮았다.

⑨ [야요이인 · 조몬인과 무문토기시대인과의 비교] 북부 규슈와 야마구치현 [山口県]에서 출토한 야요이 인골은 조몬 인골보다 ⓐ남여 모두 3㎝정도 크다. ⓑ얼굴이 길고 비근은 들어가지 않고 눈 위의 융기가 약하다. ⓒ안구가 들어가는 구멍 형태나 각도가 다르다. 이러한 특징은 같은 시기의 한반도 사람들과 공통된다. 야요이 시대가 시작되었을 때 한반도에서 사람들이 이주하여 조몬인과 결혈해서 규슈 · 시코쿠[四国] · 혼슈 [本州]의 야요이인이 형성되었을 것이다.

위에서 제시한 전시내용에서는 문헌사학의 연구 성과는 전혀 반영되어 있지 않고 ①~⑥는 고고학, ⑦~⑨는 형질인류학의 성과가 반영되어 있다. 이들을 앞에서 살펴본 한반도 이주민에 관한 선행연구를 참조하면서 이주민의 옛 터전 · 이주의 규모 · 이주민의 역할 별로 고찰하고자 한다.

우선 이주민의 옛 터전에 대해서는 다음과 같다. 분명히 한반도를 지정한 것으로, 한반도(남부)에서 이주민이 도작문화를 전했다는 ①[야요이 시대의 시작]과 ③[벼와 왜인]의 언급을 들 수 있다. 도작문화를 중심으로 한 야요이 문화의 기원을 한반도에서 찾는 시도가 오래 전부터 일본 고고학의 정설이었던 것은 앞에서 살펴본 바이다.

그리고 ⑦[야요이인의 특징], ⑧[음성 안내 118], ⑨[야요이인 · 조몬인과 무문토기시대인과의 비교]는 한반도 남부의 인골과 조몬인 및 야요이인의 비교를 통해 서일본의 야요이인이 한반도 남부의 사람들과 일본 선주민인 조몬인의 혼혈이라는 내용이다. 이는 가나세키의 도래 · 혼혈설에 따른 견해라 할 수 있는데, 이주민의 옛 터전을 한반도로 지목하고 있는 사례로 들 수 있다.

한편 이주민이 아니라 어디까지나 문화에 관한 내용인데 야요이 문화의 옛 터전이라는 관점에서 주목할 만한 내용이 있다. ②[세계 속의 야요이 문화]에서는 야요이 문화가 조몬 문화의 전통을 이어받으면서 한나라와의 책봉체제 하에서 중화문화권의 주변 문화로서의 위치를 지니고 있다거나 중국 남부의 청동기 문화를 공유하고 있다는 내용을 언급하고 있다. 야요이 문화의 본질을 농경문화가 아닌 청동기문화나 漢문화에서 찾았던 1930년 이전의 학계의 인식을 이어받고 있는 듯하다. 이는 한반도보다 중국과의 관련성을 강조한 시각이 반영되어 있다고 할 수 있다.

다음으로 이주의 규모에 대해서는 다음과 같다. 구체적으로 이주민의 규모에 대한 언급은 없다. 하지만 ⑦과 ⑨의 이주민과 조몬인이 혼혈한 결과로 서일본 사람들의 형질이 변했다는 언급에서 간접적으로 규모가 작지 않았을 것으로 파악하고 있음을 짐작할 수 있다. 반면 ③의 야요이인이 전쟁기에서 안정기에 진입한 시기에 인구가 폭발적으로 늘어난다는 언급은 초기의 이주가 소규모였음을 암시한다. 이러한 상반된 언급은 대규모 이주를 주장하는 인류학자와 소규모 이주를 주장하는 고고학자의 견해 차이가 혼선을 빚고 있는 부분이다. 다나카는 초기에 소수의 이주민들이 조몬사회에 혼인관계를 통해서 정착하며 인구 증가에 따라 일본열도 각지로 확산해 가고 이에 따라 한반도 이주민의 형질로 확산되었다는 식으로 해석했다. ⑨의 한반도 이주민이 조몬인과 혼혈하여 규슈·시코쿠·혼슈의 야요이인이 되었다는 언급에서 역사민속박물관이 다나카의 견해와 같다고 판단된다.

Ⅱ코너의 전시에서는 이주 규모에 대한 명확한 언급은 없는 대신 한반도 문화의 전파에 초점을 맞추어서 기술하고 있다. ④[야요이인의 도구]의 청동기·철기 원료를 한반도나 중국에서 구해왔다는 내용, ⑤[음성 안내 117]의 철기가 기원전 2세기경에 한반도에서 전해졌다는 내용, 그리고 ⑥[제기의 비화]의 한반도에서 전해진 마령이나 무기가 일본에서 제기로서 대형화 및 장식화 되었다는 내용이 바로 그것이다.

마지막으로 한반도 이주민의 역할에 대해서는 다음과 같다. 우선 ①~⑥에는 도작문화·청동기·철기·묘제와 같은 야요이 문화의 여러 요소들에 대한 설명이 있는데 이러한 문화는 타제석기를 사용하며 수렵·채집 생활을 모체로 한 조몬 문화에 비하면 보다 선진적인 문화라 할 수 있다.

그러나 조몬인이 한반도 문화를 주체적, 선택적으로 수용했다고까지는 기술되어 있지 않지만 ①에서 알 수 있는 것처럼 야요이 문화와 한반도 문화가 동등한 것처럼 기술되어 있다. 또한 ③의 야요이인이 일본열도에서 인구가 증가한 다음에 국제사회에 참여했다는 언급에서 마치 한반도 이주민이 일본에 정착한 후 일본을 크게 발전시킨 것과 같은 인상을 준다. 그러나 ⑦과 ⑨에서 알 수 있듯이 야요이인은 한반도 이주민과 조몬인의 혼혈로 인식되어 있다. 즉 야요이인은 한반도 이주민이나 그들의 후손이 아니라 어디까지나 일본에서 태어난 '일본인'으로서 인식되어 있음을 알 수 있다.

위와 같이 전체적으로 볼 때 한반도 이주민의 역할에 관해서는 조몬사회에 도작문화를 비롯한 한반도 문화를 전달하는 매개자 또는 일본인에게 유전적 영향을 준 매개자로서 파악되고 있다고 할 수 있다.

3. 고훈 시대의 한반도 이주민

Ⅲ(전방후원분의 시대) 코너에서는 많은 고분이 조성되었던 3세기~7세기의 고훈 시대에 대해 전시하고 있는데, 특히 고분의 형태나 출토품을 통해 일본 국내의 지역적 관련성이나 동아시아와의 관련성에 중점을 두고 해설하고 있다. 한반도 이주민에 관한 '정보전시'는 다음과 같다.

① [음성 안내 129] 3세기에서 7세기까지 일본열도에서는 고분이 만들어졌다. 다른 시대에는 볼 수 없을 정도로 사람들을 정중하게 매장하는 풍습이 유행한 이 시대를 고훈 시대라고 부르고 있다. 이 코너에서는 전방후원분이라고 불리는 특별한 형태의 고분의 등장과 확대를 통하여 고대 일본열도에서 국가조직이 형성된 모습을 생각한다. 이 시대의 일본열도는 동아시아에서 고립되고 있었던 것이 아니라 한반도나 중국대륙과 활발하게 교류하고 있었던 사실을 여러 물건을 통해서 알 수 있다.

② **[대륙문화의 새로운 물결]** 5세기에는 그 때까지 전혀 볼 수 없었던 마구가 고분의 부장품으로 들어갔다. 또한 한반도 도질토기의 영향을 받은 스에키[須惠器]의 생산이 시작된다. 규슈 북부에서도 역시 한반도의 영향으로 기존의 수혈식 석실에 입구와 통로를 만든 횡혈식 석실이 만들어진다. (생략) 기마문화의 수용은 4세기 후반 이후의 고구려 기마군단과 직접 싸우게 된 결과로 보인다. 또한 이 전란에서 달아난 많은 이주민이 다양한 기술이나 문화를 가져왔다.

③ **[동아시아에서의 일본의 고분]** 중국에서는 춘추시대 후기(기원전 5~6세기)경부터 대형 墳丘墓를 조영하기 시작하여 秦漢 제국이 성립(기원전 2~3세기)하면서 정점에 달한다. 한편 한반도 남부에서는 백제나 신라 등 부족동맹 국가들이 성립된 4세기경부터 대규모 분구묘가 출현하였다. 일본열도에서도 같은 시기에 고훈 시대를 맞이했는데 '전방후원분'이라고 하는 특이한 형태의 고분이 조영되었다. 그 규모가 매우 크고 그 수 또한 많은 것이 주목할 만하다.

④ **[고분 출현 전야]** 고분은 어느 날 갑자기 출현한 것이 아니다. 이미 야요이 시대부터 방형 및 기타 형태의 분구묘가 조명되고 있었다. 고분출현 전야인 야요이 시대 후기부터 말기까지 각지에 상당히 큰 규모의 고분이 출현한다.

⑤ **[긴키 지방의 분구묘]** 후대에 거대한 고분이 많이 조영된 나라현[奈良縣]이나 오사카부[大阪府] 의 고분 출현 직전의 분구묘 실태에 대해서는 불분명한 점이 많다. 단, 나라분지[奈良盆地] 동남부에서는 不整円形 主丘에 짧은 돌출부가 달린, 후대의 전방후원분으로 이어지는 분구묘가 몇 개 조영되어 있었던 것으로 알려져 있다.

위와 같이 한반도 이주민과 관련된 텍스트는 ①~⑤뿐이며 그 양도 매우 적다. 게다가 고고학적 연구 성과만이 반영되어 있을 뿐 문헌사학이나 인류학의 연구 성과는 거의 보이지 않는다.

우선 이주민의 옛 터전에 관해서 검토하고자 한다. 사실 한반도 이주민에 관한 언급이 ②[대륙문화의 새로운 물결]의 4세기 후반에 고구려와의 싸움에서 도주하여 일본으로 이주했다는 것이 전부이다. ①[음성 안내 129]은 한반도 사람의 이주가 아니라 어디까지나 문화전파나 교류 차원으로 한정되어 있지만 당시의 일본열도가 고립되어 있었던 것이 아니라 한반도나 중국 대륙과 활발하게 교류하고 있었다고 언급하고 있다. 이러한 문화 교류의 매개자로서의 이주민의 존재를 상정한다면 그 옛 터전은 한반도나 중국대륙이 될 수밖에 없는데 이주민에 대한 구체적인 언급이 없다. 말하자면 문화교류만이 있는데 그 주체가 외면당하고 있는 감이 있다.

역시 문화전파 차원의 기술로, ②에는 한반도의 영향을 받아 스에키[須惠器]나 횡혈식 석실이 만들어졌다는 언급이 있는데 구체적인 지역에 대한 언급은 없다. 그 동안 가야·백제와 왜의 관계성에 관한 고고학적 연구가 진척되었는데 제대로 반영되어 있지 않고 문화교류를 거론하면서 막연하게 한반도로만 기술되어 있다.

이주 규모에 관해서는 전혀 언급된 바가 없다. 선행연구에서는 '긴키 지방의 사람들의 형질을 변형시킬 정도의 규모', '270만 명이나 되는 규모'와 같은 형질인류학의 견해, '일본인의 10~20% 정도는 귀화인이 선조'와 같은 문헌사학의 견해, '현 일본인이 한국인과 중국인의 이주민에게서 받은 DNA는 65%'라고 하는 인류유전학의 연구 성과는 반영되어 있지 않다. 이러한 대규모 이주에 관한 연구는 극단적인 견해로 배제하는 것이 국립역사민속박물관의 입장인 것 같다.

또한 이주민의 역할에 관련된 것은 ②의 전란에서 달아난 사람들에 의해 한반도의 많은 기술이나 문화를 가져왔다는 언급이 전부이다. 이 언급에서는 이주민이 난민이라고 하는 비정상적인 신분으로 일본으로 건너가 그 부산물로서 기술이나 문화가 전해졌다는 인상을 받는다. 기마민족설과 같이 이주민의 일본국가 건설에 관한 내용은 물론이거니와 문화전파의 매개체로서의 역할마저 제대로 언급되어 있지 않으며 지나치다고 할 정도로 이주민의 역할이 과소평가 받고 있다고 할 수 있다.

①에서 언급되어 있듯이 Ⅲ(전방후원분의 시대) 코너에서는 고훈 시대 전반

에 걸친 내용이라기보다는 전방후원분을 중심으로 고대일본의 국가형성에 초점을 맞춘 전시라고 할 수 있다. 구체적으로 보면 우선 ③[동아시아에서의 일본의 고분]에서는 백제나 신라가 성립된 4세기경에 대규모 분구묘가 출현 했는데 같은 시기에 일본열도에서도 '전방후원분'을 중심으로 한 고훈 시대 가 시작했다고 되어 있다. 마치 일본 고분이 한반도 고분의 영향 하에서 성 립된 것과 같은 인상을 준다.

그러나 고분의 기원에 관해서 ④에서는 고분의 기원을 야요이 시대의 분 구묘에서 찾을 수 있으며 이미 야요이 시대 후기에는 대규모 고분이 출현하 였다고 말하고 있다. 또한 ⑤에서는 "불분명한 점이 많다"고 하면서도 나라 분지[奈良盆地] 동남부에서 후대의 전방후원분으로 이어지는 분구묘가 조영 되어 있었음을 언급하며 역시 전반후원분이 일본에서 독자적으로 형성된 고 분임을 주장하고 있다.

위와 같이 고훈 시대의 한반도 이주민에 관해서는 문화 교류를 인정하면 서도 대규모 이주나 정치적 역할에 대해서는 고려되어 있지 않다. 오히려 전 반후원분의 상징성이 부각됨으로써 일본만의 고유성이나 독자성이 강조되 고 있다. 한반도 이주민에 대한 외면 정도는 야요이 시대보다 크다고 할 수 있다.

IV. 맺음말

이 글은 공식적 지식체계로서의 속성을 지닌 일본 국립역사박물관의 한 반도 이주민에 관한 전시를 통해서 일본 학계에 내재되어 있는 한국인과 일 본인의 계통관계에 대한 인식을 고찰하는 것을 목적으로 하였다.

한반도 이주민에 관해서는 근대 이후 문헌사학·인류학·고고학 등의 분 야에서 때로는 독자적으로, 때로는 서로 영향을 주면서 연구가 이루어졌다. 오늘날의 상식으로는 의아하게 여겨질 수도 있겠지만 대체로 1920년대까지 는 일본인의 형성에 한반도 이주민이 깊이 관여했다는 견해가 정설이었다.

뿐만 아니라 그들은 단순히 일본열도로 이주한 사람이 아니라 선주민을 정복하여 지배층이 되었다는 견해도 널리 공유되어 있었던 것이다.

그러다가 어떠한 시대적인 사조 속에서 극히 소수의 영향력이 있는 연구자들에 의해 각 분야의 패러다임이 전환되어 한반도 이주민의 위상이 확연히 달라졌다. 문헌사학에서는 일본을 흠모해서 이주한 '귀화인'이라는 개념이 정착되었으며, 인류학에서는 일본인이 외부 민족의 유전적 이입이 없이 순수하게 진화해 왔다는 견해가 정설로 부상하였다. 또한 고고학에서는 일본열도에서 출토된 유물들은 모두 일본인이 남긴 것이므로 정확한 편년을 밝히는데 전념해야 한다는 시각이 정착되었다. 그 와중에서 몇몇 연구자들은 새로운 발견이나 연구방법의 도입 등으로 한반도 이주민의 위상을 재고하여 격상하려는 시도를 했으나 패러다임은 쉽게 흔들리지 않고 오늘날에 이르렀다.

국립역사민속박물관은 일본인의 단일민족 패러다임이 흔들리기 시작했던 1980년대 초에 개관했으며, 대규모 이주설이 각광을 받았던 1990년대 말에 리뉴얼했다. 이처럼 이 박물관 속의 한반도 이주민은 1990년대 일본 학계의 결과물이자 결집체라 할 수 있는데 그 요지를 아래와 같이 요약할 수 있다.

우선 야요이 시대 이주민의 옛 터전에 대해서는 기본적으로 고고학의 전통에 따라 한반도 기원설을 채택하고 있었으며 그들의 이주에 의해 농경문화나 토기가 전해졌다는 사실을 명확히 밝히고 있었다. 반면 고훈 시대의 이주민의 경우, 전쟁에서 도망쳐 나온 移流民으로서만 묘사하고 있을 뿐 옛 터전을 명확히 제시하고 있지 않았다.

이주 규모에 관해서는 1970년대까지 인류학의 정설이었던 일본인의 단일민족설은 채택하지 않고 한반도 이주민이 일본인 형성에 중요한 역할을 했다는 '도래·혼혈설' 위주로 해석하고 있었다. 다만 야요이 시대에 소규모로 이주했던 이주민이 일본열도에서 선주민과 혼혈한 다음에 번식한 것으로 해석하고 대규모 이주설은 채택하고 있지 않았다. 반면 고훈 시대의 이주민에 대해서는 전혀 언급이 없었으며 그 만큼 그 존재가 외면당하고 있다고 할 수 있다.

한반도 이주민의 역할에 대해서는 과거 '귀화인'에 수반되어 있던 왜곡된 인식은 청산되어 있었지만 그 위상이 과소평가 받고 있는 점은 여전했다. 그나마 야요이 시대의 이주민에 대해서는 한반도 문화 전파의 매개체 혹은 선주민과 혼혈하여 일본인의 선조인 야요이인이 되었다며 그 위상을 인정하고 있었다. 그러나 고훈 시대의 경우에는 전쟁 난민이라는 신분으로 기술이나 문화를 전해준 사람들로 묘사하고 있어 지나치게 과소평가 받고 있었다.

전반적으로 정리하자면 국립역사민속박물관 속의 한반도 이주민의 위상은 예전에 비해 야요이 시대에 관해서는 상당히 높아졌지만 고훈 시대에 관해서는 여전히 외면당하고 있다고 할 수 있다. 다시 말해, 기본적으로 고대 한일관계는 '민족이동' 없이 '문화전파'의 관점으로 기술되어 있다고 할 수 있다. 특히 전방후원분으로 상징되는 '고분 기나이 발생설 → 국내통일 → 전국으로 고분전파'라는 역사관은 한반도 이주민의 관여를 전혀 허락하지 않는 것처럼 다가온다.

현재 국립역사민속박물관에서는 ①첨단 역사연구의 추진과 공개, ②고고학의 발전에 의한 역사관 변화 반영, ③박물관형 연구통합의 실천이라는 원칙과 ①사회생활의 역사 재현, ②자연과 인간과의 시공적 통합, ③세계사 속의 일본사 파악 및 외국과의 대립과 협조 반영이라는 기조 테마 아래[56] 제1전시실의 '제3기 전시' 리뉴얼 작업을 추진하고 2019년 봄에 개관하는 것을 기다리고 있다. 우리는 과거 20년 간 있었던 변화가 일본을 대표하는 박물관의 한반도 이주민에 대한 인식을 얼마나 변화시켰는지 기대하지 않을 수 없다.

---

56 渋谷綾子, 앞의 논문, 280쪽.

:참고문헌:

1. 연구서

崔在錫,『日本古代史研究批判』, 一志社, 1990.

_____,『古代韓日關係와 日本書紀』, 一志社, 2001.

이시와타리 신이치로[石渡 信一郎],『백제에서 건너간 일본천황』, 지식여행, 2002
(石渡信一郎,『百済から渡来した応神天皇—騎馬民族王朝の成立』, 三一書房,
2001).

黑板勝美,『更訂 國史の研究』, 岩波書店.

山内清男,『日本遠古之文化 補注付・新版』, 先史考古学会, 1939.

末松保和,『任那興亡史』 大八洲史書, 1949.

小林行雄,『日本考古学概説』, 創元社, 1951.

上田正昭,『帰化人』 中央公論社, 1967.

江上波夫,『騎馬民族国家』, 中央公論社, 1967.

金錫亨,『古代朝日関係史』, 勁草書房, 1969.

鳥居龍蔵,『鳥居龍蔵全集 第1巻』, 朝日新聞社, 1975.

喜田貞吉,『喜田貞吉著作集 第8巻 民族史の研究』, 平凡社, 1979.

森 浩一,『考古学ノート —失われた古代への旅』, 社会思想社, 1981.

春成秀爾,『弥生時代の始まり』, 東京大学出版会, 1990.

松下孝幸,『日本人と弥生人 その謎の関係(ルーツ)を形質人類学が明かす』, 祥伝
社, 1994.

デビット・ディーン(David Dean),『美術館・博物館の展示 理論から実践まで』, 丸
善, 2004.

田中史生,『倭国と渡来人 —交錯する「内」と「外」—』, 吉川弘文館, 2005.

篠田謙一,『日本人になった祖先たち —DNAから解明するその多元的構造』, 日
本放送出版協会, 2007.

朴天秀,『伽耶と倭 —韓半島と日本列島の考古学—』, 講談社, 2007.

平野邦雄,『帰化人と古代国家』, 吉川弘文館, 2007.

関晃,『帰化人 —古代の政治・経済・文化を語る』, 講談社, 2009(至文堂, 1956).

国立歴史民俗博物館,『国立歴史民俗博物館ガイドブック』, 一般財団法人 国立

歴史民俗博物館振興会, 2014.

2. 연구 논문

崔在錫, 「日本列島의 古墳群과 韓・日 關係史」 『精神文化研究』 47號, 韓國精神
　　文化研究院, 1992.

세키네 히데유키, 「한국인과 일본인의 계통연구와 패러다임」 『민족문화연구』 47
　　호, 고려학교 민족문 화연구소, 2007.

＿＿＿＿＿＿＿＿, 「에가미 나미오(江上波夫)와 기타 사다키치(喜田貞吉)의 일본민
　　족 기원론 –한민족(韓民族)의 민족이동을 중심으로–」 『동북아문화연구』
　　제27집, 동북아시아문화학회, 2011.

＿＿＿＿＿＿＿＿, 「일본 고고학자의 한반도 도래인 인식 – 일본 인류학자와의 대
　　조를 통해서 –」 『동아시아고대학』 제42호, 동아시아고대학회, 2016.

＿＿＿＿＿＿＿＿, 「한반도 도래설을 부정한 일본인 기원론의 사상적 배경」 『동아
　　시아고대학』 제44호, 동아시아고대학회, 2016.

濱田耕作, 「河內國府石器時代遺跡發掘報告」 『京都帝國大學文科大學考古學研
　　究報告 第二册』, 京都帝國大學, 1918.

上田常吉, 「朝鮮人と日本人の體質比較」, 東京人類會學 編, 『日本民族』, 岩波書
　　店, 1935.

石田英一郎・岡正雄・八幡一郎・江上波夫 「日本民族=文化の源流と日本國
　　家の形成 : 對談と討論」 『民族 學研究』 第13卷 第3号, 日本民族協会,
　　1949.

金関丈夫, 「弥生人種の問題」, 杉原壮介 編, 『日本考古学講座』4, 河出書房,
　　1955.

＿＿＿＿, 「弥生時代人」 『日本の考古学』 III, 河出書房, 1966.

小浜基次, 「生体計測学的にみた日本人の構成と起源に関する考察」 『人類学
　　研究』 第7卷 第1–2号, 九州大 学医学部 解剖学教室 人類学研究所,
　　1960.

森 貞次郎・岡崎敬, 「福岡県板付遺跡」 『日本農耕文化の生成』 第一册, 東京堂,
　　1961.

森 貞次郎, 「弥生文化の発展と地域性1九州」 『弥生時代』 日本の考古学 3, 河出
　　書房, 1966.

岡崎 敬,「日本における初期稲作資料－朝鮮半島との関連にふれて－」『朝鮮学報』第49輯, 朝鮮学会, 1968.

E・v・ベルツ,「日本人の起源とその人種学的要素」, 池田次郎・大野晋 編,『論集日本文化の起源・5 日本人種・言語学』, 平凡社, 1973.

埴原和郎,「骨から古墳人を推理する」, 森浩 一 編,『前方後円墳の世紀』日本の古代5, 中央公論社, 1986.

尾本恵市,「日本人の起源 －分子人類学の立場から」『Anthropological Science』Vol.103 No.5, 日本人類学会, 1995.

小片丘彦,「朝鮮半島出土古人骨の時代的特徴」『鹿歯紀要』18, 鹿児島大学歯学部, 1998.

中橋孝博,「中国・江淮地域出土古人骨の人類学研究」『日本中国考古学会会報』10号, 日本中国考古学会, 2000.

亀田修一,「考古学からみた日本列島と朝鮮半島の交流 －古墳時代の西日本地域を中心に－」『専修大学東 アジア世界史研究センター年報』第5号, 2011.

高田貫太,「古墳時代の日韓関係史と国家形成論をめぐる考古学的整理」『国立歴史民俗博物館研究 報告』第170集, 2012.

田中良之,「いわゆる渡来説の成立過程と渡来の実像」, 古代学協会 編,『列島初期稲作の担い手は誰か』すいれん舎, 2014.

渋谷綾子,「国立歴史民俗博物館総合展示 第1室(原始・古代)の新構築事業 2012 年度活動 報告」『国立歴史民俗博物館研究報告』, 第186集 2014.

Hanihara, K, "Estimation of the Number of Early Migrants to Japan : A Simulative Study", 日本人類学会,『人類学雑誌』95巻 3号, 1987.

Japanese Archipelago Human Population Genetics Consortium, "The history of human populations in the Japanese Archipelago inferred from genome-wide SNP data with a special reference to the Ainu and the Ryukyuan populations" Journal of Human Genetics 57, 2012.

Satoshi Horai, Kumiko Murayama, Kenji Hayasaka, Satoe Matsubayashi, Yuko Hattori, Goonnapa Fucharoen, Shinji Harihara, Kyung Sook Park, Keiichi Omotof and I-Hung Pan, "mtDNA Polymorphism in East Asian Populations, with Special Reference to the Peopling of Japan", Am. J. Hum. Genet. 59, 1996.

3. 인터넷 사이트

https：//ja.wikipedia.org/wiki/%E6%B8%A1%E6%9D%A5%E4%BA%BA(검색일
    2017. 6. 1.)

https：//ja.wikipedia.org/wiki/%E9%A8%8E%E9%A6%AC%E6%B0%91%E6%97%
    8F%E5%BE%81%E6%9C%8D%E7%8E%8B%E6%9C%9D%E8%AA%A
    C(검색일 2017. 6. 1.)

佛敎以前의 思想과 蓮華의 相關性 考察

편무영   일본 아이치대학

I. 머리말

본고에서 굳이 불교이전이라 말하는 이유는 불교를 전제로 한 그 이전을 말하기 위함이다. 단순히 불교이전과 이후를 변별적으로 다루려는 것이 아니라, 불교이후의 사상적 전개에 있어서 불교이전의 사상이 과연 어떠한 상호작용을 일으켰는지 알아보려는 의도에서 그렇게 말하였다. 그렇지만 불교이전의 사상 역시 그 범위와 깊이는 헤아리기 어려워 한 편의 짧은 논문으로 엮어내기란 사실상 불가능한 일이라 특별히 蓮華와 관련되는 부분에 한정하여 논술하려고 하였다.

그런데 불교와 연화의 깊은 관계에 대해서는 이미 주지하는 바이므로 일부러 논의할 필요성조차 느끼지 못 할 정도이다. 다만 학술 연구에 있어서도 불교 관련 문화과학을 하면서 연화를 말하지 않고서는 앞으로 나가기조차 어려워 보인다는 점은 졸고에서도 강조하고 또 명증하고 하였다.[1] 다시 말해서, 불교와 연화의 관계성은 필자가 연구하는 분야에 한정되는 것이 아니라, 불교와 관련된 거의 모든 영역에서 그렇다는 의미로 받아들여야 하는 말이다.

그렇다고 하면, 불교이전과 불교이후를 이어주는 중요한 연결고리 중의 하나가 다름 아닌 연화라는 뜻인데, 과연 그러한지는 차츰 검증하면서 드러나게 될 일이다. 생물학의 유전인자라는 것도 생물계의 과거와 현재 미래를 이어주는 코드 같은 것이라 하는데, 불교의 발생 이전과 이후에도 그와 같은 文化因子가 존재한다는 점을 밝히려고 한다.

불교를 조금 벗어난 영역에서 본다면 연화를 통한 문화교류가 이미 기원전 고대 이집트에서 비롯되어 고구려 고분벽화에 이르도록 그 영향이 심대하다는 연구는 앞서 진행되었다.[2] 그래서 圖像에 국한된 연구였지만 유라시아의 보편문화임은 어렵지 않게 증명할 수 있었다. 그러니 이제부터는 불교

---

1 片茂永, 「釋尊의 生涯를 통해 본 蓮華의 象徵性」, 『東아시아古代學』 46, 2017, 231쪽.
2 片茂永, 「高句麗 古墳壁畵 三本蓮華化生의 國際性과 固有性」, 『東아시아古代學』 20, 2009, 151쪽.

의 발생을 기점으로 그 이전과 이후의 사상적 전개에서 연화가 어떠한 위치에 놓여있는지 보면 되겠다.

그런데 여기서 한 가지 유념해야 할 점에는, 불교이전의 리그베다(Rig Veda)를 검토하면서 필연적으로 등장하는 북방 민족, 즉 아리안(Arian)의 南下 문제가 있다. 아울러서 그들이 중요한 역할을 하면서 형성된 조로아스터교(Zoroastrianism, 祆敎)와 이후의 리그베다, 우파니샤드(Upanisad)로의 전개에서 연화가 무엇이었나 하는 의문이 남아있는 것이다. 연화가 유라시아에 걸친 거대한 동서 문화교류의 핵심 중 하나라는 사실 외에, 북방 민족의 개입을 어떻게 봐야할 것인가도 피하기 어려운 문제이다. 태양 숭배 사상, 불[火] 숭배 사상, 아그니(Agni), 연화의 관계성이야말로 여기서 특히 부각되는 문제들이다.

그러므로 필요에 따라서는 페르시아 조로아스터교의 聖典인 아베스타(Avesta)를 살피는 일도 있겠으나, 그러나 주요 원전은 어디까지나 베다와 우파니샤드이며, 경우에 따라서는 이들 중간에 위치하는 브라흐마나(Brahmana)를 들여다 볼 수도 있겠다.

베다에는 리그베다를 비롯하여, 사마베다(Sama Veda), 야주르베다(Yajur Veda), 아타르바베다(Atharva Veda)를 가리켜 4대 베다라 부른다. 대략 B.C. 2000년에서 B.C. 500년 경에 이르면서 구전되거나 편집되었던 것으로 알려져 있으며, 이 중에 리그베다가 가장 오래 된 讚歌集으로 분석의 핵심이다. 사마베다와 야쥬르베다는 각각 종교의례에서 音律에 맞추어 외는 讚歌나 祭文같은 것으로 찬가 내용은 리그베다를 인용한 것이니 사상 검토라는 측면에서 본다면 별도의 중요한 의미를 갖고 있지는 않다. 네 번째 베다인 아타르바베다가 거의 마지막으로 완성된 베다인데, 앞의 베다들에 대한 이해와 민간신앙이 습합을 하면서 형성된 呪文集에 해당된다. 그러므로 당대의 인도 사람들이 생활 차원에서 베다를 어떻게 이해하고 받아들였는지를 살피는데 아타르바베다는 중요하다.

한편, 시간이 경과함에 따라 브라만 수행자들로서는 베다의 가르침과 이해, 그리고 문화적 수용 정도를 보여주는 해설집이 점차 요구되었으리라는 점은 충분히 예상이 가능한데, 말하자면 불교 聖典[經]에 대한 論이나 律에 해당하는 브라흐마나가 편집되기에 이르렀다. 각종 종교의례를 위한 해설과 더불어 전설 등 다종다양한 내용이 실려 있으며, 대략 B.C.900년에서 B.C.500년에 이르면서 완성되었다고 한다.

그리고 불교의 사상 형성에 가장 중요한 우파니샤드는 지금까지 200여 종류가 알려져 있지만, 직간접적으로 불교에 많은 영향을 준 대여섯 종류의 우파니샤드에 한정하여 검토하기로 하겠다. 우파니샤드의 형성기간은 대략 B.C.800년경부터라 알려져 있는데 특히 싯달타가 출가(B.C.600년경)하기 전에 읽었을 것으로 추정되는 까오쉬따끼 우파니샤드(Kausitaki Upanisad), 찬도기야 우파니샤드(Chandogya Upanisad), 브리하다란야까 우파니샤드(Brhadaranyaka Upanisad)는 빼놓을 수가 없다.

불교이전의 사상과 연화의 상관성을 고찰하기 위한 주요 원전들을 설명하였는데, 실제로 본고가 분석 대상으로 삼은 문헌을 소개하면 다음과 같다. 먼저 아베스타는 원전역 아베스타의 일어판(2012)[3], 베다에 대해서는 Wendy Doniger의 The Rig Veda(1981)와 Ralph T.H.Griffith의 The Rig Veda(2013)를 저본으로 삼았으며, 베다 聖典의 영어판(2017)[4]과 한글판(2010)[5], 일어판(2008)[6]을 참고하였다. 우파니샤드는 Sri Swami Sivananda의 *The Principal Upanishads*(2012), Patrick Olivelle의 *Upanisads*(2008), Valerie J.Roebuck의 *The Upanisads*(2003)를 저본으로 하면서 한글판(2016)[7], 일어판(2013)[8], 중국어판(2017)[9]을 참고하였다.

위와 같은 자료를 바탕으로 연화와 불교이전의 사상에 초점을 맞춘다면

3　伊藤義敎, 『原典譯アヴェスター』, 筑摩書房, 2012, 7~204쪽.

4　Bibek Debroy & Dipavali Debroy, The Holy Vedas, Delhi, 2017, pp.1~450.

5　박지명·이서경, 『베다』, 동문선, 2010, 5~403쪽.

6　辻直四郎, 『リグ·ヴェーダ讚歌』, 岩波書店, 2008, 3~398쪽.

7　이재숙, 『우파니샤드』(I, II), 한길사, 2016, 53~908쪽.

8　岩本裕, 『原典譯ウパニシャッド』, 筑摩書房, 2013, 7~344쪽.

9　黃宝生, 『奧義書』, 商務印書館, 2017, 1~393쪽.

먼저 떠오르는 분석개념으로 太初의 原水와 淨土의 蓮池가 있으며, 다음으로는 브라흐만(brahman, 梵)과 아트만(atman, 我)의 合一과 무관하지 않은 解脫과 蓮華, 불교에서 말하는 燃燈佛의 授記와 白蓮華의 정체, 아트만의 原人[purusa]과 心臟[heart][10]의 白蓮華 등이 뒤따르는 문제들이다. 그런데 이러한 문제들은 상호 개별적으로가 아니라 마치 하나의 車輪처럼 中心軸의 蓮華에 모두 연계된다는 사실이야말로 본고가 밝히려는 문제의 요체이다.

II. 宇宙開闢의 原水와 蓮池

太初에는 아직 시간이 태어나지도 않았고, 동서남북의 공간도 형성되지 않은 상황 아닌 우주의 정지에서 하나의 움직임이 있었다. 이러한 태초의 시작을 알리는 天啓는 고대 인도의 천지창조 신화에서 종종 등장하는 이야기의 출발점임에 틀림이 없다. 리그베다 역시 예외는 아니라 우주의 개벽은 태초의 바다, 즉 原水의 숨쉼[호흡]과 함께 찾아드는데 그 原水가 蓮池로 등장하기도 한다. 불교의 아미타정토 한가운데에서 망자들을 소생시켜주는 蓮池와 연결된다.

有도 아니고 無도 아닌 原水에서 蓮池란 논리적 모순이지만, 리그베다의 과거에서 전해진 종교신화적 문화인자로 보이며 유추 가능한 발상지는 고대 이집트와 앗시리아 페르시아에 걸친 넓은 지역이다. 蓮池와 蓮華, 그리고 蓮華化生으로 이어지는 일련의 신화적 계보에 대해서는 W.H.Goodyear의 연구를 바탕으로 졸고를 통해 소개된 바 있어[11] 본고를 통한 상술은 피하겠으나, 인도 傳來의 原水 사상과 앗시리아 지역에서 전래된 蓮池 사상이 혼

---

10 蓮華가 心臟을 비유하는 문제는 19세기부터 종종 지적되어왔다(Carl Cappeller, *A Sanskrit English Dictionary*, Strassburg, 1891, p.322.).

11 W.H.Goodyear, *The Grammar of The Lotus*, London, 1891, pp.3~19.
   片茂永, 앞의 책, 2009, 144~156쪽.

합된 양상을 보여주고 있다는 사실만을 확인해둔다.

다시 말해서, 原水를 만물의 출처인 브라흐만으로 보던 사상을 넘어서는 이중 구조의 모티브는 蓮池가 갖던 또 다른 만물의 출처 사상이 중첩되었기 때문으로 태초의 胎動 이야기를 더욱 입체적으로 潤色해 준다. 이러한 사상적 발전과 전개를 거쳐 아타르바베다와 같이 종교의례용 呪文에 인용되기에 이르렀는데, 인도의 고전문학 연구에서도 유명한 리그베다 찬가 한 구절부터 살펴보면 다음과 같다.

As the wind stirs up a lotus pond on all sides, so let the child in your womb stir and come out when it is ten months old.(Rg.Veda, 5.78.7)[12]

梵語의 난해한 문맥을 읽기 쉽게 옮겨놓았는데, 신화적 사상을 수용하면서도 손상 없이 의례용으로 재구성한 呪文이다. 즉, 安産을 祈願하는 목적으로 외는 주문으로 蓮池가 핵심으로 등장한다. 민속의례로도 볼 수 있는 위와 같은 呪文은 이전부터의 전승문화이므로 당연히 종교신화적 사상을 공유한다.

다시 천천히 읽으면서 熟考하면, 허공에 충만된 바람은 生氣의 外形的 아트만(atman), 즉 브라흐만(brahman)이자 意志이고 생각이니, 그와 같은 生氣가 생명력의 結晶인 太初의 물을 자극하여 새로운 생명체를 출산한다는 신화적 맥락이 그대로 담겨있다. 생명을 출산하려는 의지의 표현을 인도 신화에서는 잔잔한 물결이 일어나는 형국으로 나타내는데, 그 역할을 바람이 하는 것이다. 그러니 바람은 生氣이자 숨이고 의지이니 그렇게 하고자 하는 欲의 표상인데, 비로소 일어나는 물결은 그 노력의 산물이자 힘[熱力]의 결론이다. 불교에서도 阿彌陀淨土의 蓮池는 그렇게 잔잔한 물결이 이는 가운데 蓮華化生이 이루어진다. 특히 無量壽國의 微風에 의한 울림은 그 이전 단계의 生氣, 즉 德風이 사방으로 퍼져서 가능한 것이니 불교에서 말하는 法

---

12 Wendy Doniger, The Rig Veda, Penguin Books, 1981, p.187.

音[13]이란 결국 리그베다의 태초의 울림 소리에 근본 사상이 있다고 본다. 불교의 이전과 이후는 전혀 별개의 세계가 아닌 것이다.

위의 번역문에서는 그러한 정토적 광경을 바탕에 깔고 자궁 속의 새로운 생명체가 밖으로 나오려 애쓰는 모습을 재현하였다. 誕生과 往生이 분리되어 있음을 알 수 있다. 신화적 사상의 핵심을 잘 간파하고 옮긴 번역문인데, 蓮池[a lotus pond]와 子宮[womb]이 표상하고자 하는 것은 여기서 동일하다. 그런데 고대 인도의 문학과 연화의 상징성에 관한 연구를 남긴 Santona Basu 의 영문 번역 또한 학술적 의미가 있어 비교하고자 한다. 즉,

As the wind stirs the lotus pond in all directions, similarly your foetus should agitate itself; it should come out after ten months.(Rg.Veda, 5.78.7) [14]

같은 구절에 대해 대동소이한 번역으로 보이지만 자세히 보면, 기타 번역물들과 비교해서 판이하게 다른 부분이 나오는데 胎兒[foetus]가 主體的이라는 점이다. 安産을 祈願하는 종교의례로서의 呪文이라는 사실을 감안한다면, 祈願者의 앞에는 産神이 있어야 마땅하고 그 産神이야말로 안산을 도와주는 主體일 것이다. 또 대부분의 번역물에서 그렇게 번역되어 있으니 산스크리트어 원전도 그렇다고 추정할 수 있겠다. 그러나 Santona Basu의 번역은 자궁속의 태아 스스로가 생명력을 보이고 있음을 애써 강조[your foetus should agitate itself]하고 있다는 것은 무엇을 의미할까.

Santona Basu의 의도는 분명한데, 즉 인도 신화에서 최초의 생명이란 누군가 또는 무언가의 도움을 받아 태어나는 것이 아니라, 스스로가 마치 창조되듯이 출현하고 있음을 강조한 번역인 것이다. 따라서 'itself'의 의미는 크다고 생각한다. 아이가 무사히 나올 수 있도록 神께 자세를 낮춰 부탁하는 Wendy Doniger의 번역과 대조되는데, 변역자의 관점이 어디에 있는가도 잘 보여주

---

13 中村元, 『淨土三部經』(上), 「無量壽經」, 岩波書院, 2013, 184쪽.

14 Santona Basu, *Lotus Symbol in Indian Literature and Art*, Delhi, India, 2002, p.36.

는 사례라고 말할 수 있겠다.

아무튼 우리의 관심사는 태초의 신화에 등장하던 原水의 본래적 의미가 위와 같은 생명력의 움틈과 탄생에 있다는 점, 또 그것이 민간신앙으로도 전하고 있을 뿐 아니라 불교이후에는 佛敎的 蓮池를 통해 의미가 강화되며 면면히 이어지고 있다는 점을 말하고자 한다.

여기서 原水가 갖던 太初의 의미와 존재감이 과연 무엇인지 확인해둘 필요가 있는데, 太初의 唯一無二한 어떤 것이 原水에서 최초로 출현한다는 讚歌는 宇宙開闢歌에서 골자이다. 역시 리그베다가 전하기를, 태초에 有도 없고 無도 없으며 生도 없고 死도 없는데 하늘과 땅과 허공도 없이 낮과 밤의 구별도 없는 상태에서 최초의 어떤 움직임이 나타나는데 그것은 바로 自力에 의한 呼吸이었다. 이러한 고대 인도인들의 인식에서 구체적으로 태동된 호흡이자 움직임이 잔잔한 물결인 것이다. 그러니 물은 이미 原水로서 출현해 있어야만 했다.

> Darkness was hidden by darkness in the beginning; with no distinguishing sign, all this was water. The life force that was covered with emptiness, that one arose through the power of heat.(Rg.Veda, 10.129.3)[15]

어둠이 어둠을 덮고 있던 태초에, 밤과 낮, 태양과 달의 구별도 없이 原水만이 존재하였다는 이 구절은 브라흐마나에 이르도록 발견되는 각양각색의 우주개벽신화가 전하는 출발점의 공통점이다. 그리고 原水에서 생명체가 출현하기 전, 논리적인 원인을 구한 결과 인도인들이 얻은 답은 自力에 의한 熱力이었다. 熱力이 生氣와 호흡으로 연계되는 문제에 대한 논의 이전에, 여기서 이미 불교적 化生[self-born]의 신화적 모티브가 태동되고 있었다 해도 과언은 아닐 것이다. 그러니까 卵生, 胎生, 濕生, 化生의 불교적 四生說[upapāduka-yoni]은 리그베다를 시발점으로 찬도기야 우파니샤드의 단계에

---

15 Wendy Doniger, 앞의 책, 1981, 25쪽.

이르며 점차 모습을 갖춰가고 있던 셈이다(Chandogya Upanisad, 6.3.1)[16].

그러나 찬도기야 우파니샤드보다 편집 시기가 늦은 아이따레야 우파니샤드는 불교 四生說의 면모를 더욱 잘 보여주는데, "those born from eggs, from wombs, from sweat, and from sprouts."(Ait.Up.3.4)[17]가 그것이다. 生氣를 내포한 모든 존재자의 출생 근거를 넷으로 나눠 설명하면서, 卵生, 胎生, 濕生, 그리고 芽生[born from sprouts]이라는 인식에 도달하였다. 습생은 숲속의 곤충들이며 芽生은 식물들의 發芽 현상이 말해주듯, 꽃받침을 갑자기 벌리면서 봉오리의 속 모습을 드러내는 출생 방법을 가리킨다.

같은 讚歌를 Valerie J. Roebuck은 다음과 같이 좀 더 알기 쉽게 번역하였는데, 즉 "the various other kinds of seeds, the egg-born, the womb-born, the sweat-born, the shoot-born."(Ait.Up,5.3)[18]이라 하였다. 'sweat-born'은 濕生으로 역시 곤충들의 출생을 말한다면, 'the shoot-born'은 Patrick Olivelle가 번역한 'born from sprouts'와 같은 의미로 말하자면 芽生과 다름 아니다. 갑작스러운 發芽 현상을 깊이 사색한 결과이다.

식물의 탄생을 추가했다는 점이 특기할 만하고, 또 홀연히 모습을 드러내는 새 생명에 대한 문제의식이 구체화되고 있음을 보여주는 端初이다. 불교의 화생이나 연화화생은 우파니샤드와 공유하는 개념이라는 사실이 이로써 분명해졌다. 蓮華化生과 우파니샤드의 芽生은 결국 대동소이한 출생방법이기 때문이다.

大乘經典 중에서도 특히 無量壽經과 觀無量壽經은 蓮華化生과 蓮華胎生을 매우 강조하는 釋尊의 법문으로 알려져 있지만, 화생과 태생 모티브가 석존의 독창적인 比喩話法이었다기보다는, 불교이전부터의 전승과 발전을 거치면서 석존에 의해 재구성되었을 가능성을 높여주는 것이다

생명의 징후를 암시하는 태초의 호흡이 原水를 통해서 이루어졌기에, 이

---

16 Valerie J. Roebuck, *The Upanisads*, Penguin Books, 2003, p.172.

17 Patrick Olivelle, *Upanisads*, Oxford University, 2008, p.199.

18 Valerie J. Roebuck, 앞의 책, 2003, 172쪽.

를 두고 '물결[水波]'로 단정하기도 한다(Rg.Veda,10.129.3)[19]. 太初의 原水를 굳이 태초의 물결로 해석하는 이유 역시, 앞서 Santona Basu가 그랬던 것처럼, 고대 인도의 다양한 우주개벽신화를 참고하여 논리적 전후관계를 좀 더 명확히 하려던 의도로 보인다. 自力에 의한 熱力으로 물결이 이는 모티브 역시 발견되기 때문에 근거로서는 충분하다. 가령 샷타파타 브라흐마나 (Śatapatha Brāhmana)에 의하면,

> 태초에 이 우주는 實로 물[āpah, 水]이었다. 물결[salila[20], 水波]뿐이었다. 그 물은 욕심을 내었다. 우리는 어떻게 하면 번식할 수 있을까. 그는 노력했다. 苦行을 통해 熱力을 일으켰다. 그가 苦行으로 熱力을 일으켰을 때, 황금란[黃金卵, hiranmayam āndam]이 출현했다. 그 때, 시간[samvatsara, 年]은 아직 생겨나지 않았다.(Ś.B,11.1.6.1)[21]

라는 내용인데, 베다 시대의 후반부에 이르면서 태초의 물이 스스로의 苦行을 통해 물결을 일으켜 최초의 숨을 쉬는 모티브가 구체화되고 있음을 보여준다. 리그베다의 黃金胎兒 개념에 이은 黃金卵의 등장과 더불어 原水의 물결은 고대 인도인들이 신화세계에서 찾아낸 중요한 열쇠말인 것이다.

太初의 原水가 갖는 신화적 기능과 蓮池의 습합으로 생명력의 출현이야 기가 더욱 입체적으로 진화 발전하고 있음은 앞서 언급했는데, 그러한 呪文이나 讚歌는 그치지 않아 다음과 같은 예도 있다. 불신[火神]인 아그니 [agni]에 대한 讚歌이면서 동시에 火難을 막아보려는 呪文 성격이 강한 내용이다. 즉,

---

19 辻直四郎, 『リグ・ヴェーダ讚歌』, 岩波書店, 2008, 323쪽.

20 'salila'를 'wave'의 의미와 더불어 'a kind of wind', 즉 바람의 일종으로 해석하기도 한다(Monier Williams, *Sanskrit English Dictionary*, New Delhi, India,1999, p.1189).

21 辻直四郎, 『古代インドの説話－ブラーフマナ文獻より』, 春秋社, 1978, 98쪽.

On thy way hitherward and hence let flowery Durva grass spring up. Let there be lakes with lotus blooms. These are the mansions of the flood.(Rg.Veda, 10.142.8)[22]

그대가 오는 곳으로, 그리고 가는 곳으로, 들꽃이 피어나도록 하라. 또 연못을 만들어 연꽃이 피어나게 할지니, 이것들은 바다의 住居이니라. 이 정도의 의미가 될 것 같은데, 여기서 그대는 앞뒤 문맥상 불[火]이므로 火魔가 할퀴고 지나간 자리는 황폐하였으며 그 자리에 다시 원래[原水]대로의 풍요가 찾아오기를 기원하는 마음을 蓮池와 蓮華에 담아내고 있다. 蓮池와 蓮華는 이미 불교이전부터 再生과 풍요의 상징이었으니, 자연히 행복과 극락을 장엄하는 불교적 상징화는 이전부터의 전승문화였다고 보는 것이 타당할 것이다. 브리그(Bhrgu)의 지옥이야기가 쟈이미니야 브라흐마나(Jaiminīya Brāhmana)에 전하기를,

For the sixth(time), he went on.(He saw) five rivers, abounding in blue and white lotus flowers, flowing with sweet water. In them were bands of Apsarases, the sound of lutes and singing and dancing, a delightful smell, (and) a great sound.(J.B.1.42-44)[23]

바루나(Varuna) 神이 아들인 브리그에게 전하는 교훈담으로 인과응보에 따라 지옥과 극락이 있음을 깨우쳐주는 이야기이다. 브리그는 여러 지옥과 善惡의 娑婆世界를 遍歷한 끝에, 마지막으로 여섯 번째 장소에 도착하는데, 이곳은 靑蓮과 白蓮이 만개하였고, 꿀이 가득한 다섯 줄기의 강물이 흐르더니, 歌舞와 악기 소리, 압사라스[water spirits, 물의 精女]의 무리, 향기로운 내음, 그리고 울림소리 그윽한 極樂이었다. 여기서 靑蓮은 睡蓮을 말함이니 장엄의 요체는 白蓮華인 것이다. 法音이 잔잔히 울려 퍼지거나 연꽃이 만발

---

22 Ralph T.H.Griffith, The Rig Veda, Digireads.com Publishing, 2013, p.744.
23 Coke Burnell, A Legend From The Talavakara of The Jaiminīya Brāhmana of The Samaveda, Mangalore Printed at The Basel Mission Press, 1878, p.16.

한 세계라면 우리는 불교의 극락정토를 금방 연상하겠으나, 실은 베다와 우파니샤드, 브라흐마나로 이어지는 불교이전부터의 기억이었다.

그런데 위 呪文(Rg.Veda, 10.142.8)에 대해 나카무라가 주목하기를, 산스크리트 원전은 'padma[lotus]'가 아닌 'pundarīkani[white lotus]'[24], 즉 '白蓮華'임을 분명히 하였다.[25] 쟈이미니야 브라흐마나와 통하는 것이다. 白蓮華가 아니면 안되는 이유에 관해 아무런 설명을 내놓지는 않았지만 문맥상 예사롭지 않다는 사실을 놓치지 않았다. 白蓮華에 관해서는 다음 節에서 밝히도록 하겠지만, 無에서 새로운 생명이 최초로 숨을 쉬는 최소 단위의 개별자를 白蓮華로 표상하는 사상이 있어왔다. 그렇다면 火魔가 지나간 자리의 황폐한 들판을 바라보며 풍요로움을 향해 다시 시작하자는 고대 인도인들의 결연한 의지도 읽히는 것이다. 燃燈佛의 授記나 싯달타의 탄생을 알리는 神의 啓示가 모두 白蓮華라는 사실에 그 신화적 연결고리의 深遠을 인정하지 않을 수 없다. 위 呪文 속의 蓮池와 蓮華에는 그 만큼 간절했던 古代 인도인들의 念願이 담겨있다.

III. 白蓮華의 發生과 佛敎的 繼承

졸고 「釋尊의 生涯를 통해 본 蓮華의 象徵性」(『東아시아古代學』 46, 2017)에서 밝혔듯이, 白蓮華는 단지 여러 가지 蓮華 중의 하나가 아니라, 燃燈佛의 授記, 즉 神의 啓示에서 싯달타의 受胎와 誕生으로 이어지는 최상의 종교적 상징[神我, 最高我]이었다.[26] 그러나 불교이전으로 거슬러 올라가면, 더욱 근본적인 存在論에서 白蓮華를 생각해야 하는 局面을 맞이하게 된다. pundarīka라는 白蓮華의 등장을 앞의 리그베다에서도 잠깐 엿보았지만, 우

24　Monier Williams, 앞의 책, 1999, 630쪽.
25　中村元, 『ヴェーダの思想』, 春秋社, 2017, 459쪽.
26　片茂永, 앞의 책, 2017, 233쪽.

파니샤드로 내려오면 白蓮華의 전개 양상은 가히 근본 중의 근본이고, 梵我
一如의 문제와 부딪치게 되는 것이다. 먼저 그 사례를 우파니샤드에서 살펴
보기로 하겠다.

OM. Within the tiny lotus−house which is in the city of brahman there is a tiny
space. That which is in it one must seek for, one must want to know.(Ch.Up, 8.1.1)[27]

위 영문 번역만으로는 그 의미 전달이 쉽지 않은데, lotus−house에 관해 특
별히 주석을 달아 설명하기를, 산스크리트 원어로는 'puṇḍarīka vesman'이며
그 의미는 "a dwelling [which is] a [white] lotus". 라 하였고, 덧붙여 말하기를
"visualized as within the heart"[28]라 하였다.

그러니까 종합하여 정리한다면, "브라흐만의 都城 안에는 작은 白蓮華[心
臟]가 있고, 그 속의 작은 공간에 어떤 存在者[我]가 있으니, 이것을 探究하
고 認識하도록 할 것이니라." 는 의미가 될 것이다. 옥스퍼드 영역본[29] 역시
위의 종합적인 이해와 큰 차이는 없다.

브라흐만의 都城[居處]은 '身體'의 비유적 표현이므로[30], 인간의 몸은 브라
흐만[梵], 白蓮華로 표상된 心臟은 아트만[我], 그러므로 白蓮華 속의 무언
가야말로 탐구 대상이라는 문제 제기이다. 브라흐만과 아트만을 각각 대우
주와 소우주로 설명하기도 하지만, 우파니샤드 편집자들이었던 고대 인도
인들은 우선 인간의 몸을 통해 梵我一如를 인식하려 했다는 점에 주의를 요
한다. 현대 중국의 번역문에서도 이 점에 유념하는 문제의식이 발견되는데,
즉,

27　Valerie J. Roebuck, 앞의 책, 2003, 194쪽.
28　Valerie J. Roebuck, 앞의 책, 2003, 425쪽.
29　Patrick Olivelle, 앞의 책, 2008, 167쪽.
30　岩本裕, 앞의 책, 2013, 168쪽.

在這座梵城中, 有一座小蓮華屋, 屋中有小空間, 確實, 應該尋我和認識其中的那个.(Ch.Up, 8.1.1)[31]

이렇게 옮긴 다음 각주에서는, "梵城喻指身體, 小蓮華屋喻指心" 이라 보충 설명하였다. 黃宝生은 특히 "연꽃 속 작은 공간의 무언가"를 '我'로 明記하면서 '梵我'의 관계가 '몸과 심장'의 관계로 치환되어있음을 분명히 밝히려고 하였다. 엄밀한 번역보다는 이해를 돕기 위해 보충한 결과로 볼 수 있겠으나 白蓮華는 놓치는 번역이 되었다. 그런데 한글 번역본에서는 번역자의 이해와 생각이 한층 더하여진 결과로 보여 原典 이해에 주의를 요한다. 즉,

이 (육신의) 브라흐만의 자리에 연꽃 모양의 자그마한 자리가 있고 거기에는 대공(大空)이 들었으니, 그 대공 속에 든 것은 무엇인가, 그 안에 든 것이 무엇인지 알아보자.(Ch.Up, 8.1.1)[32]

라고 하여, 연꽃 속의 작은 공간을 大空이라 하였다. 이후로 이어지는 번역문에서도 줄곧 小空을 大空으로 옮기었는데, 小空이지만 결국 梵我一如이므로 大空과 다르지 않다는 번역자의 이해를 번역어로 대체해놓은 듯하다. 엄밀한 번역과 속뜻의 구별을 고민하게 하는 번역인데, 연꽃이 사실은 白蓮華로 표상된 心臟이라는 점 등을 종합적으로 고려하면서 熟考해야 한다.

아무튼 문제는 궁극적인 아트만의 거처이자 표상이 곧 心臟이며 白蓮華라는 점이다. 최초로 白蓮華가 등장하는 것은 앞서 소개한 리그베다(Rg. Veda,10.142.8)이지만, 梵我一如를 통해 등장하는 것은 위 讚歌(Ch.Up,8.1.1)가 최초이다. 찬도기야 우파니샤드가 편집된 시기는 불교 이전이므로 출가 전 싯달타가 읽었을 가능성이 농후하여 불교에 대한 영향 역시 가벼이 볼 수가 없다.

---

31 黃宝生, 앞의 책, 2017, 212쪽.
32 이재숙, 『우파니샤드』(Ⅰ), 한길사, 2016, 396쪽.

우파니샤드의 메시지를 요약하건대, 브라흐만[梵]과 內在的인 아트만[我]은 신체와 심장의 관계처럼 상호불가결하다는 것이며, 동시에 심장은 신체를 존재케 하는 근원인 것처럼 白蓮華는 萬有의 출처라는 이해이다. 白蓮華를 'womb'이나 'yoni'로 간주하는 이유도 그와 같은 이해에 기인한다.

그런데 아트만을 더욱 탐구해 들어간다면 아트만의 外界를 念하는 최종적인 근본으로 purusa[原人, 人我, 神我[33]]가 있어서, 이것이야말로 白蓮華 속 작은 공간에 숨어 있다는 궁극적 존재자이자 意識이며 빛[光]이라는 것이다. 萬有의 출처인 白蓮華와 그 속의 虛空에 자리 잡은 purusa에 관해 브리하다란야까 우파니샤드가 전하기를,

> Now, the visible appearance of this person is like a golden cloth, or white wool, or a red bug, or a flame, or a white lotus, or a sudden flash of lightning. And when a man knows this, his splendour unfolds like a sudden flash of lightning. (Br.Up, 2.3.6)[34]

여기서 'this person'이 의미하는 바는 原人, 즉 purusa이므로, 아트만의 근본 존재가 과연 어떤 모습일까 설명하는 내용이다. 아트만의 外在的 存在者로 太陽을 주목하는 사상적 배경으로 인해 태양을 관찰한 결과를 형용한 것 같은 묘사가 두드러지는데, 과연 태초의 생명을 黃金胎兒[golden embryo]로 인식하던 것은 리그베다 때부터였다.[35] purusa와 黃金胎兒를 동일하게 간주하고 있다. 黃金卵에 앞서 등장하는 黃金胎兒의 신화 사상적 배경은 분명히 白蓮華의 식물학적 특성[36]과 함께 고찰해야 하는 또 다른 경로, 즉 太陽과 불[火] 숭배사상이 가장 강력했던 조로아스터교의 영향이 가미된 것으로 판단하고 있다. 소위 이란·인도 공동시대는 아리안족에 의한 인더스문명의

---

33 '人我'와 '神我'는 각각 중국의 眞諦(499-569)와 玄藏(602-664)에 의한 번역어이다.

34 Patrick Olivelle, 앞의 책, 2008, 27~28쪽.

35 Wendy Doniger, 앞의 책, 1981, 27쪽.

36 白蓮 속의 연밥[蓮實, 蓮子]이나 꽃술은 온통 노랑색으로 우파니샤드 편집자들도 이러한 식물학적 특성을 주목하였다(岩本裕, 앞의 책, 2013, 27쪽.).

파괴에 이은 브라만 문화의 탄생, 그리고 역시 아리안족의 간섭으로 성장한 페르시아 조로아스타교의 太陽과 불 숭배사상이 인도의 문화를 더욱 다양하게 탈바꿈시키고 있었다.

요컨대, 조로아스타교는 인도의 黃金思想을 더욱 가속화시키는 외래문화였으며, 특히 不滅의 樂土를 光明의 세계로 간주하는 관점은 대표적인 것 중의 하나이다.[37] 극락과 지옥의 二元論에 관해 聖典 아베스타[Avestā]는, 순수한 불[聖火]을 숭배하고 따르는 현명한 자는 임종 후 無始光 세계로 가지만, 그렇지 못한 자[不義者]는 無始暗 세계로 떨어지고 만다는 점을 특별히 강조하였다.[38] 無始光이란 불교의 無量光[Amitābha]에 해당하므로 결국 인과응보에 따른 극락과 지옥을 말하면서, 각각의 세계를 빛과 암흑으로 대비하는 등 인도의 브라만교나 불교 힌두교 쟈이나교와도 많은 소통이 있었음을 짐작케 한다.

그런데 위의 찬가(Br.Up, 2.3.6)에서 또 하나 주목해야 하는 부분은 마치 白蓮華와도 같고, 갑작스런 閃光과도 같다는 대목이다. 白蓮華와 閃光을 동일선상에서 보고 있다. 蓮華와 태양숭배사상의 밀접한 관계가 이집트에서 인도에 걸친 넓은 지역에서 전승돼왔다는 연구 역시 W.H.Goodyear에 의해 밝혀진 바 있다. 인도의 입장에서 본다면, 조로아스타교의 태양숭배 및 불 숭배사상과 더불어 다양한 유사 문화를 동시에 수용하는 위치에 놓여 있던 것이다.

아무튼 여러 색깔의 蓮華 중에 특히 왜 白蓮華인지 그 의문을 풀어나갈 수 있는 실마리가 마침내 등장하고 있어 주의를 요한다. 고대 인도인들의 경우, 태양의 붉은 빛과 황금 빛이 번쩍이는 가운데 사방으로 무한히 放射되는 閃光의 光彩야말로 눈부신 白光이라 관찰하고 인식하였다. 그리하여 無限히 放射되는 白光이 無量하므로 無量光이고 끝없이 放射되니 無量壽國이자 브라흐만[梵]인 것이다. 이는 無量光이 放射된 근본 출발점 아트만[我]과 同一하다는 뜻이 되니, 브라흐만과 아트만은 하나처럼 시간과 공간을 빛을

37 伊藤義教, 앞의 책, 2012, 19쪽.
38 伊藤義教, 앞의 책, 2012, 134~140쪽.

통해 공유하고 있으며, 더욱이 이들을 매개하는 白光의 또 다른 표상으로 白鳥[hamsa]를 신성한 새로 인식하기에 이르렀다.

白鳥와 白蓮華와 태양의 閃光이 종종 교차하며 등장하던 의문은 이로써 풀리게 된다. 세 가지 모두는 아트만이 브라흐만과 合一하여 不滅의 세계로 가는데 불가결하였다. 바로 저와 같이 이해하는 자는 궁극의 행복을 맛보게 된다는 우파니샤드의 이어지는 설명이니, 解脫로 이르게 하는 冥想의 시작인 아트만의 purusa는 最高我[39]로 부르기에 부족함이 없다.

아트만의 실질적인 상징으로 믿어 의심치 않던 心臟과 이를 표상하는 白蓮華, 그리고 백련화 속의 purusa는 불멸이니, 生死의 구별이 없으므로, 인간의 熟眠이나 臨終을 기해 심장 즉 白蓮華 밖으로 나와 정수리를 통해 육체의 외부세계를 자유자재로 여행이 가능하다는 이해에 도달하게 된다. 그러다가 天國까지 도달한 자를 가리켜 해탈과 왕생을 이루었다고 한다. 그러나 이러한 오묘한 진리를 이해하지 못하거나 의심하는 자는 心臟의 내부 즉 白蓮華 속에 구속된다는 사상이 형성되기에 이르렀다.[40] 번뇌의 굴레에서 벗어나지 못하는 자에 대한 경고이기도 하다.

샷타파타 브라흐마나도 비슷한 내용을 전하는데, 이승을 떠나는 亡者의 영혼[purusa]이 아트만을 거쳐 궁극적으로 梵我一如의 세계로 간다는 것을 念하고 믿는 자에게는 疑惑이 뒤따르지 않는다 하여(Ś.B.10.6.3)[41], 信과 不信에 대해 점차 엄격해지고 있음을 알 수 있다. 결과적으로 불교이후의 釋尊을 통해 본격적으로 설명되는 소위 蓮華胎生과 蓮華監獄의 무서운 前兆가 엿보이기 시작한다.[42]

한편, 해탈이 아닌 죽음에 대한 인식에는 위에서 말한 purusa의 인체 이탈 이후, 生氣[prāna]가 뒤따라 나가버린 후 되돌아오지 않게 된 상태라고 고대

39　中村元, 『ウパニシャッドの思想』, 春秋社, 1990, 406쪽.
40　中村元, 앞의 책, 1990, 426쪽.
41　辻直四郎, 앞의 책, 1978, 103쪽.
42　片茂永, 앞의 책, 2017, 250~251쪽.

인도인들은 이해하였다. 아트만에는 purusa를 비롯하여 生氣 등 여러 구성 요소가 공존한다는 것이다. 亡者의 정수리를 통해 白光이 이탈하는 佛畵의 종교신화적 뿌리는 우리의 예상을 훨씬 뛰어넘는다.

궁극적이면서 不滅의 아트만인 purusa를 흰 광채로 인식함은 인간의 삶과 죽음이란 허울을 뒤로 스스로의 존재를 끊임없이 이어가는 輪回轉生으로 한 걸음 다가가는 논리적 과정이었다. 그래서 白蓮華는 梵我一如의 해탈과 윤회전생의 경계선에서 피고 지기를 계속해왔던 것이다.

더욱이 베다와 우파니샤드의 사상에서 아트만을 표상하는 백련화가 우주적 전체와 소통하는데 '빛'을 전제로 하던 것처럼, 觀無量壽經 十六觀法의 '蓮華想' 역시 淨土世界 전체[梵]와 蓮華[我] 또한 '빛'으로 연결되는 일치를 볼 수 있다. 연꽃잎 하나하나에는 八萬四千의 脈이 있고 또 하나하나의 脈에서는 八萬四千光이 발산된다고 하였다.[43] 이러한 무수한 빛을 매개로 佛菩薩 수행자 등 일체중생은 法身界에서 하나가 된다는 경지를 가리킨다.

그러다가 第十二觀法이 가히 극적인데 역시 불교이전의 신화적 모티브가 근간을 이룬다. 위와 같은 경지, 즉 범아일여를 경험한 자는 과연 어떠한 상태에 놓여있게 되는지를 상세히 설명하고 있으므로, 관무량수경을 인용하면서 음미해보면 다음과 같다.

生於西方極樂世界, 於蓮華中, 結跏趺坐, 作蓮華合想, 作蓮華開想. 蓮華開時, 有五百色光, 來照身, 想眼目開. 想見佛菩薩, 滿虛空中. 水鳥樹林及與諸佛, 所出音聲, 皆演妙法, 與十二部經合. 出定之時, 憶持不失.[44]

十六觀法 중의 위 觀法은 베다와 우파니샤드의 불교 버젼이라 말하기에 부족함이 없을 정도이다. 명상을 통한 수행자의 경지가 거의 득도에 도달됐을 때, 그는 연꽃에 결가부좌하고 앉아 또 다른 존재자[我]로 탈바꿈한다는

---

43 中村元, 『淨土三部經』(下), 「觀無量壽經」, 岩波書院, 2013, 57쪽.
44 中村元, 앞의 책(下), 2013, 67쪽.

인식이며, 나아가서는 그 연꽃이 봉오리를 오므리고 열기를 반복하니 연화 화생을 통해 진정한 불멸의 존재자[梵]로 다시 태어났음[一如]을 강조한다. 석존에 의한 이 법화는 석존이 출가 전부터 베다와 우파니샤드와 같은 브라만 사상에 얼마나 심취해있었는지 가늠하는데 부족함이 없는 자료이다.

연화화생을 이루자 허공으로 상징되는 브라만과 합일되는 순간이 연이어 묘사되는 것 같은 문맥인데, 많은 빛이 수행자와 바깥을 연결해주니 바야흐로 佛身界와 일치, 즉 범아일여를 완성하는 순간이 펼쳐진다. 더욱이 水鳥와 樹林과 諸佛이 표상하는 일체중생은 일제히 音聲과 妙法을 내놓는다 했으니 이는 곧 십이부경이라 法音인 것이고, 다시 말하면 태초의 그윽한 소리이면서 바람이고 잔잔한 물결이니 신화적 숨결을 이어받은 생명의 生氣가 불교에 새겨진 古代의 기억이 아닐까 생각한다.

백련화의 불교적 계승을 가장 잘 남기고 있는 관무량수경을 살펴보았는데, 한 마디로 해탈과 범아일여라는 핵심 개념을 엮는데 백련화가 요체였던 것처럼 역으로 그 심오한 세계를 푸는데 있어서도 백련화는 중요한 열쇠말이 아닐 수 없다.

IV. 맺음말

불교이전의 넓은 범위를 연화로 좁혔다 해도 여전히 광범위한 연구대상일 수밖에 없다. 기원전 약 2000년경부터 전해진 사상이라는 점 외에도 인도문화의 특성에도 기인한다. 즉, 베다가 전하는 神이나 어떤 형이상학적인 개념들이 일목요연한 논리 체계에 수렴되는 경우는 거의 없기 때문이다.[45] 상호간의 관계성도 그때그때 자의적인 경우가 많아서 신화의 바다에서 부상하는 전체상을 이해하지 않고서는 온전히 설명하기가 어렵다.

그러한 상황임에도 불구하고, 불교이후로 연결되는 문화인자는 여러 곳에

---

45 Coke Burnell, 앞의 책, 1878, 30쪽.

서 발견할 수 있으니 다시 정리하면 다음과 같다.

먼저 原水와 蓮池의 접점을 통해 알 수 있던 것은 역시 아미타정토에 대한 관념일 것이다. 아미타정토의 蓮池에서 망자들이 蓮華化生을 통해 영생을 얻게 된다는 관념이 그것으로, 原水에서의 생명 탄생이야기가 신화적 근거가 되면서 불교적 정토사상으로 재활성되었다고 본다. 여기서 因果應報 개념은 우파니샤드를 기점으로 베다와 아베스타로 거슬러 올라가면서 줄기차게 이어지던 고대인들의 윤리관을 대변하기도 한다. 권선징악이라는 도덕이야기의 틀 속에서 전승돼왔다는 개연성이 인정된다.

또 태초의 原水와 아미타정토의 蓮池를 풍경으로 봤을 때 가장 닮은 것은 울림소리였다. 잔잔한 물결이나 바람으로도 표현되는데 태초의 숨이면서 첫 生氣이므로, 주변에 모습을 드러내는 萬有는 울림소리나 물결 바람이라는 숨을 熱力으로 하면서 탄생하고 생명력을 유지하게 된다. 그렇게 神秘主義에 가까운 신화들이었다. 연화 속에서 망자들이 모습을 드러내 왕생하는 熱力 또한 自力이라고는 하지만 실은 불교에서 法흡으로 일컫는 정토의 울림소리와 잔잔한 물결에 의지하기에 가능한 일이었다. 불교의 法흡과 불교이전의 梵흡은 일맥상통한다. 다시 말해서, 原水와 아미타정토의 蓮池는 생명 탄생과 往生[化生] 모티브를 공유하고 있다는 사실을 알 수 있었다.

아울러서 베다에서 우파니샤드를 거쳐 불교에 이르면서는 더욱 세분화된 四生說을 갖추게 되었는데, 因果에 따라 극락과 지옥, 또는 善惡의 대립 개념이 석존의 법문을 통해서도 일시적으로 제자들에게 전달되기에 이르렀다.[46] 그러나 극락과 지옥 모두 釋尊의 空 思想에 수렴되는 독특한 정토론에 이르러서는 연화화생과 함께 연화태생이 說法을 위한 중요한 장치가 되는데 특히 식물학적 모티브는 불교이전의 芽生에서 비롯된 것이 아닌가 하는 필자의 판단이다.

태초의 原水와 蓮池만이 아니라 그곳에서의 생명 탄생 이야기는 釋尊이 아미타 정토사상을 체계화하고 전체를 하나의 구조로 엮어내기 위한 原本

---

46 片茂永, 앞의 책, 2017, 251쪽.

的 思想 토대였다.

한편 白蓮華의 발생을 통해 보건대, 석존의 근본적인 물음과도 일맥상통하는 해탈과 범아일여 사상을 구체화하는데 있어 백련화의 종교신화적 의미는 거의 그대로 계승되었다. 백련화는 오묘한 神의 啓示 같은 존재로 석존 앞에 출현하였던 것 같다. 불교의 거대한 이야기가 연등불의 수기 이야기부터 시작된다는 사실 조차 불교이전의 신화적 구조와 맥락을 상당 부분 수용하였다는 반증으로 보인다. 神話같은 授記 이야기는 사실 백련화를 빼놓고는 앞뒤 문맥이 무너지고 만다. 백련화가 있어 선혜동자도 연등불도 존재하는 것이며 석존의 출현도 예고되는 문맥이기 때문이다. 이 후의 백련화의 존재는 석존의 열반에 이르기까지 줄곧 불교와 함께한다고 해도 과언이 아닐 것이다.

아트만[我] 속의 purusa를 백련화 속의 무언가로 인식하면서, 백련화를 불멸의 영혼이나 神我로 간주하는 사상이 생겨났으며, 이에 따라 梵我의 合一이나 해탈을 觀念할 경우에는 자연히 觀無量壽經 十六觀法 중의 蓮華想같은 관법이 생겨나기에 이르렀다. 불교의 冥想에 있어서도 蓮華想은 궁극적인 도달점이니 백련화의 발견과 계승이 불교에게 얼마나 중요한지 짐작이 가능한 일이다. 道를 이룬 수행자가 蓮花臺에 앉아있는 모습은 곧 해탈을 상징하여 브라만 사상을 이어받은 힌두교의 신들이 연화대에 앉아있는 종교적인 이유와 다를 바가 전혀 없다.

결론적으로 불교이전과 이후의 연결고리에 백련화가 존재한다는 사실은 불교가 핵심적인 부분에서 불교이전의 사상을 계승하였을 뿐만 아니라 더욱 발전시켜왔다는 결정적인 단서가 된다. 바꿔 말한다면, 백련화를 통해 불교의 핵심 사상을 바르게 이해한다는 것은 곧 불교이전의 사상을 포함하여 인도적 사유세계를 이해하는데 있어서도 백련화가 매우 중요한 열쇄말이라는 의미이기도 하다.

끝으로 백련화와 연계되는 주요 개념들 중의 白鳥, 빛, 태양 같은 종교신화적 코드에 대해서도 앞으로 더욱 심도 있는 재조명이 요구되고 있다.

:: 참고문헌 ::

1. 연구서

Coke Burnell, *A Legend From The Talavakara of The Jaiminīya Brāhmana of The Samaveda*, Mangalore Printed at The Basel Mission Press, 1878.

Carl Cappeller, *A Sanskrit English Dictionary*, Strassburg, 1891.

W.H.Goodyear, *The Grammar of The Lotus*, London, 1891.

辻直四郎, 『古代インドの説話－ブラーフマナ文獻より』, 春秋社, 1978.

中村元, 『ウパニシャッドの思想』, 春秋社, 1990.

Monier Williams, *Sanskrit English Dictionary*, New Delhi, India, 1999.

Santona Basu, *Lotus Symbol in Indian Literature and Art*, Delhi, India, 2002.

Valerie J. Roebuck, *The Upanisads*, Penguin Books, 2003.

Patrick Olivelle, *Upanisads*, Oxford University, 2008.

辻直四郎, 『リグ・ヴェーダ讚歌』, 岩波書店, 2008.

박지명·이서경, 『베다』, 동문선, 2010.

伊藤義教, 『原典譯アヴェスター』, 筑摩書房, 2012.

Ralph T.H.Griffith, The Rig Veda, Digireads.com Publishing, 2013.

岩本裕, 『原典譯ウパニシャッド』, 筑摩書房, 2013.

中村元, 『淨土三部經』(上), 岩波書院, 2013.

中村元, 『淨土三部經』(下), 岩波書院, 2013.

이재숙, 『우파니샤드』(Ⅰ, Ⅱ), 한길사, 2016.

Bibek Debroy & Dipavali Debroy, The Holy Vedas, Delhi, 2017.

中村元, 『ヴェーダの思想』, 春秋社, 2017.

黄宝生, 『奥義書』, 商務印書館, 2017.

2. 연구논문

片茂永, 「高句麗 古墳壁畵 三本蓮華化生의 國際性과 固有性」 『東아시아古代學』20, 2009.

片茂永, 「蓮葉化生의 普遍性과 象徵性」 『東아시아古代學』25, 2011.

片茂永, 「釋尊의 生涯를 통해 본 蓮華의 象徵性」 『東아시아古代學』46, 2017.

19

선진시기 역사서의 재인식 문제

구자원 중국 북경외국어대학

I. 머리말

    인류가 사회를 형성하면서 문화와 문명을 이루게 되는데, 그 중에서 지식의 전승은 크게 口傳과 문자기록의 두 가지로 나뉜다. 기록에서 가장 중요한 조건은 바로 문자의 등장이라고 할 수 있는데, 문자의 기원은 원시 시대의 부호에서 비롯되어 발전되었다는 것이 일반적인 정설이다. 중국의 경우에도 漢字의 출현 역시 원시 부호에서 변화되었다고 하는데,[1] 역사를 의미하는 '史'는 기록한다는 의미이다. 고대 중국 왕조에서 '史'를 위해 史官을 설치하여 지나간 사실을 기록하였는데, 이는 중국에서 역사는 과거의 사실을 기록함으로써 이를 통해 현재를 경계한다는 의미로 사용된 것이다. 이에 관련하여 사관의 역할이 중요하였기에 말을 기록하는 左史와 행동을 기록하는 右史는 각각의 역할에 따라 국가정치, 특히 군주의 언행을 후대로 남기에 되었다.[2] 역사기술의 중요성은 후대에 이르면서 계속 중시되었고, 또한 기술하는 방법 역시 크게 3가지로 나뉘게 된다. 즉, 일반적으로 역사기술의 방법은 시간의 흐름에 따라 기술하는 '편년체'가 대표적이라고 할 수 있지만, 漢代 이후에 인물을 중심으로 기술하는 '기전체'와 明代이후에 사건을 중심으로 기술하는 '기사본말체'등이 출현하게 된다. 이는 고대 중국에서 역사기술의 변화를 통해 지나간 역사에 대해 여러 관점이 적용되는 것이라 할 수 있으며, 그 결과 고대의 사실을 후대에서는 다양하게 이해될 수 있는 기반, 즉 스토리텔링적인 방법이 사용되었다고도 할 수 있다.

    고대 중국은 시대의 흐름과 발전에 따라 많은 역사서가 존재하였지만, 때

---

1 중국의 고대 문헌에서는 창힐이 문자를 창조하였다는 기록이 잇지만, 실제로 창힐에 관련된 것은 전설에 속한다고 할 수 있으며, 사회의 문화와 문명이 발전하면서 원시 부호에서 한자로 변화, 발전되었다는 것이 일반적인 정설이다. 특히 한자의 형성 요소는 6가지로 현재에도 필요에 따라 한자는 계속 만들어지고 있다.

2 『禮記』「玉藻」: "左史記動, 右史記言", 그러나 『漢書』「藝文志」에서는 "左史記言, 右史記事"라고 하여 좌사와 우사의 역할이 다르게 기술되어 있다. 그러나 좌사와 우사의 역할을 합치면 모두 언행을 기록하고 있다.

로는 실존되기도 하고, 후대에 첨삭이 진행되면서 많은 변화를 겪어오게 되었다. 물론 지나간 사실을 기록한다는 측면에서 모든 기록물을 광의적으로는 역사서라고 할 수 있지만, 실제로 중국에서 이른바 '正史'라고 불리는 '24史'는 漢代의 『사기』이후의 역사서를 가리킨다. 물론 중국의 수많은 역사서에는 상고시대인 先秦 시기를 언급하고 있지만, 실제적으로 선진시기에 1차 사료라고 할 수 있는 『尙書』, 『春秋』, 『國語』, 『戰國策』, 『史記』 등이 있다. 따라서 본문에서는 『상서』, 『춘추』, 『국어』, 『전국책』을 중심으로 각각 시대적인 인식과 가치가 있는지를 살펴보고자 한다. 즉, 『상서』에 대해서는 금문상서와 고문상서의 분쟁과정에서 경서(經書)와 역사서로 구분되는 관점을 살펴보고, 또한 『상서』에서 다루는 시기가 중국 역사학계에서도 전설시대와 역사시대로 보고 있다는 관점을 차용하여 근현대 시기에 『상서』의 가치를 살펴보고자 한다. 그리고 선진시기의 대표적인 역사서인 『좌전』이 『춘추』에서 출발하여 역사적인 해석으로 스토리텔링이 적용되는 점을 통해 역사서로의 가치와 또한 경서로의 가치를 구분하여 고찰하고, 명대에 출현한 『좌전기사본말』을 통해 『좌전』을 다시 고찰하고자 한다. 마지막으로 춘추시기 각 제후국의 이야기로 구성된 『국어』의 가치를 현대적인 관점에서 스토리텔링적으로 다시 재조명하고자 한다.

II. 역사서에서 경서로 변화된 『상서』

1. 『상서』와 僞『상서』

『상서』는 고대 중국의 첫 번째 산문집이자 역사문헌이라고 할 수 있는데, 원래는 '書'라고 하였는데, 한대에 『상서』로 불리게 된다. 『상서』에서 '尙'의 의미는 크게 3가지가 있는데, 첫째는 '상고', 둘째는 '존중하고 숭앙하다', 셋째는 '군주'를 가리킨다.[3] 이 『상서』는 한대에 「虞夏書」20편, 「商書」40편, 「周

---

3 李學勤, 『周易溯源』, 巴蜀书社, 2006, 380~381쪽.

書』40편 등 모두 100편으로 구성되었으며, 공자가 제목을 달고 편찬한 것으로 여겨졌었다. 그러나 근현대 시기의 학자들은 『상서』가 공자가 편찬한 것이 아니라 전국시대의 유생들에 의해 편찬되었다고 주장하고 있다. 이 『상서』는 虞, 夏, 商, 周 등 왕조에서 정치, 군사 등의 내용을 담고 있는데, 군주가 백성들에게 알리는 誥, 군사와 관련되어 알리는 誓, 군주가 신하에게 말하는 命, 신하가 군주에게 알리는 謨 등으로 구성되어 있다. 이러한 기록은 사관이 기록하거나 후대의 사관들이 기억을 되살려 기록한 것으로 알려지고 있다.[4] 이러한 방대한 기록은 공자가 편찬하였기에 儒家에서는 중요한 경전으로 받아들이고 있는데, 한대에 이르면 중요한 문제가 발생하게 된다. 즉, 진시황은 분서갱유로 법가의 문헌, 농업과 의학 관련 문헌을 제외한 선진 시기의 많은 문헌들을 불태웠는데, 이에 따라 『상서』 역시 후대로 전해지지 않게 되었다. 그러나 여러 기록에 의하면, 한대에 伏生이 『상서』를 다시 복원하였다고 전해지고 있는데, 이 과정에서도 2가지 주장이 있다. 첫째는 분서갱유가 진행되고 있었을 때, 복생은 『상서』를 자신의 저택의 벽 속에 감추고 고향을 떠났는데, 이후 분서갱유가 끝난 후에 다시 고향 집으로 돌아와 벽 속에 감추었던 『상서』를 꺼내보니 28편만 남아있었고, 한나라 文帝 시기에 『상서』의 중요성이 알려지면서 이 『상서』 28편을 『尙書大全』을 만들었다고 한다. 둘째는 한나라가 건국된 후 伏生은 비록 연로한 나이였지만, 『상서』의 중요성을 알고 있었기에 자신의 기억력을 되살려 『상서대전』을 만들었다고 한다.[5] 그렇다면 원래 『상서』는 모두 몇 편인가에 대한 문제가 있는데, 여전히 해결되지 않고 있으며, 또한 이에 관련되어 다른 유가의 경전은 진시황의 분서갱유 이후에도 한대에 거의 대부분 선진 시대의 원형을 복원하였는데, 유독 『상서』만 문제가 있는지에 대해서도 의문점과 여러 의견이 존재하고 있다.

---

4 공자 이전에 전해지던 내용을 대략 3000여 편이었는데, 공자가 100편으로 정리하였다고 한다. 그러나 이 역시 신빙성은 떨어진다고 봐야할 것이다.

5 『尙書大全』은 伏生이 저술한 것이 아니라 그의 제자인 張生, 歐陽生과 후대의 박사들이 복생이 사망한 후에 만들었다는 주장도 있다.

『상서』의 또 다른 문제점이 존재하고 있는데, 바로 '금문상서'와 '고문상서'로 나뉘며, 문제점이 발생하게 된다. 前漢 초기 魯恭王은 공자의 古宅을 수리하는 과정에서 『상서』를 발견하게 되는데, 복생의 『상서대전』은 한나라의 문체인 隸書로 구성되어 있어 '금문상서'로 불리고, 노공왕이 발견한 『상서』는 전국시대의 문자로 구성되어 있어 '고문상서'로 불리게 되었다. 이 '고문상서'는 공자의 후손인 공안국이 정리하여 『尙書傳』을 편찬한 후에 황실에 진상하였다고 전해지는데, '금문상서'에 비해 16편이 많은 44편으로 구성되었다고 한다. 그러나 이 '고문상서'는 황실에만 있었고, 민간으로 유포되지는 않았다. 이 '금문상서'와 '고문상서'사이에 논란이 발생하였는데, 그 중에서 가장 큰 문제는 공안국이 편찬한 『상서전』, 즉 '고문상서'가 후대로 전해지지 않고 실전되었다는 점이다. 동진 元帝 시기에 豫章內史 梅賾는 공안국이 편찬한 '고문상서'를 진상하였는데, 모두 58편으로 구성되었다고 한다. 더구나 당나라 태종 시기에 孔穎達은 황제의 명을 받아 '금문상서'와 '고문상서'를 합쳐 『尙書正義』를 편찬하였는데, '고문상서'에 대해 후대의 학자들, 특히 송대부터 청대까지의 학자들은 僞書, 즉 공안국의 『상서전』을 위조한 '僞尙書'라고 주장하고 있다. 그러나 공안국의 『상서전』은 이미 실전되었기에 정확한 대조를 할 수 없기에 위서라고 추정될 뿐이다. 이러한 위서 논쟁은 근현대에 이르러서도 여전히 존재하게 된다.

2. 『상서』의 시대적 인식 변화

『상서』에 대한 분류는 '서'라는 관점에서 우선적으로는 산문집이라고 할 수 있는데, 사관에 의해 집필되었고, 시대적으로 왕조의 순서에 따라 정치, 군사적인 내용으로 기록되었기에 일종의 역사서라고 볼 수 있다. 즉, 공자가 편찬하기 이전의 『상서』의 내용이 3000여 편에 이른다는 주장은 신빙성이 거의 없지만, 여러 문헌자료와 갑골문을 비롯한 고문자 자료, 그리고 고고학 자료에 따르면, 상나라와 주나라에는 사관이 존재하였다는 근거를 찾아볼 수 있기 때문에 『상서』의 원형이 되는 기록은 어느 정도 존재하였을 것으로

볼 수 있다.[6] 따라서『상서』는 후대에서 여겨지는 완전한 형태의 역사서라고
볼 수는 없지만, 그러나 출현한 시대가 춘추전국 시대라는 것을 감안한다면,
역사서의 초기 형태에 속한다고 할 수 있다. 더구나 공자가『상서』를 편찬하
였다는 주장은『사기』에서도 언급되고 있기 때문에 후대에서 공자가『상서』
를 100편으로 편찬하였다는 주장은 모두 믿을 수 없지만, 일정정도 관련이
있다는 것은 부인하기가 어렵다. 그렇지만, 근현대 학자들이 대부분『상서』
는 전국 시대의 유생들에 의해 형성되었다고 주장하는데, 이는 아마도 고대
중국에서 옛 성인의 이름을 차용하던 현상이 반영된 것이라 볼 수 있다.[7] 결
국, 선진 시기의『상서』는 虞, 夏, 商, 周 등의 왕조의 정치적, 군사적 내용을
기록한 역사서라고 할 수 있다.

　역사서로의『상서』는 시대가 지나면서, 한대에 이르면 유가의 주요경전
에 속하게 된다. 즉, 전국시대 후기에 제나라의 직하에서는 제자백가의 융합
이 진행되면서 학문적인 통합이 이루어졌고, 전한이 건국되면서 계승되었
다. 그러나 한무제 시기에 동중서에 의해 유가를 중심으로 학문적인 융합과
통합이 시작되면서 유가에서 중시되었던 문헌들은 경전으로 변화하게 된다.
이에 한나라 시기에『시경』,『주역』,『상서』,『춘추』,『예기』를 중심으로 5경이
되었고, 학문적, 정치적, 문화적으로 중요한 지위를 차지하게 되었다. 그러
나 앞에서 언급한 바와 같이 진시황의 분서갱유로 인해 많은 문헌들이 사라
지게 되었지만, 한나라가 건국되면서 대부분의 문헌은 복원되었다고 할 수
있는데, 유독『상서』만이 문제가 발생하게 되었다. 즉, 한나라 문제 시기에

6　『상서』에서 언급하는 虞나라와 夏나라는 실존여부에 대해 논란이 되고 있다. 현재 중국에서
　　대부분의 역사학자들은 舜임금의 虞나라는 전설에 속한다고 여기지만, 근대 이래로 禹임금
　　이 건국한 夏나라에 대해서는 전설에 속하는 왕조였다는 관점이었지만, 갑골문을 통해 상나
　　라의 존재가 확실하다는 관점을 확대하여 夏나라도 실존국가였다는 관점이 대두되었고, 특
　　히 夏商周斷代工程을 통해 夏나라 존재하였다고 주장하고 있지만, 다른 국가에서는 이에 대
　　한 반론이 존재하고 있다.
7　고대 중국에서는 '상고주의'가 가장 중요한 사상 중의 하나였는데, 특히 글을 쓸 때 자신의 이
　　름보다는 옛 성인이 언급하였다는 형식으로 세상에 알리는 현상이 많았다. 따라서『상서』역
　　시 전국시대의 유생들이 공자의 이름을 차용하여 완성하였을 가능성도 배제할 수 없다.

복생은 실전된 『상서』를 대신하여 『상서대전』을 만들면서 '금문상서'로 불리게 되고, 공안국은 공자의 고택의 벽 속에서 발견된 『상서』를 정리하여 『상서전』을 편찬하여 '고문상서'로 불리게 되었다. 전한 시기에 많은 학자들이 이 '금문상서'와 '고문상서'를 비교하면서 차이가 나는 부분에 있어서 많은 논쟁이 시작되었다. 이 논쟁의 시작은 劉歆이 '고문상서'를 진본으로 인정하면서 학관에 두면서 이를 연구하는 박사를 설치하고자 하였다. 그러나 '금문상서'를 정통으로 삼았던 기존의 학관의 박사들은 이에 반발하였고, 그 결과로 금문과 고문의 논쟁이 본격화된 것이다. 즉, 『상서』는 역사서에서 경서로 변화된 형태를 나타나게 된 것으로 그 파급 효과는 매우 컸다고 할 수 있다. 다시 말하자면, 역사서로서의 『상서』는 물론 귀중한 문헌자료이기는 하지만, 경서로서의 『상서』는 당시 유교를 정통으로 삼았던 한나라에서 매우 중요한 경전이 되면서 오히려 더 많은 사람들이 반드시 읽어야 하는 필독서가 된 것이다. 더구나 금문과 고문의 논쟁을 통해 학문적, 문화적으로 그 파급된 효과는 더욱 크게 나타나게 된 것이다. 금문과 고문의 논쟁에서 '금문상서'는 여전히 주도권을 확실히 가지게 되었고, 유흠은 논쟁에서 지면서 '고문상서'는 학관에 배치되지 못했을 뿐만 아니라 일반 사람들에게 전해지지 못하게 된다. 유흠은 여전히 '고문상서'의 정통성을 관철시키기 위해 왕망이 전한을 멸망시키고 건국한 신나라에 협조하면서 금문과 고문의 논쟁 결과는 새로운 국면에 접어들게 되었다. 그러나 신나라는 단명하였고, 후한이 건국되면서 유흠을 중심으로 한 '고문상서' 역시 주도권을 잃게 되었고, '금문상서'을 중심으로 한 학문적 풍조가 다시 주류가 되었다.

후한 이래로 '고문상서'는 또다시 논쟁이 발생하게 되는데, 바로 '위서' 문제가 등장하게 되었다. 즉, 후한 말기 이후로 고대 중국은 많은 전란을 겪으면서 『상서』가 실전되었는데, 다른 일반 문헌도 아니고, 경서로 중요성이 인정된 『상서』가 2번이나 후대로 전해지지 못하게 된 것이다. 즉, 역사서이자 경서로서의 『상서』가 다른 경서에 비해 이러한 문제가 발생하게 된 사실에 대해 다시 한번 주목해야 하는데, 더욱 심각한 문제는 바로 僞尚書가 등장하였다는 점이다. 동진 元帝 시기에 매색은 『상서』를 다시 편찬하여 조정에 진상하였는데, 이『상서』는 총 58편으로 구성되어 있고, '금문상서'33편과 '고문상서'25편을 모두 수록하고 있다. 이 매색의『상서』는 당송 시기를 거치면서 특히 남송 시기에 '고문상서'가 진본으로 인정받게 되었으나, 또다시 금문과 고문의 논쟁, 특히 위서논쟁이 시작되는 계기가 되었다. 청나라 시대의 염약거는『尚書古文疏證』에서 매색의『상서』중에 '고문상서' 25편은 위서라고 주장하였다. 이후에 위서의 논쟁을 본격화되면서 많은 주장이 나타나게 되었다.

이러한 위서 논쟁은 현재까지도 해결되지 않고 있는데, 염약거의 주장 이래로 '고문상서'가 위서일 가능성이 계속 주장되고 있지만, '금문상서'역시 위서일 가능성이 없지는 않다. 그 이유는 '금문상서'와 '고문상서'모두는 원전이 전해져 온 것이 아니기 때문이다. 즉 복생의 '금문상서'와 매색의 '금문상서'는 모두 개인의 기억력을 바탕으로 구술되어 편찬된 것이기에 개인적인 주관이 첨가되었을 가능성이 있고, 또한 만약에 복생의 '금문상서'가 진본일지라도 현존하는 '금문상서'는 복생의 저술이 아니기 때문이다. 그리고 매색의 '금문상서'역시 이미 실전되었던 것을 다시 복원하였기에 다른 학자들의 견해가 없고 객관적으로도 증명되지 않았다. '고문상서'역시 공안국이 편찬하였다고는 하지만, 금문과 고문의 논쟁에서 진본이라는 것을 증명하기가 어렵다. 만약 공안국의 '고문상서'가 진본이더라도 현재의 '고문상서'는 공안국이 편찬한 것이 아니기에 이 역시 위서일 가능성을 배제할 수는 없다.

중국의 근대 시기에는 다양한 서양의 학문풍조가 유입되었는데, 특히 실증주의적인 관점에서『상서』는 여전히 논란의 대상이 되었다. 이 논란의 핵심은『상서』을 역사서로 보아야 하는 것인지, 아니면 유교의 경전으로 보아야 하는 것인지에 따라 다른 견해가 나타날 수 있다. 만약『상서』를 고대 중국의 역사서로 본다면, 역사학적인 관점에 미흡한 부분이 적지 않다. 고대 중국에서는 기본적으로 역사서를 편찬한 이유는 과거의 경험을 통해 현재를 경계한다는 의미가 강한데, 특히『상서』의 내용은 역사적으로 증명하기가 쉽지 않기 때문이다. 특히 고대 중국의 대표적인 역사서라고 할 수 있는『사기』

에서 『상서』의 내용을 일부 인용하고 있지만, 역사적 사실에 대해 다르게 기술하고 있는 부분 역시 적지 않다. 또한 중국 근대 시기에 의고학파의 등장으로 중국 역사학계에서는 고대의 사실을 부정하는 풍조가 적지 않았는데, 그나마 갑골문의 연구를 통해 상나라까지는 역사적인 사실로 증명할 수 있게 되었다. 그러나 舜 임금의 虞나라는 중국 학계에서도 전설로 보고 있다는 점이다.

경서로서의 『상서』는 유교에서 중요한 지위를 차지하고 있지만, 다른 경서와 2번이나 실전되면서 금문과 고문의 논쟁, 위서의 논쟁이 여전히 해결되고 있지 않고 있다. 더구나 중국이 근대 시기에 이르면서 2000여 년 동안 중국의 핵심적인 정치, 사상을 주도하였던 유교는 상대적으로 약화되기 시작하였다. 물론 경학이 완전히 도태되어 사라진 것은 아니지만, 서양식의 교육방법이 전해지고 적용되면서 경학은 상대적으로 쇠퇴하는 모습을 보이고 있다. 즉, 국가를 전체적으로 주도하였던 경학은 서양에서 전래된 철학의 일부로 변화하게 되었고, 학교교육에서도 일부 과목에 한정되었다. 또한 일반적으로 고대 중국의 경서는 배우기가 쉽지 않는데, 특히 『상서』는 그 의미를 정확하게 이해한다는 것이 매우 어렵다는 것이 정설로 여겨지고 있다. 근대교육이 고대 시기의 교육에 비해 가장 중요한 장점 중의 하나는 바로 '대중화'라고 할 수 있는데, 고대 중국에서 『상서』는 전 계층을 대상으로 한 문헌이 아니라 일부 지식인 계층에서만 향유되었다. 따라서 근대 이후에 『상서』는 고대 시기에 비해 약간은 대중화되었다고 할 수 있지만, 실제로 文史哲을 중심으로 하는 인문과학에서도 그 비중은 상대적으로 축소되었다고 볼 수 있다. 결국, 『상서』의 전체적인 내용은 비록 완전히 근현대 교육 교재로서의 가치는 적어졌지만, 그 내용에서 비롯된 成語에서는 여전히 많은 비중을 차지하고 있기 때문에 문학과 철학을 연구함에 있어 그 중요성은 여전히 존재하고 있다.

III. 『춘추』와 『좌전』의 성립과 영향

1. 『춘추』의 출현과 영향

고대 중국의 왕조에서는 사관을 설치하여 기록한 역사서가 존재하였으며, 이러한 역사서들은 후대에 이르러서도 계속 계승되고 있었다. 중국의 상고 시대를 기술한 대표적인 역사서는 위에서 언급한 『상서』와 『사기』라고 할 수 있는데, 현대적인 역사학적 관점에서 이들의 전부를 모두 긍정적으로 받아들이기는 어렵지만, 그렇다고 역사적인 근거가 없다고 그 내용의 전부를 부정할 수는 없다. 따라서 현대의 역사학자들은 고대 시기 이래로 전해져온 것들을 자세하게 분석하고 종합적으로 이해하면서 때로는 비판을 가할 수 있어야 한다. 특히 중국 학계에서 바라보는 관점과 다른 국가에서 고대 중국을 바라보는 관점이 때로는 일치하지만, 시대를 거슬러 올라가면 일치되지 않는 부분이 많기에 논쟁이 되기도 한다. 어쨌든 중국과 다른 나라들이 대부분은 공인하고 있는 것은 바로 상나라는 존재하였고, 주나라는 이 상나라를 기본적으로 계승, 발전하였다는 것이다. 따라서 국가의 발전과정에서 사관이 존재하였음은 부정할 수 없는 사실이지만, 商周 시기에 편찬된 역사서에 대해서는 의견이 다르게 나타나고 있다. 즉, 일반적으로는 상나라와 주나라의 역사서의 존재여부에 대해 논란이 될 수 있는데, 주나라의 역사서는 존재하였을 것으로 의견이 일치되고 있지만, 상나라의 역사서에 대해서는 당시에 기록되었다기 보다는 후대로 전해진 내용이 정리되었다고 해야 할 것이다.[8]

주나라에서 사관을 두어 역사서를 편찬한 것은 역사적으로 근거가 있다고 할 수 있지만, 실제로 후대로 전해지는 것은 모두 후대에 편찬된 것이다.

---

8 상나라에 대한 자료는 기존에 존재하였던 문헌 자료가 있었으나, 근대에 이르러서는 갑골문의 연구를 통해 많은 부분이 연구되었다. 그러나 이러한 자료들 역시 한계성을 가지고 있기 때문에 상나라에 대한 역사 연구 역시 제한적으로 이루어지고 있다. 또한 일부에서는 근거가 되는 자료에 대한 신빙성에 대해 논의가 진행되고 있다.

이러한 주나라의 사관에 의해 역사서를 편찬한 사실은 서주 초기 이래로 분봉된 제후국에도 영향을 미치게 된다. 西周의 멸망 이후 춘추 시기 각 지역의 제후국은 사관을 두어 역사서를 편찬하였는데, 후대에 전해진 것은 오로지 공자가 편찬한 『춘추』이다. 이 『춘추』는 노나라 은공 원년부터 애공 14년 (기원전 722-481)까지의 노나라 역사를 편년체로 기술하여 중국학계에서는 중국 최초의 편년체 역사서라고 평가받고 있다. 그러나 『춘추』의 내용은 상당히 간략한 편으로 '微言大義' 형식으로 기록되었기에 보는 관점에 따라 여러 해석이 가능하기에 후대에 이르면서 여러 주장들이 나타나게 된다. 즉, 『춘추』는 공자의 저작이었기에 유가에서는 매우 중요하게 여기게 되었고, 앞에서 언급한 『상서』와 비슷하게 한대에 이르면 유가의 경전으로 인식되었다. 그러나 『춘추』가 유가의 경전인지 역사서인지에 대한 논란이 발생하게 되는데, 대체적으로 3가지 관점이 존재하고 있다. 첫째는 한대 금문학자들은 유가의 경전으로 인식하였고, 근대에 이르면 呂思勉과 胡適은 유가의 정신이 담긴 정치학 문헌으로 규정하였고, 둘째는 한대의 고문학자들과 진나라의 두예, 근대 시기의 顧頡剛은 역사학 문헌으로 규정하였으며, 셋째는 근대 시기의 錢穆은 『춘추』를 경서이자 역사서로 규정하였다. 이 3가지 주장은 대체적으로 고대의 관점과 근대 이후의 관점에서 차이가 나는 것으로 볼 수 있는데, 이를 간략히 정리하면, 역사서로서의 『춘추』는 지나간 과거의 사실을 편년체적으로 기술하였을 뿐이고 역사학적인 관점에서 여전히 부족한 점이 있다.

더구나 경서로 볼 수 있는 또다른 이유로는 『춘추』에는 「公羊傳」, 「穀梁傳」, 「左傳」 등과 같이 경서를 풀이한 傳이 존재한다는 점이다. 「공양전」은 『춘추』의 의미를 해석한 문헌으로 공자의 제자였던 子夏에게 학문을 배운 전국 시기의 公羊高가 만들었다고 하여 「공양춘추」라고 불리기도 한다. 그러나 「공양전」의 저자에 대해 2가지 주장이 있는데, 『한서』 「예문지」에서는 공양전의 저자는 공양고라고 기록되어 있고, 『四庫全書總目』에서 「공양전」의 저자는 공양고의 후손인 公羊壽라고 기록되었다. 이 「공양전」은 금문경학에서 중요한 문헌으로 인식되고 있다. 또한 「곡량전」은 자하가 『춘추』의 내용을 구두로 穀梁赤에게 전하여 이를 기록하여 문헌이 되었다고 전해지는데, 실제로 전한 시기에 출현한 것이 학계의 일반적인 정설이다. 「공양전」과 「곡량전」은 『춘추』를 해석한 경전이지만, 그 내용에 있어서는 차이가 있다. 즉, 「공양전」이 당시 왕조를 부정하면서 새로운 왕조를 기대하는 현실적인 문제를 해결하여 새로운 미래를 준비한다고 한다면[9], 「곡량전」은 기존의 왕조를 긍정적으로 인정하고 있으며, 법가적인 모습도 보이고 있다. 따라서 『춘추』를 經, 「공양전」과 「곡량전」이 傳이라는 사실에서 정치학 문헌으로 보아도 별다른 문제가 없을 것이다.

2. 『좌전』의 출현과 영향

『춘추』를 정치학적인 경서로 보아야 하는 관점에 있어서 또다른 傳인 「좌전」을 살펴보면 역사서라고 보아야 할 것이다. 「좌전」이 「공양전」과 「곡량전」과 차이가 있는 점은 출현한 시기로 대체적으로 「공양전」과 「곡량전」이 전한 시기에 완성된 것에 비해 「좌전」은 춘추 말기 혹은 전국 시대에 나타났다는 점이다.[10] 또한 작자에 대해서도 「공양전」은 공양고 혹은 공양수, 「곡량전」은 곡량적으로 명확하게 밝혀졌지만, 「좌전」의 저자에 대해 左丘明이라는 주장 외에도 여러 주장이 존재하고 있다.[11] 그리고 가장 중요한 차이점은 「공양전」

---

9 청나라 말기에 강유위는 「공양전」을 중심으로 정치적인 활동을 진행하였는데, 이는 당시 청나라 조정을 부정하면서 새로운 미래를 준비하는 것과도 관련이 있다.

10 일반적으로 「좌전」이 형성된 시기는 전국 시대로 보는 것이 학계의 정설이지만, 그 중에서도 楊伯峻은 대략 기원전 403~386년 사이에 만들어졌다고 주장하고 있다(참고 양백준, 『春秋左傳注』, 中華書局, 1995, 41쪽.). 2009년에 절강대학교는 해외로 유출된 전국 시대의 楚簡을 구입하였고, 이를 연구한 결과 2012년에 『浙江大學藏戰國楚簡』을 출판하였다. 이 초간의 내용은 기본적으로 『좌전』과 대부분 일치하고 있으며, 또한 기원전 340년에 만들어졌다는 결론을 내렸는데, 이를 참고하면 『좌전』이 완성된 시기는 그 이전으로 보아야 할 것이다(참고, 曺錦炎 주편, 『浙江大學藏戰國楚簡』, 浙江大學出版社, 2012.).

11 唐나라의 趙匡은 아무런 근거 없이 「좌전」의 작자가 좌구명이 아니라고 주장하였다. 이후로 많은 주장들이 나타났는데, 「좌전」의 작자에 대해 葉夢은 전국 시대의 사람이라고 하였고, 鄭樵는 전국 시대의 초나라 사람이라고 하였으며, 朱熹는 초나라의 左史였던 倚相의 후예라고

과 「곡량전」이 『춘추』를 해석한 傳이지만, 「좌전」은 물론 『춘추』를 해석한 傳에 속한다고 주장 외에 독립적인 역사서로 보아야 한다는 의견도 나타나게 되었다. 즉, 『춘추』의 내용이 '미언대의'를 중심으로 기술되었기에 상대적으로 간략하다는 점 외에도 빠져있는 부분이 적지 않은 반면에 「좌전」은 다양한 사료를 인용하면서 객관적인 역사사실을 기술하였다. 따라서 현대의 역사학적인 관점으로 보아도 손색이 없는 역사서라 할 것이다.

역사서로서의 「좌전」이 후대에 미치는 영향중에서 가장 대표적인 것은 편년체의 「좌전」이 다른 역사 서술 방식이 기사본말체로 기술된 『左傳紀事本末』이 등장하게 된다. 이 『좌전기사본말』은 남송 시기에 章沖이 편찬한 5권 분량의 『春秋左傳是類始末』을 기반으로 청나라 시기의 高士奇가 「공양전」, 「곡량전」, 『국어』, 『사기』 등 여러 문헌의 기록을 참조하여 편찬하였다. 『좌전기사본말』은 춘추 시기의 각 제후국을 중심으로 周4卷, 魯11권, 齊7권, 晉31권, 宋3권, 衛4권, 鄭4권, 楚4권, 吳3권, 秦2권, 列國1권 등으로 구성되어 있다. 일반적으로 편년체 역사서는 시간의 흐름에 따라 기록되었기에 때문에 역사발전의 순서와 단계를 이해함에 있어 장점이라고 할 수 있지만, 어떠한 역사적 사건들은 항상 시간적으로 연속되지 않은 것에 대해 쉽게 이해할 수 없다는 단점도 존재하고 있다. 또한 기전체 역사서 역시 인물을 중심으로 기술되었기 때문에 시대에 따라 중복되는 경우가 있을 수 있다. 따라서 고대 중국에서는 사건을 중심으로 새로운 역사기술 방식이 등장하였는데, 그 시작은 송대의 袁樞에서 비롯되었다. 그는 『資治通鑑』을 사건 중심으로 재구성한 『通鑑紀事本末』을 편찬하였고, 그 영향으로 기사본말체 역사서가 등장하게 되었다. 그 중에서도 『좌전기사본말』이 편찬되었다는 사실은 선진 시대 이래로 『좌전』의 중요성이 후대에서도 계속 존재하고 있었다는 사실을 알려

하였고, 項安世는 전국 시대 魏나라의 사람이라고 하였으며, 程端學은 「좌전」은 위서로 규정하였다. 근대 이후에도 康有爲는 유흠, 童書業은 吳起가 저자라고 주장하였다. 그러나 양백준은 이러한 주장에 대해 철저히 고증하여 「좌전」의 작자는 좌구명이라는 것을 증명하였다 (참고 양백준, 『춘추좌전주』, 중화서국, 1995, 29~34쪽.).

주는 것이라 할 수 있다.

　이밖에 『좌전』은 역사서로뿐만 아니라 문학적으로도 서사 방식과 다양한 표현으로 구성되었기에 우수한 작품이라고 할 수 있으며, 후대에 많은 영향을 미치게 되었다. 특히 많은 역사적 고사를 담고 있어 후대에서는 소설이나 희곡의 소재로 사용되기도 하였다. 이에 관련하여 살펴보아야 할 것은 바로 역사 소설 『東周列國志』이다. 『동주열국지』는 고대 중국의 민간사회 발전과 관련이 있는데, 춘추전국 시기의 여러 역사적 이야기는 역사서로 편찬되기도 하였지만, 민간 사회에서는 일부 내용이 구전으로 전해지기도 하였다. 고대 중국은 시대적인 발전이 진행되었지만, 문자는 지식인 계층의 독점이었기에 민간 사회에서는 글자를 읽지 못하는 사람이 대부분이었다. 그러나 宋元 시기에 이르면 역사를 이야기 형식으로 풀어서 말로 전달하는 平話가 유행하게 되었고, 이 平話는 다시 소설의 형태로 話本小說이 발전하게 되었다. 그 과정에서 『七國春秋平話』와 『秦併六國平話』가 나타나게 되었다.

　특히 명대 嘉靖, 萬歷 년간에 역사소설은 더 많이 등장하게 되었다. 즉, 춘추전국 시대의 역사는 역사소설의 좋은 소재였다. 따라서 명대 嘉靖, 隆慶 년간에 余邵魚는 기존의 역사문헌에 근거하면서 민간에서 유행하던 話本을 결합하여 『列國志傳』을 편찬하였다. 이 『열국지전』은 무왕이 상나라 紂王을 정벌부터 진시황이 전국을 통일하는 기간을 대상으로 각 국(列國)의 역사를 생동감있게 묘사하였지만, 대부분의 내용은 역사적 사실에는 부합되지 않았다. 馮夢龍은 이 『열국지전』을 역사적 사실에 근거하야 『新列國志』108회를 편찬하였다. 청대 乾隆년간에 蔡元放은 『신열국지』를 수정하면서 서문, 읽는 법, 자세한 評語, 그리고 간략한 주석을 첨가하여 『동주열국지』로 이름을 바꾸었다. 『동주열국지』는 서주 말기(기원전 789년)부터 진시황의 통일까지를 시기적으로 대상으로 삼았는데, 역사적으로 춘추전국시대와 시기적으로 거의 일치하고 있지만, 춘추시대의 내용이 상대적으로 전국시대보다는 많은 편이다. 이는 아마도 춘추시대의 대표적인 역사서인 『좌전』의 영향이 어느 정도 있었을 것이라 볼 수 있다.

IV. 춘추전국 시대의 『국어』와 『전국책』

1. 춘추시대의 『국어』의 특징

선진 시기, 특히 춘추 시대를 연구함에 있어 중요한 역사적 자료는 『좌전』이 대표적이지만, 또한 『국어』 역시 중요한 1차 사료이다. 이 둘의 공통점은 우선 편년체 형식으로 기술되어 있고, 내용이 일치하는 곳도 60여 곳이나 있다. 그러나 차이점은 더 많은 편이라고 할 수 있는데, 첫째는 대상 시기가 다르다고 할 수 있다. 역사학계에서는 일반적으로 춘추시대의 시작을 기원전 770년이 정설로 받아들여 지고 있다. 그러나 『좌전』의 대상 시기는 은공 원년인 기원전 772년부터 애공 27년인 기원전 468년이고, 『국어』는 주나라 목왕이 견융을 정벌하는 기원전 967년부터 三家分晉이 발생하는 기원전 453년으로 차이가 있다. 둘째는 『좌전』이 여러 자료를 근거로 하여 역사적 서술로 이루어졌다면, 『국어』는 춘추오패와 같이 인물을 중심으로 대화체 형식으로 구성되어 있다는 점이다. 셋째는 『좌전』이 노나라를 중심으로 역사서술이 진행되었는데, 『국어』는 춘추시대 각 제후국을 중심으로 서술되고 있다. 넷째는 내용에서도 『좌전』과 『국어』가 상치되는 부분이 90여 곳이고, 기본적인 내용은 같지만 차이가 나는 곳도 100여 곳에 달하고 있다.[12] 따라서 춘추시대의 전반적인 연구에 있어서 『좌전』과 『국어』는 모두 필수적이며 상호보완적인 역사문헌이다. 이에 대해 魏晉 시대의 韋昭는 『국어』를 주해한 『國語解』에 『좌전』과 『국어』의 관계에 대해 『좌전』은 '춘추내전', 『국어』는 '춘추외전'으로 규정하였다.[13]

『국어』의 저자와 내용에 대해 살펴보면, 저자에 대한 논란이 적지 않은 편으로 司馬遷은 「報任安書」에서 좌구명이 실명한 후에 『국어』를 저술하였다고 하였는데, 『한서』 「예문지」에서도 『국어』는 좌구명이 저술하였고 기록되

---

12 신동준, 『좌구명의 국어』, 인간사랑, 2005, 17쪽.

13 신동준, 같은 글, 18쪽.

어 있다. 그러나 위진 시대에 이르면 다른 주장이 나타나는데, 傅玄은 사마천과 반고의 관점에 대해 『국어』와 『좌전』에서 같은 일에 대해 다르게 기록되어 있다고 주장하였다. 이를 시작으로 후대에서도 『국어』는 좌구명이 저술한 것이 아니라는 주장이 대세를 이루게 된다. 또한 현대에서도 좌구명이 『국어』에 대한 작자가 아니라고 하지만 이 역시 명확한 근거가 없이 아마도 전국 시대에 각국의 역사를 잘 아는 어떤 사람이 편찬하였을 것이라 추정하고 있다. 특히 『국어』에서는 周, 魯, 齊, 晉, 鄭, 楚, 吳, 越 등 8개 제후국의 역사를 기술하고 있는데, 그 중에서도 晉나라의 내용이 전체 1/3을 차지하고 있어 아마도 晉나라 출신의 사관이 편찬하였을 가능성이 있다는 주장이 있다. 또한 한 개인이 저술한 것이 아니라 여러 사람이 편찬한 내용을 정리하였다는 주장도 있다. 특히 『국어』에서 진나라의 내용이 가장 많은 부분을 차지하고 있는 원인에 대해서는 아마도 춘추시대에 각 제후국 중에서 진나라가 가장 강력하였기에 진나라에 관련된 내용이 당연히 많게 되었다는 의견도 있다. 즉, 『국어』에서는 주로 춘추오패를 중심으로 서술되어 있는데, 진나라를 제외한 다른 춘추시대의 4명의 霸者들은 이들이 사망한 후에 국력이 빠르게 쇠락하였지만, 진나라는 文公 이후에도 중원 지방을 중심으로 패자의 역할을 하고 있었다. 특히 춘추시대와 전국시대를 구분하는 기준을 '삼가분진'으로 보는 관점이 존재하고 있는데, 그만큼 춘추시대에 진나라가 강력했음을 역설적으로 보여주는 사실이라고 할 수 있다.

　『국어』의 또다른 특징으로 첫째는 『상서』와 『좌전』은 진시황의 분서갱유 이후로 금문과 고문 사이에 많은 논란이 존재한 반면에 『국어』에 대한 연구에서 금문과 고문의 논쟁이 없었다고 할 수 있는데, 이는 『국어』가 인물 중심의 이야기와 대화체가 주된 내용이었기 때문이라도 볼 수 있다. 특히 후한, 삼국, 위진 시기에는 『국어』에 대한 많은 주석본이 등장하지만, 대부분은 실전되었고, 위소의 『국어해』만이 남아있을 뿐이다. 『국어』에 대해 시대가 지나면서 여러 관련 문헌들이 등장하지만, 『상서』나 『좌전』에 비해 광범위한 영향력을 갖지 못한 것으로 보인다. 결국 청나라 시대에 이르면 『국어』에 대한 많은 주석서가 나타나는데, 이는 청나라의 학풍이 考據學을 중심으로 이루어졌기 때문일 수도 있다.

둘째는 『상서』와 『좌전』은 시대에 따라 혹은 학문적 사조에 따라 경서로 분류되기도 하고, 역사서로 분류되기도 한다. 특히 남송 시기에 13경(『시경』, 『상서』, 『주역』, 『周禮』, 『禮記』, 『儀禮』, 『공양전』, 『곡량전』, 『좌전』, 『논어』, 『맹자』, 『爾雅』, 『孝經』)이 나타나게 되는데, 그 기준은 經, 傳, 記의 순서로 중요성이 다르게 나타나게 된다. 그러나 『국어』는 경서와 역사서가 혼재된 것이 아닌 순수한 역사서로 인식된 것이다.

셋째는 『국어』의 파급력이라고 할 수 있다. 즉 고대 동북아시아는 유교문화권(한자문화권)이기에 비록 국가가 다르고 언어가 다르더라도 중국의 문헌은 한반도와 일본에 많은 영향을 미쳤다. 일본에서는 『국어』의 번역본이 여러 종류가 있다고 하는데, 한국에서는 『국어』에 관련된 번역본도 거의 없다는 것이다. 한반도의 유학자들, 특히 조선의 유학자들은 중국의 역사에 대해서도 상당히 해박하였다고 하는데, 『국어』에 대해 언급했는지에 대해 거의 찾을 수 없다. 그러나 일본에서 여러 번역본이 나왔다는 것에서 『국어』가 일본에 전래되었을 가능성이 있다고 할 수 있다. 고대 중국의 문화가 한반도를 거쳐 일본으로 전래되었다는 것은 일반적인 정설이다. 그 중에서도 높은 문화를 보유한 중국의 역사관련 문헌이 한국에서 찾아볼 수 없고, 일본에서 있었을 가능성을 매우 희박하다고 할 수 있는데, 이러한 원인으로는 아마도 『국어』가 대화체 역사서였기에 경서 중심의 유교국가인 조선에서 받아들여지지 않았고, 중국 문화를 직접 받아들이려는 일본에서 경서 보다는 이야기 중심의 『국어』가 상대적으로 쉽게 받아들여졌다고 유추할 수 있다.

넷째는 『국어』는 國別史, 각 제후국의 이야기가 국가별로 기술되었다는 점이다. 즉, 『좌전』은 노나라를 중심으로 춘추시대의 역사를 기술하였는데, 『국어』은 8개 제후국의 역사를 각각 나누어 기술하고 있다. 더구나 각 제후국의 인물을 중심으로 내용이 전개되기 때문에 일부 내용이 중복되는 경우도 있다. 그러나 춘추시대의 각 제후국의 경제, 군사, 외교, 교육, 법률 등을 기술하고 있어 춘추시대를 연구함에 있어 매우 중요한 역사문헌이다. 또한 국별사라는 체계는 후대에 영향을 미치게 되는데, 대표적인 국별사는 陳壽

의 『三國志』, 崔鴻의 『十六國春秋』, 吳任臣의 『十國春秋』 등이 있다. 그러나 이러한 국별사는 중국의 시기에 따라 등장하기도 하고 나타나지 않기도 한다. 즉, 중국의 왕조시대를 분열시대와 통합시대로 구분한다면 춘추전국, 위진남북조, 오대십국같은 분열시대에는 국별사가 등장할 수 있지만, 진, 한, 수, 당, 송, 원, 명, 청등 통합시대에는 국별사가 나타날 수가 없다.

2. 전국시대의 『戰國策』

춘추시대의 『국어』가 중요한 역사문헌이라면, 전국시대에는 『전국책』 역시 국별사 역사문헌이다. 『전국책』을 간략히 『國策』이라고 부르기도 하는데, 서주, 동주, 진, 제, 초, 조, 위, 한, 연, 송, 위, 중산 등의 국가의 역사를 전국시대 초기부터 진나라가 전국을 통일하기까지의 시간을 기술하고 있다. 『국어』가 인물 중심으로 내용이 전개되고 있는데, 『전국책』은 전국시대의 士人들의 정치적인 주장, 언행, 책략 등을 중심으로 내용이 기술되어 있다. 따라서 전국시대의 정치, 사회를 연구함에 있어 중요한 역사문헌이라고 할 수 있지만, 후대 역사학자들은 역사서로 인정하지 않고 낮추어 보는 경향이 있다. 또한 『전국책』에서는 법가를 주로 다루고 있어 儒家 학자들 역시 많이 비판하고 있다. 더구나 주요 내용이 전국시대 각국의 정치와 외교에 집중되어 있어 역사적으로 완전한 체계를 가지고 있지 못하기에 일부에서는 역사서로 보기 힘들다는 주장도 어느 정도 타당성이 있다. 그리고 策士들의 주장이 담겨있는데, 그 속에는 역사적인 사실과 부합되지 않는 내용도 상당한 편이다. 그러나 사마천의 『사기』에서는 『전국책』의 내용을 일부 인용하기도 하였기에 전국시대를 연구함에 있어 중요한 문헌임은 부인할 수 없다.

『전국책』의 저자에 대해서는 현재까지 알려지지 않고 있는데, 대체적으로는 한 개인이 저술한 것이 아니고, 또한 같은 시기에 완성된 것도 아니라는 것이 일반적이지만, 전한 시기의 유향은 비록 저자는 아니지만, 현재 존재하는 『전국책』의 체계를 갖추고 편찬하였다는 것이 정설로 받아들여지고 있다.

『전국책』이 편찬된 시기는 앞에서 언급한 『상서』, 『좌전』, 『국어』 등과는 달

리 선진 시기가 아닌 한대이다. 또한 위에서 언급한 바와 같이 역사서로서
의 가치는 물론 존재하지만, 정치와 외교를 제외한 경제, 사회 등에 대해서
는 구체적으로 언급되지 않았고, 또한 역사적 사실과도 부합되지 않고 있기
에 역사서로의 가치가『상서』,『좌전』,『국어』에 비해 높지 않다고 할 수 있지
만, 그러나 전국시대를 연구함에 있어 중요한 문헌임에는 그 가치를 가지고
있다. 또한『전국책』은 역사서라기보다는 역사산문이라는 문학적 관점에서
본다면 그 가치는 확연히 높다고 할 수 있다. 특히 인물을 생동감 있는 묘사,
이야기를 통한 풍자, 그리고 다양한 언어 표현 등은 문학적으로 매우 높게
평가받고 있으며,『전국책』에 등장하는 표현들은 고사성어로 후대에서도 계
속 사용되고 있으며, 역사적 이야기 역시 많은 편인데, 역사학자가 아닌 일
반 사람들에게는 이러한 이야기가 오히려 더 쉽게 이해될 수 있다는 장점[14]
이 있기 때문에 이는 또 다른『전국책』의 특징이라고 할 수 있다.

V. 맺음말

본문에서는 선진 시기를 대상으로 중요한 역사서인『상서』,『좌전』,『국
어』,『전국책』을 중심으로 이들이 가지고 있는 역사적 가치와 후대에 어떠
한 인식을 가지고 있는지를 대략적으로 살펴보았다. 역사는 기록한다는 개
념에서 시작되었지만, 고대 중국에서는 이러한 기록들을 통해 과거에 있었
던 경험으로 현재를 경계한다는 의미를 가지고 있었다. 또한 시대적인 상화
에 따라 변화가 있지만, 그래도『상서』,『좌전』,『국어』,『전국책』등은 선진 시

---

14 고대 중국에서 문화가 빠른 속도로 발전하는 송원 시기에 平話가 유행하였다는 것은 비록 글
   자는 모르는 일반 백성들에 이야기 형식으로 역사를 알려주는 것은 역사의 보편화에 도움이
   되는 것이라 할 수 있다. 특히 최근에는 많은 매체에서 역사는 딱딱하고 어려운 것이 아니라
   쉽게 접하고 이해할 수 있다는 인식이 늘어나고 있는데, 현대 중국에서도『전국책』의 모든 내
   용을 알고 있는 일반인은 거의 없다고 할 수 있지만, 고사성어나 역사 이야기를 통해 알게 되
   는 경우는 많다고 할 수 있다.

기를 연구함에 있어서 중요한 문헌이라는 것은 부인 할 수가 없다. 선진 시기 이후의 시대에서는 유가를 정통성으로 삼는 사회적, 문화적 풍조가 지속되면서 『상서』와 『좌전』은 경서로 인식되었고, 『국어』와 『전국책』은 역사서로서의 가치를 지속할 수 있게 되었다. 그러나 근대 이래로 서양의 학문적 풍조가 사회적으로 많은 영향을 미치게 되면서 변화를 겪게 된다. 즉, 『상서』는 역사서에서 출발하여 경서로 변화하였고, 근대 이후로는 철학의 일부로 분류되었고, 『좌전』은 역사서에서 출발하여 역사서로서의 가치와 경서로의 가치가 동시에 존재하면서 근대 이후에는 다시 역사서로의 가치가 더욱 높아지게 되었다. 그리고 『국어』는 춘추시대를 연구함에 있어 중요한 역사문헌으로 『좌전』과 상호보완적인 역할을 하고 있으며, 『전국책』은 역사서로서 가치가 비록 있지만, 오히려 문학적이 특징을 가지고 있어 후대에 중국인들의 문학과 역사 인식에 쉽게 접근할 수 있는 영향을 미치게 되었다.

현대에 이르러서는 이상의 『상서』, 『좌전』, 『국어』, 『전국책』은 학문적인 영역에 존재하면서 전체는 아니지만, 일부 내용은 교육을 통해 쉽게 접하게 되는데, 이러한 현상은 고대 시기의 역사서가 그 가치를 인정받으면서 생명력을 유지하게 된다고 할 수 있다. 특히 이 문헌 속에서 발췌한 고사성어와 역사이야기는 일반 사람들도 쉽게 접하고 이해할 수 있기 때문에 중요한 역할을 한다고 할 수 있지만, 역사학적인 관점에서는 역사적 사실을 더 객관적으로 규명하며 쉽게 이해시켜할 의무가 있다. 현재의 이해 방식은 기존의 단편적, 혹은 체계적인 암기에서 벗어나 전체를 바라보며 그 속에서 특징을 이해할 수 있는 스토리텔링적인 방식이 영향력을 미치고 있다. 이 스토리텔링적인 방식은 현대에 갑자기 출현하게 된 것이 아니라 구전과 기록을 쉽게 이해하기 위해 전해져온 방식으로 현대에서의 수요에 의해 변화된 것이다. 따라서 역사를 학문적으로 연구하는 것은 당연한 일이지만, 많은 사람들이 이를 보다 쉽게 접하고 이해시킬 수 있는 방법을 찾고 실행해야 할 것이다.

참고문헌

1. 사료

(淸)孫星衍,『尙書古今文注疏』, 中華書局, 1998.

楊伯峻,『春秋左傳注』, 中華書局, 1995.

(淸)高士奇,『左傳紀事本末』, 中華書局, 1979.

上海師範大學古籍整理硏究所 敎點,『國語』, 上海古籍出版社, 1995.

何建章,『戰國策注釋』, 中華書局, 1990.

2. 단행본

한국

신동준,『좌구명의 국어』, 인간사랑, 2005.

최종례 편저,『고사성어로 읽는 춘추좌전』, 명문당, 2016.

중국

劉起釪,『尙書學史』, 中華書局, 1996.

李學勤,『周易溯源』, 巴蜀书社, 2006.

3. 논문

김종성,「선진사전삼문의 문학체계연구:『전국책』을 중심으로」『中國語文論叢』, 1995.

박성진,『春秋』와『左傳』의 成書問題」『中國語文論譯叢刊』, 2001.

楊樹增,『春秋』『左傳』原本皆爲史」『퇴계학과 유교문화』, 2014.

이선호,「전국칠웅시대의 항쟁책략」『국방231』, 1993.

이상의,「의미작용의 관점에서 본『公羊傳』과『左傳』의 해석체계」『中國文學』, 2004.

이은호,「中國의『尙書』僞篇 論爭과『尙書講義』의 僞『書』論議」『儒學硏究』, 2016.

「尚書」 중의 고사성어

출전	고사성어
堯典	曰若稽古, 允恭克讓, 克明俊德, 平章百姓, 協和萬邦, 明揚仄陋
舜典	浚哲文明, 如喪考妣, 明目達聰, 柔遠能邇, 詩言志歌永言, 百獸率舞
大禹謨	萬邦咸寧, 念茲在茲, 明刑弼教, 好生之德, 克勤克儉, 不矜不伐, 惟精惟一, 允執厥中, 四海困窮, 無遠弗屆, 滿招損謙受益, 至誠感神
皋陶謨	巧言令色
禹貢	文教武衛
甘誓	恭行天罰
五子之歌	本固邦寧
胤征	殺無赦, 玉石俱焚, 鹹與惟新, 克愛克威
湯誥	福善禍淫
太甲上	坐以待旦, 無无之休
太甲中	天作孽猶可違, 自作孽不可逭
太甲下	升高自下
盤庚上	明若觀火, 有條不紊, 若火燎原
盤庚下	蕩析離居
說命上	木從繩則正
說命中	有備無备患
泰誓中	離心離德, 同心同德
泰誓下	奇技淫巧
武成	偃武修文, 歸馬放牛, 皇天后土, 名山大川, 暴殄天物, 血流漂, 垂拱而治

「公羊傳」 중의 고사성어

출전	고사성어
隱公	傳聞異辭, 母以子貴, 來者勿拒, 一元複始
桓公	大簡車徒, 冬裘夏葛, 反經行權, 義形於色, 正色立朝
莊公	不同戴天, 操之過蹙, 九世之仇, 三諫之義
閔公	傳爲佳話, 傳爲美談
僖公	兵車之會, 不絕如縷, 不絕若線, 存亡繼絕, 膚寸而合, 繼絕存亡, 鳥焚魚爛 匹馬只輪, 前目後凡, 五石六鶂, 魚爛而亡, 只輪不返, 只輪莫返, 只輪無反
文公	不一而足, 千里一曲
宣公	不毛之地, 杅穿皮蠹, 易子而食
成公	一統天下
昭公	國色天姿, 善善從長, 天姿國色, 惡惡從短, 兄死弟及
定公	君側之惡, 晉陽之甲, 清君側, 文致太平
哀公	撥亂反正, 反正撥亂, 革命反正, 泣麟悲鳳, 魚菽之祭

「穀梁傳」 중의 고사성어

출전	고사성어
隱公	不期而遇, 處心積慮, 微不足道
桓公	信以傳信疑以傳疑
莊公	豐年補敗, 諱莫如深, 受命於天, 善死者不亡, 善死者不陣, 善陣者不戰, 衣裳之會
僖公	德厚流光, 馬齒加長, 馬齒徒增, 言而無信
襄公	五穀不升
昭公	如釋重負
定公	鼓噪而起
哀公	亡國之社

『左傳』중의 고사성어

출전	고사성어
隱公	安忍無親, 兵猶火也不戢自焚, 犯天下之不韙, 不軌不物, 其樂融融, 融融泄泄 枝布葉分, 子孝父慈, 治絲益棼, 治絲而棼, 言不由衷
桓公	策勳飮至
莊公	甘心忍受, 正直無私, 一鼓作氣, 再衰三竭
閔公	爱鶴失衆, 老鶴乘軒
僖公	匡救彌縫, 皮之不存毛將安傅, 貪天之功以爲己力, 耦俱無猜, 輿人之誦, 反首拔舍, 寇不可玩, 愷悌君子, 何患無辭, 勵兵秣馬, 一國三公
文公	沉漸剛克
宣公	過而能改, 不知所爲, 敢布腹心, 納汙藏疾, 納汙含垢, 各自爲政, 築室反耕 鄭昭宋聾, 自詒伊戚
成公	非我族類, 非我族類其心必異, 罷於奔命, 二竪爲災, 膏肓之疾, 不安於位 直言取禍, 直言賈禍
襄公	奉若神明, 奉如神明, 馬首欲東, 苦口惡石, 被苫蒙荊, 遠至邇安, 優遊卒歲 專欲難成, 政以賄成
昭公	分貧振窮, 大福不再, 敢不聽命, 好惡同之, 好惡不愆, 瘠牛償豚, 棄如弁髦 踐土食毛, 錐刀之末, 政令不一, 助天爲虐, 尤物移人, 自相驚憂, 自相驚擾 遙遙在望
定公	包胥之哭, 嘖有煩言
哀公	庚癸頻呼, 不失舊物, 後悔無及, 執牛耳

『國語』중의 고사성어

출전	고사성어
周語	衆志成城, 衆口鑠金, 道路以目
魯語	勞思逸淫
晉語	九原可作
楚語	引以爲戒
吳語	如火如荼
越語	時不再來, 進旅退旅, 君辱臣死, 不知所終

『戰國策』 중의 고사성어

출전	고사성어
西周	百步穿楊(百發百中)
秦策	不翼而飛, 側目而視, 道不拾遺 夜不閉戶, 比比皆是, 側目而談, 抵掌而淡, 前倨後恭, 曾參殺人, 兩虎相鬪, 遠交近攻, 積少成多, 末路之難, 懸梁刺股
齊策	門庭若市, 狡兔三窟, 驚弓之鳥, 安步當車, 畫蛇添足, 揮汗成雨, 安步當車, 戰無不勝, 攻無不克, 吠非其主, 轂擊肩摩, 接袂成帷, 以一當十, 比肩而立, 不自量力, 布衣之交, 隨踵而至, 直言不諱, 歸真反璞, 高枕而臥, 扶老攜幼, 寢不安席, 折衝尊俎, 峻阪鹽車
楚策	亡羊補牢未爲遲也, 狐假虎威, 汗馬功勞, 心旌搖曳, 被堅執銳, 桂薪珠米, 食玉炊桂, 見兔顧犬, 與世無事
趙策	不遺餘力, 前事不忘 後事之師, 士爲知己者死 女爲悅己者容, 胡服騎射, 不可同日而語, 不遺餘力, 彈弓之地, 天崩地坼, 交淺言深
魏策	高枕無憂, 三人成虎, 龍陽泣魚, 積羽沉舟, 四分五裂, 冠蓋相望, 南轅北轍, 白虹貫日
韓策	雞口牛後, 井中求火
燕策	鷸蚌相持 漁人得利, 風蕭蕭兮易水寒壯士一去兮不復還, 轉禍爲福, 同甘共苦, 千金市骨, 尺寸之功, 長驅直入, 無可奈何, 圖窮匕見, 痛入骨髓, 肝腸寸斷